« BEST-SELLERS »
Collection dirigée par Henriette Joël et Isabelle Laffont

DU MÊME AUTEUR

LE PARRAIN

MAMMA LUCIA

LE DOSSIER DU PARRAIN

AU CŒUR DE LAS VEGAS

C'EST IDIOT DE MOURIR

MARIO PUZO

LE SICILIEN

roman

traduit de l'américain par Patrick Berthon

ÉDITIONS ROBERT LAFFONT
PARIS

Tiıre original : THE SICILIAN

ISBN 2-221-00984-3
(Édition originale :
ISBN 0-671-43564-7 Linden Press/Simon & Schuster, New York)

A Carol

LIVRE I

MICHAEL CORLEONE

Juillet 1950

1.

Michael Corleone se tenait sur un long ponton de bois du port de Palerme et regardait le grand paquebot appareiller pour l'Amérique. Il aurait dû s'embarquer sur ce navire mais il avait reçu de nouvelles instructions de son père.

Il fit de la main un signe d'adieu aux hommes du petit bateau de pêche qui l'avait amené au ponton, des hommes qui le protégeaient depuis deux ans. Le bateau de pêche avançait dans le sillage écumeux du paquebot comme un brave petit canard suivant sa mère. Les hommes à son bord firent à leur tour de grands gestes de la main; il ne les reverrait plus.

Sur le ponton, des hommes en casquette et vêtements avachis s'affairaient à décharger d'autres navires et à charger des camions stationnés à proximité. C'étaient de petits hommes noueux, de type arabe plus qu'italien, coiffés d'une casquette à visière qui dissimulait leurs traits. Parmi eux devaient se trouver de nouveaux gardes du corps s'assurant qu'il ne lui arrivait rien avant sa rencontre avec Don Croce Malo, *capo di capi* des « Amis des Amis », comme on disait en Sicile. Les journaux et les étrangers parlaient de la mafia, mais en Sicile le mot mafia ne franchissait jamais les lèvres des citoyens ordinaires. De même qu'ils n'appelaient jamais Don Croce Malo le *capo di capi* mais uniquement « La Bonne Ame ».

Au cours de ses années d'exil en Sicile, Michael avait entendu bien des histoires sur Don Croce, certaines tellement invraisemblables qu'il avait de la peine à croire à l'existence d'un tel homme. Mais les instructions que lui avait fait parvenir son père étaient explicites; il avait reçu l'ordre de déjeuner ce jour-là avec Don Croce. Et ils devaient organiser ensemble la fuite de

Salvatore Guiliano, le plus grand bandit de Sicile. Michael Corleone ne pouvait quitter la Sicile sans Salvatore Guiliano.

Au bout du ponton, à une cinquantaine de mètres de lui, une grosse voiture noire était garée dans la rue étroite. Trois hommes se tenaient devant le véhicule, trois rectangles sombres se découpant sur le flot aveuglant de lumière dorée déversée par le soleil au zénith. Michael se dirigea vers eux, puis s'arrêta quelques instants pour allumer une cigarette et embrasser la ville du regard.

Palerme était nichée au fond d'une cuvette créée par un volcan éteint. Écrasée par les montagnes sur trois côtés et s'ouvrant du dernier sur le bleu éblouissant de la Méditerranée, la ville étincelait, éclaboussée du soleil de midi. Le sol était veiné de bandes de lumière rouge, comme un reflet du sang versé sur la terre de Sicile depuis des siècles. Les rayons dorés baignaient les majestueuses colonnes de marbre des temples grecs, les tourelles arabes arachnéennes, les façades des cathédrales espagnoles à la décoration baroque; sur une colline lointaine se dressaient les tours d'un ancien château normand. Tous ces vestiges des armées successives et cruelles auxquelles la Sicile avait été soumise depuis le début de l'ère chrétienne. La cité de Palerme, légèrement efféminée, était enserrée par des montagnes en cône à l'arrière-plan, comme prise dans l'étreinte d'un étrangleur ayant passé une cordelette autour de son cou et ils ployaient tous deux gracieusement les genoux. Très haut, d'innombrables petits rapaces rouges filaient dans l'azur.

Michael avança vers les trois hommes qui l'attendaient au bout du ponton. Leurs traits et les contours de leurs corps commençaient à se préciser sur le fond des rectangles noirs. A chaque pas il les voyait plus distinctement et ils semblaient s'écarter, s'éloigner l'un de l'autre comme pour l'envelopper dans leur salut.

Ces trois hommes connaissaient l'histoire de Michael. Ils savaient qu'il était le plus jeune fils du grand Don Corleone d'Amérique, le Parrain, dont le pouvoir s'étendait jusqu'en Sicile. Qu'il avait assassiné un officier de police de New York lors de l'exécution d'un ennemi de l'empire Corleone. Qu'il s'était réfugié en Sicile à cause de ces meurtres et que les choses s'étant enfin « arrangées » après ce long exil, il était sur le point de regagner sa patrie pour reprendre sa place de prince héritier de la famille Corleone. Ils observaient Michael, la manière dont il se déplaçait rapidement et avec aisance, sa circonspection attentive, sa mâchoire enfoncée d'un côté qui lui donnait l'air de quelqu'un qui a connu la souffrance et le danger. C'était manifestement un « homme à respecter ».

Le premier à saluer Michael à sa descente du ponton fut un prêtre replet en soutane, coiffé d'un chapeau graisseux à larges bords. Le col blanc souillé de poussière rouge était surmonté d'un visage charnu trahissant l'attachement aux biens de ce monde.

C'était le père Benjamino Malo, le frère du grand Don Croce. Il avait une attitude pieuse et réservée mais était dévoué à son célèbre parent et n'était aucunement embarrassé d'avoir des liens aussi étroits avec le démon. Les mauvaises langues allaient jusqu'à murmurer qu'il dévoilait à Don Croce les secrets du confessionnal.

Le père Benjamino eut un rictus nerveux en serrant la main de Michael et il sembla à la fois étonné et soulagé par le sourire amical et un peu tordu de Michael, tellement inattendu de la part d'un assassin aussi fameux.

Le deuxième homme, tout en étant poli, ne fut pas si cordial. C'était l'inspecteur Frederico Velardi, chef des services de la sûreté pour toute la Sicile, le seul des trois qui n'eût pas un sourire accueillant. Mince, portant des vêtements beaucoup trop bien coupés pour un salaire de fonctionnaire, il jaugea Michael du regard froid de ses yeux bleus, héritage de lointains conquérants normands. L'inspecteur Velardi ne pouvait éprouver de sympathie pour un Américain qui avait tué un officier supérieur de police et pouvait s'aviser de faire de même en Sicile. La poignée de main de Velardi était aussi froide que le contact d'une épée.

Le troisième homme, grand et corpulent, semblait énorme à côté des deux autres. Il emprisonna la main de Michael dans la sienne, puis l'attira vers lui et l'étreignit affectueusement.

– Cousin Michael, dit-il. Bienvenue à Palerme.

Il se recula et considéra Michael d'un regard bienveillant mais attentif.

– Je m'appelle Stefan Andolini, reprit-il. Ton père et moi avons grandi ensemble à Corleone. Je t'ai vu en Amérique quand tu étais petit. Te souviens-tu de moi?

Curieusement, Michael se souvenait de lui, car il avait la particularité extrêmement rare pour un Sicilien d'être roux. Et c'était une croix qu'il lui fallait porter, car ses compatriotes pensent que Judas était roux. Mais son visage aussi était inoubliable : une grande bouche lippue et irrégulière aux lèvres charnues couleur de sang, des narines poilues et des yeux enfoncés aux orbites profondes. Un visage qui, bien que souriant, faisait songer à celui d'un assassin.

Michael comprit tout de suite la raison de la présence du prêtre, mais celle de l'inspecteur Velardi était une surprise. Andolini, s'acquittant de sa tâche de parent, expliqua soigneusement à Michael les fonctions de l'inspecteur. Le jeune homme était sur ses gardes. Que faisait là ce policier? Velardi avait la réputation d'être l'un des plus acharnés à la perte de Salvatore Guiliano. Et il était évident que l'inspecteur et Stefan Andolini se détestaient; ils agissaient avec la courtoisie glacée de deux hommes se préparant à un duel à mort.

Le chauffeur ouvrit la portière de la voiture. Le père Benjamino et Stefan Andolini firent monter Michael à l'arrière avec de petites tapes pleines de déférence. Le père Benjamino insista avec une humilité toute chrétienne pour que Michael prenne place près de la portière pendant que lui s'assiérait au milieu, car le jeune homme devait voir les beautés de Palerme. Andolini prit l'autre place à l'arrière. L'inspecteur était déjà monté à côté du chauffeur. Michael remarqua qu'il gardait la main sur la poignée de la portière afin de pouvoir l'ouvrir rapidement. Il vint à l'esprit de Michael que le père Benjamino s'était peut-être glissé au milieu du siège arrière pour éviter de servir de cible.

Comme un grand dragon noir, la voiture avançait lentement dans les rues de Palerme. Ils suivirent une avenue le long de laquelle s'élevaient de gracieuses constructions mauresques, de massifs édifices publics à colonnes doriques et des cathédrales de style espagnol. Des maisons particulières peintes en bleu, blanc ou jaune montraient des balcons festonnés de fleurs qui formaient un ciel végétal au-dessus de la rue. Le spectacle eût été ravissant s'il n'y avait eu des groupes de carabiniers, les gendarmes italiens, en faction à tous les coins de rue, l'arme à la main. Et il y en avait d'autres sur les balcons.

Leur voiture rapetissait les autres véhicules, en particulier les charrettes de paysans tirées par des mules qui apportaient en ville la majeure partie des produits frais de la campagne environnante. Ces charrettes étaient peintes de couleurs gaies et vives, jusqu'aux rayons des roues et aux brancards auxquels étaient attachées les mules, il ne restait pas un centimètre carré sans ornements. Les ridelles de nombreuses charrettes étaient ornées de peintures représentant des chevaliers en armure et des rois couronnés dans des scènes dramatiques de la légende de Charlemagne et Roland, héros consacrés du folklore sicilien. Mais sur certaines charrettes Michael vit la silhouette d'un beau jeune homme en pantalon de moleskine et chemise blanche sans manches, des pistolets glissés dans la ceinture et des fusils en bandoulière; au-dessous il y avait une légende de deux lignes qui se terminait toujours par un nom écrit en grandes lettres rouges : GUILIANO.

Au cours de son exil en Sicile, Michael avait beaucoup entendu parler de Salvatore Guiliano. Son nom était dans tous les journaux et les conversations roulaient sur lui. Appolonia, son épouse, lui avait avoué qu'elle disait tous les soirs une prière pour le salut de Guiliano, comme presque tous les enfants et les jeunes gens de Sicile. Tous l'adoraient, il était l'un des leurs, l'homme qu'ils rêvaient de devenir. Il n'était encore âgé que de vingt-sept ans et on saluait en lui un grand général capable de vaincre les armées de carabiniers lancées contre lui. Il était beau et généreux; il distribuait aux pauvres la majeure partie de ce que lui rapportaient ses activités criminelles. Il était vertueux aussi et interdisait à ses bandits de molester les femmes et les prêtres. Quand il exécutait un indicateur ou un traître, il laissait toujours à sa victime le temps de faire ses prières et de purifier son âme afin de rentrer dans les bonnes grâces des maîtres de l'autre monde. Michael savait déjà tout cela.

Ils quittèrent l'avenue et une énorme affiche en lettres noires placardée sur le mur d'une maison attira le regard de Michael. Il eut juste le temps de lire le mot *Guiliano* sur la première ligne. Le père Benjamino s'était penché vers la vitre.

– C'est une proclamation de Guiliano, dit-il. Il continue malgré tout à contrôler Palerme la nuit.

– Et que dit-il? demanda Michael.

– Il permet aux habitants de Palerme de reprendre les tramways, répondit le père Benjamino.

– Il permet? dit Michael avec un sourire. Un hors-la-loi qui permet?

De l'autre côté du siège Andolini se mit à rire.

– Les carabiniers utilisent les trams et Guiliano les fait sauter. Mais il a d'abord averti le public de ne pas les prendre. Et maintenant, il promet de ne plus les faire sauter.

– Et pourquoi Guiliano faisait-il sauter des tramways pleins de policiers? demanda Michael d'un ton sec.

L'inspecteur Velardi tourna la tête, un éclat dur dans ses yeux bleus.

– Parce que Rome a eu la stupidité de faire arrêter son père et sa mère pour association avec un criminel. Leur propre fils! Une loi fasciste qui n'a jamais été abrogée par la république.

– Mon frère, Don Croce, s'est arrangé pour qu'ils soient relâchés, dit le père Benjamino avec une fierté tranquille. Oh, mon frère était très fâché contre Rome.

Bon sang, se dit Michael, fâché contre Rome! Mais qu'était-il d'autre qu'un gros bonnet de la mafia?

La voiture s'arrêta devant un bâtiment à la façade rose qui occupait tout un pâté de maisons. Un minaret bleu couronnait chaque angle. L'entrée surmontée d'un dais à rayures vertes d'une largeur extraordinaire sur lequel figurait l'inscription : « Hôtel Umberto » était gardée par deux portiers engoncés dans une livrée éblouissante à boutons dorés. Mais Michael ne se laissa pas distraire par cette splendeur.

Son œil exercé photographia la rue de l'hôtel. Il repéra aux moins dix gardes du corps marchant par deux ou appuyés sur la balustrade. Ces hommes ne cherchaient pas à se cacher. Leur veste ouverte montrait les armes qu'ils portaient autour de la taille. Deux d'entre eux qui fumaient de petits cigares bloquèrent pendant quelques instants le passage de Michael quand il descendit de voiture et le toisèrent des pieds à la tête comme s'ils prenaient les dimensions de son cercueil. Ils n'accordèrent aucune attention à l'inspecteur Velardi ni aux autres.

Quand le groupe pénétra dans l'hôtel, les gardes barrèrent l'entrée derrière eux. Quatre autres gardes apparurent dans le hall et les escortèrent dans un long couloir. Ils avaient l'allure hautaine de domestiques dans le palais d'un empereur.

Le couloir se terminait devant deux portes en chêne massif. Un homme assis sur un haut siège ressemblant à un trône se leva et ouvrit les portes avec une clé de bronze. Il s'inclina en adressant au père Benjamino un sourire de connivence.

Les portes s'ouvraient sur une suite luxueuse où des portes-fenêtres donnaient sur un superbe jardin embaumé par les citronniers. Quand ils franchirent les portes, Michael vit deux gardes postés à l'intérieur de la suite. Il se demanda pourquoi Don Croce était si fortement gardé. Il était l'ami de Guiliano et le confident du ministre de la Justice, ce qui le mettait hors d'atteinte des carabiniers qui pullulaient à Palerme. Que redoutait le grand Don ou qui craignait-il? Qui était son ennemi?

Le mobilier du salon de la suite avait été conçu à l'origine pour un palais italien, avec ses fauteuils immenses, ses canapés aussi longs et profonds que des barques et ses tables de marbre massives qui donnaient l'impression d'avoir été volées dans des musées. Ce mobilier convenait parfaitement à l'homme qui sortait du jardin pour venir à leur rencontre.

Il ouvrit les bras pour donner l'accolade à Michael Corleone. Debout, Don Croce était presque aussi large que haut. Une épaisse chevelure grise, crépue comme celle d'un Noir et soigneusement coiffée, couronnait sa tête léonine. Il avait des yeux sombres de lézard, deux raisins secs enchâssés au-dessus des joues mafflues. Ces joues étaient comme deux grandes plaques d'acajou, le côté gauche bien raboté, l'autre plissé par des bourrelets de chair. La bouche, d'une étonnante délicatesse, était surmontée d'une fine moustache de dandy. Un nez impérial en forme d'éperon apportait la touche finale à son visage.

Mais sous cette tête d'empereur, il était tout paysan. Un pantalon informe soutenu par de larges bretelles blanc cassé ceignait sa taille énorme. Sa volumineuse chemise blanche était fraîchement lavée mais pas repassée. Il ne portait ni cravate ni veston et avançait pieds nus sur le sol de marbre.

Il n'avait pas l'air de quelqu'un qui se « mouillait le bec » dans toutes les affaires de Palerme, jusqu'aux plus humbles éventaires du marché. Il était difficile de croire qu'il portait la responsabilité d'un millier de meurtres, que son pouvoir en Sicile occidentale était plus fort que celui du gouvernement de Rome et qu'il était plus riche que les ducs et les princes qui possédaient d'immenses domaines en Sicile.

Son accolade fut rapide et légère.

– J'ai connu votre père dans ma jeunesse, dit-il à Michael. C'est une grande joie pour moi de voir qu'il a un fils comme vous.

Puis il s'enquit du voyage du jeune homme et de ses besoins présents. Michael répondit en souriant qu'il apprécierait un morceau de pain et une goutte de vin. Don Croce le conduisit immédiatement dans le jardin, car, en bon Sicilien, il prenait ses repas en plein air dès qu'il le pouvait.

Une table avait été dressée près d'un citronnier avec des verres étincelants et une belle nappe blanche. Des serveurs tirèrent les larges chaises en bambou tandis que Don Croce supervisait la répartition des places avec une vivacité pleine de courtoisie. Il avait une soixantaine d'années mais ne portait pas son âge. Il plaça Michael à sa droite et le père Benjamino à sa gauche. Il fit asseoir l'inspecteur Velardi et Stefan Andolini en face de lui et leur témoigna une certaine froideur.

Tous les Siciliens, face à la nourriture, sont de grands mangeurs et l'une des rares plaisanteries que les gens osaient faire à l'adresse de Don Croce était qu'il préférait faire un bon repas plutôt que de tuer un ennemi. Quand les serveurs apportèrent les plats, il avait un sourire de plaisir débonnaire sur le visage et son couteau et sa fourchette à la main. Michael laissa courir son regard sur le jardin. Il était clos par un haut mur de pierre et il y avait au moins dix gardes disséminés dans l'enceinte, assis à de petites tables, mais pas plus de deux par table et assez loin pour que Don Croce et ses hôtes soient hors de portée de voix. Le jardin était rempli des effluves des citronniers et de l'odeur de l'huile d'olive.

Don Croce servit lui-même Michael, remplissant son assiette de poulet rôti et de pommes de terre, surveillant le saupoudrage de fromage râpé sur le petit plat de spaghetti, remplissant son verre de vin blanc de pays un peu trouble. Il faisait cela avec un vif intérêt et montrait qu'il était vraiment important pour lui que son nouvel ami mange et boive bien. Michael qui n'avait rien avalé depuis l'aube avait faim et le Don ne cessait de remplir son assiette. Il surveillait aussi attentivement les assiettes de ses autres invités et quand le besoin s'en faisait sentir, il appelait d'un geste un serveur pour remplir un verre ou un plat vide.

Le repas s'acheva enfin. Le Don, sirotant sa tasse d'espresso, était prêt à parler affaires.

– Ainsi vous allez aider notre ami Guiliano à fuir en Amérique, dit-il à Michael.

– Ce sont mes instructions, répondit Michael. Je dois m'assurer qu'il arrive là-bas sans accroc.

Don Croce hocha la tête. Sa face massive d'acajou avait l'expression douce et somnolente des obèses.

– Tout était arrangé entre votre père et moi, dit-il. Je devais vous remettre Salvatore Guiliano. Mais rien ne se passe comme on voudrait dans la vie, il faut toujours compter avec l'inattendu. Il m'est maintenant difficile d'honorer ma part du contrat.

Il leva la main pour empêcher Michael de l'interrompre.

– Ce n'est pas de ma faute, reprit-il. Je n'ai pas changé. Mais Guiliano ne me fait plus confiance, même à moi. Pendant des années, presque depuis le jour où il est devenu un hors-la-loi, je l'ai aidé à survivre; nous étions alliés. Avec mon aide il est devenu le plus grand homme de Sicile, bien qu'il ne soit encore âgé que de vingt-sept ans. Mais c'est fini pour lui. Cinq mille soldats et gendarmes passent les montagnes au peigne fin. Et il continue à refuser de s'en remettre à moi.

– Alors je ne peux rien faire pour lui, dit Michael. Mes ordres sont de ne pas attendre plus de sept jours, après quoi je devrai repartir aux États-Unis.

Tout en disant ces mots, il se demandait pourquoi il était si important pour son père de faire échapper Guiliano. Michael avait désespérément envie de retourner au pays après ses années d'exil. La santé de son père l'inquiétait. Quand Michael s'était enfui des États-Unis, son père était à l'hôpital, gravement blessé. Depuis sa fuite, Sonny, son frère aîné, avait été assassiné et la famille Corleone menait une lutte désespérée pour sa survie contre les cinq Familles de New York. Un affrontement qui, d'Amérique, avait gagné la Sicile et provoqué la mort de la jeune épouse de Michael. Il était vrai que des messagers de son père avaient apporté de bonnes nouvelles; le vieux Don avait guéri de ses blessures, il avait fait la paix avec les cinq Familles et avait pris des dispositions pour que les poursuites contre Michael soient abandonnées. Michael savait que son père attendait son retour pour faire de lui son bras droit. Toute la famille devait être impatiente de le revoir; sa sœur Connie, son frère Freddie, son frère adoptif Tom Hagen et sa pauvre mère qui pleurait certainement encore la mort de Sonny. Mais la question essentielle était de savoir pourquoi son père retardait son retour au pays. Ce ne pouvait être que pour une raison de la plus haute importance ayant un rapport avec Guiliano.

Il sentit soudain les yeux bleus et froids de l'inspecteur Velardi posés sur lui. Le visage maigre et aristocratique du policier était empreint de mépris, comme si Michael avait fait montre de lâcheté.

– Soyez patient, dit Don Croce. Notre ami Andolini sert de contact entre Guiliano, sa famille et moi-même. Nous allons trouver une solution raisonnable. En partant d'ici pour aller à Trapani, vous irez rendre visite au père et à la mère de Guiliano à Montelepre. C'est sur votre route.

Il marqua un temps d'arrêt et sourit, mais son sourire n'atteignit pas ses bajoues.

– Je suis au courant de vos plans, reprit-il. De tous vos plans.

Il appuya sur le mot tous, mais Michael se dit que c'était impossible. Le parrain ne disait jamais tout à qui que ce fût.

– Tous ceux d'entre nous qui aiment Guiliano, poursuivit Don Croce d'un ton doucereux, sont d'accord sur deux points. Il ne peut plus rester en Sicile et il doit émigrer aux États-Unis. L'inspecteur Velardi partage notre avis.

– Voilà qui est étrange, même pour la Sicile, dit Michael avec un sourire. L'inspecteur est le chef de la sûreté et a pour mission de capturer Guiliano.

Don Croce eut un petit rire machinal.

– Qui peut comprendre la Sicile? demanda-t-il. Mais c'est simple. Rome préfère que Guiliano soit heureux en Amérique plutôt que de l'entendre lancer des attaques du banc des accusés à Palerme. C'est une affaire politique.

Michael en resta tout interdit. Il se sentait extrêmement mal à l'aise. Les choses ne se passaient pas comme prévu.

– Quel intérêt a l'inspecteur Velardi à ce qu'il s'échappe? Guiliano mort ne sera pas dangereux.

– C'est la solution que je choisirais, répondit l'inspecteur d'un ton lourd de mépris, mais Don Croce tient à lui comme à un fils.

Stefan Andolini lança à Velardi un regard malveillant. Le père Benjamino but une gorgée de vin en baissant la tête. Mais Don Croce s'adressa à l'inspecteur d'un ton grave.

– Nous sommes tous amis ici et il faut dire la vérité à Michael. Guiliano a un atout dans son jeu. Il a écrit un journal qu'il appelle son Testament. Ce journal contient des preuves que le gouvernement de Rome, certains de ses membres, l'ont aidé au cours de ses années de brigandage dans un but qui leur était propre, un but politique. Si ce document est rendu public, le gouvernement démocrate chrétien sera renversé et les socialistes et les communistes prendront le pouvoir en Italie. L'inspecteur Velardi reconnaît avec moi que tout doit être mis en œuvre pour éviter cela. C'est pourquoi il accepte d'aider Guiliano à s'enfuir avec le Testament à condition qu'il ne soit pas rendu public.

– Avez-vous vu ce Testament? dit Michael.

Il se demanda si son père connaissait l'existence de ce document, car ses instructions n'en avaient jamais fait mention.

– Je n'ignore rien de son contenu, répondit Don Croce.

– Si cela ne tenait qu'à moi, fit brusquement l'inspecteur Velardi, je tuerais Guiliano et au diable son Testament!

Stefan Andolini lança à l'inspecteur un regard de haine si ouverte et si intense que Michael se rendit compte pour la première fois que cet homme était presque aussi dangereux que Don Croce lui-même.

– Guiliano ne se rendra jamais, dit Andolini, et vous n'êtes pas de taille à le pousser dans la tombe. Vous seriez beaucoup plus avisé de faire attention à vous.

Don Croce leva lentement la main et le silence se fit à la table. Sans s'occuper des autres, il s'adressa à Michael.

– Il se peut que je ne puisse tenir la promesse que j'ai faite à votre père de vous remettre Guiliano. Je ne saurais vous dire pourquoi Don Corleone s'intéresse à cette affaire, mais soyez certain qu'il a ses raisons et que ces raisons sont bonnes. Mais que puis-je faire? Quand vous verrez tout à l'heure les parents de Guiliano, persuadez-les que leur fils doit me faire confiance et rappelez à ces braves gens que c'est grâce à moi qu'ils sont sortis de prison.

Il s'interrompit quelques instants.

– Alors nous pourrons peut-être aider leur fils.

Au cours de ses années d'exil et de clandestinité, un instinct animal du danger s'était développé chez Michael. Il détestait l'inspecteur Velardi, il craignait le féroce Stefan Andolini et le père Benjamino le dégoûtait, mais c'était surtout Don Croce qui déclenchait des signaux d'alarme dans sa tête.

Tous les hommes assis à la table, y compris son propre frère, baissaient la voix quand ils s'adressaient à lui. Ils se penchaient vers lui, la tête baissée, en attendant qu'il prenne la parole et cessaient même de mastiquer en l'écoutant. Les serveurs tournaient autour de lui comme autour d'un soleil et les gardes du corps éparpillés dans le jardin ne le quittaient pas des yeux, prêts à bondir sur son ordre et à tailler tout le monde en pièces.

– Don Croce, dit Michael avec précaution, je suis ici pour satisfaire tous vos désirs.

Le Don hocha sa grosse tête en signe de bénédiction et croisa les mains sur son estomac.

– Nous devons être d'une franchise totale l'un avec l'autre, dit-il de sa puissante voix de ténor. Dites-moi quels sont vos plans pour organiser la fuite de Guiliano. Parlez-moi comme un fils à son père.

Michael lança un coup d'œil rapide à l'inspecteur Velardi. Jamais il ne parlerait franchement devant le chef de la sûreté de Sicile. Don Croce comprit aussitôt.

– L'inspecteur Velardi se range entièrement à mon avis, dit-il. Vous pouvez lui faire confiance comme à moi.

Michael leva son verre de vin pour boire et vit les gardes qui les observaient comme des spectateurs devant une scène de théâtre. Il vit la grimace de l'inspecteur Velardi qui n'appréciait pas les paroles pourtant diplomatiques du Don; le message était clair : tout son service et lui-même étaient aux ordres de Don Croce. Il vit l'air renfrogné sur la grosse face cruelle et lippue de Stefan Andolini. Seul le père Benjamino refusa de croiser son regard et baissa la tête. Michael vida son verre de vin blanc qui fut immédiatement rempli par un serveur. Il eut l'impression soudaine que le jardin devenait un endroit dangereux.

Il avait la conviction intime que ce que Don Croce avait dit ne pouvait être la vérité. Pourquoi un seul des hommes assis à cette table devrait-il faire confiance au chef de la sûreté? Guiliano lui ferait-il confiance? Michael songea avec amertume que l'histoire de la Sicile était truffée de perfidies et il se souvint de l'assassinat de son épouse. Pourquoi Don Croce était-il si confiant? Et pourquoi s'entourait-il de tant de gardes pour assurer sa sécurité? Don Croce était le chef de la mafia, il avait des relations au plus haut niveau avec Rome et, de fait, tenait lieu de représentant non officiel du gouvernement en Sicile. Alors que craignait-il? Ce ne pouvait être que Guiliano.

Mais le Don observait Michael qui s'efforça de parler avec la plus grande sincérité.

– Mon plan est simple, dit-il. Je vais attendre à Trapani que vous et les vôtres me remettiez Salvatore Guiliano. Un bateau rapide nous emmènera en Afrique. Nous disposerons, bien entendu, de tous les papiers d'identité nécessaires. D'Afrique nous prendrons l'avion pour les États-Unis où toutes les dispositions ont été prises pour que nous puissions entrer sans les formalités en vigueur. J'espère que ce sera aussi facile qu'on me l'a laissé entendre.

Il s'interrompit quelques instants.

– A moins que vous ayez une autre idée, ajouta-t-il.

Le Don soupira et but une gorgée de vin. Puis il fixa sur

Michael ses yeux de lézard et commença à parler lentement et avec éloquence.

– La Sicile est une terre de tragédie, dit-il. On n'y trouve ni confiance ni ordre mais la violence et la trahison en abondance. Vous avez l'air d'être sur vos gardes, mon jeune ami, et vous avez raison. Notre Guiliano l'est aussi. Mais laissez-moi vous dire ceci : Turi Guiliano n'aurait pu survivre sans ma protection; nous étions comme les deux doigts de la main. Et il me considère maintenant comme son ennemi. Ah, vous ne pouvez pas savoir le chagrin que cela me cause. Mon seul rêve est que Turi puisse un jour retourner dans sa famille et qu'il soit salué comme le champion de la Sicile. C'est un vrai chrétien et un brave. Et il a le cœur si tendre qu'il a gagné l'affection de tous les Siciliens.

Don Croce s'interrompit pour vider son verre de vin.

– Mais la chance a tourné. Il se retrouve seul dans les montagnes avec une poignée d'hommes pour affronter l'armée que l'Italie a lancée contre lui. Et il est en butte à toutes les trahisons. Il ne fait donc plus confiance à personne, pas même à moi.

Le Don lança à Michael un regard très froid.

– A parler franc, dit-il, si je n'étais pas si attaché à Guiliano, j'émettrais peut-être un avis que je devrais garder pour moi. Je vous dirais peut-être, en toute honnêteté, partez en Amérique sans lui. Nous arrivons au terme d'une tragédie qui ne vous concerne en rien.

Le Don marqua un temps d'arrêt et soupira derechef.

– Mais il est évident que vous êtes notre dernier espoir, reprit-il, et je dois vous demander de rester et de soutenir notre cause. Je prêterai mon assistance sans réserve. Jamais je n'abandonnerai Guiliano.

– Qu'il vive mille ans, ajouta Don Croce en levant son verre.

Tout le monde but tandis que Michael réfléchissait. Le Don voulait-il qu'il reste ou qu'il abandonne Guiliano? Stefan Andolini prit la parole.

– N'oubliez pas que nous avons promis aux parents de Guiliano que Michael irait les voir à Montelepre.

– Bien sûr, dit doucement Don Croce. Nous devons laisser de l'espoir à ses parents.

– Et peut-être sauront-ils quelque chose sur le Testament, dit le père Benjamino avec une insistance pleine d'humilité.

– Oui, dit Don Croce en soupirant. Le Testament de Guiliano. Il croit qu'il lui sauvera la vie ou au moins qu'il vengera sa mort.

– N'oubliez pas ceci, dit-il en s'adressant directement à Michael. Rome a peur du Testament, mais pas moi. Et dites à ses parents que les écrits influent sur l'histoire mais pas sur la vie. La vie est une autre histoire.

*

Le trajet de Palerme à Montelepre ne prit pas plus d'une heure. Mais pendant cette heure, Michael et Andolini passèrent de la civilisation d'une ville à la culture primitive de la campagne sicilienne. Stefan Andolini conduisait la petite Fiat et le soleil de l'après-midi faisait flamboyer ses joues et son menton rasés de près. Il conduisait lentement et prudemment, comme ceux qui ont appris à conduire une automobile à un âge avancé. La Fiat haletait et semblait s'essouffler en suivant les virages en lacet de l'énorme chaîne de montagnes.

Ils furent arrêtés à cinq reprises par des barrages routiers de la gendarmerie nationale, des pelotons d'une douzaine d'hommes appuyés par une voiture blindée hérissée de mitrailleuses. Les papiers d'Andolini leur permirent de les franchir.

Michael trouvait étrange que la campagne pût devenir aussi sauvage et primitive à si peu de distance de la grande ville de Palerme. Ils traversèrent des hameaux de maisons de pierre en équilibre instable sur les pentes escarpées. Ces pentes étaient couvertes de cultures en terrasses dans des champs étroits aux impeccables alignements de plantes vertes garnies de piquants. De petites collines étaient parsemées d'innombrables et énormes rochers blancs à demi enfouis dans la mousse et les tiges de bambou et qui les faisaient ressembler de loin à de vastes cimetières.

Par intervalles, ils voyaient au bord de la route des niches de bois cadenassées contenant une statue de la Vierge ou d'un saint particulièrement révéré. Devant l'une de ces mariettes, Michael vit une femme priant à genoux. Son mari était assis dans leur charrette où était attelé un âne et il vidait une bouteille de vin. L'âne avait la tête penchée comme celle d'un martyr.

Stefan Andolini tendit la main et effleura l'épaule de Michael.

– Cela me réjouit le cœur de te voir, mon cher cousin, dit-il. Sais-tu que nous sommes apparentés aux Guiliano?

Michael était sûr qu'il mentait; il y avait quelque chose de faux dans son sourire matois.

– Non, répondit-il. Je savais seulement que les parents avaient travaillé pour mon père en Amérique.

– Moi aussi, dit Andolini. Nous avons participé à la construction de la maison de ton père à Long Island. Le vieux Guiliano était un bon maçon. Ton père lui a proposé de l'employer dans l'affaire d'huile d'olive, mais il n'a pas voulu abandonner son métier. Il a travaillé comme un nègre pendant dix-huit ans et économisé comme un juif. Et puis il est revenu en Sicile pour vivre comme un coq en pâte. Mais à cause de la guerre et de Mussolini, la lire ne valait plus rien et il ne possède plus maintenant que sa maison et un lopin de terre à cultiver. Il maudit le jour où il a quitté l'Amérique. Ils croyaient faire un prince de leur petit garçon et il est devenu un bandit.

La Fiat soulevait un nuage de poussière et le long de la route les figuiers de Barbarie et les bambous avaient un air fantomatique; les figues, au milieu des tiges charnues, ressemblaient à des mains humaines. Ils voyaient dans les vallées les oliveraies et les vignes.

– Turi a été conçu en Amérique, dit soudain Andolini.

– Turi est le diminutif de Salvatore, expliqua-t-il en voyant le regard interrogateur de Michael. Oui, il a été conçu en Amérique mais il est né en Sicile. A quelques mois près, Turi aurait été un citoyen américain.

Il s'interrompit quelques instants et reprit :

– Turi en parle souvent. Crois-tu vraiment pouvoir l'aider à s'enfuir?

– Je ne sais pas, répondit Michael. Après ce déjeuner avec l'inspecteur et Don Croce, je n'y comprends plus rien. Veulent-ils que je l'aide? Mon père m'a dit que Don Croce le voulait. Mais il ne m'avait pas parlé de l'inspecteur.

Andolini écarta de la main ses cheveux clairsemés. Il appuya inconsciemment sur la pédale d'accélérateur et la Fiat fit un bond en avant.

– Guiliano et Don Croce sont ennemis maintenant, dit-il. Mais nous avons formé des projets sans le Don. Turi et ses parents comptent sur toi. Ils savent que ton père n'a jamais fait faux bond à un ami.

– Et toi, demanda Michael, de quel côté es-tu?

– Je me bats aux côtés de Guiliano, répondit Andolini en soupirant. Nous avons été compagnons d'armes pendant cinq ans et avant cela il m'avait laissé la vie sauve. Mais je vis en Sicile et je ne peux pas braver ouvertement Don Croce. Entre eux deux, je suis sur la corde raide, mais je ne trahirai jamais Guiliano.

Michael se demandait ce qu'il pouvait bien vouloir dire. Pourquoi ne pouvait-il obtenir de personne une réponse franche? Parce que c'est la Sicile, se dit-il. Les Siciliens ont la vérité en horreur. Pendant des milliers d'années, tyrans et inquisiteurs les avaient torturés pour leur arracher la vérité. Le gouvernement de Rome, dans les limites de la légalité, demandait la vérité. Le prêtre dans son confessionnal exigeait la vérité sous peine de damnation éternelle. Mais la vérité était une source de pouvoir, un levier de commande; pourquoi devrait-on la divulguer?

Michael songea qu'il lui faudrait se débrouiller tout seul, à moins de renoncer à sa mission et de précipiter son départ. Il était sur un terrain glissant, il y avait manifestement une sorte de vendetta en cours entre Guiliano et Don Croce et il était suicidaire de se laisser entraîner dans le tourbillon d'une vendetta sicilienne. Car les Siciliens croient que la vengeance est la seule vraie justice et qu'elle est toujours implacable. Sur cette île catholique où la statue de Jésus trône dans chaque foyer, la vertu chrétienne du pardon était le refuge méprisable des lâches.

– Pourquoi Guiliano et Don Croce sont-ils devenus ennemis? demanda Michael.

– A cause de la tragédie du Portella della Ginestra, répondit Andolini. C'était il y a trois ans. Après cela, ce ne fut plus jamais pareil. Guiliano en a rejeté la responsabilité sur Don Croce.

La voiture sembla soudain descendre presque à la verticale. La route dégringolait dans une vallée. Ils longèrent les ruines d'un château normand bâti douze siècles auparavant pour terroriser les populations rurales et peuplé maintenant d'inoffensifs lézards et de quelques chèvres égarées. En contrebas Michael vit la ville de Montelepre.

Elle était nichée au cœur de la cuvette entourée de montagnes comme un seau au fond d'un puits. Elle formait un cercle parfait sans habitations excentriques et le soleil de la fin d'après-midi baignait les pierres des murs d'une lumière d'un rouge soutenu. La Fiat s'engagea dans une rue étroite et sinueuse et Andolini arrêta le véhicule devant un barrage dressé par un peloton de carabiniers. D'un mouvement de son fusil, l'un d'eux leur intima l'ordre de descendre de voiture.

Michael regarda Andolini montrer ses papiers aux policiers. Il vit son laissez-passer bordé de rouge qui n'avait pu être délivré que par le ministère de la Justice. Michael en possédait un qu'on lui avait demandé de ne montrer qu'en derniers recours. Comment un homme comme Andolini avait-il obtenu un document si précieux ?

Ils remontèrent en voiture et suivirent les rues de Montelepre, si étroites qu'ils n'auraient pu croiser un véhicule roulant en sens inverse. Les maisons avaient toutes d'élégants balcons et étaient peintes de couleurs différentes. Une grande partie d'entre elles étaient bleues, un bon nombre blanches et d'autres roses. Quelques-unes, très peu, étaient jaunes. A cette heure de la journée, les femmes étaient chez elles, en train de préparer le dîner pour leur mari. Mais il n'y avait pas d'enfants dans les rues. En revanche, à chaque carrefour, deux carabiniers patrouillaient. Montelepre donnait l'impression d'une ville sous la loi martiale. Seuls quelques vieillards aux traits de pierre regardaient de leur balcon.

La Fiat s'arrêta devant une rangée de maisons accolées. L'une d'elles, peinte en bleu vif, avait une grille dont le fer ouvragé formait la lettre « G ». Un petit homme maigre et nerveux d'une soixantaine d'années, vêtu d'un costume américain sombre à rayures, d'une chemise blanche et d'une cravate noire, vint ouvrir la grille. C'était le père de Guiliano. Il étreignit rapidement mais affectueusement Andolini et donna à Michael une tape amicale sur l'épaule avant de faire entrer les deux hommes dans la maison.

Le visage du père de Guiliano était celui de quelqu'un attendant la mort d'un être cher à la dernière extrémité. Il était évident qu'il exerçait un contrôle très strict sur ses émotions, mais il ne put s'empêcher de porter la main à son visage comme pour forcer ses traits à demeurer impassibles. Son corps et sa démarche étaient raides mais son pas légèrement chancelant.

Ils pénétrèrent dans un grand salon, luxueux pour un foyer sicilien dans une agglomération de cette taille. Un énorme agrandissement photographique dans un cadre ovale de bois crème, mais trop flou pour que le sujet fût reconnaissable, trônait dans la pièce. Michael comprit tout de suite que ce devait être Salvatore Guiliano. Au-dessous, sur une petite table ronde et noire, était posé un cierge. Sur une autre table se trouvait une photographie encadrée beaucoup plus nette. Le père, la mère et le fils se tenaient devant un rideau rouge et le fils avait le bras autour de sa mère en un geste de possession. Salvatore Guiliano fixait l'objectif d'un regard de défi. Il avait un visage d'une extraordinaire beauté qui évoquait celui d'une statue grecque, avec des traits un peu lourds, comme sculptés dans le marbre, des lèvres pleines et sensuelles et des yeux ovales et écartés aux paupières mi-closes. C'était le visage d'un homme imperméable au doute et résolu à s'imposer au monde. Mais Michael n'était nullement préparé à la douceur enjouée qui émanait de ce visage parfait.

Il y avait d'autres photographies le représentant avec ses sœurs et leur mari, mais elles étaient presque dissimulées aux regards sur des tables d'angle.

Le père de Guiliano les conduisit dans la cuisine. Sa mère, devant son fourneau, se retourna pour les accueillir. Maria Lombardo Guiliano paraissait beaucoup plus âgée que sur la photographie du salon et, en réalité, on eût dit une autre femme. Son sourire poli était comme figé sur son visage tiré par l'épuisement et à la peau rêche et gercée. Elle avait de longs cheveux aux lourdes mèches grises qui lui tombaient sur les épaules. Mais le plus saisissant chez elle étaient ses yeux. Presque noirs, ils exprimaient une haine froide du monde qui les écrasait, elle et son fils. Sans prêter attention ni à son mari ni à Stefan Andolini, elle s'adressa directement à Michael.

– Êtes-vous venu pour aider mon fils ou non? demanda-t-elle.

Les deux autres hommes parurent gênés par la brusquerie de sa question, mais Michael lui sourit avec gravité.

– Oui, dit-il, je suis avec vous.

Une partie de sa tension abandonna Maria Lombardo Guiliano qui se prit la tête entre les mains comme si elle attendait de recevoir un coup.

– Le père Benjamino a demandé à nous accompagner, dit Andolini d'une voix apaisante, mais je lui ai dit que tu ne le souhaitais pas.

Maria Lombardo releva la tête et Michael s'étonna de voir la manière dont son visage reflétait chaque émotion qu'elle éprouvait. Le mépris, la haine, la peur, l'ironie de ses paroles accentuée par un sourire dur, les grimaces qu'elle ne pouvait réprimer.

– Oh, le père Benjamino a bon cœur, c'est sûr, dit-elle. Et avec son bon cœur, il est comme la peste, il apporte la mort à un village entier. Il est comme le sisal qu'il suffit de frôler pour saigner. Et il révèle à son frère les secrets du confessionnal, il vend au diable l'âme de ceux qui sont confiés à sa garde.

– Don Croce est notre ami, dit le père de Guiliano d'une voix calme et raisonnable, comme s'il s'efforçait d'apaiser une démente. Il nous a fait sortir de prison.

– Ah, Don Croce, la « Bonne Ame »! s'écria avec fureur la mère de Guiliano. Il est toujours si gentil! Mais laissez-moi vous dire que Don Croce est un serpent. Il vise devant lui avec son arme et abat l'ami à ses côtés. Notre fils et lui devaient partager le pouvoir en Sicile et maintenant Turi est seul et se cache dans les montagnes tandis que la « Bonne Ame » est libre comme l'air et vit à Palerme avec ses putains. Don Croce n'a qu'à claquer des doigts et Rome lui lèche les bottes. Il a pourtant commis plus de crimes que notre Turi. Il est mauvais et notre fils est bon. Ah, si j'étais un homme, je tuerais Don Croce! J'apporterais le repos éternel à la « Bonne Ame ». Vous, les hommes, vous ne comprenez rien, conclut-elle avec un geste de dégoût.

– Je comprends que notre hôte doit reprendre la route dans quelques heures, dit le père de Guiliano avec agacement, et qu'il faut qu'il mange quelque chose avant que nous puissions parler.

La mère de Guiliano changea brusquement du tout au tout et se montra pleine de sollicitude.

– Pauvre jeune homme, dit-elle, vous avez voyagé toute la journée pour venir nous voir et il vous a fallu écouter les mensonges de Don Croce et mes divagations. Où allez-vous ensuite?

– Je dois être à Trapani demain matin, répondit Michael. Je resterai chez des amis de mon père en attendant l'arrivée de votre fils.

Le silence tomba dans la cuisine. Il sentit qu'ils connaissaient tous son histoire. Et ils voyaient sa mâchoire enfoncée. La mère de Guiliano s'avança vers lui et l'étreignit rapidement.

– Buvez un verre de vin, dit-elle. Et puis allez faire un tour en ville. Le dîner sera servi dans une heure. A ce moment-là, les amis de Turi seront arrivés et nous pourrons parler raisonnablement.

Andolini et le père de Guiliano se placèrent de chaque côté de Michael et les trois hommes s'éloignèrent d'un pas lent dans les rues étroites et pavées de Montelepre. Le soleil s'était couché et les pierres avaient des reflets sombres; dans l'air bleuté et brumeux du crépuscule tombant, ils ne voyaient se déplacer autour d'eux que les silhouettes des carabiniers. A chaque carrefour, des ruelles s'écartaient en sinuant de la Via Bella. La ville semblait déserte et même les balcons au-dessus de leurs têtes étaient vides et ne montraient que des pots de fleurs aux couleurs vives posés sur de petites tables.

– C'était une ville très vivante, dit le père de Guiliano. Toujours très pauvre et où il y avait beaucoup de misère, comme dans toute la Sicile, mais vivante. Et maintenant, il y a plus de sept cents habitants en prison, accusés de complicité avec mon fils. Ils sont innocents pour la plupart, mais le gouvernement les a arrêtés pour faire peur aux autres et obtenir des renseignements sur Turi. Il y a plus de deux mille carabiniers dans la ville et plusieurs milliers d'autres qui traquent Turi dans les montagnes. Voilà pourquoi les gens ne mangent plus dehors et les enfants ne peuvent plus jouer dans la rue. Les policiers ont tellement la frousse qu'ils ouvrent le feu si un lapin traverse la route. Ils ont décrété le couvre-feu et quand une femme rentre de chez une voisine après l'heure fixée, elle se fait injurier et insulter. Quant aux hommes, on les emmène en charrette à Palerme pour les torturer dans les cachots. Ce sont des choses qui n'arriveraient jamais en Amérique. Maudit soit le jour où j'en suis parti.

Stefan Andolini les fit arrêter pour allumer un petit cigare.

– La vérité, dit-il avec un sourire en soufflant la fumée, c'est que tous les Siciliens préfèrent l'odeur du fumier de leur village aux meilleurs parfums de Paris. Qu'est-ce que je fais ici? J'aurais pu m'enfuir au Brésil comme certains. Oui, nous aimons notre patrie, nous autres Siciliens, mais la Sicile ne nous le rend pas.

– Quel idiot j'ai été de revenir, dit le père de Guiliano en haussant les épaules. Si j'avais attendu quelques mois de plus, mon Turi aurait eu la nationalité américaine. Mais l'air de notre île a dû s'infiltrer dans le ventre de sa mère.

Il secoua la tête en signe d'impuissance.

– Pourquoi mon fils s'est-il toujours préoccupé des ennuis des autres, même ceux avec qui il n'était pas lié par le sang? Pourquoi était-il capable de se battre pour un homme qu'il ne connaissait pas et qui avait perdu son travail pour avoir refusé un salaire trop bas? En quoi cela le concernait-il? Il a toujours eu de grandes idées, il a toujours parlé de justice. Un vrai Sicilien ne parle que de son pain.

Tandis qu'ils descendaient la Via Bella, Michael remarqua que la configuration de la ville était idéale pour embuscades et guérilla. Les rues étaient si étroites qu'un seul véhicule pouvait y passer et nombre d'entre elles n'avaient que la largeur nécessaire au passage des petites charrettes tirées par des ânes que les Siciliens utilisaient encore pour le transport des marchandises. Une poignée d'hommes pouvaient tenir en respect des troupes nombreuses et se replier sur les montagnes calcaires qui encerclaient la ville.

Ils débouchèrent sur la grand-place et Andolini montra du doigt la petite église qui la dominait.

– C'est dans cette église que Turi s'est caché quand les carabiniers ont essayé de le capturer au tout début. Depuis lors, il a vécu comme un fantôme.

Les trois hommes regardèrent la porte de l'église comme si Salvatore Guiliano allait soudain apparaître devant eux.

Le soleil disparut derrière les montagnes et ils rentrèrent juste avant le couvre-feu. Deux inconnus les attendaient, inconnus seulement de Michael, car ils étreignirent le père de Guiliano et serrèrent la main de Stefan Andolini.

L'un d'eux était un jeune homme svelte à la peau extrêmement pâle et aux grands yeux sombres et fiévreux. Il avait une moustache de dandy et une beauté presque féminine sans avoir aucunement l'air efféminé. Il émanait de lui une impression de cruauté hautaine propre à celui qui tient coûte que coûte à s'imposer.

Quand Michael apprit qu'il s'agissait de Gaspare Pisciotta, il fut étonné. Pisciotta était le second de Turi Guiliano, son cousin et son ami le plus cher. C'était, après Guiliano, l'homme le plus recherché de Sicile, dont la tête était mise à prix cinq millions de lires. D'après les légendes que Michael avait entendues, le nom de Gaspare Pisciotta évoquait un homme plus dangereux et plus malfaisant. Et pourtant c'était bien lui, si mince, le visage coloré par la rougeur fiévreuse du tuberculeux. Là, dans la ville de Montelepre investie par deux mille membres de la police militaire de Rome.

L'autre homme était tout aussi surprenant, mais pour une raison différente. En l'apercevant, Michael eut un mouvement de recul. L'homme était si petit qu'on pouvait le prendre pour un nain, mais il avait un maintien si digne que Michael sentit immédiatement que sa réaction pouvait être prise comme une offense mortelle. L'inconnu portait un élégant complet gris à petites rayures et une large et magnifique cravate argentée qui recouvrait le plastron de sa chemise crème. Il n'avait guère plus de cinquante ans, mais son épaisse chevelure était presque blanche. Son visage taillé à la serpe était séduisant, avec une grande bouche au dessin délicat. Il était aussi élégant que pouvait l'être un homme de sa taille.

Il se rendit compte de la gêne de Michael et lui adressa un sourire ironique mais bienveillant. On fit les présentations et Michael apprit qu'il s'agissait du professeur Hector Adonis.

Maria Lombardo Guiliano servit le dîner sur la table de la cuisine. Ils mangèrent devant une fenêtre, près du balcon d'où ils voyaient le ciel zébré de rouge et l'obscurité qui enveloppait les montagnes alentour. Michael mangeait lentement et sentait que tout le monde l'observait et le jaugeait. La nourriture était très simple mais bonne : spaghetti accompagnés de calmars à l'encre et ragoût de lapin avec une sauce épicée à la tomate et au poivron rouge. Enfin, Gaspare Pisciotta prit la parole en dialecte sicilien.

– Vous êtes donc le fils de Vito Corleone qui, à ce qu'il paraît, est encore plus puissant que notre Don Croce. Et c'est vous qui allez sauver notre Turi.

Sa voix avait des intonations détachées et moqueuses, comme une invitation à s'offenser si on l'osait. Son sourire semblait mettre en question le mobile de chaque action comme pour dire : « Il est vrai que vous faites une bonne action, mais à quelles fins personnelles? » Mais ce n'était pas un manque d'égards envers Michael dont il connaissait le passé qui avait fait de lui aussi un meurtrier.

– J'exécute les ordres de mon père, dit Michael. Je dois attendre à Trapani que Guiliano prenne contact avec moi, puis je l'emmènerai en Amérique.

– Et quand Turi sera entre vos mains, demanda Pisciotta d'un ton plus grave, vous portez-vous garant de sa sécurité? Pourrez-vous le protéger contre le gouvernement de Rome avec ses milliers de policiers et de soldats et contre Don Croce lui-même?

Michael sentait peser sur lui le regard attentif de la mère de Guiliano aux traits tirés par l'inquiétude.

– Autant qu'un homme puisse se porter garant de quelque chose face au destin, répondit-il avec circonspection. Mais je suis confiant.

Il vit le visage de la mère de Guiliano se détendre, mais Pisciotta répliqua durement :

– Pas moi. Vous vous êtes fié à Don Croce cet après-midi et vous lui avez dévoilé votre plan d'évasion.

– Pourquoi ne l'aurais-je pas fait? rétorqua Michael.

Comment diable Pisciotta pouvait-il avoir eu si rapidement connaissance des détails de la conversation de son déjeuner avec Don Croce?

– D'après mes instructions, c'est Don Croce qui se charge de me remettre Guiliano. Et, de toute façon, je ne lui ai dévoilé qu'un seul plan d'évasion.

– Et les autres? demanda Pisciotta.

Il vit Michael hésiter.

– Parlez franchement. Si l'on ne peut avoir confiance en ceux qui sont dans cette pièce, il n'y a plus d'espoir pour Turi.

Le petit homme, Hector Adonis, prit la parole pour la première fois. Il avait une voix extraordinairement ample, la voix d'un orateur né, d'un homme ayant le don de persuasion.

– Mon cher Michael, dit-il, vous devez comprendre que Don Croce est l'ennemi de Turi Guiliano. Les renseignements de votre père ne sont pas très frais. Nous ne pouvons, de toute évidence, vous remettre Turi sans prendre de précautions.

Il s'était exprimé dans la langue raffinée de Rome et non en dialecte sicilien.

– Je crois à la promesse que Don Corleone a faite d'aider mon fils, affirma le père de Guiliano. Pour moi, il ne peut y avoir de doute.

– J'insiste, reprit Hector Adonis. Nous devons connaître vos plans.

– Je peux vous dire ce que j'ai dit à Don Croce, fit Michael. Mais pourquoi devrais-je mettre quelqu'un au courant de mes autres plans? Si je vous demandais où Turi Guiliano est caché en ce moment, me le diriez-vous?

Michael vit Pisciotta esquisser un sourire sincère d'approbation en entendant sa réponse.

– Ce n'est pas la même chose, dit Hector Adonis. Vous n'avez aucunement besoin de savoir où se cache Turi alors que nous devons connaître vos plans pour vous aider.

– Je ne sais rien de vous, répliqua posément Michael.

Un sourire illumina le beau visage d'Hector Adonis. Puis le nabot se leva et s'inclina.

– Pardonnez-moi, dit-il avec la plus grande sincérité. J'étais l'instituteur de Turi quand il était petit et ses parents m'ont fait l'honneur de me choisir comme parrain de leur fils. Je suis maintenant professeur d'histoire et de littérature à l'université de Palerme. Mais mes meilleures références peuvent être attestées par tous ceux qui sont à cette table. Je suis depuis la première heure un membre de la bande de Guiliano.

– Moi aussi, je fais partie de la bande, dit calmement Stefan Andolini. Tu connais mon nom et tu sais que je suis ton cousin. Mais on m'appelle aussi *Fra Diavolo.*

C'était également en Sicile un nom légendaire que Michael avait maintes fois entendu prononcer. C'est donc pour cela qu'il a cette face d'assassin, songea Michael. Et lui aussi était un homme traqué dont la tête était mise à prix. Mais il avait pourtant déjeuné à la table de l'inspecteur Velardi.

Tout le monde attendait la réponse de Michael. Il n'avait nullement l'intention de leur faire part de ses projets définitifs mais il devait leur dire quelque chose. La mère de Guiliano le regardait fixement. Il s'adressa directement à elle.

– C'est très simple, dit-il. Je dois d'abord vous avertir que je ne peux pas attendre plus de sept jours. Cela fait trop longtemps que je suis loin de chez moi et mon père a besoin de mon aide pour résoudre certains problèmes. Vous comprendrez évidemment que je suis impatient de retrouver ma famille. Mais mon père désire que j'aide votre fils. Ses dernières instructions communiquées par un courrier me demandaient d'aller voir Don Croce, puis de me rendre à Trapani où je serai logé dans la villa du Don local. Des hommes venus des États-Unis et en qui je puis avoir une confiance absolue m'y attendront. Des hommes compétents.

Il s'interrompit quelques instants.

Le mot « compétent » avait une signification particulière en Sicile et désignait en général l'élite des tueurs à gages de la mafia.

– Quand Turi sera venu me rejoindre, reprit-il, il sera en sécurité. La villa est une forteresse. Et quelques heures après, nous embarquerons sur un bateau rapide à destination de l'Afrique. Là, un avion nous attendra pour nous transporter aussitôt en Amérique où il sera sous la protection de mon père et vous n'aurez plus rien à craindre pour lui.

– Quand serez-vous prêt à accueillir Turi Guiliano? demanda Hector Adonis.

– J'arriverai à Trapani demain matin de bonne heure. Donnez-moi vingt-quatre heures à partir de ce moment-là.

La mère de Guiliano fondit soudain en larmes.

– Mon pauvre Turi ne fait plus confiance à personne, dit-elle. Il n'ira pas à Trapani.

– Alors je ne peux rien faire pour lui, dit Michael avec froideur.

La mère de Guiliano sembla se recroqueviller de désespoir et, au grand étonnement de Michael, c'est Pisciotta qui alla la réconforter. Il l'embrassa et la serra dans ses bras.

– Ne vous inquiétez pas, Maria, dit-il. Turi m'écoute encore. Je lui dirai que nous avons tous confiance en l'homme venu d'Amérique, n'est-ce pas?

Il interrogea du regard les autres hommes qui hochèrent la tête.

– J'emmènerai moi-même Turi à Trapani, dit-il.

Tout le monde parut satisfait. Michael comprit que c'était la froideur de sa réponse qui les avait convaincus qu'il était digne de leur confiance. En vrais Siciliens, ils se méfiaient d'un excès de chaleur humaine et de générosité. Quant à lui, il était agacé par leur prudence et par les modifications apportées aux plans de son père. Don Croce était devenu un ennemi et Guiliano risquait de ne pas venir le trouver de sitôt, si jamais il acceptait de le faire. Puis il se demanda ce que Turi Guiliano représentait pour lui. Et d'ailleurs, que représentait-il pour son père?

Ils passèrent dans la petite salle de séjour où Maria Lombardo servit le café et de l'anisette en s'excusant de ne pas avoir de dessert. Elle dit à Michael que l'anisette le réchaufferait pour le long trajet de nuit jusqu'à Trapani. Hector Adonis prit dans une poche de son veston de bonne coupe un étui à cigarettes doré qu'il présenta à la ronde. Il prit une cigarette qu'il porta à ses lèvres finement ciselées et se renversa dans son fauteuil, de sorte que ses pieds ne touchaient plus le sol. Il ressemblait à un pantin au bout d'une ficelle.

Maria Lombardo montra du doigt l'énorme portrait accroché au mur.

– Il es beau, n'est-ce pas? dit-elle. Et sa beauté n'a d'égale que sa bonté. Mon cœur s'est brisé quand il est devenu un hors-la-loi. Vous souvenez-vous de ce jour funeste, signor Adonis? Et tous les mensonges qu'on raconte sur le Portella della Ginestra! Jamais mon fils n'aurait fait cela.

Les autres semblèrent embarrassés. Michael se demanda pour la deuxième fois de la journée ce qui s'était passé au Portella della Ginestra mais il n'osa pas poser la question.

– Quand j'étais l'instituteur de Turi, dit Hector Adonis, il lisait beaucoup. Il connaissait par cœur la légende de Charlemagne et de Roland et maintenant il est devenu lui-même un héros mythique. Mais quand on a fait de lui un hors-la-loi, mon cœur aussi s'est brisé.

– Il aura de la chance s'il reste en vie, dit amèrement Maria Lombardo. Mais pourquoi avons-nous voulu que notre fils voie le jour ici? Oui, bien sûr, nous voulions qu'il soit un vrai Sicilien.

Elle partit d'un grand rire plein d'amertume.

– Et c'est ce qu'il est. Il craint pour sa vie et sa tête est mise à prix.

Elle marqua un temps d'arrêt et ajouta avec une conviction farouche :

– Mon fils est un saint.

Michael remarqua le sourire de Pisciotta, ce sourire particulier qu'ont ceux qui écoutent des parents vantant avec attendrissement les vertus de leur rejeton. Le père de Guiliano lui-même fit un geste d'impatience et Stefan Andolini eut un sourire finaud de vieux renard.

– Ma chère Maria Lombardo, dit Pisciotta d'une voix affectueuse mais ferme, votre fils n'est pas aussi impuissant que vous le prétendez. Il a donné plus de coups qu'il n'en a reçu et ses ennemis le craignent encore.

– Je sais qu'il a tué bien des gens, dit la mère de Guiliano d'une voix plus calme, mais il n'a jamais commis d'injustice. Et il leur a toujours laissé le temps de purifier leur âme et d'adresser une dernière prière à Dieu.

Elle prit brusquement Michael par la main, l'entraîna dans la cuisine et le conduisit sur le balcon.

– Aucun d'eux ne connaît vraiment mon fils, dit-elle. Ils ne savent pas à quel point il est doux et gentil. Il est peut-être obligé de se conduire d'une certaine manière avec les autres hommes mais avec moi il était lui-même. Il m'obéissait sans murmurer et ne m'a jamais manqué de respect. C'était un fils affectueux et soumis. Les premiers jours où il a pris le maquis, il regardait du haut de la montagne mais ne voyait rien et moi je regardais en haut sans rien voir non plus. Mais nous sentions la présence de l'autre et l'amour de l'autre. Comme je les sens ce soir. Et je pense à lui, seul dans ces montagnes, pourchassé par des milliers de soldats et mon cœur se serre. Vous êtes peut-être le seul qui puisse le sauver. Promettez-moi d'attendre.

Elle serra fortement les mains de Michael et les larmes se mirent à ruisseler sur ses joues.

Michael regarda dans l'obscurité la ville de Montelepre nichée au cœur des hautes montagnes. Seule la grand-place était piquetée de lumières; le ciel était émaillé d'étoiles. Des rues montaient de temps à autre un bruit métallique d'armes et les voix rauques des carabiniers en patrouille. La ville semblait pleine de fantômes se déplaçant dans l'air doux de la nuit d'été qui apportait l'odeur des citronniers, le bruissement insistant de myriades d'insectes, le cri brusque d'un policier faisant sa ronde.

– J'attendrai aussi longtemps que possible, dit doucement Michael. Mais mon père a besoin de moi et vous devez persuader votre fils d'aller me rejoindre.

Elle acquiesça de la tête et l'emmena retrouver les autres. Pisciotta, l'air nerveux, marchait de long en large.

– Nous avons décidé qu'il valait mieux que nous restions tous ici jusqu'à l'aube et la fin du couvre-feu, dit-il. La nuit, il y a trop de soldats prêts à tirer pour un rien et il pourrait y avoir un accident.

– Y voyez-vous un inconvénient? demanda-t-il à Michael.

– Non, répondit Michael, à condition que cela ne dérange pas nos hôtes.

D'un geste de la main, ils écartèrent cette idée. Ils avaient souvent veillé toute la nuit quand Turi entrait en ville en catimini pour rendre visite à ses parents. En outre, ils avaient encore beaucoup à se dire, bien des détails à régler. Ils se mirent à l'aise pour la longue nuit à venir. Hector Adonis se débarrassa de son veston et de sa cravate mais il demeurait élégant. La mère de Guiliano prépara du café.

Michael leur demanda de lui dire tout ce qu'ils pouvaient sur Turi Guiliano. Il lui fallait comprendre. Les parents répétèrent que Turi avait toujours été un fils merveilleux; Stefan Andolini évoqua le jour où Turi Guiliano lui avait laissé la vie sauve; Pisciotta raconta des anecdotes amusantes sur l'audace, le sens de l'humour et l'absence de cruauté de Turi qui, même s'il pouvait se montrer impitoyable avec les traîtres et ses ennemis, ne mettait jamais leur courage à l'épreuve des tortures ou des humiliations. Puis il fit le récit de la tragédie du Portella della Ginestra.

– Ce jour-là, dit Pisciotta, il a pleuré devant tous les membres de sa bande.

– Jamais il n'aurait fait tuer tous ces gens, dit Maria Lombardo.

– Nous le savons tous, dit Hector Adonis d'une voix apaisante. C'est un être doux par nature.

Il se tourna vers Michael.

– Il adorait les livres et je croyais qu'il deviendrait un poète ou un lettré. Il était soupe au lait mais jamais méchant, car ses colères étaient celles de l'innocence. Il détestait l'injustice, ne supportait pas la brutalité des carabiniers envers les pauvres et leur servilité envers les riches. Dès son enfance, il était outré d'apprendre qu'un fermier ne pouvait garder le blé qu'il cultivait, le vin de son pressoir ou le cochon qu'il égorgeait. Et pourtant c'était un garçon très doux.

– Il n'est plus aussi doux maintenant, dit Pisciotta en riant. Quant à vous, Hector, ne jouez plus au petit maître d'école! A cheval, vous étiez aussi grand que n'importe lequel d'entre nous.

– Aspanu, répliqua Hector Adonis avec un regard sévère, ce n'est pas le moment de faire de l'esprit.

– Vous êtes trop petit pour me faire peur, dit Pisciotta avec agitation.

Michael nota que le surnom de Pisciotta était Aspanu et qu'il y avait une aversion profonde entre les deux hommes. Les allusions constantes de Pisciotta à la taille d'Adonis et le ton sévère que le professeur employait quand il s'adressait à lui en témoignaient. Il régnait d'ailleurs une atmosphère de méfiance : tout le monde semblait tenir Stefan Andolini à distance et la mère de Guiliano donnait l'impression de ne se fier entièrement à personne. Mais à mesure que la nuit avançait, il devenait évident qu'ils aimaient tous sincèrement Turi.

– Il existe donc un Testament écrit par Turi Guiliano, dit Michael avec circonspection. Où se trouve-t-il maintenant?

Il y eut un long silence et tous les regards convergèrent sur lui. Et il se sentit soudain englobé dans leur méfiance.

– Il a commencé à l'écrire sur mon conseil et je l'ai aidé à le rédiger, dit enfin Hector Adonis. Chaque page est signée par Turi.

Il y dévoile les alliances secrètes avec Don Croce et le gouvernement de Rome et la vérité sur le Portella della Ginestra. S'il était rendu public, le régime tomberait certainement. Ce serait la dernière carte de Guiliano si le pire devait arriver.

– J'espère que vous l'avez placé en lieu sûr, dit Michael.

– Oui, dit Pisciotta, car Don Croce aimerait mettre la main dessus.

– En temps voulu, dit Maria Lombardo, nous nous arrangerons pour vous remettre le Testament. Vous pourrez peut-être l'expédier en Amérique avec la jeune fille.

– Quelle jeune fille? demanda Michael en lançant un regard étonné autour de lui.

Tout le monde détourna les yeux, l'air embarrassé ou inquiet, car ils savaient que c'était une surprise désagréable et redoutaient sa réaction.

– La fiancée de mon fils, dit la mère de Guiliano. Elle est enceinte.

Elle se tourna vers les autres.

– De toute façon, il faudra s'occuper d'elle. Demandons-lui tout de suite s'il accepte de l'emmener.

Maria Lombardo s'efforçait de conserver son calme, mais il était évident qu'elle attendait avec inquiétude la réponse de Michael.

– Elle ira vous retrouver à Trapani. Turi veut que vous la fassiez passer en Amérique avant lui. Quand elle lui aura fait savoir qu'elle est en sûreté, Turi ira vous rejoindre.

– Je n'ai pas d'instructions, dit prudemment Michael. Il faudrait que je consulte mes amis de Trapani pour le facteur temps. Je sais que votre mari et vous devez suivre votre fils quand il sera arrivé aux États-Unis. La jeune fille ne pourrait-elle pas attendre et vous accompagner?

– Elle servira à vous mettre à l'épreuve, fit Pisciotta d'un ton cassant. Elle enverra un mot codé à Guiliano qui saura alors qu'il a affaire à un homme non seulement honnête mais intelligent et il aura l'assurance que vous pouvez le faire sortir sans danger de Sicile.

– Aspanu, dit le père de Guiliano avec colère, je vous ai déjà dit, à mon fils et à toi, que Don Corleone a donné sa parole qu'il nous aiderait.

– Ce sont les ordres de Turi, dit calmement Pisciotta.

Michael réfléchit rapidement.

– Je trouve cela très habile, dit-il. Nous pouvons essayer l'itinéraire prévu et voir s'il y a péril à le suivre.

Il n'avait aucunement l'intention de prendre le même avec Guiliano.

– Je peux vous envoyer devant avec votre mari et la jeune fille, dit-il à la mère de Guiliano.

Il regarda les parents de Turi d'un air interrogateur, mais ils secouèrent tous deux la tête.

– Ce n'est pas une mauvaise idée, dit doucement Hector Adonis.

– Nous ne quitterons pas la Sicile tant que notre fils y sera, dit Maria Lombardo.

Son mari croisa les bras et acquiesça d'un signe de tête. Et Michael comprit ce qu'ils pensaient. Si Turi Guiliano trouvait la mort en Sicile, ils ne voulaient pas être en Amérique. Ils devaient rester pour pleurer la mort de leur fils, le porter en terre et fleurir sa tombe. L'épilogue de la tragédie était leur affaire. La jeune fille pouvait partir, elle n'était attachée que par les liens du cœur, pas ceux du sang.

Dans le courant de la nuit, Maria Lombardo Guiliano montra à Michael un album rempli de coupures de journaux et d'affichettes portant le montant des différentes récompenses promises par le gouvernement à qui apporterait la tête de Guiliano. Elle lui montra un article illustré publié par la revue *Life* en 1948 dans lequel l'auteur affirmait que Salvatore Guiliano était le plus grand bandit des temps modernes, un Robin des Bois italien qui dévalisait les riches afin de venir en aide aux pauvres. Il présentait également l'une des célèbres lettres que Guiliano avait envoyées aux journaux.

« Pendant cinq ans, j'ai combattu pour libérer la Sicile. J'ai donné aux pauvres ce que j'ai pris aux riches. Que le peuple de Sicile dise si je suis un hors-la-loi ou un combattant de la liberté. S'il se prononce contre moi, je me livrerai pour être jugé. Tant qu'il se prononcera en ma faveur, je continuerai à livrer une guerre totale à la corruption et à l'infamie qui oppriment le peuple de Sicile. »

On ne dirait certainement pas un bandit aux abois, songea Michael tandis que le visage de Maria Lombardo rayonnait de fierté. Il se sentait proche d'elle qui ressemblait beaucoup à sa propre mère. Son visage portait l'empreinte de ses peines, mais ses yeux flamboyaient du désir ardent de poursuivre la lutte contre le destin.

L'aube parut enfin et Michael se leva pour faire ses adieux. Il fut étonné quand la mère de Guiliano l'étreignit chaleureusement.

– Vous me rappelez mon fils, dit-elle. J'ai confiance en vous.

Elle se dirigea vers la cheminée et prit une statue de bois de la Vierge. Elle était noire et avait des traits négroïdes.

– C'est un cadeau, dit Maria Lombardo, la seule chose de valeur que je puisse vous offrir.

Michael voulut refuser, mais elle insista pour qu'il la prenne.

– Il ne reste qu'un petit nombre de ces statues en Sicile, dit Hector Adonis. Elle est curieuse, mais nous sommes très près de l'Afrique.

– Peu importe sa couleur, dit la mère de Guiliano, vous pouvez lui adresser vos prières.

– Oui, dit Pisciotta d'un ton sarcastique, elle peut faire autant de bien que les autres.

Ils se séparèrent. Michael vit Pisciotta prendre congé de la mère de Guiliano et fut frappé par l'affection sincère qui les unissait. Pisciotta l'embrassa sur les deux joues et lui tapota le bras d'un geste rassurant. Puis elle appuya quelques instants la tête sur son épaule.

– Aspanu, Aspanu, je t'aime autant que mon fils. Ne les laisse pas tuer Turi.

Et elle se mit à pleurer.

Pisciotta se départit de sa froideur, son corps sembla s'affaisser et sa face sombre et anguleuse s'adoucit.

– Vous vieillirez tous en Amérique, dit-il avant de se tourner vers Michael.

– Je vous amène Turi dans la semaine.

Il sortit rapidement et silencieusement. Il possédait lui aussi un laissez-passer bordé de rouge et pouvait s'évanouir dans les montagnes. Hector Adonis, bien qu'il eût une maison en ville, allait rester chez les Guiliano.

Michael et Stefan Andolini montèrent dans la Fiat, traversèrent la grand-place et prirent la route qui menait à Castelvetrano et à la ville côtière de Trapani où ils n'arrivèrent qu'à midi à cause de la conduite lente et hésitante d'Andolini et des nombreux barrages routiers qu'ils rencontrèrent.

— [illegible] (Michel), [illegible] Il [illegible] la [illegible] de [illegible] [illegible]

— [illegible] répondit [illegible] l'[illegible]

— [illegible] danger de chômer [illegible] une [illegible] de la [illegible]

— C'est [illegible] dit [illegible] la [illegible] chose de [illegible]

— [illegible] pour [illegible] la [illegible]

Il ne reste qu'un [illegible] en [illegible] sont [illegible] très près de [illegible]

— [illegible] de [illegible] vous [illegible]

— [illegible] car [illegible] de [illegible]

[illegible] de la [illegible] de [illegible]

— [illegible] je [illegible] de [illegible]

— [illegible]

— [illegible] de [illegible] et [illegible] de [illegible]

— [illegible] la [illegible]

[illegible] il [illegible] les [illegible] et [illegible] les [illegible] une maison [illegible]

Michel et [illegible] Antonin [illegible] dans la [illegible] et [illegible] la [illegible] et des [illegible]

LIVRE II

TURI GUILIANO

1943

2.

En septembre 1943, Hector Adonis était professeur de littérature et d'histoire à l'université de Palerme. A cause de sa très courte stature, ses collègues le traitaient avec moins de respect que son talent ne le méritait. Mais c'était inéluctable dans cette culture sicilienne où les surnoms étaient communément et cruellement déterminés par les défauts physiques. La seule personne qui connût sa véritable valeur était le président de l'université.

En ce mois de septembre 1943, la vie d'Hector Adonis était sur le point de changer. Pour l'Italie du Sud, la guerre était terminée. L'armée américaine avait déjà conquis la Sicile et débarqué sur le continent. Le fascisme était mort, l'Italie renaissait et, pour la première fois depuis douze siècles, la Sicile était une île sans véritable maître. Mais Hector Adonis qui connaissait l'ironie de l'histoire ne nourrissait guère d'espoirs. La mafia avait déjà commencé à usurper l'autorité légale en Sicile et son pouvoir cancéreux deviendrait aussi funeste que celui de n'importe quel État constitué. Il regardait par la fenêtre de son bureau les quelques bâtiments qui constituaient le prétendu campus.

Il n'y avait nul besoin de dortoirs, car ici la vie d'étudiant n'existait pas. La plupart des étudiants travaillaient chez eux et consultaient leurs professeurs à date fixe. Les professeurs donnaient des cours auxquels les élèves pouvaient impunément se dispenser d'assister. Il leur suffisait de passer leurs examens. C'était un système qu'Hector Adonis considérait comme scandaleux et d'autant plus stupide qu'il concernait des Siciliens qui, à son avis, avaient besoin d'une discipline pédagogique plus rigoureuse que les étudiants des autres régions.

De sa fenêtre, il observait l'afflux saisonnier des chefs de la mafia venus de toutes les provinces de Sicile exercer des pressions courtoises sur les professeurs de l'université. Sous le gouvernement fasciste, les mafiosi étaient plus circonspects, plus humbles, mais depuis le retour salutaire de la démocratie restaurée par les troupes américaines, se tortillant d'aise comme des vers de terre dans le sol détrempé, ils avaient repris leurs vieilles habitudes. Toute leur humilité s'était envolée.

Les chefs de la mafia, les « Amis des Amis », comme se faisaient appeler ces chefs de clans locaux des nombreux villages de Sicile, venaient dans leurs habits du dimanche plaider la cause de certains étudiants, proches ou fils de riches propriétaires terriens, fils de leurs propres amis, qui allaient échouer aux examens et n'obtiendraient pas leur diplôme si des mesures efficaces n'étaient pas prises. Et l'obtention de ces diplômes était d'une importance cruciale. Sinon comment leur famille se débarrasserait-elle de ces enfants dépourvus d'ambition, de talent et d'intelligence? Les parents devraient subvenir à leurs besoins toute leur vie durant. Mais munis d'un diplôme, une peau d'âne de l'université, ces mêmes vauriens pouvaient devenir professeur, médecin, membre du Parlement ou, dans le pire des cas, fonctionnaire subalterne de l'État.

Hector Adonis eut un haussement d'épaules; l'histoire le consolait. Ses chers Anglais, à l'apogée de l'Empire, avaient confié le commandement de leurs armées à des fils de famille tout aussi incompétents dont les parents avaient acheté des commissions d'officier ou des brevets de capitaine de vaisseau. Et l'Empire britannique avait quand même prospéré. Il est vrai que ces officiers avaient conduit leurs hommes à des massacres inutiles, mais il ne fallait pas oublier qu'ils étaient morts à leur tête, la bravoure étant un impératif de leur classe. Et que leur mort avait au moins résolu le problème de ces hommes incompétents et ineptes devenus un fardeau pour l'État. Les Italiens n'étaient ni aussi chevaleresques ni aussi froidement pratiques. Ils aimaient leurs enfants, les mettaient à l'abri de l'échec personnel et laissaient l'État se débrouiller.

De sa fenêtre, Hector Adonis aperçut au moins trois de ces chefs de la mafia qui se promenaient à la recherche de leurs victimes. Coiffés d'une casquette et chaussés de bottes de cuir, ils gardaient sur le bras leur lourde veste de velours, car il faisait encore chaud. Ils portaient des paniers de fruits et des bouteilles de vin de pays entourées de paillons apportés en offrande. Il ne s'agissait pas de corruption, plutôt d'un antidote courtois contre la terreur qu'éveillerait leur vue dans le cœur des professeurs qui, pour la plupart, étaient originaires de Sicile et savaient qu'il n'était pas question de repousser leurs requêtes.

L'un des mafiosi, à l'aspect si campagnard qu'on eût dit un comédien en costume dans *Cavalleria Rusticana* venait d'entrer dans le bâtiment et montait l'escalier. Hector Adonis se prépara avec un plaisir sardonique à jouer la comédie familière.

Adonis connaissait le mafioso. Il s'appelait Bucilla et possédait une ferme et des moutons à Partinico, un village proche de Montelepre. Les deux hommes se serrèrent la main et Bucilla tendit son panier à Adonis.

– Nous avons tellement de fruits qui tombent et qui pourrissent par terre que je me suis dit que j'allais en emporter un peu au professeur.

Petit mais de forte carrure, il avait un corps endurci par toute une vie de dur labeur. Adonis savait qu'il avait une réputation d'honnêteté et menait une existence modeste alors qu'il aurait pu utiliser son pouvoir pour s'enrichir. Il perpétuait la tradition des anciens patrons de la mafia qui se battaient non pour les richesses, mais pour le respect et l'honneur.

Adonis accepta les fruits en souriant. Quel paysan sicilien aurait laissé quelque chose se perdre? Il y avait des nuées d'enfants qui s'abattaient comme des sauterelles sur la moindre olive tombée par terre.

Bucilla soupira. Il était affable, mais Adonis savait que son affabilité pouvait en une fraction de seconde se transformer en une attitude menaçante. Il lui adressa donc un sourire de sympathie.

– Que d'embêtements dans la vie, dit Bucilla. J'avais du travail dans les champs, mais comment aurais-je pu refuser le petit service que mon voisin m'a demandé? Mon père connaissait son père et mon grand-père son grand-père. Et il est dans ma nature, pour mon malheur peut-être, de faire tout ce qu'un ami me demande. Après tout, ne sommes-nous pas tous des chrétiens?

– Nous sommes tous les mêmes, nous autres Siciliens, dit Hector Adonis d'une voix douce. Trop généreux. C'est pourquoi les gens du Nord qui sont à Rome abusent honteusement de nous.

Bucilla lui lança un regard pénétrant. Tout allait se passer pour le mieux. Et n'avait-il pas entendu dire que ce professeur faisait partie des « Amis »? Il ne semblait assurément pas avoir peur. Mais s'il était un « Ami des Amis », pourquoi lui, Bucilla, n'en avait-il pas été informé? Certes, il y avait de nombreux échelons chez les « Amis ». Mais en tout cas, c'était un homme qui comprenait le monde dans lequel il vivait.

– Je suis venu vous demander un service, dit Bucilla. Entre Siciliens. Le fils de mon voisin a été recalé à ses examens cette année. Mon voisin prétend que c'est à cause de vous. Mais quand j'ai entendu votre nom, je lui ai dit : « Comment! Le signor Adonis? Mais c'est le meilleur homme de la terre. Jamais il n'aurait été si sévère s'il avait été en possession de tous les éléments du problème. Jamais. » Et ils m'ont supplié en pleurant de vous raconter toute l'histoire. Et de vous demander très humblement de bien vouloir changer sa note afin qu'il puisse entrer dans la vie active et gagner son pain.

Hector Adonis ne se laissa pas abuser par cette exquise politesse. Elle lui rappelait aussi les Anglais qu'il admirait tant et qui pouvaient être d'une insolence si subtile que l'on essuyait leurs insultes pendant plusieurs jours avant de se rendre compte qu'on était mortellement blessé. Ce qui n'était qu'une façon de parler pour les Anglais alors que le refus de satisfaire à la requête du signor Bucilla serait suivi par une décharge de *lupara* une nuit sans lune. Hector Adonis grignota poliment quelques fruits du panier.

– Nous ne pouvons pas laisser un jeune homme sans ressources dans ce monde cruel, dit-il. Comment s'appelle-t-il?

Quand Bucilla lui eut répondu, il prit un registre dans le tiroir du bas de son bureau et le feuilleta. Mais il savait naturellement de qui il s'agissait.

L'étudiant recalé était un rustre, un lourdaud, un butor, plus bête que les moutons de la ferme de Bucilla. C'était un fainéant qui courait le jupon, un fanfaron maladroit, un ignorant incapable de faire la différence entre l'*Iliade* et Verga. Malgré cela Hector Adonis adressa un sourire mielleux à Bucilla.

– Ah, dit-il d'un ton profondément étonné, je vois qu'un de ses examens ne s'est pas très bien passé. Mais c'est facile à arranger. Demandez-lui de venir me voir. Je le ferai réviser dans mon bureau et lui ferai passer un examen de rattrapage. Et cette fois, il ne sera pas recalé.

Ils se serrèrent la main et Bucilla sortit. Je me suis fait un nouvel ami, songea Hector. Quelle importance si tous ces jeunes propres à rien obtenaient des diplômes qu'ils ne méritaient pas? Dans l'Italie de 1943, ils pouvaient s'en servir pour se torcher leur derrière douillet et végéter dans des situations médiocres.

La sonnerie du téléphone interrompit le cours de ses pensées et provoqua une nouvelle irritation. Il y eut une sonnerie brève, puis un silence suivi de trois coups encore plus brefs. La standardiste était en train de papoter avec quelqu'un et elle remuait sa fiche pendant les silences de sa propre conversation. Cela l'exaspéra à un tel point qu'il hurla « Pronto »! dans l'appareil avec une véhémence frisant l'incorrection.

Et malheureusement c'était le président de l'université qui appelait. Cet homme, notoirement pointilleux sur le chapitre de la courtoisie professionnelle, était manifestement préoccupé par des choses plus importantes que la politesse. Sa voix tremblait de peur.

– Mon cher professeur Adonis, dit-il d'un ton larmoyant et implorant, auriez-vous l'obligeance de venir à mon bureau? L'université a un grave problème que vous êtes peut-être le seul à pouvoir résoudre. C'est de la plus haute importance. Croyez-moi, mon cher professeur, cela vous vaudra toute ma gratitude.

Cette obséquiosité rendit Hector Adonis inquiet. Qu'attendait donc de lui cet imbécile? Qu'il saute par-dessus la cathédrale de Palerme? Adonis songea amèrement que le président qui mesurait plus d'un mètre quatre-vingts était plus à même que lui de le faire. Qu'il saute lui-même au lieu de demander à l'un de ses subordonnés pourvu des jambes les plus courtes de toute la Sicile de faire son travail à sa place. Cette image rendit sa bonne humeur à Adonis.

– Vous pourriez peut-être me donner une indication, dit-il avec douceur, pour que je puisse me préparer en route.

La voix du président se réduisit à un murmure.

– L'estimable Don Croce nous a fait l'honneur d'une visite. Son neveu est étudiant en médecine et son professeur lui a suggéré d'abandonner ses études de son plein gré. Don Croce est venu nous demander le plus courtoisement du monde de reconsidérer le problème, mais le professeur de la faculté de médecine insiste pour que le jeune homme abandonne.

– Quel est l'idiot qui fait cela? demanda Hector Adonis.

– Le jeune docteur Nattore, répondit le président. Un membre estimable du corps enseignant mais encore un peu naïf.

– Je serai dans votre bureau dans cinq minutes, dit Adonis.

Il traversa en hâte l'espace découvert qui le séparait du bâtiment principal en se demandant quelle ligne de conduite il allait suivre. La difficulté n'était pas le président qui avait toujours fait appel à lui pour des problèmes de cet ordre, mais le docteur Nattore. Il le connaissait bien. Un brillant médecin, un professeur dont la mort serait assurément une perte pour la Sicile et la démission une perte pour l'université. Mais c'était aussi le pire des raseurs, un homme pontifiant, inflexible sur les principes et chatouilleux en matière d'honneur. Mais même lui devait avoir entendu parler du grand Don Croce et avoir un grain de bon sens dans son cerveau de génie. Il y avait certainement autre chose.

Devant le bâtiment principal était garée une longue voiture noire sur laquelle étaient appuyés deux hommes à qui leurs complets-veston ne parvenaient pas à donner un air respectable. Ce devaient être le garde du corps et le chauffeur du Don qui étaient restés en bas par respect pour les universitaires auxquels Don Croce rendait visite. Adonis remarqua leurs regards d'étonnement puis d'amusement devant sa courte stature, la coupe parfaite de ses vêtements et le porte-documents sous son bras. Il leur lança un regard froid qui les frappa de stupeur. Un si petit homme pouvait-il être un « Ami des Amis »?

Le bureau du président ressemblait plus à une bibliothèque qu'à un centre de gestion; c'était un lettré plus qu'un administrateur. Tous les murs étaient couverts de livres et le mobilier était massif mais confortable. Don Croce, assis dans un énorme fauteuil, sirotait un espresso. Son visage évoqua à Hector Adonis la proue déformée par des années de combats et de navigation dans les mers hostiles d'un navire de l'*Iliade.* Le Don fit semblant de ne pas le connaître et Hector Adonis laissa faire les présentations. Le président savait bien entendu que ce n'était qu'une mascarade, mais le jeune docteur Nattore s'y laissa prendre.

Le président était le plus grand membre du corps enseignant et Adonis le plus petit. Par courtoisie, le président s'assit aussitôt et s'enfonça dans son siège avant de prendre la parole.

– Nous avons un léger différend, dit-il.

A ces mots, le docteur Nattore poussa un grognement d'exaspération, mais Don Croce inclina légèrement la tête en signe d'acquiescement.

– Don Croce a un neveu qui aspire à devenir médecin, poursuivit le président, mais d'après le docteur Nattore, il n'a pas les notes nécessaires pour obtenir son doctorat. C'est dramatique. Don Croce a eu la bonté de se déplacer afin de plaider la cause de son neveu et comme il a fait beaucoup pour notre université, j'ai pensé que nous devrions faire de notre mieux pour arriver à un compromis.

– Je ne suis guère éduqué moi-même, dit Don Croce d'un ton affable et aucunement sarcastique, et pourtant nul ne peut prétendre que je n'ai pas réussi dans le monde des affaires.

Il est certain, songea Hector Adonis, que pour corrompre des ministres, ordonner des assassinats, terrifier commerçants et industriels, il n'est pas besoin de savoir lire et écrire.

– C'est l'expérience qui m'a permis de trouver ma voie, poursuivit Don Croce. Pourquoi mon neveu ne pourrait-il faire de même? Ma sœur aura beaucoup de chagrin si son fils ne peut faire précéder son nom du titre de docteur. Elle est profondément croyante et veut soulager le monde.

– Je ne puis revenir sur ma position, dit le docteur Nattore avec cette insensibilité si fréquente chez celui qui est dans le vrai.

Don Croce poussa un soupir.

– Quel mal peut faire mon neveu? demanda-t-il d'une voix cajoleuse. Je m'arrangerai pour qu'il ait un poste de fonctionnaire dans l'armée ou dans un hôpital catholique pour personnes âgées. Il leur tiendra la main et les écoutera raconter leurs malheurs. Il est extrêmement aimable et saura charmer les croulants. Qu'est-ce que je demande, après tout? De tripoter un peu les papiers que vous tripotez ici.

Il laissa courir un regard dédaigneux sur les livres qui tapissaient les murs du bureau.

Hector Adonis, très inquiet de la douceur dont faisait preuve Don Croce, un signal de danger chez un homme de sa trempe, songea avec colère qu'il était facile pour le Don d'adopter cette position. Ses hommes l'expédiaient immédiatement en Suisse dès qu'il avait le foie un peu détraqué. Mais Adonis savait qu'on comptait sur lui pour sortir de l'impasse.

– Mon cher docteur Nattore, dit-il, nous pouvons certainement faire quelque chose. Quelques cours particuliers, un stage de formation dans un hospice?

Bien qu'il eût vu le jour à Palerme, le docteur Nattore n'avait pas l'air d'un Sicilien. Il avait des cheveux blonds clairsemés et montrait sa colère, ce qu'un vrai Sicilien n'eût jamais fait dans une situation aussi délicate. Sûrement à cause des gènes déficients hérités de quelque lointain conquérant normand.

– Vous ne comprenez pas, mon cher professeur Adonis. Ce jeune crétin veut devenir chirurgien.

Dieu du ciel! se dit Hector Adonis. Voilà des ennuis en perspective!

Profitant du silence stupéfait de son collègue, le docteur Nattore poursuivit :

– Votre neveu ne connaît absolument rien à l'anatomie. Il a charcuté un cadavre comme s'il s'agissait de découper un mouton pour la broche. Il manque la plupart des cours, il ne prépare pas ses examens, il entre dans la salle d'opération comme s'il allait au bal. Je reconnais qu'il est aimable; on ne pourrait trouver quelqu'un de plus gentil. Mais il ne faut pas oublier qu'il devra faire un jour des incisions dans un corps humain à l'aide d'un bistouri.

Hector Adonis savait exactement ce que pensait Don Croce. Qu'est-ce que cela pouvait bien faire si le jeune homme devenait un mauvais chirurgien? C'était une question de prestige familial et la perte du respect s'il échouait. Même s'il était un boucher, il ne tuerait certainement pas autant de monde que les sbires de Don Croce. Et puis le jeune docteur Nattore ne s'était pas plié à la volonté du Don, n'avait pas compris qu'il acceptait de ne plus parler de chirurgie et qu'il lui suffisait de voir son neveu devenir docteur en médecine.

Le moment était donc venu pour Hector Adonis de régler le problème.

– Mon cher Don Croce, dit-il, je suis certain que le docteur Nattore accédera à vos désirs si nous nous montrons assez persuasifs. Mais pourquoi cette idée romantique de votre neveu de devenir chirurgien? Vous avez dit vous-même qu'il était trop aimable et les chirurgiens sont de parfaits sadiques. Et qui en Sicile accepte de son plein gré de passer sur le billard?

Il s'interrompit un instant et reprit :

– En outre, s'il est reçu ici, il devra compléter sa formation à Rome et les Romains saisiront tous les prétextes pour démolir un Sicilien. Ce serait rendre un mauvais service à votre neveu que d'insister. Laissez-moi vous proposer un compromis.

Le docteur Nattore grommela qu'aucun compromis n'était possible et pour la première fois les yeux de lézard de Don Croce lancèrent des éclairs. Le docteur Nattore se tut et Hector Adonis s'empressa de poursuivre :

– Votre neveu obtiendra des notes suffisantes pour être médecin mais pas chirurgien. Nous dirons qu'il a le cœur trop sensible pour opérer.

Don Croce écarta tout grand les bras et ses lèvres s'entrouvrirent en un mince sourire.

– Je m'incline devant votre bon sens, dit-il à Adonis. Soit, mon neveu sera médecin et non chirurgien. Et ma sœur devra s'en accommoder.

Il se dépêcha de les quitter, ayant atteint son véritable but, car il n'espérait pas plus. Le président de l'université descendit avec lui et l'accompagna jusqu'à sa voiture. Mais tout le monde remarqua le dernier regard que Don Croce lança au docteur Nattore avant de quitter le bureau, un regard scrutateur, comme s'il avait voulu graver dans sa mémoire les traits du professeur et s'assurer qu'il n'oublierait pas le visage de celui qui avait essayé de contrecarrer sa volonté.

Dès qu'ils furent seuls, Hector Adonis se tourna vers le docteur Nattore.

– Mon cher collègue, dit-il, il vous faut maintenant donner votre démission et aller enseigner à Rome.

– Êtes-vous devenu fou? demanda le docteur Nattore d'un ton vibrant de colère.

– Pas autant que vous, répliqua Hector Adonis. Vous allez dîner avec moi ce soir et je vous expliquerai pourquoi notre belle Sicile n'a rien d'édénique.

– Mais pourquoi faudrait-il que je parte? protesta le docteur Nattore.

– Vous avez dit « non » à Don Croce Malo. La Sicile n'est pas assez grande pour vous deux.

– Mais il a obtenu ce qu'il voulait, s'écria le docteur Nattore d'une voix désespérée. Son neveu deviendra médeicn. Il a l'accord du président et le vôtre.

– Mais pas le vôtre, dit Adonis. Nous avons donné notre accord afin de vous sauver la vie. Mais désormais vous êtes un homme marqué.

Ce soir-là, Hector Adonis invita six professeurs, dont le docteur Nattore, dans l'un des meilleurs restaurants de Palerme. Chacun de ces professeurs avait reçu dans la journée la visite d'un « homme d'honneur » et avait accepté de remonter les notes d'un étudiant recalé. Le docteur Nattore écouta leurs récits avec horreur.

– Mais c'est impossible dans une faculté de médecine, dit-il. Pas un médecin.

Les autres finirent par perdre patience et un professeur de philosophie demanda pourquoi la pratique de la médecine serait plus importante pour la race humaine que le mécanisme délicat de la pensée dans le cerveau de l'homme ou l'intangibilité immortelle de l'âme. Quand ils eurent terminé, Nattore accepta de quitter l'université de Palerme et d'émigrer au Brésil où ses collègues l'assurèrent qu'un bon chirurgien pouvait faire fortune en opérant de la vésicule biliaire.

Et cette nuit-là, Hector Adonis dormit du sommeil du juste. Mais le lendemain matin, il reçut un coup de téléphone urgent de Montelepre. Turi Guiliano, son filleul promis à un bel avenir, dont il avait formé l'intelligence et prisé la douceur, avait assassiné un policier.

3.

Montelepre était une ville de sept mille habitants, enfoncée aussi profondément dans sa vallée des monts Cammarata que dans la pauvreté.

Le 2 septembre 1943, les habitants de Montelepre se préparaient pour leur Festa annuelle qui devait commencer le lendemain et se poursuivre pendant trois jours.

Dans chaque ville, la Festa était l'événement le plus important, plus marquant que Pâques, Noël ou le Nouvel An et que les jours fériés célébrant la fin d'une grande guerre ou l'anniversaire d'un héros national. La Festa était placée sous le patronage du saint de la ville. C'était l'une des rares coutumes auxquelles le gouvernement fasciste de Mussolini n'avait pas osé toucher ni n'avait essayé d'interdire.

Pour organiser la Festa, un comité composé des hommes les plus respectés de la ville était formé chaque année. Les trois membres nommaient ensuite des auxiliaires chargés de recueillir de l'argent et des dons en nature. Chaque famille apportait sa contribution selon ses moyens. D'autres auxiliaires étaient envoyés dans les rues pour faire la quête.

Puis, à l'approche du grand jour, le comité des Trois commençait à employer les fonds spéciaux réunis au cours de l'année. Ils engageaient un orchestre et un clown. Ils offraient des prix généreux pour les courses de chevaux qui se disputaient pendant les trois jours. Ils faisaient appel à des spécialistes pour décorer l'église et les rues afin que la ville ravagée par la misère prenne soudain l'aspect de quelque citadelle médiévale au milieu du camp du Drap d'or. Ils louaient un théâtre de marionnettes et des marchands ambulants installaient leur baraque.

Les familles de Montelepre profitaient de la Festa pour montrer leurs filles à marier à qui l'on achetait des vêtements neufs et fournissait un chaperon. Un essaim de prostituées de Palerme montaient une grande tente à l'entrée de la ville et placardaient leurs licences et leurs certificats médicaux sur la toile à rayures rouges, blanches et vertes. Un célèbre moine qui des années auparavant avait reçu les stigmates était engagé pour prononcer le sermon officiel. Et enfin, le troisième jour, la châsse du saint était transportée à travers les rues de la ville et suivie par toute la population avec le bétail, mulets, chevaux, porcs et ânes. La châsse était surmontée de l'effigie du saint entourée de fleurs, d'argent, de bonbons de toutes les couleurs et de grosses bouteilles de vin enveloppées de roseau.

Pour les habitants de Montelepre, ces quelques jours étaient des jours de gloire. Peu leur importait de mourir de faim le reste de l'année et de louer leur corps aux grands propriétaires terriens pour cent lires par jour sur cette même grand-place où ils honoraient leur saint.

Le premier jour de la Festa de Montelepre, Turi Guiliano fut désigné pour prendre part au rite d'ouverture, l'accouplement de la mule miraculeuse de Montelepre avec l'âne le plus grand et le plus fort de la ville. Il est rare qu'une mule, produit de l'union de l'âne et de la jument généralement considéré comme stérile, puisse être fécondée. Mais il existait à Montelepre une mule qui avait mis bas deux ans auparavant et dont le propriétaire avait accepté, à titre de contribution de sa famille à la Festa, d'offrir les services et, si le miracle se produisait, de faire don de sa progéniture pour les Festas à venir. Il y avait dans cette cérémonie une parodie moqueuse.

Mais l'accouplement rituel n'était qu'en partie une parodie. Le paysan sicilien avait une sorte d'affinité avec sa mule et son âne. C'étaient des animaux qui ne rechignaient pas à la besogne et qui comme lui avaient une nature dure et austère. Comme lui, ils pouvaient travailler de longues heures d'affilée sans s'effondrer, contrairement au cheval, animal plus noble mais qui aimait à se faire dorloter. Ils avaient le pied sûr et étaient capables de longer les terrasses de montagne sans tomber et se casser une patte, au contraire des étalons fougueux et des ombrageuses juments de race. Le paysan, l'âne et la mule pouvaient subsister et bien se porter en se nourrissant d'aliments qui auraient causé la mort d'autres hommes et animaux. Mais leur affinité primordiale était la suivante : le paysan, l'âne et la mule devaient être traités avec affection et respect, faute de quoi ils s'entêtaient et devenaient féroces.

Les fêtes catholiques étaient issues d'antiques rituels païens pratiqués pour demander aux dieux de faire des miracles. En ce jour fatal de septembre 1943, à l'occasion de la Festa de la ville de Montelepre, un miracle allait se produire qui devait changer le destin de ses sept mille habitants.

A l'âge de vingt ans, Turi Guiliano était considéré comme le jeune homme le plus brave, le plus honorable et le plus fort de la ville, celui qui inspirait le respect le plus profond. C'était un homme d'honneur, c'est-à-dire quelqu'un qui traitait son prochain avec une honnêteté scrupuleuse et ne se laissait pas impunément insulter.

Il s'était distingué au moment des dernières moissons en refusant de se faire embaucher comme journalier pour le salaire de misère imposé par le contremaître du domaine voisin. Puis il avait fait un discours exhortant les autres à refuser de travailler et à laisser pourrir la récolte. Les carabiniers l'avaient arrêté à la suite de la plainte déposée par le propriétaire terrien et les autres hommes avaient repris le travail. Guiliano n'en avait voulu ni à ses concitoyens ni aux carabiniers. Après avoir été relâché grâce à l'intervention d'Hector Adonis, il n'avait pas nourri la moindre rancune. Il avait défendu ses principes et cela lui suffisait.

En une autre occasion, il avait mis fin à une bagarre au couteau entre Aspanu Pisciotta et un autre jeune homme en s'interposant sans armes et en les raisonnant calmement jusqu'à ce que leur colère retombe.

Le plus étrange était que, de la part de n'importe qui d'autre, ces réactions auraient été considérées comme des signes de lâcheté voulant se faire passer pour de l'humanité, mais quelque chose en Guiliano interdisait cette interprétation.

Mais ce jour de septembre 1943, Salvatore Guiliano, surnommé Turi par ses amis et par ses proches, ruminait un coup très dur porté à son orgueil masculin.

C'était, en vérité, bien peu de chose. La ville de Montelepre était dépourvue de cinéma et de centre socio-éducatif, mais il y avait un petit café pourvu d'une table de billard. La veille au soir, Turi Guiliano, son cousin Gaspare « Aspanu » Pisciotta et quelques autres jeunes gens y avaient joué au billard. Plusieurs hommes plus âgés les regardaient en buvant du vin. L'un d'eux, un certain Guido Quintina, était légèrement ivre. C'était un homme jouissant d'une certaine réputation. Il avait été emprisonné par Mussolini qui le soupçonnait de faire partie de la mafia. Après la conquête de l'île par les Américains, il avait été relâché en tant que victime du fascisme et le bruit courait qu'il allait être nommé maire de Montelepre.

Aussi bien que n'importe quel Sicilien, Turi Guiliano connaissait le pouvoir légendaire de la mafia. Au cours des derniers mois de liberté, sa tête de serpent avait commencé de se dresser au-dessus de la terre comme si elle avait été fertilisée par l'apport de terreau frais du gouvernement démocratique. On murmurait déjà que certains commerçants payaient une « redevance » à des « hommes à respecter ». Et il connaissait naturellement l'histoire de la Sicile, était au courant des innombrables assassinats de paysans essayant de toucher l'argent que leur devaient les puissants, nobles ou gros propriétaires terriens, savait avec quelle fermeté la mafia contrôlait l'île avant d'être décimée par Mussolini et son mépris des voies légales, tel un serpent venimeux enfonçant ses crochets dans le corps d'un reptile moins redoutable. Turi Guiliano était conscient que la terreur allait régner.

Quintina considérait Guiliano et ses compagnons d'un regard légèrement méprisant. Peut-être était-il irrité par leur entrain. C'était un homme sérieux, sur le point d'aborder une période clé de sa vie : exilé sur une île déserte par le gouvernement de Mussolini, il était de retour dans sa ville natale et son but dans les mois à venir était de forcer le respect de ses concitoyens.

A moins que Guido Quintina qui était extrêmement laid ne fût irrité par la beauté de Guiliano. Il avait un aspect effrayant, non pas à cause de quelque trait particulier mais en raison de l'habitude qui avait toujours été sienne de se donner un air redoutable. Ou peut-être s'agissait-il de l'hostilité naturelle d'un gredin fini envers un héros qui s'ignorait.

Quoi qu'il en soit, il se leva brusquement, juste à temps pour bousculer Guiliano qui faisait le tour de la table de billard. Turi, désirant se montrer courtois avec un homme beaucoup plus âgé que lui, s'excusa doucement et avec sincérité. Guido Quintina le toisa des pieds à la tête d'un air méprisant.

– Pourquoi n'es-tu pas chez toi en train de dormir avant d'aller gagner ton pain demain ? demanda-t-il. Cela fait une heure que mes amis attendent de pouvoir jouer au billard.

Il tendit le bras et arracha la queue de billard des mains de

Guiliano, puis il lui fit signe de s'écarter de la table en souriant légèrement.

Tous les regards étaient fixés sur eux. L'insulte n'était pas mortelle, mais si l'homme avait été plus jeune ou l'affront plus blessant, Guiliano aurait été obligé de se battre pour défendre sa réputation de courage. Aspanu Pisciotta qui ne se séparait jamais de son couteau se plaça de manière à arrêter au passage les amis de Quintina s'ils décidaient d'intervenir. Pisciotta n'avait aucun respect pour ses aînés et il attendait de son cousin et ami qu'il vide la querelle.

Mais à ce moment-là, Guiliano sentit une étrange inquiétude l'envahir. Quintina était très intimidant et semblait prêt à accepter les conséquences les plus graves d'un affrontement. Ses compagnons assis dans le fond de la salle, des hommes d'un certain âge eux aussi, souriaient d'un air amusé comme si l'issue ne faisait aucun doute. L'un d'eux était en tenue de chasse et avait un fusil. Guiliano n'était pas armé. Puis, d'un seul coup, la peur le saisit. Il ne craignait ni les coups, ni une blessure, ni de se rendre compte que l'autre était le plus fort. Mais il redoutait d'être humilié. Ces hommes savaient ce qu'ils faisaient et ils avaient la situation en main. Ils pouvaient, à la faveur de la nuit, l'abattre d'un coup de fusil dans les rues de Montelepre quand il rentrerait chez lui et l'on retrouverait le lendemain matin le cadavre d'un jeune imbécile. C'est le sens tactique inné du guérillero qui le poussa à battre en retraite.

Turi Guiliano prit son ami par le bras et le fit sortir du café. Pisciotta, stupéfait de voir Turi s'incliner si facilement et sans se douter qu'il avait eu peur, le suivit sans protester. Connaissant la douceur de Turi, il supposa qu'il n'avait pas voulu se quereller et faire du tort à l'autre pour des vétilles. En remontant la Via Bella, ils entendirent derrière eux le cliquetis des boules de billard.

Turi Guiliano n'avait pu fermer l'œil de toute la nuit. Avait-il vraiment eu peur de cet homme à l'air mauvais et à l'aspect menaçant? Avait-il tremblé comme une femmelette? Tout le monde se moquait-il de lui? Et Aspanu, son cousin et son meilleur ami, que pensait-il de lui maintenant? Qu'il n'était qu'un lâche? Que lui, Turi Guiliano, le chef de la jeunesse de Montelepre, le plus respecté, lui qui était reconnu comme le plus fort et le plus brave s'était dégonflé devant un homme, un vrai? Et pourtant, se disait-il, pourquoi risquer une vendetta pouvant aller jusqu'à un assassinat à cause d'une partie de billard et de l'humeur irascible d'un homme mûr? Ce n'était pas comme s'il s'agissait d'une querelle avec quelqu'un de son âge. Il avait senti que l'affaire pouvait être sérieuse et que ces hommes étaient soutenus par les Amis des Amis et c'est ce qui lui avait fait peur.

Guiliano dormit donc très mal et se réveilla de l'humeur maussade qui pouvait être si dangereuse chez les adolescents. Lui qui, comme la plupart des jeunes gens, avait toujours voulu être un héros se trouvait ridicule. S'il avait vécu dans une autre région d'Italie, il se serait depuis longtemps engagé, mais en bon Sicilien il ne s'était pas porté volontaire et son parrain, Hector Adonis, avait pris des dispositions pour qu'il ne soit pas appelé sous les drapeaux. Car bien que la Sicile fût sous l'autorité de Rome, aucun vrai Sicilien ne se sentait italien. Et en vérité le gouvernement italien lui-même ne mettait guère d'empressement à enrôler des Siciliens, surtout la dernière année de la guerre. Les Siciliens avaient trop de parents en Amérique, c'étaient des criminels et des renégats, ils étaient trop bêtes pour être formés aux méthodes de la guerre moderne et ils semaient la perturbation partout où ils allaient.

Dans la rue, Turi Guiliano sentit que la beauté de la matinée dissipait sa mauvaise humeur. Le soleil était éclatant et l'odeur des citronniers et des oliviers embaumait l'air. Il adorait Montelepre, avec ses rues tortueuses et ses maisons de pierre aux balcons débordants de ces fleurs aux couleurs vives qui poussent toutes seules en Sicile. Il aimait les toits de tuiles rouges qui se succédaient jusqu'à l'extrémité de la petite ville carrée, telle une boîte dans la vallée encaissée sur laquelle le soleil déversait son or liquide.

Les décorations recherchées de la Festa, rues surplombées d'une multitude colorée de saints en papier mâché, maisons ornées de grandes fleurs étayées par des bambous, déguisaient la pauvreté essentielle de cette ville sicilienne typique, haut perchée mais modestement nichée dans les replis des montagnes environnantes. Les maisons couvertes de guirlandes avaient pour la plupart trois ou quatre pièces remplies d'hommes, de femmes, d'enfants et d'animaux. Bon nombre d'entre elles n'avaient pas d'installations sanitaires et ni les milliers de fleurs ni l'air froid des montagnes ne pouvaient venir à bout des émanations pestilentielles qui se dégageaient dès le lever du soleil.

Quand il faisait beau, les gens vivaient dehors. Les femmes

s'installaient sur des chaises de bois sur les terrasses pavées et préparaient les repas pris en plein air. De jeunes enfants remplissaient les rues, poursuivant poulets, dindes et chevreaux. D'autres, plus grands, tressaient des paniers de roseaux. A l'extrémité de la Via Bella, à l'endroit où elle débouchait sur la grand-place, se trouvait une énorme fontaine à tête de démon construite par les Grecs deux mille ans auparavant et dont la bouche aux dents de pierre crachait de l'eau. A flanc de montagne s'étageaient de précaires jardins potagers en terrasses. Dans les plaines en contrebas on distinguait les villes de Partinico et Castellammare. Et derrière la ligne d'horizon était tapie la sanglante ville de pierre sombre de Corleone.

A l'autre bout de la Via Bella, à l'extrémité de la rue donnant sur la route de la plaine de Castellammare, Turi vit Aspanu Pisciotta menant un petit âne. Il s'inquiéta d'abord de la manière dont Aspanu allait le traiter après l'humiliation de la veille. Son cousin était connu pour son esprit caustique. Lui ferait-il une remarque méprisante? Guiliano sentit la rage impuissante monter de nouveau en lui; il repassa la scène dans son esprit et songea à la manière dont il réagirait maintenant à l'insulte. Il jura de ne plus se laisser prendre ainsi au dépourvu. Quelles qu'en soient les conséquences, il leur montrerait à tous qu'il n'était pas un lâche. Mais dans un coin de sa mémoire il revoyait très distinctement la scène : les amis de Quintina attendant derrière lui, l'un d'eux armé d'un fusil de chasse. C'étaient des Amis des Amis et ils n'auraient pas hésité à se venger. Il n'avait pas peur d'eux, mais il redoutait la défaite qui semblait assurée, car bien que moins forts ils étaient plus cruels.

– Turi, dit Aspanu Pisciotta avec un sourire joyeux et malicieux, ce petit âne n'y arrivera pas tout seul. Il va falloir l'aider.

Guiliano ne se donna pas la peine de répondre; il était soulagé de voir que son ami avait oublié ce qui s'était passé la veille au soir. Cela le touchait toujours de constater qu'Aspanu, si acerbe et mordant pour les défauts des autres, faisait montre avec lui de la plus grande affection et du plus grand respect. Suivis par l'âne, ils se dirigèrent ensemble vers la place. Des gamins galopaient devant eux et à leurs côtés comme des poissons pilotes. Les enfants savaient à quoi l'âne était destiné et ils étaient surexcités. C'était une aubaine pour eux, une distraction passionnante qui venait rompre la monotonie de leur existence.

Une petite plate-forme d'un mètre vingt environ, formée de blocs de pierre des montagnes, s'élevait sur la place. Turi Guiliano et Aspanu Pisciotta firent monter à l'âne le talus de terre qui permettait d'atteindre la plate-forme et se servirent d'une corde pour attacher la tête de l'animal à une courte barre de fer verticale. Puis ils s'accroupirent pour attendre. L'âne s'assit lui aussi sur son arrière-train. Il avait autour des yeux une tache blanche qui lui donnait l'air d'un clown. Les enfants se rassemblèrent autour de la plate-forme en riant et en lançant des quolibets.

– Lequel est l'âne? cria un petit garçon.

Et tous de s'esclaffer.

Turi Guiliano qui ignorait vivre la dernière journée de son existence de jeune villageois anonyme contemplait la scène avec le doux contentement de celui qui se sent exactement à sa place. Il était dans le petit coin de Sicile où il avait vu le jour et passé toute sa vie. Il connaissait dans les moindres recoins la petite ville carrée nichée au fond de sa vallée. Le monde extérieur ne pouvait lui faire aucun mal et même l'humiliation de la veille avait disparu de sa mémoire. Il avait une connaissance aussi intime des hautes montagnes calcaires que le petit enfant celle de son tas de sable. On y trouvait autant de blocs de pierre que d'herbe, des cachettes et des grottes qui pouvaient abriter une armée. Turi Guiliano connaissait toutes les maisons et les fermes, tous les travailleurs agricoles, tous les châteaux en ruine bâtis par les Normands et les Maures et les merveilleuses carcasses des temples grecs délabrés.

Un fermier conduisant la mule miraculeuse apparut à une autre entrée de la place. C'était lui qui employait les jeunes gens pour la matinée de travail. Il s'appelait Papera et inspirait un profond respect aux habitants de Montelepre pour avoir mené à bien une vendetta contre un voisin. Ils s'étaient brouillés à propos d'un lopin de terre sur lequel poussait une oliveraie et la querelle avait duré dix ans, plus longtemps que la durée totale des guerres imposées à l'Italie par Mussolini. Puis une nuit, peu après que les Alliés eurent libéré la Sicile et installé un gouvernement démocratique, on retrouva le corps du voisin presque coupé en deux par une décharge de *lupara.* Les soupçons se portèrent aussitôt sur Papera, mais il s'était fait arrêter fort à propos après une rixe avec les carabiniers et avait tranquillement passé la nuit du meurtre dans la cellule de la caserne Bellampo. Le bruit courut que c'était le premier signe de la résurrection de la vieille mafia, que Papera, apparenté par le mariage à Guido Quintina, avait fait appel aux Amis des Amis pour régler la querelle.

Quand Papera amena la mule devant la plate-forme, les enfants s'agglutinèrent autour d'elle et Papera dut les disperser avec force jurons indulgents et claquements de fouet désinvoltes. Les gamins échappaient facilement au fouet que Papera faisait claquer au-dessus de leur tête avec un bon sourire.

Sentant la tête de la mule au-dessous de lui, l'âne à la tache blanche tira sur la corde qui le retenait. Turi et Aspanu le firent relever sous les acclamations des enfants tandis que Papera plaçait sa mule de manière à ce qu'elle présente son arrière-train au bord de la plate-forme.

C'est le moment que choisit Frisella, le coiffeur, pour sortir de son atelier et se joindre aux réjouissances. Derrière lui se tenait le *Maresciallo,* l'air solennel et avantageux, frottant son visage lisse et rougeaud. C'était le seul homme de Montelepre qui se faisait raser tous les jours. De la plate-forme Guiliano percevait l'odeur forte d'eau de Cologne dont le coiffeur l'avait aspergé.

Le *Maresciallo* Roccofino parcourut d'un regard professionnel la foule qui s'était rassemblée sur la grand-place. En sa qualité de commandant du détachement de la police nationale, fort de douze hommes, il était responsable du respect de la loi et du maintien de l'ordre dans la ville. La Festa était toujours une période difficile et il avait déjà donné l'ordre à une patrouille de quatre hommes de venir faire une ronde sur la place, mais ils n'étaient pas encore arrivés. Il considéra d'un air sévère Papera, le bienfaiteur de la ville avec sa mule miraculeuse. Il était persuadé que Papera avait organisé l'assassinat de son voisin. Ces sauvages ne perdaient pas de temps pour abuser de leurs libertés sacrées. Ils regretteraient tous Mussolini, songea amèrement le *Maresciallo.* En comparaison des Amis des Amis, le dictateur laisserait le doux souvenir d'un nouveau François d'Assise.

Frisella le coiffeur était le pitre de Montelepre. Les hommes désœuvrés qui ne pouvaient trouver du travail se rassemblaient dans son atelier pour rire de ses plaisanteries et écouter ses commérages. C'était l'un de ces coiffeurs qui se soignent mieux que leurs clients. Sa moustache était impeccablement taillée, ses cheveux pommadés et soigneusement peignés, mais il avait la face d'un clown des spectacles de marionnettes. Un nez en pied de marmite, une grande bouche qui s'ouvrait comme un portail et une mâchoire inférieure au menton fuyant.

– Turi, cria-t-il, amène les animaux dans ma boutique et je les arroserai de parfum. Ton âne croira qu'il s'accouple avec une duchesse.

Turi ne lui répondit pas. Frisella lui coupait les cheveux quand il était petit, et si mal que sa mère avait dû le remplacer. Mais son père continuait à aller chez le coiffeur pour s'informer des potins et raconter ses histoires d'Amérique à un auditoire béat d'admiration. Turi Guiliano n'aimait pas Frisella, car il avait été un fasciste notoire et passait pour un confident des Amis des Amis.

Le *Maresciallo* alluma une cigarette et remonta la Via Bella d'un air important sans mêmc remarquer Guiliano, une négligence qu'il allait regretter dans les semaines à venir.

L'âne essayait de sauter en bas de la plate-forme. Guiliano donna du mou à la corde afin que Pisciotta puisse conduire l'animal au bord et le mettre en position au-dessus de l'endroit où se tenait la mule miraculeuse. L'arrière-train de la femelle dépassait juste le bord de la plate-forme. Guiliano donna un peu plus de mou à la corde. La mule s'ébroua violemment et poussa sa croupe en arrière au moment où l'âne se jetait en avant. Il serra l'arrière-train de la mule entre ses membres antérieurs, donna quelques coups de reins convulsifs et demeura suspendu avec un air de béatitude comique sur sa tête tachée de blanc. Papera et Pisciotta se mirent à rire tandis que Guiliano tirait férocement sur la corde pour ramener le baudet à sa barre de fer. La foule poussa des acclamations en faisant des vœux de réussite et les enfants commencèrent à s'éparpiller dans les rues à la recherche d'autres distractions.

– Si nous pouvions tous vivre comme les ânes, dit Papera qui riait toujours, ce serait la belle vie!

– Signor Papera, dit Pisciotta d'un ton insolent, je vais vous charger de paniers d'olives et vous battre pour vous faire grimper les sentiers de montagne huit heures par jour. Vous verrez ce qu'est la vie d'un âne.

Le fermier se rembrunit. Il comprit qu'on lui reprochait perfidement de les payer trop peu pour ce qu'ils avaient fait. Il n'avait jamais aimé Pisciotta et c'était à Guiliano qu'il avait confié cette tâche. Si Turi était unanimement apprécié à Montelepre, il n'en allait pas de même pour Pisciotta dont la langue était trop acérée et les manières trop languides, trop nonchalantes. Et le fait d'avoir les poumons fragiles n'était pas une excuse.

Cela ne l'empêchait pas de fumer la cigarette, de courir les filles faciles à Palerme et de s'habiller comme un dandy. Et sa petite moustache à la française! Il peut bien cracher ses poumons et aller au diable, se dit Papera. Il donna aux jeunes gens leurs deux cents lires pour lesquelles Guiliano le remercia poliment, puis reprit avec sa mule la route de sa ferme. Les deux jeunes gens détachèrent l'âne et le ramenèrent chez Guiliano. La journée de travail de l'animal ne faisait que commencer; les tâches qui l'attendaient étaient beaucoup moins agréables.

La mère de Guiliano avait préparé le déjeuner pour les deux cousins. Mariannina et Guisippina, les sœurs de Turi, aidaient leur mère à faire des pâtes pour le dîner. Elles mélangeaient les œufs et la farine en tas sur une plaque carrée de bois laqué et pétrissaient la pâte pour obtenir une consistance solide. Puis à l'aide d'un couteau, elles traçaient dans la pâte le signe de la croix pour la sanctifier. Mariannina et Guisippina découpaient ensuite des bandes qu'elles enroulaient autour d'une feuille de sisal, puis retiraient la feuille pour laisser un trou dans le cylindre de pâte. De grandes coupes remplies d'olives et de raisin décoraient la pièce.

Le père de Turi travaillait dans les champs mais il arrêterait sa journée de bonne heure afin de participer à la Festa dans l'après-midi. Le lendemain avaient lieu les fiançailles de Mariannina et une grande fête se tiendrait chez les Guiliano.

Turi avait toujours été le préféré de Maria Lombardo Guiliano. Ses sœurs se souvenaient que lorsqu'il était bébé sa mère le baignait tous les jours. La bassine d'étain soigneusement chauffée sur le poêle, leur mère prenant avec son coude la température de l'eau, le savon spécial acheté à Palerme. Jalouses au début, elles avaient ensuite été fascinées par le bain donné au nourrisson avec une tendresse toute maternelle. Quand il était tout petit, il ne pleurait jamais mais gloussait toujours de rire tandis que sa mère penchée sur lui fredonnait en s'émerveillant de la perfection de son corps. Il était le benjamin de la famille mais il devint le plus vigoureux. Et il avait toujours été un peu étrange à leurs yeux. Il lisait des livres, parlait de politique et l'on ne manquait jamais de faire remarquer que sa taille et son physique imposant venaient du temps qu'il avait passé dans le ventre de sa mère en Amérique. Mais elles l'adoraient aussi pour sa douceur et son altruisme.

Ce matin-là, les femmes se faisaient du souci pour Turi et le regardaient avec une sollicitude inquiète manger son pain et son fromage de chèvre, finir son assiette d'olives et boire son café fait de chicorée. Dès la fin du repas, Aspanu et lui emmèneraient l'âne jusqu'à Corleone d'où ils rapporteraient en fraude une grosse meule de fromage, des jambons et des saucisses. Il allait manquer une journée de la Festa uniquement pour faire plaisir à sa mère et pour que les fiançailles de sa sœur soient une réussite. Ils écouleraient au marché noir une partie des denrées de contrebande pour approvisionner la cagnotte familiale.

La mère et les filles aimaient voir les deux jeunes gens ensemble. Ils étaient amis depuis leur plus tendre enfance, plus proches que des frères malgré leurs différences. Aspanu Pisciotta avec son teint basané, sa petite moustache de vedette de cinéma, l'extraordinaire mobilité de son visage, ses yeux étincelants, ses cheveux de jais et son esprit enchantait toutes les femmes. Mais curieusement tout ce brillant était supplanté par la calme beauté grecque de Turi Guiliano. Comme les antiques statues disséminées dans toute la Sicile, il était solidement bâti, la peau brun clair et les cheveux blonds tirant sur le roux. Il était toujours très calme mais dès qu'il se déplaçait, c'était avec une étonnante vivacité. Ce qu'il y avait de plus caractéristique en lui était ses yeux. D'un brun doré, à l'expression rêveuse, ils paraissaient ordinaires quand ils étaient détournés, mais quand il les plongeait dans le regard d'autrui, les paupières s'abaissaient à demi comme celles d'une statue et une sérénité de masque émanait du visage tout entier.

Tandis que Pisciotta divertissait Maria Lombardo, Turi monta dans sa chambre pour se préparer au voyage qu'il allait faire et surtout pour chercher le pistolet qu'il y cachait. Il avait encore présente à l'esprit l'humiliation de la veille au soir et était décidé à prendre une arme pour accomplir sa mission. Il savait tirer, car son père l'emmenait souvent à la chasse.

Sa mère l'attendait dans la cuisine pour lui dire au revoir. En l'étreignant, elle sentit le pistolet qu'il avait glissé dans sa ceinture.

– Fais attention, Turi, dit-elle, alarmée. Pas de dispute avec les carabiniers. Et s'ils t'arrêtent, donne-leur ce que tu transportes.

– Ils pourront tout prendre, dit Guiliano pour la rassurer, mais je ne les laisserai pas me passer à tabac ni m'emmener en prison.

Elle comprit ce qu'il voulait dire et avec son farouche orgueil de Sicilienne se sentit fière de lui. Bien des années auparavant, c'était cet orgueil et son refus forcené de la pauvreté qui l'avaient poussée à persuader son mari de commencer une vie nouvelle en Amérique. Elle était à l'époque une rêveuse qui croyait en la justice et à sa place légitime dans la société. Elle avait économisé beaucoup d'argent aux États-Unis et, mue par ce même orgueil, elle avait décidé de revenir en Sicile pour vivre comme une reine. Puis tout s'en était allé à vau-l'eau. La lire était devenue une monnaie sans valeur pendant la guerre et elle était retombée dans la misère. Elle s'était résignée à son sort mais n'avait pas perdu espoir pour ses enfants. Et elle était heureuse de voir que Turi faisait montre du même caractère qu'elle. Mais elle appréhendait le moment où il lui faudrait affronter les cruelles réalités de la vie en Sicile.

Elle le regarda sortir dans la rue pavée pour aller rejoindre Aspanu Pisciotta. Son fils se déplaçait comme un grand félin et avec sa poitrine si large, ses bras et ses jambes si musclés, il faisait paraître Aspanu aussi frêle qu'une tige de sisal. Aspanu avait la ruse implacable qui faisait défaut à son fils, la cruauté dans le courage. Aspanu protégerait Turi contre les perfidies du monde qui était le leur. Et elle était sensible à la beauté de ce cousin au teint olivâtre tout en sachant qu'elle n'égalait pas celle de son fils.

Elle les suivit du regard jusqu'à l'endroit où la Via Bella quittait la ville en direction de la plaine de Castellammare. Son fils, Turi Guiliano, et le fils de sa sœur, Gaspare Pisciotta. Deux jeunes gens d'à peine vingt ans et qui ne faisaient pas leur âge. Elle les aimait tous deux et tremblaient pour eux.

Les deux garçons et leur âne disparurent enfin derrière une bosse de la rue mais elle continua à regarder et les vit reparaître bien au-dessus de la ville quand ils pénétrèrent dans la chaîne de montagnes qui ceinturait Montelepre. Maria Lombardo Guiliano continua à les suivre des yeux, comme si elle devait ne jamais les revoir, jusqu'à ce qu'ils se fondent dans la brume de la fin de matinée qui enveloppait les cimes. Ils disparurent à sa vue et ce fut le début de leur mythe.

4.

En Sicile, en ce mois de septembre 1943, les gens ne pouvaient survivre qu'en faisant du marché noir. Un rationnement rigoureux des denrées alimentaires était encore en vigueur bien que la guerre fût terminée et les fermiers devaient remettre aux entrepôts du gouvernement central leurs récoltes qui étaient payées à des prix imposés et en papier-monnaie pratiquement dépourvu de valeur. En contrepartie, le gouvernement était censé distribuer et vendre à bas prix ces denrées au peuple. Ce système devait premettre à tout un chacun d'avoir de quoi subsister. En réalité, les fermiers dissimulaient tout ce qu'ils pouvaient, car Don Croce et les maires s'appropriaient ce qu'ils livraient aux magasins gouvernementaux pour le revendre au marché noir. Le peuple était donc obligé pour survivre d'acheter clandestinement au marché noir et de transgresser la loi. Ceux qui se faisaient prendre étaient poursuivis et emprisonnés. A quoi servait ce gouvernement démocratique qui avait été établi à Rome? On leur accordait le droit de vote, mais ils mouraient de faim.

Turi Guiliano et Aspanu Pisciotta s'apprêtaient donc, le cœur léger, à transgresser la loi. C'est Pisciotta qui avait tous les contacts du marché noir et qui avait mis l'affaire sur pied. Il était entré en relations avec un fermier qui devait lui fournir une grosse meule de fromage qu'il livrerait à un revendeur du marché noir à Montelepre. Comme rétribution les jeunes gens devaient recevoir quatre jambons fumés et un panier de saucisses qui feraient des fiançailles de Mariannina une grande fête. Ils transgressaient deux lois : l'une qui interdisait le marché noir, l'autre qui proscrivait la contrebande entre deux provinces. Les autorités étaient presque impuissantes à faire respecter les lois sur le marché noir; il leur aurait fallu emprisonner tous les habitants de Sicile. Mais il n'en allait pas de même pour la contrebande. Des patrouilles de carabiniers battaient la campagne et établissaient des barrages, des informateurs étaient engagés. Il était, bien entendu, hors de question de contrôler les convois de Don Croce Malo qui utilisait des camions de l'armée américaine et des laissez-passer spéciaux, mais ils parvenaient à prendre dans leurs filets bon nombre de petits fermiers et de villageois affamés.

Il fallut quatre heures à Guiliano et Pisciotta pour atteindre la ferme où ils prirent livraison du gros fromage blanc granuleux et des autres denrées qu'ils arrimèrent sur leur âne. Ils formèrent un camouflage de sisal et de cannes de bambou afin de donner l'impression qu'ils transportaient simplement du fourrage pour le bétail que de nombreux villageois gardaient chez eux. Ils avaient l'insouciance et la confiance de la jeunesse, d'enfants, en vérité, qui cachent leurs trésors à leurs parents, comme si l'intention de tromper était suffisante. Cette confiance leur venait aussi de la conviction qu'ils avaient de pouvoir trouver des sentiers inconnus dans la montagne.

Ils se mirent en route pour le long trajet de retour et Guiliano envoya son cousin en éclaireur pour repérer les carabiniers. Ils avaient mis au point une série de sifflements pour prévenir d'un danger. L'âne portait sa charge sans difficulté et faisait preuve de bonne volonté; il avait eu sa récompense avant le départ. Ils voyagèrent pendant deux heures, gravissant lentement la montagne, avant de percevoir le premier signe de danger. Guiliano vit derrière eux, à quatre ou cinq kilomètres et allant dans la même direction, un convoi composé de six mules et d'un homme à cheval. Si le sentier qu'ils suivaient était connu d'autres trafiquants du marché noir, la gendarmerie y avait peut-être établi un barrage. Par précaution, Pisciotta partit en reconnaissance.

Au bout d'une heure, il rattrapa Aspanu qui était assis sur un gros rocher et fumait une cigarette qui le faisait tousser. Aspanu avait l'air pâle, il n'aurait pas dû fumer. Turi s'assit à côté de lui pour se reposer. L'un des liens les plus forts qui existaient entre eux depuis l'enfance était qu'ils n'avaient jamais essayé en aucune manière de se commander l'un l'autre. Turi ne dit donc rien et Aspanu écrasa sa cigarette et enfouit le mégot noirci dans sa poche. Ils reprirent la route, Guiliano tenant son âne par la bride et Aspanu fermant la marche.

Ils suivaient un sentier muletier qui évitait les routes et

contournait les petits villages mais ils voyaient parfois une antique citerne grecque qui crachait l'eau par une bouche de statue délabrée ou les vestiges d'un château normand qui, bien des siècles auparavant, avait barré la route aux Sarrasins. Turi Guiliano se prit à rêver du passé et de l'avenir de la Sicile. Il songea à Hector Adonis, son parrain, qui lui avait promis de venir après la Festa et de s'occuper de sa demande d'inscription à l'université de Palerme. Et en songeant à son parrain, il éprouva une tristesse passagère. Hector Adonis n'assistait jamais à la Festa; les ivrognes se moqueraient de sa petite taille et les enfants, dont certains étaient plus grands que lui, lui lanceraient des quolibets. Turi se demanda pourquoi le Seigneur avait voulu arrêter la croissance du corps d'un homme tout en bourrant son cerveau de connaissances. Car Turi considérait Hector Adonis comme l'homme le plus intelligent de la terre et l'adorait pour la gentillesse dont il avait toujours fait preuve envers ses parents et lui-même.

Il pensa à son père qui travaillait si dur sur leur petite pièce de terre et à ses sœurs aux vêtements élimés. Heureusement que Mariannina était assez belle pour avoir trouvé un mari malgré sa pauvreté et en cette période incertaine. Mais il s'inquiétait surtout pour sa mère. Dès son enfance, il avait senti qu'elle était amère et malheureuse. Elle avait goûté aux riches fruits de l'Amérique et ne pouvait plus trouver le bonheur dans les villes misérables de Sicile. Quand son père racontait des histoires de cet âge d'or, sa mère éclatait en sanglots.

Mais Turi Guiliano se disait qu'il allait changer le sort de sa famille. Il travaillerait dur, étudierait sérieusement et deviendrait un homme aussi estimé que son parrain.

Ils traversèrent un bouquet d'arbres, un petit bois, l'un des rares qui subsistaient dans cette région qui ne semblait plus produire que de gros rochers blancs et des carrières de marbre. Arrivés sur l'autre versant de la montagne, ils commenceraient la descente vers Montelepre et devraient prendre garde aux patrouilles de carabiniers.

Mais pour l'instant, ils approchaient de *Quatro Molina,* les Quatre Chemins, et une certaine prudence s'imposait. Guiliano tira sur la bride de son âne et fit signe à Aspanu de s'arrêter. Ils demeurèrent immobiles et silencieux. Ils ne percevaient aucun bruit inquiétant, rien que le bourdonnement continu des innombrables insectes volant au-dessus du sol dont les ailes et les pattes produisaient un vrombissement semblable au bruit lointain d'une scie électrique. Ils s'avancèrent vers le carrefour, puis s'enfoncèrent sous le couvert d'un autre petit bois. Turi Guiliano se replongea dans sa rêverie.

Les arbres s'espacèrent soudain comme si on les avait repoussés et ils traversèrent une petite clairière au sol couvert de pierres, de tiges de bambou coupées et d'herbe clairsemée. Le soleil était en train de se coucher et avait l'air pâle et froid au-dessus des montagnes aux filons granitiques. Après la clairière, le sentier redescendait en décrivant une longue spirale vers Montelepre. Guiliano fut soudain arraché à sa rêverie par l'éclat d'une lumière, comme la flamme d'une allumette, qui attira son regard sur la gauche. Il tira brusquement sur la bride de son âne et leva la main pour faire signe à Aspanu de s'arrêter.

A trente mètres d'eux, des hommes sortirent d'un bouquet de bambou. Ils étaient trois et Turi reconnut la coiffure militaire rigide et l'uniforme noir passepoilé de blanc. Les trois gendarmes avancèrent en se déployant, l'arme au poing. Deux d'entre eux, très jeunes, la face luisante et le teint coloré, portaient leur képi incliné sur l'arrière du crâne dans une position presque comique. Le pistolet mitrailleur pointé devant eux, ils avaient l'air à la fois graves et joyeux.

Le carabinier qu'ils flanquaient était plus âgé et tenait un fusil. Il avait un visage grêlé et balafré et portait son képi enfoncé sur les yeux. Sur sa manche étaient cousus des galons de sergent. L'éclat de lumière qu'avait vu Guiliano était un rayon de soleil réfléchi sur l'acier du canon de son arme. Un sourire sardonique aux lèvres, il gardait son fusil braqué sur la poitrine de Guiliano. Devant ce sourire, le désespoir de Turi se transforma en fureur.

Le sergent s'avança et ses deux collègues se rapprochèrent de lui. Turi les regardait avec une attention vigilante. Il n'y avait pas grand-chose à craindre des deux jeunes carabiniers armés de pistolets mitrailleurs qui s'approchaient de l'âne avec insouciance et ne prenaient pas leurs prisonniers au sérieux. Ils firent signe à Guiliano et Pisciotta de s'éloigner de l'animal et l'un d'eux remit son arme à la bretelle pour dégager le camouflage de bambous sur le dos du baudet. Quand il découvrit la contrebande, il émit un sifflement de délectation avide. Il ne remarqua pas Aspanu qui se rapprochait insensiblement de lui, mais cela n'échappa pas au sergent.

– Toi, le moustachu, hurla-t-il, écarte-toi!

Et Aspanu fit un pas en arrière en direction de Turi.

Le sergent s'avança. Guiliano l'observa avec attention. Le visage grêlé semblait porter des traces de fatigue, mais il avait les yeux brillants.

– Eh bien, jeunes gens, voilà un beau morceau de fromage que nous pourrions manger à la caserne avec nos macaroni. Dites-moi simplement le nom du fermier qui vous l'a vendu et je vous laisse repartir avec votre âne.

Comme ils ne répondaient pas, il attendit. Mais ils ne disaient toujours rien.

– J'ai mille lires à vous offrir si vous nous laissez partir, dit enfin Guiliano d'une voix calme.

– Tu peux te torcher le cul avec tes lires, répliqua le sergent. Tes papiers d'identité. Et s'ils ne sont pas en règle, tu pourras te torcher avec eux aussi!

L'insolence de ces paroles et des uniformes noirs à liserés blancs fit naître une fureur glaciale chez Guiliano. Il comprit qu'il ne se laisserait jamais arrêter et qu'il ne laisserait pas ces hommes le déposséder de la nourriture de sa famille.

Turi sortit sa carte d'identité et commença à se rapprocher du sergent. Il espérait passer sous la ligne de mire du fusil pointé sur lui. Il savait qu'il avait une meilleure coordination physique que la plupart des gens et était prêt à miser là-dessus. Mais d'un mouvement de son fusil, le sergent lui fit signe de reculer.

– Jette ça par terre, dit-il.

Guiliano obtempéra.

Pisciotta qui se tenait à cinq pas sur la gauche de Turi et avait deviné ses intentions, sachant qu'il portait le pistolet sous sa chemise, essaya de détourner l'attention du sergent. Il s'adressa à lui avec une insolence calculée, le corps penché en avant, la main sur la hanche effleurant le couteau qu'il portait dans une gaine fixée sur son dos.

– Sergent, si nous vous donnons le nom du fermier, vous n'avez pas besoin de nos cartes d'identité. Marché conclu reste conclu.

Il s'interrompit avant de reprendre d'un ton sarcastique :

– Nous savons qu'un carabinier tient toujours parole!

Il avait craché le mot « carabinier » d'une voix haineuse.

Le sergent fit quelques pas nonchalants dans la direction de Pisciotta, puis s'arrêta. Il braqua son arme sur lui en souriant.

– Et toi, mon jeune dandy, dit-il, montre-moi ta carte d'identité. A moins que tu n'aies pas de papiers, comme ton âne qui a une plus belle moustache que toi.

Les deux jeunes gendarmes se mirent à rire. Les yeux de Pisciotta lancèrent des éclairs et il fit un pas vers le sergent.

– Non, je n'ai pas de papiers, dit-il. Et je ne connais pas de fermier. Nous avons trouvé ces victuailles qui traînaient sur la route.

La témérité même de cette provocation alla à l'encontre du but recherché. Pisciotta espérait que le sergent s'approcherait suffisamment pour qu'il puisse bondir sur lui, mais le carabinier recula de plusieurs pas.

– La bastonnade rabattra ton insolent caquet de Sicilien, dit-il avec un sourire.

– Allongez-vous par terre, tous deux, ajouta-t-il après quelques instants.

La bastonnade était un terme plutôt impropre qui désignait un passage à tabac à coups de fouet et de matraque. Guiliano connaissait plusieurs habitants de Montelepre qui avaient subi ces violences dans la caserne Bellampo. Ils étaient rentrés chez eux avec des genoux brisés, des crânes tuméfiés gros comme des melons et de telles lésions internes qu'ils n'avaient jamais pu retravailler. Jamais les carabiniers ne lui feraient subir cela. Guiliano mit un genou en terre comme pour s'allonger, posa une main sur le sol et porta l'autre à sa ceinture afin de pouvoir sortir le pistolet caché sous sa chemise. Au-delà des arbres, le soleil avait plongé derrière le dernier pic et la lumière douce et légèrement voilée du crépuscule baignait la clairière. Turi vit Aspanu qui demeurait fièrement debout, refusant de se soumettre. Ils n'oseraient certainement pas l'abattre pour un fromage de contrebande. Il vit les armes trembler dans les mains des jeunes carabiniers.

Venant de derrière leur parvint à ce moment-là un braiment de mulet accompagné d'un bruit de sabots et le convoi de mules que Guiliano avait remarqué dans l'après-midi pénétra dans la clairière. L'homme à cheval qui le conduisait portait une *lupara* sur l'épaule et paraissait énorme dans son lourd blouson de cuir. Il descendit d'un bond de sa monture, sortit une grosse liasse de billets de sa poche et s'adressa au gradé.

– Alors tu as pris du menu fretin cette fois, dit-il.

Les deux hommes se connaissaient manifestement. Pour la

première fois, le sergent relâcha sa vigilance pour prendre l'argent que l'autre lui tendait. Les deux hommes échangèrent un sourire. Tout le monde semblait avoir oublié les prisonniers.

Turi Guiliano s'avança lentement vers le garde le plus proche. Pisciotta, de son côté, se rapprochait furtivement d'une touffe de bambous. Les gardes n'avaient rien remarqué. Guiliano frappa de l'avant-bras celui qui se trouvait devant lui et l'envoya rouler au sol.

– Cours! hurla-t-il à Aspanu.

Pisciotta plongea dans la touffe de bambous et Guiliano se précipita à toutes jambes vers les arbres. L'autre garde fut trop abasourdi ou trop lent pour braquer à temps son arme sur lui. Au moment où il allait gagner l'abri du bois, Turi éprouva un sentiment fugitif d'exultation. Il s'éleva en l'air pour plonger entre deux gros arbres qui le protégeraient. Dans le même mouvement il sortit le pistolet de dessous sa chemise.

Mais il avait eu raison de considérer que le porteur du fusil était le plus dangereux. Le sergent laissa tomber par terre la liasse de billets, visa rapidement et appuya froidement sur la détente. Il avait fait mouche; le corps de Guiliano retomba comme celui d'un oiseau abattu en plein vol.

Guiliano entendit la détonation et éprouva simultanément une douleur fulgurante, comme s'il avait été frappé par une matraque géante. Il retomba entre les deux arbres et s'efforça de se relever mais sans y parvenir. Ses jambes étaient engourdies et il était incapable de les remuer. Le pistolet à la main, il se tortilla par terre et vit le sergent brandir triomphalement son fusil. Puis il sentit son pantalon s'imbiber d'un liquide chaud et poisseux.

Dans la fraction de seconde qui précéda l'instant où il appuya sur la détente, Turi n'éprouva qu'une profonde stupéfaction. On avait tiré sur lui pour une meule de fromage. On avait apporté avec une cruelle insouciance la désolation dans sa famille pour la seule raison qu'il avait commis une légère infraction que tout le monde commettait. Les larmes de sa mère ne tariraient pas jusqu'à la fin de ses jours. Et son corps était inondé de sang, à lui qui n'avait jamais fait de mal à personne.

Il pressa la détente et vit le fusil tomber et le képi noir bordé de blanc du sergent projeté en l'air tandis que le corps avec sa blessure mortelle à la tête s'affaissait doucement sur le sol parsemé de pierres. C'était un coup incroyable avec un pistolet à cette distance, mais Guiliano avait l'impression que sa main elle-même avait accompagné la balle et l'avait plongé comme un poignard dans l'œil du sergent.

Une arme automatique se mit à crépiter, mais les balles inoffensives décrivaient une trajectoire trop haute avec des pépiements d'oiseaux. Puis un silence de mort s'abattit. Tout, jusqu'au bourdonnement incessant des insectes, s'était tu.

Turi Guiliano roula dans le sous-bois. Il avait vu le visage fracassé de l'ennemi se transformer en un masque sanglant et l'espoir lui était revenu. Il n'était pas impuissant. Il essaya de nouveau de se relever et cette fois ses jambes lui obéirent. Il commença à courir, mais une seule jambe avançait. L'autre traînait par terre, ce qui l'étonna profondément. Son pantalon était trempé, son entrejambe chaud et poisseux et sa vue se brouillait. En traversant une zone de lumière, il craignit soudain d'avoir décrit un cercle qui l'avait ramené dans la clairière et il essaya de faire demi-tour. Son corps commença à tomber – pas par terre mais dans un vide sombre sans fond – et il eut la certitude que cette chute n'aurait pas de fin.

*

Dans la clairière, le jeune carabinier relâcha la détente de son pistolet mitrailleur et le crépitement cessa. Le contrebandier se releva, tenant à la main la grosse liasse de billets qu'il tendit à l'autre gendarme. Mais le carabinier pointa son arme sur lui.

– Vous êtes en état d'arrestation, dit-il.

– Vous n'avez à le partager qu'en deux maintenant, dit le contrebandier. Laissez-moi partir.

Les carabiniers regardèrent le corps du sergent. Il n'y avait pas de doute qu'il était mort. La balle avait fracassé l'orbite et la blessure était remplie d'un liquide jaunâtre dans lequel un gecko trempait déjà la tête.

– Je vais aller à sa poursuite dans le sous-bois, dit le contrebandier, il est blessé. Je vous ramènerai son cadavre et vous serez des héros. Mais laissez-moi partir.

L'autre policier ramassa la carte d'identité que Turi avait jetée par terre sur l'ordre du sergent.

– Salvatore Guiliano, de Montelepre, lut-il à voix haute.

– Ce n'est pas la peine de le chercher, dit son collègue. Allons faire notre rapport à la caserne, c'est plus important.

– Lâches, fit le contrebandier.

Il envisagea un instant de prendre sa *lupara* mais vit leur regard plein de haine. Il les avait insultés. Et pour cette insulte, ils lui firent charger le corps du sergent sur son cheval et l'obligèrent à les suivre jusqu'à la caserne. Auparavant ils lui prirent son arme Ils étaient très fébriles et il craignait qu'ils ne tirent sur lui par mégarde à cause de leur nervosité. Mais il n'était pas trop inquiet. Il connaissait fort bien le *Maresciallo* Roccofino de Montelepre. Ils avaient déjà travaillé ensemble et ce n'était pas la dernière fois.

Pendant ce temps, personne ne s'était occupé de Pisciotta qui avait entendu tout ce qu'ils disaient. Il était tapi dans une grosse touffe de bambous, le couteau à la main. Il attendait qu'ils se lancent à la recherche de Turi et comptait assaillir par surprise l'un d'entre eux et lui prendre son fusil après lui avoir tranché la gorge. Il avait l'âme emplie d'une férocité qui bannissait toute crainte de la mort et quand il entendit le contrebandier proposer de ramener le cadavre de Turi, il grava à jamais ses traits dans sa mémoire. Il en vint presque à regretter qu'ils s'éloignent et le laissent seul dans la montagne. Il eut un pincement au cœur quand ils attachèrent le baudet à l'attelage de mules.

Mais il savait que Turi était grièvement blessé et avait besoin d'aide. Il contourna la clairière en courant pour atteindre le côté où son ami avait disparu. Il ne vit aucune trace d'un corps dans le sous-bois et commença à redescendre le sentier par lequel ils étaient arrivés.

Ce n'est qu'en grimpant sur un énorme bloc de granit dont la surface supérieure se creusait pour former une petite cuvette qu'il vit les premières traces. Dans cette cuvette de pierre s'étalait une petite mare de sang presque noir et sur l'autre côté du rocher s'étiraient de longues traînées de gouttes de sang d'un rouge vif. Aspanu continua de courir et tomba sur le corps de Turi étendu au milieu du chemin, la main encore crispée sur le pistolet.

Il s'agenouilla, prit l'arme et la glissa dans sa ceinture. C'est alors que Turi Guiliano ouvrit les yeux, des yeux brûlants d'une haine terrifiante mais qui ne voyaient pas Aspanu Pisciotta. Pisciotta faillit pleurer de soulagement et essaya de relever son cousin mais il n'était pas assez fort.

– Turi, dit-il, essaie de te lever. Je vais t'aider.

Guiliano posa les mains par terre et se souleva. Pisciotta passa le bras autour de sa taille et sentit sa main devenir humide et chaude. Il la retira brusquement, écarta la chemise de Guiliano et vit avec horreur l'énorme plaie béante à son flanc. Il adossa Turi à un arbre, déchira sa propre chemise et l'enfonça dans la plaie pour étancher le sang en nouant les manches autour de la taille du blessé. Il passa un bras autour de ses épaules, puis sa main libre prit la main gauche de Guiliano et la souleva. Dans cette position qui lui permettait de garder l'équilibre tout en guidant son ami, ils suivirent le sentier à petits pas précautionneux. De loin, on eût dit qu'ils descendaient la montagne en dansant.

*

C'est ainsi que Turi Guiliano manqua la Festa de Sainte-Rosalie dont les habitants de Montelepre espéraient qu'elle apporterait un miracle à leur ville.

Il manqua le concours de tir qu'il aurait certainement gagné, les courses de chevaux au cours desquelles les cavaliers frappaient les autres concurrents sur la tête à coups de matraque et de fouet et les fusées jaunes, vertes et pourpres qui explosaient dans le ciel comme des tatouages sur le firmament étoilé.

Il ne savoura pas les bonbons magiques de pâte d'amande en forme de carottes, de tiges de bambou et de tomates vermeilles, si fondants que le corps tout entier en était engourdi. Ni la barbe à papa représentant les chevaliers de la légende mythique, Roland, Olivier et Charlemagne dont les sabres en sucre étaient parsemés de minuscules morceaux de fruits confits rubis et émeraude que les enfants emportaient jusque dans leur lit et qui les faisaient rêver avant de s'endormir. Et les fiançailles de sa sœur eurent lieu sans lui.

L'accouplement de l'âne et de la mule miraculeuse fut un échec et ils n'eurent pas de progéniture. Les habitants de Montelepre en furent déçus. Ce n'est que beaucoup plus tard qu'ils comprirent que la Festa avait produit son miracle en la personne du jeune homme qui tenait le baudet.

5.

L'abbé faisait sa tournée vespérale du monastère franciscain en incitant ses bons à rien de fainéants de moines à mériter leur pain quotidien. Il vérifia les coffres dans l'atelier des saintes reliques et se rendit à la boulangerie qui produisait les grosses miches croustillantes vendues dans les villages voisins. Il inspecta le jardin potager et les paniers d'osier remplis à ras bord d'olives, de tomates et de raisins, vérifiant que leur peau satinée n'était pas meurtrie. Les moines déployaient tous une activité d'insectes, mais sans entrain. Au vrai, ils étaient maussades, totalement dépourvus de la joie nécessaire pour servir le Seigneur. L'abbé sortit un long cigarillo noir de dessous son froc et fit à pas lents le tour du monastère pour aiguiser son appétit dans l'attente du repas du soir.

C'est à ce moment-là qu'il vit Aspanu Pisciotta franchir le portail en traînant Turi Guiliano. Le frère portier essaya de les arrêter, mais Pisciotta appuya un pistolet sur la tête tonsurée et qui se laissa tomber à genoux pour dire ses dernières prières. Pisciotta déposa le corps sanglant et inanimé de Guiliano aux pieds de l'abbé.

L'abbé était grand et émacié, avec un visage distingué et légèrement simiesque, un nez très court et de petits yeux bruns inquisiteurs en boutons de bottine. A l'âge de soixante-dix ans, il était encore vigoureux et avait l'esprit aussi vif et rusé qu'à l'époque d'avant Mussolini quand il écrivait des demandes de rançon bien tournées pour les ravisseurs de la mafia qui faisaient appel à ses services.

Bien qu'il fût de notoriété publique, aussi bien chez les paysans que chez les représentants de l'autorité, que son monastère était la plaque tournante du marché noir et de la contrebande, il était fort respecté et nul ne s'immisçait dans ses activités illégales. Par respect pour sa vocation religieuse mais aussi parce qu'on avait le sentiment qu'il méritait une récompense matérielle pour son influence spirituelle sur la communauté.

L'abbé Manfredi vit donc sans inquiétude deux vauriens couverts de sang forcer la porte du domaine sacré de Saint-François. En fait, il connaissait bien Pisciotta. Il avait employé le jeune homme dans plusieurs opérations de contrebande et de marché noir. Ils avaient en commun un esprit retors qui les enchantait tous deux, s'étonnant, l'un de le trouver chez un homme si âgé et si révéré, l'autre, chez un être si jeune et si peu au fait des usages du monde.

L'abbé alla rassurer le portier, puis revint vers Pisciotta.

– Mon cher Aspanu, dit-il, dans quel pétrin t'es-tu encore fourré?

Pisciotta était en train de desserrer la chemise autour de la blessure de Turi. L'abbé fut étonné de voir l'expression de chagrin dont son visage était empreint; il ne l'aurait jamais cru capable d'une telle émotion. En revoyant l'énorme plaie, Pisciotta fut persuadé que son ami allait mourir. Et comment pourrait-il annoncer la nouvelle aux parents de Turi? Il redoutait l'explosion de douleur de Maria Lombardo. Mais auparavant, il avait une tâche importante à accomplir; il lui fallait convaincre l'abbé d'offrir l'asile à Guiliano dans son monastère.

Il regarda le père supérieur droit dans les yeux. Il voulait transmettre un message qui sans être une menace directe ferait comprendre à l'abbé que, s'il refusait, il se ferait un ennemi mortel.

– C'est Salvatore Guiliano, mon cousin et mon meilleur ami, dit Pisciotta. Comme vous le voyez, il n'a pas eu de chance et d'ici peu les carabiniers se lanceront dans les montagnes à sa recherche. Et à la mienne. Vous êtes notre seul espoir. Je vous demande instamment de nous cacher et d'envoyer chercher un médecin. Faites cela pour moi et vous aurez un ami pour toujours.

Il appuya sur le mot « ami ».

Rien de tout cela n'échappa à l'abbé qui comprenait parfaitement. Il avait entendu parler du jeune Guiliano, un brave garçon fort respecté à Montelepre et un excellent fusil, très courageux et mûr pour son âge. Les Amis des Amis avaient l'œil sur lui et le considéraient comme une recrue possible. Le grand Don Croce lui-même, à l'occasion d'une visite au monastère, avait mentionné son nom à l'abbé en précisant que c'était un jeune homme à cultiver.

Mais en examinant le corps inanimé de Guiliano, il eut la quasi-certitude que plus qu'un asile c'était une tombe qu'il fallait au jeune homme et plus que d'un médecin c'était d'un prêtre qu'il avait besoin pour lui administrer les derniers sacrements. Il courait très peu de risques en satisfaisant à la requête de Pisciotta, car donner l'asile à un cadavre n'était pas un crime, même en Sicile. Mais il ne voulait pas que le jeune homme sache que le service qu'il allait lui rendre avait si peu de valeur.

– Et pourquoi vous recherche-t-on? demanda-t-il.

Pisciotta hésita. Si l'abbé apprenait la mort du carabinier, il risquait de leur refuser l'asile, mais s'il était pris au dépourvu par la visite que la police ne pouvait manquer de faire, il risquait de les trahir. Pisciotta décida donc de dire la vérité, ce qu'il fit brièvement.

L'abbé baissa les yeux en signe d'affliction pour cette âme vouée aux tourments infernaux et en profita pour examiner attentivement le corps sans connaissance de Guiliano. Le sang suintait à travers la chemise nouée autour de son corps. Peut-être le pauvre garçon allait-il mourir pendant qu'ils parlaient, ce qui résoudrait le problème.

En tant que moine franciscain, l'abbé se sentait empli de charité chrétienne, mais en ces temps difficiles, il lui fallait tenir compte des conséquences pratiques et matérielles de ses actes inspirés par l'amour du prochain. S'il donnait asile au jeune homme et si celui-ci mourait, ce serait tout avantage pour lui. Les autorités se contenteraient du corps et la famille de la victime lui en serait à jamais redevable. Et si Guiliano se rétablissait, sa reconnaissance serait peut-être encore plus précieuse. Il était intéressant d'avoir pour débiteur un homme qui, bien que grièvement blessé, parvenait à tirer un coup de pistolet et à tuer un carabinier.

Il pouvait bien entendu remettre les deux vauriens entre les mains de la police qui leur réglerait leur compte. Mais qu'avait-il à y gagner? Les autorités ne pouvaient pas faire plus pour lui que ce qu'elles faisaient déjà. Il était en terrain sûr dans les domaines qu'elles contrôlaient. C'était de l'autre côté de la barrière qu'il avait besoin d'alliés. En trahissant ces jeunes gens, il se ferait des ennemis parmi les paysans et s'attirerait la haine implacable de deux familles. L'abbé n'avait pas la naïveté de s'imaginer que son froc le protégerait de la vendetta qui ne pouvait manquer de s'ensuivre. Et il avait su lire dans l'âme de Pisciotta; c'était un garçon qui ferait son chemin avant d'aller en enfer. Non, il ne fallait surtout pas prendre à la légère la haine du paysan sicilien. En bons chrétiens qu'ils étaient, ils n'outrageraient jamais une statue de la Vierge, mais dans le feu d'une vendetta, ils exécuteraient le pape en personne s'il rompait l' « omerta », la vieille loi du silence. Sur cette terre aux innombrables statues de Jésus, on ne croyait pas à la doctrine qui demandait de tendre l'autre joue. Sur cette terre où régnait l'obscurantisme, le « pardon » était le refuge des lâches. Le paysan sicilien ne connaissait pas la signification du mot pitié.

Mais il était sûr d'une chose : Pisciotta ne le trahirait jamais. A l'occasion d'une de leurs petites opérations de contrebande, l'abbé avait fait en sorte que Pisciotta soit arrêté et interrogé. L'homme chargé de l'interrogatoire, un membre de la sûreté de Palerme et non l'un de ces crétins de carabiniers, avait fait succéder la rudesse à la douceur, mais Pisciotta était demeuré aussi insensible à la roublardise qu'à la violence. Il avait gardé le silence. L'inspecteur l'avait relâché et avait assuré l'abbé que c'était un garçon à qui il pouvait confier des tâches plus importantes. Depuis ce jour, l'abbé avait gardé une place à part dans son cœur pour Aspanu Pisciotta et il priait fréquemment pour le salut de son âme.

Le père supérieur mit deux doigts dans sa bouche et siffla. Plusieurs moines accoururent et il leur donna l'ordre de transporter Guiliano dans une aile reculée du monastère, dans ses appartements privés où durant la guerre il avait caché des fils de riches fermiers qui avaient déserté. Puis il envoya un moine chercher un médecin au village de San Giuseppe Iato, distant de huit kilomètres.

Pisciotta s'assit sur le lit et prit la main de son ami. La blessure ne saignait plus et Turi avait les yeux ouverts, mais ils étaient vitreux. Aspanu, au bord des larmes, n'osait pas parler. Il essuyait le front ruisselant de sueur de Guiseppe dont la peau avait pris une coloration bleuâtre.

Le médecin n'arriva qu'une heure plus tard et, ayant remarqué qu'une horde de carabiniers passait la montagne au peigne fin, il ne fut pas étonné d'apprendre que son ami l'abbé cachait un blessé. Cela ne le regardait pas; qui s'occupait de la police et du gouvernement? L'abbé était un compatriote qui avait besoin d'aide. Et qui lui envoyait un panier d'œufs tous les dimanches, un fût de vin à Noël et un agneau pour Pâques.

Le médecin examina Guiliano et pansa sa blessure. La balle avait transpercé le corps, atteint le foie et probablement endommagé d'autres organes vitaux. Le blessé qui avait perdu beaucoup de sang avait le teint blafard et tout son corps était livide. Le pourtour de la bouche était blanc, un des premiers signes annonciateurs de la mort.

– J'ai fait tout ce que j'ai pu, dit le médecin en se tournant vers l'abbé. L'hémorragie a cessé, mais il a déjà perdu plus du tiers de son sang et c'est généralement fatal. Gardez-le au chaud, donnez-lui un peu de lait et je vais vous laisser de la morphine.

Il jeta un coup d'œil plein de regrets sur le corps robuste de Guiliano.

– Que vais-je dire à son père et à sa mère? murmura Pisciotta. A-t-il une chance?

– Dites-leur ce que vous voulez, répondit le médecin en soupirant, mais la blessure est mortelle. Comme il est vigoureux, il survivra peut-être quelques jours, mais il est plus sage de ne pas espérer.

Il vit l'expression de désespoir dans le regard de Pisciotta et l'air de soulagement fugitif sur le visage de l'abbé et ajouta d'un ton ironique :

– Un miracle peut bien sûr se produire dans ce lieu saint.

L'abbé et le médecin sortirent. Aspanu se pencha sur son ami pour lui essuyer le front et constata avec étonnement qu'il avait une pointe de moquerie dans sa prunelle. L'iris était d'un brun foncé cerclé d'argent. Pisciotta se pencha un peu plus. Turi Guiliano chuchotait, il articulait à grand-peine.

– Dis à ma mère que je reviendrai, souffla-t-il.

Puis il fit quelque chose que Pisciotta n'oublierait jamais. Il leva brusquement les mains et empoigna les cheveux de son cousin. Ces mains puissantes ne pouvaient être celles d'un moribond. Elles tirèrent les cheveux de Pisciotta pour lui faire baisser la tête.

– Obéis-moi, dit Guiliano.

*

Le lendemain du jour où les parents de Guiliano l'appelèrent, Hector Adonis arriva à Montelepre où il avait une maison qu'il n'utilisait que rarement. Depuis qu'il avait atteint l'âge d'homme, il détestait le lieu de sa naissance et fuyait surtout la Festa. Les décorations le peinaient profondément et leur éclat trompeur lui semblait être un travestissement maléfique de la pauvreté de la ville. Et il avait toujours subi des humiliations durant la Festa, hommes ivres se moquant de sa petite taille, femmes méprisantes lui adressant des regards moqueurs.

Le fait qu'il connût beaucoup plus de choses qu'eux n'y changeait rien. Ils étaient si fiers que chaque famille, par exemple, peignait sa maison de la même couleur que ses ancêtres l'avaient fait. Ils ne savaient pas que la couleur de leurs murs révélait leurs origines, le sang qu'ils avaient hérité en même temps que la maison. Des siècles auparavant, les Normands peignaient leur logis en blanc alors que les Grecs utilisaient toujours du bleu et les Arabes du rose ou du rouge. Quant aux juifs, leur couleur était le jaune. Mais maintenant ils se considéraient tous comme des Italiens et des Siciliens. Il y avait eu de tels mélanges de races depuis un millier d'années qu'il était devenu impossible de reconnaître le propriétaire d'une habitation à ses caractéristiques physiques et si l'on disait à l'habitant d'une maison jaune qu'il avait une ascendance juive, on risquait de se retrouver avec un couteau dans le ventre.

Bien qu'il eût des traits plutôt arabes, Aspanu Pisciotta vivait dans une maison blanche. La dominante de celle des Guiliano était le bleu et le visage de Turi était véritablement grec bien qu'il eût une solide charpente de Normand. Mais apparemment la fusion de ces sangs différents avait donné quelque chose d'étrange et de dangereux qui faisait de lui un vrai Sicilien et c'est ce qui amenait Adonis à Montelepre.

La Via Bella était gardée à chaque carrefour par deux carabiniers à la mine sinistre, un fusil ou un pistolet mitrailleur à la main. C'était le début du deuxième jour de la Festa, mais cette partie de la ville était étrangement déserte et il n'y avait pas un enfant dans la rue. Hector Adonis gara sa voiture devant le domicile des Guiliano, sur le trottoir. Deux carabiniers l'observèrent d'un regard soupçonneux jusqu'à ce qu'il descende, puis eurent un sourire en voyant sa courte stature.

C'est Pisciotta qui ouvrit la porte et le fit entrer. Les parents de Turi attendaient dans la cuisine devant un petit déjeuner composé de saucisse froide, de pain et de café. Maria Lombardo était calme, rassurée par son Aspanu bien-aimé qui lui avait affirmé que son fils guérirait. La colère l'emportait chez elle sur la crainte et son mari avait l'air plus fier que triste. Leur fils avait prouvé qu'il était un homme : son ennemi était mort et il était vivant.

Pisciotta raconta de nouveau son histoire, cette fois avec un humour réconfortant. Il minimisa la gravité de la blessure de Guiliano et son propre héroïsme qui lui avait permis de transporter Turi jusqu'au monastère. Mais Hector Adonis savait qu'aider un blessé à parcourir cinq kilomètres en terrain montagneux avait dû être une tâche épuisante pour le frêle jeune homme. Il trouva aussi que Pisciotta glissait de manière un peu trop désinvolte sur la description de la blessure et se mit à redouter le pire.

– Comment les carabiniers ont-ils fait pour savoir qu'il habitait ici? demanda-t-il.

Pisciotta lui raconta comment Guiliano avait dû abandonner sa carte d'identité.

Maria Lombardo commençait à pousser des lamentations.

– Pourquoi Turi ne leur a-t-il pas laissé le fromage? Pourquoi a-t-il cherché la bagarre?

– Que voulais-tu qu'il fasse? lança sèchement le père de Guiliano à son épouse. Qu'il dénonce ce pauvre fermier? Il aurait à jamais déshonoré notre nom.

Hector Adonis fut frappé par la contradiction contenue dans cet échange verbal. Il savait que la mère de Turi avait une nature beaucoup plus forte et plus ardente que son mari et pourtant c'était elle qui avait prononcé des paroles de résignation et lui les paroles de défi. Quant au jeune Aspanu, qui aurait cru qu'il pût être assez brave pour réussir à secourir son ami et à le mener en lieu sûr? Et il mentait maintenant avec aplomb aux parents pour leur cacher la gravité de la blessure de Turi.

– Si seulement il n'avait pas abandonné sa carte d'identité, dit le père de Guiliano, nos amis auraient juré qu'il était en ville avec eux.

– Ils l'auraient quand même arrêté, dit Maria Lombardo en fondant en larmes. Maintenant il va être obligé de vivre dans la montagne.

– Nous devons nous assurer que l'abbé ne le remet pas entre les mains de la police, dit Hector Adonis.

– Il n'osera jamais, fit Pisciotta avec impatience. Il sait que je le pendrais dans sa bure.

Adonis regarda longuement Pisciotta. Il émanait de lui une impression de danger mortel. Ce n'est pas intelligent de blesser l'amour-propre d'un jeune homme, songea Hector Adonis. La police ne comprenait pas que l'on pouvait, impunément ou presque, insulter un homme mûr que la vie s'était déjà chargée d'humilier et qui ne prenait pas au tragique les petites offenses qu'on lui infligeait. Un jeune homme, au contraire, considère que de tels affronts sont mortels.

Les parents de Guiliano attendaient qu'Hector Adonis leur vienne en aide comme il l'avait déjà fait dans le passé pour leur fils.

– Si la police apprend où il est, dit-il, l'abbé n'aura pas le choix. Il n'est pas lui-même au-dessus de tout soupçon dans certaines affaires. Je pense qu'il est préférable, avec votre permission, de demander à mon ami Don Croce Malo d'intercéder auprès de l'abbé.

Les Guiliano furent étonnés d'apprendre qu'il connaissait le grand Don, mais Pisciotta lui adressa un sourire entendu.

– Et toi, que fais-tu ici? lui demanda sèchement Adonis. On va te reconnaître et t'arrêter. Ils ont ton signalement.

– Les deux carabiniers n'ont jamais eu une telle trouille de leur vie, répondit Pisciotta avec mépris. Ils n'auraient pas reconnu leur propre mère. Et j'ai une douzaine de témoins prêts à jurer que j'étais à Montelepre hier.

– Vous ne devez pas essayer d'aller voir votre fils ni dire à quiconque, y compris vos meilleurs amis, où il se trouve, dit Adonis aux parents de Guiliano d'un ton doctoral. La police a des espions et des informateurs partout. Aspanu ira voir Turi de nuit. Dès que ce dernier sera en état de se déplacer, je prendrai des dispositions pour qu'il aille s'installer dans une autre ville en attendant que les choses s'apaisent. Ensuite, avec de l'argent, tout s'arrangera et Turi pourra revenir ici. Ne vous inquiétez pas pour lui, Maria, et prenez soin de votre santé. Et toi, Aspanu, tu me tiens au courant.

Il embrassa Maria Lombardo qui pleurait encore quand il quitta la maison.

Il avait beaucoup à faire et avant tout raconter l'histoire à Don

Croce et s'assurer que l'asile de Turi demeurerait sûr. Heureusement que le gouvernement de Rome n'offrait pas de récompenses pour des renseignements sur le meurtre d'un policier, car l'abbé aurait vendu Turi aussi promptement qu'il vendait ses saintes reliques.

*

Étendu sur son lit, Turi Guiliano ne remuait pas. Il avait entendu le médecin déclarer que sa blessure était mortelle, mais il ne pouvait croire qu'il allait mourir. Son corps semblait suspendu en l'air, libre de toute douleur et de toute crainte. Il ne pouvait pas mourir. Turi ignorait qu'une grande perte de sang provoque une sensation d'euphorie.

Pendant la journée, l'un des moines le soignait et lui faisait boire du lait. Le soir, l'abbé venait le voir avec le médecin. Pisciotta lui rendait visite la nuit et lui prenait la main, lui tenant compagnie tout au long de ces heures interminables. Au bout de deux semaines, le médecin proclama qu'un miracle s'était produit.

Turi Guiliano avait rassemblé toute sa volonté pour que son corps guérisse, régénère tout le sang perdu et reconstitue les organes vitaux déchirés par le projectile d'acier. Et dans l'euphorie produite par l'effusion de son sang, il rêvait de gloire à venir. Il éprouvait une sensation nouvelle de liberté et sentait qu'il ne serait plus tenu pour responsable de tout ce qu'il ferait. Les lois de la société et celles, plus rigoureuses, de la famille sicilienne ne pourraient plus le ligoter. Il serait libre de commettre n'importe quel acte; sa blessure lui conférerait l'innocence. Et tout cela parce qu'un idiot de carabinier avait tiré sur lui pour un fromage.

Pendant les semaines que dura sa convalescence, il repassa sans cesse dans son esprit les occasions où lui et les autres villageois s'étaient rassemblés sur la grand-place pour attendre les *gabellettos,* les contremaîtres des vastes propriétés foncières, qui venaient les engager pour la journée, leur proposant des salaires de misère avec le rictus méprisant de ceux qui détiennent le pouvoir sans partage. L'injuste répartition des récoltes qui laissait tout le monde appauvri après une année de dur labeur. L'arrogance de la justice qui sévissait contre les pauvres et laissait les riches en liberté.

Il jura, s'il guérissait de sa blessure, de veiller à ce que justice soit faite. Plus jamais il ne serait désarmé, à la merci des forces du destin. Il s'armerait, à la fois physiquement et mentalement. Et il était sûr d'une chose : jamais plus il ne resterait impuissant devant le monde, comme il l'avait été devant Guido Quintana et le policier qui avait tiré sur lui. Le jeune homme qu'avait été Turi Guiliano n'existait plus.

*

A la fin du premier mois, le médecin prescrivit quatre autres semaines de repos et un peu d'exercice. Guiliano endossa une robe de moine et se promena autour du monastère. Le père supérieur s'était pris d'affection pour le jeune homme et l'accompagnait souvent en lui racontant ses voyages de jeunesse sur des terres lointaines. L'abbé redoubla d'affection quand Hector Adonis lui envoya une somme rondelette pour ses prières pour les pauvres et quand Don Croce en personne lui fit savoir qu'il s'intéressait au jeune homme.

Guiliano pour sa part s'étonnait de la manière dont les moines vivaient. Dans ce pays où le peuple mourait presque de faim et où les travailleurs agricoles louaient leur corps pour quelques misérables francs par jour, les moines de Saint-François vivaient comme des rois. Le monastère était en vérité une riche et vaste propriété.

Il y avait une plantation de citronniers, une autre de bambous et de robustes oliviers centenaires éparpillés sur les terres. Il y avait une boucherie où étaient tués les moutons du troupeau et les porcelets de leur enclos. Poulets et dindes en nombre considérable se promenaient en liberté. Les moines mangeaient tous les jours de la viande avec leurs spaghetti, buvaient le vin de leur cave et échangeaient du tabac au marché noir, car ils fumaient comme des sapeurs.

Mais ils travaillaient dur, pieds nus dans les champs, le froc remonté jusqu'aux genoux, le front ruisselant de sueur. Pour se protéger du soleil, ils portaient sur leur tonsure des feutres noirs et bruns à la forme curieuse que l'abbé avait échangés à un officier de l'Intendance militaire contre un tonneau de vin. Chaque moine portait le feutre à sa manière, certains avec les bords baissés, genre gangster, d'autres avec les bords relevés sur tout le pourtour pour former un creux dans lequel ils conservaient leurs cigarettes. L'abbé avait fini par détester ces chapeaux et avait interdit leur port sauf pendant le travail dans les champs.

Pendant son deuxième mois de convalescence, Guiliano partagea la vie des moines. Au grand étonnement de l'abbé, il travaillait dur dans les champs et aidait les moines les plus âgés à transporter les pesants paniers de fruits et d'olives jusqu'au magasin où ils étaient stockés. A mesure qu'il se rétablissait, Guiliano prenait plaisir à travailler et à faire étalage de sa force. Ses paniers étaient pleins à déborder, mais ses genoux ne fléchissaient jamais. Le père supérieur était fier de lui et il lui affirma qu'il pouvait rester aussi longtemps qu'il le désirait, qu'il avait l'étoffe d'un véritable homme de Dieu.

Pendant ces quatre semaines, Turi Guiliano fut heureux. Il était revenu d'entre les morts et se laissait porter par des rêves de miracles. Et puis il appréciait le vieil abbé qui faisait preuve envers lui d'une confiance absolue et lui révélait les secrets du monastère. Le vieil homme se faisait gloire de ce que la totalité des produits du monastère était vendue au marché noir et de ce que rien n'était livré aux entrepôts gouvernementaux. Sauf le vin qui était réservé à la consommation des religieux. La nuit, le jeu et la boisson étaient de règle et l'on faisait même discrètement entrer des femmes, mais le père supérieur fermait les yeux sur tout cela.

– Les temps sont difficiles, dit-il à Guiliano. La récompense du royaume de Dieu est encore loin et les hommes doivent s'amuser un peu ici-bas. Le Seigneur leur pardonnera.

Un après-midi pluvieux, l'abbé montra à Guiliano une autre aile du monastère qui était utilisée comme entrepôt. Elle débordait de saintes reliques fabriquées par un groupe de vieux moines aux mains habiles. Comme tout commerçant, l'abbé se lamenta sur les difficultés de l'époque.

– Avant la guerre, les affaires marchaient très bien, soupira-t-il. Notre réserve n'était jamais plus qu'à demi pleine. Et regarde les trésors que nous avons ici. Une arête du poisson multiplié par le Christ, le bâton de Moïse sur la route de la Terre promise.

Il s'interrompit pour observer avec une satisfaction teintée d'amusement le visage stupéfait de Guiliano. Puis sa face osseuse se tordit en un sourire malicieux et il donna un coup de pied dans une pile de petits morceaux de bois.

– C'était l'article qui se vendait le mieux dit-il d'un ton presque joyeux. Des centaines de morceaux de la croix sur laquelle notre Seigneur a été crucifié. Et dans ce coffre se trouvent des fragments du corps de tous les saints du paradis. Il n'existe pas un foyer en Sicile qui n'ait son os de saint. Et dans une pièce spéciale fermée à clé nous avons treize bras de saint André, trois têtes de saint Jean-Baptiste et sept armures portées par Jeanne d'Arc. En hiver, nos moines entreprennent de longs voyages pour vendre ces trésors.

Turi Guiliano riait et l'abbé lui sourit. Mais Guiliano songeait que les pauvres étaient toujours bernés, même par ceux qui leur montraient la voie du salut. Encore un point important qu'il fallait garder en mémoire.

L'abbé lui montra ensuite un grand baquet rempli de médaillons bénis par le cardinal de Palerme, trente linceuls dans lesquels le Christ avait été enseveli et deux statues noires de la Vierge. A cette vue, Guiliano cessa de rire. Il parla à l'abbé de celle que possédait sa mère et qu'elle conservait précieusement depuis son enfance. Cette statue qui appartenait à sa famille depuis plusieurs générations pouvait-elle être un faux? Le père supérieur lui tapota gentiment l'épaule et lui avoua que depuis plus d'un siècle on sculptait des copies dans l'olivier au monastère. Mais il l'assura que ces répliques n'étaient pas dépourvues de valeur, car elles n'étaient fabriquées qu'en petite quantité.

L'abbé ne voyait aucun mal à confier à un assassin les péchés véniels des gens d'Église, mais le silence réprobateur de Guiliano le gênait. Il se tint sur la défensive.

– Souviens-toi que nous qui consacrons notre vie au Seigneur devons aussi vivre parmi ceux qui ne croient pas aux récompenses célestes. Nous aussi, nous avons des familles que nous devons aider et protéger. Beaucoup de mes frères sont pauvres et sont issus des milieux pauvres qui, nous le savons, sont le sel de la terre. Nous ne pouvons laisser en ces temps difficiles nos sœurs et nos frères, nos cousins et nos neveux mourir de faim. La sainte Église elle-même a besoin de notre aide pour se défendre contre de puissants ennemis. Les communistes et les socialistes, ces libéraux fourvoyés, doivent être combattus et cela demande de l'argent. Les fidèles sont un soutien pour notre mère l'Église! En achetant nos reliques, ils nous fournissent l'argent utilisé pour écraser les infidèles tout en satisfaisant un besoin profond de leur âme. Si nous ne leur fournissions pas ces objets, ils gaspilleraient leur argent en jouant, en buvant et en fréquentant des femmes de mauvaise vie. N'es-tu pas d'accord?

Guiliano se contenta de hocher la tête, mais il souriait. Un être aussi jeune ne pouvait qu'être ébloui par un tel maître en matière d'hypocrisie. Mais le père supérieur fut irrité par ce sourire; il espérait plus d'affabilité de la part d'un assassin auquel il avait donné asile et qu'il avait sauvé quand il était à l'article de la mort. Le respect et la gratitude prescrivaient une réponse hypocrite sous l'apparence de la plus parfaite sincérité. Ce contrebandier, cet assassin, ce *paysan* devrait faire preuve d'un peu plus de compréhension et d'esprit chrétien.

– Souviens-toi que notre foi repose sur notre croyance dans les miracles, dit l'abbé d'un ton grave.

– Oui, répondit Guiliano. Et je crois de toute mon âme qu'il est de votre devoir de nous aider à les découvrir.

Il avait dit cela sans intention méchante, par plaisanterie, avec le désir sincère de faire plaisir à son bienfaiteur. Mais il avait toutes les peines du monde à se retenir de rire.

L'abbé fut satisfait de cette réponse et toute son affection pour Guiliano lui revint. C'était un bon garçon dont il appréciait la compagnie et il était rassurant de savoir qu'il lui était profondément redevable. Et il ne se montrerait pas ingrat, il avait déjà fait la preuve de sa noblesse de cœur. Il exprimait quotidiennement en paroles et en actions son respect et sa reconnaissance envers l'abbé. Il n'avait pas le cœur dur d'un hors-la-loi. Qu'allait-il advenir d'un homme de cette trempe dans la Sicile de l'après-guerre où régnait la misère et qui grouillait d'informateurs, de bandits et de pécheurs de tout poil? Eh bien, se dit l'abbé, un homme qui a versé le sang une fois peut recommencer au besoin. L'abbé décida que Don Croce devrait conseiller Turi Guiliano sur la voie à suivre.

Un jour, tandis qu'il se reposait sur son lit, Turi reçut une étrange visite. L'abbé lui présenta le visiteur, le père Benjamino Croce, comme un de ses très chers amis, puis il les laissa seuls.

– Cher monsieur Guiliano, dit le père Benjamino avec sollicitude, j'espère que vous êtes tout à fait rétabli. Le père supérieur m'a avoué que c'était un véritable miracle.

– Grâce à Dieu, dit poliment Guiliano.

Le père Benjamino inclina la tête comme s'il avait reçu lui-même cette bénédiction.

Guiliano l'observa attentivement. C'était un prêtre qui n'avait jamais travaillé dans les champs. Sa soutane était trop propre, son visage bouffi trop blanc et ses mains trop douces. Mais sa contenance exprimait la résignation et l'humilité chrétiennes.

– Mon fils, reprit le père Benjamino d'une voix onctueuse, je vais vous entendre en confession et vous donner la communion. Quand vous aurez reçu l'absolution, vous pourrez retrouver le monde le cœur pur.

Turi Guiliano étudia le saint homme qui détenait un tel pouvoir.

– Pardonnez-moi, mon père, dit-il, je ne suis pas prêt à faire acte de contrition et il serait trompeur de ma part de me confesser en ce moment. Mais je vous remercie de me donner votre bénédiction.

– Oui, dit le prêtre en hochant la tête, cela ne ferait qu'ajouter à vos péchés. Mais j'ai une autre proposition d'une nature plus pratique. Mon frère Don Croce m'a envoyé vous demander si vous accepteriez de vous réfugier chez lui à Villaba. Vous auriez un bon salaire et, bien entendu, comme vous ne l'ignorez pas, les autorités n'oseraient jamais vous tracasser tant que vous seriez sous sa protection.

Guiliano fut étonné de constater que la nouvelle de son exploit était parvenue à un homme aussi puissant que Don Croce. Il savait qu'il devait se montrer prudent. Il détestait la mafia et ne voulait pas être pris dans sa toile.

– C'est un grand honneur, dit-il. Je vous remercie ainsi que votre frère, mais je dois d'abord consulter ma famille et exécuter les désirs de mes parents. Permettez-moi donc pour l'instant de refuser votre aimable proposition.

Il vit l'étonnement se peindre sur le visage du prêtre. Quel Sicilien refuserait la protection du grand Don?

– Je penserai peut-être différemment dans quelques semaines, ajouta Turi, et j'irai vous voir à Villaba.

Le père Benjamino qui s'était remis de son étonnement leva les mains pour le bénir.

– Allez en paix, mon fils. Vous serez toujours le bienvenu chez mon frère.

Il fit le signe de la croix et quitta la pièce.

*

Turi Guiliano savait que le moment de partir était venu. Quand Aspanu Pisciotta vint le voir ce soir-là, il lui indiqua les dispositions à prendre pour son retour. Il s'aperçut que, s'il avait changé, il en allait de même pour son ami. Pisciotta ne broncha ni ne protesta en recevant des ordres qui, il le savait, allaient profondément changer sa vie.

– Aspanu, lui dit enfin Guiliano, tu peux venir avec moi ou rester avec ta famille. Fais ce que tu sens que tu dois faire.

– Crois-tu que je vais te laisser tous les plaisirs et toute la gloire, dit Pisciotta en souriant. Te laisser t'amuser dans la montagne pendant que je conduirai mes ânes à la cueillette des olives? Et que fais-tu de notre amitié? Devrais-je te laisser vivre seul dans la montagne alors que depuis notre enfance nous avons tout partagé, les jeux comme le travail? Ce n'est que quand tu retourneras libre à Montelepre que j'y retournerai moi aussi. Allons, trêve de sottises. Je reviens te chercher dans quatre jours. Il me faudra un certain temps pour faire tout ce que tu m'as demandé.

*

Pisciotta fut très occupé pendant ces quatre jours. Il avait déjà retrouvé la trace du contrebandier à cheval qui avait proposé aux carabiniers de se lancer à la poursuite de Guiliano. Il s'appelait Marcuzzi. C'était un homme redouté, qui faisait de la contrebande sur une grande échelle et opérait sous la protection de Don Croce et de Guido Quintana. Un de ses oncles qui portait le même nom que lui était un des *capi* de la mafia.

Pisciotta découvrit que Marcuzzi faisait régulièrement le trajet de Montelepre à Castellammare. Pisciotta connaissait le fermier qui gardait les mules du contrebandier et quand il vit qu'il faisait sortir les bêtes des champs et les emmenait dans une écurie à proximité de la ville, il en conclut que Marcuzzi partirait le lendemain matin. A l'aube, il se posta au bord de la route que Marcuzzi était obligé de prendre et attendit son passage. Il avait une *lupara,* le fusil de chasse que l'on trouvait dans bon nombre de foyers siciliens. Cette arme meurtrière était en fait si répandue et si fréquemment utilisée pour commettre des crimes que lorsque Mussolini avait nettoyé la Sicile de la mafia, il avait ordonné que tous les murs de pierre soient abattus et ne dépassent plus un mètre de hauteur afin que les tireurs ne s'en servent plus pour tendre des embuscades.

Pisciotta avait décidé de tuer Marcuzzi non seulement parce

que le contrebandier avait proposé à la police d'achever Guiliano quand il était blessé et qu'il s'en était vanté devant ses amis, mais parce qu'en le tuant il donnait un avertissement à tous ceux qui pourraient trahir Turi. En outre, il avait besoin des armes de Marcuzzi.

Il n'eut pas longtemps à attendre. Comme Marcuzzi conduisait ses mules sans chargement pour aller chercher à Castellammare des marchandises de contrebande, il n'était pas sur ses gardes. Il chevauchait la mule de tête sur le sentier de montagne, son fusil en bandoulière au lieu de le tenir à la main. En voyant Pisciotta debout sur le sentier devant lui, il n'éprouva aucune inquiétude. Il ne vit qu'un jeune homme mince et assez petit, portant une moustache, qui souriait d'une manière qui l'irrita. Ce n'est que lorsque Pisciotta sortit sa *lupara* de dessous sa veste que l'attention de Marcuzzi se fit plus vive.

– Tu aurais dû attendre mon retour, dit-il d'un ton rogue. Je n'ai pas encore été chercher les marchandises. Et ces mules sont sous la protection des Amis des Amis. Ne fais pas l'idiot, trouve quelqu'un d'autre.

– C'est à votre vie que j'en veux, dit doucement Pisciotta. Vous souvenez-vous du jour, il y a quelques mois de cela, où vous vouliez passer pour un héros aux yeux de la police?

Marcuzzi s'en souvenait fort bien. Il fit tourner sa mule sur le côté, comme par hasard, afin de dérober sa main au regard de Pisciotta. Il glissa la main dans sa ceinture et en sortit son pistolet. Il tira en même temps sur la bride de sa monture pour se trouver en position de tir. La dernière chose qu'il vit fut le sourire de Pisciotta au moment où la décharge de la *lupara* fit sauter son corps de la selle et le projeta dans la poussière du chemin.

Avec une satisfaction méchante, Pisciotta s'approcha du cadavre et tira une seconde balle dans la tête, puis il prit le pistolet que Marcuzzi tenait encore à la main et le fusil dont la bretelle s'était enroulée autour du corps. Il vida la poche de la veste du contrebandier qui était pleine de balles de fusil qu'il fourra dans la sienne. Puis, rapidement et méthodiquement, il abattit les quatre mules en guise d'avertissement pour quiconque s'aviserait d'aider, même indirectement, les ennemis de Guiliano. Il resta debout sur le sentier, sa *lupara* dans les bras, le fusil du mort à l'épaule, le pistolet glissé dans sa ceinture. Il n'éprouvait aucune pitié et sa férocité le réjouissait. Car malgré l'affection qu'il portait à son ami, il avait toujours rivalisé avec lui dans bien des domaines et bien qu'il reconnût Turi pour chef, il éprouvait le besoin de prouver qu'il était digne de cette amitié en se montrant aussi courageux et intelligent que lui. Lui aussi venait de sortir du cercle magique de l'enfance, de la société, et de rejoindre son ami à l'extérieur de ce cercle. Par cet acte, il avait lié à jamais son sort à celui de Turi Guiliano.

*

Deux jours plus tard, juste avant le repas du soir, Guiliano quitta le monastère. Il serra entre ses bras tous les moines qui se rassemblaient dans le réfectoire et les remercia de leur gentillesse. Les moines regrettaient de le voir partir. Certes, il ne s'était jamais joint à leurs rites et ne s'était ni confessé ni repenti de son crime, mais certains des moines avaient commis des crimes semblables dans leur jeunesse et ne portaient pas de jugement sur lui.

Le père supérieur escorta Guiliano jusqu'au portail du monastère où l'attendait Pisciotta. Il lui offrit un cadeau d'adieu, une statue de la Vierge noire, une copie de celle qui appartenait à Maria Lombardo. Pisciotta avait un sac marin américain vert et Guiliano y glissa la statuette.

Pisciotta observa d'un air sardonique Guiliano et l'abbé qui se faisaient leurs adieux. Il savait que l'abbé était un contrebandier, un membre secret des Amis des Amis et un tyran avec ses pauvres moines. Il ne pouvait donc comprendre la sentimentalité que mettait l'abbé dans ses adieux. Il ne vint pas à l'esprit de Pisciotta que l'affection et le respect que Guiliano suscitait en lui pouvaient également naître chez un homme aussi puissant et aussi âgé que le supérieur.

Bien que l'affection de l'abbé fût sincère, tout intérêt personnel n'en était pas absent. Il savait que le jeune homme pouvait un jour devenir une force avec laquelle il faudrait compter en Sicile. C'était comme s'il avait décelé une trace de la présence divine. De son côté, Turi Guiliano était sincèrement reconnaissant à l'abbé qui non seulement lui avait sauvé la vie mais lui avait appris beaucoup de choses et avait été un compagnon charmant. L'abbé lui avait même donné accès à sa bibliothèque. Et curieusement Guiliano appréciait son hypocrisie qui lui permettait de trouver le juste milieu en faisant le bien sans faire beaucoup de mal apparent, un équilibre qui autorisait la vie à suivre harmonieusement son cours.

Turi et le père supérieur s'étreignirent.

– Je suis votre débiteur, dit le jeune homme. Souvenez-vous de moi si vous avez besoin d'aide. Je ferai tout ce que vous me demanderez.

– La charité chrétienne ne demande pas à être payée de retour, répondit l'abbé en lui tapotant l'épaule. Retrouve les voies de Dieu, mon fils, et rends-lui hommage.

Mais il parlait machinalement; il connaissait bien cette sorte d'innocence chez les jeunes. Elle pouvait donner naissance à un démon. Il se souviendrait de la promesse de Guiliano.

Guiliano chargea le sac sur son épaule malgré les protestations de Pisciotta et ils franchirent ensemble le portail du monastère sans un regard en arrière.

6.

Du bord d'une falaise proche du sommet du Monte d'Ora, Guiliano et Pisciotta apercevaient la ville de Montelepre à leurs pieds. Ils voyaient à quelques kilomètres de distance les lumières des maisons s'allumer pour lutter contre l'obscurité naissante. Guiliano crut même entendre la musique provenant des haut-parleurs de la grand-place qui diffusaient toujours les émissions de la station radiophonique de Rome pour agrémenter la promenade apéritive des habitants de la ville.

Mais l'air de la montagne était trompeur. Il fallait deux heures pour descendre à Montelepre et quatre pour remonter jusqu'à l'endroit où ils étaient. Guiliano et Pisciotta qui y jouaient depuis leur enfance connaissaient chaque roche, chaque grotte et chaque galerie de la montagne. Derrière eux se trouvait la Grotta Bianca, la caverne préférée de leur enfance, plus vaste que n'importe quelle maison de Montelepre.

Turi vit qu'Aspanu avait bien exécuté ses ordres. La caverne était remplie de sacs de couchage, ustensiles de cuisine, boîtes de munitions, sacs de nourriture et de pain. Il y avait une caisse de bois contenant des lampes de poche, des lanternes et des couteaux et aussi quelques bidons de pétrole.

– Aspanu, s'écria Turi en riant, nous avons de quoi vivre ici éternellement!

– Quelques jours seulement, dit son ami. C'est le premier endroit où les carabiniers sont venus quand ils ont commencé les recherches.

– Ils ne cherchent que pendant la journée. La nuit nous n'avons rien à craindre.

Un manteau de ténèbres s'était abattu sur les montagnes mais le ciel était constellé d'étoiles et les jeunes gens se voyaient distinctement. Pisciotta ouvrit le sac marin et commença à en sortir des armes et des vêtements. Lentement, solennellement, Turi Guiliano s'arma. Retirant sa bure, il enfila un pantalon de moleskine, puis une grande veste de mouton munie de nombreuses poches. Il glissa deux pistolets dans sa ceinture et cacha le pistolet mitrailleur à l'intérieur de sa veste de façon à ce qu'il soit invisible mais puisse être utilisé instantanément. Il boucla un ceinturon autour de sa taille et mit des boîtes de munitions dans les poches de la veste. Pisciotta lui tendit un couteau qu'il dissimula dans les bottes militaires qu'il avait chaussées. Puis il prit un autre petit pistolet qui tenait dans un étui attaché sous le rabat de la veste en peau de mouton. Il vérifia ensuite toutes ses armes et les munitions.

Il portait son fusil sans le cacher, la bretelle passée sur l'épaule.

Enfin, il fut prêt. Il sourit à Pisciotta qui n'était armé que de sa *lupara* et d'un couteau dans une gaine attachée derrière son dos.

– Je me sens tout nu, dit Pisciotta. Comment pourras-tu marcher avec toute cette ferraille sur toi? Si tu tombes, je serai incapable de te relever.

Guiliano ne s'était pas départi de son sourire, un sourire d'enfant qui croit tenir le monde à sa merci. Son énorme cicatrice le faisait souffrir à cause du poids des armes et des munitions, mais il se réjouissait de cette douleur qui l'absolvait.

– Maintenant je suis prêt à voir ma famille ou à affronter mes ennemis, dit-il à Pisciotta.

Les deux jeunes gens s'engagèrent sur le long sentier sinueux qui descendait du sommet du Monte d'Ora à la ville de Montelepre.

Ils passèrent par des marches taillées dans le roc. Cuirassé contre la mort et ses semblables, respirant les effluves de lointaines plantations de citronniers et des fleurs sauvages, Turi Guiliano éprouvait une sérénité qu'il n'avait jamais connue. Il n'était plus désarmé face à un ennemi inconnu, il n'avait plus à supporter la voix intérieure qui mettait son courage en doute. Puisqu'il avait refusé la mort et réussi à force de volonté à reconstituer ses tissus blessés, il était persuadé de pouvoir le refaire et ne doutait plus qu'un destin magnifique l'attendait. Il partageait maintenant les pouvoirs magiques de ces héros médiévaux qui ne pouvaient mourir avant d'arriver au terme de la longue histoire de leur vie et il attendait de remporter ses plus grandes victoires.

Jamais il ne quitterait ces montagnes, ces oliviers, ni la Sicile. Il n'avait qu'une vague idée de sa future gloire, mais elle ne faisait aucun doute pour lui. Plus jamais il ne serait le jeune paysan pauvre vivant dans la crainte des carabiniers, des juges et de la justice corrompue.

Ils arrivaient au pied de la montagne et allaient atteindre une des routes qui menaient à Montelepre. Ils passèrent devant une mariette de la Vierge et de l'enfant. La robe de plâtre bleu miroitait comme la mer au clair de lune. Les vergers embaumaient l'air d'un parfum suave qui étourdissait presque Guiliano. Il vit Pisciotta se pencher pour cueillir une figue de Barbarie et il éprouva pour cet ami qui lui avait sauvé la vie une vive affection dont l'origine remontait à leur enfance. Il voulait partager son immortalité avec lui. Leur destinée ne pouvait être de mourir en paysans anonymes des montagnes siciliennes.

– Aspanu! Aspanu! s'écria Guiliano avec exubérance. Je crois, je crois!

Et il s'élança dans la dernière pente, laissant derrière lui les rochers à la blancheur spectrale et voyant défiler sur le bas-côté les statues du Christ et des martyrs dans leurs niches. Pisciotta courait à ses côtés en riant et ils débouchèrent sur la route de Montelepre baignée par le clair de lune.

*

La montagne s'achevait dans un pré d'une centaine de mètres de long et donnant sur l'arrière des maisons de Via Bella. Chaque maison avait un jardin où poussaient des tomates et parfois un olivier ou un citronnier. La grille de la clôture du jardin des Guiliano n'était pas fermée à clé et les deux jeunes gens entrèrent tranquillement. La mère de Guiliano les attendait; elle se précipita dans les bras de Turi, le visage ruisselant de larmes. Elle le couvrit de baisers passionnés en murmurant :

– Mon fils chéri, mon fils chéri.

Mais Turi Guiliano se rendit compte que, pour la première fois de sa vie, il ne répondait pas à l'affection de sa mère.

Il était près de minuit et comme la lune était encore brillante, ils se hâtèrent de rentrer dans la maison afin de ne pas être aperçus par des espions. Les volets étaient fermés et des parents de Turi et d'Aspanu étaient postés dans toutes les rues pour prévenir de l'approche de patrouilles de police. Dans la maison, les amis et les proches de Guiliano attendaient pour fêter son retour. Un festin digne de la fête de Pâques avait été préparé. Ils n'avaient qu'une seule nuit à passer avec Turi avant qu'il ne parte vivre dans la clandestinité.

Le père de Guiliano étreignit son fils et lui donna une grande tape dans le dos pour montrer qu'il approuvait ce qu'il avait fait. Les deux sœurs de Turi étaient là, ainsi qu'Hector Adonis. Il y avait également une voisine, La Venera, une veuve d'environ trente-cinq ans. Son mari, un célèbre bandit du nom de Candeleria, à la suite d'une trahison, était tombé l'année précédente dans une embuscade tendue par la police. Elle était devenue une amie intime de la mère de Guiliano, mais Turi fut étonné de sa présence à cette réunion. Elle n'avait pu être invitée que par sa mère et pendant un instant il se demanda pourquoi.

On mangea et on but à satiété et tout le monde se conduisit avec Guiliano comme s'il revenait d'un long séjour dans des pays lointains. Puis son père demanda à voir sa blessure. Guiliano sortit sa chemise de son pantalon et découvrit la longue cicatrice écarlate bordée de tissus d'une teinte encore bleu-noir. Sa mère fit aussitôt entendre des lamentations.

– Préférerais-tu me voir en prison avec des marques de bastonnade? lui demanda Guiliano avec un sourire.

Bien que cette scène familière lui évoquât les jours les plus heureux de son enfance, il se sentait très loin de tout le monde. Il y avait tous ses plats préférés : seiche à l'encre, gros macaroni avec une sauce tomate aux herbes, agneau rôti, des olives dans une grande coupe, de la salade verte et rouge arrosée d'huile d'olive pure obtenue par première pression et des bouteilles de vin enveloppées de bambou. Tout ce qui provenait de la terre de Sicile. Son père et sa mère racontèrent les habituels contes de fées sur la vie en Amérique et Hector Adonis leur fit quelques récits glorieux de l'histoire de leur île. Garibaldi et ses célèbres chemises rouges. Ou le jour des Vêpres siciliennes où le peuple de Sicile s'était dressé pour massacrer l'armée d'occupation française il y avait bien des siècles de cela. L'histoire de l'oppression de la Sicile commençait par Rome, suivie par les Maures et les Normands, les Allemands, les Français et les Espagnols. Pauvre Sicile! Jamais libre; un peuple perpétuellement affamé dont la force de travail était vendue à un prix dérisoire et dont le sang était versé si facilement.

C'est pourquoi il n'y avait plus un Sicilien qui crût au gouvernement, à la justice, à l'ordre social qui avaient toujours été utilisés pour les ravaler au rang de bêtes de somme. Guiliano avait écouté toutes ces histoires au fil des ans, les gravant dans son esprit. Mais il commençait seulement à prendre conscience qu'il pouvait changer cet état de choses.

Il regarda Aspanu qui fumait une cigarette devant son café. Même au milieu de cette joyeuse assemblée, un sourire ironique flottait sur les lèvres de son cousin. Guiliano devinait ce qu'il pensait et ce qu'il dirait plus tard : il suffit donc d'être assez bête pour se faire blesser par un policier, de commettre un meurtre et de devenir un hors-la-loi pour que les êtres chers montrent leur affection et vous traitent comme un saint du paradis. Et pourtant Aspanu était le seul dont il se sentait encore proche.

Et puis il y avait cette femme, La Venera. Pourquoi sa mère l'avait-elle invitée et pourquoi était-elle venue? Il vit que son visage était encore beau, fort et volontaire, avec des sourcils de jais et des lèvres d'un rouge si foncé qu'elles semblaient presque violettes avec la lumière tamisée de la pièce enfumée. Il était impossible de deviner sa silhouette, car elle était vêtue de la robe noire informe des veuves siciliennes.

Turi Guiliano dut raconter toute l'histoire de la fusillade au carrefour des Quatre Chemins. Son père qui avait bu un peu trop de vin émit des grognements d'approbation en écoutant le récit de la mort du carabinier, mais sa mère garda le silence. Le père de Guiliano raconta ensuite que le fermier était venu chercher son âne et il lui avait dit :

– Ne te plains pas d'avoir perdu un âne, moi j'ai perdu un fils.

– Un âne qui cherchait son âne, glissa Aspanu.

Et tout le monde de s'esclaffer.

– Quand le fermier a appris qu'un carabinier avait été tué, poursuivit le père de Guiliano, il a eu trop peur de recevoir la bastonnade pour porter plainte.

– Il sera dédommagé, dit Guiliano.

Finalement Hector Adonis exposa les grandes lignes de son plan. Une indemnité serait versée à la famille du mort. Pour se procurer l'argent, les parents de Guiliano seraient obligés d'hypothéquer leur lopin de terre et Adonis lui-même apporterait une certaine somme. Mais pour que cette tactique réussisse, il faudrait attendre que la colère soit retombée. L'influence du grand Don Croce serait utilisée pour faire pression sur les représentants du gouvernement et la famille de la victime. Après tout, il s'agissait plus ou moins d'un accident. De part et d'autre, il n'y avait eu aucune intention de donner la mort. On pouvait jouer cette comédie à condition de s'assurer la coopération de la famille du carabinier et des fonctionnaires occupants les postes clés. Le seul danger était la carte d'identité abandonnée sur les lieux du crime. Mais Don Croce pourrait s'arranger dans l'année qui suivait pour qu'elle disparaisse du dossier du procureur. Il était toutefois essentiel que Turi n'ait aucun ennui pendant ce laps de temps. Il devait disparaître dans la montagne.

Turi Guiliano écouta patiemment en souriant et en hochant la tête, sans montrer son irritation. Ils le considéraient toujours comme le jeune homme qui était parti pendant la Festa, plus de deux mois auparavant. Il avait enlevé sa veste de mouton et s'était dépouillé de ses armes qu'il avait posées à ses pieds, sous la table. Mais cela ne les avait pas impressionnés, pas plus que l'énorme et hideuse cicatrice. Ils ne pouvaient imaginer que son esprit avait été profondément atteint par la grave blessure reçue par son corps ni qu'il ne serait plus jamais le jeune homme qu'ils avaient connu.

Il était pour l'instant en sécurité dans cette maison. Des gens de confiance faisaient des rondes dans les rues et surveillaient la caserne des carabiniers afin de prévenir d'une sortie. La maison elle-même, vieille de plusieurs siècles, était construite en pierre et les fenêtres étaient munies de lourds volets de bois de trois centimètres d'épaisseur. La porte de bois était solide et fermée par une barre de fer. Pas la moindre lueur ne pouvait filtrer de la maison et nul ne pouvait y pénétrer de force en lançant une attaque-surprise. Et pourtant Turi Guiliano se sentait en danger. Les êtres chers qui l'entouraient voulaient l'obliger à reprendre son ancienne vie, le persuader de devenir un paysan et de ne plus lever les armes contre son prochain, ce qui le laisserait impuissant devant la loi. C'est à ce moment-là qu'il comprit qu'il lui faudrait être cruel envers ceux qu'il chérissait. Son rêve de jeune homme avait toujours été d'obtenir l'amour plutôt que la puissance, mais tout avait changé. Il lui apparaissait maintenant clairement que la priorité devait être donnée à la puissance.

– Mon cher parrain, dit-il doucement en s'adressant à Hector

Adonis, je sais que tes paroles te sont dictées par l'affection et le souci que tu te fais pour moi, mais je ne puis accepter que mon père et ma mère perdent leur terre pour m'aider à sortir de cette mauvaise passe. Et puis je vous demande à vous tous de ne pas vous inquiéter autant pour moi. Je suis un adulte maintenant et c'est à moi de payer pour mes erreurs. Je ne veux pas que l'on verse une indemnité à la famille du carabinier. N'oubliez pas qu'il a essayé de me tuer simplement parce que je passais un fromage en contrebande. Je n'aurais jamais tiré sur lui si je n'avais cru que j'allais mourir et je l'ai fait pour me venger. Mais c'est le passé. La prochaine fois, je ne serai pas si facile à abattre.

– De toute façon, nous nous amuserons mieux dans la montagne, dit Pisciotta en souriant.

Mais la mère de Guiliano ne voulait pas se laisser distraire. Tout le monde pouvait voir la panique qui la gagnait, la peur dans son regard.

– Ne deviens pas un bandit, dit-elle d'une voix vibrante de désespoir. Ne vole pas les pauvres gens qui ont assez de misères dans leur vie, ne deviens pas un hors-la-loi. Demande à La Venera quel genre d'existence menait son mari.

La Venera leva la tête et plongea son regard dans celui de Guiliano qui fut frappé par la sensualité qu'il lut sur son visage, comme si elle essayait de canaliser vers elle les passions du jeune homme. Elle avait un regard provocant et le fixait d'une manière presque aguichante. Elle qu'il ne considérait auparavant que comme une femme bien plus âgée que lui exerçait maintenant un attrait physique sur Guiliano.

Quand elle prit la parole, ce fut d'une voix voilée par l'émotion.

– Dans ces montagnes où tu veux aller, dit-elle, mon mari a vécu comme une bête. Sans cesser de craindre pour sa vie. Il ne pouvait pas manger. Il ne pouvait pas dormir. Quand nous étions couchés ensemble, le moindre bruit le faisait sursauter. Nous dormions avec des armes chargées au pied du lit. Mais cela ne servait à rien. Quand notre fille est tombée malade, il a essayé d'aller la voir et ils l'attendaient. Ils savaient qu'il avait le cœur tendre et ils l'ont abattu comme un chien dans la rue. Debout autour de son corps, ils me riaient au nez.

Guiliano vit le sourire sur le visage de Pisciotta. Candeleria, le grand bandit, un homme au cœur tendre? Il avait massacré six hommes qu'il soupçonnait être des informateurs de la police, s'attaquait aux paysans riches, extorquait de l'argent aux pauvres et semait la terreur dans toute la région. Mais sa veuve le voyait autrement.

Sans remarquer le sourire de Pisciotta, La Venera poursuivit :

– Je l'ai enterré moi-même et j'ai enterré mon enfant une semaine plus tard. Les médecins m'ont dit qu'elle était morte d'une pneumonie, mais je sais qu'elle avait le cœur brisé. Ce dont je me souviens le mieux, c'est quand j'allais le voir dans la montagne. Il avait toujours froid et faim et parfois il était malade. Il aurait donné n'importe quoi pour retrouver sa vie d'honnête paysan. Mais le pire, c'est que son cœur est devenu dur comme la pierre. Il n'était plus humain. Qu'il repose en paix. Ne sois pas si fier, mon cher Turi. Nous t'aiderons dans ton malheur, mais ne deviens pas ce que mon mari était devenu avant sa mort.

Tout le monde se taisait. Le sourire de Pisciotta avait disparu. Le père de Guiliano murmura qu'il serait ravi de se débarrasser de son champ, car cela lui permettrait de faire la grasse matinée. Hector Adonis gardait les yeux baissés sur la nappe.

Le silence fut rompu par une série de coups rapides frappés à la porte, un signal donné par l'un des guetteurs. Pisciotta alla lui parler et quand il revint il fit signe à Guiliano de prendre ses armes.

– Toutes les lumières sont allumées dans la caserne des carabiniers, dit-il. Et il y a une voiture de police qui bloque la Via Bella à l'entrée de la grand-place. Ils se préparent à faire une descente ici.

– Ne perdons pas de temps à faire nos adieux, ajouta-t-il.

Toute le monde fut frappé par le calme avec lequel Guiliano prépara sa fuite. Sa mère se jeta dans ses bras et tout en l'étreignant il prit sa veste de mouton. Il fit ses adieux aux autres et en un instant il fut habillé de pied en cap, son fusil sur l'épaule. Il avait pourtant agi sans hâte ni précipitation. Il adressa un grand sourire à tout le monde avant de se tourner vers Pisciotta.

– Soit tu m'accompagnes maintenant, soit tu restes et tu me retrouves plus tard dans la montagne.

Sans un mot, Pisciotta se dirigea vers la porte de derrière et l'ouvrit.

Guiliano embrassa une dernière fois sa mère qui lui rendit son baiser avec violence.

– Cache-toi, dit-elle, ne fais pas d'imprudences. Laisse-nous t'aider.

Mais il était déjà sorti.

Pisciotta s'était engagé dans le champ qui menait aux premières pentes. Guiliano émit un sifflement aigu et Aspanu s'arrêta pour laisser son ami revenir à sa hauteur. La voie était libre jusqu'à la montagne et ses guetteurs lui avaient affirmé qu'il n'y avait pas de patrouilles de police dans cette direction. Après les quatre heures d'ascension, ils trouveraient la sécurité de la Grotta Bianca. Si les carabiniers les poursuivaient dans l'obscurité, ce serait un acte d'une incroyable témérité et d'une folle stupidité.

– Aspanu, demanda Guiliano, de combien d'hommes est composée la garnison?

– Douze, répondit Pisciotta. Sans compter le *Maresciallo*.

– Treize est un nombre qui porte malheur, dit Guiliano en riant. Pourquoi fuyons-nous devant si peu d'hommes?

Il réfléchit quelques instants avant d'ajouter :

– Suis-moi.

Ils retraversèrent le champ afin de pénétrer dans Montelepre un peu plus bas dans la rue. Puis ils traversèrent la Via Bella et se cachèrent dans une ruelle étroite et sombre d'où ils pouvaient observer la maison des Guiliano. Tapis dans l'ombre, ils attendirent.

Cinq minutes plus tard, ils entendirent une jeep qui descendait la Via Bella dans un bruit de ferraille. Six carabiniers dont le *Maresciallo* en personne étaient entassés dedans. Deux policiers s'engouffrèrent aussitôt dans une rue transversale pour bloquer la porte de derrière. Le *Maresciallo* et les trois autres hommes se dirigèrent vers la porte d'entrée et commencèrent à la marteler à coups de poing. Au même moment, une camionnette bâchée s'arrêta derrière la jeep et deux autres carabiniers, l'arme au poing, en descendirent pour surveiller la rue.

Turi Guiliano observa tout cela avec intérêt. C'était sa première opération tactique et il s'étonna de voir avec quelle facilité il pourrait prendre la situation en main s'il décidait de verser le sang. Certes, il ne pouvait pas tirer sur le *Maresciallo* et les trois hommes devant la porte de peur que les projectiles pénètrent dans la maison et atteignent quelqu'un de sa famille. Mais il pouvait facilement tuer les deux hommes qui surveillaient la rue et les deux chauffeurs dans leur véhicule. Si l'envie l'en prenait, il pourrait le faire dès que le *Maresciallo* et ses hommes entreraient dans la maison. Ils n'oseraient pas ressortir et Pisciotta et lui pourraient tout à loisir s'enfuir à travers champs. Quant aux policiers qui bloquaient l'extrémité de la rue avec leur camionnette, ils étaient trop loin pour jouer un rôle quelconque. Ils ne prendraient pas l'initiative de remonter la rue sans en avoir reçu l'ordre.

La descente de police était fondée sur la supposition que le gibier ne serait pas en situation de lancer une contre-attaque et que sa seule solution serait de fuir devant une force supérieure en nombre. C'est cette nuit-là que Turi Guiliano adopta un principe de base : être toujours en position de contre-attaquer quand il était pourchassé, même et surtout s'il devait affronter des forces bien supérieures. Mais il n'avait pour l'instant aucun désir de verser le sang, ce n'était encore qu'une manœuvre purement intellectuelle. Et il tenait particulièrement à voir le *Maresciallo* en action, car c'était lui qui devait à l'avenir être son adversaire principal.

C'est alors que la porte de la maison fut ouverte par le père de Guiliano. Le *Maresciallo* tira brutalement le vieil homme par le bras et le poussa dans la rue en lui intimant d'une voix puissante d'attendre sans bouger.

Le *Maresciallo* des carabiniers est le sous-officier du grade le plus élevé dans la gendarmerie et exerce en général le commandement d'un détachement dans une petite ville. Il est à ce titre un membre important de la communauté locale et est traité avec le même respect que le maire et le prêtre de la paroisse. Il ne s'attendait donc pas à l'accueil de la mère de Guiliano qui lui barra le passage et cracha par terre devant lui pour lui manifester son mépris.

Il pénétra de force dans la maison qu'il fouilla avec ses trois hommes sous les injures cinglantes et les invectives de Maria Lombardo. Ils firent sortir toute la maisonnée dans la rue pour l'interroger et les maisons voisines se vidèrent d'hommes et de femmes fulminant contre la police.

Quand la fouille de la maison se fut révélée vaine, le *Maresciallo* entreprit d'en questionner les habitants. Le père de Guiliano fut très étonné.

– Croyez-vous que je dénoncerais mon propre fils? demanda-t-il au *Maresciallo.*

Des hurlements d'approbation s'élevèrent de la foule rassemblée dans la rue et le *Maresciallo* donna l'ordre aux Guiliano de rentrer chez eux.

Guiliano et Pisciotta étaient toujours tapis dans leur ruelle.

– Heureusement pour eux que ta mère n'a pas nos armes, dit Aspanu.

Mais Turi ne répondit pas. Le sang battait à ses tempes et il lui fallait faire un effort énorme pour se contrôler. Le *Maresciallo* donna un violent coup de matraque à un homme dans la foule qui osait protester contre le traitement infligé aux parents de Guiliano. Deux autres carabiniers commencèrent à empoigner au hasard des habitants de Montelepre et à les pousser dans la camionnette bâchée tout en les frappant à coups de pied et de matraque, sans tenir compte de leurs cris de peur et de protestation.

Soudain, il ne resta plus qu'un seul homme dans la rue face aux carabiniers. Il s'élança sur le *Maresciallo.* Un coup de feu retentit et l'homme s'effondra sur le pavé. Un cri s'éleva de l'une des maisons et une femme accourut et se jeta sur le corps de son mari. Turi Guiliano la reconnut. C'était une vieille amie de la famille qui chaque année à Pâques apportait à sa mère un gâteau sortant du four.

– Suis-moi, murmura Turi en tapant légèrement sur l'épaule de Pisciotta.

Il partit en courant dans les petites rues sinueuses, prenant la direction de la grand-place, à l'autre bout de la Via Bella.

– Mais où vas-tu comme ça? hurla Pisciotta.

Puis il se tut, car il venait soudain de comprendre ce que Turi voulait faire. Le véhicule transportant les prisonniers devait descendre la Via Bella et tourner au bout de la rue avant de rentrer à la caserne Bellampo.

Tandis qu'il courait dans les ruelles obscures, Turi Guiliano se sentait invisible, tel un dieu. Il savait que l'ennemi n'imaginerait jamais ce qu'il était en train de faire et qu'il le croyait en train de s'enfuir pour chercher l'abri des montagnes. Une folle exultation s'emparait de lui. Ils apprendraient qu'ils ne pouvaient impunément forcer la porte de sa mère et, la prochaine fois, ils réfléchiraient à deux fois. Il ne les laisserait plus abattre un homme de sang-froid et leur montrerait qu'il fallait traiter avec respect sa famille et les voisins.

Il arriva au bord de la place et à la lumière de l'unique réverbère il vit la voiture de police qui bloquait l'entrée de la Via

Bella. Comme s'il pouvait se laisser prendre dans un tel piège! Mais qu'espéraient-ils? Était-ce un échantillon de l'habileté de la police? Il se glissa dans une autre rue transversale qui le mena devant la porte de derrière de l'église qui dominait la place. Pisciotta était sur ses talons. Ils pénétrèrent dans l'église, franchirent ensemble la balustrade de l'autel et marquèrent un temps d'hésitation devant la sainte table autour de laquelle, bien des années auparavant, les enfants de chœur qu'ils étaient servaient le prêtre qui distribuait la communion aux fidèles de Montelepre pendant l'office dominical. Leur arme à la main, ils esquissèrent une génuflexion et firent maladroitement le signe de croix. Pendant quelques instants, le pouvoir des statues de cire du Christ à la couronne d'épines, des Vierges crayeuses en robe bleue rehaussée de filets d'or et des cortèges de saints émoussa leurs désirs belliqueux. Puis ils remontèrent l'allée centrale à toutes jambes et atteignirent la grande porte de chêne d'où la place entrait dans leur ligne de tir. Ils s'agenouillèrent de nouveau, mais pour préparer leurs armes.

La voiture bloquant la Via Bella recula pour laisser le passage à la camionnette transportant les prisonniers qui devait faire le tour de la place. Au même moment, Turi Guiliani poussa la porte de l'église pour l'ouvrir.

– Tire au-dessus de leur tête, dit-il à Pisciotta.

Et il se mit lui-même aussitôt à tirer avec son pistolet mitrailleur sur la voiture de police, visant les pneus et le moteur. Soudain une vive lumière embrasa la grand-place : le moteur avait explosé et la voiture était en train de prendre feu. Les deux carabiniers assis sur le siège avant descendirent en titubant comme des pantins désarticulés. La surprise ne leur avait pas laissé le temps de reagir. Pisciotta tirait avec son fusil sur la cabine de la camionnette des prisonniers. Turi Guiliano vit le chauffeur sauter de son véhicule et s'effondrer. L'autre carabinier sauta à son tour et Pisciotta tira de nouveau. Le policier tomba. Turi se tourna vers son ami pour lui faire des reproches, mais soudain une rafale d'armes automatiques fit voler en éclats les vitraux de l'église et les morceaux de verre colorés s'éparpillèrent sur le sol comme des rubis. Turi comprit alors qu'il n'était plus question de pitié. Aspanu avait raison : ou ils tuaient ou ils seraient tués.

Guiliano tira Pisciotta par le bras et ils retraversèrent l'église, sortirent par la porte de derrière et se perdirent dans les ruelles obscures et tortueuses. Il savait que cette nuit-là il n'y avait aucun espoir d'aider les prisonniers à s'échapper. Ils se glissèrent hors de la ville, traversèrent les champs qui l'entouraient et continuèrent de courir jusqu'à ce qu'ils atteignent les premières pentes couvertes de gros rochers blancs. L'aube commençait à poindre quand ils arrivèrent au sommet du Monte d'Ora dans les monts Cammarata.

Plus de mille ans auparavant, c'est là que Spartacus avait caché son armée d'esclaves avant de la lancer contre les légions romaines. Debout au sommet du Monte d'Ora, regardant se lever le soleil éclatant, Turi Guiliano se sentait empli d'une joie juvénile d'avoir échappé à ses ennemis. Plus jamais il n'obéirait à l'un de ses semblables. C'est lui qui déciderait qui vivrait et qui devrait mourir et pour lui il ne faisait aucun doute que tout ce qu'il ferait serait accompli pour la gloire et la liberté de la Sicile. Pour servir la cause du bien et non du mal. Il ne frapperait l'ennemi que pour défendre la justice et aider les pauvres. Il remporterait toutes les batailles et s'assurerait l'amour de tous les opprimés.

Il avait vingt ans.

7.

Don Croce Malo était né à Villaba, un petit village perdu qu'il allait rendre prospère et célèbre dans toute l'île. Il n'y avait nulle ironie aux yeux des Siciliens dans le fait qu'il fût issu d'une famille pieuse qui le destinait à la prêtrise et que son prénom fût à l'origine Croceffexico, un nom qui n'était donné que par des parents extrêmement croyants. Dans sa jeunesse, on l'obligeait à jouer le rôle du Christ dans les pièces religieuses représentées pendant la célébration de Pâques et il était acclamé pour la merveilleuse piété qu'il exprimait.

Mais quand, au début du siècle, Croce Malo arriva à l'âge adulte, il devint évident qu'il avait des difficultés à accepter une autre autorité que la sienne. Il faisait de la contrebande, commettait des vols, escroquait de l'argent et enfin, comble d'indélicatesse, il rendit grosse une jeune fille du village, l'innocente Madeleine de la pièce, qu'il refusa d'épouser en prétendant qu'ils avaient tous deux été transportés de ferveur religieuse par l'ouvrage dramatique et qu'il fallait lui pardonner.

La famille de la jeune fille trouva cette explication trop subtile et lui imposa de choisir entre le mariage et la mort. Croce Malo était trop fier pour épouser une jeune fille déshonorée de la sorte et il préféra prendre le maquis. Après un an de cette existence de hors-la-loi, il eut la chance d'entrer en contact avec la mafia.

Mafia, en arabe, signifie un endroit où l'on trouve asile. Le mot fit son entrée dans le vocabulaire sicilien dès le Xe siècle, à l'époque où l'île était sous la domination des Sarrasins. Le peuple de Sicile subit l'oppression impitoyable des Romains, du Vatican, des Normands, des Allemands, des Espagnols et des Français. Ces gouvernements successifs asservirent la classe paysanne, exploitant la main-d'œuvre, violant les femmes et assassinant les chefs. Les riches eux-mêmes n'y échappaient pas. L'Inquisition espagnole les dépouilla de leurs biens en les accusant du crime d'hérésie. C'est ainsi que la « mafia », une société secrète de vengeurs, prit son essor. Quand les tribunaux royaux refusaient de poursuivre un noble normand ayant violé l'épouse d'un fermier, une bande de paysans l'assassinait. Quand un responsable de la police torturait l'auteur d'un larcin en lui infligeant le terrible supplice de la *cassetta,* il était tué. Petit à petit, les paysans et les pauvres les plus résolus constituèrent une société organisée bénéficiant du soutien populaire qui devint en fait un gouvernement parallèle plus puissant que le vrai. Lorsqu'il y avait une injustice à réparer, nul ne s'adressait jamais aux représentants officiels de la loi. On allait consulter le chef de la mafia locale qui se prononçait sur le problème.

Le plus grand crime qu'un Sicilien pût commettre était de fournir aux autorités des renseignements, quels qu'ils fussent, sur tout ce qui concernait la mafia. Les Siciliens gardaient le silence. Cette loi du silence prit le nom d'*omerta.* Au fil des siècles, cette pratique s'étendit tellement qu'il ne fallait plus jamais communiquer de renseignements à la police sur aucun crime. Tous les contacts furent rompus entre le peuple et la force publique dépendant des gouvernements en place, à tel point que l'on apprenait aux enfants en bas âge à ne pas répondre aux questions d'un inconnu demandant simplement la direction d'un village ou du domicile d'un particulier.

Au long des siècles, la mafia eut la haute main sur la Sicile, mais cette présence était si floue et si impalpable que les autorités ne purent jamais déterminer l'étendue de son pouvoir. Et dès le début du XXe siècle, le mot mafia n'était plus jamais prononcé sur toute la surface de l'île.

*

Cinq ans après sa fuite dans la montagne, Don Croce avait acquis une réputation d'« homme compétent », c'est-à-dire quelqu'un que l'on pouvait charger d'éliminer un être humain en ne causant que le minimum de complications. Il était devenu un « homme à respecter » et, après avoir pris certaines dispositions, il retourna vivre dans son village natal du Villaba, à une soixantaine de kilomètres au sud de Palerme. Au nombre des dispositions qu'il avait prises figurait le paiement d'une indemnité à la famille de la jeune fille séduite. On prétendit par la suite qu'il fallait y voir la marque de sa générosité, mais il s'agissait plutôt d'une preuve de sa prudence. La jeune fille enceinte avait été expédiée à des membres de sa famille vivant aux États-Unis où elle se faisait passer pour une jeune veuve afin de cacher sa honte, mais les siens n'avaient pas oublié, car ils étaient siciliens. Don Croce, malgré son passé de tueur patenté, d'extorqueur sans scrupules et son appartenance à la redoutable société des Amis des Amis ne pouvait compter véritablement sur tout cela pour se protéger de la famille qu'il avait déshonorée. C'était une affaire d'honneur et ils auraient été obligés de le tuer, quelles qu'en fussent les conséquences.

En associant la générosité à la prudence, Croce Malo acquit le titre respecté de « Don ». A l'âge de quarante ans, il était reconnu comme le membre le plus en vue des Amis des Amis et on faisait appel à lui pour arbitrer les querelles les plus graves entre *cosce* rivaux de la mafia et régler les vendettas les plus sanguinaires. A la fois raisonnable et intelligent, c'était un diplomate-né mais surtout quelqu'un qui ne tournait pas de l'œil à la vue du sang. Il devint connu sous le nom de « Don de la paix » dans toute la mafia sicilienne et tout le monde prospéra. Les récalcitrants étaient habilement éliminés et Don Croce faisait fortune. Son propre frère, Benjamino, était devenu le secrétaire du cardinal de Palerme, mais la voix du sang était plus forte que celle de Dieu et c'est à Don Croce qu'allait sa fidélité.

Don Croce se maria et devint le père d'un petit garçon qu'il adorait. Pas encore aussi prudent qu'il allait le devenir et pas aussi humble qu'il dût plus tard apprendre à l'être dans l'adversité, il combina un coup d'éclat qui le rendit célèbre dans toute la Sicile et fit de lui un objet d'étonnement dans les cercles de la meilleure société de Rome. Cette action d'éclat résulta d'une dissension conjugale, comme les plus grands hommes eux-mêmes en ont fait l'expérience.

Grâce à sa position au sein des Amis des Amis, Don Croce avait épousé une jeune fille d'une bonne famille ayant acquis de fraîche date un titre de noblesse pour une somme si élevée que le sang qui coulait dans leurs veines en était devenu bleu. Au bout de quelques années de mariage, sa femme commença à lui manquer de respect, situation à laquelle il lui fallait remédier, mais pas de la manière habituelle. A cause de son sang bleu, sa femme était irritée par le côté paysan, carré et terre-à-terre de Don Croce, son habitude de ne rien dire quand il n'avait rien de pertinent à dire, sa tenue négligée et sa manière de commander à la baguette en tout. Elle n'avait pas oublié non plus que tous ses autres soupirants s'étaient envolés dès que Don Croce avait annoncé qu'il désirait obtenir sa main.

Elle ne manifestait évidemment pas ce manque de respect d'une manière flagrante. On était en Sicile, pas en Angleterre ni aux États-Unis. Mais le Don était une âme extraordinairement sensible. Il ne tarda pas à remarquer que son épouse ne vénérait pas le sol qu'il foulait et c'était une preuve suffisante de son manque de respect. Il prit la résolution de s'assurer de cette dévotion d'une manière définitive afin de pouvoir consacrer toute son attention à ses affaires. Son esprit agile retourna le problème en tous sens et mit au point un plan que Machiavel lui-même n'eût pas désavoué.

Le roi d'Italie venait en Sicile voir ses fidèles sujets, et fidèles ils l'étaient. Tous les Siciliens haïssaient le gouvernement de Rome et redoutaient la mafia, mais ils étaient très attachés à la monarchie qui était une extension de leur famille, laquelle se composait de leurs parents par le sang, de la Vierge Marie et de Dieu en personne. De grandes réjouissances publiques avaient été préparées pour la venue du souverain.

Le premier dimanche de sa visite officielle, le roi se rendit à la messe à la cathédrale de Palerme. Il devait tenir sur les fonts baptismaux le fils du prince Ollorto, descendant d'une famille de vieille noblesse sicilienne. Le monarque était déjà parrain d'une centaine d'enfants, fils de maréchaux, de ducs et des hommes les plus puissants du parti fasciste. Il s'agissait d'actes politiques destinés à cimenter les liens entre la couronne et les principaux responsables du gouvernement. Les filleuls royaux étaient automatiquement faits chevaliers de la Couronne et recevaient les documents et le cordon qui apportaient la preuve de cet honneur. On leur offrait également une petite coupe d'argent.

Don Croce était prêt. Il avait trois cents personnes dans la foule assistant à la fête. Son frère Benjamino était l'un des officiants. Le bébé du prince Ollorto fut baptisé et le père rayonnant de fierté sortit de la cathédrale en tenant son fils à bout de bras sous les acclamations de la foule. Le prince Ollorto, l'un des nobles siciliens les moins détestés, était svelte et séduisant et la beauté comptait toujours en Sicile.

C'est alors que les partisans de Don Croce s'engouffrèrent dans la cathédrale, empêchant le roi de sortir. Le monarque était un peit homme à la moustache plus fournie que la chevelure. Il avait revêtu l'uniforme de cérémonie éclatant des cavaliers de la Couronne qui le faisait ressembler à un soldat de plomb. Mais malgré son costume d'apparat, c'était un homme d'une grande gentillesse et quand le père Benjamino lui fourra un autre nourrisson emmailloté dans les bras, il fut extrêmement surpris mais ne protesta pas. La foule obéissant aux instructions de Don Croce l'avait isolé de sa suite et du cardinal de Palerme qui ne pouvaient intervenir. Le père Benjamino aspergea rapidement le bébé d'eau bénite et l'arracha aux bras du roi avant de le rendre à Don Croce dont l'épouse versa des larmes de bonheur en s'agenouillant devant le souverain. Le roi était le parrain de leur fils unique et elle était comblée.

*

Don Croce prit du poids et sur son visage osseux se formèrent des bajoues semblables à de grandes plaques d'acajou tandis que son nez en bec d'aigle s'allongeait encore, telle une antenne pour flairer le pouvoir. Son ventre gonfla majestueusement et la chair qui poussait comme une mousse épaisse sur tout son visage commença de retomber sur ses yeux. Son pouvoir s'accroissait à chaque kilogramme qu'il prenait jusqu'à ce qu'il donne l'impression d'être devenu un impénétrable obélisque. C'était un homme qui ne semblait avoir aucune faiblesse; jamais il ne montrait ni colère ni avidité. Il était affectueux à sa manière assez froide mais ne manifestait jamais son affection. Il avait conscience d'avoir de lourdes responsabilités mais ne formulait jamais la moindre crainte en présence de sa femme. Il était le vrai roi de Sicile. Mais son fils, son héritier présomptif, fut frappé par une étrange maladie : sous l'influence de la religion, il s'avisa de vouloir réformer la société et émigra au Brésil afin d'éduquer et d'élever l'âme des Indiens d'Amazonie. Le Don en eut tellement honte qu'il ne prononça plus jamais le nom de son fils.

Le début de l'ascension de Mussolini n'impressionna aucunement le Don. Il avait observé attentivement le Duce et en était arrivé à la conclusion que c'était un homme dépourvu à la fois de ruse et de courage. Si un tel homme pouvait gouverner l'Italie, il s'ensuivait que lui, Don Croce, pouvait gouverner la Sicile.

C'est alors que le désastre se produisit. Après quelques années de pouvoir, Mussolini manifesta un intérêt funeste pour la Sicile et la mafia. Il comprit qu'il ne s'agissait pas d'une association hétéroclite de criminels mais d'un véritable État dans l'État qui contrôlait une partie de son empire. Il remarqua aussi que depuis son origine la mafia avait conspiré contre le gouvernement de Rome, quel qu'il fût. Depuis un millier d'années, les dirigeants de la Sicile avaient essayé en vain de se débarrasser d'elle, mais le dictateur fit vœu de l'anéantir définitivement. Les fascistes ne croyaient pas en la démocratie, l'autorité légitime de la société. Ils faisaient ce que bon leur semblait pour ce qu'ils considéraient comme le bien de l'État. Bref, ils employaient les méthodes de Don Croce Malo.

Mussolini envoya en Sicile son ministre Cesare Mori, en qui il avait toute confiance et qu'il nomma préfet en lui accordant les pleins pouvoirs. Mori commença par suspendre la compétence de toutes les juridictions et contourner toutes les garanties légales offertes aux Siciliens. L'île fut envahie par des troupes qui reçurent l'ordre de tirer et de poser des questions ensuite. Il fit arrêter et déporter des villages entiers.

Avant la dictature, la peine capitale n'existait pas en Italie, ce qui laissait le gouvernement en position de faiblesse par rapport à la mafia pour qui la mort était le principal instrument de sa puissance. Tout cela changea avec le préfet Mori. Des mafiosi endurcis, obéissant à la loi de l'*omerta* et résistant même à la terrible *cassetta,* furent exécutés. De soi-disant conspirateurs furent exilés dans de petites îles isolées de la Méditerranée. En un an, la population fut décimée et le pouvoir de la mafia réduit à néant. Peu importait à Rome que des milliers d'innocents aient été pris dans ce gigantesque filet et aient partagé le sort des coupables.

*

Don Croce, qui tenait passionnément aux règles de la démocratie, fut outré par les actes des fascistes. Ses amis et collègues étaient incarcérés à la suite d'accusations forgées de toutes pièces, car ils étaient beaucoup trop malins pour laisser des indices de leur culpabilité. Un certain nombre étaient emprisonnés sur la foi de dépositions secrètes de scélérats qu'on ne pouvait ni retrouver ni ramener à la raison, car ils n'étaient pas tenus de comparaître devant le tribunal pour témoigner. Qu'était devenue l'indépendance de la justice? Les fascistes étaient revenus à l'époque de l'Inquisition, des monarques de droit divin. Don Croce n'avait jamais cru à la monarchie de droit divin et il allait jusqu'à soutenir que jamais un être humain doué de raison n'y avait cru sauf lorsqu'il n'avait pas d'autre choix que d'être écartelé par quatre chevaux.

Pis encore, les fascistes avaient remis en usage la *cassetta,* cet horrible instrument de torture médiéval, une boîte de quatre-vingt-dix centimètres de long sur soixante de large, qui faisait merveille avec les prisonniers rétifs. Le mafioso le plus résolu avait la langue aussi bien pendue qu'une concierge quand on lui infligeait le supplice de la *cassetta.* Don Croce se glorifiait d'un ton indigné de n'avoir jamais eu recours à la torture. Un simple meurtre suffisait.

Tel un majestueux cétacé, le Don s'immergea dans les eaux troubles de la clandestinité. Sous la protection de l'abbé Manfredi, il entra dans un monastère en se faisant passer pour un franciscain. Ils avaient déjà eu une longue et agréable association. Don Croce était fier d'être illettré, mais il avait été obligé de faire appel à l'abbé pour rédiger les indispensables demandes de rançon quand, au début de sa carrière, il se spécialisait dans les enlèvements. Ils avaient toujours été honnêtes l'un envers l'autre et ils se trouvaient des goûts communs : les femmes de petite vertu, le bon vin et les escroqueries compliquées. Le Don avait souvent emmené l'abbé avec lui en Suisse où il allait consulter ses médecins et savourer le luxe tranquille de ce pays. Un changement agréable et reposant des plaisirs plus dangereux de Sicile.

Quand la Seconde Guerre mondiale éclata, Mussolini ne fut plus en mesure d'accorder toute son attention à la Sicile. Don Croce sauta aussitôt sur l'occasion pour renouer les contacts avec les membres des Amis des Amis qui restaient et pour envoyer des messages d'espoir aux vieux mafiosi irréductibles exilés sur les petites îles de Pantelleria et de Stromboli. Il vint en aide aux familles des chefs de la mafia emprisonnés par le préfet Mori.

Don Croce savait qu'en fin de compte son seul espoir était une victoire des Alliés et qu'il devait déployer tous ses efforts dans ce but. Il prit contact avec les groupes de résistants et donna l'ordre à ses hommes d'aider les pilotes alliés qui avaient survécu après la destruction de leur appareil. Quand arriva l'heure décisive, Don Croce était prêt.

Lorsque l'armée américaine débarqua en Sicile en juillet 1943, Don Croce tendit une main secourable. N'y avait-il pas dans cette armée d'envahisseurs un bon nombre de Siciliens, des descendants d'émigrants? Les Siciliens devaient-ils se battre entre eux au profit des Allemands? Les hommes de Don Croce persuadèrent plusieurs milliers de soldats italiens de déserter et de se retirer dans une cachette que la mafia leur avait préparée. Don Croce se chargea personnellement de prendre contact avec les agents secrets de l'armée américaine et guida leurs troupes par des passages de montagne, ce qui leur permit de déborder l'artillerie lourde allemande solidement retranchée. Tandis que la force d'invasion britannique essuyait de lourdes pertes de l'autre côté de l'île, l'armée américaine accomplit sa mission beaucoup plus rapidement que prévu avec des pertes très réduites.

Don Croce quant à lui, bien qu'âgé de près de soixante-cinq ans et devenu très corpulent, pénétra en personne à la tête d'un groupe de partisans mafiosi dans la ville de Palerme et enleva le général allemand responsable de la défense de la cité. Il resta caché à Palerme avec son prisonnier jusqu'à ce que le front cède et que les Américains entrent dans la ville. Dans ses dépêches envoyées à Washington, le commandant suprême pour la région sud de l'Italie appelait Don Croce « le général mafia ». C'est le nom sous lequel il fut connu par les officiers d'état-major américains dans les mois qui suivirent.

*

Le gouverneur militaire américain de Sicile était le colonel Alfonso La Ponto. En sa qualité de politicien de haut rang de l'État du New Jersey, il avait été nommé directement officier et avait été formé pour ce poste particulier. Ses principaux atouts étaient l'affabilité et sa capacité à conclure des marchés politiques. Son état-major avait été choisi pour des aptitudes similaires. Le personnel du quartier général de l'AMGOT était composé de vingt officiers et de cinquante hommes de troupe. Un grand nombre d'entre eux étaient d'origine italienne. Don Croce les serra tous contre son sein avec l'amour sincère d'un frère de sang et en leur donnant toutes les marques de l'affection et du respect les plus profonds. Malgré cela, quand il était avec ses amis, il les appelait souvent « nos agneaux de Dieu. »

Mais Don Croce avait « délivré la marchandise », comme

disaient les Américains. Le colonel La Ponto fit de lui son principal conseiller et son compagnon de table. Le colonel allait souvent dîner chez lui et la cuisine locale lui faisait pousser de petits grognements de plaisir.

Le premier problème qui se posa fut celui de la nomination de nouveaux maires dans toutes les bourgades de Sicile. Les anciens magistrats municipaux, des fascistes, bien entendu, avaient été jetés dans les prisons américaines.

Don Croce recommanda des chefs de la mafia qui avaient été incarcérés. Comme leurs dossiers montraient clairement qu'ils avaient été torturés et emprisonnés par le gouvernement fasciste pour s'être opposés aux objectifs et au bien de l'État, on supposa que les accusations avaient été truquées. Devant un savoureux poisson et des spaghetti préparés par sa femme, Don Croce racontait de merveilleuses histoires sur ses amis, tous assassins et voleurs, qui avaient refusé de renoncer à leur croyance aux principes démocratiques de justice et de liberté. Le colonel était ravi de trouver si rapidement les hommes idoines pour administrer les populations civiles sous sa direction. En un mois, la plupart des agglomérations de la Sicile occidentale eurent à leur tête une collection de mafiosi endurcis fraîchement sortis des prisons fascistes.

Et ils donnaient toute satisfaction à l'armée américaine qui ne laissa derrière elle qu'une petite partie des troupes d'occupation pour le maintien de l'ordre chez les vaincus. Tandis que la guerre se poursuivait sur le continent, il n'y avait derrière les lignes américaines ni sabotages ni espions en liberté. Dans la population, le marché noir était limité au minimum. Le colonel reçut une décoration et fut promu général de brigade.

Les maires mafiosi de Don Croce faisaient respecter avec la plus grande rigueur les lois sur la contrebande et les carabiniers faisaient d'incessantes patrouilles sur les routes et les sentiers de montagne. Comme au bon vieux temps. Don Croce donnait des ordres à tout le monde. Les inspecteurs gouvernementaux veillaient à ce que les fermiers récalcitrants livrent le blé, les olives et le raisin aux entrepôts de l'État à des prix fixés officiellement. Ces denrées rationnées devaient bien entendu être distribuées à l'ensemble de la population. Pour s'en assurer, Don Croce demanda et obtint qu'on lui prête des camions de l'armée américaine afin de ravitailler les villes où sévissait la pénurie : Palerme, Monreale, Trapani, Syracuse, Catane et même Naples.

Les Américains s'émerveillèrent de l'efficacité de Don Croce et lui décernèrent des éloges écrits pour services rendus aux forces armées des États-Unis.

Mais le Don ne pouvait ni se nourrir de ces éloges, ni même les lire pour son plaisir, puisqu'il était illettré. Les grandes claques dans le dos du colonel La Ponto ne remplissaient pas son énorme panse. Don Croce qui ne croyait ni à la reconnaissance des Américains ni à la faveur divine pour la vertu dont il faisait preuve était décidé à ce que tous les services qu'il avait rendus à l'humanité et à la démocratie trouvent leur juste récompense. C'est pourquoi les camions américains bourrés de ravitaillement et dont les chauffeurs étaient munis de laissez-passer officiels signés par le colonel La Ponto roulaient vers des destinations bien différentes indiquées par Don Croce. Ils déchargeaient leur fret dans les entrepôts personnels du Don situés dans de petites villes telles que Montelepre, Villaba et Partinico. Don Croce et ses collègues le revendaient alors à cinquante fois le prix officiel à un marché noir de plus en plus florissant. Il consolida ainsi ses liens avec les chefs les plus puissants de la mafia renaissante. Car Don Croce était persuadé que la cupidité est le plus grand défaut de l'homme et il partageait très libéralement ses profits.

Il était plus que généreux. Le colonel La Ponto recevait des cadeaux magnifiques : statues antiques, peintures et bijoux anciens. Tel était le bon plaisir du Don pour qui les officiers et les soldats du détachement du gouvernement militaire américain étaient comme des fils qu'il couvrait de présents. Ces hommes, sélectionnés pour leur compréhension de la culture et de l'esprit italiens, nombre d'entre eux étant d'origine sicilienne, lui rendaient son affection. Ils signaient des sauf-conduits spéciaux et entretenaient les véhicules affectés à Don Croce avec un soin particulier. Ils assistaient à ses soirées où ils rencontraient des jeunes filles de bonne famille et baignaient dans la douce chaleur qui constitue l'autre facette du caractère sicilien. Introduits dans des familles siciliennes, retrouvant la saveur familière de la nourriture que préparait leur mère aux États-Unis, ils étaient nombreux à courtiser les filles des mafiosi.

Tout était en place pour que Don Croce Malo retrouve sa puissance d'antan. Les chefs de la mafia de toute la Sicile étaient ses débiteurs. Il contrôlait les puits artésiens dont l'eau était vendue à la population de l'île, une source de gros profits, et avait le monopole de la distribution des denrées alimentaires. Il prélevait une taxe sur tous les étals des marchands de fruits, sur la viande des boucheries, les consommations des cafés et même sur les recettes des musiciens ambulants. L'essence dont le ravitaillement était assuré par l'armée américaine ne lui échappait pas non plus. Il fournissait à la noblesse des surveillants pour les vastes domaines dont il espérait prendre le contrôle le moment venu en achetant les terres à bas prix. Il était en passe de reprendre le pouvoir qu'il exerçait avant la mainmise de Mussolini sur l'Italie. Il était résolu à refaire fortune. Il comptait, comme on disait chez lui, passer dans les années à venir la Sicile au pressoir à olives.

Une seule chose préoccupait véritablement Don Croce. Son fils unique, sur un coup de folie, avait éprouvé le désir de faire le bien. Et son frère, le père Benjamino, ne pouvait avoir de descendance. Le Don n'avait personne de son sang à qui léguer son empire. Il n'avait pas de chef de guerre jeune et de sa lignée en qui il eût confiance pour employer la manière forte quand le gant de velours n'était pas assez persuasif.

Les hommes du Don avaient déjà remarqué le jeune Salvatore Guiliano et l'abbé Manfredi avait confirmé qu'il avait de l'avenir. Des rumeurs des exploits du jeune homme commençaient à courir en Sicile. Le Don pressentait qu'il tenait la solution de son unique problème.

8.

Le lendemain matin après leur fuite de Montelepre, Turi Guiliano et Aspanu Pisciotta se baignèrent dans un torrent qui coulait derrière leur caverne du Monte d'Ora. Ils posèrent leurs armes sur la berge et étendirent une couverture pour admirer l'aube aux traînées rose tendre.

La Grotta Bianca était une longue caverne qui se terminait par un amoncellement de rochers atteignant presque le plafond. Quand ils étaient tout petits, Turi et Aspanu avaient réussi à franchir en rampant cette barrière de rochers et ils avaient découvert un passage qui menait à l'autre versant de la montagne. Ce passage qui existait avant le début de l'ère chrétienne avait été creusé par l'armée de Spartacus qui se cachait pour échapper aux légions romaines.

En contrebas, tel un village miniature, se trouvait Montelepre. Les nombreux sentiers montant jusqu'à la falaise où ils se trouvaient se tortillaient comme des serpents blanchâtres accrochés aux flancs de la montagne. L'une après l'autre, les maisons de pierre de Montelepre s'enflammaient sous les rayons du soleil levant.

L'air était limpide et les figues de Barbarie, qui jonchaient le sol, fraîches et sucrées. Turi en ramassa une et mordit avec précaution dans le fruit pour se rafraîchir la bouche. En quelques heures, la chaleur du soleil les transformerait en boules cotonneuses et sèches. Des geckos à l'énorme tête ballonnée couraient sur sa main avec leurs petites pattes d'insecte; ils étaient inoffensifs malgré leur aspect répugnant et effrayant. Il les chassa d'une chiquenaude.

Tandis qu'Aspanu nettoyait les armes, Turi observait la ville à leurs pieds. Il distinguait à l'œil nu les petits points noirs des habitants s'éloignant dans la campagne pour aller cultiver leurs champs. Il essaya de repérer la maison de ses parents sur le toit de laquelle, il y avait bien longtemps, Aspanu et lui avaient fait flotter les drapeaux sicilien et américain. Les enfants pleins de gaieté et de malice avaient accepté les louanges qu'on leur avait décernées pour leur patriotisme, mais la véritable raison de cet acte était qu'ils voulaient pouvoir surveiller la maison pendant leurs courses dans les montagnes avoisinantes, avoir un lien rassurant avec le monde des adultes.

D'un seul coup, un événement qui avait eu lieu dix ans auparavant revint à l'esprit de Turi. Les fonctionnaires fascistes du village leur avaient ordonné d'enlever le drapeau américain du toit des Guiliano et les deux garçons avaient été tellement furieux qu'ils avaient enlevé les deux, l'américain et le sicilien. Puis ils les avaient emportés dans leur cachette secrète, la Grotta Bianca, et les avaient enterrés près de la barrière de rochers.

– Surveille les sentiers, dit Guiliano à Pisciotta en se dirigeant vers l'entrée de la caverne.

Bien que dix années se soient écoulées, Turi se souvenait de l'endroit exact où ils avaient enterré les drapeaux, dans le fond à droite, devant les premiers rochers. Ils avaient creusé sous un rocher, puis avaient tassé la terre pour reboucher la cavité.

L'endroit était recouvert d'une mince couche de mousse gluante d'un vert sombre. Guiliano commença à creuser avec sa botte, puis se servit d'une petite pierre pointue. Au bout de quelques minutes, les drapeaux apparurent. Le drapeau américain était réduit à des lambeaux de tissu moisi, mais ils avaient enveloppé dedans le drapeau sicilien qui était encore bien conservé. Guiliano le déploya et les couleurs écarlate et or étaient encore aussi vives que dans son enfance. Il n'était même pas troué. Il le transporta à l'extérieur de la caverne.

– Te souviens-tu de cela, Aspanu? demanda-t-il à Pisciotta en riant.

Pisciotta ouvrit de grands yeux en voyant le drapeau, puis se mit à rire à son tour, mais avec exaltation.

– C'est un signe du destin! s'écria-t-il.

Il bondit sur ses pieds et arracha le drapeau des mains de Guiliano, puis il avança jusqu'au bord de l'escarpement et l'agita afin qu'on le voie de la ville. Ils n'eurent pas à se parler. Guiliano arracha un petit arbre qui poussait sur la paroi rocheuse. Ils creusèrent un trou dans lequel ils fichèrent l'arbre soutenu par des pierres, puis fixèrent le drapeau à cette hampe de fortune afin qu'il puisse flotter librement à la vue de tous. Ils s'assirent ensuite au bord de la falaise et attendirent.

*

Ce n'est que vers midi qu'ils aperçurent un homme seul avançant à dos d'âne sur le sentier poussiéreux qui montait dans leur direction.

Ils le suivirent du regard pendant une heure et virent l'âne pénétrer dans les contreforts de la montagne et commencer à gravir les pentes.

– Bon sang, dit Pisciotta, cet homme est plus petit que son âne. Ce doit être ton parrain.

Guiliano perçut le mépris dans la voix de son ami. Pisciotta, si svelte, si pimpant, si bien bâti, avait toute difformité physique en horreur. Ses poumons rongés par la tuberculose et qui le faisaient parfois cracher le sang le dégoûtaient, non pas à cause du danger qu'ils représentaient pour sa vie mais parce qu'ils ternissaient l'idée qu'il se faisait de sa beauté. Les Siciliens adorent donner aux gens des sobriquets liés à un défaut ou une difformité physique. Un jour, un de ses amis avait appelé Pisciotta « poumons de papier » et Aspanu s'était jeté sur lui avec son couteau de poche pour le poignarder. Il avait fallu toute la force de Guiliano pour éviter le pire.

Guiliano dévala le flanc de la montagne et, après avoir parcouru quelques kilomètres, il se cacha derrière un énorme bloc de granit. C'était l'un des jeux qu'il préférait dans son enfance avec Aspanu. Il attendit qu'Adonis soit passé devant lui sur la piste, puis la *lupara* pointée sur sa cible, il sortit de sa cachette en criant :

– Restez où vous êtes!

Le jeu continuait; Adonis se tourna lentement, de manière à masquer le pistolet qu'il tirait de sa ceinture. Mais Guiliano avait déjà repris position en riant derrière le bloc de granit. Seul le canon de sa *lupara* brillait au soleil.

– Parrain, s'écria-t-il, c'est Turi.

Guiliano attendit qu'Adonis remette son arme dans sa ceinture et se débarrasse de son sac à dos, puis il s'avança à découvert. Il savait que son parrain avait des difficultés à descendre de sa monture à cause de sa petite taille et il voulait l'aider. Mais dès qu'il apparut sur le sentier, le professeur se laissa glisser de son âne et ils s'étreignirent. Ils continuèrent l'ascension, Guiliano tenant le bourricot par la bride.

– Alors, mon jeune ami, dit Hector Adonis de sa voix de professeur, cette fois on a brûlé ses vaisseaux. Deux autres policiers sont morts hier soir. Cela devient sérieux.

Ils atteignirent le sommet de la falaise où Pisciotta vint à leur rencontre.

– Dès que j'ai vu flotter le drapeau sicilien, dit Adonis, j'ai compris que vous étiez là-haut.

Pisciotta lui sourit.

– Cette montagne, Turi et moi-même y avons fait sécession, dit-il d'un ton jovial.

Hector Adonis lui lança un regard pénétrant. Cet égocentrisme de la jeunesse qui tenait à affirmer son importance...

– Toute la ville a vu votre drapeau, dit Adonis. Y compris le *Maresciallo* et ses carabiniers. Ils vont monter l'enlever.

– Toujours le professeur qui dispense son savoir, dit Pisciotta avec insolence. Ils peuvent venir prendre notre drapeau, mais c'est tout ce qu'ils trouveront. La nuit, nous ne risquons rien. Ce serait un prodige si les carabiniers sortaient de leur caserne après le coucher du soleil.

Adonis ne répondit pas et il vida le sac qu'il avait apporté. Il donna à Guiliano de puissantes jumelles, une trousse à pharmacie, une chemise propre, quelques sous-vêtements, un chandail, un nécessaire à raser avec le rasoir de son père et six savons.

– Tu auras besoin de tout ça, dit-il.

Guiliano fut enchanté d'avoir les jumelles qui étaient en première position sur la liste des objets dont il comptait faire l'acquisition au cours des premières semaines. Il savait que sa mère mettait du savon de côté depuis un an.

Dans un autre paquet, il y avait un gros morceau de fromage granuleux parsemé de grains de poivre, une miche de pain et deux gros gâteaux ronds qui étaient en fait du pain rempli de jambon cru et de mozzarella, le tout surmonté d'œufs durs.

– C'est La Venera qui vous envoie les gâteaux, dit Adonis. C'est ce qu'elle préparait toujours pour son mari quand il était dans la montagne. Un seul peut vous nourrir pendant une semaine.

– Plus c'est vieux, meilleur c'est, dit Pisciotta avec un sourire malin.

Les deux jeunes gens s'assirent dans l'herbe et commencèrent à arracher des bouchées de pain. Pisciotta prit son couteau pour couper des morceaux de fromage. Comme l'herbe autour d'eux grouillait d'insectes, ils posèrent le sac de nourriture sur un bloc de granit. Ils burent l'eau d'un ruisseau limpide qui coulait à une trentaine de mètres plus bas. Puis ils se reposèrent en prenant soin de choisir un endroit d'où ils pouvaient voir le pied de l'escarpement.

– Vous avez l'air très contents de vous, soupira Adonis, mais c'est sérieux. S'ils vous attrapent, ils vous abattent.

– Et si je les attrape, je les abats, répliqua posément Guiliano.

Hector Adonis fut outré. Il n'y avait aucun pardon à espérer.

– Ne sois pas si impétueux, dit-il. Tu es encore très jeune.

Guiliano le regarda longuement.

– J'étais assez vieux pour qu'ils tirent sur moi pour un fromage, dit-il. T'imagines-tu que je vais m'enfuir? Laisser ma famille mourir de faim et attendre que tu m'apportes du ravitaillement en prenant de longues vacances à la montagne? S'ils viennent pour me tuer, je n'hésiterai pas à les tuer. Et toi, mon cher parrain, n'est-ce pas toi, quand j'étais petit, qui me parlais des conditions de vie misérables des paysans siciliens? Qui me disais à quel point ils sont opprimés par Rome et les percepteurs, par la noblesse et les riches propriétaires terriens qui nous versent à peine de quoi subsister? Sur la place du marché de Montelepre, j'étais avec deux cents autres hommes et ils proposaient un prix comme si nous étions du bétail. Cent lires pour une matinée de travail, à prendre ou à laisser. Et la plupart était obligés d'accepter. Qui peut devenir le champion des paysans siciliens, si ce n'est Salvatore Guiliano?

Hector Adonis était atterré. Il était déjà assez grave d'être un hors-la-loi, mais il était encore plus dangereux d'être un révolutionnaire.

– Tout cela est bien joli dans les livres, dit-il, mais dans la réalité cela risque de te valoir une mort précoce.

Il marqua un temps d'arrêt, puis reprit.

– A quoi ont servi tes prouesses de la nuit dernière? Tes voisins sont toujours en prison.

– Je les délivrerai, dit calmement Guiliano.

Il vit la stupéfaction se peindre sur le visage de son parrain. Il avait besoin de son approbation, de son aide, de sa compréhension. Il voyait bien qu'Adonis le considérait encore comme un jeune villageois gonflé de générosité.

– Il faut que tu comprennes ce que je suis devenu, dit-il.

Il réfléchit quelques instants avant de poursuivre. Pouvait-il lui dévoiler le fond de sa pensée? Son parrain lui reprocherait-il d'avoir un orgueil insensé?

– Je n'ai pas peur de mourir.

Puis il adressa à Hector Adonis son sourire d'enfant que le professeur connaissait si bien et auquel il était si sensible.

– C'est vrai, je m'en étonne moi-même. Mais je n'ai pas peur d'être tué. Cela me semble impossible.

Et il éclata de rire.

– Leurs gendarmes, leurs voitures blindées, leurs mitrailleuses, leur gouvernement! Je n'ai pas peur. Je peux les tenir en échec. Les montagnes de Sicile sont pleines de bandits. Passatempo et sa bande, Terranova. Ils défient l'autorité. Et ce qu'ils font, je peux le faire aussi.

Hector Adonis ressentait un mélange d'amusement et d'anxiété. La blessure de Guiliano avait-elle affecté son cerveau? Ou était-il en train d'assister à la naissance d'un héros historique, d'un nouvel Alexandre, d'un César ou d'un Roland? Quand commençaient les rêves des héros, sinon assis au sommet d'une montagne, en discutant avec leurs amis les plus chers?

– Ne t'occupe pas de Terranova et de Passatempo, dit-il d'un ton désinvolte. Ils ont été capturés et sont en prison à la caserne Bellampo. Ils seront transférés à Palerme dans quelques jours.

– Je les délivrerai, dit Guiliano, et j'espère qu'ils m'en seront reconnaissants.

L'air résolu avec lequel il prononça ces mots étonna Adonis et ravit Pisciotta. Il était stupéfiant de voir les changements qui se produisaient chez leur Turi. Ils l'avaient toujours aimé et respecté. Il avait toujours eu beaucoup de dignité et d'assurance pour quelqu'un de son âge, mais pour la première fois, ils percevaient l'instinct de puissance par lequel il était mû.

– Reconnaissants? dit Hector Adonis. Passatempo a tué l'oncle qui lui avait donné son premier âne.

– Alors je leur apprendrai la reconnaissance, dit Guiliano.

Il garda le silence pendant quelques instants avant de poursuivre :

– Et maintenant, j'ai une faveur à te demander. Réfléchis bien et même si tu refuses, je resterai ton filleul dévoué. Oublie que tu es l'ami de mes parents et oublie l'affection que tu as pour moi. C'est pour la Sicile que tu m'as appris à aimer que je te demande cette faveur. Tiens-moi au courant de tout ce qui se passe à Palerme.

– Tu demandes à un professeur de l'université de Palerme de faire partie de ta bande de hors-la-loi?

– Cela n'a rien d'exceptionnel en Sicile où tout le monde est lié aux Amis des Amis, dit Pisciotta avec impatience. Et où, ailleurs qu'en Sicile, un professeur d'histoire et de littérature porte-t-il un pistolet?

Hector Adonis observa les deux jeunes gens tout en réfléchissant à sa réponse. Il lui était facile de leur promettre son aide et d'oublier sa promesse. Il pouvait tout aussi facilement refuser et leur promettre de les aider de temps à autre comme le ferait un ami, comme il le faisait ce jour-là. La comédie risquait d'être de courte durée. Guiliano pouvait se faire tuer en combattant ou être trahi, il pouvait émigrer en Amérique. Et le problème serait résolu, songea-t-il avec tristesse.

Hector Adonis se souvint d'un jour d'été il y avait bien longtemps, un jour semblable à celui-ci, quand Turi et Aspanu n'avaient guère plus de huit ans. Ils étaient assis dans le pré qui s'étendait entre la maison des Guiliano et la montagne et ils attendaient l'heure du dîner. Hector Adonis avait apporté un sac de livres pour Turi, parmi lesquels *La Chanson de Roland* qu'il lut aux enfants.

Adonis connaissait le poème presque par cœur. Il était cher à tous les Siciliens cultivés et ceux qui ne savaient pas lire adoraient l'histoire. Elle était au répertoire des spectacles de marionnettes qui donnaient des représentations jusque dans les bourgades les plus reculées et ses personnages légendaires étaient peints sur les ridelles de toutes les carrioles qui sillonnaient les collines de Sicile. Roland et Olivier, deux grands chevaliers de l'empereur Charlemagne, résistèrent aux Sarrasins pour protéger la retraite de l'empereur. Adonis leur raconta qu'ils étaient morts côte à côte dans la grande bataille de Ronceveaux, qu'Olivier avait demandé à trois reprises à Roland de sonner l'olifant pour rappeler le gros de l'armée de Charlemagne et que Roland avait refusé par fierté. Quand les Sarrasins furent sur le point de les écraser, Roland sonna enfin l'olifant, mais il était trop tard. Charlemagne arriva à la rescousse mais il ne trouva que les corps de ses chevaliers parmi les milliers de cadavres de Sarrasins et il s'arracha la barbe. Adonis se souvenait encore des larmes dans les yeux de Turi Guiliano et de l'étrange expression de mépris sur le visage d'Aspanu Pisciotta. C'était, pour le premier, le plus grand moment qu'un homme pût vivre et, pour l'autre enfant, une mort humiliante de la main des infidèles.

Les deux garçons s'étaient levés et étaient rentrés en courant pour dîner. Turi avait passé le bras autour de l'épaule d'Aspanu, geste qui avait fait sourire Hector. C'était Roland soutenant Olivier afin qu'ils puissent mourir tous deux debout face à la charge des Sarrasins. Au moment de mourir, Roland avait élevé son gantelet vers l'azur des cieux et un ange était venu le lui prendre dans la main. C'est du moins ce que prétendaient le poème et la légende.

Cela se passait il y a mille ans, mais la Sicile souffrait encore dans ce même paysage sauvage d'oliveraies et de plaines torrides, de mariettes élevées en bordure de route par les premiers disciples du Christ et des innombrables croix auxquelles avaient été attachés les esclaves rebelles conduits par Spartacus. Et son filleul serait un autre de ces héros qui ne comprenaient pas que pour que la Sicile se transforme, il faudrait un séisme moral qui réduise l'île en cendres.

Adonis observait Pisciotta, allongé sur le dos dans l'herbe, et Guiliano dont les yeux bruns ne le quittaient pas et dont le sourire semblait vouloir dire qu'il savait exactement ce que pensait son parrain. C'est alors que la scène subit une étrange transformation. Les deux jeunes gens étaient devenus des statues taillées dans le marbre, leur corps s'était évadé de la vie de tous les jours. Puis Pisciotta devint un personnage peint sur un vase et le gecko qu'il tenait à la main une vipère, tous les traits se détachant très nettement à la lumière intense de l'après-midi. Pisciotta avait l'air dangereux d'un homme répandant de par le monde ses poignards et ses poisons.

Salvatore Guiliano décorait l'autre côté du vase. Il avait la beauté d'un Apollon aux chairs parfaitement modelées, le blanc mangeant tellement les yeux qu'ils donnaient l'impression d'être ceux d'un aveugle. Son visage ouvert et franc avait l'innocence d'un héros de légende. Ou plutôt, se dit Adonis pour repousser tout sentimentalisme, la détermination d'un jeune homme résolu à faire preuve d'héroïsme. Son corps avait l'aspect charnu des statues méditerranéennes, avec les cuisses puissantes et le dos musclé. Mais c'était aussi un corps d'Américain, plus grand et plus large que celui de la plupart des Siciliens.

Déjà dans leur enfance, Pisciotta avait une intelligence très pratique, alors que Guiliano croyait avec générosité en la bonté de l'homme et était fier de sa droiture et de son honnêteté. A cette époque, Hector Adonis se disait souvent que lorsqu'ils seraient arrivés à l'âge d'homme, ce serait Pisciotta le chef et Guiliano resterait dans son sillage. Croire en ses propres vertus est beaucoup plus dangereux que croire en sa propre habileté.

La voix moqueuse de Pisciotta interrompit la rêverie d'Hector Adonis.

– Acceptez, professeur, je vous en prie. Je suis le second de Guiliano, mais je n'ai personne sous mes ordres. Et je suis disposé à commencer petitement.

Adonis ne s'offensa pas, mais les yeux de Guiliano flamboyèrent de colère.

– Quelle est ta réponse? demanda-t-il posément.

– Oui, répondit Adonis.

Que pouvait dire d'autre un parrain?

Guiliano lui expliqua ce qu'il aurait à faire en rentrant à Montelepre et lui exposa son plan pour le lendemain. Adonis fut une nouvelle fois épouvanté par l'audace et la cruauté des projets du jeune homme. Mais quand Turi l'aida à monter sur son âne, il se pencha pour l'embrasser.

Pisciotta et Guiliano le regardèrent descendre le sentier qui menait à Montelepre.

– Il est si petit, dit Pisciotta, que c'est dans notre enfance qu'il aurait dû jouer avec nous aux gendarmes et aux voleurs.

– Et tes plaisanteries auraient été plus appréciées à cette époque, dit doucement Guiliano en se tournant vers lui. Sois sérieux quand nous parlons de choses sérieuses.

Mais le soir, avant de s'endormir, ils s'embrassèrent et Guiliano dit à Pisciotta :

– Tu es mon frère, ne l'oublie jamais.

Puis ils s'enroulèrent dans leurs couvertures et passèrent leur dernière nuit d'anonymat.

9.

Turi et Aspanu étaient debout avant les premières lueurs de l'aube, car bien que ce fût improbable, les carabiniers pouvaient se mettre en route dans l'obscurité pour les surprendre au lever du jour. Ils avaient vu la veille au soir la voiture blindée de Palerme arriver à la caserne Bellampo avec deux jeeps de renforts. Durant la nuit, Guiliano patrouilla sur le flanc de la montagne, tendant l'oreille pour percevoir les bruits provoqués par l'approche d'un ennemi. Pisciotta tourna ces précautions en dérision.

– Dans notre enfance, nous aurions été assez téméraires pour le faire, dit-il à Guiliano, mais crois-tu que ces fainéants de carabiniers risqueraient leur vie dans l'obscurité ou même qu'ils sacrifieraient une bonne nuit de sommeil dans leur lit douillet?

– Nous devons prendre de bonnes habitudes, répliqua Turi Guiliano.

Il savait qu'un jour il aurait affaire à des ennemis plus redoutables.

Turi et Aspanu passèrent un long moment à vérifier méticuleusement leurs armes alignées sur une couverture. Puis ils mangèrent du pain de La Venera arrosé d'une bouteille de vin qu'Hector Adonis leur avait laissée. Le pain au contenu épicé leur faisait chaud à l'estomac. Il leur donna l'énergie de bâtir un écran de rochers et d'arbrisseaux au bord de la falaise. Derrière cet abri, ils pouvaient observer à la jumelle la ville et les sentiers muletiers. Guiliano chargea les fusils et glissa des boîtes de cartouches dans les poches de sa veste en peau de mouton tandis que Pisciotta montait la garde. Les gestes de Guiliano étaient lents et soigneux. Il alla jusqu'à enfouir leurs provisions et les recouvrir avec des rochers. Jamais il ne laisserait à quiconque le soin de s'occuper de ces détails. C'est donc Pisciotta qui aperçut le véhicule blindé quittant la caserne Bellampo.

– Tu avais raison, dit Pisciotta, la voiture s'éloigne de nous en prenant la direction de Castellammare.

Ils échangèrent un sourire. Guiliano sentait une exultation silencieuse monter en lui. Il ne serait pas si difficile, après tout, d'affronter la police. C'était comme un jeu d'enfant avec des ruses d'enfant. La voiture blindée disparaîtrait à un coude de la route et, par un mouvement tournant, essaierait de les prendre à revers. Les autorités devaient connaître l'existence du tunnel et espérer qu'ils l'utiliseraient pour s'enfuir, tombant ainsi sur la voiture blindée. Et sa mitrailleuse.

Dans une heure, les carabiniers enverraient un détachement sur les pentes du Monte d'Ora, une attaque de front pour les déloger. C'était une bonne chose que la police les considère comme de jeunes écervelés, de simples hors-la-loi. Le drapeau écarlate et or de la Sicile qui flottait au sommet de la falaise confirmait leur imprudente témérité.

Une heure plus tard, un camion de troupes et une jeep transportant le *Maresciallo* Roccofino franchirent le portail de la caserne Bellampo. Les deux véhicules se dirigèrent tranquillement vers le pied du Monte d'Ora où ils s'arrêtèrent pour décharger les carabiniers. Douze hommes armés de fusils se déployèrent sur les pistes muletières. Le *Maresciallo* Roccofino ôta sa casquette galonnée et la pointa vers le drapeau qui flottait au sommet de la pente.

Derrière son abri, Turi Guiliano observait la scène à la jumelle. Pendant quelques instants, il s'inquiéta de la présence de la voiture blindée sur l'autre versant de la montagne. Avaient-ils envoyé des hommes sur les pentes? Mais il leur faudrait plusieurs heures pour atteindre le sommet et ils devaient encore être loin. Il chassa cette pensée de son esprit et se tourna vers Pisciotta.

– Aspanu, dit-il, si nous ne sommes pas aussi futés que nous le pensons, nous ne rentrerons pas ce soir chez notre mère qui nous aura préparé un bon plat de spaghetti. Comme nous faisions quand nous étions petits.

– Nous n'aimions pas rentrer à la maison, tu t'en souviens, dit Pisciotta en riant. Mais je dois avouer que tout cela est beaucoup plus drôle. Veux-tu que nous en descendions quelques-uns?

– Non, dit Guiliano. Tire au-dessus de leur tête.

Il songea alors que Pisciotta lui avait désobéi l'avant-veille.

– Fais ce que je te dis, Aspanu. Cela ne sert à rien de les tuer. Ça ne nous avancera pas, cette fois.

Pendant une heure, ils attendirent patiemment. Puis Guiliano fit passer son fusil à travers l'écran de branchages et tira deux coups. Il fut étonné de voir avec quelle rapidité la file d'hommes grimpant d'un pas confiant se dispersa, comme des fourmis disparaissant précipitamment dans l'herbe. Pisciotta tira quatre coups de fusil. Des panaches de fumée s'élevèrent en différents points de la pente quand les carabiniers ripostèrent.

Guiliano posa son fusil et reprit les jumelles. Il vit le *Maresciallo* et son sergent actionner un poste émetteur. Ils devaient être en train d'établir le contact avec la voiture blindée pour la prévenir que les bandits allaient se diriger vers eux. Turi reprit son fusil et tira deux autres coups.

– Il est temps de partir, dit-il à Pisciotta.

Ils rampèrent tous deux jusqu'à l'extrémité de la falaise en restant hors de vue des carabiniers et dévalèrent la pente parsemée de rochers, se laissant glisser sur une cinquantaine de mètres avant de s'arrêter, l'arme au poing. Pliés en deux, ils continuèrent à descendre, ne s'arrêtant que pour laisser le temps à Guiliano d'observer les assaillants à la jumelle.

Les carabiniers n'avaient pas cessé de tirer, sans se rendre compte que les deux fugitifs étaient maintenant sur leur flanc. Guiliano ouvrant la marche, ils suivirent un petit sentier à peine visible qui serpentait entre d'énormes blocs de pierre et s'enfonçait dans un bois. Ils se reposèrent quelques minutes et repartirent, descendant le sentier rapidement et en silence. Moins d'une heure plus tard, ils débouchèrent dans la plaine qui séparait Montelepre de la montagne, mais ils avaient décrit un grand cercle qui les amena de l'autre côté de la ville qui s'étendait entre eux et le camion des gendarmes. Ils dissimulèrent leurs armes sous leurs vêtements et traversèrent la plaine comme deux paysans allant aux champs. Ils entrèrent dans Montelepre en haut de la Via Bella, à quelques centaines de mètres seulement de la caserne Bellampo.

Au même moment, le *Maresciallo* Roccofino ordonna à ses hommes de reprendre l'ascension vers le drapeau flottant sur la falaise. Depuis une heure, il n'y avait aucune riposte à leur tir et il était sûr que les bandits avaient emprunté le tunnel et étaient en train de descendre l'autre versant de la montagne en se dirigeant vers la voiture blindée. Il voulait refermer le piège. Il fallut encore une heure à ses hommes pour atteindre le sommet de la falaise et arracher le drapeau. Roccofino pénétra dans la caverne et fit déplacer les rochers pour dégager le tunnel. Il envoya ses hommes dans le passage et de l'autre côté de la montagne pour rejoindre le véhicule blindé. Il constata alors avec stupéfaction que ses proies lui avaient échappé. Il forma plusieurs patrouilles, persuadé de déloger les fugitifs de leur cachette.

*

Hector Adonis avait suivi à la lettre les instructions de Guiliano. En haut de la Via Bella se trouvait une charrette recouverte de peintures représentant la légende de Charlemagne. Jusqu'aux rayons et aux jantes des roues de bois qui étaient couvertes de petits personnages en armure, de sorte que lorsque les roues tournaient, le mouvement donnait l'illusion de chevaliers en train de se battre. Les brancards aussi étaient décorés d'arabesques rouges semées de points d'argent.

La charrette ressemblait à un homme au corps tatoué dont pas un seul centimètre carré ne serait resté vierge. Une mule blanche somnolait entre les brancards. Guiliano bondit sur le siège du conducteur et regarda dans la charrette. Elle était remplie d'au moins une vingtaine de grandes cruches de vin contenues dans des paniers de bambou. Guiliano glissa son fusil derrière une rangée de cruches. Il jeta un coup d'œil rapide en direction de la montagne; il n'y avait rien d'autre à voir que le drapeau qui flottait toujours. Il regarda Pisciotta en souriant.

– Tout est en ordre, dit-il. A toi de faire ton petit numéro.

Pisciotta lui fit un petit salut, mi-moqueur, mi-sérieux, boutonna sa veste de manière à cacher son pistolet et se dirigea vers la portail de la caserne. Chemin faisant, il regarda sur la route de Castellammare pour s'assurer que la voiture blindée ne revenait pas de la montagne.

Sur le siège de la carriole, Guiliano observa Pisciotta qui avançait lentement en terrain découvert avant de s'engager sur l'allée de pierre menant au portail. Puis il tourna la tête vers la Via Bella. Il vit sa maison, mais il n'y avait personne devant alors qu'il espérait apercevoir sa mère. Quelques hommes étaient assis devant une maison, la table et les bouteilles de vin à l'ombre d'un balcon en surplomb. Se souvenant soudain qu'il avait toujours ses jumelles autour du cou, il en détacha la courroie et jeta l'instrument dans le fond de la charrette.

Un jeune carabinier qui ne devait guère avoir plus de dix-huit ans montait la garde devant le portail. Ses joues roses et son visage glabre révélaient ses origines septentrionales; son uniforme noir passepoilé de blanc, mal coupé, avec des poches aux genoux et sa casquette militaire soutachée lui donnaient l'air d'un pantin ou d'un clown. En dépit du règlement, il avait une cigarette fichée entre ses lèvres charnues d'adolescent. En s'approchant de lui, Pisciotta éprouva un mépris mêlé d'amusement. Malgré ce qui s'était passé ces derniers jours, le garde n'avait pas son arme à la main.

Le carabinier vit avancer un paysan débraillé qui avait l'audace de se laisser pousser une moustache beaucoup plus élégante qu'il ne le méritait.

– Eh toi, espèce d'empoté, dit-il d'un ton rogue, où te crois-tu?

Mais il garda son fusil à l'épaule. Pisciotta aurait très facilement pu lui trancher la gorge.

Il s'efforça de paraître obséquieux, de réprimer son envie de rire devant l'arrogance du jeune carabinier.

– S'il vous plaît, dit-il, je voudrais vois le *Maresciallo*. J'ai des renseignements importants.

– Tu peux me les donner, dit le garde.

Pisciotta ne put se retenir de demander d'un ton méprisant :

– Et c'est vous qui me paierez?

Le garde fut suffoqué par son impudence.

– Je ne te donnerais pas une lire si tu m'annonçais que Jésus est ressuscité, répliqua-t-il d'un ton dédaigneux mais avec une certaine circonspection.

– J'ai mieux que ça, dit Pisciotta en souriant. Je sais où se cache Turi Guiliano, celui qui vous en fait voir de toutes les couleurs.

– Depuis quand un Sicilien aide-t-il la loi dans ce foutu pays? demanda le carabinier d'un ton soupçonneux.

Pisciotta se rapprocha de lui.

– Mais j'ai de l'ambition, dit-il. J'ai fait une demande pour devenir carabinier. Je vais à Palerme le mois prochain pour passer le concours. Nous porterons peut-être bientôt tous les deux le même uniforme.

Le garde considéra Pisciotta avec un intérêt un peu plus amical. Il était vrai que de nombreux Siciliens entraient dans la police. C'était un moyen de sortir de la pauvreté, de détenir une parcelle de pouvoir. Une plaisanterie bien connue dans tout le pays disait que les Siciliens devenaient soit des criminels, soit des policiers et qu'ils faisaient autant de dégâts d'un côté que de l'autre. Pendant ce temps, Pisciotta riait intérieurement à la pensée de devenir un jour carabinier. Pisciotta était un dandy qui possédait une chemise de soie confectionnée à Palerme. Et il fallait être un crétin pour se pavaner dans cet uniforme noir avec cette ridicule casquette rigide à visière.

– Réfléchis bien, dit le carabinier qui ne voulait pas que n'importe qui partage son sort enviable. Le salaire est maigre et on crèverait de faim si la contrebande ne mettait pas un peu de beurre dans les épinards. Et pas plus tard que cette semaine, deux gars de la caserne, des bons copains, se sont fait tuer par ce salaud de Guiliano. Et tous les jours il faut supporter l'insolence de ces paysans qui ne veulent même pas nous indiquer où se trouve la boutique du coiffeur.

– Une petite bastonnade leur apprendra les bonnes manières, dit Pisciotta avec entrain.

Puis, d'un air confidentiel, comme s'ils étaient déjà frères d'armes, il demanda :

– As-tu une cigarette pour moi?

Pisciotta constata avec ravissement que la bonne volonté du garde s'envolait.

– Une cigarette pour toi? s'écria-t-il d'un ton incrédule. Pourquoi donnerais-je une cigarette à un pouilleux de ton espèce?

Il se décida enfin à prendre son fusil. Pendant quelques instants, Pisciotta dut lutter contre une violente envie de se précipiter sur lui et de lui trancher la gorge. Mais c'est d'une voix patiente qu'il répondit :

– Parce que je peux vous dire où trouver Guiliano. Vos collègues qui fouillent la montagne sont trop bêtes pour trouver un gecko.

Le garde demeura ébahi. Tant d'insolence lui brouillait les idées; il se rendit compte qu'il valait mieux consulter son supérieur hiérarchique, compte tenu de l'importance des renseignements que prétendait apporter ce paysan. Il avait le sentiment d'avoir affaire à quelqu'un de fuyant qui pouvait lui causer des ennuis. Il ouvrit le portail et fit signe avec son fusil à Pisciotta d'entrer dans la caserne. Il avait le dos tourné à la rue. A ce moment-là, Guiliano, assis sur sa charrette à une centaine de mètres, réveilla la mule et engagea son véhicule sur l'allée de pierre menant au portail.

La caserne couvrait deux hectares de terrain. Elle était composée d'un grand bâtiment administratif, avec une aile dans laquelle se trouvaient les cellules, et les logements des carabiniers qui pouvaient contenir une centaine d'hommes. Le logement privé du *Maresciallo* était isolé du reste du bâtiment. Sur la droite s'élevait une remise pour les véhicules, à l'origine une grange qui avait en partie conservé sa destination première, puisque le détachement de gendarmerie entretenait un certain nombre de mulets et d'ânes utilisés pour les déplacements en montagne sur les sentiers impraticables pour les voitures.

Tout à fait au fond se trouvaient un dépôt de munitions et un entrepôt pour les vivres. Autour courait une clôture de fil de fer barbelé haute de deux mètres, au pied de laquelle deux hautes tours qui n'avaient pas été utilisées depuis de nombreux mois montaient la garde comme des sentinelles.

En franchissant le portail, Pisciotta essaya de percevoir des signaux de danger. Les tours étaient inoccupées et il n'y avait aucun garde armé en vue. On eût dit une ferme paisible et abandonnée. Il n'y avait pas de véhicule dans le garage; en fait, il n'y en avait nulle part, ce qui étonna Pisciotta et lui fit craindre qu'ils ne reviennent bientôt. Il ne pouvait imaginer que le *Maresciallo* osait laisser sa garnison sans véhicule. Il allait devoir avertir Turi que des visiteurs indésirables risquaient d'arriver.

Escorté par le jeune garde, Pisciotta franchit la porte du bâtiment administratif. Il entra dans une grande pièce au plafond de laquelle des ventilateurs luttaient en vain contre la chaleur. Un grand bureau surélevé dominait la pièce; de chaque côté, une balustrade isolait des bureaux plus petits et tout autour de la pièce se trouvaient des bancs de bois. Seul le bureau surélevé était occupé par un caporal des carabiniers qui semblait beaucoup plus coriace que le jeune garde. Une plaque posée sur le bureau annonçait : Caporal Canio Silvestro. Tout le haut de son corps était massif: larges épaules et cou de taureau surmonté d'une grosse tête. Une balafre rosâtre, un bourrelet luisant de tissus morts, semblait collé sur sa face, de l'oreille à la pointe du menton carré. Une longue moustache en crocs débordait majestueusement de sa bouche comme deux ailes noires.

Il portait ses galons de caporal sur la manche et un gros pistolet à la ceinture. Il considéra Pisciotta d'un air extrêmement soupçonneux et méfiant tandis que le garde racontait son histoire. Quand le caporal Silvestro prit la parole, il s'exprima avec un accent sicilien.

– Tu n'es qu'un sale menteur, dit-il à Pisciotta.

Mais il n'eut pas le temps d'en dire plus, car la voix de Guiliano retentit devant la cour.

– Holà, carabiniers! Voulez-vous votre vin, oui ou non?

Pisciotta ne put s'empêcher d'admirer la voix de Guiliano, les intonations vulgaires, le parler si gras qu'il était presque inintelligible pour tout autre qu'un Sicilien, le choix des mots caractéristiques du paysan aisé et arrogant.

Le caporal poussa un grognement d'exaspération.

– Nom de Dieu, rugit-il, qu'est-ce que c'est encore que ce braillard?

Il sortit à grandes enjambées, le garde et Pisciotta sur ses talons.

La carriole peinte et la mule blanche étaient devant le portail. Torse nu, sa large poitrine ruisselante de sueur, Turi Guiliano brandissait une cruche de vin. Un sourire idiot flottait sur son visage et son corps de guingois donnait une impression de balourdise. Son aspect endormait les soupçons. Il ne pouvait pas avoir d'arme sur lui, il était ivre et il s'exprimait dans le dialecte le plus vulgaire de toute la province. Le caporal lâcha son pistolet et le garde baissa son fusil. Pisciotta fit un pas en arrière pour être prêt à sortir son arme de dessous sa veste.

– J'ai une charretée de vin pour vous, beugla Guiliano.

Il se moucha avec les doigts et envoya la morve devant le portail.

– Qui a commandé ce vin? demanda le caporal en se dirigeant vers le portail.

Guiliano comprit qu'il allait l'ouvrir tout grand pour laisser entrer la carriole.

– Mon père m'a dit de le livrer au *Maresciallo,* répondit Guiliano avec un clin d'œil.

Le caporal ne le quittait pas des yeux. Le vin était très certainement le cadeau d'un fermier qui faisait un peu de contrebande. Légèrement inquiet, le caporal se dit qu'en bon Sicilien, le père aurait dû apporter le vin en personne afin de participer directement à la remise du cadeau.

– Décharge ça et emporte-le dans la caserne, dit-il avec un haussement d'épaules.

– Pas tout seul, certainement pas, dit Guiliano.

Le caporal se sentit de nouveau effleuré par un doute et son instinct l'avertit de quelque chose. Guiliano qui s'en rendit compte descendit de la charrette et se plaça de manière à pouvoir facilement prendre la *lupara* dans sa cachette. Mais il commença par soulever une cruche à bout de bras.

– Elle a vingt petites sœurs, toutes aussi belles, dit-il.

Le caporal aboya un ordre en se tournant vers le bâtiment abritant les quartiers des carabiniers. Deux jeunes gendarmes sortirent en courant, la veste déboutonnée, nu-tête. Ils n'avaient pas d'armes. Guiliano, juché sur la carriole, leur lança des cruches de vin dans les bras. Il en tendit une au garde armé qui voulut refuser.

– Vous en boirez sûrement, dit Guiliano d'un ton jovial, alors travaillez.

Guiliano embrassa la scène du regard; les trois carabiniers étaient immobilisés, les bras chargés de cruches de vin, exactement comme il l'avait souhaité. Pisciotta était juste derrière le caporal, le seul gendarme ayant les mains libres. Guiliano scruta les pentes et ne vit aucun signe des carabiniers partis à sa recherche. La voiture blindée n'apparaissait pas non plus sur la route de Castellammare. Des enfants jouaient sur la Via Bella. Turi Guiliano tendit la main dans la carriole et en sortit la *lupara* qu'il pointa sur le caporal ébahi. Au même moment, Pisciotta sortit son pistolet qu'il appuya contre le dos du caporal.

– Pas un geste, dit Pisciotta, ou je truffe de plomb votre belle moustache.

Guiliano braqua sa *lupara* sur les trois autres carabiniers terrifiés.

– Gardez les cruches dans vos bras et que tout le monde rentre dans le bâtiment, dit-il.

Le garde armé tenant une cruche laissa tomber son fusil par terre. Pisciotta le ramassa et ils pénétrèrent dans le bâtiment administratif. Guiliano prit la plaque en or sur le bureau et l'admira.

– Caporal Canio Silvestro, dit-il. Vos clés. Toutes.

La main du caporal se posa sur son pistolet et il foudroya Guiliano du regard. Du pied, Pisciotta écarta sa main et il prit l'arme du carabinier qui se retourna pour lui lancer un regard chargé de haine.

– Excusez-moi, dit Pisciotta en souriant.

– Mon garçon, dit le caporal en se tournant vers Guiliano, tu devrais devenir acteur, tu es très bon. Mais arrête ça, tu ne t'en sortiras pas. Le *Maresciallo* et ses hommes seront de retour avant la tombée de la nuit et ils te traqueront jusqu'au bout de la terre. Réfléchis bien à ce qu'est la vie d'un hors-la-loi dont la tête est mise à prix. Moi aussi je participerai aux recherches et je n'oublie jamais un visage. Je découvrirai ton nom et j'irai te dénicher en enfer s'il le faut.

Guiliano lui sourit. Il ne savait pas pourquoi, mais cet homme lui plaisait.

– Si vous voulez savoir mon nom, dit-il, pourquoi ne le demandez-vous pas?

– Et tu me le dirais, comme un imbécile? dit le caporal en le considérant d'un air méprisant.

– Je ne mens jamais. Je m'appelle Guiliano.

Le caporal porta la main à sa hanche pour prendre le pistolet que Pisciotta lui avait déjà enlevé. Cette réaction instinctive remonta encore le carabinier dans l'estime de Guiliano. Il était courageux et avait le sens du devoir. Les autres gardes étaient terrifiés. C'était donc lui, le Salvatore Guiliano qui avait déjà tué trois de leurs collègues. Il n'y avait aucune raison de penser qu'il allait les laisser en vie.

Le caporal regarda attentivement le visage de Guiliano, gravant les traits dans sa mémoire, puis, avec des gestes lents et précautionneux, il sortit un gros trousseau de clés d'un tiroir du bureau. Derrière lui, Guiliano enfonçait le canon du fusil dans son dos. Guiliano prit le trousseau et le lança à Pisciotta.

– Relâche les prisonniers, dit-il.

Dans l'aile du bâtiment administratif qui faisait office de prison, les dix habitants de Montelepre arrêtés la nuit de la fuite de Guiliano étaient retenus derrière les barreaux d'une pièce spacieuse. Passatempo et Terranova, les deux bandits locaux, étaient enfermés dans une cellule isolée. Pisciotta leur ouvrit la porte et ils le suivirent avec joie dans la pièce voisine.

Les habitants de Montelepre, tous des voisins de Guiliano, se précipitèrent dans le bureau et se pressèrent autour de Turi pour l'étreindre avec gratitude. Il les laissa faire mais sans relâcher sa vigilance ni quitter des yeux les carabiniers prisonniers. Les voisins de Guiliano ne tarissaient pas d'éloges sur son exploit : il avait humilié les policiers exécrés, il était leur champion. Ils lui racontèrent que le *Maresciallo* avait donné l'ordre de leur infliger la bastonnade, mais que le caporal avait empêché l'exécution de la sentence par sa seule force de caractère et en arguant du fait que cela susciterait un tel ressentiment que la sécurité de la caserne serait mise en péril. Mais ils devaient être transférés le lendemain matin à Palerme pour comparaître devant le juge.

Guiliano gardait le canon de sa *lupara* dirigé vers le sol, de crainte qu'un coup de feu accidentel ne blesse quelqu'un dans la foule qui l'entourait. Tous ces hommes étaient beaucoup plus âgés que lui, des voisins qu'il connaissait depuis sa petite enfance. Il prit soin de s'adresser à eux comme il l'avait toujours fait.

– Vous êtes libres de m'accompagner dans la montagne, dit-il, ou bien d'aller rendre visite à des membres de votre famille dans d'autres régions de Sicile jusqu'à ce que les autorités reviennent à la raison.

Il attendit, mais seul le silence succéda à ses paroles. Les deux bandits, Passatempo et Terranova, se tenaient à l'écart. Tous leurs sens étaient en alerte et ils donnaient l'impression d'être prêts à bondir. Passatempo était laid et trapu, le visage grêlé depuis l'enfance par la variole, la bouche lippue et déformée. Les paysans de la région le surnommaient « la Brute ». Terranova était petit et avait un visage chafouin. Mais ses traits fins étaient agréables et un sourire perpétuel était plaqué sur ses lèvres. Passatempo était le bandit sicilien typique, mû par la cupidité, qui volait du bétail et tuait pour de l'argent. Terranova était à l'origine un fermier travailleur dont la carrière de hors-la-loi avait commencé le jour où deux collecteurs d'impôts étaient venus confisquer son cochon primé. Il les avait tués tous les deux, avait égorgé le porc pour régaler sa famille et ses proches et avait pris le maquis. Les deux hommes s'étaient associés mais ils avaient été trahis et capturés dans l'entrepôt désaffecté au milieu des champs de blé de Corleone où ils se cachaient.

– Quant à vous, dit Guiliano en s'adressant aux deux bandits, vous n'avez pas le choix. Nous irons ensemble dans la montagne et vous déciderez si vous préférez rester sous mon commandement ou partir de votre côté. Mais aujourd'hui, j'ai besoin de votre aide et vous me devez bien un petit service.

Il leur sourit pour faire passer plus facilement la proposition qu'il leur avait faite de se placer sous ses ordres.

Mais avant que les bandits aient eu le temps de répondre, le caporal des carabiniers commit une bravade insensée. Était-ce son orgueil blessé de Sicilien, une férocité animale innée ou simplement le fait que les fameux bandits dont il avait la charge étaient sur le point de s'échapper, toujours est-il qu'il devint furieux. Il se tenait à quelques mètres de Guiliano et, avec une étonnante vivacité, il fit un grand pas en avant.

Dans le même mouvement, il sortit un petit pistolet dissimulé sous sa chemise. Guiliano releva sa *lupara* pour tirer, mais il était trop tard. Le caporal avait son arme pointée sur la tête de Guiliano, à cinquante centimètres de lui. La balle fracasserait le crâne du jeune homme.

La surprise pétrifia tout le monde. Guiliano voyait le pistolet pointé droit sur sa tête et dans le prolongement de l'arme la face cramoisie du caporal que la fureur déformait et tordait. Mais le pistolet semblait s'approcher très lentement. Guiliano avait l'impression de s'enfoncer dans un cauchemar, très lentement, interminablement, tout en sachant que ce n'était qu'un rêve et qu'il n'atteindrait jamais le fond. Dans la fraction de seconde avant que le carabinier n'appuie sur la détente, il éprouva une sérénité infinie mais ne ressentit aucune crainte. Il ne cilla pas au moment où le caporal pressa la détente et il s'avança même vers lui. Il y eut un bruit sec et métallique quand le percuteur frappa l'amorce défectueuse de la balle. Dans la seconde qui suivit, il fut bousculé par Pisciotta, Terranova et Passatempo et le caporal fut précipité à terre. Terranova avait saisi le pistolet et le lui enlevait, Passatempo lui tirait les cheveux et essayait de lui arracher les yeux, Pisciotta avait sorti son couteau et était prêt à le plonger dans la gorge du gendarme. Guiliano le retint juste à temps.

– Ne lui faites pas de mal, dit-il calmement.

Il les écarta du corps étendu et sans défense du caporal et fut effrayé de voir les dégâts causés en un instant de fureur collective. Le carabinier avait une oreille à moitié arrachée et le sang coulait abondamment de sa blessure. Son bras droit posé par terre formait un angle bizarre avec le reste de son corps et un grand lambeau de chair d'où le sang s'écoulait couvrait un de ses yeux.

Mais le carabinier ne semblait toujours pas avoir peur; il demeurait immobile, attendant la mort. Guiliano sentit monter en lui une grande vague de tendresse pour cet homme qui l'avait mis à l'épreuve et qui avait confirmé son immortalité, cet homme qui avait attesté l'impuissance de la mort. Guiliano le releva et à l'étonnement général le serra fugitivement dans ses bras en faisant comme s'il aidait simplement le caporal à se tenir droit.

Pendant ce temps, Terranova examinait le pistolet.

– Vous avez beaucoup de chance, dit-il à Guiliano. Il n'y a qu'une seule balle défectueuse.

Guiliano tendit la main pour prendre l'arme. Terranova hésita un instant, puis la lui donna. Guiliano se tourna ensuite vers le caporal.

– Tenez-vous tranquille, dit-il d'un ton amical, et je vous garantis qu'il ne vous arrivera rien de fâcheux, ni à vous ni à vos hommes.

Le caporal était encore trop hébété et affaibli par ses blessures pour répondre. Il ne semblait même pas comprendre ce qu'on lui disait.

– Passe-moi ton couteau pour que je l'achève, murmura Passatempo à Pisciotta.

– C'est Guiliano qui donne les ordres ici et tout le monde lui obéit, répliqua Pisciotta.

Il s'était exprimé d'un ton tout à fait fait neutre afin de ne pas laisser Passatempo soupçonner qu'il était prêt à le tuer sans une seconde d'hésitation.

Les habitants de Montelepre qui venaient d'être libérés partirent précipitamment. Ils ne tenaient pas à être témoins d'un massacre de carabiniers. Guiliano conduisit le caporal et ses collègues dans l'aile de la prison et les enferma dans la cellule commune. Puis il entreprit de fouiller les autres bâtiments de la caserne Bellampo avec Pisciotta et les deux bandits. Dans le dépôt d'armes, ils trouvèrent des fusils, des pistolets et des pistolets mitrailleurs avec des caisses de munitions. Ils prirent les armes sur eux et chargèrent les munitions dans la carriole. Ils trouvèrent des couvertures et des sacs de couchage dans le bâtiment où étaient cantonnés les policiers et Pisciotta mit deux uniformes de carabinier dans la charrette pour leur porter chance. Puis Guiliano s'installa sur le siège du conducteur et il fit démarrer la carriole chargée à ras bords tandis que les trois autres, l'arme au poing avançaient en se déployant pour parer toute attaque. Ils s'engagèrent rapidement sur la route de Castellammare, mais il leur fallut une bonne heure pour arriver chez le fermier qui avait prêté la charrette à Hector Adonis et pour enterrer leur butin dans sa porcherie. Ils aidèrent ensuite le fermier à repeindre sa carriole en vert olive avec de la peinture volée dans un dépôt de l'armée américaine.

Le *Maresciallo* Roccofino et ses hommes revinrent à l'heure du dîner. Le soleil qui descendait sur l'horizon n'avait pas eu de toute la journée une ardeur comparable à celle de la rage qui posséda le *Maresciallo* à la vue de ses hommes enfermés dans leur propre cage. Il envoya la voiture blindée parcourir toutes les routes dans de grands crissements de pneus pour retrouver la trace des fugitifs, mais Guiliano était déjà à l'abri dans son sanctuaire de la montagne.

*

L'histoire fit les gros titres des journaux de toute l'Italie. Trois jours auparavant, l'assassinat des deux carabiniers avait aussi fait la une, mais Guiliano n'était alors qu'un de ces bandits siciliens aux abois qui ne pouvaient prétendre à la célébrité que par leur cruauté. Son dernier exploit n'était pas du même calibre. Il avait remporté par la ruse une bataille tactique sur la police nationale. Il avait libéré ses amis et voisins incarcérés à la suite d'une injustice flagrante. Des journalistes de Palerme, Naples, Rome et Milan débarquèrent à Montelepre et interrogèrent la famille et les amis de Turi Guiliano. Sa mère fut photographiée avec la guitare de Turi et déclara qu'il en jouait à la perfection (ce n'était pas vrai : il commençait seulement à en jouer suffisamment bien pour qu'on reconnaisse l'air qu'il interprétait). Ses anciens camarades d'école avouèrent que Turi était un tel dévoreur de livres qu'il avait été surnommé « le Professeur ». Les journaux se jetèrent sur cette nouvelle avec ravissement. Un bandit sicilien qui savait lire! Ils mentionnèrent son cousin Aspanu Pisciotta qui avait lié son sort à celui de Guiliano par pure amitié et s'émerveillèrent qu'un homme pût inspirer une telle fidélité.

Une vieille photographie prise quand il avait dix-sept ans et sur laquelle il était d'une extraordinaire beauté, méditerranéenne et virile, rendit l'histoire absolument irrésistible. Mais ce qui plut peut-être surtout aux lecteurs de toute l'Italie fut que Guiliano avait épargné la vie du caporal qui avait essayé de le tuer. C'était mieux que l'opéra... cela ressemblait beaucoup plus aux spectacles de marionnettes si populaires en Sicile, où les figurines de bois ne perdaient jamais leur sang ni n'avaient la chair transpercée ou déchiquetée par des balles.

Les journaux déploraient seulement que Guiliano eût choisi de libérer des scélérats comme Terranova et Passatempo, laissant ainsi entendre que des compagnons aussi peu recommandables risquaient de ternir l'image du preux chevalier à l'armure de lumière.

Seuls les quotidiens de Milan soulignèrent que Salvatore « Turi » Guiliano avait déjà tué trois gendarmes et suggérèrent que des mesures exceptionnelles soient prises pour l'appréhender, car il ne convenait pas d'excuser les crimes d'un assassin sous le simple prétexte qu'il était séduisant et cultivé et qu'il savait racler de la guitare.

10.

Don Croce savait maintenant à quoi s'en tenir sur Turi Guiliano et était rempli d'admiration pour lui. C'était un vrai jeune *mafioso.* Il prenait naturellement l'expression dans son sens traditionnel : un visage *mafioso,* un arbre *mafioso,* une femme *mafioso,* c'est-à-dire quelque chose d'une beauté exceptionnelle dans la forme qui lui était propre.

Quel merveilleux bras droit il ferait pour le Don, quel grand capitaine sur le terrain. Don Croce laissait de côté le fait que Guiliano était pour l'instant une épine dans son pied. Les deux bandits incarcérés à Montelepre, le redoutable Passatempo et le rusé Terranova, avaient été capturés avec l'accord et la complicité du Don. Mais on pouvait passer l'éponge là-dessus; le Don n'était pas homme à nourrir une rancune qui risquait de porter atteinte à ses profits futurs. Il allait désormais suivre de très près Turi Guiliano.

★

A l'abri de ses montagnes, Turi Guiliano ne pouvait imaginer sa célébrité naissante. Il était trop occupé à élaborer des plans pour asseoir sa puissance. Le premier problème à régler était celui des deux bandits. Il les questionna sur leur capture et arriva à la conclusion qu'ils avaient été dénoncés, trahis. Ils jurèrent que leurs hommes leur étaient restés fidèles et qu'un bon nombre d'entre eux avaient été tués dans le traquenard qu'on leur avait tendu. Guiliano réfléchit à tout cela et en déduisit que c'était la mafia, servant de receleur et d'intermédiaire aux bandits, qui les avait trahis. Il en fit part aux deux hors-la-loi qui refusèrent de le croire. Les Amis des Amis n'oseraient jamais rompre l'*omerta,* la loi sacrée du silence, essentielle à leur propre survie. Guiliano n'insista pas mais il leur proposa de se joindre à sa bande.

Il leur expliqua qu'il n'avait pas seulement pour objectif de survivre mais de devenir une force politique. Il mit l'accent sur le fait qu'ils ne dépouilleraient pas les pauvres et qu'en fait la moitié des gains seraient redistribués aux nécessiteux de la région de Montelepre jusqu'aux faubourgs de Palerme. Terranova et Passatempo seraient à la tête de leurs propres bandes mais placés sous le commandement de Guiliano et ils ne lanceraient aucune expédition lucrative sans qu'il leur ait donné le feu vert. Ils contrôleraient ensemble toute la région comprenant la ville de Palerme et les agglomérations de Monreale, Montelepre, Partinico et Corleone. Il leur fit bien comprendre qu'ils prendraient l'initiative des opérations contre les carabiniers et que ce seraient les gendarmes et non les bandis qui craindraient pour leur vie. Les hors-la-loi furent sidérés par cette attitude de défi.

Passatempo, un bandit à l'ancienne mode qui avait une prédilection pour le viol, l'extorsion minable et l'assassinat de bergers, commença immédiatement à réfléchir à la manière dont il pourrait tirer profit de cette association avant de se débarrasser de Guiliano et de s'approprier sa part du butin. Terranova qui aimait bien Guiliano et lui était plus reconnaissant de les avoir libérés se demandait comment il pourrait inciter avec doigté le jeune et talentueux bandit à suivre une voie plus prudente. Guiliano les considérait avec un petit sourire, comme s'il lisait dans leurs pensées et se divertissait de ce qu'il y découvrait.

Pisciotta avait l'habitude des idées de son ami de toujours et il y croyait. Si Turi Guiliano disait qu'il pouvait faire quelque chose, Aspanu Pisciotta croyait qu'il le réaliserait. Il se contentait donc pour le moment d'écouter.

A la lumière brillante du soleil matinal qui versait des flots d'or sur le montagne, ils demeuraient tous les trois sous le charme de Guiliano qui leur expliquait qu'ils mèneraient le combat pour la libération de la Sicile, le soulagement des pauvres et la destruction du pouvoir de la mafia, de la noblesse et de Rome. Ils se seraient moqués de n'importe qui d'autre, mais ils gardaient présent à l'esprit ce qui resterait à jamais gravé dans la mémoire de tous ceux qui avaient assisté à la scène : le caporal des carabiniers pointant son pistolet sur la tête de Guiliano, le regard calme du jeune homme pénétré de la conviction qu'il ne pouvait mourir et attendant que le carabinier appuie sur la détente. Et la clémence dont il avait fait preuve envers le caporal après que le pistolet eut fait long feu. C'était l'attitude d'un homme qui croyait en sa propre immortalité et forçait les autres à partager cette conviction. Ils gardaient les yeux fixés sur le jeune bandit, subjugués par sa beauté, son courage et son innocence.

*

Le lendemain matin, Guiliano et les trois hommes descendirent de la montagne en empruntant un sentier qui débouchait dans la plaine, près de la ville de Castelvetrano.

Ils se mirent en route de très bonne heure pour reconnaître le terrain. Ils étaient vêtus comme des paysans siciliens allant travailler dans des champs à l'écart.

Guiliano savait que des convois de vivres allant approvisionner les marchés de Palerme suivaient cette route. Le problème était de réussir à arrêter les camions. Ils rouleraient très vite pour déjouer les attaques de voleurs de grand chemin et les chauffeurs seraient peut-être armés.

Guiliano fit cacher ses hommes dans les sous-bois bordant la route juste à la sortie de Castelvetrano, puis il s'assit bien en vue sur un gros rocher blanc. Les paysans qui allaient travailler dans les champs le regardaient avec un visage impassible. En voyant la *lupara* qu'il tenait, ils s'éloignaient en pressant le pas. Guiliano se demanda si quelqu'un l'avait reconnu, puis il aperçut une grande charrette couverte de peintures et tirée par une seule mule qui approchait sur la route. Il connaissait de vue le vieil homme qui la conduisait, un de ces charretiers de profession qui pullulent dans la Sicile rurale. Il louait sa carriole pour le transport de bambous des villages éloignés à la fabrique de la ville. Un jour, il y avait longtemps, il était allé à Montelepre et avait transporté une récolte quelconque pour le père de Guiliano. Turi s'avança jusqu'au milieu de la route, la *lupara* dans la main droite. Le charretier le reconnut; une lueur fugitive passa dans son regard, mais son visage demeura sans expression.

Guiliano le salua dans le style familier qu'il utilisait dans son enfance en l'appelant « oncle ».

– Zu Peppino, dit-il, c'est un jour de chance pour nous deux. Je suis là pour faire ta fortune et toi, tu es venu m'aider à alléger le fardeau des pauvres.

Il était sincèrement enchanté de revoir le vieil homme et il éclata de rire.

Le charretier ne répondit pas. Il attendait en regardant Guiliano, le visage impénétrable. Turi se hissa sur la carriole et s'installa à côté de lui. Il dissimula sa *lupara* et se mit de nouveau à rire. Il était sûr que Zu Peppino allait lui porter chance.

Guiliano savourait la fraîcheur de la fin de l'automne, la beauté des montagnes à l'horizon et la certitude que ses hommes tapis dans le sous-bois commandaient la route avec leurs armes. Il exposa son plan à Zu Peppino qui l'écouta sans un mot et sans que remue un seul muscle de son visage. Jusqu'à ce que Guiliano lui annonce quelle serait sa récompense : une pleine charretée des vivres transportés par les camions.

– Turi Guiliano, dit Zu Peppino après avoir poussé un grognement, tu as toujours été un bon et brave garçon, généreux, sensé et sympathique. Tu n'as pas changé depuis que tu es devenu homme.

Guiliano se souvint alors que le charretier était un des rares vieux Siciliens enclins à employer un langage fleuri.

– Tu peux compter sur moi pour cette affaire et pour tout le reste. Tu feras mes amitiés à ton père qui doit être fier d'avoir un fils comme toi.

★

Le convoi composé de trois camions chargés de vivres apparut sur la route à midi. Les véhicules furent obligés de s'arrêter à la sortie du virage débouchant sur la plaine de Partinico. La route était complètement bloquée par un enchevêtrement de charrettes et de mulets. L'opération avait été combinée par Zu Peppino à qui tous les charretiers de la contrée étaient redevables et devaient obéissance.

Le chauffeur du camion de tête donna un coup de klaxon et fit avancer son véhicule jusqu'à ce qu'il frôle la carriole la plus proche. Le charretier se retourna et lui lança un regard empreint d'une telle malveillance que le chauffeur coupa aussitôt le contact et attendit patiemment. Il n'ignorait pas que ces hommes, malgré leur humble profession, étaient fiers et farouches et que, pour une affaire d'honneur, leur primauté sur les véhicules à moteur, ils n'hésiteraient pas à le poignarder et à repartir en sifflotant.

Les deux autres camions s'arrêtèrent et les chauffeurs descendirent. L'un d'eux était originaire de la Sicile orientale et l'autre était étranger, c'est-à-dire qu'il venait de Rome. Le chauffeur romain s'avança vers les charretiers en ouvrant son blouson et en leur hurlant de faire circuler leurs foutus bourricots et leurs tas de boue. Il gardait une main à l'intérieur de son blouson.

Guiliano sauta de la charrette. Il ne prit pas la peine de sortir sa *lupara* ni de tirer le pistolet de sa ceinture. Il fit un signe à ses hommes qui attendaient dans le sous-bois et ils se précipitèrent sur la route, l'arme au poing. Terranova se sépara des autres et se dirigea vers le dernier camion pour l'empêcher de repartir. Pisciotta se laissa glisser en bas du talus et fit face au chauffeur romain écumant de rage.

Pendant ce temps, Passatempo, plus nerveux que les autres, faisait brutalement sortir le premier camionneur de sa cabine et le jetait sur la route aux pieds de Guiliano. Guiliano tendit la main et l'aida à se relever. Pisciotta, de son côté, entraînait le chauffeur du dernier camion vers ses deux collègues. Le Romain avait retiré sa main vide de son blouson et la colère s'était effacée de son visage. Guiliano leur sourit avec une bienveillance sincère.

– C'est votre jour de chance, dit-il. Vous n'aurez pas à faire le long trajet jusqu'à Palerme. Les charretiers vont décharger vos camions et distribuer la nourriture aux indigents de la région, sous ma supervision, bien entendu. Permettez-moi de me présenter. Je m'appelle Guiliano.

Les camionneurs se répandirent immédiatement en excuses et firent assaut d'amabilité. Ils n'étaient pas pressés et avaient absolument tout leur temps. C'était, à vrai dire, l'heure du déjeuner; leurs camions étaient confortables et il ne faisait pas trop chaud. C'était vraiment un coup de chance, ils étaient vernis.

Guiliano comprit qu'ils tremblaient pour leur vie.

– Ne vous inquiétez pas, dit-il. Je ne tue pas ceux qui gagnent leur pain à la sueur de leur front. Vous déjeunerez avec moi tandis que mes hommes travailleront, puis vous rentrerez chez vous retrouver vos femmes et vos enfants et vous leur raconterez la chance que vous avez eue. Quand la police vous interrogera, donnez-leur aussi peu de détails que possible et vous aurez toute ma gratitude.

Guiliano s'interrompit. Il était important que ces hommes n'éprouvent ni honte ni haine et qu'ils fassent savoir qu'ils avaient été bien traités. Car il y aurait d'autres opérations.

Ils se laissèrent entraîner à l'ombre d'un rocher géant au bord de la route. Ils remirent de leur plein gré leurs pistolets à Guiliano et demeurèrent sages comme des images tandis que les charretiers déchargeaient leurs camions. Quand ils eurent fini, il restait encore un camion dont tout le chargement ne pouvait loger dans les charrettes. Guiliano fit monter Pisciotta et Passatempo avec un chauffeur dans le camion et leur ordonna d'aller distribuer la nourriture aux ouvriers agricoles de Montelepre. Guiliano et Terranova contrôleraient la distribution dans la commune de Castelvetrano et la ville de Partinico. Ils se retrouveraient plus tard dans la caverne du Monte d'Ora.

Cette action d'éclat allait valoir à Guiliano le soutien populaire de toute la campagne. Quel autre bandit avait jamais remis son butin aux pauvres? Le lendemain, les journaux de toute la Sicile racontaient l'histoire de ce nouveau Robin des Bois. Passatempo fut le seul à grommeler qu'ils avaient accompli une journée de travail pour rien. Pisciotta et Terranova comprenaient que leur bande avait gagné un millier de partisans contre Rome.

Mais ce qu'ils ignoraient, c'est que les vivres étaient destinées aux entrepôts de Don Croce.

*

Au bout d'un mois à peine, Guiliano disposait d'un vaste réseau d'informateurs qui le renseignaient sur les déplacements des riches marchands transportant de l'argent gagné au marché noir et les habitudes de certains nobles et des quelques méchantes langues qui rapportaient des ragots aux policiers haut placés. C'est ainsi que Guiliano apprit que la duchesse d'Alcamo avait retiré ses bijoux du coffre de sa banque à Palerme pour les porter dans les réceptions données par la haute société pour célébrer Noël.

La propriété du duc et de la duchesse d'Alcamo qui s'étendait à trente kilomètres au sud-ouest de Montelepre était entourée de murs et des gardes armés en défendaient l'accès. Le duc versait en outre un « loyer » aux Amis des Amis qui lui garantissaient que son bétail ne serait pas volé, son manoir cambriolé ni aucun membre de sa famille enlevé. En temps ordinaire et avec des criminels ordinaires, cela aurait suffi pour qu'il fût aussi en sécurité que le pape au Vatican.

Guiliano envoya Aspanu Pisciotta faire la cour à l'une des domestiques du manoir en lui recommandant expressément de ne pas déshonorer la jeune fille. Mais Pisciotta transgressa ses ordres ; il trouvait Turi trop romantique et trop innocent face aux réalités de la vie. De plus les appas de la soubrette étaient trop tentants et Aspanu n'avait pas encore appris à craindre son ami d'enfance. Pisciotta passa plusieurs semaines à conter fleurette à la petite bonne, il allait lui rendre visite au manoir et était royalement traité dans la cuisine du duc. Il discutait avec les jardiniers, les gardes forestiers, le maître d'hôtel et les autres servantes. Il était insinuant, amusant et séduisant. Il lui fut facile d'apprendre à quelle date le duc se rendrait à Palerme pour affaires.

Cinq jours avant Noël, Guiliano, Pisciotta, Passatempo et Terranova arrivèrent dans un chariot tiré par des mulets qui s'arrêta devant les grilles de la propriété. Ils portaient une tenue de chasse de paysans aisés achetée à Palerme avec le butin de l'attaque du convoi : pantalon en velours côtelé, chemise de laine rouge et grosse veste de chasse verte remplie de boîtes de cartouches. Deux gardes leur barrèrent le passage, mais comme il faisait grand jour, ils n'étaient pas sur le qui-vive et portaient leur arme en bandoulière.

Guiliano s'avança vers eux d'un pas vif. Il ne portait pas d'arme mais avait dissimulé un pistolet sous son manteau rêche de charretier. Il adressa aux gardes un large sourire.

– Messieurs, dit-il, je m'appelle Guiliano et je suis venu souhaiter un joyeux Noël à votre charmante duchesse et lui demander une aumône pour les pauvres.

En entendant le nom de Guiliano, les gardes demeurèrent pétrifiés de saisissement. Puis ils voulurent prendre leur arme, mais Passatempo et Terranova les tenaient déjà en joue avec des pistolets mitrailleurs. Pisciotta désarma les gardes et lança leurs fusils dans le chariot. Passatempo et Terranova demeurèrent avec les gardes devant la grille.

On accédait au manoir par une vaste cour de pierre. Dans un coin des poulets voletaient autour d'une vieille femme qui leur jetait du grain. Derrière la demeure, les quatre enfants de la duchesse jouaient dans un jardin sous la surveillance d'une gouvernante en robe de coton noir. Pisciotta à ses côtés, Guiliano remonta l'allée jusqu'au manoir. Ses renseignements étaient exacts, il n'y avait pas d'autres gardes. Derrière le jardin s'étendait un grand potager en partie planté d'oliviers. Six jardiniers travaillaient sur ce vaste terrain. Guiliano sonna et poussa la porte au moment où la bonne l'ouvrait. La jeune fille reconnut Pisciotta et s'écarta. Elle était surprise par son apparition à la porte principale.

– N'ayez pas peur, dit doucement Guiliano. Dites à votre maîtresse que nous sommes envoyés par le duc pour affaires. Je dois lui parler.

Avec l'absence de cérémonie propre à tous les domestiques siciliens, la soubrette les conduisit dans le salon où la duchesse était en train de lire.

La duchesse, originaire du continent, fut agacée par cette intrusion importune et elle s'adressa aux deux hommes d'un ton sec.

– Mon mari est absent. Que puis-je faire pour vous?

Guiliano, abasourdi par la splendeur des lieux, fut incapable de répondre. Il n'en avait jamais vu d'aussi grande pièce et le plus étonnant était qu'elle avait une forme ronde plutôt que carrée. Des draperies dorées flanquaient les énormes portes-fenêtres et le plafond formait un dôme décoré de fresques représentant des chérubins. Il y avait des livres partout, sur le canapé, les tables basses et des étagères qui tapissaient les murs. De grandes peintures à l'huile aux teintes riches étaient accrochées aux murs et la pièce était remplie d'énormes vases de fleurs. Des boîtes d'argent et d'or étaient disposées sur les tables basses devant des fauteuils et des canapés capitonnés. Le salon pouvait facilement contenir une centaine d'invités et la seule personne qui l'utilisait était cette femme vêtue de soie blanche. Le soleil, l'air et les cris des enfants jouant dans le jardin pénétraient par les fenêtres ouvertes. Pour la première fois, Turi Guiliano perçut le pouvoir de séduction de la richesse et comprit que l'argent pouvait créer la beauté. Il répugnait à ternir cette beauté par la grossièreté ou la cruauté. Il ferait ce qu'il avait à faire sans laisser de cicatrice sur cette scène charmante.

La duchesse qui attendait patiemment une réponse fut frappée par la séduisante virilité du jeune homme. Elle vit qu'il était impressionné par la splendeur de la pièce et fut légèrement agacée de constater qu'il ne remarquait pas sa propre beauté. Elle trouva regrettable qu'il fût manifestement d'origine paysanne et n'évoluât pas dans son milieu où un petit flirt innocent n'eût pas été malvenu. C'est d'un ton plus charmant qu'à l'ordinaire qu'elle s'adressa de nouveau à Guiliano.

– Jeune homme, je regrette infiniment, mais si les affaires qui vous amènent concernent la propriété, il vous faudra revenir. Mon mari n'est pas à la maison.

Guiliano la regarda. Il sentit monter en lui les bouffées d'hostilité qu'un pauvre éprouve envers une femme riche qui affirme d'une certaine manière sa supériorité sur lui grâce à sa fortune et à sa position sociale. Il s'inclina poliment et remarqua la superbe bague qu'elle portait à un doigt.

– C'est avec vous que j'ai affaire, dit-il avec une soumission teintée d'ironie. Je m'appelle Guiliano.

Mais l'ironie échappa à la duchesse, trop accoutumée à l'obséquiosité de ses domestiques. La soumission lui parut tout à fait naturelle. C'était une femme cultivée qui se piquait de littérature et de musique et ne s'intéressait aucunement à la vie de tous les jours en Sicile. Elle ne lisait que rarement les journaux locaux qu'elle trouvait barbares.

– Je suis enchantée de faire votre connaissance, dit-elle courtoisement. Nous sommes-nous rencontrés à Palerme? A l'opéra, peut-être?

Aspanu Pisciotta qui avait observé la scène avec amusement éclata de rire et se dirigea vers les portes-fenêtres pour arrêter au passage les domestiques qui viendraient de cette direction.

Guiliano, irrité par le rire de son ami mais charmé par l'ignorance de la duchesse, lui répondit d'une voix ferme :

– Ma chère duchesse, dit-il, nous ne sommes jamais rencontrés. Je suis un bandit. Je m'appelle Salvatore Guiliano et me considère comme le champion de la Sicile. Le but de ma visite est de vous demander de faire don aux pauvres de vos bijoux afin qu'ils puissent célébrer la naissance du Christ à l'occasion des fêtes de Noël.

La duchesse sourit d'un air incrédule. Ce jeune homme dont le visage et le corps éveillaient en elle un désir inhabituel ne pouvait véritablement lui vouloir du mal. Et, le danger aidant, elle se sentait réellement intriguée. C'était une histoire à raconter dans les soirées à Palerme.

– Mes bijoux sont dans le coffre de ma banque à Palerme, dit-elle avec un sourire innocent. Vous pouvez prendre tout le liquide qui se trouve à la maison. Avec ma bénédiction.

Nul n'avait jamais mis sa parole en doute. Même dans son enfance, elle ne mentait pas. C'était la première fois de sa vie.

Guiliano regarda le pendentif de diamant au cou de la duchesse. Il savait qu'elle mentait mais il répugnait à agir. Il fit un signe de tête à Pisciotta qui glissa ses doigts entre ses dents et siffla à trois reprises. Quelques minutes plus tard, Passatempo apparut à l'une des portes-fenêtres. Son corps trapu et hideux, sa face cruelle barrée d'une balafre auraient pu être ceux d'un personnage du théâtre de marionnettes. Il avait une figure large au front fuyant et avec ses épais cheveux bruns et ses sourcils broussailleux, il ressemblait à un gorille. Le sourire qu'il adressa à la duchesse découvrit ses grandes dents jaunies.

La duchesse sentit enfin la peur s'emparer d'elle à la vue du troisième bandit. Elle ôta son collier et le tendit à Guiliano.

– Cela vous satisfera-t-il? dit-elle.

– Ma chère duchesse, répondit Guiliano, j'ai le cœur tendre. Hélas! mes associés, eux, ne sont pas commodes. Mon ami Aspanu qui est pourtant beau garçon est aussi cruel que sa petite moustache qui a brisé tant de cœurs. Quant à l'homme à la fenêtre, il obéit à mes ordres mais il me donne des cauchemars. Ne m'obligez pas à leur donner carte blanche. Ils s'abattront comme des faucons sur votre jardin et emmèneront vos enfants dans la montagne. Allez donc me chercher le reste de vos diamants.

La duchesse se précipita dans sa chambre et revint quelques instants plus tard avec un coffret à bijoux. Elle avait eu la présence d'esprit de dissimuler quelques joyaux de valeur avant de ressortir. Elle tendit le coffret à Guiliano qui la remercia gracieusement.

– Aspanu, dit-il en se tournant vers Pisciotta, la duchesse a peut-être oublié quelques bijoux. Veux-tu aller regarder dans sa chambre, juste pour t'en assurer.

Pisciotta trouva presque aussitôt les joyaux cachés qu'il rapporta à son cousin.

Entre-temps, Guiliano avait ouvert le coffret à bijoux et son cœur bondit de joie à la vue des pierres précieuses. Il y avait dans la boîte de quoi nourrir toute la ville de Montelepre pendant plusieurs mois. Et sa joie était accrue du fait que les bijoux avaient été acquis par le duc avec l'argent gagné à la sueur du front de ses ouvriers agricoles. La duchesse se tordait les mains et le regard de Turi fut de nouveau attiré par l'énorme émeraude qu'elle portait au doigt.

– Ma chère duchesse, dit-il, comment avez-vous pu essayer de me tromper en dissimulant ces quelques bijoux? Cela ne m'aurait pas étonné de la part d'un paysan avare ayant trimé toute sa vie pour amasser des richesses. Mais comment pouvez-vous risquer votre vie et celle de vos enfants pour quelques pierres qui ne vous manqueront pas plus qu'un chapeau sur la tête de votre mari le duc? Et maintenant, donnez-moi sans faire de manières la bague que vous portez.

– Je vous en prie, jeune homme, dit la duchesse en larmes, laissez-moi la garder. Je vous enverrai sa valeur en argent. Mon mari me l'a offerte comme bague de fiançailles. Je ne pourrai m'en séparer, cela me briserait le cœur.

Pisciotta éclata de nouveau de rire. Il le fit de propos délibéré, car il craignait que Turi ne la laisse garder la bague par sentimentalité. Et il était évident que l'émeraude était une pierre de grande valeur.

Mais cette sentimentalité était étrangère à Guiliano. Pisciotta n'oublierait jamais l'expression qu'il vit dans le regard de Turi au moment où il tirait brutalement le bras de la duchesse et arrachait la bague de sa main tremblante. Guiliano recula brusquement et glissa l'émeraude à l'auriculaire de sa main gauche.

Il vit le rouge monter aux joues de la duchesse et des larmes perler à ses yeux. C'est avec une courtoisie retrouvée qu'il s'adressa à elle.

– En souvenir de vous, madame, je ne vendrai jamais cette bague... je la porterai moi-même.

La duchesse scruta son visage pour y percevoir une trace d'ironie mais elle n'en vit aucune.

Ce fut un moment décisif pour Turi Guiliano. Quand il passa la bague à son doigt, il sentit un transfert de puissance. Avec cette bague il épousait sa destinée; elle était le symbole du pouvoir qu'il arracherait au monde des riches. Avec cette pierre d'un vert profond enchâssée dans son anneau d'or et encore imprégnée du parfum de la ravissante femme qui l'avait portée sans discontinuer des années durant, il s'était approprié une parcelle de l'essence d'une vie qui n'aurait jamais dû être sienne.

⋆

Don Croce écoutait sans dire un mot.

Le duc d'Alcamo présentait ses doléances au Don en personne.

N'avait-il pas payé le « loyer » aux Amis des Amis? Ne lui avaient-ils pas promis qu'il serait protégé contre le vol sous toutes ses formes? Où allait-on? Autrefois, personne n'aurait osé agir ainsi. Et que comptait faire Don Croce pour récupérer les bijoux? Le duc avait déposé une plainte pour le vol des bijoux mais il savait que cette démarche était vaine et risquait d'indisposer le Don. Son assurance lui verserait quand même une certaine somme et on commencerait peut-être à prendre ce Guiliano au sérieux à Rome.

Don Croce, quant à lui, estimait qu'il était temps de le prendre tout à fait au sérieux.

– Si je réussis à récupérer vos bijoux, accepterez-vous de payer le quart de leur valeur? demanda-t-il au duc.

Cette proposition mit le duc hors de lui.

– Je vous paie d'abord un « loyer » pour que ma famille et mes possessions soient protégées et puis, non seulement vous ne faites pas votre devoir mais vous me demandez une rançon! Comment pouvez-vous espérer conserver le respect de vos clients si vous faites des affaires de cette manière?

– Je dois reconnaître que votre opinion est raisonnable, dit Don Croce en hochant la tête. Mais imaginez que Salvatore Guiliano est une force de la nature, un fléau de Dieu. Vous ne pouvez certainement pas demander aux Amis des Amis de vous protéger contre un tremblement de terre, un volcan en éruption ou une inondation. Je vous garantis que nous finirons par maîtriser Guiliano. Mais réfléchissez : vous payez la rançon et vous aurez notre protection sans me verser la somme habituelle pendant cinq ans. De plus, Guiliano ne s'attaquera plus à vous. Pourquoi le ferait-il, puisque je présume que vous aurez assez de bon sens pour laisser vos objets de valeur dans le coffre de votre banque? Les femmes sont trop naïves... elles ne soupçonnent pas avec quelle âpreté, quelle cupidité les hommes convoitent les biens de ce monde.

Il marqua une pause pour laisser au petit sourire qui flottait sur les lèvres du duc le temps de disparaître.

– Si vous faites le calcul du loyer à payer pendant cinq ans pour la protection de tous vos biens dans cette époque troublée, vous vous rendrez compte que votre malheur ne vous a pas fait perdre grand-chose.

Le duc se mit à réfléchir. Don Croce avait raison en ce qui concernait l'époque troublée, mais malgré la remise de cinq ans du loyer, il perdait quand même beaucoup d'argent en rachetant les bijoux. Et qui pouvait affirmer que Don Croce vivrait encore cinq ans ou qu'il parviendrait à maîtriser Guiliano? Mais c'était le meilleur marché qu'il pouvait faire. Cela empêcherait la duchesse d'obtenir par ses câlineries d'autres bijoux dans les cinq ans à venir, ce qui représentait déjà une sérieuse économie. Il lui faudrait vendre une nouvelle terre, mais ses ancêtres agissaient ainsi depuis des générations pour payer leurs folies et il lui restait encore plusieurs milliers d'hectares. Le duc accepta.

*

Don Croce convoqua Hector Adonis. Dès le lendemain, Adonis alla rendre visite à son filleul à qui il expliqua sa mission sans détour.

– Tu n'obtiendras pas un meilleur prix des bijoux, même si tu les vends à des receleurs de Palerme, dit-il. Cela te prendra du temps et tu n'auras certainement pas l'argent avant Noël comme tu le désires. De plus, cela te permettra d'être dans les bonnes grâces de Don Croce, ce qui est important pour toi. Car, après tout, tu lui as fait perdre la face, ce qu'il est prêt à te pardonner si tu lui rends ce service.

Guiliano sourit à son parrain. Peu lui importait de rentrer dans les bonnes grâces de Don Croce; l'un de ses rêves n'était-il pas de libérer la Sicile de l'hydre de la mafia? Il avait déjà envoyé des émissaires à Palerme pour chercher des acheteurs pour les bijoux volés et il était évident que ce serait une tâche délicate et de longue haleine. Il accepta donc le marché mais refusa de rendre l'émeraude.

Avant de quitter Guiliano, Adonis abandonna enfin son rôle de professeur et pour la première fois il aborda les réalités de la vie sicilienne.

– Mon cher filleul, dit-il, nul plus que moi n'admire tes qualités. J'apprécie ta noblesse d'âme que j'espère avoir contribué à t'inculquer, mais maintenant c'est de survie qu'il est question. Tu ne peux espérer vaincre les Amis des Amis. Depuis près de mille ans, comme un million d'araignées, ils ont tissé une toile gigantesque sur toute la vie de la Sicile. Don Croce se tient maintenant au centre de cette toile. Il t'admire et désire ton amitié, il veut que tu t'enrichisses avec lui. Mais il faut parfois que tu acceptes de te plier à ses volontés. Tu peux te tailler ton propre empire, mais il devra être à l'intérieur de sa toile. Une chose est certaine : tu ne peux l'attaquer de front. Si tu le fais, l'histoire elle-même aidera Don Croce à t'éliminer.

C'est ainsi que le duc récupéra ses bijoux. Guiliano répartit la moitié de l'argent entre Pisciotta, Passatempo et Terranova. Ils lorgnèrent l'émeraude au doigt de Guiliano mais ne dirent rien, car il avait refusé la part qui lui revenait de la vente des bijoux.

Guiliano avait décidé de distribuer l'autre moitié de l'argent aux bergers qui gardaient les troupeaux de moutons et le bétail appartenant aux riches, aux ouvriers agricoles qui se louaient pour quelques centaines de lires par jour, à tous les pauvres autour de lui.

Il faisait en général remettre l'argent par des intermédiaires mais un beau jour, il remplit de billets de banque les poches de sa veste en peau de mouton. Il bourra également d'argent un sac de toile et décida de traverser en compagnie de Terranova les villages situés entre Montelepre et Piani dei Greci.

Il vit dans un village trois vieilles femmes qui mouraient de faim et il donna à chacune une liasse de billets. Elles lui embrassèrent les mains en pleurant. Dans une autre agglomération ils trouvèrent un homme qui allait perdre sa ferme et ses terres parce qu'il ne pouvait effectuer les paiements de l'hypothèque. Guiliano lui remit assez d'argent pour purger l'hypothèque.

Dans un autre village, il acheta toutes les marchandises de la boulangerie-épicerie et distribua le pain, le fromage et les pâtes aux villageois.

Dans le bourg suivant, il donna de l'argent aux parents d'un enfant malade pour qu'ils puissent l'emmener à l'hôpital à Palerme et payer les visites du praticien local. Il assista aussi au mariage d'un jeune couple qu'il dota généreusement.

Mais ce qu'il aimait avant tout, c'était donner de l'argent aux gamins en haillons qui grouillaient dans les rues du plus petit village. Ils connaissaient tous Guiliano et se rassemblaient autour de lui pendant qu'il distribuait les lires en leur disant de les emporter à leurs parents. Il les regardait partir joyeusement et rentrer chez eux en courant.

Il ne lui restait plus que quelques liasses de billets quand il décida d'aller rendre visite à sa mère avant la tombée de la nuit. En traversant un champ derrière la maison de ses parents, il rencontra un petit garçon et une petite fille qui pleuraient. Ils avaient perdu l'argent que leurs parents leur avaient confié et disaient que c'étaient les carabiniers qui le leur avaient pris. Cette petite tragédie amusa Guiliano qui leur donna une des deux liasses de billets qui lui restaient. Ensuite, comme la petite fille était si jolie et qu'il ne pouvait supporter l'idée qu'elle allait être punie, il lui remit un mot pour ses parents. Les parents de la fillette ne furent pas les seuls à lui être reconnaissants. Les habitants de Borgetto, Corleone, Partinico, Monreale et Piani dei Greci commencèrent à le surnommer « le roi de Montelepre » pour lui manifester leur allégeance.

*

Malgré la perte de son « loyer » pendant cinq ans, Don Croce était satisfait. Le Don avait reçu du duc vingt-cinq pour cent de la valeur des bijoux mais il avait dit à Adonis que le duc n'acceptait de payer que vingt pour cent et avait mis les cinq pour cent restants dans sa poche.

Mais ce qui lui faisait encore plus plaisir, c'était d'avoir découvert Guiliano dès le début et de s'être fait une opinion si juste de lui. Qui aurait cru qu'un être si jeune pût avoir une vision si claire des choses, agir aussi raisonnablement et écouter aussi calmement les sages conseils de ses aînés? Et tout cela avec une intelligence lucide qui préservait ses propres intérêts et que le Don admirait évidemment, car qui voudrait s'associer avec un imbécile? Le Don était persuadé que Turi Guiliano serait son bras droit et qu'il deviendrait à la longue son héritier en titre.

*

Turi Guiliano voyait clair dans toutes ces machinations. Il savait que son parrain était sincèrement soucieux de son bien-être mais il n'avait pas pour autant une confiance aveugle dans le jugement du professeur. Guiliano n'ignorait pas non plus qu'il n'était pas encore assez fort pour affronter les Amis des Amis et qu'en réalité il avait besoin de leur aide. Mais il ne nourrissait aucune illusion à longue échéance : même s'il écoutait son parrain, il deviendrait tôt ou tard un vassal de Don Croce. Mais il était fermement résolu à ce que cela n'arrive jamais. Il saurait attendre son heure.

11.

La bande de Guiliano était maintenant forte de trente hommes. Certains étaient d'anciens acolytes de Passatempo et Terranova, d'autres des habitants de Montelepre libérés par Guiliano le jour de l'attaque de la caserne. Ils s'étaient aperçus que bien qu'innocents, ils ne pouvaient espérer le pardon des autorités qui continuaient de les rechercher. Ils décidèrent d'unir leur sort à celui de Guiliano plutôt que de vivre traqués et sans amis.

Un matin d'avril, les informateurs de Guiliano à Montelepre lui firent savoir qu'un homme d'aspect dangereux, peut-être un espion de la police, cherchait à entrer dans la bande. Il attendait à l'auberge de Caeserao Ferra. Guilinao envoya Terranova et quatre hommes aux renseignements. S'il s'agissait d'un espion, ils se débarrasseraient de lui et s'il pouvait être utile, ils l'enrôleraient.

Terranova revint en début d'après-midi.

– Nous avons trouvé le type, dit-il à Guiliano, mais nous avons pensé que tu aimerais faire sa connaissance avant de le tuer.

Guiliano éclata de rire en voyant la silhouette puissamment charpentée vêtue de l'habit traditionnel du paysan sicilien.

– Alors, mon cher ami, dit-il, t'imaginais-tu que je pourrais jamais oublier ton visage? Es-tu venu cette fois avec des cartouches de meilleure qualité?

C'était Canio Silvestro, le caporal des carabiniers qui avait visé Guiliano à la tête le jour de la fameuse évasion.

La tension se lisait sur la face massive et balafrée de Silvestro. Ce visage plaisait à Guiliano; il avait au fond de lui un faible pour celui qui l'avait aidé à apporter la preuve de son immortalité.

– Je suis venu me joindre à vous, dit Silvestro. Je peux vous être précieux.

Il prononça ces mots avec fierté, comme quelqu'un qui s'apprête à faire un cadeau. Et cela plut aussi à Guiliano qui le laissa raconter son histoire.

Après l'attaque de la caserne, le caporal Silvestro était passé en conseil de guerre à Palerme pour manquement à son devoir. Le *Maresciallo,* furieux, l'avait longuement interrogé avant de recourir au tribunal militaire. Mais curieusement, ce qui avait attisé la suspicion du *Maresciallo* était la tentative d'assassinat de Guiliano. On avait déterminé que le mauvais fonctionnement de l'arme était dû à une cartouche défectueuse. Le *Maresciallo* soutenait que le caporal avait chargé son pistolet en sachant qu'elle était défectueuse. Que toute sa résistance n'avait été qu'une comédie et que le caporal Silvestro avait aidé Guiliano à organiser l'évasion et posté les gardes de manière à assurer la réussite de l'opération.

Guiliano interrompit Silvestro.

– Pourquoi ont-ils cru que vous pouviez savoir que la cartouche était défectueuse?

– J'aurais dû le savoir, répondit Silvestro, l'air penaud. J'étais l'armurier de la caserne, un spécialiste.

Son visage se rembrunit et il haussa les épaules.

– J'ai commis une faute, c'est vrai. On avait fait de moi un gratte-papier et je négligeais un peu mon vrai travail. Mais je peux vous être très utile en devenant votre armurier. Je pourrais vérifier et réparer toutes vos armes, m'assurer que vos munitions sont correctement manipulées et que vos dépôts d'armes ne risquent pas de sauter, modifier vos armes en les adaptant à l'usage que vous voulez en faire ici, dans la montagne.

– Racontez-moi la suite de votre histoire, dit Guiliano en observant attentivement le caporal.

Il pouvait s'agir d'un plan pour s'infiltrer dans sa bande et y placer un informateur. Il voyait que ses lieutenants étaient extrêmement méfiants.

– Ils se conduisaient comme des imbéciles et comme des femmelettes, poursuivit Silvestro. Le *Maresciallo* savait qu'il était stupide d'emmener la plupart de ses hommes dans la montagne quand la caserne était pleine de prisonniers. Les carabiniers considèrent la Sicile comme une sorte de territoire occupé. Je protestais contre cette attitude et j'étais mal vu à cause de cela. Et les autorités de Palerme voulaient protéger leur *Maresciallo*... elles étaient responsables de lui, après tout. Il valait mieux que la caserne Bellampo ait été livrée par quelqu'un de l'intérieur plutôt que prise d'assaut par quelques hommes plus courageux et plus intelligents. On ne m'a pas fait passer en conseil de guerre mais on m'a demandé de démissionner. On m'a dit que cela ne me porterait pas préjudice, mais je ne me fais pas d'illusions; je ne travaillerai plus jamais dans l'administration. Je ne sais rien faire d'autre et je me considère comme un patriote sicilien. Alors je me suis demandé ce que j'allais faire de ma vie et je me suis dit : je vais aller m'enrôler dans la bande de Guiliano.

Turi envoya chercher de quoi manger et boire et s'entretint avec ses lieutenants.

– Ils nous prennent pour des imbéciles! dit Passatempo d'un ton hargneux et catégorique. Fusillons-le et balançons son corps par-dessus la falaise. On n'a pas besoin de carabiniers ici!

Pisciotta remarqua que son ami était une nouvelle fois séduit par l'ancien caporal. Il connaissait le caractère impulsif de Guiliano et se montra prudent.

– C'est très vraisemblablement une ruse, dit-il, mais même si ce n'en est pas une, pourquoi courir ce risque? Nous nous inquiéterons sans arrêt et nous aurons toujours des doutes. Pourquoi ne pas le renvoyer, tout simplement?

– Il connaît l'emplacement de notre camp, dit Terranova. Il a vu certains de nos hommes et sait combien il y en a. Ce sont des renseignements précieux.

– C'est un vrai Sicilien, dit Guiliano. Il a agi par sens de l'honneur. Je refuse de croire qu'il ait pu accepter le rôle d'un espion.

Il vit que tout le monde souriait de son innocence.

– N'oublie pas qu'il a essayé de te tuer, reprit Pisciotta. Il avait une arme cachée et il était prisonnier mais il a tenté de te tuer dans un accès de colère et sans espoir de s'en sortir.

C'est bien pour cela que je l'apprécie, songea Guiliano.

– Cela ne prouve-t-il pas que c'est un homme d'honneur? répliqua-t-il à voix haute. Il était vaincu mais il n'aurait pas hésité à sacrifier sa vie pour se venger. Et puis, quel mal peut-il faire? Il ne sera qu'un bandit parmi les autres, nous ne lui ferons pas de confidences. Et nous le tiendrons à l'œil; je le surveillerai personnellement. Le moment venu, nous tenterons sur lui une épreuve à laquelle il sera obligé de se dérober s'il est un espion à la solde des carabiniers. Faites-moi confiance.

Il annonça dans la soirée à Silvestro qu'il était admis dans sa bande.

– Vous pouvez compter entièrement sur moi, répondit l'ancien caporal qui comprit qu'il devait pour la seconde fois la vie à Guiliano.

★

A Pâques, Guiliano alla voir sa famille. Pisciotta avait essayé de l'en dissuader en avançant que la police pourrait lui tendre un piège. En Sicile, le jour de Pâques était traditionnellement funeste aux bandits. La police comptait sur les étroits liens de parenté unissant les hors-la-loi à leur famille pour les surprendre quand ils descendaient de la montagne. Mais les informateurs de Guiliano lui apprirent que le *Maresciallo* en personne irait rendre visite à sa famille sur le continent et que la moitié de la garnison de la caserne Bellampo serait en permission et fêterait Pâques à Palerme. Guiliano décida d'emmener avec lui suffisamment d'hommes pour assurer sa sécurité. C'est le Samedi Saint qu'il pénétra subrepticement dans Montelepre.

La veille, il avait fait prévenir de son arrivée et sa mère lui avait préparé un repas de fête. Il passa la nuit dans son lit d'enfant et le lendemain matin, quand sa mère alla entendre la messe, il l'accompagna à l'église. Guiliano avait six gardes du corps qui rendaient également visite à leur famille en ville mais avaient ordre de le suivre partout où il allait.

Quand il sortit de l'église avec sa mère, les six gardes du corps l'attendaient en compagnie de Pisciotta. Le visage d'Aspanu était blanc de rage.

– On t'a trahi, Turi, dit-il. Le *Maresciallo* est revenu de Palerme avec une vingtaine d'hommes de renfort pour t'arrêter. La maison de tes parents est cernée. Ils croient que tu es à l'intérieur.

Guiliano s'en voulut fugitivement de sa témérité et de sa stupidité et décida de ne plus jamais être aussi imprudent à l'avenir. Non que le *Maresciallo* avec ses vingt hommes ait pu le capturer, même chez ses parents. Ses gardes du corps les auraient attirés dans une embuscade et il y aurait eu un affrontement sanglant, mais cela aurait gâché son retour à la maison à l'occasion de Pâques. Il fallait respecter la trêve de Dieu le jour de la résurrection du Christ.

Il embrassa sa mère et lui demanda de rentrer chez elle et d'avouer à la police qu'elle l'avait quitté à la sortie de l'église, ce qui lui éviterait d'être accusée de complicité. Il lui dit de ne pas s'inquiéter; ses hommes et lui étaient armés jusqu'aux dents et s'échapperaient sans difficulté. Il n'y aurait même pas de combat et les carabiniers n'oseraient pas les suivre dans la montagne.

Guiliano et ses hommes quittèrent la ville sans se faire repérer par la police, mais le soir venu, Turi interrogea Pisciotta au campement. Comment le *Maresciallo* avait-il eu vent de sa visite? Qui était l'informateur des carabiniers? Tout devait être mis en œuvre pour le découvrir.

– A toi de t'en charger, Aspanu, dit Guiliano. S'il y a un traître, il peut y en avoir d'autres. Peu importe le temps qu'il te faudra et ce que cela nous coûtera, mais tu dois le découvrir.

★

Aussi loin que remontaient ses souvenirs, Pisciotta n'avait jamais aimé le coiffeur ni ses pitreries. Frisella était un de ces coiffeurs qui coupaient les cheveux selon son humeur du jour, tantôt à la mode, tantôt malicieusement ou bien encore à la manière extrêmement traditionnelle des paysans. En variant son travail, il faisait valoir ses prétentions artistiques. Il se montrait trop familier avec ses supérieurs et trop condescendant avec ses égaux. Avec les enfants il était enjoué mais avec la méchanceté typiquement sicilienne qui est un des traits les moins agréables du caractère des insulaires. Il leur tailladait les oreilles avec ses ciseaux et leur coupait parfois les cheveux si court qu'ils sortaient de son atelier avec la tête comme une boule de billard. C'est donc avec une satisfaction sardonique que Pisciotta annonça à Guiliano que Frisella le coiffeur était l'espion de la police et qu'il avait rompu la loi sacrée de l'*omerta.* Il était évident que le *Maresciallo* ne s'en était pas remis au hasard pour tenter de s'emparer de Turi le jour de Pâques; il avait dû recevoir des renseignements sur sa présence en ville. Et comment aurait-il pu obtenir ces renseignements puisque Guiliano n'avait prévenu sa famille que la veille?

Pisciotta eut recours à ses propres informateurs à Montelepre pour reconstituer les faits et gestes du *Maresciallo* pendant ces vingt-quatre heures. Et comme les parents de Turi étaient les seuls à être au courant de sa visite, il les interrogea discrètement pour savoir s'ils n'avaient rien dévoilé sans le faire exprès.

Maria Lombardo ne tarda pas à deviner ses intentions.

– Je n'ai parlé à personne, dit-elle, même pas à mes voisines. Je suis restée à la maison et j'ai fait la cuisine pour que Turi ait son repas de fête.

Mais le père de Guiliano était allé chez le coiffeur le matin du jour où Turi était venu. Le vieil homme était quelque peu vaniteux et il tenait à être à son avantage les rares fois où son fils venait leur rendre visite. C'était peut-être d'Amérique qu'il avait rapporté cette vanité. Frisella avait rasé et coupé les cheveux du père de Guiliano en faisant ses plaisanteries habituelles. « Le *signor* se rend peut-être à Palerme voir de belles créatures? Ou bien reçoit-il des visiteurs importants venus de Rome? » Lui, Frisella, se faisait fort de rendre le *signor* Guiliano assez beau pour recevoir un « roi ». Pisciotta se représenta la scène. Le père de Guiliano grommelant avec un petit sourire mystérieux qu'on pouvait avoir envie d'avoir l'air d'un monsieur sans autre raison que sa satisfaction personnelle. Mais se sentant en même temps gonflé d'orgueil à l'idée que son fils était assez célèbre pour être surnommé le « roi de Montelepre ». Peut-être le vieil homme était-il allé chez le coiffeur en d'autres occasions semblables et Frisella, apprenant que Guiliano était venu ce jour-là, avait-il fait le rapprochement entre les deux événements.

Tous les matins, le *Maresciallo* Roccofino venait se faire faire la barbe chez Frisella. Le coiffeur ne semblait pas avoir l'occasion de communiquer des renseignements au chef des carabiniers, mais Pisciotta était sûr de son fait. Il envoya des espions passer la journée dans l'atelier du coiffeur et jouer aux cartes avec Frisella sur la petite table qu'il avait installée sur la place. Ils buvaient du vin, parlaient politique et lançaient des insultes aux amis passant sur le trottoir.

Au fil des semaines, les espions de Pisciotta commencèrent à amasser des renseignements. En travaillant, Frisella sifflotait toujours un air d'un de ses opéras préférés et parfois sa grande radio ovale diffusait des enregistrements de Rome. C'était toujours le cas quand il faisait la barbe au *Maresciallo* et à un moment ou à un autre il se penchait vers l'officier et lui murmurait quelque chose à l'oreille. Pour quelqu'un qui ne se fût pas méfié, le coiffeur témoignait simplement de la déférence à l'égard d'un client qui lui faisait part de ses désirs. Mais l'attention d'un des espions de Pisciotta fut attirée par le billet que le *Maresciallo* remettait en paiement au coiffeur. Il remarqua qu'il était plié et que Frisella le glissait dans le gousset de son gilet, sous sa blouse blanche. L'espion aidé d'un acolyte interrogea Frisella et l'obligea à lui montrer le billet. C'était un billet de dix mille lires. Le coiffeur jura qu'il s'agissait du règlement de ses services pour plusieurs mois et les espions firent semblant de le croire.

Pisciotta fit son rapport à Guiliano en présence de Terranova, Passatempo et du caporal Silvestro dans leur campement de montagne. Guiliano s'avança jusqu'au bord d'une des falaises qui dominaient Montelepre et contempla d'un regard fixe la ville en contrebas.

Aussi loin que remontaient les souvenirs de Guiliano, maître Frisella le coiffeur avait fait partie de la vie de Montelepre. Il était allé se faire couper les cheveux pour sa première communion et Frisella lui avait offert une piécette d'argent. Il connaissait bien l'épouse et le fils du coiffeur, de ce Frisella qui lui lançait des plaisanteries dans la rue et demandait toujours des nouvelles de ses parents.

Mais Frisella avait rompu l'*omerta,* la loi sacrée du silence. Il avait vendu des secrets à l'ennemi et était un informateur à la solde de la police. Comment avait-il pu être aussi stupide? Et comment lui, Guiliano, allait-il régler cette affaire? Il était possible de tuer des gendarmes dans le feu de l'action, mais c'était tout autre d'exécuter de sang-froid un concitoyen si proche de lui. Turi Guiliano n'avait que vingt et un ans et c'était la première fois qu'il devait agir avec la froide cruauté indispensable aux grands desseins.

Il se retourna et fit face à ses lieutenants.

– Frisella me connaît depuis ma naissance, dit-il. Il m'offrait des glaces au citron quand j'étais petit, tu t'en souviens, Aspanu? Peut-être qu'il se contente d'échanger des potins avec le Maresciallo et qu'il ne lui communique pas vraiment des informations. Ce n'est pas comme si nous lui avions dit que j'allais en ville et qu'il s'était empressé d'aller le raconter à la police. Peut-être se contente-t-il de faire des remarques théoriques et accepte-t-il l'argent parce qu'on le lui propose. Qui refuserait à sa place?

Passatempo regardait Guiliano avec les yeux plissés d'une hyène contemplant le corps d'un lion mourant et se demandant si le moment était enfin venu de se jeter sur lui pour arracher une bouchée de chair. Terranova secouait légèrement la tête et un sourire jouait sur ses lèvres comme s'il écoutait un enfant raconter une histoire invraisemblable. Mais c'est Pisciotta qui prit la parole.

– Il est aussi coupable qu'un prêtre dans une maison close.

– Nous pourrions lui donner un avertissement, reprit Guiliano. Le faire passer dans notre camp et nous servir de lui pour transmettre de fausses informations aux autorités quand cela nous conviendrait.

Mais en prononçant ces mots, il comprit qu'il avait tort. Il ne pouvait plus se permettre ce genre de geste.

– Et pourquoi ne pas lui offrir quelque chose, tant que tu y es? dit Pisciotta d'un ton furieux. Un sac de grain ou un poulet? Turi, notre vie et celle de tous nos hommes dépendent de ton courage, de ta volonté et de tes qualités de chef. Comment pourrons-nous te suivre si tu pardonnes à un traître comme Frisella? A un homme qui a rompu l'*omerta*? Les Amis des Amis auraient accroché son foie et son cœur à son enseigne pour bien moins que cela..! Si tu lui laisses la vie sauve, tous ceux qui sont âpres au gain sauront qu'ils peuvent te trahir une fois impunément. Et une seule fois suffira pour signer notre arrêt de mort.

– Frisella n'est qu'un bouffon stupide, fit judicieusement remarquer Terranova, un homme cupide et perfide. En temps normal, il ne serait qu'une calamité publique, mais là, c'est un homme dangereux. Il serait très imprudent de lui faire grâce... Il n'est pas assez intelligent pour s'amender. Il s'imaginerait qu'il ne faut pas nous prendre au sérieux, et il ne serait pas le seul. Turi, tu as mis un terme aux activités des Amis des Amis à Montelepre et Quintana, leur représentant, se tient à carreau malgré quelques déclarations imprudentes. Si tu ne condamnes pas Frisella à mort, les Amis des Amis te croiront faibles et t'imposeront d'autres épreuves. Les carabiniers s'enhardiront, n'auront plus peur de toi et deviendront d'autant plus dangereux. Et tu baisseras même dans l'estime des habitants de Montelepre. Tu ne peux laisser la vie sauve à Frisella.

Il avait prononcé les derniers mots avec une nuance de regret dans la voix.

Guiliano les écouta pensivement. Ils avaient raison. Il sentait peser sur lui le regard de Passatempo et lisait dans les pensées du bandit. S'il épargnait Frisella, il ne pourrait plus faire confiance à

Passatempo. Il était hors de question de se conduire comme un chevalier de Charlemagne ou de régler les différends en combat loyal comme au camp du Drap d'or. Frisella devait être exécuté et de manière à susciter la plus profonde terreur possible.

Guiliano eut une idée et se tourna vers Silvestro.

– Qu'en pensez-vous? demanda-t-il. Le *Maresciallo* a dû vous confier l'identité de ses informateurs. Le coiffeur est-il coupable ou non?

Silvestro haussa les épaules et son visage resta de marbre. Les autres reconnurent qu'il était tout à son honneur de ne pas parler, de ne pas trahir la confiance qu'on lui avait faite. Mais le fait de refuser de répondre était une manière de leur faire savoir que le coiffeur avait effectivement des contacts avec le *Maresciallo.* Mais Guiliano voulait en être certain.

– Le moment est venu de prouver votre fidélité à notre cause, dit-il en souriant à l'ancien caporal. Nous irons ensemble à Montelepre et c'est vous qui exécuterez le coiffeur sur la place du village.

Aspanu Pisciotta s'émerveilla de l'habileté de son ami. Guiliano l'avait toujours étonné. Il était à la fois capable de se conduire avec noblesse et de tendre un piège digne de Iago. Tout le monde reconnaissait maintenant la sincérité et l'honnêteté du caporal et appréciait son sens de la justice. Il ne consentirait à aucun prix à exécuter le coiffeur s'il n'était certain de sa culpabilité. Pisciotta vit que Guiliano avait un petit sourire aux lèvres... Si le caporal refusait, le coiffeur serait jugé innocent et épargné.

Mais le caporal tritura sa moustache en bataille et les regarda l'un après l'autre droit dans les yeux.

– Frisella coupe si mal les cheveux qu'il mérite la mort rien que pour cela. Je serai prêt demain matin.

Le lendemain à l'aube, Guiliano, Pisciotta et Silvestro prirent la route de Montelepre. Une heure plus tôt, Passatempo était parti avec une dizaine d'hommes pour interdire l'accès de toutes les rues donnant sur la grand-place du village. Terranova qui avait la garde du camp était prêt à descendre à la tête du reste des troupes si les autres avaient des ennuis.

Il était encore tôt quand Guiliano et Pisciotta arrivèrent sur la place. Les rues pavées et les étroites ruelles avaient été nettoyées à grande eau et les enfants jouaient autour de la plate-forme où l'âne et la mule s'étaient accouplés en ce jour funeste et déjà lointain où tout avait commencé. Guiliano demanda à Silvestro de chasser les enfants de la place afin qu'ils ne puissent être témoins de ce qui allait se passer. Silvestro le fit avec une telle ardeur que les gamins s'égaillèrent comme une volée de moineaux.

Quand Guiliano et Pisciotta pénétrèrent, l'arme au poing, dans l'atelier du coiffeur, Frisella était en train de couper les cheveux à un riche propriétaire terrien de la région. Le coiffeur supposa qu'ils venaient pour enlever son client et il arracha le linge qu'il portait autour du cou avec un sourire rusé. Le propriétaire terrien, un vieux paysan qui s'était enrichi pendant la guerre en vendant du bétail à l'armée italienne, se leva avec dignité. Mais Pisciotta lui fit signe de s'écarter.

– Vous n'êtes pas assez riche pour payer ce que nous demandons et nous ne nous donnerons pas la peine de vous enlever.

Tous les sens de Guiliano étaient en alerte et il ne quittait pas des yeux le coiffeur qui tenait encore ses ciseaux à la main.

– Posez cela, dit-il. Vous n'aurez pas de cheveux à couper là où vous allez. Et maintenant, sortez.

Frisella lâcha ses ciseaux et esquissa une grimace de clown en s'efforçant de sourire.

– Turi, dit-il, je n'ai pas un sou, je viens juste d'ouvrir la boutique. Et je suis pauvre, tu le sais.

Pisciotta le prit par la tignasse et le traîna hors de l'atelier, sur la rue pavée où Silvestro attendait. Frisella se laissa tomber à genoux et se mit à hurler.

– Turi! Turi! Je te coupais les cheveux quand tu étais petit, rappelle-toi! Ma femme n'aura plus rien à manger et mon fils est faible d'esprit!

Pisciotta vit la résolution de Guiliano chanceler.

– Vous auriez dû penser à tout cela avant de moucharder, dit-il en décochant un coup de pied au coiffeur.

– Je n'ai jamais rien dit sur Turi, dit Frisella avec des larmes dans la voix. J'ai simplement parlé au *Maresciallo* de voleurs de moutons. Je le jure sur la tête de ma femme et de mon enfant!

Guiliano baissa les yeux vers lui. Il crut que son cœur se fendait et que ce qu'il allait faire le briserait à jamais.

– Vous avez une minute pour recommander votre âme à Dieu, dit-il doucement.

Frisella leva les yeux vers les trois hommes qui l'entouraient et compris qu'il n'avait aucune pitié à attendre d'eux. Il baissa la tête et marmonna une prière. Puis il la releva.

– Ne laisse pas ma femme et mon fils mourir de faim, dit-il en s'adressant à Guiliano.

– Je vous promets qu'ils auront du pain, dit Guiliano avant de se tourner vers Silvestro.

– Tuez-le, dit-il.

Le caporal avait suivi la scène d'un air hébété. Mais il obéit à son chef et appuya sur la détente de son pistolet mitrailleur. Les balles soulevèrent le corps de Frisella et l'envoyèrent rouler sur les pavés mouillés. Le sang assombrit l'eau qui remplissait les interstices du pavage et noircit ceux que l'eau n'avait pas atteints, chassant de minuscules lézards. Il y eut un long silence sur la grand-place. Puis Pisciotta s'agenouilla et épingla une feuille de papier sur la poitrine du cadavre.

Quand le *Maresciallo* arriva, ce fut le seul indice qu'il put recueillir. Les autres commerçants prétendaient n'avoir rien vu. Ils travaillaient à l'arrière de leur boutique ou contemplaient les merveilleux nuages qui couronnaient le Monte d'Ora. Le client de Frisella déclara qu'il se rinçait le visage dans la cuvette quand il avait entendu les coups de feu et qu'il n'avait pas vu les assassins. Mais malgré cela, l'identité du coupable ne faisait aucun doute. Sur la feuille de papier épinglée sur le corps de Frisella était inscrit : AINSI MEURENT CEUX QUI TRAHISSENT GUILIANO.

12.

La guerre était terminée, mais celle de Guiliano ne faisait que commencer. En l'espace de deux ans, Salvatore Guiliano était devenu le Sicilien le plus célèbre. Il établit sa domination dans l'angle nord-ouest de l'île. La ville de Montelepre se trouvait au cœur de son empire et il contrôlait les agglomérations de Piani dei Greci, Borgetto et Partinico. Et la ville sanglante de Corleone dont la férocité des habitants était proverbiale même en Sicile. Son influence s'arrêtait à la lisière de Trapani et menaçait Monreale et même Palerme, la capitale de la Sicile. Quand le nouveau gouvernement démocrate-chrétien de Rome mit sa tête à prix dix millions de lires, Guiliano fit comme si de rien n'était et continua à se promener avec confiance dans ces villes; il allait jusqu'à se payer de temps à autre le luxe de dîner au restaurant à Palerme. A la fin du repas, il laissait toujours un papier sous son assiette : « Pour montrer que Salvatore Guiliano peut aller partout où il le désire. »

Les vastes galeries souterraines des monts Cammarata constituaient une forteresse inexpugnable. Guiliano en connaissait toutes les cavernes et les passages secrets et s'y sentait invincible. Il adorait contempler des hauteurs la ville de Montelepre et la plaine de Partinico qui s'étirait vers Trapani et la Méditerranée. Quand, au crépuscule, le paysage prenait des teintes bleues, reflet de la mer dans le lointain, il admirait les temples grecs en ruine, les orangeraies, les oliveraies et les champs féconds de la Sicile occidentale. Il parvenait même à distinguer à la jumelle l'intérieur des mariettes disposées en bordure de route et les saints poussiéreux qui les occupaient.

A partir de son aire il lançait des coups de main avec ses hommes, attaquant les convois gouvernementaux, arrêtant les trains et dévalisant les femmes fortunées. Les paysans se déplaçant en charrette multicolore pour se rendre à des fêtes religieuses le saluèrent, lui et ses hommes, avec crainte d'abord, puis avec respect et affection. Il n'y en avait pas un seul, berger ou travailleur agricole, qui n'eût bénéficié de ses largesses.

La contrée tout entière espionnait pour lui. Et le soir, quand les enfants faisaient leurs prières avant de se coucher, ils suppliaient la sainte Vierge de « protéger Guiliano des carabiniers ».

Guiliano et ses hommes trouvaient de quoi se nourrir dans la campagne avec ses oliveraies, ses orangeraies, ses vignobles et les troupeaux de moutons dont les bergers détournaient la tête quand les bandits venaient prélever quelques agneaux. Dans ce pays Guiliano se déplaçait comme un fantôme, insaisissable dans la lumière bleutée et vaporeuse due à la réflexion dans le ciel sicilien de l'azur de la Méditerranée.

Les mois d'hiver étaient longs et froids en montagne. La nuit, les feux de camp piquetaient les versants et les vallées des monts Cammarata. A la lueur du feu, les bandits nettoyaient leurs fusils, ravaudaient leurs vêtements et faisaient la lessive dans les torrents proches. La préparation du dîner pris en commun était parfois une source de disputes. Chaque village avait une recette différente pour les calmars et les anguilles et des désaccords naissaient à propos des herbes aromatiques qui ne devaient pas entrer dans la composition de la sauce tomate. Et fallait-il faire griller les saucisses ? Les champions du couteau avaient un faible pour la lessive, les kidnappeurs préféraient la cuisine et la couture, les pilleurs de banque et de train se contentaient de nettoyer leurs armes.

Guiliano leur fit creuser des tranchées et établir des postes d'écoute éloignés afin de ne pas être attaqués par surprise par les forces de police. Lors de leurs travaux de terrassement, ils mirent au jour le squelette d'un gigantesque animal, beaucoup plus grand que tout ce qu'ils avaient pu imaginer jusqu'alors. Adonis apportait ce jour-là des livres à Guiliano dont la curiosité n'avait plus de limites. Il dévorait des ouvrages scientifiques, politiques, des livres de médecine, de philosophie et des précis de technique militaire. Hector Adonis lui en apportait des sacs entiers à chacune de ses visites. Guiliano emmena son parrain à l'endroit où le squelette avait été déterré et la mine perplexe des bandits fit sourire Adonis.

– Celui qui ne connaît pas l'histoire de l'humanité des deux derniers millénaires se condamne à vivre dans les ténèbres, dit-il d'une voix mélodieuse et professorale.

Puis il marqua un temps d'arrêt avant de donner l'explication.

– C'est le squelette d'une machine de guerre utilisée par Hannibal qui a traversé ces montagnes il y a deux mille ans pour aller détruire la Rome impériale. C'est le squelette d'un de ses éléphants de guerre entraînés au combat et qui n'existaient pas à l'époque sur notre continent. Ces animaux ont dû terrifier les légions romaines, mais ils n'ont servi à rien à Hannibal : Rome l'a vaincu et a fini par raser Carthage. Ces montagnes sont remplies de fantômes et vous avez découvert l'un d'eux. Songe, Turi, qu'un jour tu feras partie de ces fantômes.

Guiliano passa toute la nuit à réfléchir. L'idée de devenir un fantôme de l'histoire lui plaisait et, s'il devait être tué, il espérait que ce serait dans la montagne. Il s'imagina mortellement blessé et rampant dans une des cavernes où son corps serait découvert par hasard, beaucoup plus tard, comme cela avait été le cas de l'éléphant d'Hannibal.

Au cours de l'hiver, ils changèrent plusieurs fois l'emplacement du camp et pendant des semaines d'affilée, la bande se dispersait et les hors-la-loi allaient dormir chez des parents, des bergers qui soutenaient leur cause ou dans les vastes greniers vides appartenant à la noblesse. Guiliano passa la majeure partie de la mauvaise saison à étudier ses livres, à élaborer des projets et à de longues discussions avec Hector Adonis.

Au début du printemps, il descendit à Trapani avec Pisciotta. Chemin faisant, ils croisèrent une charrette dont les ridelles fraîchement peintes arboraient les personnages d'une nouvelle légende. Ils virent pour la première fois des peintures représentant la légende de Salvatore Guiliano. C'était une scène dans les tons rouge criard dans laquelle il arrachait l'émeraude du doigt de la duchesse tout en s'inclinant devant elle. A l'arrière-plan, Pisciotta tenait en respect un groupe d'hommes armés et tremblants avec un pistolet mitrailleur.

C'est aussi à cette occasion qu'ils portèrent pour la première fois les boucles de ceinture portant un aigle et un lion rampant gravés sur une plaque d'or rectangulaire. Les boucles avaient été réalisées par Silvestro qui était devenu leur armurier. Il les avait offertes à Guiliano et Pisciotta et elles allaient être l'emblème de leur autorité sur la bande. Guiliano ne se séparait jamais de la sienne, mais Pisciotta ne la portait que lorsqu'il était en compagnie de son ami. Car il lui arrivait souvent de se travestir pour circuler dans les villes et les villages de la région, y compris à Palerme.

Le soir, au camp, après avoir enlevé sa ceinture, Guiliano admirait la boucle rectangulaire. Elle représentait d'un côté un aigle ressemblant à un homme couvert de plumes, et de l'autre un lion dressé dont les pattes, comme les bras ailés de l'aigle, soutenaient une sphère en filigrane. On eût dit qu'ils faisaient tourner à eux deux un globe terrestre. Le lion en particulier le fascinait, avec son corps humain sous la tête léonine. Le roi des airs, le roi des animaux gravés dans la plaque d'or aux tons chauds. Guiliano l'aigle, Pisciotta le lion et la sphère la Sicile.

*

Depuis des siècles, l'enlèvement des riches était une spécialité sicilienne. Les kidnappeurs étaient en général les plus redoutables des mafiosi à qui il suffisait d'envoyer une lettre avant l'enlèvement. Une missive polie demandant le versement de la rançon avant le rapt afin d'éviter tous désagréments. De même qu'un grossiste consent une remise pour un achat au comptant, le montant de la rançon était considérablement réduit puisque toutes les opérations fâcheuses de l'enlèvement proprement dit n'avaient plus lieu d'être. Car, en vérité, l'enlèvement d'une personnalité n'était pas aussi facile qu'on le croyait. Ce n'était pas un travail pour amateurs cupides ou pour bons à rien écervelés refusant de se donner de la peine. Il ne s'agissait pas non plus d'une activité insensée et suicidaire, telle qu'elle était pratiquée aux États-Unis où elle était très mal considérée. En Sicile on n'enlevait les enfants que lorsqu'ils accompagnaient un adulte. On pouvait dire ce qu'on voulait des Siciliens : qu'ils étaient des criminels-nés, qu'ils commettaient un meurtre aussi facilement qu'une femme cueille des fleurs, qu'ils étaient aussi fourbes que les Turcs ou qu'ils avaient socialement trois siècles de retard, nul ne pouvait contester qu'ils adoraient, ou plutôt qu'ils idolâtraient les enfants. C'est pourquoi on n'enlevait pas les enfants en Sicile.

On « invitait » quelqu'un de riche qui n'était pas relâché avant d'avoir payé sa pension, comme dans un grand hôtel.

Au fil des siècles, un certain nombre de principes avaient régi cette coupable industrie. Le montant de la rançon était toujours négociable par l'entremise d'intermédiaires tels que la mafia. Aucune violence n'était exercée contre l' « invité », s'il se montrait coopératif et il était toujours traité avec le plus grand respect. On lui donnait toujours son titre de prince, de duc, de Don ou même d'archevêque, si un bandit s'avisait de compromettre le salut de son âme en enlevant un membre du clergé. On continuait ainsi à faire précéder d'honorable le nom d'un député enlevé, bien qu'il fût de notoriété publique qu'ils étaient tous des voleurs et des scélérats.

C'était par prudence que l'on agissait de cette manière, car l'expérience montrait que c'était une politique payante. Quand le prisonnier était relâché, il n'avait aucun désir de vengeance si sa dignité avait été préservée. On citait, à l'appui, l'exemple classique d'un grand duc qui, après avoir été remis en liberté et avoir conduit les carabiniers à l'endroit où il avait été détenu, avait pris à sa charge les frais des avocats de la défense. Les ravisseurs avaient quand même été condamnés, mais le duc avait intercédé en leur faveur pour réduire de moitié la durée de leur incarcération. Tout cela parce qu'il avait été traité avec une politesse et un tact tellement exquis qu'il avait déclaré ne jamais avoir rencontré de si belles manières, même dans la meilleure société de Palerme.

A l'inverse, un prisonnier ayant subi des mauvais traitements dépensait une fortune dès sa libération pour retrouver ses ravisseurs et allait parfois jusqu'à offrir une récompense supérieure à la rançon qu'il avait payée. Mais en général, quand les deux parties se conduisaient d'une manière civilisée, on débattait le montant de la rançon et la victime était relâchée. Les riches Siciliens en étaient venus à considérer cette pratique comme une sorte de taxe non officielle dont il leur fallait s'acquitter pour vivre dans le pays qu'ils aimaient et comme ils n'étaient guère imposés par le gouvernement, ils portaient cette croix avec une résignation toute chrétienne.

En cas de refus irréductible ou de marchandages prolongés, on exerçait une légère coercition. On coupait une oreille ou on tranchait un doigt. C'était en général suffisant pour ramener les récalcitrants à la raison. Mais il restait quelques cas déplorables et extrêmement rares où on était obligé de rendre le corps, mutilé selon les rites et criblé de balles ou bien, mais cela n'avait plus cours, lacéré de coups de poignard qui formaient le signe de la croix.

Mais « recevoir un invité » était une entreprise de longue haleine. Il fallait surveiller la victime pendant un certain temps pour pouvoir l'enlever sans violences. Et il fallait au préalable préparer cinq ou six cachettes pour les provisions et les gardes, car il était entendu que l'on ferait tirer en longueur les négociations et que les autorités se lanceraient à la recherche de la victime. C'était une affaire compliquée dont les amateurs étaient exclus.

Quand Guiliano prit la décision de se lancer dans le kidnapping, il était résolu à ne s'intéresser qu'aux plus fortunés. Sa première victime fut le plus riche et le plus puissant noble de l'île, le prince Ollorto, qui non seulement possédait de vastes domaines en Sicile mais était à la tête d'un véritable empire au Brésil. Il était propriétaire de la plupart des fermes et des maisons de Montelepre et politiquement il était l'homme le plus puissant de l'île, même s'il restait dans la coulisse. Le ministre de la Justice était un ami personnel et très proche du prince et l'ancien roi d'Italie avait tenu son fils sur les fonts baptismaux. C'était Don Croce en personne qui surveillait toutes ses propriétés en Sicile. Il allait sans dire que la somme astronomique versée à Don Croce comprenait l'assurance de protéger la personne du prince Ollorto d'éventuels ravisseurs ou assassins et ses bijoux et son bétail des voleurs.

*

A l'abri des murs de son château protégé par les hommes de main de Don Croce, les portiers et sa garde personnelle, le prince Ollorto se disposait à passer une agréable et paisible soirée à observer les étoiles à l'aide du télescope géant auquel il tenait comme à la prunelle de ses yeux. Il entendit soudain un bruit de pas pesants dans l'escalier en colimaçon qui menait à son observatoire. La porte céda sous une violente poussée et quatre hommes aux vêtements grossiers pénétrèrent, l'arme au poing, dans la petite pièce. Le prince couvrit du bras son télescope d'un geste protecteur et se retourna pour leur faire face. Quand il vit la tête de fouine de Terranova, il crut sa dernière heure venue. Mais le bandit s'adressa à lui d'un ton courtois.

– Monseigneur, dit Terranova, j'ai reçu l'ordre de vous emmener dans la montagne passer quelque temps chez Salvatore Guiliano. Vous aurez à payer le prix de la pension de votre séjour, comme le veut la coutume, mais nous prendrons soin de vous comme d'un nouveau-né.

Le prince s'inclina en essayant de dissimuler sa peur.

– Puis-je emporter des médicaments et quelques vêtements? demanda-t-il d'un ton grave.

– Nous les ferons prendre, répondit Terranova. Le temps presse. Les carabiniers arriveront d'ici peu et ils ne sont pas invités à notre petite réunion. Ayez l'obligeance de me précéder pour descendre l'escalier et ne tentez pas de vous enfuir. Nous avons des hommes partout et tout prince que vous êtes, nos balles sauront vous rattraper.

Une Alfa Romeo et une jeep attendaient devant une petite porte percée dans le mur d'enceinte. Le prince Ollorto fut poussé dans l'Alfa Romeo où Terranova le rejoignit et les autres bondirent dans la jeep. Les deux véhicules s'élancèrent à toute allure sur la route de montagne et quand ils furent à une demi-heure de Palerme et à proximité de Montelepre, ils s'arrêtèrent et tout le monde descendit. Au bord de la route s'élevait une mariette contenant une statuette de la Madone devant laquelle Terranova esquissa une génuflexion et fit le signe de croix. Le prince, qui était croyant, se retint de faire de même, de crainte qu'on ne prenne cela pour un signe de faiblesse ou une prière pour que ses ravisseurs ne lui fassent pas de mal. Les cinq hommes prirent une formation en étoile dont le prince occupait le centre. Puis ils commencèrent à descendre une pente abrupte donnant sur un sentier étroit qui s'enfonçait dans les étendues sauvages des monts Cammarata.

Ils marchèrent pendant plusieurs heures et le prince dut demander à faire halte à plusieurs reprises, ce que les hommes qui l'accompagnaient lui accordèrent courtoisement. Ils s'arrêtèrent pour dîner sous un énorme bloc de granit. Du pain bis, un gros morceau de fromage et une bouteille de vin que Terranova répartit équitablement entre ses hommes et le prince auquel il présenta des excuses.

– Je regrette de n'avoir rien de mieux à vous offrir, dit-il, mais quand nous arriverons au camp, Guiliano vous fera préparer un repas chaud, peut-être un bon civet de lapin. Nous avons un cuisinier qui a travaillé dans plusieurs restaurants à Palerme.

Le prince le remercia poliment et mangea de bon appétit. De meilleur appétit, en réalité, que lors des grands dîners auxquels il était accoutumé. L'exercice lui avait donné une faim de loup, telle qu'il n'en avait pas connu depuis de longues années. Il sortit un paquet de cigarettes anglaises de sa poche et le fit passer à la ronde. Terranova et ses hommes en prirent chacun une avec plaisir et la fumèrent avidement. Le prince constata qu'ils ne s'appropriaient pas les cigarettes, ce qui lui donna le courage de présenter une requête.

– J'ai des médicaments à prendre, dit-il. Je suis diabétique et il me faut de l'insuline tous les jours.

L'inquiétude que manifesta Terranova l'étonna.

– Mais pourquoi ne l'avez-vous pas dit? fit-il. Nous aurions pu attendre une minute. En tout cas, ne vous inquiétez pas. Guiliano l'enverra chercher et vous l'aurez demain matin. Vous avez ma parole.

– Merci, dit le prince.

Le corps svelte de lévrier de Terranova semblait toujours ramassé sous l'effet d'une attention courtoise et intense et son visage mince et allongé était toujours souriant et réceptif. Mais il évoquait un rasoir, instrument utile mais susceptible de se transformer en une arme mortelle.

Ils reprirent la route, Terranova à la pointe de la formation en étoile. Le bandit ralentit à plusieurs reprises pour discuter avec le prince et l'assurer qu'il ne lui arriverait aucun mal.

Après une longue ascension, ils atteignirent le sommet plat d'une montagne. Trois feux étaient allumés et des tables de pique-nique ainsi que des sièges de bambou étaient installés au bord de l'escarpement. Assis à une table, Guiliano lisait un livre à la lumière d'une lampe à accumulateur de l'armée américaine. Un sac de toile rempli d'autres livres était posé à ses pieds. Le sac était couvert de geckos et un bourdonnement grave et continu provoqué par des myriades d'insectes emplissait l'air des sommets. Mais cela ne semblait pas déranger Guiliano.

Salvatore Guiliano se leva et accueillit son hôte avec une grande courtoisie et sans y mettre la distance qui séparait le ravisseur de son prisonnier. Mais un curieux sourire flottait sur son visage, car il songeait au chemin qu'il avait parcouru. Deux ans auparavant, il n'était qu'un pauvre paysan et maintenant, il tenait à sa merci l'homme dont le sang était le plus noble et la bourse la mieux garnie de Sicile.

– Avez-vous mangé? demanda Guiliano. Avez-vous besoin de quoi que ce soit pour rendre votre séjour parmi nous plus agréable? Nous allons passer quelque temps ensemble.

Le prince reconnut qu'il avait faim et expliqua qu'il avait absolument besoin d'insuline et d'autres remèdes. Guiliano appela par-dessus le bord de l'escarpement et bientôt un de ses hommes apparut sur le sentier, apportant un ragoût chaud. Puis il demanda au prince une liste détaillée de tous les médicaments dont il avait besoin.

– Nous avons un ami pharmacien à Monreale qui nous ouvrira son officine à toute heure du jour ou de la nuit, dit Guiliano. Vous aurez demain midi tout ce que vous avez demandé.

Quand le prince eut fini de manger, Guiliano descendit avec lui jusqu'à une petite caverne dans laquelle se trouvait un châlit surmonté d'un matelas. Deux des bandits qui les suivirent portaient des couvertures et le prince constata avec stupéfaction qu'ils avaient même des draps et un gros oreiller bosselé. L'étonnement d'Ollorto n'échappa pas à Guiliano.

– Vous êtes notre hôte, dit-il, et je ferai tout ce qui est en mon pouvoir pour que votre séjour ici soit aussi agréable que possible. Si jamais un de mes hommes vous manquait de respect, n'hésitez pas à me le faire savoir. Ils ont reçu des instructions formelles pour vous traiter avec tous les égards dus à votre rang et à votre réputation de patriote sicilien. Et maintenant dormez bien; vous aurez besoin de toutes vos forces demain, car une longue marche nous attend. Une demande de rançon a été envoyée et les carabiniers entreprendront des recherches avec des forces considérables. Il faut donc que demain nous soyons loin d'ici.

Le prince le remercia pour sa courtoisie avant de lui demander à combien se montait la rançon.

Guiliano éclata de rire et le prince fut séduit par ce rire juvénile sur un visage d'une beauté encore proche de l'enfance. Mais le charme se dissipa quand il entendit la réponse de Turi.

– Votre gouvernement a mis ma tête à prix dix millions de lires. Ce serait une insulte à votre rang si la rançon demandée n'était pas dix fois plus importante.

Le prince fut estomaqué.

– J'espère, dit-il d'un ton ironique, que ma famille a de moi une aussi haute opinion que vous.

– Nous pouvons négocier, dit Guiliano.

Quand il se fut retiré, les deux hors-la-loi préparèrent le lit et allèrent s'asseoir devant l'entrée de la caverne. Malgré le vrombissement incessant des insectes, le prince dormit plus profondément qu'il ne l'avait fait depuis de longues années.

*

Guiliano s'était affairé pendant toute la nuit. Il avait envoyé des hommes chercher les médicaments à Montelepre; il avait menti au prince en parlant de Monreale. Puis il dépêcha Terranova auprès de l'abbé Manfredi au monastère. Il voulait que ce soit l'abbé qui se charge des négociations sur la rançon tout en sachant fort bien que le Supérieur serait obligé de passer par l'entremise de Don Croce. Mais l'abbé Manfredi serait un tampon idéal et le Don empocherait sa commission.

Les négociations seraient longues et il était entendu que la somme de cent millions de lires ne serait pas versée intégralement. Le prince Ollorto était très fortuné, mais la tradition voulait que le premier chiffre ne soit pas le véritable montant de la rançon.

La première journée de son enlèvement fut très agréable pour Ollorto. Une marche longue mais pas trop pénible les conduisit à une grande ferme abandonnée au cœur du massif montagneux. Guiliano joua les châtelains, comme un riche gentilhomme campagnard honoré par la visite inopinée de son roi. L'observateur perspicace qu'était Guiliano remarqua que le duc était accablé par l'état de ses vêtements. Il constatait d'un air navré l'usure du costume anglais si soigneusement coupé et qu'il avait payé si cher.

– Pourquoi attachez-vous autant d'importance à ce que vous portez sur votre peau? lui demanda Guiliano sans mépris mais avec une curiosité sincère.

Le prince avait toujours eu le sens de la pédagogie et comme les circonstances leur en laissaient largement le temps, il expliqua longuement à Guiliano comment une tenue correcte, de bonne coupe et taillée dans les plus beaux tissus, pouvait mettre un homme en valeur. Il lui parla des tailleurs londoniens, tellement snobs qu'à côté d'eux les ducs italiens ressemblaient à des communistes, des différentes sortes de tissu, de la dextérité nécessaire à cet art, du temps passé en innombrables essayages.

– Mon cher Guiliano, dit le prince Ollorto, ce n'est pas une question d'argent, bien que sainte Rosalie sache que ce que j'ai payé pour ce costume permettrait à une famille sicilienne de vivre pendant un an et de constituer un trousseau pour leur fille. Mais j'ai besoin d'aller à Londres. J'ai besoin de passer des journées entières chez un tailleur qui me bouscule. C'est une expérience abominable. C'est pourquoi je regrette que ce costume soit abîmé. Je ne pourrai jamais le remplacer.

Guiliano avait écouté le prince avec sympathie.

– Pourquoi est-il si important pour vous et ceux de votre classe de vous habiller de manière si extravagante ou – pardonnez-moi – si correcte? Même ici, au beau milieu des montagnes, vous n'avez pas ôté votre cravate. Et quand nous sommes entrés dans cette maison, j'ai remarqué que vous boutonniez votre veston comme si une duchesse allait vous recevoir.

Le prince Ollorto, qui avait des positions politiques extrêmement réactionnaires et, comme la majorité de la noblesse sicilienne, qui était totalement dépourvu du sens de la justice économique, avait toujours su s'identifier d'une certaine manière aux classes laborieuses. C'étaient, comme lui, des êtres humains et jamais un homme travaillant pour lui, se conduisant correctement et sachant rester à sa place ne s'était trouvé dans le besoin. Les domestiques de son château l'adoraient. Il les traitait comme des membres de sa famille, leur faisait des cadeaux pour leur anniversaire et leur offrait quelque chose pour les vacances. Au cours des repas de famille auxquels nul étranger n'était convié, les domestiques chargés du service participaient à la discussion et donnaient leur avis sur les problèmes de leurs maîtres. Et cette situation n'était pas rare en Italie. Le peuple n'était impitoyablement combattu que lorsqu'il luttait pour ses droits.

Et le prince adoptait la même attitude envers Guiliano. Comme si son ravisseur n'était qu'un domestique désireux de partager son existence, l'existence enviable d'un homme riche et puissant. Il se rendit soudain compte qu'il pouvait tirer parti de sa période de captivité, à tel point que la rançon vaudrait peut-être la peine d'être payée. Mais il savait qu'il lui faudrait se montrer très prudent et déployer tout son charme sans la moindre condescendance. Il lui faudrait être aussi franc, honnête et sincère que possible. Et il ne devait pas essayer de trop profiter de la situation, car Guiliano pouvait passer très vite de la faiblesse à une grande fermeté.

Il répondit donc à la question de Guiliano avec sérieux et sincérité.

– Pourquoi portez-vous cette émeraude et cette boucle dorée? demanda-t-il avec un sourire.

Il attendit une réponse, mais Guiliano se contenta de lui rendre son sourire.

– La femme que j'ai épousée était encore plus riche que moi, poursuivit le prince. J'ai le pouvoir et des responsabilités politiques. J'ai des terres en Sicile et un domaine beaucoup plus vaste au Brésil que je tiens de mon épouse. En Sicile les gens me baisent la main dès que je la sors de ma poche et même à Rome je suis tenu en haute estime. Car dans cette ville c'est l'argent qui est roi. Tous les yeux sont braqués sur moi et je me sens ridicule, car je n'ai rien fait pour mériter tout cela. Mais je dois perpétuer cette situation et conserver l'image de l'homme public que je suis. Même quand j'endosse ce qui passe pour une tenue de chasse rustique, je suis tenu de jouer mon rôle à la perfection. Celui d'un grand homme, d'un homme fortuné allant chasser. Comme j'envie parfois des hommes tels que Don Croce et vous qui détenez le pouvoir dans votre tête et votre cœur, qui l'avez conquis par votre courage et votre habileté. N'est-il pas risible de constater que je fais à peu près la même chose en m'habillant chez le meilleur tailleur de Londres?

Il s'était exprimé si joliment que Guiliano ne put s'empêcher de rire. Cela le divertit tellement qu'ils dînèrent ensemble et discutèrent longuement des misères de la Sicile et des bassesses de Rome.

Le prince savait que Don Croce espérait que Guiliano se rangerait sous sa bannière et il s'efforça de favoriser ses desseins.

– Comment se fait-il, mon cher Guiliano, que Don Croce et vous ne vous unissiez pas pour gouverner la Sicile? Il a la sagesse que confère l'âge et vous avez l'idéalisme de la jeunesse. Il ne fait aucun doute que vous êtes tous deux profondément attachés à votre pays. Pourquoi n'unissez-vous pas vos forces pour faire face aux dangers qui pèsent sur nous tous? Maintenant que la guerre est finie, les choses changent. Les communistes et les socialistes veulent s'attaquer à l'Église et supprimer les liens du sang. Ils osent affirmer que les devoirs à l'égard d'un parti politique sont plus importants que l'amour filial et l'attachement que l'on voue à ses frères et sœurs. Que se passerait-il s'ils gagnaient les élections et commençaient à mettre cette politique en application?

– Jamais ils ne gagneront, répliqua Guiliano. La Sicile ne votera jamais communiste.

– N'en soyez pas si sûr, dit le prince. Souvenez-vous de Silvio Ferra, votre ami d'enfance. De bons garçons comme ce Silvio sont partis à la guerre et en sont revenus contaminés par des idées radicales. Leurs agitateurs promettent que le pain et la terre seront gratuits. Les paysans naïfs sont comme des ânes à qui on tend une carotte. Ils pourraient fort bien voter socialiste.

– Je n'ai aucune sympathie pour la démocratie chrétienne, dit Guiliano, mais je ferai tout pour éviter un gouvernement socialiste.

– Vous êtes le seul avec Don Croce à pouvoir assurer la liberté de la Sicile, dit le prince Ollorto. Vous devez marcher la main dans la main. Don Croce parle toujours de vous comme d'un fils... Il vous est sincèrement attaché. Et il est le seul à pouvoir éviter un affrontement violent entre vous et les Amis des Amis. Il comprend que vous faites ce que vous estimez devoir faire; et moi aussi je le comprends. Mais nous pouvons dès maintenant travailler ensemble à assurer notre avenir. Sinon, nous risquons d'être anéantis.

Guiliano ne put contenir sa colère. Les riches ne manquaient vraiment pas d'effronterie.

– Le montant de votre rançon n'a pas encore été fixé et vous me proposez déjà une alliance, dit-il avec un calme mortel. Vous n'êtes pas sûr d'avoir la vie sauve.

Le prince passa une mauvaise nuit, mais Guiliano ne lui manifesta aucune animosité et les deux semaines qui suivirent lui furent très profitables. Sa santé s'améliora et les exercices quotidiens et le grand air eurent un effet tonique sur son organisme. Sa taille qui s'était empâtée avec l'âge retrouva sa minceur d'antan. Physiquement il ne s'était jamais senti mieux.

Mentalement aussi il se trouvait très stimulé. Il arrivait parfois, lorsqu'ils changeaient l'emplacement du camp, que Guiliano soit absent du groupe qui l'avait sous sa garde. Il lui fallait alors engager la conversation avec des hommes illettrés et totalement incultes mais dont le caractère l'étonnait. La plupart des hors-la-loi étaient courtois par nature, avaient une dignité innée et étaient loin d'être stupides. Ils lui donnaient toujours son titre et s'efforçaient de satisfaire son moindre désir. Jamais il ne s'était senti si proche de ses compatriotes et il éprouva non sans étonnement un regain d'affection pour son île et le peuple de

Sicile. La rançon, finalement fixée à soixante millions de lires en or, fut versée par l'entremise de Don Croce et de l'abbé Manfredi. La veille de sa libération, le prince Ollorto fut invité à un grand dîner réunissant Guiliano, ses lieutenants et vingt des principaux membres de la bande. On avait apporté du champagne de Palerme pour l'occasion et tout le monde porta un toast à la mise en liberté imminente du prince dont la compagnie était unanimement appréciée. C'est au prince que revint l'honneur de porter le dernier toast.

– J'ai été l'hôte des plus nobles familles de Sicile, dit-il, mais jamais je n'ai été aussi bien traité, jamais je n'ai connu un tel sens de l'hospitalité ni des gens aux manières si délicieuses que dans cette montagne. Et jamais je n'ai aussi bien dormi ni mangé.

Il marqua un silence et poursuivit avec un sourire.

– La note est peu salée, mais les bonnes choses n'ont pas de prix.

Cette remarque provoqua l'hilarité générale et Guiliano ne fut pas le dernier à rire. Mais le prince remarqua que Pisciotta n'avait pas même esquissé un sourire.

Tout le monde but à la santé du prince et l'acclama. Ce fut une soirée dont il conserva un souvenir impérissable.

Le lendemain matin, un dimanche, le prince fut déposé devant la cathédrale de Palerme où il entra dire une action de grâces. Il était vêtu exactement comme le jour de son enlèvement. Guiliano, en témoignage de son estime, lui avait fait la surprise de faire nettoyer et remettre en état son costume par le meilleur tailleur de Rome.

13.

Les chefs de la mafia sicilienne demandèrent une réunion avec Don Croce. Le Don était reconnu comme le chef des *capo mafiosi* mais ne les dirigeait pas directement. Ils avaient chacun leur propre empire. La mafia était comparable à ces royaumes médiévaux où les hauts barons s'unissaient pour soutenir les guerres de celui d'entre eux qu'ils reconnaissaient nominalement pour chef. Mais comme les barons de jadis, ils devaient s'assurer les faveurs de leur suzerain et recevaient les dépouilles de la guerre. Don Croce avait barre sur eux non par la force mais grâce à son intelligence, à son charisme et à ce « respect » acquis tout au long d'une vie. Son autorité reposait sur sa capacité à subordonner leurs intérêts contradictoires à l'intérêt général, ce dont tout le monde tirait profit.

Mais il devait faire preuve de prudence. Tous les chefs de la mafia avaient leur armée privée, leurs assassins agissant dans l'ombre, étranglant, empoisonnant ou tuant sans détour avec la redoutable *lupara*. Dans ce domaine, ils étaient aussi bien armés que lui. C'est pourquoi le Don voulait faire de Guiliano son chef de guerre. Ces hommes étaient intelligents aussi et certains particulièrement malins. Ils n'en voulaient pas au Don d'avoir acquis tout ce pouvoir; ils lui faisaient confiance et croyaient en lui. Mais même l'homme le plus intelligent de la création peut se tromper. Et ils étaient persuadés que l'engouement de Don Croce pour Guiliano était le seul raté de son esprit fécond.

Le plus redoutable de ces chefs mafieux était Don Siano qui avait la haute main sur la ville de Bisacquino et était réputé pour son franc-parler. Il avait accepté de s'exprimer au nom des autres et il le fit avec la sèche courtoisie qui était de règle chez les Amis des Amis au niveau le plus élevé.

Don Croce avait commandé un déjeuner fastueux pour les six chefs dans les jardins de l'hôtel Umberto à Palerme où il était assuré du secret et de leur sécurité.

– Mon cher Don Croce, dit Don Siano, vous savez le respect que nous vous portons tous. C'est vous qui nous avez ressuscités, nous et nos familles. Nous vous devons beaucoup. C'est donc uniquement pour votre bien que nous vous disons ce que nous avons sur le cœur. Le bandit Turi Guiliano est devenu trop fort. Nous avons eu trop d'égards pour lui. Ce n'est qu'un gamin et il brave votre autorité et la nôtre. Il vole les bijoux de nos plus illustres clients, il s'approprie les olives, le raisin et le blé de nos plus riches fermiers. Et il vient de faire preuve envers nous d'un intolérable manque de respect en enlevant le prince Ollorto qu'il sait être sous votre protection. Malgré cela, vous continuez à traiter avec lui et à lui tendre une main amicale. Je sais qu'il est puissant, mais ne le sommes-nous pas plus encore? Et si nous le laissons faire, n'en profitera-t-il pas pour accroître sa puissance? Nous sommes tous d'accord pour estimer que le moment est venu de régler ce problème. Il nous faut prendre toutes les mesures nécessaires pour le briser. Si nous fermons les yeux sur l'enlèvement du prince Ollorto, nous serons la risée de toute la Sicile.

Don Croce inclina la tête pour donner son acquiescement à ce discours, mais il ne répondit pas. Guido Quintana, le moins influent des participants, prit la parole à son tour.

– Je suis le maire de Montelepre, dit-il d'une voix plaintive, et toute le monde sait que je fais partie des Amis des Amis. Mais personne ne s'adresse à moi pour rendre un jugement ou obtenir réparation. Guiliano dirige la ville et y tolère ma présence afin de ne pas provoquer un conflit avec vous. Mais je ne gagne pas ma vie, je n'ai aucune autorité et ne suis qu'un homme de paille. Tant que Guiliano sera en vie, les Amis des Amis n'auront pas droit de cité à Montelepre. Je n'ai pas peur de ce gamin. Je l'ai déjà affronté, avant qu'il prenne le maquis. Je ne pense pas que ce soit un homme à craindre. Avec l'accord de ce conseil, je suis prêt à essayer de l'éliminer. J'ai déjà élaboré des plans et je n'attends que votre approbation pour les mettre à exécution.

Don Piddu de Caltanissetta et Don Arzana de Piani dei Greci hochèrent la tête en signe d'acquiescement.

– Où serait la difficulté? demanda Don Piddu. Nous pouvons nous permettre de déposer son corps dans la cathédrale de Palerme et d'assister à ses obsèques comme si c'était un mariage.

Les autres chefs mafieux, Don Marcuzzi de Villamura, Don Bucilla de Partinico et Don Arzana donnèrent leur assentiment, puis ils attendirent.

Don Croce leva sa tête massive et il pointa tour à tour sur les convives son nez en bec d'aigle, comme pour les empaler.

– Mes chers amis, dit-il, je comprends parfaitement ce que vous éprouvez, mais je crois que vous sous-estimez ce jeune homme. Il est très rusé pour son âge et sans doute aussi brave que n'importe lequel d'entre nous. Il ne sera pas facile à tuer. Je crois aussi qu'il pourra être utile dans l'avenir, pas seulement à moi mais à nous tous. Les agitateurs communistes montent la tête des Siciliens et leur font attendre la venue d'un nouveau Garibaldi. Il faut nous assurer qu'ils ne pourront convaincre Guiliano par la flatterie qu'il est leur messie. Je n'ai pas à vous montrer les conséquences qu'aurait pour nous l'arrivée au pouvoir de ces barbares. Nous devons le persuader de lutter à nos côtés. Notre position n'est pas encore assez solide pour que nous puissions nous permettre de nous passer de lui en l'assassinant.

Le Don soupira, avala une bouchée de pain qu'il arrosa d'une gorgée de vin et s'essuya délicatement la bouche avec sa serviette.

– Faites-moi la faveur de me laisser tenter une dernière fois de le convaincre. S'il refuse, vous ferez ce que vous avez à faire. Je vous donnerai une réponse dans les trois jours. Laissez-moi seulement une dernière chance de parvenir à une entente raisonnable.

C'est Don Siano qui, le premier, inclina la tête en signe d'assentiment. Quel homme raisonnable, après tout, n'aurait la patience d'attendre trois jours pour commettre un meurtre?

Après leur départ, Don Croce convoqua Hector Adonis à son domicile de Villaba.

*

Le Don fut péremptoire.

– Je suis à bout de patience avec votre filleul, dit-il au petit professeur. Il faut qu'il choisisse : soit il est avec nous, soit il est contre nous. L'enlèvement du prince Ollorto a été une insulte contre ma personne, mais je suis disposé à pardonner et à oublier. Il est encore jeune et je me souviens qu'à son âge j'avais un tempérament aussi fougueux. Et j'ai toujours dit que je l'admirais pour cela. Et, croyez-moi, j'apprécie ses talents. Mais il faut qu'il apprenne à rester à sa place. J'ai des associés qui ne sont ni aussi admiratifs, ni aussi compréhensifs et je ne pourrai pas les retenir. Allez trouver votre filleul et répétez-lui ce que je viens de vous dire. Et rapportez-moi sa réponse demain au plus tard. Je ne peux attendre plus longtemps.

Hector Adonis prit peur.

– Don Croce, dit-il, je reconnais en vous un homme aux sentiments et aux actes généreux. Mais Turi est têtu et comme tous les jeunes gens, il est trop sûr de son pouvoir. Et il est vrai qu'il n'est pas sans ressources. S'il fait la guerre aux Amis des Amis, je sais qu'il ne pourra l'emporter, mais les dégâts pourraient être terribles. Y a-t-il une récompense que je puisse lui promettre?

– Promettez-lui ceci, dit le Don. Il occupera une place élevée dans notre organisation et pourra compter sur mon dévouement et mon affection. Il ne peut pas passer le reste de ses jours dans la montagne. Le moment viendra où il aura envie de trouver sa place dans la société et de vivre dans la légalité au sein de sa famille. Quand ce jour viendra, je suis le seul homme en Sicile qui puisse lui garantir le pardon de ses crimes. Et je le ferai avec grand plaisir, je vous le dis en toute sincérité.

Quand le Don parlait ainsi, on ne pouvait mettre sa parole en doute, on ne pouvait lui résister.

*

Quand Hector Adonis alla retrouver Guiliano, il était préoccupé et craignait pour son filleul à qui il décida de parler sans détour. Il voulait que Guiliano comprenne que les liens qui les unissaient passaient avant tout, avant même sa fidélité à Don Croce. Quand il arriva, des chaises et des tables pliantes étaient installées au bord de l'escarpement. Turi et Aspanu étaient assis à l'écart.

– Il faut que je te parle seul à seul, dit-il à Guiliano.

– Mon petit monsieur, dit Pisciotta avec fureur, Turi n'a pas de secrets pour moi.

Adonis ne releva pas l'insulte.

– Turi vous répétera ce que je vais lui dire, s'il le souhaite, dit posément le professeur. C'est son affaire. Mais je ne peux rien vous dire, je ne peux pas prendre cette responsabilité.

– Laisse-nous seuls, Aspanu, dit Guiliano en tapotant l'épaule de son ami. Si c'est quelque chose que tu dois savoir, je te le dirai.

Pisciotta se leva brusquement et s'éloigna en foudroyant Adonis du regard.

Hector Adonis garda le silence pendant un long moment avant de commencer à parler.

– Turi, tu es mon filleul et je t'aime depuis le premier jour. Je t'ai appris tout ce que je pouvais, je t'ai donné des livres à lire et je t'ai aidé quand tu es devenu un hors-la-loi. Tu es l'une des rares personnes sur cette terre qui donnent un sens à ma vie. Et pourtant tu laisses ton cousin Aspanu m'insulter sans lui adresser le moindre reproche.

– J'ai plus confiance en toi qu'en quiconque, à l'exception de mon père et de ma mère, dit Guiliano d'une voix triste.

– Et d'Aspanu, dit Hector Adonis d'un ton réprobateur. Mais il est devenu trop assoiffé de sang pour qu'on puisse lui faire confiance.

Guiliano le regarda droit dans les yeux et Adonis ne put qu'admirer l'honnêteté sereine de son visage.

– C'est vrai, dit Guiliano, je reconnais que j'ai plus confiance en Aspanu qu'en toi. Mais je t'ai toujours beaucoup aimé. Tes livres et ton intelligence m'ont ouvert l'esprit. Je sais que tu as aidé financièrement mes parents et tu t'es conduit comme un véritable ami quand j'étais dans une situation difficile. Mais je vois que tu es sous la coupe des Amis des Amis et quelque chose me dit que c'est ce qui t'amène aujourd'hui.

Hector Adonis fut encore une fois émerveillé par l'instinct de son filleul. Il expliqua l'affaire à Turi.

– Il faut que tu arrives à un compromis avec Don Croce, dit-il. Ni le roi de France, ni le roi des Deux-Siciles, ni Garibaldi, ni même Mussolini ne sont jamais parvenus à anéantir les Amis des Amis. Tu ne peux espérer remporter une guerre contre eux. Je te demande instamment de consentir à un compromis. Il te faudra au début fléchir le genou devant Don Croce, mais qui sait ce que l'avenir te réservera? Je te jure sur mon honneur et sur la tête de ta mère, que nous adorons tous les deux, que Don Croce croit à ton génie et a pour toi une affection sincère. Tu seras son héritier, son fils adoptif, mais pour l'instant, tu dois te soumettre à sa loi.

Adonis vit que Turi était très touché par sa déclaration et qu'il l'écoutait avec le plus grand sérieux.

– Pense à ta mère, Turi! dit Adonis avec passion. Tu ne peux pas passer le reste de ton existence dans la montagne et risquer ta vie pour la voir quelques jours par an. Avec l'aide de Don Croce, tu pourras espérer un pardon.

Le jeune homme réfléchit pendant quelques instants, puis il répondit à son parrain d'une voix grave et lente :

– Je voudrais tout d'abord te remercier pour ta franchise, dit-il. La proposition est très tentante. Mais je me suis voué à la libération des pauvres et je ne crois pas que les Amis des Amis partagent mes idées. Ils sont les serviteurs des riches et des politiciens romains qui sont mes ennemis jurés. Alors attendons. Il est vrai qu'en enlevant le prince Ollorto j'ai marché sur leurs plates-bandes, mais jusqu'alors j'ai épargné Quintana que je méprise profondément. Je m'abstiens de le supprimer par respect pour Don Croce. Tu pourras le lui dire. Et tu lui diras aussi que j'attends avec impatience le jour où nous pourrons avoir des relations d'égalité. Où nos intérêts ne se heurteront plus. Quant aux autres mafiosi, qu'ils fassent ce qu'ils veulent, je n'ai pas peur d'eux.

C'est le cœur lourd qu'Hector Adonis rapporta cette réponse à Don Croce qui hocha sa tête léonine comme s'il n'avait rien attendu d'autre.

*

Dans le mois qui suivit, trois tentatives d'assassinat eurent lieu contre Guiliano. C'est à Guido Quintana que revint le privilège de commencer. Son plan était d'une minutie digne des Borgia. Il y avait une route que Guiliano empruntait fréquemment pour descendre de la montagne. Elle était bordée de prairies à l'herbe haute dans lesquelles Quintana fit paître un grand troupeau de moutons. Trois bergers à l'air inoffensif gardaient les moutons; c'étaient de vieux amis de Quintana originaires de Corleone.

Pendant près d'une semaine, chaque fois que les bergers voyaient descendre Guiliano, ils le saluaient respectueusement et demandaient à lui baiser la main comme le voulait la tradition.

Guiliano engagea la conservation avec eux; il employait souvent des bergers dans sa bande pour des actions ponctuelles et il était toujours à la recherche de nouvelles recrues. Il ne se sentait pas en danger, car il ne se déplaçait presque jamais sans garde du corps et était souvent en compagnie de Pisciotta qui valait bien deux hommes à lui seul. Les bergers n'avaient pas d'armes et portaient des vêtements légers sous lesquels ils n'auraient pu en dissimuler.

Mais ils avaient des *luparas* et des cartouchières fixées sous le ventre de quelques moutons qui restaient au milieu du troupeau. Ils attendaient une occasion où Guiliano serait seul ou moins bien protégé. Mais Pisciotta s'était posé des questions sur l'amabilité de ces bergers et l'apparition soudaine du troupeau. Il se renseigna auprès de son réseau d'informateurs. Les bergers furent identifiés : c'étaient des assassins engagés par Quintana.

Pisciotta ne perdit pas de temps. Il choisit dix de ses hommes et alla voir les bergers. Il interrogea les trois hommes pour savoir à qui appartenaient les moutons, depuis combien de temps ils faisaient ce métier, comment s'appelaient leurs parents, leur femme et leurs enfants. Les bergers répondirent avec une apparente sincérité, mais Pisciotta avait la preuve qu'ils mentaient.

Des recherches permirent de découvrir les armes dissimulées dans la toison des moutons. Pisciotta était prêt à exécuter les imposteurs, mais Guiliano s'y opposa. Rien d'irréparable n'avait été commis et le véritable coupable était Quintana.

On obligea les bergers à conduire leur troupeau à Montelepre et, arrivés sur la grand-place, à crier : « Venez réclamer le cadeau de Turi Guiliano! Un mouton par foyer, c'est un bienfait de Turi Guiliano! »

Puis les bergers proposaient de tuer l'animal et de le dépouiller pour tous ceux qui le demandaient.

– N'oubliez pas, leur dit Pisciotta, je veux que vous soyez aussi aimables que les vendeuses les plus serviables de Palerme, comme si vous aviez une commission. Et transmettez mes compliments et mes remerciements à Guido Quintana.

Le plan de Don Siano n'était pas aussi compliqué. Il envoya deux émissaires avec mission de soudoyer Passatempo et Terranova pour qu'ils se retournent contre Guiliano. Mais Don Siano ne pouvait soupçonner la loyauté que Guiliano inspirait à ses hommes, y compris à une brute comme Passatempo. Cette fois encore, Guiliano s'opposa à l'exécution des émissaires, mais c'est Passatempo en personne qui leur infligea la bastonnade avant de les renvoyer.

La troisième tentative fut encore l'œuvre de Quintana et c'est elle qui fit perdre patience à Guiliano.

Un nouveau prêtre arriva à Montelepre, un moine itinérant portant sur son corps différents stigmates. Il dit la messe à l'église un dimanche et exhiba ses marques miraculeuses.

Le père Dodana, tel était son nom, était grand et athlétique et il se déplaçait avec tant de vivacité que sa soutane noire virevoltait au-dessus de ses chaussures de cuir craquelées. Il avait les cheveux blond filasse et un visage hâlé et tout ridé malgré son jeune âge. Au bout d'un mois, il était devenu une figure de Montelepre et le travail ne lui faisait pas peur; il aidait les fermiers à rentrer leurs récoltes, corrigeait dans la rue les garnements et se rendait au chevet des vieilles femmes malades pour les confesser. C'est ainsi qu'un dimanche, tandis qu'il se tenait devant l'église après avoir dit la messe, il arrêta Maria Lombardo qui ne fut pas étonnée de s'entendre demander s'il pouvait faire quelque chose pour son fils.

– Vous devez vous inquiéter pour le salut de son âme, dit le père Dodana. La prochaine fois qu'il viendra vous rendre visite, appelez-moi et je l'entendrai en confession.

Bien que très pieuse, Maria Lombardo n'appréciait pas les prêtres, mais celui-ci l'impressionnait. Elle savait que Turi n'accepterait jamais de se confesser, mais un saint homme disposé à soutenir sa cause lui serait peut-être utile. Elle dit au prêtre qu'elle informerait son fils de sa proposition.

– Je suis même prêt à aller dans la montagne pour l'aider, dit le père Dodana. Dites-le-lui. Mon seul but est de sauver les âmes promises à la damnation. Ce que fait un homme ne regarde que lui.

Une semaine plus tard, Turi Guiliano vint rendre visite à sa mère. Elle l'exhorta à voir le prêtre et à se confesser. Le père Dodana lui donnerait peut-être la communion. Elle aurait l'esprit en repos s'il était absous de ses péchés.

Turi Guiliano se montra très intéressé, ce qui étonna fort sa mère. Il accepta de voir le prêtre et envoya Aspanu Pisciotta à l'église pour le ramener chez les Guiliano. Comme Turi l'avait soupçonné, le père Dodana avait les gestes d'un homme d'action; il était trop vigoureux et trop bien disposé à son égard.

– Mon fils, dit le père Dodana, je vais vous entendre en confession dans l'intimité de votre chambre. Puis je vous donnerai la communion. J'ai tout ce qu'il faut ici.

Il tapota le coffret de bois qu'il tenait sous le bras et poursuivit :

– Votre âme sera aussi pure que celle de madame votre mère et si un malheur devait vous arriver, vous iriez tout droit au paradis.

– Je vais faire du café et préparer quelque chose à manger pour vous deux, dit Maria Lombardo en disparaissant dans la cuisine.

– Vous pouvez me confesser ici, dit Guiliano avec un sourire.

– Votre ami doit quitter la pièce, dit le père Dodana en se tournant vers Pisciotta.

– Mes péchés sont publics, fit Guiliano en riant. Ils sont dévoilés dans tous les journaux. Sinon mon âme est pure, mais je dois pourtant confesser que je suis d'une nature soupçonneuse. C'est pourquoi j'aimerais bien voir ce que contient la boîte que vous avez sous le bras.

– Les saintes hosties, répondit le père Dodana, je vais vous montrer.

Il commença à ouvrir le coffret, mais à ce moment-là Pisciotta appuya un pistolet contre sa nuque. Guiliano saisit le coffret et les regards des deux hommes s'affrontèrent. Guiliano ouvrit le coffret dans lequel un automatique d'un bleu sombre et luisant était posé sur du velours.

Pisciotta vit son ami blêmir et ses prunelles s'agrandir sous le coup d'une fureur rentrée.

Guiliano referma le coffret et plongea les yeux dans ceux du prêtre.

– Je pense que nous devrions aller à l'église et prier ensemble, dit-il. Nous dirons une prière pour vous et une autre pour Quintana. Nous prierons le Seigneur d'extirper le mal du cœur de Quintana et la cupidité du vôtre. Combien vous a-t-il promis?

Le père Dodana n'était pas inquiet. Les autres assassins envoyés contre Guiliano s'en étaient fort bien sortis. Il haussa les épaules, puis eut un sourire.

– La récompense du gouvernement plus cinq millions de lires.

– C'est un bon prix, dit Guiliano. Je ne vous en veux pas d'avoir essayé de gagner cette fortune. Mais vous avez trompé ma mère et cela je ne puis le pardonner. Etes-vous un vrai prêtre?

– Moi? demanda le père Dodana d'un ton méprisant. Jamais

de la vie. Mais je croyais qu'on ne me soupçonnerait pas.

Ils descendirent tous trois la rue, Guiliano portant le coffret de bois et Pisciotta fermant la marche, puis ils entrèrent dans l'église. Guiliano obligea le père Dodana à s'agenouiller devant l'autel, puis il sortit l'automatique du coffret. Le père Dodana était abasourdi.

– Vous avez une minute pour dire vos prières, dit Guiliano.

Il attendit quelques instants, puis pressa la détente.

*

Le lendemain matin, Guido Quintana se leva et descendit prendre son petit déjeuner au café. En ouvrant la porte de la rue, il fut étonné de voir une forme massive occulter la lumière matinale. L'instant d'après, une grande croix de bois grossièrement taillée s'effondra, manquant de peu de l'assommer. Sur la croix était cloué le corps du pseudo-père Dodana.

*

Don Croce médita ces échecs successifs. Quintana avait reçu un avertissement. Il lui faudrait se consacrer à ses tâches municipales, sinon la ville de Montelepre se passerait de lui. Il était évident que Guiliano avait perdu patience et qu'il risquait de lancer une offensive générale contre les Amis des Amis. Don Croce reconnut la sûreté d'un maître dans le châtiment que Guiliano avait réservé au faux prêtre. Il ne pouvait plus se permettre qu'une seule tentative pour l'abattre et elle ne devait pas échouer. Le Don comprit qu'il était enfin obligé de prendre position. Bon gré mal gré, il se résigna à faire appel à son tueur le plus digne de confiance, un certain Stefan Andolini, connu aussi sous le nom de *Fra Diavolo*.

14.

La garnison de Montelepre avait été portée à plus de cent carabiniers et les rares fois où Guiliano s'aventurait en ville pour passer une soirée en famille, il ne cessait de redouter une descente des forces de police.

C'est à l'occasion d'une de ces soirées, tandis qu'il écoutait son père évoquer le bon vieux temps en Amérique, que l'idée lui était venue. Le père de Salvatore buvait du vin et racontait des histoires avec un de ses vieux amis qui lui aussi avait vécu aux États-Unis avant de revenir au pays et les deux hommes se reprochaient mutuellement et d'un ton amical d'avoir fait cette bêtise. L'autre homme, un charpentier nommé Alfio Dorio, rappelait au père de Guiliano leurs premières années aux États-Unis, avant qu'ils entrent au service de Don Corleone, le parrain. On les avait engagés pour participer à la construction d'un énorme tunnel passant sous un fleuve et aboutissant dans le New Jersey ou à Long Island, ils étaient en désaccord là-dessus. Ils se racontaient l'impression terrifiante qu'ils avaient en travaillant sous le fleuve et la crainte qui les tenaillait en songeant que les caissons pouvaient céder et qu'ils périraient noyés comme des rats. C'est à ce moment-là que l'idée vint soudain à Guiliano. Avec l'aide de quelques amis de confiance, les deux hommes pouvaient creuser un tunnel de la maison de ses parents au pied de la montagne sur une longueur d'à peine cent mètres. La sortie pourrait être dissimulée par les énormes blocs de granit et l'autre ouverture pourrait donner dans un placard ou sous le poêle de la cuisine. Si c'était réalisable, Guiliano pourrait aller et venir à son gré.

Les deux hommes lui dirent que c'était impossible, mais sa

mère fut folle de joie à l'idée qu'il pourrait venir en catimini et passer les glaciales nuits d'hiver dans son lit. Alfio Dorio affirma qu'étant donné la nécessité de garder le secret, le nombre limité d'hommes à qui l'on pouvait se fier et l'obligation de ne travailler que de nuit, il faudrait trop longtemps pour achever le tunnel. Et d'autres problèmes se poseraient. Comment se débarrasser des déblais sans se faire remarquer? Et à cet endroit le sol était caillouteux. Que faire s'ils tombaient sur un filon de granit? Et si l'existence du tunnel était révélée par un des hommes l'ayant creusé? Mais l'objection répétée des deux hommes était qu'il faudrait au moins un an pour mener cette tâche à bien. Et Guiliano comprit qu'ils rabâchaient cela parce qu'au fond d'eux-mêmes ils ne croyaient pas qu'il survivrait si longtemps. Et sa mère comprit la même chose.

– Mon fils vous demande de faire quelque chose qui peut l'aider à rester en vie, dit-elle. Si vous êtes trop paresseux pour le faire, moi je m'en charge. Nous pouvons au moins essayer. Qu'avons-nous à perdre d'autre que notre énergie? Et que pourront dire les autorités si elles découvrent le tunnel? Nous avons parfaitement le droit de creuser sur notre terre. Nous dirons que nous creusons un cellier pour les légumes et le vin. Réfléchissez, ce tunnel peut sauver un jour la vie de Turi. Cela ne vaut-il pas un peu de sueur?

Hector Adonis qui était présent ce soir-là dit qu'il se procurerait des ouvrages sur les excavations et le matériel nécessaire. Il émit aussi une autre proposition qui réjouit tout le monde : pourquoi ne pas creuser un petit tunnel annexe donnant dans une autre maison de la Via Bella, une sortie de secours pour le cas où la sortie principale serait inutilisable ou surveillée par la police? Ce tunnel annexe serait creusé le premier et uniquement par les deux hommes et Maria Lombardo. Personne d'autre ne serait au courant et les travaux ne prendraient pas longtemps.

Ils eurent une longue discussion pour savoir quelle maison était la plus sûre. Le père de Guiliano proposa celle des parents d'Aspanu Pisciotta, mais Guiliano s'y opposa immédiatement. La maison était trop suspecte et serait étroitement surveillée. Et il y avait trop de monde qui y vivait, trop de gens qui seraient au courant. De plus, Aspanu n'était pas en bons termes avec sa famille. Son père était mort et il n'avait jamais pardonné à sa mère de s'être remariée.

Hector Adonis proposa sa propre maison, mais elle était trop éloignée et Guiliano ne voulait pas mettre son parrain en danger. Car si le tunnel était découvert, le propriétaire de la maison serait certainement arrêté. On envisagea le domicile d'autres parents et amis, mais aucun ne présentait assez de garanties.

– Je connais quelqu'un, dit enfin Maria Lombardo. Une femme qui habite seule, à quatre maisons d'ici. Son mari a été tué par les carabiniers qu'elle hait. C'est ma meilleure amie et elle a un faible pour Turi qu'elle connaît depuis toujours et qu'elle a vu devenir un homme. Ne lui a-t-elle pas envoyé de la nourriture tout l'hiver? C'est une amie sincère et ma confiance en elle est totale.

Elle marqua un temps et ajouta :

– La Venera.

Depuis le début de la discussion, tout le monde attendait qu'elle prononce ce nom. Pour tout le monde La Venera était le seul choix logique, mais ils étaient des Siciliens du sexe masculin et il ne leur appartenait pas de faire cette suggestion. Si La Venera acceptait et que l'histoire soit connue, c'en serait fait à jamais de sa réputation. Elle était veuve et encore jeune. Elle admettrait un homme dans l'intimité de son foyer et il ne faisait aucun doute qu'elle y perdrait sa vertu. Dans cette région de Sicile, plus un homme ne pourrait épouser ni même respecter une femme ayant eu cette conduite. Certes, La Venera avait au moins quinze ans de plus que Guiliano mais elle n'avait pas encore atteint la quarantaine. Elle n'était pas vraiment belle, mais son visage était encore attirant et elle avait l'œil pétillant. Quoi qu'il en soit, c'était une femme et lui un homme et ils seraient seuls ensemble. Il ne faisait donc aucun doute qu'ils deviendraient amants, car pas un Sicilien ne croyait qu'un homme et une femme, placés dans ces conditions et quelle que fût la différence d'âge, pourraient se dominer. Ce tunnel qui sauverait peut-être un jour la vie de Turi Guiliano ferait aussi de La Venera une femme perdue de réputation.

Tout le monde était préoccupé par la chasteté de Guiliano, à l'exception de Turi lui-même. Ce n'était pas naturel pour un mâle sicilien. Il était presque pudibond. Ses hommes allaient voir les filles à Palerme et les aventures de Pisciotta défrayaient la chronique. Ses lieutenants, Terranova et Passatempo, avaient pris pour maîtresses des veuves dans le besoin qu'ils aidaient financièrement. Passatempo avait même la réputation d'employer des méthodes s'apparentant plus à celles d'un violeur que d'un soupirant, mais il était plus prudent depuis qu'il était sous les ordres de Guiliano, car ce dernier avait menacé d'exécution ceux de ses hommes qui commettraient un viol.

Pour toutes ces raisons, ils étaient obligés d'attendre que la mère de Guiliano propose le nom de son amie, mais ils furent un peu étonnés quand le moment arriva, car Maria Lombardo était une personne pieuse et vieux jeu qui n'hésitait pas à traiter de débauchées les jeunes villageoises qui osaient se promener sans chaperon sur la grand-place. Mais Maria Lombardo savait quelque chose qu'ils ignoraient. La Venera, à la suite d'un accouchement difficile et faute de soins appropriés, ne pouvait plus donner le jour à un enfant. Ils ne pouvaient savoir que Maria Lombardo avait décidé que La Venera était la mieux à même de soulager son fils sans lui faire courir de risques. Turi était un hors-la-loi dont la tête était mise à prix et qui pouvait facilement être trahi par une femme. Il était jeune, et avait besoin d'une femme. On ne pouvait espérer trouver mieux que celle-ci, plus âgée que lui, incapable d'enfanter et qui ne pouvait prétendre demander le mariage. Qui, de toute façon, refuserait d'épouser un hors-la-loi, ayant déjà connu l'infortune de voir son mari tué sous ses yeux. C'était une situation idéale. Seule la réputation de La Venera en pâtirait ; c'est pourquoi il lui incombait de prendre elle-même la décision. Si elle acceptait, elle en assumerait les conséquences.

Quand Maria Lombardo posa la question quelques jours plus tard, elle fut étonnée de la joie avec laquelle La Venera accéda à sa requête. Cela confirma ce qu'elle soupçonnait : son amie avait un faible pour Turi. Tant mieux, songea Maria Lombardo en étreignant La Venera avec des larmes de reconnaissance.

Le tunnel annexe fut achevé en quatre mois, mais les travaux du tunnel principal prendraient encore un an. De temps à autre, Guiliano pénétrait en ville à la faveur de la nuit pour voir sa famille et il dormait au chaud dans son lit après le dîner préparé par sa mère qui mettait toujours les petits plats dans les grands. Mais ce n'est que peu avant le début du printemps qu'il fut obligé d'utiliser le tunnel annexe. Une forte patrouille de carabiniers armés jusqu'aux dents descendit la Via Bella et passa devant la maison. Les quatre gardes du corps de Guiliano cachés dans les maisons voisines étaient prêts à engager le combat, mais les carabiniers passèrent leur chemin. Craignant qu'ils décident au retour de faire une descente chez ses parents, Guiliano passa par la trappe donnant dans leur chambre et s'engagea dans le tunnel.

L'entrée du tunnel annexe était masquée par un panneau de bois recouvert de trente centimètres de terre, de sorte que ceux qui travaillaient dans le tunnel principal ignoraient son existence. Guiliano dut gratter la terre et enlever le disque de bois et il lui fallut encore une quinzaine de minutes pour suivre en rampant l'étroit boyau qui arrivait sous la maison de La Venera. La trappe de sortie donnait dans la cuisine et se trouvait sous un gros poêle de fonte. Guiliano tapa sur la trappe en faisant le signal convenu et attendit. Il fit de nouveau le signal. Il ne craignait pas de recevoir une balle, mais cette obscurité lui faisait peur. Il entendit enfin du bruit au-dessus de lui et la trappe s'ouvrit. Elle ne pouvait remonter entièrement à cause du poêle et Guiliano se faufila à travers l'ouverture avant de se retrouver allongé sur le ventre dans la cuisine de La Venera.

C'était la nuit, mais La Venera était encore vêtue de la robe noire si peu seyante qu'elle ne quittait pas depuis qu'elle portait le deuil de son mari mort trois ans auparavant. Elle était pieds nus et ne portait pas de bas. En se relevant, Guiliano remarqua que la peau de ses jambes était d'une blancheur étonnante qui formait un contraste saisissant avec la couleur de son visage hâlé et ses cheveux de jais aux lourdes boucles rêches. Il remarqua aussi pour la première fois que son visage n'était pas aussi large que celui de la plupart des villageoises de son âge et qu'il était triangulaire. Et il distingua dans ses yeux brun foncé de petits points noirs qu'il n'y avait jamais vus. Elle tenait à la main un seau à charbon rempli de boulets incandescents qu'elle semblait prête à jeter par la trappe. Mais elle remit calmement les boulets dans le poêle et referma l'abattant. Elle avait l'air légèrement effrayée.

Guiliano la rassura.

– Ce n'est qu'une patrouille qui est passée dans la rue, dit-il. Je partirai dès qu'ils auront regagné la caserne. Mais ne vous inquiétez pas, j'ai des amis dehors.

Ils attendirent; La Venera lui fit du café et ils discutèrent. Elle remarqua qu'il n'avait pas les réactions nerveuses dont son mari était coutumier. Il ne regardait pas à la fenêtre et son corps ne se crispait pas quand il y avait du bruit dans la rue. Il semblait totalement détendu. Elle ne savait pas qu'il s'était exercé à agir ainsi à cause des histoires qu'elle racontait sur son mari et parce qu'il ne voulait pas alarmer ses parents, sa mère en particulier. Il émanait de lui un tel air de confiance qu'elle ne tarda pas à oublier qu'il était en danger et qu'ils se mirent à parler des petits événements de la vie locale.

Elle lui demanda s'il avait reçu la nourriture qu'elle lui envoyait de temps en temps dans son repaire. Il la remercia et lui confia que ses compagnons et lui se jetaient sur les colis comme sur une manne divine et que ses hommes la félicitaient pour ses talents de cuisinière. Il omit de mentionner certaines des plaisanteries grossières qu'ils avaient faites, disant que si elle était aussi remarquable au lit qu'au fourneau, c'était vraiment une perle. Mais tout en parlant, il l'observait attentivement. Elle n'était pas aussi amicale avec lui qu'à l'accoutumée et ne montrait pas la tendresse qu'elle avait toujours manifestée à son égard en public. Il se demanda s'il l'avait offensée sans s'en rendre compte. Et quand le danger fut passé et que le moment fut venu de partir, leurs adieux furent assez cérémonieux.

Deux semaines plus tard, Guiliano revint la voir. L'hiver touchait à sa fin, mais le vent soufflait dans la montagne et la pluie dégoulinait sur les niches cadenassées en bordure des routes. Dans sa caverne, Guiliano rêvait des bons petits plats de sa mère, d'un bain chaud et de son lit douillet dans sa chambre d'enfant. Mais, à son grand étonnement, le souvenir de la blancheur des jambes de La Venera était mêlé à ces envies. La nuit était tombée quand il appela ses gardes du corps et prit la route de Montelepre.

Sa famille l'accueillit avec joie. Sa mère commença à lui cuisiner ses plats préférés et lui prépara un bain chaud tandis que mijotait le dîner. Son père venait de lui verser un verre d'anisette quand un de ses espions vint l'avertir que des patrouilles de carabiniers cernaient la ville et que le *Maresciallo* se préparait à quitter la caserne Bellampo à la tête de ses hommes pour investir la maison des Guiliano.

Turi passa par la trappe du placard et emprunta le tunnel. La pluie avait rendu le sol boueux et la terre collait à ses vêtements, rendant le trajet long et pénible. Quand il arriva enfin dans la cuisine de La Venera, son visage et ses vêtements étaient couverts de boue. La Venera éclata de rire en le voyant et Guiliano se rendit compte que c'était la première fois qu'il la voyait rire.

– Tu as l'air d'un Maure, dit-elle.

Pendant quelques instants, il se sentit vexé comme un enfant, car les Maures étaient toujours les méchants des spectacles de marionnettes et il acceptait mal qu'on puisse le considérer comme un méchant au lieu d'un héros dont la vie était en danger. A moins que ce ne fût son rire qui semblait la rendre inaccessible à ses désirs inavoués.

– Je vais remplir le tub et tu pourras te nettoyer, dit-elle en se rendant compte qu'elle avait dû le froisser. Et je te prêterai des vêtements de mon mari que tu porteras pendant que je laverai les tiens.

Elle s'attendait à ce qu'il proteste et soit trop nerveux pour prendre un bain à cause du danger. Quand il venait la voir, son mari était si fébrile qu'il refusait de se déshabiller et qu'il gardait toujours ses armes à portée de la main. Mais Guiliano lui sourit et se débarrassa de sa lourde veste et de ses pistolets qu'il posa sur la caisse contenant le bois de chauffage de La Venera.

Il fallut du temps pour faire chauffer des casseroles d'eau et remplir le tub. Elle lui apporta du café et l'observa pendant qu'ils attendaient. Il était beau comme un ange, mais cela ne l'étonna pas. Son mari lui aussi était beau et il avait tué des hommes. Et les balles qui ont mis fin à sa vie l'ont rendu assez laid, songea-t-elle avec tristesse. Ce n'était pas malin d'aimer un visage d'homme, surtout en Sicile. Comme elle avait pleuré; mais au fond d'elle-même, elle avait éprouvé un gand soulagement. Dès le moment où il avait pris le maquis, sa mort n'avait fait aucun doute et elle avait attendu jour après jour, espérant qu'il serait tué dans la montagne ou dans une ville lointaine. Mais il avait été abattu devant sa porte et depuis, elle n'avait jamais pu chasser la honte qu'elle éprouvait, non pas parce qu'il avait été un bandit, mais parce que sa mort n'avait pas été glorieuse, qu'il n'était pas mort bravement. Il s'était rendu et avait demandé grâce, mais les carabiniers l'avaient massacré sous les yeux de sa femme. Dieu merci, sa fille n'avait pas assisté à la scène. C'était une maigre consolation.

Elle vit que Turi Guiliano l'observait avec cette expression particulière qui trahissait le désir chez l'homme et qu'elle connaissait bien. Les partisans de son mari avaient souvent cet air-là. Mais elle savait que Turi ne chercherait pas à la séduire, par respect pour sa mère et pour le sacrifice qu'elle-même avait fait en acceptant que le tunnel soit creusé.

Elle quitta la cuisine et alla dans la petite salle de séjour pour qu'il puisse prendre son bain seul. Dès qu'elle fut sortie, Guiliano se déshabilla et entra dans le tub. Il trouvait un certain érotisme dans le fait d'être nu avec une femme à proximité. Il se lava soigneusement, puis mit les habits du mari de La Venera. Le pantalon était un peu court et il dut laiser le haut de la chemise déboutonné, car elle lui serrait la poitrine. Les serviettes qu'elle avait fait chauffer près du poêle étaient en lambeaux et ne lui permettaient pas de se sécher correctement. Il se rendit compte qu'elle était vraiment très pauvre et prit la décision de lui donner de l'argent par l'intermédiaire de sa mère.

Il cria à La Venera qu'il était habillé et elle revint dans la cuisine. Elle le regarda de la tête aux pieds.

– Mais tu ne t'es pas lavé les cheveux, dit-elle. C'est un nid de geckos.

Elle avait pris une grosse voix mais s'était exprimé d'un ton si affectueux qu'il n'en fut pas froissé. Elle passa les mains dans ses cheveux emmêlés comme l'aurait fait une grand-mère, puis le prit pas le bras et l'entraîna vers l'évier.

Guiliano sentit une douce chaleur sur son crâne à l'endroit où elle avait posé les mains. Il baissa la tête et la mit sous le robinet tandis qu'elle faisait couler de l'eau avant de faire un shampoing au savon de Marseille, car elle n'avait rien d'autre. Ce faisant, son corps et ses jambes effleuraient Guiliano qui éprouva le brusque désir de caresser sa poitrine et son ventre.

Quand elle eut fini de lui laver les cheveux, La Venera le fit asseoir sur une des chaises de cuisine chromées et lui sécha vigoureusement la tête à l'aide d'une serviette marron et tout effilochée. Il avait les cheveux si longs qu'ils retombaient sur le col de la chemise.

– Tu ressembles à un de ces lords anglais à l'air de voyou qu'on voit au cinéma, dit-elle. Je vais te couper les cheveux, mais pas dans la cuisine. Ils pourraient tomber dans les casseroles et te gâcher ton dîner. Viens dans l'autre pièce.

Guiliano était amusé par sa gravité. Elle adoptait le rôle d'une tante ou d'une mère, comme pour éviter de laisser paraître des sentiments plus tendres. Il percevait la sensualité qui émanait d'elle mais restait sur ses gardes. Il manquait d'expérience dans ce domaine et ne voulait pas se rendre ridicule. C'était comme la guérilla qu'il menait dans la montagne; il ne s'engageait pas avant d'avoir tous les atouts de son côté. Et là, il n'était pas en terrain connu. Mais l'année qu'il avait passée à la tête de sa bande et à tuer des hommes rendait ridicules ses craintes puériles et moins paralysant le refus d'une femme. Malgré sa réputation de chasteté, il était allé à Palerme voir les prostituées en compagnie de ses amis. Mais c'était avant qu'il devienne un hors-la-loi et acquière la dignité d'un chef de bande. Et il était évident qu'un héros romantique ne ferait jamais cela.

La Venera le conduisit dans le petit séjour encombré où s'entassaient des meubles et des tables basses au plateau noir et verni. Sur ces tables en bois étaient posées des photographies de son mari et de son enfant disparus, seuls ou ensemble. Certaines représentaient La Venera et sa famille. Les photos aux tons sépia étaient ornées d'un cadre ovale de bois noir. La beauté de La Venera à cette époque heureuse étonna Guiliano, surtout quand elle portait des vêtements seyants aux couleurs gaies. Il y avait en particulier un portrait d'elle en robe rouge sombre qui le frappa profondément. Il se prit fugitivement à songer à son mari et au nombre de crimes qu'il avait dû commettre pour lui offrir ces toilettes.

– Ne regarde pas ces photos, dit La Venera avec un sourire triste. C'était l'époque où je croyais que le monde pouvait me rendre heureuse.

Et il comprit que l'une des raisons pour lesquelles elle l'avait amené dans cette pièce était de lui montrer les photographies.

Elle alla chercher dans un coin un petit tabouret sur lequel Guiliano s'installa. D'un coffret de cuir incrusté d'or et de facture superbe elle sortit des ciseaux, un rasoir et un peigne. Un cadeau de Noël que Candeleria avait rapporté après l'un de ses crimes. Puis elle alla dans sa chambre et en revint avec un linge blanc qu'elle posa sur les épaules de Guiliano. Elle alla aussi chercher une jatte de bois qu'elle plaça près d'elle sur la table. A ce moment-là, une jeep passa devant la maison.

– Veux-tu que j'aille chercher tes armes dans la cuisine? demanda-t-elle. Est-ce que tu te sentirais plus en sécurité?

Guiliano la regarda calmement. Il avait l'air parfaitement serein et ne voulait pas l'alarmer. Ils savaient tous deux que la jeep était pleine de carabiniers allant faire une descente chez les Guiliano. Mais Guiliano savait aussi que si les carabiniers essayaient de forcer la porte de La Venera, Pisciotta et ses hommes les massacreraient jusqu'au dernier. De plus, avant de sortir de la cuisine, il avait déplacé le poêle afin que nul ne puisse soulever la trappe.

– Non, dit-il en posant la main sur son bras. Je n'ai pas besoin de mes armes à moins que vous n'ayez l'intention de me trancher la gorge avec ce rasoir.

Ils se mirent tous deux à rire.

Elle commença à couper les cheveux de Guiliano, soigneusement et lentement, prenant des mèches qu'elle coupait à petits coups de ciseaux avant de les déposer dans la jatte de bois. Guiliano restait immobile. Envoûté par le bruit régulier des ciseaux, il gardait les yeux fixés sur les murs auxquels étaient accrochés d'énormes portraits du mari de La Venera, le célèbre bandit Candeleria. Mais célèbre seulement dans cette petite province de Sicile, songea Guiliano que son orgueil juvénile poussait à rivaliser avec Candeleria.

Rutillo Candeleria était beau. Son front haut était surmonté de cheveux châtains ondulés et soigneusement coupés. Turi se demanda si c'était sa femme qui les lui coupait. Une moustache en croc lui barrait le visage et le faisait paraître plus vieux que son âge, alors qu'il n'avait que trente-cinq ans quand les carabiniers l'avaient abattu. Le visage dans son cadre ovale était bienveillant, comme s'il donnait sa bénédiction. Seuls les yeux et la bouche trahissaient sa férocité. Mais en même temps, on pouvait lire une certaine résignation sur ce visage, comme s'il avait pressenti son destin. Comme tous ceux qui se dressaient contre le monde et prenaient ce qu'ils voulaient par la violence et le meurtre, comme tous ceux qui n'obéissaient qu'à leur propre loi et essayaient de soumettre la société à leur volonté, il ne pouvait périr que de mort violente.

La jatte de bois se remplissait de boucles lustrées enroulées comme de petits nids. Guiliano sentit les jambes de La Venera pressées contre son dos et la chaleur de son corps à travers l'étoffe grossière de sa robe de coton. Quand elle se plaça devant lui pour couper sa frange, elle prit garde de ne pas toucher ses jambes, mais quand elle dut se pencher en avant, sa poitrine effleura presque les lèvres de Guiliano et l'odeur capiteuse de son corps enflamma le visage du jeune homme comme s'il se tenait devant un grand feu. Et les portraits accrochés aux murs s'estompèrent.

Elle fit pivoter ses hanches rondes pour déposer une autre mèche de cheveux dans la jatte. Pendant un instant, sa cuisse s'appuya contre le bras de Guiliano qui devina la peau satinée à travers la robe noire. Il se força à demeurer parfaitement immobile. Elle se pencha alors un peu plus vers lui et Guiliano dut se retenir pour ne pas remonter sa robe et étreindre ses cuisses.

– Sommes-nous Samson et Dalila? demanda-t-il par manière de plaisanterie.

Elle s'écarta brusquement de lui et il fut étonné de voir son visage inondé de larmes. Sans réfléchir, il posa les mains sur ses hanches et l'attira vers lui. Elle tendit lentement le bras et posa les ciseaux sur la masse de cheveux châtains qui remplissaient la jatte de bois.

Puis il passa les mains sous sa robe de deuil et étreignit ses cuisses douces et chaudes. Elle se pencha et plaqua la bouche sur celle de Guiliano comme si elle avait voulu l'avaler gloutonnement. Leur tendresse initiale fut l'étincelle qui déclencha une flambée de passion animale alimentée par les trois années de veuvage et de chasteté de La Venera et le désir impérieux d'un jeune homme qui ne connaissait que l'amour tarifé des prostituées mais n'avait jamais goûté à celui d'une vraie femme.

Dès le premier instant, Guiliano perdit toute notion de sa personne et du monde. Le corps de La Venera était si épanoui et il brûlait d'une chaleur tropicale qui se communiquait à lui jusqu'à la moelle des os. Elle avait des seins plus pleins qu'il n'aurait pu l'imaginer sous la robe de deuil noire qui les protégeait en les dissimulant. A la vue de ces globes charnus, il sentit le sang lui monter à la tête. Et ils se retrouvèrent par terre et firent l'amour tout en se débarrassant de leurs vêtements.

– Turi, Turi, ne cessait-elle de répéter d'une voix déchirante.

Mais lui ne disait rien. Plus rien d'autre n'existait que son odeur, sa chaleur et la plénitude de ses formes. Quand ils eurent fini, elle le conduisit dans la chambre et ils recommencèrent à faire l'amour. Il ne pouvait croire qu'un corps pût donner tant de plaisir. Il éprouvait même un certain désarroi de se sentir aussi subjugué et ne se consolait qu'en constatant que l'abandon de La Venera était encore plus total.

Quand il s'endormit, elle garda longtemps les yeux fixés sur son visage. Elle le grava dans sa mémoire de peur de ne plus jamais le revoir. Car elle se souvenait de la dernière nuit qu'elle avait passée avec son mari, juste avant sa mort. Elle s'était retournée et endormie après avoir fait l'amour et il lui avait été impossible de retrouver ensuite le masque paisible qui s'étend sur le visage d'un amant repu. Elle lui avait tourné le dos parce qu'elle était incapable de supporter la nervosité inquiète de son mari quand il était à la maison, sa terreur d'être pris au piège qui l'empêchait de trouver le sommeil et la manière dont il sursautait dès qu'elle sortait du lit pour aller à la cuisine ou vaquer à quelque occupation. Et elle s'émerveillait du calme de Guiliano; elle l'aimait pour cela. Elle l'aimait parce que, contrairement à son mari, il n'emportait pas ses armes au lit, ne s'interrompait pas en faisant l'amour pour écouter des ennemis imaginaires, parce qu'il ne fumait ni ne buvait et ne lui parlait pas de ses craintes. Il s'exprimait avec douceur mais prenait son plaisir avec une application fervente et passionnée. Elle se leva sans bruit, mais il ne remua même pas. Elle attendit un moment, puis se dirigea vers la cuisine pour aller lui préparer le plat qu'elle réussissait le mieux.

Il sortit de chez elle le lendemain matin par la porte de la rue, d'un pas insouciant, mais avec ses pistolets dissimulés sous sa veste. Il lui annonça qu'il ne s'arrêterait pas dire au revoir à sa mère et lui demanda de le faire à sa place, afin qu'elle sache que tout allait bien. La Venera fut effrayée par tant de hardiesse mais elle ne savait pas qu'il avait une petite armée en ville et n'avait pas remarqué que quelques minutes avant de sortir, il avait laissé la porte entrouverte pour que Pisciotta soit prévenu et mette hors d'état de nuire tout carabinier passant par là.

Elle l'embrassa avec une réserve qui l'émut avant de murmurer :

– Quand reviendras-tu me voir?

– Chaque fois que je viendrai voir ma mère, je passerai chez toi après. Et là-haut je rêverai de toi toutes les nuits.

En entendant ces mots, elle sentit une joie intense l'envahir et sut qu'elle l'avait rendu heureux.

Elle attendit midi pour sortir et aller voir la mère de Turi. Maria Lombardo n'eut qu'à voir son visage pour savoir ce qui s'était passé. La Venera semblait avoir rajeuni de dix ans. De petits points noirs dansaient dans ses yeux bruns, elle avait les joues roses et pour la première fois depuis près de quatre ans elle portait une robe qui n'était pas noire. C'était la robe à fanfreluches et ornée de rubans de velours qu'une jeune fille porte pour la montrer à la mère de son amoureux. Maria Lombardo eut un élan de gratitude envers son amie, pour la loyauté et le courage dont elle avait fait preuve, mais elle ressentit également une certaine satisfaction de la réussite de son plan. C'était une situation idéale pour son fils : une femme qui ne le trahirait jamais et ne pouvait prétendre avoir des droits sur lui. Elle qui aimait passionnément son fils n'éprouva aucune jalousie. Sauf lorsque La Venera lui apprit qu'elle avait cuisiné son meilleur plat pour Turi, une tourte au lapin et au fromage fort assaisonnée de poivre en grains, qu'il avait mangé comme quatre. Il lui avait affirmé ne jamais rien avoir goûté d'aussi bon.

15.

Même en Sicile, cette île dont les habitants s'entre-tuaient avec le même enthousiasme féroce que mettent les Espagnols à massacrer des taureaux dans l'arène, la folie sanguinaire des habitants de Corleone inspirait une terreur universelle. Des familles rivales s'exterminaient dans des querelles portant sur un méchant olivier, des voisins pouvaient se tuer à propos de la quantité d'eau que l'un d'eux puisait dans un cours d'eau commun, un homme pouvait mourir d'amour... c'est-à-dire d'avoir regardé de manière irrespectueuse l'épouse ou la fille d'autrui. Même les Amis des Amis, pourtant réputés pour leur calme, succombaient à cette folie et leurs différentes branches s'étaient livré une lutte à mort à Corleone jusqu'à ce que Don Croce y mette bon ordre.

Et c'est dans cette ville que Stefan Andolini avait acquis le surnom de *Fra Diavolo,* frère démon.

Don Croce l'avait fait venir de Corleone pour lui donner ses instructions. Il devait entrer dans la bande de Guiliano et gagner la confiance des hors-la-loi. Il resterait avec eux jusqu'à ce que Don Croce lui indique la conduite à suivre. Pendant ce temps, il enverrait des rapports sur la force réelle des troupes de Guiliano et la loyauté de Passatempo et Terranova. Puisque la fidélité de Pisciotta était à toute épreuve, il ne restait qu'à évaluer les faiblesses du jeune homme. Et si l'occasion se présentait, Andolini avait reçu l'ordre de tuer Guiliano.

Andolini ne craignait aucunement le grand Guiliano. De plus il était roux, et comme les roux étaient extrêmement rares en Italie, Stefan Andolini se croyait au fond de lui-même dispensé de se conformer aux règles de la vertu. Et tel un joueur persuadé que sa martingale ne peut le faire perdre, Stefan Andolini croyait ne jamais trouver plus malin que lui.

Il choisit pour l'accompagner deux jeunes *picciotti,* des apprentis tueurs qui n'avaient pas encore été admis dans la mafia mais étaient impatients d'avoir cet honneur. Ils s'enfoncèrent dans la région montagneuse où Guiliano avait son repaire, portant des sacs à dos et des *luparas* et furent bien entendu arrêtés par une patrouille conduite par Pisciotta.

Le visage impassible, Pisciotta écouta l'histoire de Stefan Andolini. Andolini lui raconta qu'il était recherché par les carabiniers et la Sûreté pour le meurtre d'un agitateur socialiste à Corleone. C'était la pure vérité. Mais Andolini omit de préciser que la police et les carabiniers n'avaient aucune preuve et qu'ils le recherchaient uniquement pour l'interroger. Un interrogatoire qui, grâce à l'influence de Don Croce, serait assez bienveillant. Andolini dit aussi à Pisciotta que les deux *picciotti* qui l'accompagnaient étaient également recherchés par la police pour complicité de meurtre. C'était là aussi la vérité. Mais à mesure qu'il développait son histoire, Stefan Andolini éprouvait une inquiétude croissante. Pisciotta l'écoutait avec l'expression d'un homme qui sait avoir déjà rencontré celui qu'il a devant lui ou qui a beaucoup entendu parler de lui.

Andolini déclara qu'il était venu dans la montagne dans l'espoir d'être accepté dans la bande de Guiliano. Et il joua sa carte maîtresse. Il avait l'approbation du père de Guiliano en personne. Car lui, Stefan Andolini, était un cousin du grand Don Vito Corleone d'Amérique. Pisciotta hocha la tête et Andolini poursuivit. Don Vito Corleone, dont le vrai nom était Andolini, avait vu le jour dans le village de Corleone. Son père ayant été assassiné et lui-même traqué quand il n'était qu'un adolescent, il s'était enfui aux États-Unis où il était devenu le grand Parrain. Quand il était revenu en Sicile pour assouvir sa vengeance sur les assassins de son père, Stefan Andolini avait été l'un de ses *picciotti.* Il avait ensuite rendu visite au Don en Amérique pour recevoir sa récompense et il avait fait la connaissance du père de Guiliano qui travaillait comme maçon à la construction du nouvel hôtel particulier du Don à Long Island. Ils s'étaient liés d'amitié et avant de gagner la montagne, Stefan Andolini s'était arrêté à Montelepre pour recevoir la bénédiction du vieux Guiliano.

Pisciotta prit une expression songeuse en écoutant l'histoire d'Andolini. Il se défiait de cet homme, de ses cheveux roux et de sa tête d'assassin. Et il n'aimait pas non plus l'air des deux *picciotti* qui accompagnaient *Malpelo,* comme il l'avait surnommé en dialecte sicilien.

– Je vais vous conduire auprès de Guiliano, dit Pisciotta, mais gardez votre *lupara* à la bretelle jusqu'à ce qu'il vous ait parlé. Ne la prenez pas à la main sans autorisation.

Un grand sourire fendit le visage de Stefan Andolini.

– Je vous ai reconnu, Aspanu, dit-il avec une grande affabilité, et j'ai confiance en vous. Prenez ma *lupara* et vos hommes peuvent faire de même avec mes *picciotti.* Quand nous aurons parlé à Guiliano, je suis sûr qu'il nous rendra nos armes.

– Nous ne sommes pas des bêtes de somme pour porter vos fusils, répliqua Pisciotta. Portez-les vous-mêmes.

Puis il les conduisit jusqu'au repaire de Guiliano, au bord de l'escarpement dominant Montelepre.

Plus de cinquante hommes nettoyant des armes ou réparant du matériel étaient disséminés dans le campement de montagne. Guiliano était assis à une table, le regard rivé à ses jumelles.

Pisciotta alla lui parler avant de lui amener les nouvelles recrues. Il raconta en détail tout ce qu'il savait et ajouta :

– Turi, j'ai l'impression qu'il s'agit d'un mouchard.

– Et tu crois l'avoir déjà vu? demanda Guiliano.

– Ou entendu parler de lui, dit Pisciotta. Sa tête me dit quelque chose, mais les roux sont plutôt rares par ici. Je devrais m'en souvenir.

– C'est La Venera qui t'a parlé de lui, dit calmement Guiliano. Elle l'appelait *Malpelo...* elle ne savait pas que son nom était Andolini. Elle m'a aussi parlé de lui; il a fait partie de la bande de son mari. Un mois après, Candeleria est tombé dans une embuscade et a été abattu par les carabiniers. La Venera n'avait pas confiance en lui non plus. Elle le trouvait sournois.

Silvestro s'approcha d'eux.

– Méfiez-vous de ce rouquin, dit-il. Je l'ai vu au quartier général de Palerme; il était reçu en privé par le commandant des carabiniers.

– Va trouver mon père à Montelepre et demande-lui de venir, dit Guiliano. En attendant, que ces hommes restent sous bonne garde.

Pisciotta envoya Terranova chercher le père de Guiliano et il revint vers les trois hommes qui étaient assis par terre. Il se baissa et ramassa le fusil de Stefan Andolini. Des membres de la bande entourèrent les trois hommes comme une bande de loups encerclant une proie à terre.

– Vous ne m'en voudrez pas de vous décharger maintenant de la tâche de vous occuper de votre arme, dit Pisciotta avec un sourire.

Pendant quelques instants, Andolini eut l'air étonné et son visage se tordit en une grimace, puis il haussa les épaules. Pisciotta lança la *lupara* à un de ses hommes.

Il attendit quelques secondes pour s'assurer que ses hommes étaient prêts, puis se baissa pour prendre les armes des deux *picciotti*. L'un d'eux, plus par peur que par méchanceté, repoussa Pisciotta et posa la main sur son fusil de chasse. L'instant d'après, avec la vivacité d'un serpent dardant sa langue, un couteau apparut dans la main d'Aspanu. Il plongea en avant et trancha la gorge du *picciotto* d'un coup de couteau. Un flot de sang rouge pâle jaillit dans l'air pur et le *picciotto* s'effondra sur le côté. A califourchon sur le corps, Pisciotta se pencha et d'un autre coup de couteau rapide acheva son œuvre. Il se releva ct poussa le corps du pied avant de le faire rouler dans une ravine.

Les hommes de Guiliano tenaient en joue Andolini et son compagnon. Andolini, assis par terre, leva les mains et regarda autour de lui d'un air implorant. Mais le second *picciotto* plongea vers son arme. Passatempo, qui se tenait derrière lui, vida son chargeur dans la tête du jeune homme avec un sourire de délectation. Les détonations résonnèrent dans la montagne. Tout le monde demeura figé sur place, Andolini blême et tremblant de peur, Passatempo tenant toujours son pistolet à la main.

C'est alors que du bord de la falaise s'éleva la voix calme de Guiliano.

– Débarrassez-vous des corps et attachez le *Malpelo* à un arbre en attendant l'arrivée de mon père.

Les corps furent enveloppés dans un filet, jetés dans une profonde crevasse et recouverts de pierres pour empêcher l'odeur de remonter, conformément à une vieille superstition. C'était une tâche faite pour Passatempo qui dépouillait les corps avant de les ensevelir. Guiliano ne cessait de lutter contre la répugnance que lui causait Passatempo. Il avait beau le raisonner, rien ne pourrait jamais faire de cet animal un homme chevaleresque.

C'est à la nuit tombée, près de sept heures plus tard, que le père de Guiliano arriva enfin au campement. Stefan Andolini fut détaché de son arbre et amené dans la caverne éclairée par des lampes à pétrole. Le père de Guiliano devint furieux en voyant l'état d'Andolini.

– Mais cet homme est mon ami! dit-il à son fils. Nous avons travaillé ensemble pour le Parrain en Amérique. Je lui ai dit qu'il pouvait entrer dans ta bande et qu'il serait bien traité.

– Je suis désolé, dit-il en se tournant vers Andolini et en lui serrant la main. Mon fils a dû se tromper ou entendre des racontars sur toi.

Il s'interrompit, très ému. Il était bouleversé de voir son vieil ami en proie à une telle peur. Car Andolini avait de la peine à se tenir sur ses jambes.

Andolini était convaincu qu'il allait être tué et que tout cela n'était qu'une comédie. Il avait mal à la nuque dont les muscles bandés étaient prêts à recevoir les balles. Il se repentait amèrement de l'impétuosité qui l'avait fait sous-estimer Guiliano. Il était encore sous le coup du choc de l'exécution expéditive des deux *picciotti.*

Le signor Guiliano sentit que son ami était en danger mortel à cause de son fils.

– Turi, dit-il, combien de fois t'ai-je demandé de faire quelque chose pour moi? Si tu as quoi que ce soit contre cet homme, pardonne-lui et laisse-le partir. Il a été bon pour moi en Amérique et t'a envoyé un cadeau pour ton baptême. J'ai confiance en lui et son amitié m'est chère.

– Maintenant que tu l'as identifié, dit Guiliano, il sera traité comme un invité d'honneur. S'il désire rester et faire partie de ma bande, il est le bienvenu.

Le père de Guiliano fut reconduit à cheval à Montelepre pour qu'il puisse dormir dans son lit. Après son départ, Guiliano s'adressa à Stefan Andolini.

– Je suis au courant de ce que vous avez fait à Candeleria, dit-il. Vous étiez un espion de Don Croce envoyé pour pénétrer dans sa bande. Un mois plus tard, Candeleria était mort. Sa veuve se souvient de vous. Avec ce qu'elle m'a raconté, il ne m'a pas été difficile de reconstituer les faits. Nous sommes très forts, nous autres Siciliens, pour assembler les pièces du puzzle de la trahison. Des bandes de hors-la-loi disparaissent en ce moment. La police est devenue d'une habileté stupéfiante. Et moi, sur ma montagne, je passe mes journées à réfléchir. Je pense aux autorités de Palerme qui jamais n'ont fait preuve d'une telle efficacité. Et puis j'apprends que le ministre de la Justice est de mèche avec Don Croce. Et nous savons, vous et moi, que Don Croce a de l'habileté pour deux. C'est donc lui qui se débarrasse de ces bandits pour Rome. Je me dis alors que mon tour viendra bientôt de recevoir la visite des espions de Don Croce. J'attends, j'attends et je me demande pourquoi le Don met si longtemps. Car, en toute modestie, je suis le plus gros gibier. Et enfin, aujourd'hui, je vous vois dans mes jumelles arriver tous les trois. Et je me dis : « Tiens, *Malpelo* est de retour. Je suis content de le revoir. » Mais il faut quand même que je vous tue. Comme je ne veux pas faire de mal à mon père, votre corps disparaîtra.

Stefan Andolini se sentit tellement outré qu'il en oublia momentanément sa peur.

– Vous êtes prêt à tromper votre propre père! s'écria-t-il. Et vous vous considérez comme un Sicilien?

Il cracha par terre.

– Alors tuez-moi, reprit-il, et allez droit en enfer.

Pisciotta, Terranova et Passatempo partageaient son étonnement. Mais Guiliano les avait étonnés plus d'une fois. Lui qui était si honorable, qui s'enorgueillissait de tenir parole, qui parlait toujours de justice pour tout le monde, faisait soudain volte-face et agissait d'une manière qui leur paraissait ignoble. Ils ne voyaient aucune objection à ce qu'il tue Andolini... il pouvait bien en tuer mille de cet acabit, mais qu'il revienne sur la parole donnée à son père et qu'il le trompe ainsi leur semblait impardonnable.

Seul le caporal Silvestro sembla comprendre.

– Il ne peut pas mettre notre vie à tous en danger sous prétexte que son père a le cœur tendre.

– Recommandez votre âme à Dieu, dit calmement Guiliano à Andolini.

– Vous avez cinq minutes, ajouta-t-il en faisant un signe à Passatempo.

Les cheveux roux d'Andolini semblèrent se dresser sur sa tête.

– Parlez à l'abbé Manfredi avant de me tuer! s'écria-t-il frénétiquement.

Guiliano regarda avec stupéfaction le rouquin qui poursuivit d'un seul jet :

– Vous avez dit un jour à l'abbé que vous aviez une dette envers lui et qu'il pouvait vous demander tout ce qu'il voulait.

Guiliano se souvenait parfaitement de sa promesse, mais comment Andolini pouvait-il être au courant?

– Conduisez-moi auprès de lui et il vous demandera de me laisser la vie sauve.

– Turi, il va encore falloir une journée pour envoyer un messager et avoir sa réponse, dit Pisciotta. Et l'abbé a-t-il plus d'influence sur toi que ton propre père?

Mais une fois encore, Guiliano étonna tout le monde.

– Attachez-lui les mains, dit-il, et entravez-le afin qu'il puisse marcher mais pas courir. Donnez-moi une escorte de dix hommes. Je le conduirai moi-même au monastère et si l'abbé ne me demande pas de l'épargner, il peut se préparer à sa dernière confession. Je l'exécuterai moi-même et je laisserai son corps aux moines pour qu'ils l'enterrent.

*

Guiliano et ses hommes arrivèrent devant le portail du monastère au moment où le soleil se levait et où les moines partaient travailler dans les champs. Turi Guiliano les observa, un sourire aux lèvres. Était-ce seulement deux ans plus tôt qu'il les accompagnait dans les champs en robe de bure, coiffé d'un feutre noir cabossé? Il se souvint que cela l'amusait. Qui aurait pu croire à cette époque qu'il deviendrait si féroce? Il éprouva une certaine nostalgie de ce séjour paisible où il travaillait dans les champs.

Le père supérieur venait en personne les accueillir au portail. La haute silhouette vêtue de noir eut une hésitation en voyant le prisonnier, puis ouvrit les bras. Stefan Andolini se précipita vers le vieil homme et l'embrassa sur les deux joues.

– *Père,* ces hommes vont me tuer. Tu es le seul à pouvoir me sauver.

L'abbé hocha la tête. Il tendit les bras à Guiliano qui s'avança pour l'étreindre sur sa poitrine. Turi comprenait tout. Andolini ne s'était pas adressé à l'abbé en l'appelant « mon père » comme un croyant à un prêtre, mais « père » comme un fils à son géniteur.

– Je te demande la vie de cet homme, dit l'abbé Manfredi. Comme une faveur.

Guiliano libéra Andolini de ses liens.

– Il est à vous, dit-il.

Les jambes d'Andolini se dérobaient sous lui. Maintenant que la peur s'était envolée, il ne ressentait plus qu'une grande faiblesse et le frêle abbé dut le soutenir.

– Viens chez moi, dit-il à Guiliano. Je vais faire apporter à manger à tes hommes et pendant qu'ils se restaureront, nous discuterons tous les trois de ce qu'il convient de faire.

Puis il se retourna vers Andolini.

– Mon cher fils, dit-il, tu n'es pas encore hors de danger. Comment va réagir Don Croce en apprenant tout cela? Nous devons nous concerter, sinon tu es perdu.

*

L'abbé avait un petit salon privé où les trois hommes s'installèrent confortablement. On apporta du pain et du fromage pour Guiliano et Andolini.

– Voici l'un de mes nombreux péchés, dit l'abbé à Guiliano avec un petit sourire triste. Je l'ai engendré dans ma jeunesse. Ah, qui connaît les tentations d'un curé en Sicile? Je n'ai pas su résister. Le scandale a été étouffé et sa mère a épousé Andolini. Cela a coûté beaucoup d'argent, mais j'ai réussi ma carrière ecclésiastique. Hélas, par une amère ironie du ciel mon fils est devenu un tueur. C'est la croix que j'ai à porter, mais c'est loin d'être le seul péché qu'il me faille expier.

L'abbé se tourna vers Andolini et changea de ton.

– Écoute-moi bien, mon fils, dit-il. C'est la seconde fois que tu me dois la vie. Il faut que tu comprennes que ta fidélité doit maintenant aller à Guiliano. Tu ne peux pas aller retrouver le Don. Il se demandera pourquoi Turi t'a épargné alors qu'il a tué les deux autres. Il te soupçonnera de le trahir et ce sera ton arrêt de mort. Il faut que tu avoues tout au Don et que tu lui demandes de rester dans la bande de Guiliano. Tu lui diras que tu lui communiqueras des renseignements et que tu serviras d'intermédiaire entre les Amis des Amis et l'armée de Guiliano. J'irai moi-même voir le Don pour lui exposer les avantages de cette situation. Je lui dirai aussi que tu resteras fidèle à Guiliano, mais que cela ne lui portera pas préjudice. Il pensera que tu trahiras celui qui t'a fait grâce. Mais crois-moi, si tu ne restes pas fidèle à Guiliano, tu seras damné à jamais. Tu emporteras la malédiction de ton père dans la tombe.

Puis il s'adressa de nouveau à Guiliano.

– Mon cher Turi, je te demande une autre faveur. Accepte mon fils dans ta bande. Il se battra à tes côtés et exécutera tes ordres. Et je te promets qu'il te restera fidèle.

Guiliano réfléchit longuement. Il était sûr de pouvoir gagner à la longue l'affection d'Andolini et il savait que le rouquin était dévoué à son père. Les chances de trahison étaient donc assez réduites et il serait facile de se prémunir contre cela. Stefan Andolini serait un lieutenant précieux sur le terrain mais il serait encore plus précieux comme source de renseignements sur l'empire de Don Croce.

– Et que comptez-vous dire à Don Croce? demanda Guiliano.

L'abbé mit quelques instants avant de répondre.

– Je parlerai au Don. J'ai une certaine influence sur lui. Et nous verrons bien. Alors acceptes-tu mon fils dans ta bande?

– Oui, dit Guiliano, par affection pour vous et pour tenir mes engagements. Mais s'il me trahit, vos prières ne pourront l'empêcher de finir en enfer.

★

Stefan Andolini avait toujours vécu dans un monde où la confiance n'existait pas, ce qui expliquait peut-être pourquoi au fil des ans son visage avait revêtu ce masque de tueur. Il savait que, dans les années à venir, il serait comme un trapéziste et que sa vie ne tiendrait qu'à un fil. Jamais il ne se sentirait en sécurité. Il se sentait réconforté par l'esprit de clémence émanant de Guiliano et qui lui avait valu d'avoir la vie sauve, mais il ne nourrissait aucune illusion. Turi Guiliano était le seul homme dont il eût jamais eu peur.

A compter de ce jour, Stefan Andolini fit partie de la bande de Guiliano. Dans les années qui suivirent, il devint si célèbre pour sa férocité et sa ferveur religieuse que son surnom de *Fra Diavolo* fut connu dans toute la Sicile. Sa piété venait du fait qu'il assistait à la messe tous les dimanches. Il se rendait en général à l'église de Villaba dont le curé était le père Benjamino. Dans le confessionnal, il dévoilait à son directeur de conscience les secrets de la bande de Guiliano que le père Benjamino s'empressait de répéter à Don Croce. Mais jamais les secrets que Guiliano lui avait ordonné de taire.

LIVRE III

MICHAEL CORLEONE

1950

16.

La Fiat contourna la ville de Trapani et s'engagea sur une route qui longeait la côte. Michael Corleone et Stefan Andolini arrivèrent devant une villa plus grande que la plupart de celles qui l'entouraient et comprenant trois bâtiments annexes. La villa était ceinte d'un mur qui n'avait qu'une seule ouverture donnant sur la plage. Deux hommes gardaient la grille et juste à l'intérieur Michael en distingua un troisième, grand et fort, qui portait des vêtements insolites dans ce cadre, une veste de sport, un pantalon et un polo à col ouvert. En attendant que la grille s'ouvre, Michael vit un large sourire s'épanouir sur le visage de l'homme et reconnut avec surprise Peter Clemenza.

Clemenza était le bras droit du père de Michael en Amérique. Que faisait-il là? La dernière fois que Michael l'avait vu, c'était le soir fatal où Clemenza lui avait donné le pistolet dont il s'était servi pour tuer le capitaine de la police et le Turc, Sollozzo. Il n'avait jamais oublié le regard empreint de pitié et de tristesse que Clemenza lui avait lancé à cette occasion, plus de deux ans auparavant. Et Clemenza semblait véritablement transporté de joie de le revoir. Il fit sortir Michael de la petite Fiat et le serra de toutes ses forces entre ses bras.

– Michael, comme c'est bon de te revoir! Cela fait des années que j'attends de te dire à quel point je suis fier de toi! Tu as fait du bon boulot. Et tes ennuis sont finis maintenant. Dans une semaine, tu retrouveras la famille et il y aura une grande fête. Tout le monde t'attend.

Il dévisageait Michael d'un regard affectueux sans relâcher l'étreinte de ses bras massifs et en même temps il le jaugeait. Ce n'était plus le jeune héros de la guerre. Tout le temps qu'il avait passé en Sicile avait fait de lui un homme. Le visage de Michael n'était plus ouvert; il avait l'expression farouche et fermée du vrai Sicilien. Michael était prêt à prendre la place qui lui revenait de droit dans la famille.

Michael était heureux de revoir Clemenza, sa forte corpulence et sa grosse tête aux traits lourds. Il demanda des nouvelles de sa famille. Son père était parfaitement rétabli après la tentative d'assassinat qui avait failli lui coûter la vie mais sa santé allait en déclinant.

– Cela ne fait jamais de bien à personne de se faire cribler de balles, dit Clemenza en secouant tristement la tête, même si on se rétablit. Mais ce n'est pas la première fois que ton père se fait tirer dessus. Il est fort comme un bœuf, il s'en sortira. C'est la mort de Sonny qui lui a fait le plus de mal, à lui et à ta mère. C'était sauvage, Mikey... Ils l'ont déchiqueté à la mitraillette. Ils n'auraient pas dû faire ça, c'est une saloperie. Mais nous avons notre plan. Ton père t'en parlera quand tu le reverras. Tout le monde est heureux de ton retour, tu sais.

Stefan Andolini fit un signe de tête à Clemenza. Ils se connaissaient manifestement. Puis il serra la main de Michael en lui disant qu'il devait partir; il avait des choses à faire à Montelepre.

– N'oubliez pas, quoi qu'on vous dise, que je suis toujours resté fidèle à Turi Guiliano et qu'il m'a fait confiance jusqu'au bout. Si quelqu'un le trahit, ce ne sera pas moi.

Il en bafouillait, tellement était fort son désir de prouver sa sincérité.

– Et je ne vous trahirai pas non plus, ajouta-t-il.

– Vous ne voulez pas vous reposer un peu et vous restaurer? demanda Michael.

Stefan Andolini secoua la tête et remonta dans la Fiat. Il franchit la grille qui se referma aussitôt derrière lui.

Clemenza conduisit Michael à la villa. Des hommes en armes patrouillaient le long du mur d'enceinte et sur la plage où la propriété s'ouvrait sur la mer. Une petite jetée s'avançait vers les lointaines côtes de l'Afrique. Un gros canot automobile rutilant battant pavillon italien y était amarré.

A l'intérieur de la villa se trouvaient deux vieilles femmes tout de noir vêtues, la peau noircie de soleil, un châle noir sur la tête, sans une touche de couleur sur toute leur personne. Clemenza leur demanda d'apporter une coupe de fruits dans la chambre de Michael.

La terrasse de la chambre donnait sur la Méditerranée dont les flots bleus semblaient se séparer à l'endroit où un rayon de soleil les frappait. A l'horizon, des bateaux de pêche aux voiles bleu ou rouge vif montaient et descendaient comme des balles rebondissant sur l'eau. Sur la terrasse il y avait une petite table recouverte d'un lourd tissu brun foncé et les deux hommes prirent place sur des chaises disposées autour. Une cafetière et un cruchon de vin rouge étaient posés sur la table.

– Tu as l'air fatigué, dit Clemenza. Va te reposer et ensuite je t'expliquerai tout en détail.

– Cela ne me ferait pas de mal, reconnut Michael. Mais dis-moi d'abord comment va ma mère.

– Bien, bien, répondit Clemenza. Elle attend ton retour. Il ne faut pas la décevoir, ce serait trop pour elle après ce qui est arrivé à Sonny.

– Et mon père? demanda Michael. Tu es sûr qu'il est tout à fait rétabli?

Clemenza se mit à rire, d'un rire déplaisant.

– Mais oui, répondit-il. Et les Cinq Familles vont l'apprendre à leurs dépens. Ton père attend que tu rentres chez toi, Mike. Il a de grands projets pour toi. On ne peut pas lui faire faux bond. Alors ne t'inquiète pas trop pour Guiliano. S'il vient, nous l'emmenons avec nous, mais s'il continue à se dérober, nous le laissons ici.

– Ce sont les ordres de mon père? demanda Michael.

– Un courrier arrive tous les jours par avion à Tunis et moi je pars en bateau pour lui parler. Ce sont les ordres d'hier. Au début, Don Croce était censé nous aider, du moins c'est ce que ton père m'a dit avant que je quitte les États-Unis. Mais sais-tu ce qui s'est passé à Palerme hier, après ton départ? On a essayé de liquider Croce. Ils ont escaladé le mur du jardin et tué quatre de ses gardes du corps, mais Croce leur a échappé. Alors qu'est-ce que cela signifie?

– Bon sang, souffla Michael.

Les précautions dont Don Croce s'entourait lui revinrent à l'esprit.

– Je crois que c'est l'œuvre de notre ami Guiliano, dit-il. J'espère que mon père et toi savez ce que vous faites. Je suis si fatigué que je n'arrive plus à réfléchir.

Clemenza se leva et lui tapota l'épaule.

– Va te reposer, Mikey, dit-il. A ton réveil, je te présenterai mon frère. C'est un monsieur, comme ton père. Il est aussi intelligent et aussi dur que lui. Croce mis à part, c'est lui le patron dans la région.

Michael se déshabilla et se coucha. Il n'avait pas fermé l'œil depuis plus de trente heures, mais son esprit ne pouvait rester en repos et ne laissait pas le sommeil le gagner. Il avait fermé les lourds volets de bois mais il sentait la chaleur du soleil matinal. Des fragrances de fleurs et de citronniers lui parvenaient de l'extérieur. Il passa en revue les événements des derniers jours. Comment Pisciotta et Andolini pouvaient-ils se déplacer si facilement? Et pourquoi Guiliano semblait-il avoir décidé, à un moment si mal choisi, que Don Croce était son ennemi? Une telle erreur n'était pas digne d'un Sicilien. Il avait passé sept ans dans la montagne et il devait en avoir assez. Il devait vouloir mener une existence meilleure... impossible ici mais pas aux États-Unis. S'il n'avait pas véritablement l'intention de partir, il n'enverrait pas sa fiancée enceinte l'attendre en Amérique. Tout s'éclaircit soudain pour Michael qui comprit que la réponse à tous ces mystères était que Guiliano était résolu à livrer une dernière bataille, car il ne craignait pas de mourir sur sa terre natale. Il existait des plans et des complots qui approchaient de leur conclusion, dont il ignorait les tenants et les aboutissants et il devait se montrer vigilant. Car Michael Corleone ne voulait pas mourir en Sicile. Ce mythe-là ne le concernait pas.

*

Michael se réveilla dans la grande chambre et il ouvrit les volets qui donnaient sur le balcon de pierre blanche étincelant au soleil. En contrebas la mer Méditerranée déroulait jusqu'à l'horizon ses masses liquides d'un bleu profond. Des taches rouges parsemaient les flots; c'étaient les voiles des bateaux de pêche qui s'éloignaient. Michael les suivit quelques minutes du regard, totalement fasciné par la beauté de la mer et les majestueuses falaises d'Erice qui bordaient la côte un peu au nord.

La chambre était remplie de gros meubles rustiques. Sur une table étaient posées une cuvette émaillée bleue et une cruche d'eau et sur une chaise une serviette marron et rêche. Aux murs étaient accrochés des tableaux représentant des saints et la Vierge portant l'Enfant dans ses bras. Michael fit ses ablutions et quitta la pièce. Peter Clemenza l'attendait au pied de l'escalier.

– Ah, tu as meilleure mine, Mikey, dit Clemenza. Un bon repas pour te redonner des forces et nous pourrons passer aux choses sérieuses.

Il conduisit Michael dans une cuisine où trônait une longue table de bois devant laquelle ils s'installèrent. Une vieille femme tout de noir vêtue apparut comme par magie et leur servit deux tasses de café. Puis elle posa sur la table un plat d'œufs et de saucisses apparu tout aussi magiquement. Elle sortit du four une grosse miche de pain dorée et ronde comme un soleil et disparut dans une pièce attenante à la cuisine sans répondre aux remerciements de Michael. A ce moment-là, un homme pénétra dans la pièce. Il était plus vieux que Clemenza, mais la ressemblance était si frappante que Michael comprit tout de suite qu'il ne pouvait s'agir que de Don Domenic Clemenza, le frère de Peter. Don Domenic était vêtu très différemment de son frère. Il portait un pantalon de velours noir rentré dans de robustes bottes brunes, une chemise de soie blanche avec des manchettes et un long gilet noir. Il était coiffé d'une casquette et tenait à la main droite un fouet qu'il lança dans un coin. Michael se leva pour saluer Don Domenic Clemenza qui le serra dans ses bras et l'étreignit amicalement.

Ils s'assirent tous deux à la table. Don Domenic avait une dignité naturelle et un air impérieux qui rappela son propre père à Michael. Il avait aussi la même courtoisie surannée. Peter Clemenza était manifestement rempli d'un profond respect pour son frère aîné qui le traitait avec l'affection indulgente que l'on peut avoir pour un cadet un peu écervelé. Michael en fut à la fois étonné et amusé, car aux États-Unis Peter Clemenza était l'homme de confiance de son père, le plus cruel de ses *caporegime*.

– Michael, c'est un grand plaisir et un grand honneur pour moi d'avoir été choisi par vore père, Don Corleone, pour veiller sur vous, dit Don Domenic d'un ton grave mais avec un regard pétillant. Vous allez pouvoir satisfaire ma curiosité. Mon propre à rien de frère, ici présent, a-t-il aussi bien réussi qu'il le prétend? Est-il vraiment arrivé si haut, ce petit frère qui a toujours été incapable de tuer correctement un cochon? Est-il véritablement le bras droit de Don Corleone? Et il prétend avoir plus de cent hommes sous ses ordres. Comment pourrais-je croire tout cela?

Mais ce disant, il tapotait affectueusement l'épaule de son frère.

– Oui, tout est vrai, dit Michael. Mon père affirme toujours que sans votre frère, il vendrait encore de l'huile d'olive.

Tout le monde éclata de rire.

– J'aurais passé la majeure partie de ma vie en prison, dit Peter Clemenza, s'il ne m'avait appris à me servir de ma matière grise et pas seulement d'un pistolet.

– Je ne suis qu'un pauvre paysan, soupira Don Domenic. Il est vrai que mes voisins viennent me demander conseil et on dit qu'à Trapani je suis un homme important. On me surnomme « l'Infidèle », parce que je refuse d'obéir à Don Croce. Ce n'est peut-être pas très malin et peut-être le Parrain trouverait-il un moyen de mieux s'entendre avec Don Croce. Mais pour moi c'est impossible. Je suis peut-être « infidèle », mais seulement à ceux qui n'ont pas d'honneur. Don Croce vend des renseignements au gouvernement et pour moi c'est une *infamita.* Même s'il agit ainsi par subtilité. Rien ne vaut les vieilles méthodes, Michael, comme vous vous en apercevrez après avoir passé quelques jours ici.

– J'en suis sûr, dit poliment Michael. Et je tiens à vous remercier pour l'aide que vous m'apportez.

– J'ai du travail, dit Don Domenic. Si vous avez besoin de quoi que ce soit, demandez-le-moi.

Il ramassa son fouet et quitta la cuisine.

– Michael, dit Peter Clemenza, ton père a accepté d'aider Turi Guiliano à quitter ce pays par amitié et par respect pour le père de Guiliano, mais ta sécurité est plus importante. Ton père a encore des ennemis ici. Guiliano a une semaine pour venir te retrouver, mais s'il ne vient pas, tu rentreras seul aux États-Unis. Ce sont les ordres que j'ai reçus. Nous avons un avion qui nous attend en Afrique et nous pouvons partir quand nous voulons. Tu n'auras qu'à donner le feu vert.

– Pisciotta m'a dit qu'il m'amènerait très bientôt Guiliano, dit Michael.

Clemenza ne put retenir un sifflement.

– Tu as vu Pisciotta? Tu sais qu'on le recherche autant que Guiliano? Comment a-t-il réussi à quitter la montagne?

– Il avait un laissez-passer spécial bordé de rouge et signé du ministre de la Justice, répondit Michael en haussant les épaules. Et cela m'inquiète aussi.

Peter Clemenza hocha la tête.

– Et Andolini, le type qui m'a conduit ici, poursuivit Michael, tu le connais, Peter?

– Oui, dit Clemenza. Il a travaillé pour nous à New York, deux ou trois contrats de tueur à gages. Mais le père de Guiliano était réglo et c'était le roi de la brique. Ils ont commis tous les deux une bêtise en revenant au pays. Mais il y a beaucoup de Siciliens comme eux. Ils n'arrivent pas à oublier leur petite baraque minable sur leur île. J'ai amené deux hommes pour m'aider. Ils n'avaient pas mis les pieds en Sicile depuis vingt ans. On s'est baladé dans la campagne près d'Erice, une très jolie petite ville. On s'est promené dans les champs au milieu des troupeaux de moutons, on a bu du vin et à un moment, on a tous eu envie de pisser. Après, les deux gars se sont mis à faire des bonds de trois mètres et à crier : « Vive la Sicile! » Que veux-tu y faire? Ils sont comme ça, les Siciliens, jusqu'à leur mort.

– Oui, dit Michael, mais parle-moi d'Andolini.

– C'est le cousin de ton père, dit Clemenza en haussant les épaules. L'un des lieutenants de Guiliano depuis quatre ans. Mais avant cela, il était très proche de Don Croce. Alors qui sait? Il est dangereux.

– C'est Andolini qui amènera ici la fiancée de Guiliano. Elle est enceinte. Nous l'expédierons aux États-Unis d'où elle lui enverra un message codé pour lui dire que la voie est libre et il la rejoindra. J'ai promis de le faire. Est-ce que cela pose des problèmes?

– J'ignorais que Guiliano avait une petite amie, fit Clemenza en émettant un sifflement. Mais cela doit marcher.

Ils sortirent dans le parc. Michael vit des gardes devant le portail et du côté de la plage des hommes armés faisaient les cent pas. Le grand canot automobile était toujours amarré à la jetée. Dans le parc un groupe d'hommes attendaient manifestement d'être reçus en audience par Peter Clemenza. Ils étaient une vingtaine, au physique typiquement sicilien, portant des habits poussiéreux et une casquette, humbles répliques de Don Domenic.

Dans un coin du grand jardin, sous un citronnier, se trouvait une table en bois ovale entourée de chaises en bambou. Clemenza et Michael prirent place sur deux sièges et Clemenza fit signe au groupe d'hommes. L'un d'eux s'approcha et s'assit. Clemenza lui posa des questions sur sa vie privée. Était-il marié? Avait-il des enfants? Depuis combien de temps travaillait-il pour Don Domenic? Qui étaient ses parents à Trapani? Avait-il déjà envisagé de partir faire fortune en Amérique? A cette dernière question la réponse était invariablement oui.

Une vieille femme en noir apporta une grande cruche de vin avec des citrons frais ainsi que de nombreux verres sur un plateau. Clemenza offrait un verre de vin et une cigarette à chacun des hommes qu'il interrogeait. Quand il eut terminé, que le dernier se fut éloigné et que tous les hommes eurent quitté le jardin, il se tourna vers Michael.

– Y en a-t-il qui t'ont fait mauvais effet? demanda-t-il.

– Pour moi, ils se ressemblaient tous, répondit Michael. Ils veulent tous aller en Amérique.

– Nous avons besoin de sang neuf, dit Clemenza. Nous avons perdu beaucoup d'hommes et ce n'est certainement pas fini. Tous les cinq ans, je reviens ici et je repars avec une douzaine de types. Je les forme moi-même. Ils commencent par de petits boulots, encaissement, intimidation, gardes. Je m'assure de leur loyauté. Quand je sens que le moment est venu et qu'une occasion se présente, je leur donne une chance de faire leurs preuves. Mais je fais très attention. Quand ils arrivent à ce stade-là, ils savent qu'ils gagneront bien leur vie jusqu'à la fin de leurs jours à condition de demeurer fidèles. Tout le monde ici sait que je suis le recruteur de la famille Corleone et tout le monde veut me voir. Mais c'est mon frère qui les sélectionne. Personne n'arrive jusqu'à moi sans son accord.

Michael laissa son regard errer sur le superbe jardin rempli de fleurs multicolores et de citronniers parfumés, sur les statues antiques exhumées des ruines et d'autres, plus récentes, représentant des saints, sur le mur d'enceinte rose de la ville. Quel cadre enchanteur pour choisir les douze apôtres du crime organisé.

*

En fin d'après-midi, la petite Fiat réapparut au portail de la villa et les gardes lui firent signe de passer. Andolini était au volant et à ses côtés était assise une jeune fille aux longs cheveux de jais et au visage d'un ovale exquis de Madone. Quand elle sortit de la voiture, Michael vit qu'elle était enceinte. La robe qu'elle portait, chaste et flottante comme celle des femmes de Sicile, n'était pas noire mais d'un hideux tissu à fleurs rose et blanc. Mais elle était si jolie qu'on ne remarquait pas sa robe.

Michael Corleone fut étonné de voir la petite silhouette d'Hector Adonis descendre de l'arrière de la Fiat. C'est Adonis qui fit les présentations. La jeune fille s'appelait Justina. Elle n'avait pas la timidité de la jeunesse et bien qu'âgée seulement de dix-sept ans, elle avait le visage d'une femme plus mûre, comme si les tragédies de la vie ne l'avaient pas épargnée malgré son jeune âge. Elle observa attentivement Michael avant d'incliner la tête quand les présentations furent faites. Elle donnait l'impression de chercher à déceler sur son visage la marque d'une trahison.

L'une des vieilles femmes la conduisit dans sa chambre et Andolini alla chercher ses bagages dans la voiture. Ils consistaient en tout et pour tout en une petite valise que Michael porta lui-même dans la maison.

Ils dînèrent tous ensemble, à l'exception d'Andolini qui était reparti en voiture alors qu'Hector Adonis restait. Pendant le repas, ils élaborèrent des plans pour faire passer Justina en Amérique. Don Domenic annonça que le bateau qui devait aller à Tunis était prêt à prendre la mer. Il était toujours prêt puisqu'ils ne savaient pas quand Guiliano arriverait et quand cela se produirait, il leur faudrait faire vite.

– Qui sait quelle sale engeance il entraînera derrière lui, dit Don Domenic avec un petit sourire.

Peter Clemenza déclara qu'il accompagnait Justina à Tunis pour s'assurer qu'elle monterait à bord d'un avion privé et qu'elle serait munie de documents lui permettant d'entrer aux États-Unis sans difficulté. Puis il reviendrait à la villa.

A son arrivée en Amérique, Justina enverrait le message codé à Guiliano et la phase finale commencerait.

Justina parla très peu pendant le dîner. Don Domenic lui demanda si elle se sentait capable d'entreprendre le voyage la nuit même après avoir déjà passé une grande partie de la journée en voiture.

Quand elle répondit, Michael comprit l'attirance qu'elle avait dû exercer sur Guiliano. Elle avait des yeux noirs étincelants, la mâchoire et la bouche volontaire des femmes de Sicile dotées d'une forte personnalité et parlait d'une voix aussi impérieuse.

– Voyager est plus facile que travailler et moins dangereux que se cacher, dit-elle. J'ai dormi dans la montagne et dans les champs avec les moutons, alors pourquoi ne le ferais-je pas dans un avion ou sur un bateau. Il ne fera certainement pas aussi froid.

Elle avait parlé du ton orgueilleux de la jeunesse, mais quand elle leva son verre de vin, ses mains tremblaient.

– Mais je suis surtout inquiète pour Turi, poursuivit-elle, et je voudrais qu'il réussisse à s'enfuir. Pourquoi n'est-il pas venu avec moi?

– Justina, dit doucement Hector Adonis, il n'a pas voulu que sa présence mette ta vie en danger. Il est plus difficile pour lui de se déplacer; il faut prendre plus de précautions.

– Le bateau qui vous emmènera en Afrique partira juste avant le lever du jour, Justina, dit Clemenza. Vous feriez peut-être mieux de vous reposer un peu.

– Non, répondit-elle, je ne suis pas fatiguée et je suis trop énervée pour dormir. Pourrais-je avoir un autre verre de vin?

Don Domenic lui remplit son verre.

– Buvez, dit-il, c'est bon pour votre bébé et cela vous aidera à dormir plus tard. Guiliano vous a-t-il donné un message pour nous?

Justina lui adressa un petit sourire triste.

– Je ne l'ai pas vu depuis plusieurs mois. Il n'a confiance qu'en Aspanu Pisciotta. Ce n'est pas qu'il craigne que je le trahisse, mais je suis le défaut de sa cuirasse, par lequel on pourrait le prendre au piège. Cela vient de toutes ces histoires qu'il a lues où l'amour d'une femme provoque la chute du héros. Il considère son amour pour moi comme son talon d'Achille et cela l'empêche de me faire part de ses projets.

Michael était curieux d'en apprendre plus long sur Guiliano, celui qu'il aurait pu être si son père était resté en Sicile, celui que Sonny aurait pu être.

– Comment avez-vous connu Turi? demanda-t-il à la jeune fille.

– Je suis tombée amoureuse de lui quand j'avais onze ans, répondit Justina en riant. Cela fait près de sept ans maintenant, Turi faisait ses débuts de hors-la-loi mais il était déjà célèbre dans notre village. Mon petit frère et moi aidions notre père aux champs et papa m'avait donné une liasse de billets que je devais rapporter à maman. Mais nous avons commis la bêtise de ne pas cacher les billets de banque, tellement nous étions excités d'avoir tant d'argent sur nous. Deux carabiniers nous ont vus sur la route, nous ont pris tout l'argent et se sont moqués de nous quand nous avons éclaté en sanglots. Nous ne savions pas quoi faire, nous avions aussi peur de rentrer à la maison que de retourner voir notre père. C'est alors qu'un jeune homme est sorti des buissons. Il était plus grand que la plupart des Siciliens et beaucoup plus large d'épaules. Il ressemblait aux soldats américains que nous avions vus pendant la guerre. Il portait un pistolet mitrailleur sous le bras mais il avait les yeux les plus doux du monde et il était très beau. « Pourquoi pleurez-vous par une si belle journée, les enfants? » nous a-t-il demandé. « Petite demoiselle, toi qui es si jolie, tu vas t'enlaidir et plus personne ne voudra t'épouser. » Mais il disait cela en riant et on voyait qu'il était ravi de nous avoir rencontrés. Nous lui racontâmes ce qui s'était passé et il se remit à rire. Puis il nous dit qu'il fallait toujours se méfier des carabiniers et que c'était une bonne leçon pour nous qui étions si jeunes. Puis il donna à mon frère un gros paquet de lires pour que nous le rapportions à notre mère et il me remit un mot pour mon père. Je m'en souviens encore par cœur. Il disait : « Ne faites pas de reproches à vos deux beaux enfants qui seront la joie et le réconfort de votre vieillesse. L'argent que je leur ai donné dépasse de loin ce que vous avez perdu. Et sachez que vos enfants et vous êtes dorénavant sous la protection de GUILIANO. » Je trouvai ce nom merveilleux et il l'avait écrit en capitales. Pendant plusieurs mois, j'ai vu ce nom dans mes rêves; juste ces lettres : GUILIANO.

– Mais ce qui m'a rendue amoureuse de lui, poursuivit Justina, c'est le plaisir qu'il avait eu à faire une bonne action. Il était sincèrement heureux de pouvoir venir en aide à quelqu'un. Et il n'a jamais changé. J'ai toujours vu le même plaisir chez lui, comme si cela lui apportait plus de donner que de prendre. C'est pour cette raison que le peuple de Sicile l'aime tant.

– Jusqu'au Portella della Ginestra, dit doucement Hector Adonis.

– Il l'aime encore, répliqua vivement Justina en baissant les yeux.

– Mais comment l'avez-vous retrouvé? demanda Michael.

– Mon frère aîné était un de ses amis, répondit Justina. Et peut-être mon père faisait-il partie de sa bande, je ne sais pas. Ma famille et les lieutenants de Turi sont les seuls à savoir que nous sommes mariés. Turi a fait jurer à tout le monde de garder le secret, de peur que la police ne m'arrête.

Cette nouvelle laissa tout le monde pantois. Justina fouilla dans sa robe et en sortit un petit portefeuille dans lequel elle prit un document officiel de couleur crème portant un gros cachet. Elle le tendit à Michael, mais Hector Adonis le saisit et le lut. Puis il sourit à la jeune femme.

– Demain, vous serez en Amérique, dit-il. Puis-je annoncer la bonne nouvelle aux parents de Turi?

– Ils ont toujours cru que j'étais devenue enceinte sans être mariée, dit-elle en rougissant. Je suis descendue dans leur estime à cause de cela. Oui, vous pouvez leur dire.

– Et avez-vous jamais vu ou lu le Testament que Turi a caché? demanda Michael.

– Non, répondit Justina en secouant la tête. Turi ne m'en a jamais parlé.

Le visage de Don Domenic s'était assombri mais il exprimait une certaine curiosité. Il a entendu parler du Testament, songea Michael, mais il le désapprouve. Combien de personnes étaient au courant? Certainement pas le peuple de Sicile. Certains membres du gouvernement, Don Croce, la famille de Guiliano et ses intimes.

– Don Domenic, dit Hector Adonis, puis-je vous demander de m'accorder l'hospitalité jusqu'à ce que nous recevions la confirmation des Etats-Unis que Justina est bien arrivée? Je pourrai alors m'arranger pour en informer Guiliano. Cela ne devrait être l'affaire que d'une nuit supplémentaire.

– Ce serait un honneur pour moi, mon cher professeur, fit impétueusement Don Domenic. Restez aussi longtemps que vous voulez. Mais maintenant, il est l'heure d'aller nous coucher. Notre jeune *signora* doit prendre des forces avant son long voyage et moi je suis trop vieux pour veiller si tard. *Avanti.*

D'un grand geste affectueux, il leur signifia de prendre congé et prit Hector Adonis par le bras pour le conduire personnellement à sa chambre tout en donnant l'ordre aux domestiques de s'occuper du reste de ses invités.

Quand Michael se leva le lendemain matin, Justina était déjà partie.

*

Hector Adonis dut rester deux nuits avant de recevoir la lettre de Justina disant qu'elle était bien arrivée et que tout se passait bien. Dans la missive se trouvait le mot de code qui devait satisfaire Adonis. Le matin de son départ, il demanda à Michael un entretien en tête à tête.

Michael avait passé les deux dernières journées dans un état de grande tension, tellement il était lui-même impatient de rentrer aux États-Unis. La description que Peter Clemenza lui avait faite de l'assassinat de Sonny avait rempli Michael de pressentiments sur le sort de Turi Guiliano. Les deux hommes devenaient indissolublement liés dans son esprit. Ils se ressemblaient un peu et il émanait d'eux la même vitalité et la même puissance. Guiliano avait l'âge de Michael et ce dernier était intrigué par la célébrité du hors-la-loi. Il songeait non sans anxiété qu'ils finiraient par se trouver face à face et se demandait comment son père pourrait utiliser Guiliano en Amérique. Car il ne faisait aucun doute pour lui que tel était le dessein du Parrain. Sinon la mission qu'il lui avait confiée de revenir avec Guiliano n'avait aucun sens.

Michael se dirigea vers la plage avec Adonis. Les gardes armés les saluèrent. *Vossia.* Pas un seul n'eut un geste de dérision pour la petite taille du professeur tiré à quatre épingles. Le canot automobile était revenu et de près Michael vit qu'il était presque aussi gros qu'un petit yacht. Son équipage était armé de *luparas* et de mitraillettes.

Le soleil de juillet était très chaud et la mer si bleue et si calme que le soleil se réverbérait sur elle comme sur une plaque de métal. Arrivés sur la jetée, Michael et Hector Adonis prirent place sur une chaise.

– Avant de partir, j'ai encore une consigne à vous donner, dit posément Hector Adonis. C'est la chose la plus importante que vous puissiez faire pour Guiliano.

– Je le ferai très volontiers, dit Michael.

– Vous devez faire parvenir immédiatement à votre père le Testament de Guiliano, reprit Adonis. Il saura quoi en faire. Il fera en sorte que Don Croce et le gouvernement de Rome apprennent qu'il est à l'abri en Amérique. Ainsi ils n'oseront pas toucher à Guiliano et le laisseront émigrer.

– L'avez-vous apporté? demanda Michael.

Le petit homme eut un sourire timide, puis il se mit à rire.

– C'est vous qui l'avez, dit-il.

– On vous a mal renseigné, dit Michael, stupéfait. Personne ne me l'a donné.

– Mais si, dit Hector Adonis.

D'un geste amical, il posa la main sur le bras du jeune homme et Michael remarqua ses doigts menus et délicats, comme ceux d'un enfant.

– C'est Maria Lombardo, la mère de Turi, qui vous l'a donné. Nous sommes les seuls, elle et moi, à savoir où il se trouve. Même Pisciotta n'est pas au courant.

Devant l'air déconcerté de Michael, Hector Adonis expliqua :

– Il est dans la Madone noire. Il est vrai que cette Madone est dans la famille depuis plusieurs générations et qu'elle a de la valeur. Tout le monde le sait. Mais on a donné à Guiliano une réplique creuse. Le Testament est écrit sur du papier très fin et chaque feuillet porte la signature de Turi. Depuis plusieurs années, je l'aide à le rédiger. Il y a aussi des documents compromettants. Turi a toujours su comment cela risquait de se terminer et il a voulu prendre ses précautions. Pour un homme aussi jeune, il a un sens de la stratégie très développé.

– Et sa mère est une grande comédienne, fit Michael en riant.

– Tous les Siciliens le sont, dit Adonis. Nous ne faisons confiance à personne et nous déguisons notre pensée devant tout le monde. Le père de Guiliano est certainement digne de confiance mais il pourrait commettre une indiscrétion. Pisciotta est le meilleur ami de Guiliano depuis leur enfance et Stefan Andolini a sauvé la vie de Turi au cours d'un affrontement avec les carabiniers, mais les hommes changent avec le temps ou sous la torture. Il est donc préférable qu'ils ne sachent rien.

– Mais vous, il vous a fait confiance, dit Michael.

– C'est un bonheur pour moi, dit simplement Hector Adonis. Mais vous voyez à quel point Guiliano peut être rusé? C'est à moi qu'il confie le Testament et Pisciotta est le seul auquel il confie sa vie. Il faudra donc que nous le trahissions tous les deux pour provoquer sa ruine.

17.

Michael Corleone et Hector Adonis revinrent à la villa et s'installèrent sous un citronnier en compagnie de Peter Clemenza. Michael était impatient de prendre connaissance du testament, mais Adonis lui dit qu'Andolini devait passer le prendre en voiture pour le ramener à Montelepre et Michael attendit Andolini pour voir s'il avait un message pour lui.

Une heure s'écoula. Hector Adonis consulta sa montre, l'air inquiet.

– Il est probablement tombé en panne, dit Michael. Sa Fiat est à bout.

Mais Hector Adonis secoua la tête.

– Stefan Andolini a l'âme d'un assassin mais il est la ponctualité même. Et c'est quelqu'un sur qui l'on peut compter. Comme il a déjà une heure de retard, je crains qu'il ne lui soit arrivé quelque chose. Et il faut que j'arrive à Montelepre avant le couvre-feu.

– Mon frère va vous prêter une voiture et un chauffeur, dit Peter Clemenza.

Adonis réfléchit quelques instants.

– Non, dit-il, je vais attendre. Il est important que je le voie.

– Cela vous ennuierait-il si nous allions prendre connaissance du Testament sans vous? Comment ouvre-t-on la statuette?

– Mais bien sûr, dit Hector Adonis, lisez-le. Pour ouvrir, c'est très simple. La statuette est en bois massif et la tête a été ajoutée après que Guiliano eut glissé les documents à l'intérieur. Il suffit de trancher la tête. Si vous avez des difficultés pour lire, je serais heureux de vous aider. Envoyez-moi un domestique.

Michael et Clemenza montèrent dans la chambre du jeune homme. La statue était restée dans la veste de Michael qui l'avait complètement oubliée. Il la sortit et les deux hommes contemplèrent la Vierge noire. Les traits étaient indiscutablement africains, mais l'expression était exactement celle des Madones blanches qui décorent tous les intérieurs pauvres de Sicile. Michael la tourna dans ses mains. Elle était très lourde et nul n'aurait pu deviner qu'elle était creuse.

Peter Clemenza se dirigea vers la porte et cria un ordre à l'une des domestiques. La femme apparut, portant un couperet. Elle parcourut la pièce du regard avant de tendre l'instrument à Clemenza. Il referma la porte devant les yeux fureteurs de la vieille femme.

Michael posa la Madone noire sur la table de toilette en bois massif, saisissant d'une main la base circulaire et se servant de l'autre pour tenir le sommet de la tête de la statuette. Clemenza appliqua précautionneusement le couperet sur le cou de la Madone, leva son bras musculeux et d'un coup sec et puissant trancha la tête qui fut projetée à l'autre bout de la pièce. Une liasse de papiers retenus par une bande de cuir gris et souple apparut dans l'ouverture.

Clemenza avait frappé exactement au point de jonction des deux morceaux de bois; le couperet n'aurait jamais pu traverser l'olivier. Il posa le couperet sur la table et sortit les papiers de la statuette décapitée. Il desserra la bande de cuir et étala les documents. Ils consistaient en une liasse d'une quinzaine de feuilles de papier pelure couvertes d'une écriture serrée à l'encre noire ainsi qu'en des documents portant des tampons officiels et lettres à en-tête ministériel et des actes notariés. Les papiers s'enroulaient en reprenant la forme qui était la leur dans leur cachette et Michael dut utiliser les deux morceaux de la statuette et le couperet pour les tenir à plat. Puis il versa cérémonieusement deux verres de vin de la cruche posée sur la table de nuit et en tendit un à Clemenza. Les deux hommes vidèrent leur verre avant de commencer la lecture du Testament.

Il leur fallut près de deux heures pour arriver à la fin.

Michael s'émerveilla de voir à quelles trahisons Turi Guiliano, si jeune et si idéaliste, avait survécu. Il connaissait assez la vie pour imaginer que Guiliano, afin de se consacrer à sa mission, avait dû déployer une grande habileté et recourir à l'intrigue. Michael sentit qu'il s'identifiait à Guiliano et éprouva le besoin profond de se dévouer à sa cause et de l'aider à fuir.

Le plus important n'était peut-être pas le journal de Guiliano relatant son histoire des sept dernières années mais les documents qui l'étayaient et qui étaient certainement de nature à renverser le gouvernement démocrate-chrétien. Michael se demanda comment des hommes aussi puissants avaient pu être aussi irréfléchis. Un mot signé par le cardinal; une lettre du ministre de la Justice à Don Croce lui demandant ce qu'il était possible de faire pour réprimer la manifestation de Ginestra. Bien qu'exprimé avec des circonlocutions, tout cela était accablant à la lumière des événements qui avaient suivi. En soi, chaque document était assez innocent mais réunis ils formaient une montagne de preuves aussi imposante que les Pyramides.

Il y avait une lettre du prince Ollorto écrite dans un style fleuri et pleine de compliments pour Guiliano dans laquelle il affirmait que des hommes au plus haut niveau du gouvernement lui avaient donné l'assurance qu'ils feraient tout ce qui était en leur pouvoir pour que Guiliano obtienne son pardon, à condition qu'il fasse ce qu'ils lui avaient demandé. Dans cette lettre le prince Ollorto prétendait être en parfait accord avec le ministre de la Justice.

Il y avait également des copies de plans d'opérations élaborés par le haut commandement des carabiniers pour capturer Guiliano, plans qui lui avaient été communiqués en échange de certains services.

– Pas étonnant qu'ils ne tiennent pas à l'attraper, dit Michael. Il peut tous les faire sauter avec ces papiers.

– Je les emmène tout de suite à Tunis, dit Clemenza. Demain soir, il seront dans le coffre de ton père.

Il prit la Madone décapitée et fourra les papiers à l'intérieur avant de glisser la statuette dans sa poche.

– Allons-y, dit-il à Michael. Si je pars maintenant, je peux être de retour demain matin.

Ils descendirent et Clemenza rapporta le couperet à la cuisine. La vieille l'examina d'un regard soupçonneux, comme si elle cherchait des traces de sang. Ils sortirent de la villa et se dirigeaient vers la plage quand ils aperçurent Hector Adonis qui attendait toujours. Stefan Andolini n'était pas arrivé.

Le petit homme avait desserré sa cravate et enlevé son veston. Bien qu'il fût à l'ombre d'un citronnier, sa chemise blanche était tachée de sueur. Il était un peu ivre... La grande cruche de vin posée sur la table de bois du jardin était vide.

– C'est le début des ultimes trahisons, lança-t-il d'un ton désespéré à Michael et Peter Clemenza. Andolini a trois heures de retard. Il faut que j'aille à Montelepre et à Palerme et que je prévienne Guiliano.

– Mon cher professeur, dit Peter Clemenza avec bonhomie, il est peut-être tombé en panne, à moins qu'il n'ait été retenu par des affaires plus urgentes. Il sait que vous êtes en sécurité ici et que vous l'attendrez. Passez encore une nuit avec nous s'il n'arrive pas aujourd'hui.

– Tout cela va mal se terminer, ça va mal se terminer, marmonna Adonis.

Puis il demanda que l'on mette une voiture à sa disposition et Clemenza donna l'ordre à deux hommes de prendre une des Alfa Romeo et de conduire Hector Adonis jusqu'à Palerme. Il leur demanda de veiller à ce que la voiture soit de retour à la villa avant la tombée de la nuit.

Ils aidèrent Hector Adonis à monter dans la voiture et lui dirent de ne pas s'inquiéter. Le Testament arriverait aux États-Unis dans les vingt-quatre heures et Guiliano serait hors de danger. Quand la voiture eut franchi la grille, Michael se dirigea vers la plage avec Clemenza et le regarda monter à bord du canot automobile qui s'éloigna vers les côtes d'Afrique.

– A demain matin, cria Peter Clemenza.

Michael se demanda ce qui se passerait si c'était la nuit que Guiliano avait choisie pour faire son apparition.

A l'approche du soir, il dîna, servi par les deux vieilles femmes. Puis il marcha le long de la plage jusqu'à ce que les gardes postés à la limite de la propriété lui fassent rebrousser chemin. Il restait quelques minutes avant la tombée de la nuit et la mer était d'un bleu profond et velouté. Il percevait au loin, au-delà de l'horizon, l'odeur du continent africain, une odeur de fleurs et d'animaux sauvages.

Au bord de l'eau on n'entendait pas le bourdonnement des insectes qui avaient besoin de la végétation luxuriante et de l'air chaud de l'intérieur. C'était comme si une machine avait cessé de fonctionner. Michael demeura immobile sur la plage, jouissant de la paix et de la beauté de la nuit sicilienne et plaignant les autres qui voyageaient dans l'obscurité au milieu des dangers. Guiliano dans sa montagne, Pisciotta traversant les lignes ennemies avec la fragile protection de son laissez-passer, le professeur Adonis et Stefan Andolini jouant à cache-cache sur les routes poussiéreuses de l'île, Peter Clemenza voguant vers Tunis sur les flots bleu nuit. Et où était donc passé Don Domenic qui n'était pas rentré dîner? Ils se mouvaient tous comme des ombres dans la nuit sicilienne et quand ils réapparaîtraient, la scène à jouer serait celle de la vie ou de la mort de Turi Guiliano.

LIVRE IV

DON CROCE

1947

18.

Le roi Humbert II de la maison de Savoie était un être doux et humble adoré par le peuple. Il avait donné son accord au référendum constitutionnel pour savoir si l'Italie devait rester nominalement une monarchie. Il ne désirait pas continuer à régner si son peuple ne voulait pas de lui. Il restait en cela dans le droit fil de ses prédécesseurs. Les rois de Savoie avaient toujours été des monarques dépourvus d'ambition personnelle; la monarchie de nom était en réalité une démocratie parlementaire. Les experts politiques étaient persuadés que le référendum tournerait en faveur de la monarchie.

On comptait sur la Sicile pour apporter une forte majorité de voix pour le maintien du statu quo. A cette époque, les deux personnages les plus puissants de l'île étaient Salvatore Guiliano dont la bande contrôlait le nord-ouest de la Sicile et Don Croce Malo qui, avec les Amis des Amis, avait la haute main sur le reste de l'île. Guiliano ne participa à la stratégie électorale d'aucun parti politique mais Don Croce et la mafia déployèrent tous leurs efforts pour assurer la réélection de la démocratie chrétienne et le maintien de la monarchie.

Mais à la surprise générale, les électeurs balayèrent la monarchie et l'Italie devint une république. Les socialistes et les communistes connurent de si bons résultats que la démocratie chrétienne vacilla et faillit perdre la majorité. Les élections suivantes risquaient d'amener au pouvoir un gouvernement socialiste et athée. Le parti démocrate chrétien commença à faire appel à toutes ses ressources pour remporter les élections suivantes.

C'est en Sicile que les résultats avaient été les plus surprenants.

Les électeurs avaient envoyé au Parlement romain de nombreux députés appartenant aux partis socialiste et communiste. En Sicile la création d'un syndicat était encore considérée comme l'œuvre du démon et nombre d'industriels et de propriétaires terriens refusaient de traiter avec lui. Que s'était-il donc passé ?

Don Croce ne décolérait pas. Ses hommes avaient fait leur travail. Ils avaient usé de menaces pour faire peur aux paysans dans toutes les régions rurales, mais en fin de compte ces menaces n'avaient manifestement pas eu d'effet. La hiérarchie catholique avait demandé à ses prêtres de prêcher contre les communistes et les religieuses avaient distribué des paniers de spaghetti et d'huile d'olive aux pauvres qui promettaient de voter pour la liste démocrate-chrétienne. L'Église de Sicile était abasourdie. Elle avait fait don de plusieurs millions de lires en nourriture, mais le paysan sicilien retors avait dévoré le pain de ses bienfaiteurs et craché sur le parti démocrate chrétien.

Franco Trezza, le ministre de la Justice, était lui aussi furieux contre ses compatriotes siciliens : des traîtres qui ne songeaient qu'à tromper autrui, même si cela ne leur rapportait rien, faisant orgueilleusement étalage de leur honneur alors qu'ils ne possédaient même pas un pot de chambre. Ils faisaient son désespoir. Comment avaient-ils pu voter pour les socialistes et les communistes qui visaient à détruire leur structure familiale et à bannir le Dieu chrétien de toutes les superbes cathédrales d'Italie ? Une seule personne pouvait lui fournir la réponse à cette question et la solution aux prochaines élections qui décideraient de l'avenir de la vie politique en Italie. Il convoqua Don Croce Malo.

*

Les paysans siciliens qui s'étaient prononcés pour les partis de gauche et l'abolition de la monarchie auraient été très étonnés de voir la réaction courroucée de tous ces hauts personnages. Ils auraient été stupéfaits de constater que des nations puissantes telles que les États-Unis, la France et la Grande-Bretagne s'effrayaient à l'idée que l'Italie pouvait devenir l'alliée de la Russie. Ils n'avaient pour la plupart jamais entendu parler des Soviétiques.

Les pauvres de Sicile à qui l'on offrait pour la première fois depuis vingt ans la possibilité d'un vote démocratique avaient simplement donné leur suffrage aux candidats et aux partis politiques qui leur accordaient la possibilité d'acquérir un petit lopin de terre pour une somme minime.

Mais ils auraient été horrifiés de découvrir que leur vote en faveur des partis de gauche était un vote contre leur structure familiale, contre la Vierge et la sainte Église catholique dont les images éclairées par des bougies rouges ornaient la cuisine et la chambre de chaque foyer sicilien. Ils auraient été horrifiés d'apprendre qu'ils avaient voté pour transformer leurs cathédrales en musées et chasser leur pontife bien-aimé loin des côtes d'Italie.

Non, les Siciliens n'avaient pas voté pour un parti politique, mais pour qu'on leur donne une parcelle de terre, à eux et à leur famille. Ils ne pouvaient imaginer une joie plus grande ici-bas que de travailler leur propre terre et de garder pour leur famille ce qu'ils produisaient à la sueur de leur front. Leur image de l'éden était quelques arpents de céréales, un jardin potager en terrasses à flanc de montagne, une petite vigne, un citronnier et un olivier.

*

Le bureau du ministre de la Justice était une vaste pièce aux meubles anciens et massifs. Aux murs étaient accrochés des portraits du président Roosevelt et de Winston Churchill. Les vitraux des fenêtres donnaient sur un petit balcon. Le ministre versa un verre de vin à son hôte, l'honorable Don Croce Malo.

Le ministre Franco Trezza, originaire de Sicile, était un antifasciste sincère qui avait passé un certain temps dans les geôles de Mussolini avant de s'enfuir en Angleterre. Grand, l'allure aristocratique, il avait encore les cheveux très noirs, mais sa barbe grisonnait. C'était un vrai héros mais aussi un bureaucrate et un politicien aguerri, un redoutable assemblage.

Les deux hommes sirotaient leur vin et s'entretenaient de la situation politique en Sicile et des élections régionales qui approchaient. Le ministre formulait tout haut ses craintes. Si la poussée à gauche se confirmait lors du prochain scrutin, le parti démocrate-chrétien risquait fort de perdre le contrôle du gouverneme et l'Église catholique sa position de religion d'État officielle.

Don Croce gardait le silence. Il mangeait lentement et était obligé de reconnaître que la nourriture était bien meilleure à Rome que dans sa Sicile natale. Le Don gardait sa tête d'empereur penchée sur son assiette de spaghetti aux truffes et ses lourdes mâchoires broyaient régulièrement, inexorablement, la nourriture. Il essuyait de temps à autre sa petite moustache avec sa serviette et l'éperon de son nez humait chaque plat apporté par les serveurs comme pour y percevoir un relent de poison. Ses yeux ne cessaient de courir sur la table lourdement chargée et il gardait un mutisme total, laissant le ministre parler d'une voix monotone d'affaires d'État de la plus haute importance.

Ils finirent leur repas par une énorme corbeille de fromages et de fruits. Puis, devant la rituelle tasse de café et un digestif servi dans un verre ballon, le Don se disposa à prendre la parole. Il déplaça sa masse imposante dans le fauteuil trop petit et le ministre s'empressa de le conduire dans un salon meublé de fauteuils rembourrés. Il demanda à un serveur d'apporter le café et les alcools et le congédia d'un geste. Le ministre versa lui-même l'espresso du Don, offrit un cigare que son hôte refusa et se prépara à profiter de la sagesse et des conseils pertinents du Don.

Don Croce considéra longuement le ministre. Il n'était impressionné ni par le profil aristocratique, ni par ses traits lourds, ni par l'énergie qui émanait de lui. Et il avait du mépris pour la barbe du ministre, signe d'affectation à ses yeux. Cet homme pouvait peut-être impressionner les gens à Rome mais jamais en Sicile. Mais c'était de lui que dépendait la consolidation de la puissance de la mafia sur l'île. Cela aurait été une erreur de traiter Rome par le mépris; le résultat avait été Mussolini et le fascisme. Don Croce ne se faisait aucune illusion. Un gouvernement de gauche risquait d'entreprendre des réformes importantes et de décider de mettre fin au pouvoir occulte des Amis des Amis. Seule la démocratie-chrétienne accepterait de perpétuer les méthodes qui rendaient Don Croce légalement invulnérable. C'est pourquoi il avait accepté de venir à Rome avec la satisfaction d'un guérisseur mystique rendant visite à une horde de malades souffrant pour la plupart d'hystérie. Il savait qu'il avait les moyens de les guérir.

– Je peux vous garantir les voix de la Sicile aux prochaines élections, dit-il. Mais nous avons besoin d'hommes armés. Vous devez m'assurer que vous ne tenterez rien contre Guiliano.

– C'est la seule chose que je ne puis vous promettre, dit le ministre.

– C'est la seule chose que vous devez me promettre, répliqua Don Croce.

Trezza lissa sa barbe.

– Quel genre d'homme est ce Guiliano? demanda-t-il à contrecœur. Il est beaucoup trop jeune pour être si féroce. Même pour un Sicilien.

– C'est un garçon très doux, dit Don Croce sans prêter attention au sourire sardonique du ministre et oubliant de mentionner qu'il n'avait jamais rencontré Guiliano.

– Je ne crois pas que ce soit possible, dit Trezza en secouant la tête. On ne peut qualifier de garçon très doux quelqu'un qui a tué autant de carabiniers.

C'est vrai, songea Don Croce, Guiliano est particulièrement sanguinaire depuis un an. Depuis qu'il avait exécuté le « père » Dodana, Guiliano se déchaînait contre tous ses ennemis, la mafia comme Rome.

Il avait commencé à envoyer aux journaux des lettres proclamant que la Sicile occidentale était sous sa domination et que les autorités étaient impuissantes. Il envoyait aussi des lettres interdisant aux carabiniers des garnisons de Montelepre, Corleone et Monreale de patrouiller dans les rues après minuit. L'explication qu'il donnait était que ses hommes devaient rendre visite à leur famille ou à leurs amis et qu'il ne voulait pas qu'ils soient arrêtés dans leur lit ou abattus en sortant de chez eux. Et il voulait lui-même pouvoir rendre visite à sa famille à Montelepre.

Les journaux publiaient ces lettres avec délectation. Salvatore Guiliano interdisait l'usage de la *cassetta*? Ce bandit interdisait à la police de faire son devoir en patrouillant dans les villes de Sicile! Quelle impudence. Une effronterie sans nom! Ce jeune homme se prenait-il pour le roi d'Italie? On publiait des dessins humoristiques montrant des carabiniers tapis dans une ruelle de Montelepre tandis que l'énorme silhouette de Guiliano s'avançait majestueusement sur la grand-place.

Il n'y avait bien entendu qu'une seule réaction à attendre de la part du *Maresciallo* de Montelepre. Il envoyait toutes les nuits des patrouilles dans les rues et toutes les nuits sa garnison, portée à cent hommes, était en état d'alerte et gardait toutes les entrées de la ville afin que Guiliano ne puisse lancer une attaque.

Mais la seule fois où il envoya ses carabiniers dans la montagne, Guiliano et ses cinq lieutenants – Pisciotta, Terranova, Passatempo, Silvestro et Andolini – chacun à la tête de cinquante hommes, leur tendirent une embuscade. Guiliano se montra impitoyable et six carabiniers perdirent la vie tandis que d'autres détachements battaient en retraite sous un feu nourri d'armes automatiques et de fusils.

L'indignation éclatait à Rome, mais c'était justement la témérité de Guiliano qui pouvait leur être utile à condition que Don Croce parvienne à convaincre cette cloche de ministre de la Justice.

– Faites-moi confiance, dit-il à Franco Trezza. Guiliano peut nous être utile; je le persuaderai de déclarer la guerre aux socialistes et aux communistes. Il attaquera le siège de leurs partis et se débarrassera de leurs militants. Il sera le fer de lance de mon organisation. Et mes amis et moi-même nous chargerons naturellement du travail indispensable qui ne peut être accompli au grand jour.

Cette suggestion ne parut pas choquer le ministre.

– Guiliano est déjà un scandale national, dit-il d'un ton hautain. Un scandale international, devrais-je dire. J'ai sur mon bureau un plan du chef d'état-major de l'armée prévoyant d'envoyer des troupes pour venir à bout de lui. Sa tête est mise à prix dix millions de lires. Mille carabiniers sont en état d'alerte et prêts à partir renforcer leurs collègues en Sicile. Et vous me demandez de protéger cet homme? Mon cher Don Croce, j'espérais que vous me proposeriez de nous le livrer comme vous l'avez fait pour les autres bandits. Guiliano est la honte de l'Italie. Tout le monde pense qu'il faut l'éliminer.

Don Croce but une gorgée d'espresso et s'essuya la moustache avec les doigts. L'hypocrisie romaine commençait à l'agacer.

– Turi Guiliano nous est beaucoup plus précieux vivant et accomplissant ses actions héroïques dans la montagne, dit-il en secouant lentement la tête. Le peuple de Sicile le vénère; il dit des prières pour le salut de son âme et pour sa sécurité. Il n'y a pas un homme sur notre île qui ne soit prêt à le trahir. Et il est beaucoup plus rusé que tous les autres bandits. J'ai des espions dans son camp, mais sa personnalité est telle que je ne sais même pas s'ils me sont encore fidèles. C'est un homme qui inspire de l'affection à tout le monde. Si vous envoyez vos mille carabiniers et vos troupes et qu'ils échouent – et ils ont déjà échoué – que se passera-t-il? Je vous affirme ceci : si Guiliano décide de soutenir les partis de gauche aux prochaines élections, vous perdrez la Sicile, ce qui signifie, vous ne l'ignorez pas, que votre parti perdra l'Italie.

Il s'interrompit un long moment et plongea son regard dans celui du ministre.

– Il faut que vous arriviez à un compromis avec Guiliano.

– Et comment pourrait-on y parvenir? demanda Franco Trezza avec le sourire poli et supérieur que Don Croce méprisait. C'était un sourire romain et Trezza était né en Sicile.

– Je tiens de bonne source que Guiliano ne vous porte pas dans son cœur, poursuivit le ministre.

– Il n'a pas pu résister trois ans sans être assez intelligent pour oublier une rancune, dit Don Croce en haussant les épaules. Et j'ai un lien avec lui. Le professeur Hector Adonis est l'un des nôtres mais c'est aussi le parrain de Guiliano et il jouit de toute sa confiance. Il sera mon intermédiaire pour notre réconciliation. Mais je dois obtenir de vous des assurances concrètes.

– Aimeriez-vous une lettre signée de ma main dans laquelle je déclarerais mon affection pour le bandit que je cherche à attraper? demanda le haut dignitaire d'un ton sarcastique.

La force principale de Don Croce était de ne jamais attacher d'importance à un ton insultant ou à un manque de respect, même s'il l'enregistrait au fond de son cœur. Il répondit très simplement en conservant un masque impénétrable.

– Non, dit-il. Remettez-moi seulement une copie du plan du chef d'état-major pour lancer une campagne contre Guiliano. Ainsi qu'une copie de l'ordre que vous signerez pour envoyer mille carabiniers en renfort sur l'île. Je les montrerai à Guiliano en lui promettant que vous ne donnerez pas ces ordres s'il nous aide à éduquer les électeurs siciliens. Cela ne risque pas de vous compromettre; vous pourrez toujours prétendre qu'on vous a subtilisé une copie. Je promettrai également à Guiliano que si la démocratie chrétienne remporte les élections, il obtiendra son pardon.

– Ah, ça, non, fit Trezza. Cela n'entre pas dans mes attributions.

– Une *promesse* peut entrer dans vos attributions, dit Don Croce. S'il est possible de lui accorder le pardon, tant mieux. Si vous estimez que c'est impossible, je lui annoncerai la mauvaise nouvelle.

Le ministre commençait à comprendre. Il en arrivait à la

conclusion à laquelle son interlocuteur avait voulu l'amener : le Don devrait tôt ou tard se débarrasser de Guiliano, il n'y avait pas de place pour eux deux en Sicile. Et Don Croce assumerait toutes les responsabilités; le ministre n'avait pas besoin de se pencher sur le problème. Il pouvait assurément faire des promesses et n'avait qu'à remettre à Don Croce une copie des deux plans.

Le ministre pesait le pour et le contre. Don Croce baissa sa tête massive et dit dans un souffle :

– Si le pardon est possible, je le conseille vivement.

Le ministre allait et venait dans son bureau en réfléchissant aux complications qui pouvaient survenir. Don Croce ne remuait ni la tête ni aucune partie de son corps pour suivre ses déplacements.

– Promettez-lui le pardon en mon nom, dit le ministre, mais vous devez savoir que ce sera difficile. Le scandale risque d'être trop retentissant. Si les journaux savaient seulement que nous nous sommes rencontrés, ils m'éreinteraient et je serais obligé de me retirer dans ma ferme en Sicile pour pelleter du fumier et tondre mes moutons. Dites-moi franchement : est-il vraiment nécessaire que vous ayez ces copies?

– Sans elles, je ne peux rien faire, répondit Don Croce d'une voix de ténor aussi puissante et persuasive que celle d'un grand chanteur. Guiliano a besoin de documents prouvant que nous sommes amis et il lui faudra un acompte pour ses services. Il aura les deux quand je lui montrerai les plans en lui promettant qu'ils ne seront pas exécutés. Il pourra agir aussi librement qu'avant sans avoir à affronter l'armée et des renforts de gendarmerie. Le fait que je sois en possession des plans confirme que je suis en rapport avec vous et le fait qu'ils ne soient pas mis à exécution démontre mon influence à Rome.

Franco Trezza versa une autre tasse de café à Don Croce.

– J'accepte, dit-il. Je m'en remets à notre amitié. La discrétion est tout. Mais je m'inquiète pour vous. Quand Guiliano aura rempli sa tâche et verra qu'il ne peut obtenir le pardon, il vous en rendra responsable.

Le Don hocha la tête mais garda le silence. Tandis qu'il sirotait son espresso, le ministre l'observait avec attention.

– Il n'y a pas de place pour vous deux sur une si petite île, dit Franco Trezza.

– Je lui en ferai, dit le Don en souriant. Nous avons tout notre temps.

– Bien, bien, fit le ministre. Et n'oubliez pas ceci : si je peux promettre à mon parti les suffrages de la Sicile lors des prochaines élections et si la solution que j'apporte au problème Guiliano fait honneur au gouvernement, qui sait jusqu'où ira mon ascension en Italie. Mais même si j'arrive au sommet, je ne vous oublierai jamais, mon cher ami. Vous aurez toujours l'oreille de Franco Trezza.

Don Croce changea lourdement de position dans son fauteuil en se demandant si cela valait vraiment la peine de faire de ce Sicilien au crâne étroit le Premier ministre d'Italie. Mais sa stupidité serait un avantage pour les Amis des Amis et s'il se retournait contre eux, il serait facile à éliminer.

– Je vous remercie pour l'amitié dont vous faites preuve à mon égard, dit Don Croce du ton vibrant de sincérité pour lequel il était bien connu, et je ferai tout ce qui est en mon pouvoir pour vous soutenir. Nous sommes d'accord. Je pars demain après-midi pour Palerme et je vous serais reconnaissant de bien vouloir faire déposer dans la matinée à mon hôtel les plans et autres documents. Quant à Guiliano, si vous ne pouvez lui obtenir l'amnistie quand il aura accompli sa tâche, je m'arrangerai pour qu'il disparaisse. Aux États-Unis, peut-être, ou dans un endroit où il ne pourra plus vous causer d'ennuis.

Les deux hommes se séparèrent. Trezza le Sicilien qui avait choisi d'être un pilier de l'ordre établi et Don Croce qui considérait la structure et la législation gouvernementales comme une œuvre démoniaque visant à le réduire en esclavage. Car Don Croce croyait à la liberté, une liberté lui appartenant en propre et ne devant rien à qui que ce fût d'autre, conquise uniquement grâce au respect que lui témoignaient ses compatriotes. Don Croce déplorait que le destin le mette en face de Turi Guiliano, un homme selon son cœur, et non de cet hypocrite salopard de ministre de la Justice.

*

De retour à Palerme, Don Croce fit appeler Hector Adonis. Il lui parla de son entretien avec Trezza et de l'accord auquel ils étaient arrivés. Puis il lui montra les copies des plans du gouvernement dans le cadre de leur lutte contre Guiliano. Comme le Don l'espérait, le petit professeur fut atterré par ces documents.

– Le ministre m'a promis qu'il désapprouverait ces projets et ne les mettrait jamais en œuvre, dit Don Croce. Mais à la condition que votre filleul use de toute son influence pour les prochaines élections. Il doit se montrer ferme et fort et ne pas tant se préoccuper des pauvres. C'est sa peau qui est en jeu. Il doit bien comprendre qu'une alliance avec Rome et le ministre de la Justice est une occasion à saisir. Tous les carabiniers, toute la police, tous les juges dépendent de Trezza. Il sera peut-être un jour Premier ministre. Si cela arrive, Turi Guiliano pourra retourner au sein de sa famille et peut-être même faire une grande carrière politique. Le peuple de Sicile l'adore. Mais pour l'instant, il doit pardonner et oublier. Je compte sur vous pour l'influencer.

– Mais comment Turi peut-il croire aux promesses du gouvernement? Il a toujours combattu pour les pauvres. Il ne fera jamais rien contre eux.

– Il n'est certainement pas communiste, répliqua sèchement Don Croce. Arrangez-moi une rencontre avec Guiliano. Je saurai le convaincre. Nous sommes les deux hommes les plus puissants de Sicile. Pourquoi n'unirions-nous pas nos forces? Il a déjà refusé une fois, mais les temps changent. Ce sera son salut aussi bien que le nôtre. Les communistes nous écraseraient tous deux avec le même plaisir. Un État communiste ne peut se permettre de laisser en vie ni un héros comme Guiliano ni un bandit comme moi. Je suis prêt à le rencontrer où il le voudra. Et dites-lui que je me porte garant des promesses de Rome. Si la démocratie chrétienne remporte les prochaines élections, je serai responsable de son amnistie. Je m'y engage sur ma vie et sur mon honneur.

Hector Adonis comprenait. Don Croce était prêt à s'attirer le courroux de Guiliano si les promesses de Trezza n'étaient pas tenues.

– Puis-je emporter ces plans pour les montrer à Guiliano? demanda-t-il.

Don Croce réfléchit quelques instants. Il savait qu'il ne récupérerait jamais les plans et qu'en s'en séparant, il offrait à Guiliano une arme redoutable pour l'avenir.

– Mon cher professeur, répondit-il en souriant, vous pouvez les prendre. Bien entendu.

*

En attendant Adonis, Turi Guiliano se demandait quelle conduite il allait adopter. Il avait compris que les élections et la poussée des partis de gauche allaient obliger Don Croce à faire appel à lui.

Pendant près de quatre ans, Guiliano avait distribué des centaines de millions de lires et de la nourriture aux pauvres de la région mais il ne pouvait véritablement les aider qu'en accédant au pouvoir, sous quelque forme que ce fût.

Il était perturbé par les livres d'économie et de politique qu'Adonis lui avait apportés. L'histoire montrait que les partis de gauche représentaient le seul espoir pour les pauvres de tous les pays, sauf en Amérique. Mais il répugnait à se ranger de leur côté. Il détestait leurs diatribes contre l'Église et la manière dont ils raillaient les liens familiaux moyenâgeux existant encore en Sicile. Et il savait qu'un gouvernement socialiste déploierait beaucoup plus d'efforts pour le déloger de ses montagnes que la démocratie chrétienne.

La nuit était tombée et Guiliano regardait les feux de camp de ses hommes sur les pentes. Du bord de l'escarpement dominant Montelepre, lui parvenaient des bribes de la musique déversée par les haut-parleurs de la place du village, une musique de Palerme. Le village se présentait à ses yeux comme une figure géométrique composée de lumières formant un cercle presque parfait. Il songea que quand Adonis serait arrivé et après avoir discuté de leurs affaires, il accompagnerait son parrain à Montelepre et irait rendre visite à ses parents et à La Venera. Il ne redoutait nullement cette expédition, car il contrôlait tous les mouvements dans la province. Les détachements de carabiniers patrouillant en ville étaient sous surveillance et il emmènerait assez d'hommes pour les massacrer s'ils osaient s'aventurer près de la maison de ses parents. De plus il avait maintenant des partisans armés demeurant dans la Via Bella.

Quand Adonis arriva, Guiliano le conduisit dans la grande caverne contenant une table et des chaises et éclairée par des lampes à accumulateurs de l'armée américaine. Hector Adonis l'embrassa et lui remit un petit sac contenant des livres que Guiliano accepta avec gratitude. Adonis remit également à Turi un attaché-case rempli de documents.

– Je crois que tu vas trouver cela intéressant, dit-il. Tu devrais le lire tout de suite.

Guiliano étala les papiers sur la table. Il s'agissait des ordres signés par le ministre de la Justice et autorisant un contingent de mille carabiniers à être envoyé en renfort en Sicile pour lutter contre les bandits de Guiliano. Il y avait aussi le plan élaboré par le chef d'état-major. Le front assombri, Turi étudia les documents. Il n'avait pas peur; il lui faudrait simplement s'enfoncer plus profondément dans les montagnes, mais l'avertissement arrivait à temps.

– Qui t'a donné cela? demanda-t-il à son parrain.

– Don Croce. C'est le ministre de la Justice en personne qui les lui a remis.

Turi ne sembla pas aussi étonné par cette nouvelle qu'il aurait dû l'être. En fait, un léger sourire flottait sur ses lèvres.

– Est-ce censé me faire peur? demanda Guiliano. Les montagnes sont profondes. Elles peuvent engloutir tous les hommes qu'ils enverront et pendant ce temps, je siffloterai sous un arbre pour m'endormir.

– Don Croce veut te rencontrer. Il est disposé à se rendre à l'endroit que tu lui indiqueras. Ces documents sont un gage de sa bonne volonté. Il a une proposition à te faire.

– Et toi, mon cher parrain, dit Turi, me conseilles-tu de rencontrer Don Croce?

Il observait attentivement le professeur.

– Oui, répondit simplement Adonis.

Turi Guiliano hocha lentement la tête.

– Alors nous nous rencontrerons chez toi, à Montelepre. Es-tu sûr que Don Croce sera prêt à courir ce risque?

– Pourquoi ne le ferait-il pas? dit Hector Adonis d'un ton grave. Il aura ma parole qu'il ne courra aucun danger. Et moi, j'aurai ta parole, en laquelle j'ai une confiance absolue.

– Moi aussi, j'ai confiance en toi, dit Turi en prenant les mains de son parrain dans les siennes. Merci pour ces plans et merci pour les livres que tu m'as apportés. Veux-tu m'aider à en lire un ce soir avant ton départ?

– Bien sûr, dit Hector Adonis.

Et bien avant dans la nuit, de sa magnifique voix de professeur, il expliqua des passages difficiles des livres qu'il avait apportés. Guiliano l'écoutait avec la plus grande attention et lui posait des questions. Comme s'ils étaient redevenus le maître et l'élève qu'ils avaient été bien des années auparavant.

C'est cette nuit-là qu'Hector Adonis suggéra à Guiliano de rédiger un Testament. Un document dans lequel seraient consignés tous les événements de la vie de sa bande et où seraient exposés en détail les accords secrets conclus par Guiliano avec Don Croce et le ministre de la Justice. Ce document pouvait devenir une précieuse protection.

Guiliano accueillit cette proposition avec enthousiasme. Même si le document se révélait inutile, même s'il était perdu, il se prit à rêver que dans un siècle un autre rebelle le découvrirait. Comme Pisciotta et lui avaient découvert les ossements de l'éléphant d'Hannibal.

19.

La rencontre historique eut lieu le surlendemain. Pendant ce bref laps de temps, la ville de Montelepre fut parcourue de rumeurs selon lesquelles le grand Don Croce Malo venait de rencontrer avec humilité le glorieux héros local, Turi Guiliano. On ne sut jamais comment le secret avait été éventé. Peut-être simplement parce que Guiliano avait pris des précautions extraordinaires. Des patrouilles avaient pris position sur la route de Palerme afin de la bloquer et une cinquantaine de ses hommes ayant de la famille à Montelepre étaient allés rendre visite à leurs parents chez qui ils passaient la nuit.

Passatempo et ses hommes isolaient la caserne Bellampo afin d'immobiliser d'éventuelles patrouilles de carabiniers s'aventurant hors de ses murs. Terranova et sa bande contrôlaient la route de Castellammare et de Trapani. Le caporal Canio Silvestro avait pris position sur un toit avec ses cinq meilleurs tireurs et une mitrailleuse camouflée par les châssis de bambou utilisés pour faire sécher les tomates et en faire du concentré, méthode encore employée par de nombreuses familles de Montelepre.

Don Croce arriva au crépuscule dans une grosse Alfa Romeo de tourisme qui se gara devant le domicile d'Hector Adonis. Le Don s'était fait accompagner de son frère, le père Benjamino, et de deux gardes du corps qui restèrent dans la voiture avec le chauffeur. Hector Adonis les attendait à la porte, vêtu encore plus élégamment que de coutume d'un complet gris fait sur mesure à Londres et d'une cravate à rayures rouges et noires sur une chemise d'un blanc éblouissant. Il offrait un contraste frappant avec le Don dont la mise semblait encore plus négligée que d'habitude. Il était sanglé dans un pantalon qui lui donnait l'air d'une grosse oie et portait une chemise sans col et déboutonnée au cou ainsi qu'une grosse veste noire dont les pans ne se rejoignaient pas, dévoilant les bretelles blanches, larges de deux à trois centimètres, qui retenaient son pantalon. Il était chaussé de pantoufles.

Le père Benjamino, en habit ecclésiastique, portait son habituelle calotte noire et poussiéreuse. Avant d'entrer, il fit le signe de la croix et murmura une bénédiction.

Hector Adonis possédait la plus belle maison de Montelepre et en était fier. Le mobilier venait de France et les tableaux étaient l'œuvre de peintres mineurs italiens contemporains. La vaisselle venait d'Allemagne et la gouvernante, une Italienne d'âge mûr, avait été formée en Angleterre avant la guerre. Elle servit du café aux trois hommes qui s'installèrent dans le salon en attendant l'arrivée de Guiliano.

Don Croce se sentait totalement en sécurité. Il savait que Guiliano ne trahirait pas son parrain en manquant à sa parole. Le Don se réjouissait à l'avance de rencontrer la nouvelle célébrité qu'il allait pouvoir juger personnellement à sa juste valeur. Il fut assez impressionné par la manière dont Guiliano se glissa silencieusement dans la maison. Il n'y eut pas le moindre bruit dans la rue pavée, aucun frôlement de porte s'ouvrant ou se refermant, mais soudain Guiliano apparut sous la voûte d'entrée du salon. Don Croce fut aussitôt frappé par sa beauté.

La vie dans la montagne avait élargi sa poitrine et aminci son visage. Il avait conservé sa forme ovale, mais les joues étaient plus creuses et le menton pointu. Il avait toujours ses yeux de statue, d'un brun doré entouré de l'étrange cercle argenté qui semblait enchâsser les globes oculaires dans leur orbite. Ses vêtements aussi le mettaient en valeur. Un confortable pantalon de moleskine, une chemise blanche fraîchement lavée et repassée et une ample veste de chasse en velours brun-roux sous laquelle était attaché le pistolet mitrailleur dont il ne se séparait jamais. Et surtout, bien qu'il fût âgé de vingt-quatre ans, il avait l'air incroyablement jeune, presque d'un adolescent.

Comment quelqu'un de si jeune pouvait-il avoir défié Rome, éventé les pièges des Amis des Amis, inspiré une telle dévotion chez le cruel Andolini, mis un frein à la bestialité de Passatempo et conquis le quart de la Sicile et l'affection de toute la population de l'île? Don Croce n'ignorait pas que Guiliano était d'une incroyable bravoure, mais la Sicile regorgeait de braves ayant eu une fin prématurée, proies faciles des traîtres.

Mais au moment même où Don Croce commençait à douter, Turi Guiliano fit quelque chose qui réjouit le cœur du Don et le rassura; il avait raison de faire son allié de ce jeune homme. Turi pénétra dans la pièce, s'avança droit sur Don Croce et lui dit :

– *Bacio tua mano.*

C'était le salut sicilien traditionnel réservé à une personne de rang supérieur – un prêtre, un propriétaire terrien ou un noble. « Je vous baise la main. » Guiliano avait dit cela avec un sourire joyeux, mais Don Croce savait exactement pourquoi il avait choisi cette formule de politesse. Ce n'était pas pour se montrer obséquieux, ni même par respect pour son âge. C'était parce que le Don s'était remis en son pouvoir et qu'il voulait marquer son respect pour cette confiance. Don Croce se leva lentement, ses bajoues se colorant sous l'effort et prit Guiliano dans ses bras. C'était un noble jeune homme et il voulait lui montrer son affection. Ce faisant, il vit le visage d'Hector Adonis rayonnant de fierté. Son filleul s'était conduit en gentilhomme.

Pisciotta arriva à son tour dans le salon et observa la scène, un léger sourire sur son visage ténébreux. Il était aussi d'une grande beauté, mais qui contrastait étrangement avec celle de Guiliano. Sa tuberculose l'avait amaigri et avait creusé ses traits. Sa peau olivâtre semblait tendue sur les os du visage. Ses cheveux soigneusement peignés étaient d'un noir luisant alors que ceux de Guiliano, blond roux et coupés court, lui faisaient comme un casque.

Turi qui avait espéré que sa formule de salut prendrait le Don par surprise avait été surpris à son tour par la compréhension gracieuse et l'accueil affectueux du vieux mafioso. Il étudia la masse imposante de Don Croce et fut tout de suite sur ses gardes. Cet homme était dangereux. Non seulement à cause de sa réputation, mais par l'aura de puissance qui émanait de lui. Ce corps massif qui n'aurait dû être que grotesque émettait une sorte d'énergie ardente qui se répandait dans toute la pièce. Et quand le Don prit la parole, la voix sortant de cette lourde tête avait la touche magique d'un choral. Quand il s'efforçait de convaincre, il exerçait une fascination extraordinaire, mélange de sincérité, de véhémence et d'exquise courtoisie totalement inattendues chez un homme dont les manières semblaient par ailleurs si frustes.

– Je vous observe depuis plusieurs années et j'ai longtemps attendu ce jour. Il est enfin arrivé et vous remplissez toutes mes espérances.

– J'en suis flatté, dit Guiliano.

Il pesa ce qu'il allait ajouter, sachant ce qu'on attendait de lui.

– J'ai toujours espéré que nous pourrions être amis.

Don Croce inclina la tête et entreprit d'expliquer l'accord auquel il était parvenu avec le ministre de la Justice. Si Guiliano apportait son concours pour « éduquer » les masses siciliennes et les faire voter correctement aux élections suivantes, on trouverait un moyen de lui accorder l'amnistie. Guiliano pourrait retourner dans sa famille comme tout un chacun et n'aurait plus à vivre hors la loi. Comme preuve de la réalité de cet accord Franco Trezza avait remis au Don les plans de la lutte contre Guiliano. Don Croce leva la main pour insister sur ce qui allait suivre.

– Si vous acceptez, dit-il, ces plans seront refusés par le ministre. Il n'y aura ni expédition de troupes ni renforts de carabiniers.

Don Groce vit que Guiliano l'écoutait attentivement mais ne semblait aucunement étonné par ses paroles.

– Tout le monde en Sicile connaît l'intérêt que vous portez aux pauvres, poursuivit-il. On pourrait croire que vous accorderez votre appui aux partis de gauche, mais je connais votre attachement à l'Église. Vous êtes un vrai Sicilien. Et qui ignore votre dévotion pour votre mère? Désirez-vous vraiment que les communistes gouvernent l'Italie? Qu'arriverait-il à l'Église? Et à la cellule familiale? Les jeunes gens qui ont participé à la guerre sont contaminés par des croyances étrangères, des doctrines politiques qui n'ont pas leur place sur notre île. Les Siciliens sont capables de trouver tout seuls la voie d'un avenir meilleur. Voulez-vous un État tout-puissant qui ne tolérerait pas le moindre esprit de rébellion? Un gouvernement de gauche lancerait certainement une offensive d'envergure contre nous deux, car ne sommes-nous pas les vrais maîtres de la Sicile? Si la gauche remporte les élections, le jour viendra peut-être où il y aura des Russes dans les villages de Sicile pour décider qui ira à l'église. On obligera nos enfants à aller dans des écoles où on leur enseignera que l'Etat passe avant les personnes sacrées de la mère et du père. Peut-on vivre dans ce monde-là? Non. L'heure est venue pour tous les vrais Siciliens de défendre leur famille et leur bonheur contre l'Etat!

Il y eut une interruption inattendue de Pisciotta toujours adossé au mur de la voûte d'entrée.

– Les Russes nous accorderont peut-être l'amnistie, dit-il d'un ton sarcastique.

Un souffle glacé parcourut l'âme du Don, mais il ne laissa nullement paraître la colère qu'il éprouvait devant l'insolence de ce petit dandy moustachu. Il l'étudia et se demanda pourquoi il avait attiré l'attention sur lui à ce moment. Pourquoi avait-il voulu que le Don le remarque? Le mafioso se demanda s'il pourrait se servir de lui. Son instinct infaillible flairait la pourriture dans le second et l'homme de confiance de Guiliano. C'était peut-être sa maladie pulmonaire, ou bien son cynisme. Pisciotta était un homme incapable de faire totalement confiance à quelqu'un et donc, par définition, un homme en qui l'on ne pouvait avoir une confiance absolue. Il réfléchit à tout cela avant de répondre.

– Quand une nation étrangère a-t-elle jamais aidé la Sicile? Quand un étranger a-t-il jamais rendu justice à un Sicilien?

– Les jeunes gens comme vous, ajouta-t-il en s'adressant directement à Pisciotta, sont notre seul espoir. Rusés, braves et attachés à leur honneur. Depuis mille ans, ces hommes ont rejoint les rangs des Amis des Amis pour lutter contre l'oppresseur et chercher la justice pour laquelle Guiliano se bat en ce moment. L'heure est venue de nous unir pour sauver la Sicile.

Guiliano semblait insensible à la force de persuasion de la voix de Don.

– Mais nous avons toujours combattu Rome et ses représentants envoyés pour nous gouverner, rétorqua-t-il sans mâcher ses mots. Ils ont toujours été nos ennemis. Et vous nous demandez maintenant de les soutenir et de leur faire confiance?

– Il convient dans certaines circonstances de faire cause commune avec l'ennemi, dit Don Croce d'un ton empreint de gravité. La démocratie chrétienne est le parti le moins dangereux pour nous. Nous devons donc faire en sorte qu'elle reste au pouvoir. Quoi de plus simple?

Il marqua un temps d'arrêt et reprit :

– Les gauchistes ne vous accorderont jamais le pardon, tenez-le pour assuré. Ils sont trop hypocrites, trop implacables, ils ne comprennent pas la mentalité sicilienne. Les pauvres auront sans doute leur bout de terre, mais pourront-ils garder ce qu'ils cultivent? Essayez de vous représenter les paysans travaillant dans une coopérative de production. Eux qui s'entre-tuent parce qu'ils ne sont pas d'accord sur la couleur de la robe que portera la Vierge lors d'une procession religieuse!

Dans ce discours perçaient l'esprit et l'ironie d'un homme voulant que son public sache qu'il exagérait mais aussi qu'il comprenne que l'exagération contenait une bonne part de vérité.

Guiliano avait écouté avec un petit sourire. Il savait qu'il serait peut-être un jour nécessaire de tuer cet homme et le respect que le Don inspirait par sa prestance et la force de sa personnalité était tel que cette idée faisait frémir Guiliano. Comme si le seul fait d'avoir cette pensée revenait à se dresser contre son père, contre des liens familiaux profondément enracinés. Il lui fallait prendre une décision et ce serait la plus importante depuis le début de sa carrière de hors-la-loi.

– Je suis d'accord avec vous pour ce qui est des communistes, dit doucement Turi. Ils ne sont pas faits pour la Sicile.

Guiliano s'interrompit. Il sentait que le moment était venu d'imposer sa volonté à Don Croce.

– Mais si je fais le sale boulot pour Rome, je dois promettre une récompense à mes hommes. Que peut faire le gouvernement pour nous?

Don Croce avait fini sa tasse de café. Hector Adonis se précipita pour la remplir, mais le Don l'écarta d'un geste.

– Ce que vous avez déjà n'est pas si mal, dit-il à Guiliano. Andolini vous apporte des renseignements sur les mouvements des carabiniers, ce qui vous permet de toujours les tenir à l'œil. Ils n'ont pas pris de mesures exceptionnelles pour vous déloger de vos montagnes. Mais je sais que ce n'est pas suffisant. Permettez-moi de vous rendre un service qui me réjouira autant qu'il réjouira vos parents. Devant votre parrain et devant votre meilleur ami, Aspanu Pisciotta, je m'engage à remuer ciel et terre pour obtenir votre pardon et bien entendu celui de vos hommes.

La décision de Guiliano était déjà prise, mais il tenait à avoir toutes les garanties possibles.

– Je suis d'accord avec presque tout ce que vous avez dit, fit-il. J'aime la Sicile et son peuple et malgré l'existence de bandit que je mène, je crois à la justice. Je suis prêt à faire n'importe quoi pour retrouver mon foyer et mes parents, mais comment obligerez-vous le gouvernement à tenir ses promesses? C'est la clé de tout. Les services que vous me demandez ne sont pas sans danger. Il me faut une récompense.

Le Don réfléchit quelques instants avant de répondre d'une voix lente et posée.

– Vous avez raison d'être prudent. Mais vous êtes en possession des plans que j'ai demandé au professeur Adonis de vous montrer. Conservez-les comme preuve des relations que vous aviez avec Franco Trezza. J'essaierai de me procurer d'autres documents qui pourront vous être utiles et que le gouvernement craindra de voir divulgués dans une de vos fameuses lettres aux journaux. Et enfin je vous garantis personnellement le pardon si vous remplissez votre tâche et si la démocratie chrétienne remporte les élections. Le ministre de la Justice a le plus grand respect pour moi et jamais il ne manquerait à sa promesse.

L'excitation et le plaisir se lisaient sur le visage d'Hector Adonis. Il se représentait déjà le bonheur qu'éprouverait Maria Lombardo en apprenant que son fils n'était plus un fugitif et qu'il pouvait rentrer au bercail. Il savait que Guiliano agissait ainsi par nécessité mais il pensait que l'alliance de son filleul et de Don Croce contre les communistes pouvait être la première étape d'un processus liant les deux hommes d'une véritable amitié.

Le fait que le grand Don Croce se porte garant du pardon des autorités impressionnait Pisciotta lui-même. Mais Guiliano avait vu la faille essentielle dans l'argumentation du Don. Qu'est-ce qui lui prouvait que tout cela n'était pas une invention pure et simple du mafioso? Que les plans n'avaient pas été volés? Que le ministre n'avait pas déjà refusé de les mettre à exécution? Ce qu'il lui fallait, c'était une entrevue directe avec Trezza.

– Je me sens rassuré, dit Guiliano. La caution personnelle que vous apportez montre votre générosité et explique pourquoi on vous appelle « La Bonne Ame » en Sicile. Mais le gouvernement est d'une perfidie notoire et nous savons ce que valent les politiciens. J'aimerais que quelqu'un en qui j'ai confiance entende cette promesse de la propre bouche de Trezza et qu'on me fournisse un document me donnant des assurances.

Le Don fut stupéfait. Tout au long de l'entretien, il avait éprouvé une certaine affection pour Turi Guiliano et avait rêvé à ce qui aurait pu être si ce jeune homme avait été son fils. Ils auraient été ensemble les maîtres de la Sicile. Et avec quelle grâce il lui avait dit : « Je vous baise la main. » C'était l'une des premières fois de sa vie que le Don s'était laissé charmer par quelqu'un. Mais en comprenant que Guiliano n'acceptait pas ses garanties, l'affection qu'il éprouvait pour lui se fit moins vive. Il sentait peser sur lui le regard étrange des yeux mi-clos du jeune homme attendant d'autres preuves, d'autres assurances. Les garanties de Don Croce Malo n'étaient pas suffisantes.

Il y eut un long silence. Le Don réfléchissait à ce qu'il allait dire et les autres attendaient. Hector Adonis s'efforçait de dissimuler son désarroi devant l'insistance de Turi et sa crainte de la réaction de Don Croce. Le père Benjamino avait une expression de bouledogue vexé sur sa face blême et bouffie. Mais quand le Don reprit enfin la parole, il rassura tout le monde. Il avait réfléchi aux motivations de Guiliano et à ce qu'il fallait lui accorder.

– Comme il est dans mon intérêt que vous acceptiez, dit-il à Guiliano, je me suis peut-être laissé emporter par mes arguments. Mais permettez-moi de vous aider à décider. Laissez-moi vous dire tout d'abord que Trezza ne vous remettra jamais aucun document... Ce serait trop dangereux. Mais il acceptera de vous parler et réitérera les promesses qu'il m'a faites. Je peux avoir des lettres du prince Ollorto et d'autres nobles influents qui sont dévoués à notre cause. Mais peut-être mieux encore, j'ai un ami qui pourrait contribuer à vous convaincre. L'Église catholique prendra position en faveur de votre amnistie, j'ai la parole du cardinal de Palerme. Après votre rencontre avec Trezza, je vous obtiendrai une audience avec le cardinal. Lui aussi vous fera directement la promesse. Vous aurez donc la promesse du ministre de la Justice du gouvernement italien, la parole d'un prélat de la sainte Église catholique qui sera peut-être un jour notre pape et ma propre garantie.

Il est presque impossible de décrire la manière dont le Don prononça ces derniers mots. Il baissa humblement la voix comme s'il répugnait à associer sa modeste personne à ces grands noms et il articula les derniers mots avec un surcroît de vigueur pour montrer qu'il ne subsistait aucun doute sur l'importance qu'il attachait à sa promesse.

– Mais je ne peux aller à Rome, fit Guiliano en riant.

– Alors envoyez quelqu'un en qui vous avez une confiance absolue. Je le conduirai moi-même auprès de Trezza, puis auprès du cardinal. La parole d'un prélat de l'Église ne peut être mise en doute.

Guiliano gardait les yeux rivés sur Don Croce. Des signaux d'alarme se déclenchaient dans son esprit. Pourquoi le Don était-il si anxieux de lui venir en aide? Il n'ignorait certainement pas que Guiliano ne pouvait se rendre à Rome en personne, qu'il ne prendrait jamais ce risque, même avec la parole de mille cardinaux et ministres à la clé. Qui le Don espérait-il le voir choisir comme émissaire?

– Il n'y a personne en qui j'ai plus confiance qu'en mon second, dit-il à Don Croce. Emmenez Aspanu Pisciotta avec vous à Rome et à Palerme. Il aime les grandes villes et si le cardinal l'entend en confession, il lui donnera peut-être l'absolution.

Don Croce se laissa aller en arrière dans son fauteuil et fit signe à Hector Adonis de remplir sa tasse. C'était une vieille ruse qu'il avait pour masquer sa satisfaction, son sentiment de triomphe. Comme si le sujet de discussion présentait si peu d'intérêt qu'un besoin organique pouvait s'exprimer. Mais Guiliano qui s'était révélé un brillant stratège de la guérilla dès ses débuts de hors-la-loi était aussi doté d'une rare intuition et d'une grande perspicacité pour déchiffrer les raisonnements et les motivations d'autrui. Il perçut immédiatement la satisfaction de Don Croce qui avait dû atteindre un objectif important. Il ne pouvait deviner que le Don tenait par-dessus tout à passer seul un certain temps en compagnie d'Aspanu Pisciotta.

*

Le surlendemain, Pisciotta accompagna Don Croce à Palerme et à Rome où il fut royalement traité. Et, de ce fait, Pisciotta avait une certaine ressemblance avec Cesar Borgia. Les méplats accusés du visage, la petite moustache, le teint olivâtre et asiatique, les yeux cruels et insolents, pétillants de charme et remplis d'une impudente suspicion pour tout ce qui l'entourait.

Ils logèrent à Palerme à l'hôtel *Umberto,* propriété de Don Croce, où Pisciotta fut traité avec la plus grande courtoisie. On l'emmena acheter des vêtements neufs pour son entretien avec le ministre de la Justice et il dîna avec Don Croce dans le meilleur restaurant de la ville. Puis Pisciotta et le Don furent reçus par le cardinal de Palerme.

Le plus extraordinaire est que Pisciotta, issu d'un petit bourg de Sicile et élevé dans la foi catholique, ne se montra nullement intimidé par cette audience, par les immenses salles du palais épiscopal et l'obséquiosité empreinte de dignité qui y régnait. Quand Don Croce baisa l'anneau du prélat, Pisciotta regarda avec arrogance le prélat.

Le cardinal portait son chapeau rouge et une cape écarlate. Il était grand et son visage aux traits grossiers était grêlé. Malgré les affirmations de Don Croce, il était plus qu'improbable qu'il reçût un seul suffrage pour l'élection au trône pontifical, mais c'était un intrigant chevronné, un Sicilien de souche.

Après les civilités de rigueur, le prélat s'enquit gravement de la santé spirituelle de Pisciotta. Il lui rappela que quels que fussent les péchés commis ici-bas, le pardon éternel attendait tout bon chrétien.

Après avoir ainsi assuré Pisciotta de l'amnistie de son âme, le cardinal en vint à l'essentiel. Il confia à Pisciotta que l'Église était en danger de mort en Sicile. Si les communistes remportaient les élections à l'échelle nationale, nul ne pouvait prévoir ce qui se passerait. Les cathédrales seraient incendiées, ravagées et transformées en usines de machines-outils. Les statues de la Vierge, les croix du Christ et les effigies de tous les saints seraient jetées dans la Méditerranée. Les prêtres seraient assassinés et les religieuses violées.

A cette évocation, Pisciotta ne put retenir un sourire. Quel Sicilien, y compris un communiste enragé, aurait jamais l'idée de violer une nonne? Le sourire de Pisciotta n'échappa pas au prélat qui promit que si Guiliano mettait un terme à la propagande communiste avant les élections, il prononcerait en personne le dimanche de Pâques un sermon vantant les vertus du hors-la-loi et demandant la clémence du gouvernement. Don Croce pourrait le dire au ministre de la Justice quand il le rencontrerait à Rome.

Le cardinal termina l'audience sur ces paroles et donna sa bénédiction à Aspanu Pisciotta. Avant de prendre congé, Aspanu lui demanda un petit mot attestant que l'entretien avait eu lieu et qu'il pourrait remettre à Guiliano. Le prélat accéda à sa demande. Don Croce fut stupéfait par une telle stupidité de la part d'un prince de l'Église mais il s'abstint de tout commentaire.

*

L'entrevue de Rome fut beaucoup plus dans le style de Pisciotta. Franco Trezza ne prétendait pas aux qualités spirituelles du cardinal de Palerme. N'était-il pas le ministre de la Justice et ce Pisciotta l'émissaire d'un simple bandit? Il expliqua à Aspanu que si la démocratie chrétienne perdait les élections, les communistes prendraient des mesures draconiennes pour exterminer les derniers bandits de Sicile. Il était vrai que les carabiniers montaient encore des expéditions contre Guiliano, mais c'était inévitable. Il fallait sauver les apparences, faute de quoi la presse radicale hurlerait au scandale.

Pisciotta l'interrompit.

– Est-ce à dire, Votre Excellence, que votre parti ne pourra jamais accorder l'amnistie à Guiliano?

– Ce sera difficle, répondit Trezza, mais pas impossible. A condition que Guiliano nous aide à remporter les élections. Et s'il se tient tranquille pendant un certain temps, sans commettre d'enlèvements ni d'actes de brigandage. S'il se fait oublier. Il pourrait même émigrer quelque temps aux États-Unis et serait pardonné à son retour. Mais si nous remportons les élections, il y a une chose que je puis vous garantir. Nous ne ferons pas de grands efforts pour le capturer. Et s'il désire émigrer aux États-Unis, nous ne l'en empêcherons pas et nous ne ferons rien pour convaincre les autorités américaines de l'expulser.

Le ministre marqua un temps et ajouta :

– Je ferai personnellement tout ce qui est en mon pouvoir pour persuader le président de la République de lui accorder son pardon.

– Mais si nous devenons des citoyens modèles, dit Pisciotta avec un petit sourire, de quoi vont vivre Guiliano, ses hommes et leur famille? N'y aurait-il pas un moyen pour que le gouvernement nous verse de l'argent? Après tout, c'est nous qui faisons le sale boulot.

Don Croce qui écoutait les yeux clos, comme un reptile endormi, prit vivement la parole pour arrêter la réplique furieuse du ministre outré de s'entendre demander de l'argent par ce bandit.

– C'est une plaisanterie, Votre Excellence, dit Don Croce. C'est la première fois que ce jeune homme met les pieds hors de son île. Il est ignorant de la stricte moralité du monde extérieur. La question de leurs ressources ne vous concerne pas le moins du monde. J'arrangerai cela directement avec Guiliano.

Et d'un regard, il fit signe à Pisciotta de ne pas insister. Mais soudain un sourire éclaira le visage du ministre.

– Je suis bien content de voir que la jeunesse de Sicile n'a pas changé, dit-il à Pisciotta. J'étais comme vous autrefois. Nous n'avons pas peur de réclamer ce qui nous est dû. Et peut-être aimeriez-vous quelque chose de plus concret que de simples promesses.

Il ouvrit un tiroir de son bureau et en sortit une carte bordée de rouge qu'il lança à Pisciotta.

– C'est un laissez-passer spécial signé de ma main, dit-il. Avec cela vous pouvez circuler partout en Italie ou en Sicile sans avoir d'ennuis avec la police. Cela vaut son pesant d'or.

Pisciotta inclina la tête en signe de remerciement et glissa le laissez-passer dans la poche intérieure de sa veste, contre sa poitrine. Au cours du trajet jusqu'à Rome, il avait vu Don Croce faire usage d'un document semblable et il savait qu'il avait reçu un cadeau de valeur. Mais soudain il fut frappé par une idée : et s'il était capturé en possession de ce laissez-passer? Ce serait un scandale retentissant dans tout le pays. Le second de Guiliano portant un laissez-passer délivré par le ministre de la Justice en personne! Comment était-ce possible? Il réfléchissait à toute vitesse pour essayer de résoudre ce problème, mais aucune réponse ne se présentait. Le ministre devait vraiment être sûr de son pouvoir. Mais pourquoi lui avoir remis ce document? C'était une énigme qu'il ne parvenait pas à résoudre.

Le don d'un document aussi important était la marque de la confiance et de la bonne volonté de Franco Trezza. La magnificence de l'hospitalité de Don Croce était flatteuse. Mais tout cela ne suffisait pas à convaincre Pisciotta. Il demanda au ministre de rédiger un billet destiné à Guiliano et attestant que la rencontre avait eu lieu. Trezza refusa.

*

Quand Pisciotta fut de retour au campement de montagne, Guiliano l'interrogea et lui fit répéter chaque mot dont il se souvenait. Pisciotta lui montra le laissez-passer bordé de rouge, lui dit qu'il ne comprenait pas pourquoi on le lui avait donné et évoqua le danger auquel s'exposait le ministre en signant ce document.

– Tu es vraiment un frère pour moi, dit Guiliano en lui tapant sur l'épaule. Tu es tellement plus soupçonneux que moi et pourtant c'est ta fidélité qui t'empêche de voir ce qui saute aux yeux. Don Croce a dû lui demander de te remettre ce document. Ils espèrent que tu feras le voyage jusqu'à Rome et que tu deviendras leur informateur.

Pisciotta sentit aussitôt que ce devait être la vérité.

– Ce bouc puant! s'écria-t-il en proie à une fureur sans borne. Je vais m'en servir de son laissez-passer, pour aller lui trancher la gorge!

– Non, dit Guiliano. Garde-le. Il nous sera utile. Autre chose encore : cela ressemble peut-être à la signature de Trezza, mais ça ne l'est évidemment pas. C'est une imitation. Si cela les arrange, ils peuvent nier l'authenticité du laissez-passer. Mais s'ils préfèrent, ils affirmeront qu'il est en règle et apporteront la preuve qu'il a été délivré par Trezza. S'ils prétendent que c'est un faux, il leur suffira de détruire les dossiers.

Cette fois encore, Pisciotta reconnut la vérité de ce que disait son ami. Il se sentait chaque jour plus admiratif devant la capacité qu'avait Guiliano, si ouvert et si sincère, de pénétrer les machinations tortueuses de ses ennemis. Il comprit que le romantisme de Guiliano n'excluait pas la pénétration aiguë de la suspicion.

– Comment croire alors qu'ils vont tenir les promesses qu'ils nous ont faites? demanda Pisciotta. Pourquoi devrions-nous les aider? Nous n'avons que faire de la politique.

Guiliano prit le temps de réfléchir. Aspanu avait toujours été cynique et aussi un peu cupide. Ils s'étaient opposés à plusieurs reprises à propos du partage du butin, Pisciotta préconisant que la part de la bande soit augmentée.

– Nous n'avons pas le choix, dit Guiliano. Les communistes ne m'accorderont jamais l'amnistie s'ils arrivent au pouvoir. Pour l'instant, nous devons nous allier à la démocratie chrétienne, à Trezza, au cardinal de Palerme et, bien entendu, à Don Croce. Il nous faut neutraliser les communistes, c'est le plus important. Je rencontrerai Don Croce et nous réglerons cela.

Il donna une autre tape sur l'épaule de Pisciotta.

– Tu as bien fait de demander ce billet au cardinal. Et le laissez-passer nous sera utile.

Mais Pisciotta n'était pas convaincu.

– Nous faisons tout le sale boulot, dit-il. Et après nous attendrons en mendiant notre pardon. Je ne les crois pas, ni les uns ni les autres. Ils nous traitent comme des bécasses à qui on promet la lune pour qu'elles acceptent de coucher. Je propose que nous nous battions pour nous-mêmes et que nous gardions l'argent que nous rapporte notre travail au lieu de le distribuer aux pauvres. Nous pourrions être riches et vivre comme des rois aux États-Unis ou au Brésil. C'est cela, la solution, et ainsi nous n'aurons pas à compter sur tous ces *pezzonovanti*.

Guilliano décida de lui expliquer exactement ce qu'il pensait.

– Aspanu, nous devons miser sur la démocratie chrétienne et

Don Croce. Si nous gagnons et obtenons notre pardon, le peuple de Sicile nous donnera le pouvoir. Et nous serons vainqueurs sur tous les tableaux.

Il s'interrompit et sourit à Pisciotta.

– S'ils nous trahissent, reprit-il, cela ne nous étonnera guère, ni toi ni moi. Mais qu'avons-nous à perdre? De toute façon, il nous faut lutter contre les communistes; ils sont pires que les fascistes et ce sont eux nos vrais ennemis. Ils sont voués à la ruine. Et maintenant, écoute-moi bien. Nous sommes d'accord sur le fait que la bataille décisive aura lieu après que nous aurons battu les communistes, quand il nous faudra prendre les armes contre Don Croce et les Amis des Amis.

– Nous commettons une erreur, dit Pisciotta en haussant les épaules.

Malgré son sourire, Guiliano était pensif. Il savait que Pisciotta aimait leur existence de hors-la-loi qui convenait bien à son caractère. Mais bien qu'il eût l'esprit vif et retors, il était dépourvu d'imagination. Il était incapable de se projeter dans l'avenir et de voir le sort qui les attendait, le destin inéluctable de tout hors-la-loi.

*

Un peu plus tard, cette même nuit, Aspanu alla s'asseoir au bord de l'escarpement et essaya de fumer une cigarette. Mais une douleur aiguë dans la poitrine l'obligea à l'éteindre et il glissa le mégot dans sa poche. Il n'ignorait pas que les ravages de la maladie s'acccentuaient mais il savait aussi qu'en se reposant quelques semaines en altitude, il se sentirait mieux. Ce qui le préoccupait, c'était quelque chose qu'il n'avait pas dit à Guiliano.

Pendant tout le voyage qui l'avait mené à Palerme et à Rome, il était resté en compagnie de Don Croce. Tous les soirs, ils avaient dîné ensemble tandis que le Don discourait sur l'avenir de la Sicile et les temps difficiles qui se préparaient. Il avait fallu un certain temps à Pisciotta pour se rendre compte que le Don essayait de le séduire et de l'amener à une certaine sympathie pour les Amis des Amis, s'efforçant d'une manière très subtile de le convaincre que son avenir, comme celui de la Sicile, serait peut-être plus rose dans les rangs de la mafia qu'aux côtés de Guiliano. Rien dans l'attitude de Pisciotta n'avait révélé qu'il avait reçu ces messages, mais cela contribuait à le faire douter un peu plus de la bonne foi de Don Croce. Il n'avait jusqu'alors jamais eu peur de personne, sauf peut-être de Turi Guiliano. Mais Don Croce qui avait passé toute sa vie à acquérir ce « respect » qui est le signe distinctif des grands chefs mafiosi lui inspirait un sentiment de crainte. Il commençait à se rendre compte qu'il redoutait que le Don ne se montre plus malin qu'eux et ne les trahisse, qu'il ne leur fasse un jour mordre la poussière et ne leur réserve une mort sanglante.

20.

Les élections régionales de Sicile d'avril 1948 furent un désastre pour le parti démocrate-chrétien au pouvoir. Le « bloc populaire », réunion des partis de gauche réunit 600 000 suffrages contre 333 000 à la social-démocratie. 500 000 autres bulletins de vote furent répartis entre les monarchistes et deux autres partis dissidents. La panique régnait à Rome. Il fallait prendre des mesures draconiennes avant les élections au niveau national, sinon la Sicile, la région la plus arriérée du pays, jouerait un rôle décisif dans la transformation de l'Italie en pays socialiste.

Au cours des mois précédents, Guiliano avait respecté les engagements pris avec Rome. Il avait lacéré toutes les affiches des partis rivaux, attaqué le quartier général des groupes de gauche et dispersé leurs militants à Corleone, Montelepre, Castellammare, Partinico, Piani dei Greci, San Giuseppe Iato et même à Monreale. Ses hommes avaient placardé dans toutes ces agglomérations des affiches proclamant en grandes lettres noires : MORT AUX COMMUNISTES et il avait incendié quelques-uns des foyers de travailleurs créés par les socialistes. Mais sa campagne avait été lancée trop tard pour avoir un effet sur les élections régionales et il n'avait pas osé exercer la terreur en allant jusqu'à l'assassinat. Des messages avaient circulé entre Don Croce, Franco Trezza, le cardinal de Palerme et Turi Guiliano. Des reproches avaient été échangés et on avait exhorté Guiliano à intensifier sa campagne afin de renverser la tendance avant les élections nationales. Guiliano avait conservé tous ces messages pour les joindre à son Testament.

Il fallait frapper un grand coup et c'est l'esprit fertile de Don Croce qui l'imagina. Il fit parvenir un message à Guiliano par l'intermédiaire de Stefan Andolini.

Les deux agglomérations les plus progressistes et les plus contestataires de Sicile étaient Piani dei Greci et San Giuseppe Iato. Depuis de nombreuses années, et même sous le régime de Mussolini, on y célébrait le 1er Mai, le jour de la révolution. Comme le 1er Mai était également le jour de la Sainte-Rosalie, on prenait pour prétexte la fête religieuse, autorisée par le gouvernement fasciste. Mais ces dernières années, les défilés du 1er Mai avaient été l'occasion d'arborer des drapeaux rouges et de prononcer des discours enflammés.

Le 1er Mai qui approchait et n'était plus éloigné que d'une semaine devait être le plus grand de l'histoire. Comme de coutume, les deux villages se réuniraient pour célébrer la fête et des délégués de toute l'île viendraient en famille participer aux réjouissances et fêter leur récente victoire. Le sénateur communiste, Lo Causi, un orateur renommé et fougueux, prononcerait le grand discours. Ce devait être la célébration officielle de la sensationnelle victoire électorale de la gauche.

Le plan de Don Croce consistait à faire attaquer et disperser la foule par les hommes de Guiliano. Ils installeraient des mitrailleuses et tireraient au-dessus de la tête des participants pour rompre leurs rangs. Ce devait être la première étape d'une campagne d'intimidation, un avertissement sans frais, une réprimande teintée de bienveillance. Après quoi, tout ne serait plus aussi facile pour les communistes et le sénateur se rendrait compte que son élection au Parlement ne lui donnait pas une totale liberté d'action en Sicile et ne rendait pas sa personne sacrée. Guiliano accepta ce plan et donna l'ordre à ses lieutenants, Pisciotta, Terranova, Passatempo, Silvestro et Andolini de se préparer à le mettre à exécution.

Depuis trois ans, la célébration de la fête avait lieu sur un plateau situé entre Piani dei Greci et San Giuseppe Iato et dominé par les pics jumeaux de Monte Pizzuta et Monte Cumeta. Les habitants des deux villages atteignaient ce plateau en grimpant des routes en lacet qui se rejoignaient près du sommet, de sorte que les deux cortèges se réunissaient pour en former un seul. Le cortège traversait alors un défilé encaissé débouchant sur le plateau où avaient lieu les réjouissances. Ce défilé portait le nom de Portella della Ginestra.

*

Piani dei Greci et San Giuseppe Iato étaient des villages pauvres aux maisons anciennes et à l'agriculture archaïque. Les habitants croyaient à l'ancien code de l'honneur et les femmes, assises devant leur maison, devaient rester de profil pour ne pas porter atteinte à leur réputation. Mais les deux villages étaient la patrie des contestataires les plus acharnés de toute l'île.

La plupart des maisons étaient si vieilles qu'elles étaient construites en pierre et certaines n'avaient en guise de fenêtres que d'étroites ouvertures couvertes d'un disque de métal. Dans de nombreuses familles on partageait les pièces d'habitation avec les animaux. Dans les boulangeries, chèvres et agneaux se pressaient autour du four et quand une miche fraîchement cuite tombait par terre, c'était au milieu des excréments.

Les villageois se louaient comme ouvriers agricoles dans les grands domaines pour huit à dix francs par jour et parfois moins, pas assez pour nourrir leur famille. Et quand les religieuses et les prêtres, les « corbeaux », arrivaient avec leurs paniers de macaronis et leurs vêtements des œuvres de bienfaisance, les villageois promettaient ce qu'on leur demandait, à savoir de donner leur suffrage à la démocratie chrétienne.

Mais lors des élections régionales d'avril 1948, ils avaient traîtreusement voté en masse pour les communistes et les socialistes. Cela avait mis hors de lui Don Croce qui était persuadé que le chef de la mafia locale contrôlait sa région. Mais le Don avait déclaré que c'était le manque de respect pour l'Église catholique qui l'attristait. Comment de pieux Siciliens avaient-ils pu tromper de la sorte les religieuses qui, par charité chrétienne, avaient donné du pain à leurs enfants?

Le cardinal de Palerme, lui aussi, était très fâché. Il s'était déplacé spécialement pour dire une messe dans les deux villages et avait recommandé à la population de ne pas voter pour les communistes. Il avait béni leurs enfants et en avait même baptisé quelques-uns, mais malgré cela ils avaient tourné le dos à l'Église. Il convoqua à Palerme les curés des deux villages et leur conseilla vivement d'accroître leurs efforts avant les élections suivantes. Non seulement dans l'intérêt politique de l'Église mais aussi pour sauver de l'enfer des âmes ignorantes.

Franco Trezza fut moins étonné par les résultats du scrutin. Il était sicilien et connaissait l'histoire de l'île. Les habitants des deux villages avaient toujours été fiers et s'étaient battus férocement contre les riches Siciliens et la tyrannie de Rome. Ils avaient été les premiers à se ranger sous l'autorité de Garibaldi, mais avant cela ils avaient combattu les Français et les Maures quand l'île était sous leurs dominations. Les habitants de Piani dei Greci descendaient de Grecs réfugiés en Sicile pour échapper aux envahisseurs turcs. Ces villageois avaient conservé leurs coutumes grecques, parlaient la langue de leurs ancêtres et célébraient les fêtes grecques en costume traditionnel. Mais ce village était un bastion de la mafia qui avait toujours encouragé la rébellion. Le ministre de la Justice était donc déçu par les résultats de Don Croce et son incapacité à éduquer la population. Mais il savait que la mobilisation en faveur de la gauche dans ces villages et toute la campagne environnante était l'œuvre d'un seul homme, un militant socialiste du nom de Silvio Ferra.

Silvio Ferra était un ancien soldat qui avait reçu de nombreuses décorations au cours de la guerre. Il avait obtenu ses médailles pendant la campagne d'Afrique avant d'être fait prisonnier par les Américains. Il avait été détenu dans un camp de prisonniers de guerre aux États-Unis où il avait suivi des cours de formation destinés à rendre les prisonniers sensibles aux principes démocratiques. Et quand on lui avait permis de travailler en ville chez un boulanger, il avait eu de la peine à le croire. Il avait été profondément marqué par la liberté existant aux États-Unis, la facilité avec laquelle le sérieux dans le travail pouvait engendrer une prospérité durable et les possibilités d'ascension sociale des classes inférieures. En Sicile, un paysan avait beau s'échiner tous les jours de sa vie, tout ce qu'il pouvait espérer était d'assurer le vivre et le couvert à ses enfants; il n'était pas question de mettre quoi que ce fût de côté.

De retour dans sa Sicile natale, Silvio Ferra se fit l'ardent avocat de l'Amérique. Mais il ne mit pas longtemps à comprendre que la démocratie chrétienne était un instrument au service des riches et il adhéra à un groupe d'études socialiste à Palerme. Il était avide d'éducation et avait une passion pour les livres. Il eut bientôt assimilé toutes les théories de Marx et d'Engels et s'inscrivit au parti socialiste qui lui confia la mission d'organiser la section du parti à San Giuseppe Iato.

En quatre ans, il réussit ce que les agitateurs venus du nord de l'Italie n'avaient pu faire. Il traduisit la Révolution rouge et la doctrine socialiste en termes siciliens. Il parvint à convaincre les villageois qu'un suffrage en faveur du parti socialiste représentait un lopin de terre. Il prônait le démembrement des grandes propriétés que les nobles laissaient en friche alors qu'on aurait pu y cultiver du blé pour les enfants. Il persuada les paysans que sous un gouvernement socialiste la corruption qui gangrenait la société sicilienne pourrait être extirpée. Plus de corruption de fonctionnaires pour avoir un traitement de faveur, plus question de donner deux œufs au curé pour qu'il lise une lettre d'Amérique, ni quelques lires au facteur pour qu'il distribue le courrier. Les hommes n'auraient plus à se vendre pour un salaire de misère afin de pouvoir travailler dans les champs des ducs et des barons. C'en serait fini de ces salaires de famine et les fonctionnaires seraient au service des citoyens comme en Amérique. Silvio Ferra multiplia les exemples pour démontrer que la hiérarchie catholique soutenait le système capitaliste corrompu, mais il n'attaqua jamais ni la Vierge, ni les divers saints, ni la foi en Jésus. Le matin de Pâques, il saluait ses voisins en prononçant la formule traditionnelle : « Le Christ est ressuscité », et il assistait à la messe dominicale. Il exerçait sur sa femme et ses enfants une stricte surveillance à la manière sicilienne, car il croyait fermement à toutes les valeurs traditionnelles, dévotion absolue du fils pour sa mère, respect envers son père, sens du devoir à l'égard de ses cousins les plus éloignés.

Quand le *cosce* de la mafia à San Giuseppe Iato l'avertit qu'il allait trop loin, il annonça en souriant qu'il serait ravi d'avoir leur amitié. Mais il savait au fond de lui-même que la bataille décisive serait livrée contre la mafia. Don Croce lui envoya des émissaires pour tenter d'arriver à un compromis, mais il différa les négociations. A cause de sa réputation de bravoure militaire, du respect dont il jouissait au village et comme tout portait à croire qu'il se montrerait correct avec les Amis des Amis, Don Croce décida de faire preuve de patience, d'autant plus facilement qu'il était sûr de remporter la victoire aux élections.

Mais avant tout, Silvio Ferra avait un sens de la solidarité très développé, qualité fort rare chez le paysan sicilien. Quand un voisin tombait malade, il apportait à manger à sa famille, il allait faire le ménage chez les veuves âgées et souffrantes livrées à elles-mêmes, il remontait le moral de tous les hommes qui gagnaient à peine de quoi survivre et redoutaient l'avenir. Il proclamait la venue de l'ère de l'espoir avec le parti socialiste.

Quand il prononçait des discours politiques, il utilisait la rhétorique si chère au Sicilien. Il n'expliquait pas les théories économiques de Marx mais parlait avec fougue de la vengeance à exercer sur ceux qui opprimaient les paysans depuis des siècles. « De même que le pain nous est doux, disait-il, le sang des pauvres est doux aux riches qui le boivent ».

C'est Silvio Ferra qui organisa une association des ouvriers agricoles qui refusaient de se soumettre au système d'embauche donnant le travail à ceux qui demandaient le salaire le plus bas. Il établit un salaire quotidien fixe que la noblesse était obligée de verser si elle ne voulait pas voir ses olives, ses raisins et ses céréales pourrir sur pied à l'époque de la récolte. Silvio Ferra, pour toutes ces raisons, était un homme marqué.

Ce qui le sauvait, c'est qu'il était sous la protection de Turi Guiliano. C'était une des raisons qui avaient incité Don Croce à prendre patience. Silvio Ferra était originaire de Montelepre où dès sa jeunesse il avait fait montre d'évidentes qualités. Turi Guiliano l'avait follement admiré, bien qu'ils n'aient pas été des amis très proches, à cause de la différence d'âge – Turi avait quatre ans de moins – et parce que Silvio était parti à la guerre. Quand il en était revenu, couvert de décorations, il avait rencontré une jeune fille de San Giuseppe Iato où il s'était installé après l'avoir épousée. Et quand la renommée politique de Ferra commença à s'étendre, Guiliano fit savoir que même s'ils ne suivaient pas la même ligne politique, cet homme était son ami. Et quand Guiliano lança sa campagne destinée à « éduquer » les électeurs de Sicile, il donna l'ordre de ne rien tenter contre le village de San Giuseppe Iato ni la personne de Silvio Ferra.

Ferra eut vent de cette nouvelle et eut l'habileté d'envoyer un message à Guiliano pour le remercier et affirmer qu'il se mettait à sa disposition s'il pouvait lui rendre service. Le message parvint à Guiliano par l'intermédiaire des parents de Silvio qui vivaient encore à Montelepre avec leurs autres enfants. C'est l'un d'eux, une jeune fille du nom de Justina, âgée à peine de quinze ans, qui porta le billet chez les Guiliano pour le remettre à Maria Lombardo. Guiliano qui se trouvait ce jour-là chez ses parents reçut le message en main propre. A quinze ans, la plupart des jeunes Siciliennes sont déjà femmes et Justina tomba amoureuse de Turi. Comment aurait-il pu en être autrement? Sa puissance physique et sa grâce féline fascinèrent tellement la jeune fille qu'elle le fixa d'une manière presque impolie.

Turi, ses parents et La Venera qui buvaient du café demandèrent à Justina si elle en voulait une tasse, mais elle refusa. La Venera fut la seule à remarquer la beauté de la jeune fille et la fascination que Turi exerçait sur elle. Guiliano ne reconnut pas la petite fille qu'il avait rencontrée en larmes sur la route et à qui il avait donné de l'argent.

– Tu remercieras ton frère pour sa proposition, lui dit Guiliano, et tu lui diras de ne pas s'inquiéter pour ses parents; ils seront toujours sous ma protection.

A compter de ce jour, Justina rêva de Turi et imagina qu'il était son amoureux. Et elle était fière de l'affection qu'il portait à son frère.

Quand Guiliano accepta d'empêcher le rassemblement du 1er Mai au Portella della Ginestra, il fit prévenir Silvio Ferra en lui demandant de ne pas prendre part à la fête. Il l'assura qu'il ne serait fait de mal à aucun habitant de San Giuseppe Iato, mais qu'il pourrait y avoir du danger et il l'avertit qu'il ne pourrait plus le protéger s'il poursuivait ses activités politiques. Lui-même ne tenterait jamais rien, mais les Amis des Amis étaient résolus à écraser le socialisme en Sicile et Ferra serait certainement une de leurs cibles.

Quand Silvio Ferra reçut ce message, il supposa qu'il s'agissait d'une nouvelle tentative d'intimidation de la part de Don Croce. Cela n'avait pas d'importance. Le parti socialiste était en marche vers la victoire et pour rien au monde il n'aurait manqué la célébration de la victoire électorale qu'ils venaient de remporter.

*

Le 1er Mai 1948, la population des deux villages de Piani dei Greci et San Giuseppe Iato se leva de bon matin pour commencer la longue ascension qui la conduirait au plateau s'étendant au débouché du Portella della Ginestra. Des musiciens de Palerme engagés pour l'occasion ouvraient la marche. Silvio Ferra, flanqué de son épouse et de ses deux enfants, avançait au premier rang du cortège de San Giuseppe Iato, brandissant fièrement un énorme drapeau rouge. Des carrioles aux couleurs éblouissantes tirées par des chevaux enjolivés de plumets rouges et de couvertures à pompons étaient chargées de marmites, de grandes boîtes de spaghetti et d'énormes jattes de bois pour les salades. Une charrette était spécialement affectée au transport des cruches de vin habillées de bambou et une autre, garnie de blocs de glace, contenait des fromages, de grands salamis ainsi que la pâte et les fours pour cuire du pain.

Des enfants dansaient et tapaient dans des ballons de football tout le long de la colonne. Des hommes à cheval testaient leur monture en prévision des courses qui devaient être le clou des jeux de l'après-midi.

Tandis que Silvio Ferra, à la tête de ses concitoyens, avançait vers le défilé encaissé, les habitants de Piani dei Greci arrivaient au point de convergence des deux routes en brandissant drapeaux rouges et étendards du parti socialiste. Les deux cortèges fusionnèrent et poursuivirent leur marche en échangeant d'exubérantes salutations et des potins sur les derniers scandales de leur village respectif tout en se demandant ce qu'amènerait leur victoire électorale et quels dangers pouvaient les menacer. Malgré les rumeurs qui avaient couru, ils n'étaient aucunement effrayés. Ils méprisaient Rome et redoutaient la mafia, mais pas jusqu'à la soumission. Ils avaient déjà bravé ces deux pouvoirs lors des dernières élections et il n'était rien arrivé.

A midi, plus de trois mille personnes étaient éparpillées sur le plateau. Les femmes mirent en marche les fourneaux portatifs pour faire bouillir l'eau pour les pâtes tandis que les enfants jouaient avec des cerfs-volants au-dessus desquels tournoyaient de petits faucons roux. Lo Causi, le sénateur communiste, relisait ses notes pour le discours qu'il allait prononcer et sous la conduite de Silvio Ferra un groupe d'hommes installait la tribune sur laquelle l'orateur et les notabilités des deux villages devaient prendre place. Les hommes qui aidaient Silvio Ferra lui conseillaient d'abréger la présentation du sénateur; les enfants commençaient à avoir faim.

A ce moment-là, une suite de détonations résonna dans la montagne. Les enfants ont dû apporter des pétards, se dit Silvio Ferra. Et il se retourna pour regarder.

*

Beaucoup plus tôt le même jour, avant même qu'un soleil voilé se soit levé sur la Sicile, deux groupes de douze hommes avaient quitté le quartier général de Guiliano pour prendre la direction du Portella della Ginestra. L'une des escouades était commandée par

Passatempo et l'autre par Terranova. Chacun des deux groupes transportait une mitrailleuse. Passatempo conduisit ses hommes sur les pentes du Monte Cumeta et choisit soigneusement l'emplacement de la mitrailleuse. Il désigna quatre hommes pour l'approvisionner et tirer, et fit prendre position aux autres sur la pente pour protéger les servants avec leurs fusils et leurs *lupa-ras*.

Terranova et son groupe occupaient les pentes du Monte Pizzuta, de l'autre côté du Portella della Ginestra. De cette position stratégique le plateau aride et les villages en contrebas étaient sous le feu de la mitrailleuse et des fusils de ses hommes. Ils étaient là pour éviter toute attaque-surprise des carabiniers s'ils s'aventuraient hors de leur caserne.

Dissimulés sur le flanc des deux montagnes, les bandits de Guiliano suivirent la longue marche des habitants de Piani dei Greci et de San Giuseppe Iato vers le haut plateau. Quelques-uns des hors-la-loi avaient des parents dans les cortèges, mais ils avaient la conscience en repos. Car les instructions de Guiliano étaient formelles : les mitrailleuses devaient tirer au-dessus de la foule, jusqu'à ce qu'elle se disperse et prenne la fuite. Il ne devait pas y avoir de victimes.

*

Guiliano comptait participer à cette expédition et la commander en personne, mais une semaine avant le jour fatidique, Aspanu Pisciotta avait été victime d'une hémorragie pulmonaire. Il escaladait en courant la pente menant au camp des hors-la-loi quand du sang avait jailli de sa bouche. Il s'était effondré et son corps avait commencé à descendre la pente en roulant. Guiliano qui le suivait avait d'abord cru à une farce de son cousin. Il avait arrêté du pied la chute du corps et avait vu le devant de la chemise de Pisciotta maculé de sang. Il avait cru au début que son ami avait été atteint par un tireur embusqué et qu'il n'avait pas entendu le coup de feu. Il avait pris Pisciotta dans ses bras et l'avait transporté au camp. Mais Pisciotta qui n'avait pas perdu connaissance ne cessait de répéter d'une voix faible : « Pose-moi, pose-moi », et Guiliano avait compris qu'il ne pouvait pas s'agir d'une blessure par balle. La voix trahissait l'épuisement provoqué par une rupture interne et non la lésion brutale d'un corps violé par un projectile.

Pisciotta fut allongé sur une civière et Guiliano, accompagné d'une dizaine d'hommes, le conduisit chez un médecin de Monreale. Les bandits faisaient souvent appel à ce médecin pour soigner leurs blessés et savaient qu'ils pouvaient compter sur lui pour garder un secret. Mais le praticien informa Don Croce de la maladie de Pisciotta comme il l'avait fait chaque fois qu'il avait eu affaire à Guiliano. Car il espérait être nommé à la direction d'un hôpital de Palerme et savait que ce serait impossible sans la bénédiction de Don Croce.

Le médecin emmena Pisciotta à l'hôpital de Monreale pour lui faire subir des examens complémentaires et demanda à Guiliano de rester en attendant les résultats. Mais Guiliano eut peur que le médecin ne signale sa présence aux carabiniers.

– Je reviendrai demain matin, dit-il.

Il désigna quatre hommes pour garder Pisciotta à l'hôpital et alla passer la nuit chez l'un de ses hommes.

Le lendemain, le médecin lui annonça que Pisciotta avait besoin d'un antibiotique appelé streptomycine que l'on ne pouvait trouver qu'aux États-Unis. Guiliano réfléchit et décida de demander à son père et à Stefan Andolini d'écrire à Don Corleone pour qu'il leur en envoie. Il informa le médecin de sa décision et demanda si Pisciotta pouvait quitter l'hôpital. Le praticien accepta mais à condition que le malade garde le lit pendant plusieurs semaines.

Guiliano se trouvait donc à Monreale, prenant soin de Pisciotta et arrangeant une maison où il séjournerait pendant son rétablissement quand eut lieu l'attaque du Portella della Ginestra.

*

Quand Silvio se retourna au bruit des pétards, trois choses se gravèrent simultanément dans son esprit. La première fut la vue d'un petit garçon levant le bras et le regardant d'un air incrédule. A l'extrémité du membre, à la place de la main tenant le cerf-volant, ne se trouvait plus qu'un affreux moignon ensanglanté, tandis que le cerf-volant s'élevait dans le ciel au-dessus des pentes du Monte Cumeta. La deuxième fut le choc qu'il éprouva en reconnaissant que les détonations des pétards étaient en fait un crépitement d'armes automatiques. La troisième fut un grand cheval noir sans cavalier, les flancs couverts de sang, se précipitant furieusement au milieu de la foule. Puis Silvio Ferra se mit à courir et se lança à la recherche de sa femme et de ses enfants.

★

Sur les pentes du Monte Pizzuta, Terranova observait la scène à la jumelle. Il s'imagina au début que les gens se laissaient tomber par terre sous l'effet de la terreur, puis il distingua des corps inertes avec cet abandon particulier propre à la mort et il écarta le mitrailleur d'une bourrade. Mais quand la mitrailleuse se tut, il perçut le crépitement de l'autre sur le Monte Cumeta. Terranova crut que Passatempo n'avait pas remarqué que la hausse était mal réglée et qu'un massacre se déroulait. Au bout de quelques minutes, l'autre mitrailleuse s'arrêta et un horrible silence tomba sur le Portella della Ginestra. Puis, s'élevant le long des pentes des deux pics jumeaux, lui parvinrent les lamentations des vivants, les hurlements des blessés et des mourants. Terranova fit signe à ses hommes de se rassembler, leur ordonna de démonter la mitrailleuse et les conduisit de l'autre côté de la montagne pour se replier. Chemin faisant, il se demanda s'il devait rejoindre Guiliano et l'informer de la tragédie. Il craignait que Guiliano ne les fasse exécuter sommairement, lui et ses hommes. Mais en même temps, il était persuadé que Guiliano les écouterait et qu'ils pourraient jurer en toute bonne foi avoir tiré au-dessus de la foule. Il décida de rentrer au camp mais se demanda si Passatempo ferait de même.

★

Quand Silvio Ferra retrouva sa femme et ses enfants, les mitrailleuses s'étaient tues. Ils étaient indemnes et commençaient à se relever. Il les força à rester à terre et les fit demeurer encore un quart d'heure à plat ventre. Il vit un homme à cheval galopant vers Piani dei Greci pour aller chercher de l'aide à la caserne des carabiniers. Constatant que l'on ne tirait pas sur le cavalier, il comprit que l'attaque était terminée et se releva.

Du plateau du Portella della Ginestra, des milliers d'hommes commencèrent à refluer vers leurs villages au pied de la montagne. Les morts et les blessés restaient étendus, leur famille en pleurs penchée sur eux. Les bannières qu'ils avaient fièrement portées le matin gisaient dans la poussière, vieil or, vert vif, rouge flamboyant, couleurs éclatantes sous le soleil au zénith. Silvio Ferra abandonna sa famille pour venir en aide aux blessés. Il arrêta quelques hommes qui s'enfuyaient et les employa comme brancardiers. Il constata avec horreur que certaines des victimes étaient des femmes et des enfants et sentit les larmes lui monter aux yeux. Tous ses mentors qui croyaient à l'action politique s'étaient trompés. Un bulletin de vote ne changerait jamais la Sicile, c'était utopique. Pour conquérir ses droits, il fallait assassiner.

*

C'est Hector Adonis qui annonça la nouvelle à Guiliano au chevet de Pisciotta. Guiliano regagna immédiatement son quartier général de montagne, laissant son ami se rétablir sans sa protection personnelle.

Arrivé au campement dominant Montelepre, il convoqua Passatempo et Terranova.

– Avant de vous laisser la parole, commença Guiliano, je tiens à vous prévenir : quel que soit le temps qu'il faudra, le responsable sera découvert. Et plus il faudra de temps, plus le châtiment sera sévère. S'il s'agit d'une erreur commise de bonne foi, avouez-le tout de suite et je vous promets que vous échapperez à la mort.

Passatempo et Terranova n'avaient jamais vu Guiliano dans une telle fureur. Ils se tenaient raides, sans oser bouger, tandis que leur chef les interrogeait. Ils jurèrent que la hausse des mitrailleuses avait été réglée afin de tirer au-dessus de la foule et quand ils avaient remarqué que des gens étaient atteints, ils avaient cessé le feu.

Guiliano interrogea ensuite les servants des mitrailleuses et tous les hommes qui avaient participé à l'attaque. Il reconstitua la scène. La mitrailleuse de Terranova avait tiré à peu près cinq minutes et celle de Passatempo à peu près le double. Les servants jurèrent avoir tiré au-dessus de la foule. Aucun ne voulut reconnaître avoir commis une erreur ou diminué l'angle de hausse.

Après les avoir congédiés, Guiliano resta seul et s'assit. Pour la première fois depuis qu'il était devenu un hors-la-loi, il éprouvait un sentiment de honte intolérable. En plus de quatre ans, il pouvait se vanter de n'avoir jamais nui aux pauvres. Il ne pourrait plus jamais le prétendre; il les avait massacrés. En son for intérieur, il ne pouvait plus se considérer comme un héros. Puis il réfléchit aux différentes hypothèses. C'était peut-être une erreur : ses hommes étaient experts dans le maniement de la *lupara*, mais ils n'étaient pas très familiarisés avec une lourde mitrailleuse. Comme ils tiraient de bas en haut, ils avaient peut-être mal estimé l'angle de hausse. Il ne pouvait croire que Passatempo ou Terranova l'aient trahi, mais il y avait toujours l'affreuse possibilité que l'un des deux ou les deux aient été achetés pour commettre ce carnage. L'idée lui était aussi venue dès qu'il avait appris la nouvelle qu'il pouvait y avoir eu un troisième groupe en embuscade.

Mais si la tuerie avait été intentionnelle, il y aurait certainement eu plus de victimes. A moins, songea Guiliano, que le but du massacre ait été de déshonorer son nom. Et de qui était cette idée de l'attaque du Portella della Ginestra? La coïncidence était trop flagrante pour qu'il pût l'encaisser.

La vérité, limpide et humiliante, était qu'il avait été la dupe de Don Croce.

21.

Le massacre du Portella della Ginestra scandalisa toute l'Italie. Les manchettes des journaux dénonçaient l'assassinat de femmes et d'enfants innocents. Il y avait quinze morts et plus de cinquante blessés. On émit au début l'hypothèse que la mafia était responsable de ce carnage et les déclarations de Silvio Ferra allaient dans ce sens. Mais Don Croce s'attendait à cela. Des membres secrets de l'organisation firent le serment devant des magistrats qu'ils avaient vu Terranova et Passatempo préparer l'embuscade. Les Siciliens se demandèrent pourquoi Guiliano ne réfutait pas cette outrageante accusation dans une de ses célèbres lettres à la presse. Ce silence ne lui ressemblait guère.

*

Quinze jours avant les élections nationales, Silvio Ferra se rendit à bicyclette de San Giuseppe Iato à Piani dei Greci. Il longea la rivière Iato et contourna la base de la montagne. Il dépassa sur la route deux hommes qui lui crièrent de s'arrêter, mais il poursuivit son chemin. En se retournant, il vit les deux hommes le suivre patiemment à pied, mais il ne tarda pas à les distancer et quand il arriva à Piani dei Greci, ils n'étaient plus en vue.

Ferra passa trois heures au siège du parti socialiste en compagnie d'autres dirigeants des environs. Quand la réunion prit fin, le crépuscule tombait et il tenait à être de retour chez lui avant la nuit. Il traversa la grand-place, sa bicylette à la main, en saluant gaiement quelques personnes de connaissance. Soudain, quatre hommes l'entourèrent. Ferra reconnut l'un d'eux, le chef de la mafia de Montelepre, et se sentit soulagé. Il connaissait Quintana depuis son enfance et savait aussi que dans cette région la mafia faisait très attention à ne pas irriter Guiliano ni rompre les règles qu'il avait instaurées, « l'affront aux pauvres », en particulier. C'est donc avec le sourire qu'il s'adressa à Quintana.

– Te voilà bien loin de chez toi, dit-il.

– Bonsoir, mon ami, dit Quintana. Nous allons faire un bout de chemin avec toi. Ne fais pas d'histoires et il ne t'arrivera rien. Nous voulons juste te ramener à la raison.

– Pourquoi ne pas le faire ici? demanda Silvio Ferra qui sentit la peur s'insinuer en lui.

Mais il avait connu cette peur sur les champs de bataille et savait qu'il pouvait la maîtriser. Il s'abstint donc de toute réaction imprudente. Deux hommes se placèrent de chaque côté de lui et lui saisirent les bras, puis ils le poussèrent doucement sur la place. La bicyclette resta en équilibre sur ses deux roues, puis tomba sur le côté.

Ferra vit que les villageois assis devant chez eux commençaient à se rendre compte qu'il se passait quelque chose d'anormal. Mais le massacre du Portella della Ginestra et la terreur qui régnait les avaient démoralisés. Pas un seul ne fit mine de protester. Ferra enfonça ses talons dans le sol et essaya de se retourner vers le siège de son parti. Même à cette distance, il distinguait la silhouette de quelques camarades dans l'embrasure de la porte. Ne voyaient-ils pas qu'il était en danger? Mais personne ne quitta le rectangle de lumière.

– A l'aide! s'écria-t-il.

Mais il n'y eut pas un mouvement sur la place et Silvio Ferra se sentit profondément honteux pour les habitants.

Quintana le poussa violemment en avant.

– Ne fais pas l'imbécile, dit-il. Tout ce que nous voulons, c'est parler. Viens avec nous sans faire d'histoires. Tu ne voudrais pas attirer des ennuis à tes amis?

La nuit était presque tombée et la lune brillait déjà. Ferra sentit le canon d'un pistolet dans son dos et comprit que s'ils avaient décidé de le tuer, ils n'hésiteraient pas à le faire sur la place. Puis ils tueraient à leur tour les amis qui viendraient à son secours. Il suivit Quintana jusqu'à la sortie du village. Il y avait une chance qu'ils ne veuillent pas le tuer; il y avait trop de témoins et certains avaient probablement reconnu Quintana. S'il se débattait, ils risquaient de s'affoler et de tirer. Il valait mieux attendre et écouter ce qu'ils avaient à dire.

– Nous voulons te persuader de mettre un terme à tes activités communistes, dit Quintana d'une voix posée. Nous avons oublié les accusations que tu as portées contre les Amis des Amis dans l'affaire de Ginestra. Mais notre patience n'a pas été récompensée et elle a ses limites. Crois-tu que ce soit sage? Si tu continues, tu nous obligeras à faire de tes enfants des orphelins.

Ils étaient sortis du village et commençaient à grimper le sentier rocailleux qui menait au Monte Cumeta. Silvio Ferra lança derrière lui un regard désespéré, mais nul ne les suivait.

– Serais-tu prêt à tuer un père de famille pour une chose aussi futile que la politique? demanda-t-il à Quintana.

– J'ai tué des hommes parce qu'ils avaient craché sur ma chaussure, répliqua Quintana en ricanant.

Les deux hommes qui tenaient les bras de Ferra s'écartèrent et il comprit le sort qu'on lui réservait. Il pivota sur ses talons et commença à dévaler le sentier éclairé par la lune.

*

Les villageois entendirent la fusillade et l'un des dirigeants du parti socialiste alla voir les carabiniers. Le lendemain matin, on découvrit le cadavre de Silvio Ferra dans une crevasse. La police interrogea les villageois, mais tout le monde déclara n'avoir rien vu. Personne ne parla des quatre hommes, personne ne prononça le nom de Guido Quintana. Pour être contestataires, ils n'en étaient pas moins siciliens et refusaient de rompre la loi de l'*omerta.* Mais certains d'entre eux racontèrent ce qu'ils avaient vu à l'un des hommes de Guiliano.

*

Un certain nombre de facteurs s'additionnèrent pour assurer la victoire électorale de la démocratie chrétienne. Don Croce et les Amis des Amis avaient bien fait leur travail. Le massacre du Portella della Ginestra avait scandalisé l'Italie, mais son impact sur les Siciliens avait été encore plus fort; ils étaient véritablement traumatisés. L'Église catholique qui avait mené sa campagne électorale sous la bannière du Christ s'était montrée plus sélective dans ses distributions de vivres. L'assassinat de Silvio Ferra porta le coup de grâce. Le parti démocrate-chrétien remporta une victoire écrasante en Sicile et l'île entraîna tout le pays dans son sillage. Il était évident que la démocratie chrétienne resterait un certain temps au pouvoir. Don Croce était le maître de la Sicile, le catholicisme demeurait la religion d'État et Franco Trezza avait de bonnes chances de devenir Premier ministre dans un avenir assez proche.

*

Les craintes de Pisciotta s'avérèrent fondées. Par le truchement d'Hector Adonis, Don Croce fit savoir que la démocratie chrétienne ne pouvait accorder l'amnistie à Guiliano et à ses hommes à cause du massacre du Portella della Ginestra. Le scandale serait trop retentissant; les accusations que ce massacre avait une origine politique renaîtraient de plus belle. La presse se déchaînerait et il y aurait de violentes grèves dans tout le pays. Don Croce affirmait que les mains du ministre de la Justice étaient évidemment liées et que le cardinal de Palerme ne pouvait plus apporter son soutien à un homme considéré comme responsable du massacre de femmes et d'enfants innocents. Mais lui-même continuerait à œuvrer pour qu'il obtienne l'amnistie. Il estimait toutefois qu'il était préférable que Guiliano émigre au Brésil ou aux États-Unis et était prêt à apporter son concours sans réserve.

Les hommes de Guiliano furent étonnés de voir que leur chef ne manifestait aucune émotion devant cette trahison, qu'il semblait l'accepter comme si elle allait de soi. Il s'enfonça un peu plus profondément dans la montagne et demanda à ses lieutenants d'établir leur camp près du sien afin de pouvoir rassembler sur-le-champ toutes ses troupes. A mesure que les jours passaient, il semblait se retirer plus profondément dans son univers intérieur. Plusieurs semaines s'écoulèrent et ses lieutenants attendaient des ordres avec impatience.

Un matin, il partit se promener dans la montagne sans se faire accompagner de ses gardes du corps. Il revint à la nuit tombée et s'avança dans la lumière des feux de camp.

– Aspanu, dit-il, rassemble tous les chefs.

*

Les terres du prince Ollorto s'étendaient sur plusieurs centaines de milliers d'hectares où poussait tout ce qui depuis mille ans faisait de la Sicile le grenier de l'Italie : citrons et oranges, céréales, bambous, oliviers, raisins de cuve, poivrons verts et aubergines d'un violet foncé de la taille d'une tête de charretier. Une partie des terres était louée à bail et le produit des récoltes divisé en deux parts égales, mais le prince Ollorto, comme la majorité des gros propriétaires terriens, commençait par prélever une certaine somme en échange du matériel, des graines et des moyens de transport mis à la disposition du paysan, le tout avec intérêts. Et le paysan pouvait s'estimer heureux de conserver vingt-cinq pour cent des trésors qu'il avait cultivés à la sueur de son front. Mais il n'avait pas à se plaindre en comparaison de ceux qui étaient obligés de s'engager comme ouvrier à la journée et d'accepter des salaires de famine.

La terre était riche, mais malheureusement une bonne partie des propriétés de la noblesse restait en friche et à l'abandon. En 1860 déjà, le grand Garibaldi avait promis aux paysans qu'ils posséderaient leurs propres terres. Mais le prince Ollorto avait encore cinquante mille hectares en jachère. Il en allait de même des autres nobles qui utilisaient leurs terres comme un fonds de réserve, vendant des parcelles pour se passer leurs folies.

Lors de la dernière campagne électorale, tous les partis, y compris la démocratie chrétienne, s'étaient engagés à faire respecter les lois sur le partage des terres. La législation stipulait que les terres en friche des grands domaines pouvaient être revendiquées contre le paiement d'une somme symbolique.

Mais la noblesse tournait la loi en engageant des chefs mafieux pour intimider ceux qui revendiquaient les terres. Il suffisait le jour de la revendication qu'un chef mafioso longe à cheval les limites de la propriété pour qu'aucun paysan n'ose se manifester. Les rares croquants qui faisaient valoir leurs droits étaient inéluctablement voués à une mort violente, ainsi que tous les membres de leur famille du sexe masculin. Les choses se passaient ainsi depuis un siècle et tous les Siciliens connaissaient la règle. Quand une grande propriété avait un chef de la mafia pour protecteur, nul ne réclamait de terres. Le gouvernement pouvait voter autant de lois qu'il voulait, elles restaient lettre morte. Comme Don Croce l'avait un jour laissé échapper devant Franco Trezza dans un moment d'inattention : « En quoi vos lois nous concernent-elles? »

Peu après les élections, le jour vint où les terres non cultivées du domaine du prince Ollorto pouvaient être revendiquées. La totalité des cinquante mille hectares tombait sous le coup de cette mesure gouvernementale. Les dirigeants des partis de gauche avaient exhorté le peuple à faire valoir ses droits et, au jour dit, près de cinq mille paysans se rassemblèrent devant les grilles du palais du prince. Installés sous une grande tente meublée de tables et de chaises et pourvue de tout le matériel officiel nécessaire à l'enregistrement des demandes, une poignée de fonctionnaires attendaient. Quelques paysans étaient venus de Montelepre.

Suivant le conseil de Don Croce, le prince Ollorto avait engagé six chefs mafiosi comme *gabelloti.* En cette radieuse matinée, transpirant sous le soleil, les six mafiosi longeaient à cheval le mur d'enceinte de la propriété du prince Ollorto. Les paysans rassemblés sous des oliviers millénaires suivaient du regard ces hommes célèbres dans toute l'île pour leur férocité. Ils attendaient, espérant un miracle, trop craintifs pour s'avancer.

Mais le miracle ne viendrait pas des forces de la loi. Le ministre de la Justice avait enjoint au *Maresciallo* commandant la garnison de consigner ses carabiniers au quartier. Ce jour-là, pas un seul membre de la gendarmerie en uniforme n'était visible dans toute la province de Palerme.

*

La multitude attendait devant le mur de la propriété du prince Ollorto. Les six chefs mafiosi allaient et venaient avec une régularité de métronome, le visage impénétrable, la *lupara* en bandoulière, des pistolets glissés dans la ceinture et dissimulés par leur veste. Leur attitude envers la foule n'était nullement menaçante... ils ne lui prêtaient simplement aucune attention, se contentant d'aller et venir en silence. Les paysans, comme s'ils espéraient que les montures se fatigueraient ou emmèneraient au loin ces cerbères, ouvrirent leurs sacs de nourriture et débouchèrent des bouteilles de vin. C'étaient des hommes pour la plupart, il n'y avait que quelques femmes et parmi elles la jeune Justina qui accompagnait ses parents. Ils étaient venus braver les assassins de Silvio Ferra, mais aucun d'eux n'osait franchir la ligne formée par les chevaux avançant au pas et réclamer la terre qui leur appartenait légalement.

Ce n'était pas uniquement la peur qui les retenait; ils avaient en face d'eux des « hommes à respecter », qui faisaient la loi dans leurs villages. Les Amis des Amis avaient créé leur propre gouvernement fantôme qui fonctionnait plus efficacement que celui de Rome. Si un voleur de bétail faisait main basse sur les moutons d'un paysan et si la victime allait porter plainte auprès des carabiniers, elle ne récupérait pas son bien. Mais si elle s'adressait au chef mafioso du village et moyennant une commission de vingt pour cent, les animaux disparus seraient retrouvés et la victime recevrait l'assurance que cela ne se reproduirait pas. Si une brute avinée assassinait dans un moment de colère un ouvrier innocent, les autorités pouvaient rarement condamner le coupable couvert par des faux témoignages et l'*omerta.* Mais si la famille de la victime faisait appel à l'un de ces six hommes, vengeance et justice pouvaient être obtenues.

Les voleurs invétérés des quartiers pauvres étaient exécutés, les dissensions résolues en respectant l'honneur de chacun, les querelles de bornage réglées sans avoir à débourser des honoraires d'avocat. Ces six hommes étaient des juges; on ne pouvait contester leurs décisions et l'émigration était le seul moyen d'échapper aux peines sévères qu'ils prononçaient. Ils avaient en Sicile un pouvoir plus étendu que le Premier ministre d'Italie. C'est aussi pour cela que la foule restait devant le mur d'enceinte de la propriété.

Les six chefs mafiosi ne restaient pas groupés; c'eût été un signe de faiblesse. Ils avançaient l'un derrière l'autre, comme des monarques indépendants. Le plus redouté, sur son cheval gris pommelé, était Don Siano, du village de Bisacquino. Il était âgé de plus de soixante ans et son visage était aussi grisâtre et tavelé que la robe de sa monture. Il était devenu célèbre à vingt-six ans en assassinant son prédécesseur à la tête de la mafia locale. Cet homme avait tué le père de Don Siano quand il n'était qu'un enfant de douze ans et il avait attendu quatorze ans avant de savourer sa vengeance. Un jour, il s'était laissé tomber d'un arbre sur sa victime à cheval et, étreignant l'homme par-derrière, l'avait obligé à remonter la rue principale du village. En passant devant les habitants, Siano avait découpé sa victime en morceaux, lui tranchant le nez, les lèvres, les oreilles et les organes génitaux. Puis, soulevant à bout de bras le corps mutilé et sanglant, il était passé à cheval devant la maison de sa victime. Depuis lors, il dirigeait sa province d'une poigne de fer.

Le deuxième chef mafioso qui chevauchait un cheval noir aux oreilles surmontées d'un plumet écarlate s'appelait Don Arzana et venait de Piani dei Greci. C'était un homme calme et réfléchi qui refusait de n'entendre qu'un seul son de cloche et s'était opposé à l'assassinat de Silvio Ferra pour des motifs politiques. Pendant des années, il avait retardé l'assassinat de Ferra qui l'avait bouleversé mais il n'avait pu intervenir, car Don Croce et les autres chefs mafiosi avaient décidé que le moment était venu de faire un exemple dans la région. Le pouvoir qu'il exerçait n'était pas dénué de bienveillance ni de clémence et c'était celui des six tyrans qui jouissait de l'affection populaire la plus sincère. Mais ce jour-là, passant et repassant devant la multitude assemblée, il montrait un visage dur et tous ses doutes s'étaient dissipés.

La bride de la monture du troisième, Don Piddu de Caltanissetta, était ornée de guirlandes de fleurs. Cet homme qui avait la réputation d'être sensible à la flatterie et infatué de son apparence était jaloux de son pouvoir et réprimait férocement les aspirations de la jeunesse. Un jour de fête, un jeune paysan avait rendu muettes d'admiration toutes les femmes du village parce qu'il dansait avec des clochettes aux chevilles, portait une chemise et un pantalon de soie verte confectionnés à Palerme et chantait en s'accompagnant d'une guitare espagnole. Don Piddu avait été outré par l'adulation réservée à ce Valentino rural et exaspéré de voir que les femmes, plutôt que pour un vrai homme comme lui-même, n'avaient d'yeux que pour ce jeune freluquet efféminé. Le godelureau ne dansa jamais plus; on retrouva son corps criblé de balles sur le chemin de sa ferme.

Le quatrième mafioso était Don Marcuzzi de Villamura. Il menait une existence d'ascète et avait sa propre chapelle chez lui, comme les nobles. C'était son seul luxe et il vivait très simplement; il était resté pauvre, car il refusait de tirer avantage de son pouvoir qu'il appréciait pourtant énormément. Il déployait une énergie inépuisable pour venir en aide à ses concitoyens et était un partisan convaincu des méthodes traditionnelles des Amis des Amis. Il était entré dans la légende le jour où il avait exécuté son neveu préféré qui avait commis une *infamita* et rompu la loi du silence en donnant à la police des renseignements sur une faction rivale de la mafia.

Le cinquième homme était Don Bucilla de Partinico, celui qui était intervenu en faveur de son neveu auprès d'Hector Adonis le jour fatidique et déjà lointain où Turi Guiliano avait pris le maquis. En cinq ans, il avait pris vingt kilos et bien qu'il fût devenu extrêmement riche, il portait encore sa tenue de paysan d'opérette. Il ne supportait pas la malhonnêteté et, sans être vraiment cruel, il faisait exécuter les voleurs aussi vertueusement que les juges anglais du XVIIIe siècle condamnant à la peine de mort des enfants coupables de menus larcins.

Le dernier des six mafiosi était Guido Quintana qui, bien qu'il fût le maire de Montelepre, avait acquis une certaine renommée en imposant sa loi à Corleone, théâtre de sanglants affrontements. Il avait été forcé de s'éloigner de Montelepre qui était directement sous la domination de Guiliano et à Corleone il pouvait enfin satisfaire ses instincts sanguinaires. Il avait ainsi réglé quatre querelles de famille en éliminant simplement tous ceux qui s'opposaient à ses décisions. C'est lui qui avait abattu Silvio Ferra et d'autres syndicalistes. Il était peut-être le seul chef mafioso pour qui le peuple éprouvait plus de haine que de respect.

Tels étaient les six hommes qui par leur réputation, le respect dont ils jouissaient et la terreur profonde qu'ils suscitaient interdisaient aux paysans pauvres l'accès aux terres du prince Ollorto.

★

Deux jeeps remplies d'hommes en armes qui filaient à toute allure sur la route de Montelepre à Palerme s'engagèrent sur l'allée menant à la propriété du prince. Tous les hommes sauf deux avaient la tête recouverte d'un tricot dans lequel des fentes avaient été découpées au niveau des yeux. Les deux seuls dont le visage n'était pas masqué étaient Turi Guiliano et Aspanu Pisciotta. Parmi les hommes masqués se trouvaient Canio Silvestro, Passatempo et Terranova. Andolini, masqué lui aussi, surveillait la route de Palerme. Quand les deux véhicules s'arrêtèrent à moins de cinquante mètres des mafiosi à cheval, d'autres hommes se frayèrent un chemin dans la foule de paysans. Eux aussi portaient une cagoule. Ils pique-niquaient dans l'oliveraie et quand les deux jeeps étaient apparues, ils avaient ouvert leurs paniers à provisions et en avaient sorti armes et masques. Ils se déployèrent en formant un long arc de cercle et en couchant les six cavaliers en joue. En tout, ils étaient une cinquantaine. Turi Guiliano bondit de sa jeep et vérifia que tout le monde était en place. Puis il suivit du regard les mafiosi qui ne s'étaient pas arrêtés. Il savait qu'ils l'avaient vu et que la foule aussi l'avait reconnu. Le soleil de l'après-midi teintait de rouge le paysage verdoyant. Guliano se demanda comment ces milliers de paysans durs à la peine pouvaient être intimidés au point de laisser six hommes ôter le pain de la bouche de leurs enfants.

A ses côtés, Aspanu Pisciotta attendait comme une vipère impatiente. Aspanu était le seul à avoir refusé de porter un masque; tous les autres redoutaient une vendetta de la famille des six mafiosi et des Amis des Amis. La vendetta s'exercerait donc principalement contre Guiliano et Pisciotta.

Ils portaient tous deux leur boucle de ceinture dorée. Guiliano qui n'était armé que d'un lourd pistolet dans un étui portait aussi la bague d'émeraude de la duchesse. Pisciotta quant à lui tenait un pistolet mitrailleur sous le bras. Le teint hâve à cause de la maladie et de l'excitation, il s'impatientait contre Guiliano qui prenait tout son temps. Mais Turi tenait à vérifier que ses ordres avaient été correctement exécutés. Ses hommes disposés en demi-cercle laissaient une possibilité de fuite aux chefs mafiosi s'ils décidaient d'abandonner la partie. En s'enfuyant, ils perdraient le respect dont ils jouissaient et une grande partie de leur influence; les paysans ne les craindraient plus. Mais Guiliano vit Don Siano faire faire demi-tour à son cheval gris pommelé et les autres lui emboîter le pas et longer le mur d'enceinte en sens inverse. Ils n'avaient aucunement l'intention de prendre la fuite.

*

De l'une des tours de son palais, le prince Ollorto observait la scène à l'aide du télescope qu'il utilisait pour relever la position des étoiles. Il voyait distinctement et en détail le visage de Turi Guiliano : l'ovale des yeux, les traits carrés, la bouche lippue qu'il gardait pincée. Il savait que la force exprimée par ce visage était celle de la vertu et se prit à déplorer que la vertu soit si mal récompensée. Car elle était vraiment redoutable quand elle était sincère, ce qui était le cas pour Guiliano. Il avait honte de son propre rôle. Il connaissait bien ses compatriotes et savait qu'il portait la responsabilité de ce qui allait arriver. Ces six hommes de valeur dont il s'était attaché les services allaient se battre pour lui, ils ne prendraient pas la fuite. Ils avaient tenu en respect la foule qui se pressait devant les murs de la propriété, mais maintenant Guiliano se dressait devant eux comme un ange exterminateur. Le prince avait déjà l'impression que le jour s'obscurcissait.

*

Guiliano s'avança jusqu'au bord du chemin que suivaient les six cavaliers massifs et trapus obligeant leur monture à marcher au pas, lentement, implacablement. De temps à autre, ils arrêtaient les chevaux devant un gros tas d'avoine qui s'élevait contre le mur crénelé de pierre blanche afin que les animaux en déféquant laissent derrière eux une offensante traînée de crottin avant de reprendre leur lente marche.

Turi Guiliano se plaça tout près du chemin qu'ils suivaient, Pisciotta restant un mètre derrière lui. Les cavaliers, le visage impénétrable, ne tournèrent pas la tête de son côté. Ils avaient tous une *lupara* en bandoulière, mais aucun d'eux ne fit un geste pour prendre son arme. Guiliano attendait. Les mafiosi passèrent encore trois fois devant lui sans s'arrêter et Guiliano fit un pas en arrière.

– Fais-les descendre de cheval et amène-les-moi, dit-il calmement à Pisciotta.

Puis il traversa le chemin des cavaliers et alla s'adosser au mur de pierre blanche de la propriété.

Il n'ignorait pas qu'il avait franchi la ligne fatidique et que ce qu'il faisait ce jour-là déciderait de son destin. Mais il agissait sans inquiétude ni hésitation, n'éprouvant qu'une rage froide envers le monde. Derrière ces six hommes se profilait l'ombre imposante de Don Croce qui, en fin de compte, était son véritable ennemi. Il était également furieux contre cette foule de paysans à qui il venait en aide. Pourquoi étaient-ils si dociles, si craintifs ? Si seulement il parvenait à leur faire prendre les armes, il pourrait bâtir à leur tête une Sicile nouvelle. Mais il sentit alors monter en lui une vague de pitié pour ces pauvres gens dépenaillés et mal nourris et il leva le bras pour leur adresser un encouragement. La foule demeura silencieuse et il songea à Silvio Ferra qui aurait pu les entraîner à la révolte.

C'était au tour de Pisciotta d'occuper le devant de la scène. Il portait un tricot crème avec des dragons rampants de couleur plus sombre tissés dans la laine. Sa tête brune aux cheveux luisants, au profil tranchant comme un couteau, se détachait sur le soleil rouge sang. Il tourna cette tête effilée comme une lame vers les six formes massives à cheval et les observa longuement de son regard de vipère. La monture de Don Siano déposa un tas de crottin à ses pieds.

Pisciotta fit un pas en arrière. Il fit un signe de tête à Terranova, Passatempo et Silvestro qui se précipitèrent vers les cinquante hommes masqués disposés en arc de cercle. La file des hors-la-loi s'étira pour fermer le passage aux six mafiosi qui continuaient de chevaucher orgueilleusement comme s'ils n'avaient rien remarqué. Mais rien ne leur avait échappé et ils avaient tout compris. Ils avaient remporté le premier round du combat et c'était maintenant à Guiliano de décider s'il allait faire le dernier pas, le plus périlleux.

Pisciotta se plaça sur le chemin de la monture de Don Siano et, d'un geste impérieux, leva la main vers le visage grisâtre et imposant du mafioso. Mais Don Siano ne s'arrêta pas. Le cheval essaya de se dérober, mais son cavalier lui redressa la tête. Ils auraient renversé Pisciotta s'il ne s'était écarté. Avec une grimace sauvage, il s'inclina profondément devant le chef mafioso, puis se plaça directement derrière lui, braqua son pistolet mitrailleur sur l'arrière-train de l'animal et pressa la détente.

Des paquets d'entrailles visqueuses, un flot de sang et des excréments furent projetés dans l'air embaumé. La grêle de balles avait fauché les jambes du cheval qui s'effondra aussitôt. Don Siano resta coincé sous le corps de l'animal, mais quatre hommes de Guiliano le dégagèrent et lui lièrent les mains derrière le dos. Le cheval était encore vivant et Pisciotta s'approcha pour lui tirer une courte rafale dans la tête.

Un long gémissement où la terreur se mêlait à l'exultation s'éleva de la foule. Guiliano restait adossé au mur, le lourd pistolet dans son étui. Il gardait les bras croisés et donnait lui aussi l'impression de se demander ce qu'allait faire Aspanu Pisciotta.

Les cinq mafiosi restants continuaient leur défilé. Leurs montures s'étaient cabrées en entendant les coups de feu, mais ils les avaient rapidement reprises en main et continuaient d'avancer aussi lentement qu'auparavant. Pisciotta se plaça de nouveau devant eux et leva une seconde fois la main. Le cavalier de tête, Don Bucilla, s'arrêta et les autres tirèrent sur les rênes de leur cheval pour l'immobiliser.

– Les chevaux seront utiles à vos familles, leur dit Pisciotta, et je vous promets de les leur rendre. Maintenant, mettez pied à terre et allez présenter vos respects à Guiliano.

Sa voix forte et claire portait aisément jusqu'à la foule.

Il y eut un long silence, puis les cinq hommes descendirent de cheval. L'air hautain, ils tournèrent vers les paysans un regard farouche et insolent. Les hommes de Guiliano rompirent l'arc de cercle qu'ils formaient et vingt d'entre eux, l'arme au poing, convergèrent vers les mafiosi. Soigneusement et sans brutalité, ils leur lièrent les bras derrière le dos. Puis ils conduisirent les six chefs mafiosi devant Guiliano.

Turi les considéra d'un air impassible. Quintana l'avait humilié un jour et avait même tenté de l'assassiner, mais maintenant les rôles étaient inversés. Le visage de Quintana n'avait pas changé depuis cinq ans – il avait toujours le même air vorace – mais son regard était errant, perdu dans le vide derrière le masque de défi.

Don Siano regardait fixement Guiliano, son visage grisâtre empreint de mépris. Don Bucilla avait l'air un peu ahuri, s'étonnant, semblait-il, qu'il y eût tant de haine dans une affaire qui ne le concernait pas vraiment. Les autres Don regardaient Guiliano bien en face et avec froideur comme il seyait à des hommes de leur qualité. Le jeune homme les connaissait tous de réputation ; dans son enfance, certains de ces hommes, Don Siano en particulier, le terrifiaient. Et maintenant, il les humiliait devant le peuple rassemblé et ils ne le lui pardonneraient jamais. Il s'était fait des ennemis mortels. Guiliano savait quelle décision il allait prendre, mais ces hommes étaient aussi des époux et des pères de famille que leurs enfants pleureraient. Les mafiosi regardaient droit devant eux, dignement, sans laisser paraître le moindre signe de peur. Leur message était clair : que Guiliano fasse ce qu'il avait à faire, s'il en avait le cran. Don Siano cracha aux pieds du hors-la-loi.

Guiliano les regarda dans les yeux, l'un après l'autre.

– Mettez-vous à genoux et recommandez votre âme à Dieu, dit-il.

Mais pas un seul des prisonniers ne bougea.

Guiliano se retourna et s'éloigna. Les six chefs mafiosi restèrent alignés contre le mur de pierre blanche sur lequel leur silhouette se découpait. En arrivant au niveau de ses hommes, Guiliano se retourna vers les condamnés et cria d'une voix forte pour que la foule puisse entendre :

– Je vous exécute au nom de Dieu et de la Sicile.

Puis il posa la main sur l'épaule de Pisciotta.

A ce moment-là, Don Marcuzzi commença à fléchir le genou, mais Pisciotta avait déjà ouvert le feu. Passatempo, Terranova et

Silvestro, encore masqués, se joignirent à lui. Les six corps aux mains liées dans le dos furent projetés contre le mur par l'impact des projectiles. Les pierres blanches furent éclaboussées de gouttes pourpres et de fragments de chair arrachés aux corps agités de secousses. Ils ressemblaient à des marionnettes dansant au bout de leurs fils, sans cesse repoussés par la grêle de balles qui s'abattait sur eux.

Dans la tour de son palais, le prince Ollorto s'écarta de son télescope. Il n'assista donc pas à ce qui se passa ensuite.

Guiliano s'avança jusqu'au mur. Il sortit le lourd pistolet de son étui et lentement, cérémonieusement, logea une balle dans la tête de chacun des chefs mafiosi.

Une sorte de rugissement rauque s'éleva de la foule et en quelques secondes des milliers d'hommes s'engouffrèrent à travers les grilles de la propriété du prince Ollorto. Guiliano les suivit des yeux en remarquant que nul ne s'approchait de lui.

22.

Le jour de Pâques de l'an de grâce 1949, toute l'île était tapissée de fleurs et les balcons de Palerme croulaient sous les grappes de fleurs aux couleurs vives. Des tiges aux pétales rouges, bleus et blancs jaillissaient des fissures du trottoir et même sur les murs des vieilles églises. Les rues de Palerme grouillaient de fidèles se rendant à la grand-messe de neuf heures à la cathédrale où le cardinal en personne célébrait l'office. Des paysans des villages avoisinants étaient venus en ville et, en costume de deuil, accompagnés de leur femme et de leurs enfants, ils saluaient tous les passants avec la formule pascale traditionnelle : « Le Christ est ressuscité. » Et Turi Guiliano leur faisait la réponse tout aussi traditionnelle : « Que Son nom soit béni. »

Guiliano et ses hommes s'étaient infiltrés dans la ville à la faveur de la nuit. Ils portaient la tenue noire et solennelle des paysans endimanchés, mais leurs vestons ouverts étaient déformés par les bosses que faisaient les mitraillettes. Guiliano connaissait bien les rues de Palerme; depuis six ans qu'il vivait hors la loi, il lui était fréquemment arrivé de se glisser dans la ville pour diriger l'enlèvement de quelque noble fortuné ou pour dîner dans un grand restaurant où il laissait un mot provocant sous son assiette.

Il ne courait aucun danger à l'occasion de ces visites. Le caporal Canio Silvestro marchait à ses côtés dans la rue, deux hommes armés les précédaient d'une vingtaine de mètres, deux autres les suivaient à la même distance et quatre autres marchaient sur le trottoir d'en face. Une dernière équipe de deux hommes, derrière tout le monde, complétait le groupe de protection. Si les carabiniers arrêtaient Guiliano pour effectuer un contrôle d'identité, ils feraient une cible facile pour ces hommes prêts à ouvrir impitoyablement le feu. Quand leur chef entrait dans un restaurant, ses gardes du corps s'installaient à plusieurs tables dans la salle à manger.

Ce matin-là, Guiliano avait amené une cinquantaine d'hommes. Aspanu Pisciotta, Silvestro et Terranova l'accompagnaient, mais Passatempo et Stefan Andolini étaient restés au camp. Quand Guiliano et Pisciotta entrèrent dans la cathédrale, quarante hommes les suivirent. Les autres, sous le commandement de Terranova et Silvestro, restèrent dans les véhicules garés derrière l'édifice.

Le cardinal célébrait la messe et la chasuble blanche brodée d'or qu'il avait revêtue, le grand crucifix passé autour de son cou et sa voix mélodieuse lui conféraient une aura sacrée d'inviolabilité. A l'entrée de la cathédrale remplie de grandes statues du Christ et de la Vierge, Guiliano trempa le bout de ses doigts dans le bénitier orné de sculptures illustrant le chemin de la Croix. Il esquissa une génuflexion et son regard se leva vers le vaste dôme avant de courir sur les rangées de cierges roses, offrandes votives faites aux statues des saints alignées le long des murs.

Les hommes de Guiliano se dispersèrent le long des bas-côtés, près de l'autel, au milieu de la vaste foule de fidèles, paysans en noir, citadins en costume de fête aux couleurs vives. Guiliano se trouva près de la célèbre statue de la Vierge et des Apôtres à la contemplation de laquelle il s'abandonna quelques instants.

Guiliano n'était pas insensible au chant des officiants et des enfants de chœur, aux répons murmurés de la masse des fidèles, au parfum des fleurs tropicales disposées sur l'autel, à la ferveur des suppliants. Le dernier office divin auquel il avait assisté était celui de Pâques, cinq ans auparavant, le jour où Frisella le coiffeur l'avait trahi. Mais ce matin-là à Palerme, il sentit la crainte s'emparer de lui. Combien de fois avait-il dit à ses ennemis condamnés : « Je vous exécute au nom de Dieu et de la Sicile », en attendant qu'ils murmurent les prières qu'il entendait maintenant. Il eut fugitivement envie de les ressusciter, comme le Christ était ressuscité, et de les arracher aux ténèbres éternelles dans lesquelles il les avait plongés. Et en ce jour de Pâques, il allait peut-être devoir envoyer un prélat de l'Église les rejoindre, un cardinal qui n'avait pas tenu sa promesse, qui lui avait menti, l'avait trahi et était devenu son ennemi, ce cardinal dont la voix résonnait magnifiquement dans la vaste cathédrale. Mais ne serait-ce pas de l'insolence de lui demander de recommander son âme à Dieu? Un prélat n'était-il pas toujours en état de grâce? Aurait-il l'humilité de confesser qu'il avait trahi Guiliano?

La messe approchait de son terme; les fidèles s'avançaient vers l'autel pour recevoir la communion. Certains des hommes de Guiliano s'agenouillaient pour la réception des espèces. Ils s'étaient confessés la veille au monastère à l'abbé Manfredi et ils étaient lavés de leurs péchés, car le crime qu'ils auraient à commettre n'aurait pas lieu avant la fin de la cérémonie.

La masse des fidèles, se réjouissant de la résurrection du Christ et de la purification de leur âme, quitta la cathédrale et se répandit sur l'esplanade donnant sur l'avenue. Le cardinal passa derrière l'autel et son acolyte lui ceignit le front de la mitre épiscopale. Le cardinal semblait avoir grandi de trente centimètres avec la haute coiffure dont l'or des volutes se reflétait sur son visage aux traits grossiers. L'impression qui se dégageait de lui était plus de puissance que de sainteté. Suivi d'un cortège de prêtres, il commença la série traditionnelle de prières devant chacune des quatre chapelles de la cathédrale.

La première chapelle contenait les restes du roi Roger Ier, la deuxième ceux de l'empereur Frédéric II, la troisième était la sépulture d'Henri IV et la dernière renfermait les cendres de Constance, l'épouse de Frédéric II. Les tombes étaient de marbre blanc incrusté de superbes mosaïques. Il y avait une autre chapelle à l'écart contenant une statue de cinq cents kilos de sainte Rosalie, la patronne de Palerme, que les habitants de la ville faisaient défiler dans les rues le jour de sa fête. Dans cette chapelle d'argent étaient conservés les restes de tous les archevêques de Palerme et c'est là que le cardinal lui-même serait inhumé à sa mort. C'est devant cette chapelle que le cardinal fit sa première halte pour prier et que Guiliano et ses hommes l'entourèrent, lui et sa suite. Quelques hommes de Guiliano se postèrent aux issues de la chapelle afin que l'alarme ne puisse être donnée.

Le cardinal se releva pour faire face aux intrus. Il vit Pisciotta et le reconnut. Mais ce visage était devenu celui du Malin venu réclamer son âme et la jeter dans les tourments de l'enfer.

– Votre Éminence, dit Guiliano, vous êtes mon prisonnier. Si vous faites ce que je vous dis, il ne vous sera fait aucun mal. Vous serez mon invité dans la montagne et je puis vous promettre que vous mangerez aussi bien que dans votre palais.

– Vous osez faire entrer des hommes en armes dans la maison de Dieu! s'écria le prélat d'une voix furieuse.

Guiliano se mit à rire. La crainte révérencielle qui l'avait saisi pendant l'office s'était évanouie devant le plaisir que lui procurait ce qu'il allait faire.

– Je vais encore plus loin, répliqua-t-il. J'ose vous reprocher de n'avoir pas tenu votre sainte parole. Vous aviez promis l'amnistie pour mes hommes et pour moi et vous n'avez pas tenu cette promesse. Le moment est donc venu pour l'Église et pour vous de vous acquitter.

– Je ne bougerai pas de ce lieu saint, dit le cardinal en secouant la tête. Tuez-moi si vous l'osez et votre nom sera couvert d'infamie dans le monde entier.

– J'ai déjà cet honneur, dit Guiliano. Et si vous refusez de m'obéir, je serai contraint d'employer la manière forte. Je tuerai tous les prêtres qui vous accompagnent, puis je vous attacherai et vous bâillonnerai. Si vous me suivez tranquillement, il ne sera fait de mal à personne et d'ici la fin de la semaine, vous serez de retour dans votre cathédrale.

Le prélat se signa et se dirigea vers la porte de la chapelle que lui indiquait Guiliano. Cette issue menait à l'arrière de la cathédrale où d'autres membres de la bande de Guiliano avaient déjà réquisitionné la limousine et le chauffeur du cardinal. La grosse voiture noire était décorée de bouquets de fleurs et la bannière de la paroisse flottait de chaque côté de la calandre. Les hommes de Guiliano avaient également réquisitionné les véhicules de plusieurs dignitaires. Guiliano guida le prélat jusqu'à sa limousine et prit place à ses côtés. Deux de ses hommes s'installèrent également sur le siège arrière et Aspanu Pisciotta monta à l'avant, à côté du chauffeur. Puis le cortège de voitures traversa la ville, croisant des patrouilles de carabiniers qui les saluaient. Obéissant aux ordres de Guiliano, le cardinal leur donnait sa bénédiction. Quand ils furent sortis de la ville, on fit descendre le prélat de voiture dans une ligne droite déserte. Un groupe d'hommes de Guiliano les attendait avec une litière pour transporter le cardinal. Laissant véhicules et chauffeurs sur la route, ils disparurent dans la montagne couverte de fleurs.

Guiliano tint parole; le repas servi au cardinal au fond de la caverne des monts Cammarata valait ceux qu'il prenait dans son palais. En lui présentant les plats, les bandits, remplis du plus grand respect pour son autorité spirituelle, lui demandaient sa bénédiction.

*

Tous les journaux d'Italie laissèrent éclater leur indignation tandis que le peuple de Sicile était partagé entre deux émotions : l'horreur devant le sacrilège et une joie impie de la déconfiture des carabiniers. Mais ils éprouvaient par-dessus tout une incommensurable fierté de savoir qu'un Sicilien avait vaincu le pouvoir de Rome; Guiliano était devenu l'« homme à respecter » par excellence.

Tout le monde se demandait ce qu'il exigerait en échange de la vie du cardinal. La réponse était simple : une énorme rançon.

La sainte Église catholique qui, après tout, était chargée de la garde des âmes, ne s'abaissa pas aux marchandages mesquins des nobles et des riches commerçants. Elle versa rubis sur l'ongle la rançon de cent millions de lires. Mais Guiliano n'en avait pas fini avec le cardinal.

– Je suis un paysan peu versé dans les voies de la Providence, dit-il au prélat. Mais je n'ai jamais manqué à ma parole. Alors que vous, un cardinal de l'Église catholique, avec vos vêtements sacerdotaux et vos crucifix, vous m'avez menti comme un Maure sans foi ni loi. Vos fonctions sacrées ne suffiront pas à vous accorder la vie sauve.

Le cardinal sentit ses genoux flageoler.

– Mais vous avez de la chance, poursuivit Guiliano. Je vous destine un autre rôle.

C'est alors qu'il fit lire son Testament au cardinal.

Assuré d'avoir la vie sauve, le cardinal, habitué à vivre dans la crainte du châtiment divin, fut beaucoup plus intéressé par les documents du Testament de Guiliano que par ses reproches. Mais quand il vit le billet qu'il avait remis à Pisciotta, il se signa avec une pieuse fureur.

– Votre Éminence, dit Guiliano, vous pouvez faire savoir à l'Église et au ministre de la Justice que je suis en possession de ce document. Vous avez eu entre les mains la preuve que j'ai les moyens de renverser le gouvernement démocrate-chrétien. Ma mort sera votre ruine. Le Testament sera placé en lieu sûr et hors de votre portée. Si quelqu'un doute de ma résolution, dites-lui de demander à Don Croce comment je traite mes ennemis.

*

Une semaine après l'enlèvement du cardinal de Palerme, La Venera quitta Guiliano.

Pendant trois ans, il était venu chez elle en rampant dans le tunnel. Dans son lit il profitait de son corps plantureux, de la chaleur et du réconfort qu'elle lui apportait. Jamais elle ne s'était plainte, jamais elle ne lui avait demandé quoi que ce fût en échange de son plaisir.

Mais cette nuit-là, tout était différent. Après avoir fait l'amour, elle lui annonça sa décision d'aller s'installer chez des parents vivant à Florence.

– Mon cœur ne résiste plus, dit-elle. Je ne peux plus supporter le danger au milieu duquel tu vis. Je rêve que l'on t'abat devant mes yeux. Les carabiniers ont tué mon mari comme on descend un animal, sur le pas de sa porte. Ils ont tiré jusqu'à ce que son corps ne soit plus qu'un tas de haillons couverts de sang. Je rêve que la même chose t'arrive.

Elle prit la tête de Turi et la posa sur sa poitrine.

– Écoute, dit-elle. Écoute mon cœur.

Et il écouta. Il fut submergé de pitié et de tendresse en percevant les battements irréguliers et frénétiques. Sous la poitrine lourde, la peau nue avait le goût salé de la sueur née de la terreur de La Venera. Il caressa l'épaisse chevelure noire que les sanglots agitaient.

– Mais avant, tu n'avais pas peur, dit Guiliano. Rien n'a changé.

La Venera secoua la tête avec véhémence.

– Tu es devenu trop imprudent, Turi. Tu t'es fait des ennemis, des ennemis puissants. Tes amis tremblent pour toi. Ta mère blêmit chaque fois qu'on frappe à la porte. Tu ne pourras pas leur échapper indéfiniment.

– Mais je n'ai pas changé, protesta Turi.

– Oh, si, Turi, tu as changé, dit La Venera en sanglotant de plus belle. Tu tues si facilement maintenant. Je ne dis pas que tu es devenu cruel, mais tu traites la mort des autres avec détachement.

Guiliano poussa un long soupir. Il voyait qu'elle était terrifiée et cela l'emplissait d'un chagrin qu'il ne comprenait pas très bien.

– Alors il faut que tu partes, dit-il. Je te donnerai de quoi vivre à Florence. Un jour, tout cela finira. Il n'y aura plus de sang. J'ai des projets. Je ne serai pas un bandit jusqu'à la fin de ma vie. Ma mère pourra enfin dormir et nous serons tous réunis.

Mais il voyait bien qu'elle ne le croyait pas.

Le lendemain matin, avant de se séparer, ils refirent l'amour avec passion, leurs corps se mêlant fiévreusement l'un à l'autre pour la dernière fois.

23.

Turi Guiliano avait enfin réussi ce qu'aucun homme d'État, aucun politicien n'avait jamais pu réaliser. Il avait réussi l'union de tous les partis politiques d'Italie qui s'étaient fixé un objectif commun : la destruction de Guiliano et de sa bande de hors-la-loi.

*

En juillet 1949, Franco Trezza, le ministre de la Justice, annonça à la presse la formation d'une armée de cinq mille carabiniers baptisée Force Spéciale de Répression du Banditisme, sans toutefois faire référence à Guiliano. Les journaux s'empressèrent de rectifier ce manque de franchise du gouvernement qui ne souhaitait pas présenter Guiliano comme la cible principale et félicitèrent chaleureusement la démocratie chrétienne au pouvoir pour cette mesure de grande envergure.

La presse nationale vanta aussi le trait de génie de Franco Trezza dans le recrutement des cinq mille hommes de la Force Spéciale. Elle serait uniquement composée de célibataires, de sorte qu'il n'y aurait ni veuves ni familles faisant l'objet de menaces. Il y aurait des commandos, des parachutistes, des véhicules blindés, de l'artillerie lourde et même un appui aérien. Comment un bandit de quatre sous pourrait-il résister à un pareil déploiement de forces? Et les troupes seraient placées sous le commandement du colonel Ugo Luca, l'un des héros de la Seconde Guerre mondiale, qui avait combattu aux côtés de Rommel, le légendaire maréchal allemand. Le « renard du désert italien », comme les journaux le surnommaient, était expert dans l'art de la guérilla et ses qualités de tacticien et de stratège dérouteraient Turi Guiliano, le naïf paysan sicilien.

La presse mentionna en quelques lignes la nomination de Frederico Velardi à la tête des services de sécurité de Sicile. On ne savait pas grand-chose sur l'inspecteur Velardi, sinon qu'il avait été personnellement choisi par le ministre de la Justice pour prêter son assistance au colonel Luca.

*

Un mois plus tôt jour pour jour, une rencontre décisive avait eu lieu entre Don Croce, Franco Trezza et le cardinal de Palerme. Le prélat les avait mis au courant de l'existence des documents compromettants dans le Testament de Guiliano.

Le ministre prit peur; il fallait détruire ces documents avant que l'armée accomplisse sa mission. Il aurait voulu annuler les ordres qu'il avait donnés pour la Force Spéciale, mais les pressions exercées sur le gouvernement étaient trop fortes.

Pour Don Croce, l'existence du Testament n'était qu'une complication supplémentaire qui ne changeait rien à sa décision; il avait déjà pris le parti de tuer Guiliano. L'assassinat des six chefs mafiosi ne lui laissait pas le choix. Mais Guiliano ne pouvait mourir de la main des Amis des Amis. Il était devenu un héros trop célèbre et son assassinat aurait un tel retentissement que même la mafia n'y survivrait pas. Les Amis des Amis s'attireraient la haine de tout le peuple sicilien.

Quoi qu'il en soit, Don Croce était conscient de devoir s'accommoder des exigences de Trezza. Il n'oubliait pas que c'était l'homme dont il voulait faire le Premier ministre d'Italie.

– Voici ce que nous allons faire, dit-il à Trezza. Vous n'avez pas le choix, vous êtes obligé de traquer Guiliano. Mais essayez de le garder en vie jusqu'à ce que je puisse rendre son Testament inopérant, ce que je m'engage à faire.

Le visage sombre, le ministre acquiesça de la tête et appuya sur le bouton de l'interphone.

– Faites entrer l'inspecteur, dit-il d'un ton impérieux.

Quelques secondes plus tard, un homme élancé aux yeux bleus et froids pénétra dans le bureau. Svelte et vêtu avec élégance, il avait un visage aristocratique.

– Je vous présente l'inspecteur Frederico Velardi, dit le ministre. Je viens de le nommer chef des services de sécurité de Sicile. Il travaillera en collaboration avec le commandant de l'armée que j'envoie sur l'île.

Il présenta Don Croce et le cardinal à l'inspecteur et lui expliqua le problème que représentait le Testament et la menace qu'il faisait peser sur le parti démocrate chrétien.

– Mon cher inspecteur, dit le ministre, je vous demande de considérer Don Croce comme mon représentant personnel en Sicile. Vous lui transmettrez, comme s'il s'agissait de moi, tous les renseignements qui peuvent lui être utiles. Avez-vous compris?

L'inspecteur mit un long moment à assimiler cette requête. Puis la lumière se fit. Sa tâche consisterait à informer Don Croce de tous les plans de l'armée d'invasion dans la lutte contre Guiliano. Don Croce transmettrait à son tour ces renseignements à Guiliano afin qu'il puisse échapper à la Force Spéciale et ce jusqu'à ce que le Don estime pouvoir mettre fin sans risques à la carrière du hors-la-loi.

– Dois-je vraiment communiquer tous les renseignements à Don Croce? demanda Velardi. Le colonel Luca n'est pas idiot... il soupçonnera vite qu'il y a des fuites et m'interdira peut-être l'accès à ses réunions d'état-major.

– Si vous avez des ennuis, dit le ministre, demandez-lui de s'adresser à moi. Votre véritable mission est de mettre la main sur le Testament et de garder Guiliano en vie et en liberté jusqu'à ce que ce soit fait.

L'inspecteur tourna ses yeux bleus et froids vers Don Croce.

– Je me rendrai utile avec plaisir, dit-il, mais il y a une chose qu'il faut que je comprenne. Si Guiliano est capturé avant la destruction du Testament, que devrai-je faire?

Le Don n'était pas un fonctionnaire gouvernemental et il pouvait se permettre de parler sans ambages.

– Ce serait un désastre, dit-il. Tout à fait déplorable.

*

Les journaux saluèrent le choix du colonel Ugo Luca à la tête de la Force Spéciale de Répression du Banditisme. Ils glosèrent sur ses états de service, les décorations que lui avaient values sa bravoure, son génie tactique, sa nature paisible et secrète et son horreur de l'échec sous toutes ses formes. C'était, toujours d'après les journaux, un bouledogue de taille à faire face à la férocité sicilienne.

Le colonel commença par étudier tous les documents des services de renseignements relatifs à Guiliano. Franco Trezza le trouva terré dans son bureau, entouré de dossiers remplis de rapports et de vieilles coupures de journaux. Quand le ministre lui demanda quand il comptait embarquer son armée pour la Sicile, le colonel lui répondit avec douceur qu'il était en train de constituer son état-major et que même si cela devait prendre un certain temps, Guiliano serait probablement encore là.

Après avoir étudié ces rapports pendant une semaine, le colonel Luca en arriva à certaines conclusions. Guiliano était un génie de la guérilla et il avait une méthode unique pour opérer. Il ne gardait autour de lui qu'un cadre d'une vingtaine d'hommes au nombre desquels figuraient ses principaux lieutenants : Aspanu Pisciotta, son second ; Canio Silvestro, son garde du corps personnel ; Stefan Andolini, son responsable des renseignements et son intermédiaire avec Don Croce et les réseaux de la mafia. Terranova et Passatempo avaient leur propre bande et pouvaient opérer indépendamment de Guiliano lorsqu'il n'y avait pas d'action concertée. Terranova exécutait les enlèvements décidés par Guiliano et Passatempo commettait les attaques à main armée contre les trains et les banques préparées par Guiliano.

Il devint clair au colonel que l'ensemble de la bande de hors-la-loi ne pouvait pas compter plus de trois cents hommes. Comment Guiliano avait-il donc pu survivre pendant six ans, tenir en échec les carabiniers de toute une province et prendre le contrôle absolu ou presque de tout le nord-ouest de l'île? Comment ses hommes et lui avaient-ils pu échapper aux recherches de grande envergure lancées par les forces gouvernementales? La seule réponse était que Guiliano devait enrôler des paysans quand il avait besoin de troupes supplémentaires. De sorte que lorsque les forces gouvernementales passaient les montagnes au peigne fin, ces bandits d'occasion se réfugiaient dans les villages et dans les fermes où ils reprenaient leur existence de paysan. Il s'ensuivait également qu'un grand nombre des habitants de Montelepre devaient faire secrètement partie de la bande. Mais le plus important était la popularité de Guiliano ; il y avait peu de chances qu'il fût trahi un jour et aucun doute que s'il appelait au soulèvement populaire, des milliers d'hommes se rangeraient sous sa bannière.

Et enfin, il était fort intrigué par le manteau d'invisibilité dont se drapait Guiliano. Il apparaissait en un lieu, puis semblait se volatiliser. Plus le colonel Luca lisait de rapports, plus il était impressionné. Puis il passa à un autre aspect du problème contre lequel il savait pouvoir prendre des mesures immédiates. Ce n'était peut-être pas grand-chose, mais à la longue cela deviendrait important.

Guiliano envoyait fréquemment à la presse des lettres qui commençaient toujours comme suit : « Si, comme je suis porté à le croire, nous ne sommes pas ennemis, vous publierez cette lettre » et où il présentait son point de vue sur ses actes de banditisme les plus récents. Aux yeux du colonel Luca, cette introduction était une menace, une contrainte. Et le texte de la lettre était de la propagande ennemie. Il contenait des explications sur les enlèvements, les vols et la manière dont l'argent était distribué aux pauvres de Sicile. Quand une bataille rangée avait lieu entre Guiliano et les carabiniers et qu'elle coûtait la vie à des représentants de l'ordre, le hors-la-loi envoyait toujours une lettre pour expliquer que des soldats en guerre devaient être prêts à mourir. Il y avait un appel direct aux carabiniers leur demandant de refuser l'affrontement armé. Après l'exécution des six chefs mafiosi, une autre lettre était arrivée, expliquant que cette action était nécessaire pour que les paysans puissent réclamer les terres qui leur étaient dues conformément à la loi et à la morale.

Le colonel Luca était stupéfait de voir que le gouvernement avait laissé publier ces lettres. Il envoya une note au ministre de la Justice lui demandant de lui accorder le pouvoir de décréter la loi martiale en Sicile afin que Guiliano soit coupé de son public.

Il rechercha aussi tous les renseignements ayant trait aux relations amoureuses de Guiliano, mais il ne trouva rien. D'après certains rapports, les bandits fréquentaient les maisons de tolérance de Palerme et Pisciotta avait une réputation de coureur de jupons, mais Guiliano semblait avoir mené depuis six ans une existence totalement asexuée. Le colonel Luca, en bon Italien, refusait de le croire. Il devait y avoir une femme à Montelepre et quand ils l'auraient découverte, ils auraient fait la moitié du chemin.

Ce qu'il trouva aussi fort intéressant fut l'affirmation du profond attachement qui unissait Guiliano et sa mère. C'était un fils dévoué, mais il traitait sa mère avec une vénération particulière et le colonel Luca en prit bonne note. Si Guiliano n'avait vraiment pas de femme, on pourrait se servir de la mère comme appât pour l'attirer dans un piège.

Quand tous ces préparatifs furent achevés, le colonel Luca constitua son état-major. La nomination la plus importante fut celle du capitaine Antonio Perenze comme aide de camp et garde du corps du colonel. La capitaine Perenze était un homme corpulent, presque gras, au visage agréable et d'un naturel accommodant, mais le colonel savait qu'il était d'une bravoure extraordinaire. L'occasion se présenterait peut-être où cette bravoure sauverait la vie du colonel.

C'est en septembre 1949 que le colonel Luca débarqua en Sicile avec un premier contingent de deux mille hommes. Il espérait que ce serait suffisant et ne tenait pas à rendre gloire à Guiliano en lançant contre lui les cinq mille hommes de son armée. Ce n'était, somme toute, qu'un bandit dont le sort aurait dû être facilement réglé beaucoup plus tôt.

La première mesure que prit le colonel fut l'interdiction faite aux journaux siciliens de continuer la publication des lettres de Guiliano. La deuxième fut l'arrestation du père et de la mère de Guiliano sous l'inculpation de complicité avec leur fils. La suivante fut l'arrestation et l'interrogatoire de plus de deux cents hommes de Montelepre accusés de faire secrètement partie de la bande de hors-la-loi. Tous les inculpés furent transportés à Palerme sous la garde des hommes de Luca. Toutes ces mesures furent prises conformément à des lois du régime mussolinien qui n'avaient pas encore été abrogées.

La maison des Guiliano fut fouillée de fond en comble et les tunnels découverts. La Venera fut arrêtée à Florence mais relâchée presque aussitôt, quand elle prétendit ignorer l'existence des tunnels. On ne la crut pas, mais l'inspecteur Velardi voulait qu'elle soit libre, dans l'espoir que Guiliano viendrait la voir.

La presse italienne encensa le colonel Luca; enfin un homme « sérieux ». Le ministre de la Justice se réjouit de son choix, surtout quand il reçut une chaleureuse lettre de félicitations du Premier ministre. Seul Don Croce n'était pas impressionné.

*

Le premier mois, Turi Guiliano étudia la manière dont Luca agissait. Il admirait l'astuce dont le colonel avait fait preuve en interdisant la publication de ses lettres dans les journaux, coupant ainsi un moyen de communication vital avec le peuple de Sicile. Mais quand le colonel commença à arrêter au petit bonheur les habitants de Montelepre, coupables comme innocents, son admiration se transforma en haine. Et l'arrestation de ses parents plongea Guiliano dans une fureur meurtrière.

Pendant deux jours, il resta terré dans sa caverne, au cœur des monts Cammarata. Il élabora des plans et passa en revue tout ce qu'il savait sur l'armée des deux mille carabiniers du colonel Luca. Un millier au moins étaient en garnison à Palerme ou dans les environs, attendant qu'il tente de délivrer ses parents. Le reste était concentré dans la région comprenant les agglomérations de Montelepre, Piani dei Greci, San Giuseppe Iato, Partinico et Corleone, là où de nombreux habitants faisant secrètement partie de la bande pouvaient être recrutés pour une bataille.

Le colonel Luca avait établi son quartier général à Palerme où il était invulnérable et d'où il faudrait le faire sortir par la ruse.

Giuliano canalisa la rage qui l'animait en élaborant des tactiques. C'était pour lui comme des opérations arithmétiques ayant la simplicité d'un jeu d'enfant. Elles étaient presque toujours couronnées de succès et lorsqu'elles échouaient, il avait la possibilité de se replier dans ses montagnes. Mais il savait que tout dépendait d'une exécution parfaite, du soin apporté au moindre détail.

Il demanda à Pisciotta de le rejoindre dans la caverne et lui dévoila son plan mais il n'indiqua à ses autres lieutenants que ce que chacun avait à savoir pour tenir le rôle qui lui était dévolu.

*

Le payeur aux armées pour toutes les forces de la Sicile occidentale était au quartier général des carabiniers de Palerme. Une fois par mois, un transport de fonds quittait la ville sous bonne escorte pour faire la tournée des casernes de toute la province. La solde des carabiniers leur était versée en liquide et chacun avait une enveloppe individuelle bourrée de billets de banque et de pièces de monnaie. Les enveloppes étaient placées dans des boîtes en bois munies d'une fente et chargées sur un camion, un ancien transport d'armes de l'armée américaine.

Le chauffeur était armé d'un pistolet et le comptable assis à ses côtés d'un fusil. Le camion quitta Palerme précédé par trois jeeps de reconnaissance transportant chacune quatre hommes et une mitrailleuse lourde et un transport de troupes contenant vingt hommes armés jusqu'aux dents de mitraillettes et de fusils. Le camion était suivi par deux voitures blindées dans lesquelles six hommes avaient pris place. Tous les véhicules étaient en liaison radio avec Palerme et les casernes de carabiniers les plus proches où ils pouvaient demander des renforts. Nul n'aurait redouté une attaque de bandits contre un convoi aussi fortement armé. Ç'eût été suicidaire.

Le convoi quitta Palerme de bon matin et fit une première halte dans la petite ville de Tommaso Natale. De là, il s'engagea sur la route montagneuse menant à Montelepre. Le comptable et ses gardes savaient que la journée serait longue et ils roulaient vite. Ils mangèrent des tranches de salami avec du pain et ouvrirent des bouteilles de vin tout en roulant. Les hommes échangeaient des plaisanteries en riant et les chauffeurs des jeeps qui ouvraient la route posèrent leurs armes sur le plancher de leur véhicule. Mais quand le convoi bascula au sommet du dernier col pour amorcer la descente vers Montelepre, ils découvrirent avec stupéfaction qu'un énorme troupeau de moutons obstruait la route. Les jeeps de tête commencèrent à se frayer un passage dans le troupeau tandis que les gardes insultaient les bergers aux vêtements grossiers. Les soldats avaient hâte de trouver la fraîcheur de la caserne, de prendre un repas chaud, de se prélasser en sous-vêtements dans une chambrée ou de jouer aux cartes pendant la pause de midi. Aucun danger ne pouvait les menacer; Montelepre, distante de quelques kilomètres seulement, avait une garnison de cinq cents hommes. Ils virent derrière eux le camion transportant la paye s'engager dans l'océan de moutons, mais ne virent pas qu'il y restait encalminé, que le passage ne s'ouvrait pas pour lui.

Les bergers s'efforçaient de dégager la route pour le camion. Ils étaient si occupés qu'ils ne semblaient même pas remarquer les coups de klaxon ni les cris, les rires et les jurons des gardes. L'alarme n'était pas donnée.

Mais soudain, six bergers se rapprochèrent du transport de fonds. Ils sortirent des armes de sous leur veste et firent brutalement descendre de leur véhicule le chauffeur et le comptable. Pendant que deux d'entre eux désarmaient les carabiniers, les autres jetaient hors du camion les boîtes remplies d'enveloppes. Passatempo était le chef de ce petit groupe et sa face bestiale et la violence qui émanait de lui effrayaient les gardes autant que les armes braquées sur eux.

Au même moment, de chaque côté de la route, les pentes se peuplèrent de bandits brandissant des fusils et des mitraillettes. Les deux voitures blindées fermant la marche du convoi eurent leurs roues crevées par des balles et Pisciotta s'avança devant la première voiture.

– Descendez lentement et sans armes, cria-t-il, et vous mangerez vos spaghetti ce soir à Palerme. Ne jouez pas les héros, ce n'est pas votre argent que nous prenons.

Loin devant, le transport de troupes et les trois jeeps de reconnaissance arrivaient en bas des dernières pentes et s'apprêtaient à entrer dans Montelepre quand l'officier commandant le convoi se rendit compte que personne ne suivait. D'autres moutons avaient envahi la route et le coupaient des véhicules à l'arrière. Il ordonna par radio à l'une des jeeps de faire demi-tour et fit signe aux autres véhicules de se garer sur le bas-côté et d'attendre.

La jeep fit sa manœuvre et commença à remonter la pente qu'elle venait de descendre. A mi-côte, elle essuya un feu nourri d'armes automatiques et les quatre soldats furent criblés de balles. Privée de conducteur, la jeep perdit de la vitesse et redescendit lentement en marche arrière vers les véhicules de tête du convoi.

L'officier des carabiniers bondit de sa jeep et hurla aux hommes du transport de troupes de descendre et de se disposer en tirailleurs. Les deux autres jeeps filèrent comme des lièvres cherchant à se mettre à couvert. Mais cette force fut très efficacement neutralisée. Les carabiniers ne pouvaient arriver à la rescousse du transport de fonds qui se trouvait immobilisé de l'autre côté de la pente et ils ne pouvaient même pas tirer sur les hommes de Guiliano qui bourraient leurs poches d'enveloppes. Les bandits tenaient les hauteurs et ils disposaient manifestement d'une puissance de feu suffisante pour tailler en pièces les assaillants. Tout ce que les carabiniers pouvaient faire était de rester en ligne à couvert en tiraillant sur l'ennemi.

*

Le *Maresciallo* de Montelepre attendait la paye. Il était toujours à court d'argent à la fin du mois et, comme ses hommes, il savourait à l'avance la soirée qu'il allait passer à Palerme dans un bon restaurant avec ses amis et en compagnie de charmantes jeunes femmes. Il fut abasourdi en entendant la fusillade. Jamais Guiliano n'oserait attaquer une de ses patrouilles en plein jour, d'autant plus que les cinq cents hommes des forces auxiliaires du colonel Luca tenaient garnison dans les environs.

Le *Maresciallo* entendit alors une terrifiante explosion à la porte de la caserne Bellampo. L'une des voitures blindées venait de sauter et brûlait comme une torche orange. Puis le *Maresciallo* perçut le crépitement de mitrailleuses lourdes venant de la direction de la route de Castelvetrano et de Trapani suivi par un feu roulant d'armes de plus petit calibre provenant du pied de la chaîne de montagnes qui entouraient Montelepre. Il vit ses patrouilles opérant dans la ville se replier en désordre vers la caserne, en jeep ou à pied. Et l'idée lui vint nettement que Guiliano avait lancé toutes ses forces contre les cinq cents hommes du colonel Luca.

Du haut d'un escarpement dominant la ville, Turi Guiliano observait à la jumelle l'attaque du transport de fonds. En pivotant de quatre-vingt-dix degrés, il pouvait également suivre la bataille qui faisait rage dans les rues de Montelepre, l'assaut de front de la caserne Bellampo et l'engagement des patrouilles de carabiniers sur la route de la côte. Tous ses lieutenants remplissaient parfaitement leur rôle. Passatempo et ses hommes avaient l'argent de la solde, Pisciotta avait réussi à immobiliser l'arrière de la colonne des carabiniers et Terranova et sa bande, soutenus par de nouvelles recrues, attaquaient la caserne Bellampo et engageaient le combat avec les patrouilles ennemies. Les hommes placés directement sous les ordres de Guiliano tenaient la base de la montagne. Quant à Stefan Andolini, un vrai *Fra Diavolo,* il leur réservait une surprise.

*

A son quartier général de Palerme, le colonel Luca apprit le vol de la paye avec un calme qui sembla inhabituel à ses subordonnés. Mais l'habileté de Guiliano le faisait bouillir intérieurement de rage et il se demandait où et comment le hors-la-loi avait obtenu ses renseignements sur la disposition des troupes de carabiniers. Quatre gendarmes avaient perdu la vie au cours du vol et la bataille rangée avec les troupes de Guiliano avait fait dix autres victimes.

Le colonel Luca était encore au téléphone en train de recevoir des rapports sur l'état des pertes quand le capitaine Perenze entra en coup de vent, les bajoues tremblotant d'excitation. Il venait d'apprendre que plusieurs bandits avaient été blessés et qu'un cadavre avait été abandonné sur le champ de bataille. Le mort avait été identifié grâce à des documents trouvés sur le corps et deux habitants de Montelepre l'avaient reconnu. Le cadavre n'était autre que celui de Turi Guiliano.

Contre toute prudence et toute raison, le colonel Luca sentit un cri de triomphe se former dans sa poitrine. L'histoire militaire était remplie de grandes victoires, de brillantes manœuvres tactiques réduites à néant par un grain de sable. Une balle dirigée par le destin aveugle avait magiquement cherché et trouvé l'âme insaisissable du grand bandit. Mais la prudence revint. C'était trop de chance; il s'agissait peut-être d'un piège. Eh bien, si c'était le cas, il s'y jetterait et prendrait le bandit à son propre piège.

Le colonel Luca prit ses dispositions et forma une colonne pratiquement invulnérable. Des véhicules blindés ouvraient la route, suivis par la voiture, blindée elle aussi, transportant le colonel Luca et l'inspecteur Velardi qui avait insisté pour aider à l'identification du corps mais voulait en réalité s'assurer que le Testament n'était pas caché sur lui. Derrière la voiture de Luca venaient des transports de troupes remplis d'hommes en état d'alerte. Des jeeps de reconnaissance au nombre de vingt et chargées de parachutistes armés jusqu'aux dents précédaient la colonne. La garnison de Montelepre reçut l'ordre de garder les accès à la ville et d'établir des postes d'observation dans les montagnes environnantes. De forts détachements d'hommes à pied massivement armés contrôlaient la route sur toute sa longueur.

Il fallut moins d'une heure au colonel Luca et à sa colonne pour atteindre Montelepre. Il n'y eut pas d'attaque; le déploiement de force était trop impressionnant pour les bandits. Mais une déception attendait le colonel.

L'inspecteur Velardi affirma que le corps qui reposait dans une ambulance à l'intérieur de la caserne Bellampo ne pouvait en aucun cas être celui de Guiliano. La balle qui avait tué l'homme l'avait défiguré mais pas assez pour abuser l'inspecteur. On força d'autres habitants de la ville à voir le corps et ils affirmèrent également qu'il ne s'agissait pas de Guiliano. C'était donc un piège. Guiliano avait dû espérer que le colonel se précipiterait sur place avec une escorte réduite et qu'il pourrait lui tendre une embuscade. Luca donna l'ordre de prendre toutes les précautions mais il était pressé de reprendre la route et de rentrer à son quartier général. Il tenait à informer personnellement Rome de ce qui s'était passé et s'assurer que nul n'avait divulgué à tort la mort de Guiliano. Après avoir vérifié que tous ses éléments étaient en place afin de ne pas tomber dans un guet-apens sur la route du retour, il réquisitionna une des jeeps rapides. L'inspecteur Velardi monta avec lui.

C'est cette hâte du colonel qui leur sauva la vie à tous deux. Au moment où la colonne volante approchait de Palerme, il y eut une terrible explosion. La voiture blindée du colonel qui se trouvait au milieu de la colonne fut projetée à trois mètres du sol et retomba en morceaux enflammés qui s'éparpillèrent sur les flancs de la montagne. Dans le transport de troupes qui la suivait de près, il y eut huit morts et quinze blessés sur un total de trente soldats. Les deux officiers qui se trouvaient dans la voiture du colonel furent déchiquetés.

Quand le colonel Luca annonça la mauvaise nouvelle au ministre, il lui demanda également de faire embarquer immédiatement pour la Sicile les trois mille hommes qui étaient restés sur le continent.

*

Don Croce savait que ces attaques continueraient tant que les parents de Guiliano resteraient en prison. Il s'arrangea donc pour les faire libérer.

Mais il ne put s'opposer à l'arrivée de nouvelles troupes et c'étaient maintenant deux mille soldats qui occupaient Montelepre et les environs. Trois mille autres passaient les montagnes au peigne fin. Sept cents habitants de Montelepre et de la province de Palerme avaient été incarcérés par le colonel Luca qui faisait usage des pouvoirs extraordinaires dont le gouvernement démocrate-chrétien l'avait investi. Le couvre-feu était décrété du crépuscule à l'aube, les citoyens bloqués chez eux et les voyageurs ne détenant pas un laissez-passer spécial jetés en prison. La province vivait officiellement sous le règne de la terreur.

Don Croce regardait avec une exquise anticipation la chance tourner et abandonner Guiliano.

24.

Avant l'arrivée de l'armée de Luca, quand Guiliano pouvait pénétrer dans Montelepre comme il lui plaisait, il voyait souvent Justina. Elle venait parfois chez les Guiliano pour leur apporter un message ou recevoir l'argent que Turi donnait à ses parents. Guiliano n'avait jamais vraiment remarqué qu'elle devenait une superbe jeune femme jusqu'au jour où il la rencontra dans la rue à Palerme où elle se promenait avec ses parents. Ils étaient allés acheter pour Pâques les toilettes élégantes qu'ils ne pouvaient trouver à Montelepre. Guiliano et quelques-uns de ses hommes étaient en ville pour s'approvisionner.

Guiliano ne l'avait pas vue depuis près de six mois et elle avait grandi et minci durant cette période. Elle était grande pour une Sicilienne et ses longues jambes perchées sur des chaussures à talons hauts qu'elle venait d'acheter avaient une démarche hésitante. Elle n'avait que seize ans, mais son visage et sa silhouette s'étaient épanouis sous le climat subtropical de la Sicile et elle avait la maturité physique d'une femme. Ses cheveux de jais ramenés sur le sommet de la tête et ornés de trois peignes mettaient en valeur son cou long et doré semblable à celui d'une Égyptienne sur un vase ancien. Elle avait des yeux immenses et interrogateurs; sa bouche sensuelle était la seule partie de son visage qui trahissait son extrême jeunesse. Elle était vêtue d'une robe blanche barrée d'un ruban rouge sur le devant.

Elle était la beauté même et Guiliano mit longtemps avant de pouvoir détacher son regard d'elle. Il était assis à la terrasse d'un café, ses hommes disséminés aux tables alentour, quand il la vit passer en compagnie de son père et de sa mère. Ils le reconnurent, mais le père de Justina garda un visage impassible. La mère détourna rapidement les yeux. Seule Justina le regarda fixement en marchant. Son sang sicilien lui interdisait de saluer Guiliano, mais elle le regarda droit dans les yeux et il vit ses lèvres frémir tandis qu'elle réprimait un sourire. Dans la rue inondée de soleil, elle faisait une tache de lumière chatoyante, avec cette sensuelle beauté sicilienne qui s'épanouit précocement. Depuis qu'il était entré dans la clandestinité, il s'était toujours défié de l'amour. C'était pour lui un acte de soumission qui contenait les germes d'une trahison fatale, mais il éprouva d'un seul coup ce qu'il n'avait jamais connu : une envie physique de s'agenouiller et de s'offrir de son plein gré comme esclave. Il ne reconnut pas là les effets de l'amour.

Au bout d'un mois, Guiliano dut se rendre à l'évidence : il était obsédé par le souvenir de cette image de Justina Ferra, une tache de lumière dorée dans la rue de Palerme. Il supposa qu'il s'agissait simplement d'appétits sexuels, que ses nuits de passion avec La Venera lui manquaient. Puis il s'aperçut que dans ses rêveries, il ne songeait pas seulement à faire l'amour avec Justina, mais qu'il passait du temps avec elle à vagabonder dans la montagne, à lui montrer les cavernes et les vallons tapissés de fleurs, à lui préparer des repas sur un feu de camp. Il avait encore sa guitare enveloppée dans une toile imperméable et rêvait d'en jouer pour elle. Il lui montrerait les poèmes qu'il écrivait depuis des années et dont certains avaient été publiés par les journaux siciliens. Il envisagea même, malgré la présence des deux mille soldats de la Force Spéciale, de se glisser à Montelepre et d'aller la voir chez elle. C'est alors qu'il revint à la raison et comprit qu'il se passait en lui quelque chose de dangereux.

Tout cela était ridicule. Le choix pour lui était très réduit : soit il se faisait tuer par les carabiniers, soit il trouverait asile aux États-Unis. Mais s'il continuait à rêver à cette fille, il n'y aurait pas d'Amérique. Il devait la chasser de son esprit. S'il la séduisait ou l'enlevait, son père deviendrait un ennemi mortel et il avait déjà assez d'ennemis. Il avait un jour tancé vertement Pisciotta pour avoir séduit une jeune fille innocente et avait exécuté trois de ses hommes coupables de viols. Ce qu'il voulait avec Justina, c'était la rendre heureuse, provoquer chez elle l'amour et l'admiration afin qu'elle le voie comme lui-même se voyait autrefois. Il voulait voir l'amour et la confiance briller dans les yeux de la jeune fille.

Mais c'était son sens tactique qui lui faisait explorer par pure habitude les différentes possibilités. Son parti était déjà pris : il allait épouser la jeune fille. En secret. Seule la famille de Justina serait au courant et bien sûr Aspanu Pisciotta et quelques membres de confiance de sa bande. Chaque fois qu'il pourrait la voir sans risques, il la ferait escorter jusqu'à son camp et ils passeraient un ou deux jours ensemble. Ce serait dangereux pour elle d'être la femme de Turi Guiliano, mais il pourrait s'arranger pour la faire partir aux États-Unis et elle resterait là-bas en attendant qu'il s'y réfugie. Il n'y avait qu'un seul problème. Que pensait Justina de lui?

*

Caesero Ferra faisait secrètement partie de la bande de Guiliano depuis cinq ans. Uniquement en qualité d'informateur; il n'avait jamais participé à une opération. Sa femme et lui connaissaient les parents de Guiliano et ils étaient voisins. Ils habitaient aussi Via Bella, dix maisons plus bas. Caesero Ferra avait reçu une meilleure éducation que la plupart des habitants de Montelepre et l'agriculture ne lui plaisait pas. Quand Justina, encore toute petite, avait perdu l'argent qu'il lui avait confié et que Guiliano le lui avait rendu en la renvoyant chez elle avec un mot disant que toute la famille était sous sa protection, Caesero était allé voir Maria Lombardo et lui avait proposé ses services. Il rassemblait à Palerme et à Montelepre des renseignements sur les mouvements des carabiniers, les déplacements des riches commerçants qui devaient être enlevés par la bande et l'identité des informateurs de la police. Il recevait une part de la rançon de ces enlèvements, ce qui lui permit d'ouvrir une petite taverne à Montelepre, un lieu propice à ses activités clandestines.

Quand son fils Silvio, retour de la guerre, devint un agitateur socialiste, Caesero Ferra le mit à la porte de chez lui, non parce qu'il désapprouvait les convictions politiques de son fils, mais parce qu'elles mettaient toute la famille en péril. Il n'avait aucune illusion sur la démocratie ni le gouvernement de Rome. Il avait rappelé à Turi Guiliano la promesse qu'il avait faite de protéger la famille Ferra et Guiliano avait fait de son mieux pour aider Silvio. Après l'assassinat de Silvio, Guiliano s'était engagé à venger sa mémoire.

Ferra n'en avait jamais voulu à Guiliano. Il savait que le massacre de Ginestra l'avait bouleversé, lui avait causé beaucoup de peine et continuait de le tourmenter. Il avait apprit cela par sa femme qui écoutait Maria Lombardo parler de son fils pendant des heures. Comme ils étaient heureux, tous ensemble, avant ce jour maudit où il avait été blessé par les soldats et forcé malgré lui de tuer à son tour. Et tous les assassinats commis depuis ce jour avaient évidemment été nécessaires, lui avaient été imposés par la méchanceté des hommes. Maria Lombardo excusait tous les meurtres, tous les crimes, mais la voix lui manquait dès qu'elle évoquait le massacre du Portella della Ginestra. Les petits enfants déchiquetés par les tirs de mitrailleuse, les femmes sans défense abattues! Comment pouvait-on croire son fils capable de faire une chose pareille? N'était-il pas le protecteur des pauvres, le champion de la Sicile? N'avait-il pas distribué des fortunes pour venir en aide à ceux qui n'avaient ni pain ni toit? Son Turi n'aurait jamais pu ordonner un tel massacre! Il le lui avait juré sur la statue de la madone noire et ils étaient tombés dans les bras l'un de l'autre en pleurant.

Caesero s'était donc attaché à découvrir le mystère du Portella della Ginestra, à comprendre ce qui s'y était réellement passé. Les mitrailleurs de Passatempo s'étaient-ils trompés de bonne foi en réglant la hausse de leur tir? Passatempo qui se plaisait tant à répandre le sang avait-il massacré ces innocents par plaisir? Ou bien y avait-il un autre groupe d'hommes ayant ouvert le feu avec des armes automatiques, des hommes qui n'auraient pas été sous les ordres de Guiliano mais peut-être envoyés par les Amis des Amis, voire des membres d'une section des forces de sécurité? Mis à part Guiliano lui-même, Caesero n'écartait personne de sa liste de suspects. Car si Guiliano était coupable, c'était le monde dans lequel il vivait qui s'écroulait. Il aimait Turi comme il avait aimé son fils. Il l'avait vu grandir et pas une seule fois n'avait remarqué chez lui la moindre méchanceté, la moindre cruauté.

Caesero Ferra était tout yeux, tout oreilles. Il offrait à boire aux autres membres secrets de la bande qui n'avaient pas été jetés en prison par le colonel Luca. Il surprenait des bribes de conversation entre certains des Amis des Amis vivant à Montelepre et qui, de temps à autre, venaient boire du vin et jouer aux cartes dans sa taverne. Un soir, il les entendit parler en riant de « l'Animal » et du « Diable » qui avaient rendu visite à Don Croce. Et le grand Don avait fait de ces deux hommes redoutables des agneaux craintifs. Ferra réfléchit à cette conversation et sa méfiance infaillible de Sicilien lui permit de faire le rapprochement.

Passatempo et Stefan Andolini avaient rencontré le Don. Passatempo était souvent surnommé « la Brute » et *Fra Diavolo* était le nom de guerre d'Andolini. Que faisaient-ils dans la maison de Don Croce à Villaba, loin des bases de montagne des hors-la-loi? Il envoya son jeune fils porter un message urgent chez les parents de Turi qui lui donna rendez-vous le surlendemain dans la montagne. Il lui raconta toute l'histoire. Le jeune homme ne manifesta aucune émotion et lui fit simplement jurer de garder le secret. Ferra n'eut pas de nouvelles, mais trois mois plus tard, Guiliano lui donna un nouveau rendez-vous et il s'apprêtait à apprendre le fin mot de l'affaire.

Guiliano et sa bande s'étaient profondément retranchés dans les montagnes, hors de portée de l'armée de Luca. Caesero voyagea de nuit et arriva au rendez-vous où Pisciotta l'attendait pour le conduire au camp. Ils n'y parvinrent qu'au petit matin; un petit déjeuner chaud et copieux, servi sur une table pliante avec nappe et couverts d'argent les attendait. Turi Guiliano était vêtu d'une chemise de soie blanche et d'un pantalon de moleskine ocre rentré dans des bottes brunes brillantes; les cheveux frais lavés et bien coiffés, il n'avait jamais été aussi beau.

Guiliano demanda à Pisciotta de se retirer et il resta seul avec Ferra. Il avait l'air détendu.

– Je voudrais vous remercier pour les renseignements que vous m'avez fournis, dit-il d'un ton cérémonieux. J'ai fait des recherches et je sais maintenant qu'ils sont exacts. Et c'est très important. Mais je vous ai fait venir pour vous parler d'autre chose. Quelque chose qui, je le sais, sera une surprise pour vous et qui, je l'espère, ne vous offensera pas.

– Jamais vous ne pourrez m'offenser, dit Ferra, très étonné, je vous dois trop.

A ces mots, Guiliano sourit, de ce sourire franc et chaleureux dont Ferra avait gardé le souvenir.

– Écoutez-moi bien, dit Guiliano. Cet entretien avec vous n'est qu'une première étape. Si vous trouvez à redire à ma proposition, j'en resterai là. Ne tenez pas compte de ma position de chef de notre bande; c'est au père de Justina que je m'adresse. Vous savez qu'elle est belle et bien des jeunes gens de Montelepre ont dû tourner autour d'elle. Et je sais que vous avez soigneusement gardé sa vertu. Je dois vous avouer que c'est la première fois que j'éprouve ce genre de sentiment. Je veux épouser votre fille. Si vous refusez, je n'aborderai plus jamais le sujet. Vous resterez mon ami et votre fille demeurera sous ma protection toute particulière. Si vous acceptez, je demanderai à Justina si cette idée lui plaît. Si elle refuse, nous n'en parlerons plus.

Caesero Ferra était tellement abasourdi qu'il ne put que bégayer :

– Laissez-moi réfléchir, laissez-moi réfléchir.

Et pendant un long moment, il garda le silence. Quand il reprit la parole, ce fut d'une voix remplie de respect.

– Je préférerais vous avoir pour gendre plutôt que n'importe qui d'autre. Et je sais que mon fils Silvio, Dieu ait son âme, partagerait mon avis.

Puis il se remit à bafouiller.

– La seule chose qui m'inquiète est la sécurité de ma fille. Si elle devient votre femme, le colonel Luca la fera sans doute arrêter sous le premier prétexte venu. Les Amis des Amis sont devenus vos ennemis et ils pourraient lui faire du mal. Et vous n'avez plus le choix qu'entre vous réfugier en Amérique ou mourir ici, dans la montagne. Je ne voudrais pas qu'elle devienne veuve si jeune. Ne m'en veuillez pas de vous parler si franchement. Mais cela vous compliquera aussi la vie et c'est ce qui me préoccupe le plus. Un jeune marié heureux est moins sur ses gardes et se méfie moins de ses ennemis. Le mariage pourrait vous coûter la vie. C'est l'affection et le respect que j'ai pour vous qui me poussent à vous parler avec cette franchise. Ce projet pourrait être reporté à un moment plus favorable, quand vous aurez plus de détails sur votre avenir et que vous pourrez le planifier dans de meilleures conditions.

Quand il eut fini, il lança un regard inquiet à Guiliano pour voir s'il lui avait déplu.

Mais il l'avait seulement attristé. Et ce désappointement était celui d'un jeune homme amoureux, ce qui lui sembla extraordinaire.

– Je ne dis pas non, Turi, fit-il impulsivement.

– J'ai déjà réfléchi à tout cela, dit Guiliano en soupirant. Et j'ai un plan que voici : j'épouserai votre fille en secret et l'abbé Manfredi célébrera le mariage ici, dans la montagne. N'importe où ailleurs, ce serait trop dangereux pour moi. Mais je pourrais prendre des dispositions pour que votre femme et vous accompagniez votre fille et assistiez à la cérémonie. Elle resterait trois jours avec moi et je la renverrais chez vous. Si jamais elle devait me perdre, elle aurait assez d'argent pour recommencer sa vie.

Vous n'avez donc rien à craindre pour son avenir. J'aime votre fille et je la chérirai et la protégerai toute sa vie. Si le pire devait arriver, je ferais le nécessaire pour qu'elle ne manque de rien. Mais, bien sûr, c'est un risque d'épouser un homme dans ma situation et la prudence d'un père vous donne tous les droits de refuser de la laisser prendre ce risque.

Caesero Ferra était profondément ému. Le jeune homme avait parlé avec une simplicité et une franchise totales mais aussi avec une résignation mêlée d'espérance. Mais surtout il avait fait preuve de bon sens en se montrant prêt à prendre des dispositions contre les désastres de la vie et pour le bien-être futur de sa fille. Ferra se leva et serra Guiliano dans ses bras.

– Vous avez ma bénédiction, dit-il. Je parlerai à Justina.

Avant de partir, Ferra se déclara ravi de savoir que les renseignements qu'il avait transmis s'étaient révélés utiles. Et il s'étonna de voir Guiliano changer d'expression. Ses yeux semblèrent s'écarquiller et le beau visage se durcit pour prendre l'aspect du marbre blanc.

– J'inviterai Passatempo et Andolini à mon mariage, dit-il. Nous réglerons cette affaire à ce moment-là.

Ce n'est que bien plus tard que Ferra songea que c'était une curieuse décision si le mariage devait être tenu secret.

*

Il n'était pas rare en Sicile qu'une jeune fille épouse un homme avec qui elle n'avait jamais passé un moment seule. Quand les femmes s'asseyaient devant leur maison, celles qui n'étaient pas mariées devaient toujours rester de profil, sans jamais regarder en direction de la rue sous peine d'être accusées de dévergondage. La seule occasion pour les jeunes gens de leur adresser la parole était à l'église où les jeunes filles étaient protégées par les statues de la Vierge et le regard glacé de leur mère. Quand un jeune homme tombait follement amoureux d'un profil ou à la suite d'un bref échange respectueux de salutations, il devait le coucher sur le papier dans une lettre bien tournée déclarant ses intentions. C'était une affaire sérieuse et l'on avait souvent recours à un écrivain public. Si le ton n'y était pas, cela pouvait fort bien se terminer par un enterrement plutôt qu'un mariage. La demande en mariage de Turi Guiliano par le truchement du père n'était pas inhabituelle, bien qu'il n'eût jamais manifesté son intérêt à Justina elle-même.

Caesero ne doutait pas de la réponse de Justina. Déjà, petite fille, elle achevait ses prières par : « Et protégez Turi Guiliano des carabiniers. » Elle était toujours impatiente de porter des messages à Maria Lombardo. Et quand l'existence du tunnel menant à la maison de La Venera avait été connue, Justina avait été folle de rage. Au début, son père et sa mère avaient cru que cette fureur était due à l'arrestation de La Venera et des parents de Guiliano, mais ils s'étaient vite rendu compte que c'était de la jalousie.

Caesero Ferra pouvait donc deviner la réponse de sa fille; il n'y aurait pas de surprise. Mais il fut ébahi par sa réaction quand il lui annonça la nouvelle. Elle sourit malicieusement à son père comme si c'était l'aboutissement d'un plan, comme si elle avait toujours su qu'elle pouvait conquérir Guiliano.

*

Au cœur des montagnes s'élevait un petit château normand, presque en ruine, inhabité depuis vingt ans. Guiliano décida d'y célébrer son mariage et d'y passer sa lune de miel. Il donna l'ordre à Aspanu Pisciotta d'établir un périmètre de défense afin de parer à toute attaque-surprise. L'abbé Manfredi quitta son monastère dans une carriole tirée par un âne, puis fut transporté en litière sur les sentiers de montagne par des hommes de Guiliano. Il découvrit avec ravissement dans le vieux château un oratoire dont les statues de valeur et les boiseries avaient été dérobées depuis longtemps. Mais les pierres nues et l'autel, en pierre lui aussi, étaient magnifiques. L'abbé n'approuvait pas vraiment la décision de Guiliano de se marier et quand les deux hommes se furent chaleureusement salués, il lui lança sur le ton de la plaisanterie :

– Tu aurais dû tenir compte du vieux proberbe qui dit : Celui qui joue seul ne perd jamais.

– Mais il faut que je pense à mon bonheur, répliqua Guiliano en riant.

Puis il cita le vieil adage populaire, un des préférés de l'abbé qui s'y référait toujours pour justifier ses combines financières : n'oublie pas que saint Joseph s'est d'abord rasé la barbe avant de raser les apôtres. Cela mit l'abbé de meilleure humeur et il sortit de sa mallette le certificat de mariage de Guiliano qu'il tendit au jeune homme. C'était un magnifique document calligraphié en caractères gothiques à l'encre dorée.

– Le mariage sera enregistré au monastère, dit l'abbé. Mais il n'y a rien à craindre, personne ne le saura.

La mariée et ses parents étaient arrivés la veille au soir à dos d'âne. Ils avaient dormi au château, dans des chambres nettoyées par les hommes de Guiliano et meublées de lits de bambou et de paille. Turi regrettait l'absence de ses parents à la cérémonie, mais ils faisaient l'objet d'une surveillance attentive de la part de la Force Spéciale du colonel Luca.

Aspanu Pisciotta, Stefan Andolini, Passatempo, Silvestro et Terranova étaient les seuls invités au mariage. Justina avait quitté ses vêtements de voyage pour mettre la robe blanche qu'elle portait avec tant de grâce à Palerme. Elle regarda Turi qui fut bouleversé par son sourire radieux. L'abbé écourta la cérémonie et tout le monde se rassembla sur la pelouse du château où une table avec du vin, de la viande froide et du pain avait été dressée. Ils mangèrent rapidement et portèrent un toast aux mariés. Pour l'abbé et les Ferra le retour serait long et dangereux. On redoutait qu'une patrouille de carabiniers s'engage dans le périmètre de défense protégé par des bandits en armes qui seraient obligés d'engager le combat. L'abbé avait hâte de partir, mais Guiliano le retint.

– Je tiens à vous remercier pour ce que vous avez fait aujourd'hui, dit-il. Et très bientôt, j'accomplirai un acte de charité. Mais j'ai besoin de votre aide.

Ils parlèrent à voix basse pendant quelques instants et l'abbé hocha la tête.

Justina embrassa ses parents. Sa mère fondit en larmes et lança un regard implorant à Guiliano. Puis Justina lui murmura quelque chose à l'oreille et sa mère éclata de rire. Elles s'embrassèrent une dernière fois et les parents enfourchèrent leur monture.

Les mariés passèrent leur nuit de noces dans la grande chambre du château. La pièce avait été dépouillée de tous ses meubles, mais Guiliano avait fait transporter à dos d'âne un grand matelas et acheté dans les meilleurs magasins de Palerme des draps de soie, un couvre-pied de duvet d'oie et des oreillers. La salle de bains, aussi vaste que la chambre, était équipée d'une baignoire en marbre et d'un grand lavabo. Il n'y avait évidemment pas l'eau courante; il fallait l'apporter dans des seaux que Guiliano alla lui-même puiser dans le ruisseau qui coulait près du château. Il avait aussi apporté des parfums et des articles de toilette que Justina n'avait jamais vus.

Très embarrassée au début par sa nudité, la jeune fille gardait les mains entre ses jambes à la peau dorée. Elle était mince mais avait déjà la poitrine ronde d'une femme. Quand Guiliano voulut l'embrasser, elle détourna légèrement la tête, de sorte qu'il n'effleura que les commissures de ses lèvres. Il se montra patient, non avec le savoir-faire d'un amant expérimenté mais avec le sens tactique qui lui avait valu tant de satisfactions dans les opérations de guérilla. Elle avait dénoué ses longs cheveux de jais qui lui cachaient la poitrine. Tout en caressant sa chevelure, il lui parla de ce jour à Palerme où il avait remarqué pour la première fois qu'elle était devenue une femme. Comme elle était belle! Il récita de mémoire quelques-uns des poèmes qu'il avait écrits pour elle quand il était seul dans la montagne, rêvant de sa beauté. Il sentit qu'elle se détendait sous le couvre-pied qu'elle avait jeté sur son corps pour masquer sa nudité. Puis il s'allongea sur le couvre-pied, mais elle détourna les yeux.

Justina lui raconta qu'elle était tombée amoureuse de lui le jour où elle avait porté chez ses parents le message de son frère. Elle s'était rendu compte avec tristesse qu'il n'avait pas reconnu en elle la petite fille à qui il avait rendu l'argent qu'on lui avait volé quelques années auparavant. Elle lui avoua que depuis l'âge de onze ans, elle disait une prière pour lui tous les soirs, qu'en réalité elle l'aimait depuis cette époque.

En l'écoutant parler, Turi Guiliano éprouvait un bonheur ineffable. Elle l'aimait, elle pensait et rêvait à lui pendant qu'il était seul dans la montagne! Comme il continuait à lui caresser les cheveux, elle prit sa main et la garda dans la sienne, chaude et sèche.

– As-tu été surprise que je te demande en mariage à ton père? demanda-t-il.

– Pas après avoir vu de quelle manière tu me regardais à Palerme, répondit-elle avec un sourire à la fois timide et triomphant. Depuis ce jour, je me suis préparée pour toi.

Il se pencha pour embrasser ses lèvres charnues d'un rouge sombre et cette fois elle ne se déroba point. Il fut étonné de la douceur de sa bouche et de son haleine et de l'effet que cela produisait sur lui. Pour la première fois de sa vie, il sentit son corps fondre, comme s'il se détachait de lui. Il se mit à frissonner et Justina repoussa le couvre-pied pour lui faire de la place dans le lit. Elle roula sur le côté et il la prit dans ses bras. Ils se serrèrent l'un contre l'autre et il éprouva au contact du corps de la jeune fille ce qu'il n'avait jamais éprouvé avec une autre femme. Justina ferma les yeux.

Turi embrassa sa bouche, ses yeux clos, puis sa poitrine dont la peau était si fine que la chaleur de la chair lui brûla presque les lèvres. Elle avait une odeur merveilleuse, si douce, pas encore souillée par la vie, si éloignée de la mort. Il laissa courir sa main sur les cuisses de la jeune fille dont la douceur satinée fit passer un frisson de ses doigts à ses reins, puis au sommet de son crâne un frisson presque douloureux, qui le stupéfia tellement qu'il ne put retenir un éclat de rire. Mais elle posa alors la main entre ses jambes, très légèrement, et il faillit perdre la raison. Il lui fit l'amour avec une passion à la fois douce et ardente et elle lui rendait ses caresses lentement et en hésitant au début, puis avec une égale passion. Ils firent l'amour le reste de la nuit, sans parler, échangeant seulement de brèves exclamations de plaisir et quand l'aube se leva, Justina sombra dans un profond sommeil.

Quand elle se réveilla, il était près de midi. Elle trouva la grande baignoire de marbre remplie d'eau fraîche et les seaux eux aussi étaient pleins à ras bords. Elle ne vit Turi nulle part. Elle eut fugitivement peur d'être seule, puis elle entra dans la baignoire et prit son bain. Elle s'essuya avec une grande serviette brune et rêche et se servit d'un des parfums alignés sur le lavabo. Quand sa toilette fut achevée, elle passa sa tenue de voyage, une robe marron foncé et un gilet blanc. Elle mit ensuite à ses pieds de bonnes chaussures de marche.

Dehors le soleil était chaud, comme d'habitude au mois de mai en Sicile, mais un vent doux rafraîchissait l'air. Un feu de camp flambait près de la table à tréteaux et Guiliano avait préparé un petit déjeuner – tranches de pain grillé, jambon cru et fruits. Il y avait aussi de grandes tasses et du lait dans un bidon enveloppé de feuilles.

Comme il n'y avait personne en vue, Justina se jeta dans les bras de Turi et l'embrassa avec passion. Elle le remercia d'avoir préparé le petit déjeuner mais lui reprocha de ne pas l'avoir réveillée pour qu'elle-même s'en occupe. Ce genre de chose ne se faisait pratiquement jamais en Sicile.

Ils prirent le petit déjeuner au soleil. Tout autour d'eux, protégeant leur bonheur, s'élevaient les murailles en ruine du château surmontées de la tour romane dont la flèche était décorée d'une mosaïque de pierres de couleurs vives. Il y avait un magnifique portail à l'entrée du château et derrière les murs de pierre effondrés ils distinguaient l'arche de l'autel de l'oratoire.

Ils se promenèrent au milieu des ruines et traversèrent une oliveraie où poussaient quelques citronniers sauvages. Ils marchèrent dans les jardins remplis des fleurs que l'on trouve à profusion en Sicile : l'asphodèle cher aux poètes grecs, l'anémone rose, le muscari, l'adonis d'un rouge éclatant que, d'après la légende, le sang de l'amant de Vénus aurait teinté. Turi passa le bras autour de Justina; ses cheveux et son corps étaient imprégnés du parfum des fleurs. Au plus profond de l'oliveraie Justina s'allongea hardiment sur le tapis de fleurs et ils firent l'amour. Au-dessus d'eux un petit nuage de papillons jaune et noir voleta quelque temps avant de prendre son envol dans l'azur du ciel infini.

Le troisième et dernier jour, ils entendirent un bruit de fusillade au loin, dans les montagnes. Justina prit peur, mais Guiliano la rassura. Il avait pris soin tout au long des trois jours de ne pas éveiller la moindre peur en elle. Jamais il n'y avait eu une arme en vue et il avait caché les siennes dans l'oratoire. Jamais il ne lui avait laissé voir qu'il demeurait sur ses gardes et il avait ordonné à ses hommes de ne pas se montrer. Mais peu après la fusillade, Aspanu Pisciotta apparut, deux lapins sur l'épaule. Il jeta le gibier aux pieds de Justina.

– Vous pouvez les faire cuire pour votre mari, dit-il, c'est son plat préféré. Et si vous les ratez, ce n'est pas grave. Nous en avons une vingtaine d'autres.

Il lui sourit et tandis qu'elle commençait d'écorcher et de nettoyer les lapins, il fit signe à Guiliano de le suivre. Les deux hommes se dirigèrent vers une arche effondrée du mur d'enceinte et s'assirent par terre.

– Alors, Turi, demanda Aspanu avec un grand sourire, valait-elle la peine que nous risquions notre vie pour elle?

– Je suis heureux, répondit simplement Guiliano. Et maintenant, parle-moi de ces vingt lapins que vous avez abattus.

– Une des patrouilles de Luca, mais en nombre, dit Pisciotta. Nous les avons arrêtés au périmètre de défense. Deux voitures blindées. L'une d'elles s'est engagée dans un champ de mines et a flambé comme ta jeune épouse va faire flamber ces lapins. L'autre voiture a tiré sur les rochers et est précipitamment rentrée à Montelepre. Ils reviendront demain matin, bien entendu, pour rechercher leurs camarades. En force. Je pense qu'il vaudrait mieux que vous partiez d'ici ce soir.

– Le père de Justina vient la chercher demain à l'aube. As-tu préparé notre petit entretien?

– Oui, dit Pisciotta.

– Après le départ de ma femme...

Guiliano trébucha sur le mot « femme » et Pisciotta éclata de rire. Son ami sourit avant de poursuivre.

– ... amène-les-moi tous dans l'oratoire et nous réglerons cette affaire.

Après quelques instants de silence, il interrogea Pisciotta.

– As-tu été surpris d'apprendre la vérité sur Ginestra?

– Non, répondit Aspanu.

– Tu restes dîner?

– Le dernier soir de ta lune de miel? fit Pisciotta en secouant la tête. Tu connais le proverbe : Il faut se méfier de la cuisine d'une jeune épousée.

Le vieux proverbe faisait évidemment allusion à la traîtrise latente de nouveaux associés dans le crime. Ce que Pisciotta voulait dire encore une fois, c'est que Guiliano n'aurait jamais dû se marier.

– Tout cela ne peut pas durer beaucoup plus longtemps, reprit Guiliano en souriant. Nous allons devoir nous préparer à une autre vie. Assure-toi que le périmètre de défense tiendra demain matin jusqu'à ce que notre affaire soit terminée.

Pisciotta hocha la tête, puis regarda vers le feu de camp où Justina s'affairait.

– C'est vraiment une belle fille, dit-il. Quand je pense qu'elle a grandi sous notre nez et que nous ne l'avions jamais remarquée. Mais fais attention, son père dit qu'elle a mauvais caractère. Ne la laisse pas manier tes armes.

C'était encore une allusion populaire et triviale, mais Guiliano fit la sourde oreille et Pisciotta sauta par-dessus le mur du jardin et disparut dans l'oliveraie.

Justina avait cueilli des fleurs qu'elle avait disposées dans un vieux vase trouvé dans le château pour orner la table. Elle servit ce qu'elle avait cuisiné : lapin à l'ail et à la tomate, accompagné d'une salade à l'huile d'olive et au vinaigre de vin. Elle sembla un peu inquiète et un peu triste à Turi. Peut-être était-ce la fusillade ou l'apparition de Pisciotta dans leur jardin d'Eden, la face ténébreuse et deux pistolets noirs pendant à la ceinture.

Assis l'un en face de l'autre, ils mangeaient lentement. Guiliano songea qu'elle n'était pas mauvaise cuisinière; et elle s'empressait de le resservir de pain et de viande et de lui remplir son verre. Sa mère lui avait donné une bonne éducation. Il constata avec satisfaction qu'elle avait un robuste appétit, signe de bonne santé. Elle leva les yeux et vit qu'il l'observait.

– Est-ce aussi bon que ce que fait ta mère? demanda-t-elle en souriant.

– Meilleur, répondit-il. Mais il ne faut pas le lui dire.

Elle continua de l'observer d'un regard de chat.

– Et aussi bon que la cuisine de La Venera?

Turi Guiliano qui n'avait jamais eu de liaison avec une jeune fille fut pris au dépourvu mais son sens tactique lui permit de faire rapidement le tour de la question. Elle allait ensuite l'interroger sur ses relations sexuelles avec La Venera et il ne voulait ni entendre ces questions ni y répondre. Il n'avait pas éprouvé pour son ancienne maîtresse l'amour qu'il éprouvait pour cette jeune fille mais avait encore pour La Venera beaucoup de tendresse et de respect. C'était une femme qui avait vécu des événements tragiques et connu des chagrins que la jeune fille, dans toute la fraîcheur de sa beauté, ne soupçonnait pas.

Il adressa un sourire grave à Justina. Elle s'était levée pour débarrasser la table mais attendait sa réponse.

– La Venera était un cordon-bleu. Il ne serait pas honnête de te comparer à elle.

Une assiette vola au-dessus de sa tête et il fut pris d'un rire irrépressible. Il riait du bonheur d'être impliqué dans une scène de ménage mais aussi parce que, pour la première fois, le masque de douceur et de docilité de la jeune fille tombait. Mais quand elle éclata en sanglots, il la prit dans ses bras.

Ils demeurèrent debout l'un contre l'autre dans le crépuscule argenté qui tombe si vite en Sicile. Guiliano se pencha vers l'oreille rose pâle de la jeune fille qui pointait sous la chevelure noire.

– Je plaisantais, murmura-t-il. Tu es la meilleure cuisinière du monde.

Mais il enfouit son visage dans le cou de Justina pour qu'elle ne puisse pas voir son sourire.

Pendant leur dernière nuit, ils passèrent plus de temps à parler qu'à faire l'amour. Justina lui posa des questions sur La Venera et il lui répondit que c'était le passé et qu'il valait mieux l'oublier. Elle lui demanda comment ils feraient pour se voir dans l'avenir et il lui expliqua qu'il prenait des dispositions pour la faire partir aux États-Unis et qu'il l'y rejoindrait. Mais son père lui en avait déjà parlé et tout ce qui l'intéressait était de savoir comment ils se débrouilleraient pour se voir avant son départ. Guiliano comprit qu'elle n'avait jamais envisagé qu'il ne puisse s'enfuir et qu'elle était trop jeune pour imaginer une fin tragique.

Le père de Justina arriva le lendemain matin à l'aube. La jeune fille se serra une dernière fois contre Guiliano et partit.

*

Guiliano se dirigea vers l'oratoire du château en ruine et attendit l'arrivée de Pisciotta et de ses lieutenants. Il reprit les armes qu'il avait dissimulées dans la chapelle.

Au cours de la conversation qu'il avait eue avec l'abbé Manfredi, juste avant la célébration du mariage, Guiliano avait fait part de ses soupçons au vieux moine. Stefan Andolini et Passatempo avaient vu Don Croce deux jours avant le massacre du Portella della Ginestra. Il assura l'abbé qu'il ne ferait aucun mal à son fils mais qu'il était essentiel qu'il connaisse la vérité. Et l'abbé lui raconta toute l'histoire. Comme Turi l'avait deviné, son fils s'était confessé à lui.

Don Croce avait demandé à Stefan Andolini de faire venir Passatempo chez lui à Villaba pour y tenir une réunion secrète. Andolini avait reçu l'ordre d'attendre devant la porte du bureau où les deux hommes s'entretenaient. C'était l'avant-veille du massacre. Peu après la tragédie du 1er Mai, Andolini avait interrogé Passatempo qui avait reconnu avoir reçu une forte somme de Don Croce pour enfreindre les ordres de Guiliano et mitrailler la foule. Passatempo avait menacé Andolini, s'il en parlait à Guiliano, de jurer que lui, Andolini, se trouvait dans le bureau de Don Croce quand l'affaire avait été conclue. Andolini, pris de peur, n'avait osé en parler qu'à son père. Et l'abbé Manfredi lui avait conseillé de garder le silence. La semaine qui avait suivi le massacre, Guiliano était dans une telle fureur qu'il les aurait certainement fait exécuter tous les deux.

Guiliano assura de nouveau l'abbé qu'il ne ferait aucun mal à son fils, puis il expliqua à Pisciotta ce qu'il aurait à faire en précisant qu'ils régleraient cette histoire après le retour de Justina à Montelepre, après sa lune de miel. Il ne voulait pas assumer le rôle du boucher avant celui du marié.

Il attendait donc dans la chapelle du château en ruine qui avait pour toit le bleu du ciel méditerranéen. C'est adossé aux restes de l'autel qu'il reçut ses lieutenants conduits par Aspanu Pisciotta. Le caporal Silvestro qui avait reçu des instructions de Pisciotta se plaça à un endroit d'où il pourrait tenir Passatempo et Andolini en joue. Les deux hommes furent conduits juste en face de Guiliano, devant l'autel. Terranova qui n'était au courant de rien prit place sur un des bancs de pierre de l'oratoire. Il avait commandé le périmètre de défense pendant les longues heures de la nuit et il était épuisé. Guiliano n'avait pas informé les autres du sort qu'il réservait à Passatempo.

Guiliano savait que Passatempo était comme un animal sauvage – il était capable de percevoir des changements d'atmosphère et l'odeur du danger émanant de ceux qui se trouvaient avec lui. Guiliano prit soin de se conduire exactement comme il l'avait toujours fait avec Passatempo. Il était toujours resté plus distant avec lui qu'avec les autres et avait assigné au bandit et à ses hommes le contrôle d'une région assez éloignée, aux environs de Trapani, car la sauvagerie de Passatempo le dégoûtait. Il se servait de lui pour exécuter les informateurs de la police et pour menacer des « invités » têtus refusant de payer une rançon. En général, la seule vue de Passatempo terrifiait les prisonniers et abrégeait les négociations. Mais lorsque cela ne suffisait pas, Passatempo leur racontait ce qu'il leur ferait, à eux et à leur famille, si la rançon n'était pas versée et il le faisait avec une telle délectation que les « invités » cessaient de chicaner pour être libérés le plus vite possible.

Guiliano braqua sa mitraillette sur Passatempo.

– Avant de nous séparer, nous devons régler nos dettes. Tu as enfreint mes ordres et accepté de l'argent de Don Croce pour tirer dans la foule au Portella della Ginestra.

Les yeux plissés, Terranova regardait Guiliano en se demandant si lui-même était en danger, si Guiliano essayait de découvrir le coupable et s'il allait lui aussi être accusé. Il était prêt à se défendre mais vit que Pisciotta braquait aussi son arme sur Passatempo.

– Je connais tes hommes, dit Guiliano à Terranova, et tu as obéi à mes ordres. Mais pas Passatempo. Et en agissant ainsi, il a mis ta vie en danger, car si je n'avais pas découvert la vérité, j'aurais été obligé de vous exécuter tous les deux. Mais maintenant, nous allons lui régler son compte.

Stefan Andolini n'avait pas bougé le petit doigt. Il s'en

remettait encore une fois au destin. Il était resté fidèle à Guiliano et comme ces croyants qui refusent de croire que leur dieu soit un être malfaisant et commettent tous les crimes en son nom, il avait une foi absolue en la justice de Guiliano.

Passatempo aussi savait à quoi s'en tenir. Avec son instinct animal, il sentait que sa dernière heure était proche. Rien d'autre que sa férocité ne pouvait lui être d'aucun secours, mais il avait deux armes braquées sur lui. Tout ce qu'il pouvait faire, c'était gagner du temps avant de lancer une dernière attaque désespérée.

– C'est Stefan Andolini qui m'a remis l'argent et le message, dit-il. Interrogez-le.

Il espérait qu'Andolini réagirait pour se protéger et qu'il pourrait profiter de ce moment pour passer à l'attaque.

– Andolini a confessé ses péchés, dit Guiliano à Passatempo, et il n'a jamais eu la main sur la mitrailleuse. Don Croce l'a possédé comme il m'a possédé.

– Mais j'ai tué plus de cent hommes et tu ne m'as rien reproché, dit Passatempo d'un ton véhément. Et cette histoire remonte à près de deux ans. Nous avons passé sept ans ensemble et c'est la seule fois que je t'ai désobéi. Don Croce m'avait donné des raisons de croire que tu ne regretterais pas vraiment mon geste, que tu étais simplement trop doux pour le faire toi-même. Et que représentent quelques morts de plus ou de moins après tous ceux que nous avons tués? Je ne t'ai jamais trahi personnellement.

C'est alors que Guiliano se rendit compte qu'il n'avait aucune chance de faire comprendre à cet homme l'énormité de son crime. Mais pourquoi donc se sentait-il tant outragé? Ne donnait-il pas depuis des années l'ordre de commettre des crimes presque aussi abominables? L'exécution du coiffeur, le crucifiement du faux prêtre, les enlèvements, les massacres de carabiniers, l'implacable élimination des espions. Si Passatempo était une brute achevée, qu'était-il donc, lui, le champion de la Sicile? Il sentait qu'il hésitait à décider de l'exécution du bandit.

– Je vais te laisser le temps de recommander ton âme à Dieu, dit-il. Mets-toi à genoux et dis tes prières

Les autres s'étaient écartés de Passatempo, le laissant seul dans le cercle de mort qui était sien. Il commença à fléchir les genoux comme pour s'agenouiller et, ramassé sur lui-même, projeta soudain sa forme trapue vers Guiliano. Turi s'avança au-devant de lui et appuya sur la détente de sa mitraillette. Passatempo fut fauché dans son élan, mais son corps continua d'avancer et frôla Guiliano qui fut obligé de s'écarter.

Une patrouille de carabiniers découvrit dans l'après-midi le corps de Passatempo sur une route de montagne. Épinglée à ses vêtements il y avait une feuille de papier où était écrit : AINSI MEURENT TOUS CEUX QUI TRAHISSENT GUILIANO.

LIVRE V

TURI GUILIANO
ET
MICHAEL CORLEONE

1950

25.

Michael, plongé dans un profond sommeil, se réveilla en sursaut en ayant l'impression de sortir d'un puits. La chambre était dans les ténèbres; il avait fermé les volets de bois pour intercepter la clarté de la lune. Il n'y avait aucun bruit, uniquement un silence pesant rythmé par les battements de son cœur. Mais il sentait une présence dans la chambre.

Il se retourna dans son lit et il lui sembla discerner une tache plus claire par terre, près du lit. Il tendit le bras et alluma la lampe de chevet. La tache plus claire était la tête tranchée de la madone noire. Il se dit qu'elle avait dû tomber de la table de nuit et que le bruit l'avait réveillé. Il se détendit et eut un petit sourire de soulagement. A ce moment-là, il entendit un frôlement près de la porte. Il se tourna dans cette direction et dans la zone d'ombre laissée par la clarté orange de la lampe de chevet il distingua le visage aux os saillants d'Aspanu Pisciotta.

Il était assis par terre, le dos contre la porte. Sa bouche surmontée de la petite moustache s'ouvrait en un sourire triomphant, comme pour dire : voilà ce que je fais de vos gardes et de l'inviolabilité de cet asile.

Michael regarda sa montre posée sur la table de nuit. Il était trois heures.

– Drôle d'heure pour une visite, dit-il. Qu'attendiez-vous?

Il se leva et s'habilla rapidement, puis il alla ouvrir les volets.

La lune baigna la pièce de sa clarté fantomatique.

– Pourquoi ne m'avez-vous pas réveillé? demanda Michael.

Pisciotta se releva d'un mouvement souple, comme un serpent dressant la tête avant de frapper.

– J'aime regarder les gens dormir. Ils trahissent parfois leurs secrets dans leurs rêves.

– Je ne trahis jamais de secrets, dit Michael. Même dans mes rêves.

Il sortit sur la terrasse et offrit une cigarette à Pisciotta. Ils fumèrent ensemble en silence. Michael percevait les sifflements dans les bronches de Pisciotta et il voyait son visage blafard aux os saillants à la clarté de la lune.

C'est Pisciotta qui rompit le silence.

– Avez-vous lu le Testament? demanda-t-il.

– Oui.

– Turi a plus confiance en moi qu'en n'importe qui d'autre, poursuivit Pisciotta en soupirant, il se fie à moi corps et âme. Je suis la seule personne qui sache où il est en ce moment. Mais il ne m'a pas confié le Testament. Est-il en votre possession?

Michael eut un instant d'hésitation et Pisciotta se mit à rire.

– Vous êtes comme Turi, dit-il.

– Le Testament est en Amérique, dit Michael. Il est en sécurité chez mon père.

Il ne voulait pas que Pisciotta sache que les documents étaient en route pour Tunis, car il ne voulait mettre personne au courant.

Michael redoutait presque de poser la question suivante. Il ne pouvait y avoir qu'une seule raison pour que Pisciotta lui rende visite en catimini. Une seule raison pour qu'il coure le risque de tromper la vigilance des gardes postés tout autour de la villa; à moins qu'on l'ait laissé passer? Cela ne pouvait signifier qu'une chose : Guiliano était enfin prêt à faire son apparition.

– Quand vient Guiliano? demanda Michael.

– Demain soir, répondit Pisciotta. Mais pas ici.

– Pourquoi? demanda Michael. Il ne risque rien ici.

– Mais j'ai réussi à entrer, non? fit Pisciotta en riant.

Michael fut irrité par cette vérité. Il se demanda de nouveau si les gardes l'avaient laissé passer sur l'ordre de Don Domenic ou même si le Don l'avait amené en personne.

– C'est à Guiliano de décider, dit-il.

– Non, dit Pisciotta, je dois décider pour lui. Vous avez promis à sa famille qu'il serait en sécurité, mais Don Croce sait que vous êtes ici et l'inspecteur Velardi aussi. Ils ont des espions partout. Quels sont vos projets pour Guiliano? Un mariage? Une fête d'anniversaire? Un enterrement? Quelles salades nous racontez-vous? Prenez-vous tous les Siciliens pour des ânes?

Sa voix était devenue coupante et menaçante.

– Je ne vous révélerai pas mes plans, fit Michael. Vous pouvez me faire confiance ou non, comme vous voulez. Si vous me dites où vous amenez Guiliano, je serai au rendez-vous. Si vous ne voulez pas me le dire, demain soir je serai aux États-Unis pendant que Guiliano et vous continuerez à être traqués.

– Bien parlé, dit Pisciotta en riant. Comme un vrai Sicilien. Vous n'avez pas perdu votre temps dans ce pays.

– Je n'arrive pas à croire que tout cela va être terminé, ajouta-t-il en soupirant. Près de sept ans de batailles et de fuites, de trahisons et de tueries. Mais nous étions les rois de Montelepre, Turi et moi... nous partagions cette gloire. Il se battait pour les pauvres et moi pour ma petite personne. Au début, je ne voulais pas y croire, mais dans le courant de la deuxième année, il nous l'a démontré, à moi et à toute la bande. N'oubliez pas que je suis son bras droit, son cousin, celui en qui il a le plus confiance. Je porte comme lui la ceinture à boucle dorée; c'est lui qui me l'a donnée. Mais j'ai séduit la fille d'un fermier de Partinico et elle a été enceinte. Son père est allé voir Guiliano et lui a tout raconté. Et savez-vous ce qu'a fait Turi? Il m'a attaché à un arbre et m'a fouetté. Pas devant le fermier ni nos hommes; jamais il me m'aurait infligé une telle humiliation. C'était notre secret. Mais je savais que si j'enfreignais une seconde fois ses ordres, il me tuerait. Voilà comme il est, notre Turi.

Il porta une main tremblante à sa bouche. A la clarté pâlissante de la lune, sa petite moustache ressortait sur son visage comme une ligne sombre et luisante.

Quelle étrange histoire, se dit Michael. Pourquoi me l'a-t-il racontée?

Ils rentrèrent dans la chambre et Michael referma les volets. Pisciotta ramassa la tête de la madone noire et la tendit à Michael.

– Je l'ai lancée par terre pour vous réveiller, dit-il. Le Testament était à l'intérieur, n'est-ce pas?

– Oui.

– Maria Lombardo m'a menti, reprit Pisciotta, le visage défait. Je lui ai demandé si elle avait le Testament et elle m'a répondu non. Et elle vous l'a donné sous mes yeux.

Il eut un rire amer et ajouta après quelques instants de silence :

– J'étais comme un fils pour elle... et elle était comme une mère pour moi.

Pisciotta demanda une autre cigarette. Il restait encore du vin dans la cruche posée sur la table de nuit. Michael leur en versa chacun un verre et Pisciotta but le sien avec plaisir.

– Merci, dit-il. Et maintenant, parlons sérieusement. J'amènerai Guiliano à l'entrée de Castelvetrano. Utilisez une voiture décapotable pour que je puisse vous reconnaître et arrivez par la route de Trapani. Je vous arrêterai à un endroit de mon choix. S'il y a du danger, mettez une casquette et nous ne nous montrerons pas. L'heure fixée est le lever du jour. Croyez-vous pouvoir y arriver?

– Oui, répondit Michael. Tout est prêt. Mais il y a une chose dont j'aimerais vous parler. Stefan Andolini n'est pas venu au rendez-vous qu'il avait hier avec le professeur Adonis. Le professeur était très inquiet.

Pour la première fois, Pisciotta parut pris de court. Puis il haussa les épaules.

– Le nabot a toujours porté la poisse, dit-il. Et maintenant, nous devons nous séparer jusqu'à demain matin à l'aube.

Il prit la main de Michael et la serra.

– Venez avec nous aux États-Unis, dit impulsivement Michael.

– J'ai passé toute ma vie en Sicile, dit Pisciotta en secouant la tête, et j'ai aimé la vie que j'y ai menée. Si je dois mourir, ce sera en Sicile. Mais je vous remercie quand même.

Michael fut étrangement touché par ces paroles. Bien qu'il connût à peine Pisciotta, il sentait que c'était un homme qui ne pourrait jamais être transplanté de sa terre et de ses montagnes de Sicile. Il était trop farouche, trop entier, son corps, son teint et sa voix même étaient toute la Sicile. Jamais il ne pourrait faire confiance à un étranger.

– Je vais vous faire sortir par le portail, proposa Michael.

– Non, dit Pisciotta. Notre petite rencontre doit demeurer secrète.

*

Après le départ de Pisciotta, Michael resta étendu sur son lit jusqu'à l'aube, incapable de trouver le sommeil. Il allait enfin se trouver en présence de Guiliano et ils partiraient ensemble aux

États-Unis. Il se demanda quel homme il aurait en face de lui. Serait-ce le héros de légende dont la personnalité dominait l'île et influait sur la vie de la nation? Il se leva et ouvrit les volets. L'aube se levait et il vit le soleil commencer son ascension dans le ciel et lancer une passerelle dorée sur les flots. Et il aperçut, chevauchant la large bande de soleil, le canot automobile qui revenait vers la jetée. Il sortit en hâte de la villa et se dirigea vers la plage pour accueillir Peter Clemenza.

Ils prirent le petit déjeuner ensemble et Michael le mit au courant de la visite de Pisciotta. Clemenza ne parut pas étonné que Pisciotta ait réussi à s'introduire dans la villa bien protégée.

– Est-ce ton frère qui l'a fait entrer? demanda Michael.

– Demande-lui, répondit Clemenza.

Ils passèrent le reste de la matinée à élaborer leur plan pour le rendez-vous avec Guiliano. Il y avait peut-être des espions chargés de rapporter tout mouvement inhabituel dans la villa et la sortie d'une colonne de voitures attirerait certainement l'attention. Michael, quant à lui, devait faire l'objet d'une surveillance très stricte. Certes, les forces de la sécurité obéissant aux ordres de l'inspecteur Velardi n'interviendraient pas, mais ils n'étaient pas à l'abri d'une trahison.

Quand leur plan fut au point, ils déjeunèrent, puis Michael monta faire la sieste dans sa chambre. Il voulait être frais et dispos pour la longue nuit qui l'attendait. Peter Clemenza avait beaucoup à faire : donner des instructions à ses hommes, s'occuper des moyens de transport et attendre le retour de son frère pour le mettre au courant.

Michael ferma les volets et alla s'allonger sur son lit. Il se sentait tendu et le sommeil le fuyait. Au cours des vingt-quatre heures suivantes, des événements graves pouvaient se produire et il avait d'inquiétants pressentiments. Mais il se laissa entraîner dans un rêve où il rentrait chez lui à Long Island et où sa mère et son père l'attendaient à la porte, ce qui marquait la fin de son long exil.

26.

Au bout de sept ans de son existence de hors-la-loi, Guiliano comprit qu'il allait être obligé de fuir son royaume de montagne et de se réfugier aux États-Unis, dans le pays où il avait été conçu et sur lequel ses parents lui racontaient des histoires quand il était petit. Un pays extraordinaire où les pauvres étaient traités avec justice, où le gouvernement n'était pas à la solde des riches, où les Siciliens sans le sou s'élevaient dans l'échelle sociale par la simple vertu d'un travail honnête.

Pour faire la preuve de la persistance de son amitié, Don Croce avait contacté Don Corleone pour qu'il l'aide à organiser la fuite de Guiliano et lui offre l'asile aux États-Unis. Turi Guiliano comprenait fort bien que le Don avait ses propres visées, mais il n'avait guère le choix. Car le pouvoir de sa bande n'était plus qu'un souvenir.

Cette nuit, il allait retrouver Aspanu Pisciotta et se remettre entre les mains de Michael Corleone, le jeune Américain. L'heure était venue de quitter ses montagnes. Ces montagnes où il avait trouvé refuge pendant sept ans. Il allait renoncer à son royaume, à sa puissance, à sa famille et à tous ses compagnons d'armes. Ses troupes s'étaient débandées, ses montagnes étaient occupées, ses protecteurs, les paysans pauvres, étaient écrasés par la Force Spéciale du colonel Luca. S'il restait, il pourrait encore remporter quelques victoires, mais à long terme, la défaite était inéluctable. Il n'avait pas le choix.

La *lupara* en bandoulière, la mitraillette à la main, Turi Guiliano commença sa longue marche vers Palerme. Il portait une chemisette blanche sur laquelle il avait passé une veste de cuir dont les grandes poches étaient remplies de munitions. Il allait d'une allure régulière. Il était neuf heures à sa montre et il y avait encore des traînées pâles dans le ciel à la clarté timide de la lune. Le danger existait de rencontrer une patrouille de la Force Spéciale de Répression du Banditisme, mais Guiliano marchait sans peur. Il avait acquis au fil des ans une certaine aptitude à se rendre invisible. Tous les habitants de la région l'aidaient à passer inaperçu. S'il y avait des patrouilles, ils le tiendraient au courant; s'il se trouvait en danger, ils le protégeraient et le cacheraient chez eux; s'il était attaqué, bergers et fermiers se rassembleraient sous sa bannière solitaire. Jamais ils ne trahiraient celui qui avait été leur champion.

*

Au cours des mois qui avaient suivi son mariage, il y avait eu des batailles rangées entre les troupes du colonel Luca et des fractions de la bande de Guiliano. Luca s'était déjà attribué le mérite de la mort de Passatempo et les gros titres des journaux avaient annoncé que l'un des lieutenants les plus redoutables de Guiliano avait perdu la vie au cours d'une féroce bataille contre les héroïques soldats de la Force Spéciale de Répression du Banditisme. Le colonel Luca avait bien entendu fait disparaître la note épinglée au corps, mais Don Croce avait appris son existence par l'inspecteur Velardi. Il savait donc que Guiliano avait découvert la vérité sur la trahison du Portella della Ginestra.

La présence des cinq mille hommes de l'armée du colonel Luca exerçait une pression intense sur Guiliano qui n'osait plus aller à Palerme pour se ravitailler ni se rendre à Montelepre pour voir sa mère et Justina. Un certain nombre de ses hommes avaient été trahis et abattus. D'autres émigraient de leur propre chef en Algérie ou en Tunisie. D'autres encore se terraient et renonçaient aux activités de la bande. La mafia s'opposait directement à Guiliano et se servait de son réseau pour remettre les hommes de Guiliano entre les mains des carabiniers.

Et enfin, l'un de ses lieutenants tomba.

La chance abandonna Terranova et c'est sa vertu qui causa sa perte. Il n'avait ni la férocité de Passatempo, ni la ruse malveillante de Pisciotta, ni l'efficacité mortelle de *Fra Diavolo*. Ni l'ascétisme de Guiliano. Il était intelligent mais d'un caractère affectueux et Guiliano s'était souvent servi de lui pour se lier d'amitié avec les victimes d'enlèvements et pour distribuer aux pauvres de l'argent et des vivres. C'est Terranova et sa bande qui couvraient nuitamment les murs de Palerme d'affiches de propagande pour Guiliano. Il ne participait pas souvent aux opérations plus sanglantes.

C'était un homme qui avait besoin d'amour et d'affection. Quelques années plus tôt, il avait pris une maîtresse à Palerme, une veuve avec trois enfants en bas âge. Elle n'avait jamais appris qu'il était un bandit et le prenait pour un fonctionnaire romain passant ses vacances en Sicile. Elle lui était reconnaissante de l'argent qu'il lui donnait et des cadeaux qu'il apportait aux enfants, mais il lui avait clairement fait comprendre qu'ils ne pourraient jamais se marier. Elle lui prodiguait la tendresse et les attentions dont il avait besoin. Quand il venait la voir, elle mettait les petits plats dans les grands, lavait son linge et se donnait à lui avec passion. Une relation de ce genre ne pouvait être indéfiniment cachée aux Amis des Amis et Don Croce l'enregistra soigneusement en attendant le moment opportun d'en faire usage.

Justina était allée retrouver Guiliano à plusieurs reprises dans la montagne et c'est Terranova qui lui servait d'escorte. La beauté de la jeune fille avait éveillé son désir et bien que ce ne fût pas prudent, il décida de rendre une dernière visite à sa maîtresse. Il voulait lui remettre une certaine somme d'argent pour subvenir à ses besoins et à ceux de ses enfants pendant plusieurs années.

Il pénétra subrepticement une nuit dans Palerme. Il donna l'argent à la veuve en lui expliquant qu'il ne lui serait peut-être pas possible de venir la voir pendant longtemps. Elle pleura et protesta et il se résigna enfin à lui avouer sa véritable identité. Elle en resta coite. Cet homme si doux et si tendre était l'un des lieutenants du célèbre Guiliano. Elle lui fit l'amour avec une ardeur qui le combla et ils passèrent une délicieuse soirée en compagnie des trois enfants. Terranova leur avait appris à jouer aux cartes et ce soir-là, ils gagnèrent. Il leur donna de vraies pièces et de vrais billets, ce qui leur fit pousser des rires de joie.

Après avoir couché les enfants, Terranova et la veuve continuèrent à faire l'amour jusqu'à l'aube. Puis Terranova se prépara à partir. Ils s'embrassèrent une dernière fois sur le pas de la porte et Terranova s'éloigna d'un pas vif dans la petite rue qui débouchait sur la place de la cathédrale. Son corps était repu et son esprit en paix. Il se sentait parfaitement détendu et ne se tenait pas sur ses gardes.

L'air fut soudain déchiré par des rugissements de moteurs. Trois voitures noires fonçaient sur lui. Des hommes armés apparurent tout autour de la place tandis que d'autres, l'arme au poing, descendaient des voitures. L'un d'eux lui cria de se rendre et de lever les mains.

Terranova lança un dernier regard à la cathédrale et aux statues des saints dans leurs niches; il vit les balcons bleus et jaunes, le soleil qui se levait dans le ciel d'azur. Il savait que c'était la dernière fois qu'il contemplait ces merveilles et qu'il était arrivé au terme de ses sept années de chance. Il ne lui restait plus qu'une seule chose à faire.

Il s'élança en avant d'un grand bond, comme s'il voulait sauter par-dessus la mort elle-même et se projeter dans un monde sûr. Tandis que son corps restait suspendu en l'air avant de retomber, il dégaina son arme et tira. Un soldat chancela et mit un genou à terre. Terranova essaya d'appuyer une seconde fois sur la détente, mais une grêle de balles s'abattit sur lui, déchiquetant son corps, arrachant la chair aux os. Il avait, d'une certaine manière, eu de la chance jusqu'au bout – tout s'était passé si vite qu'il n'avait pas eu le temps de se demander si c'était sa maîtresse qui l'avait trahi.

*

En apprenant la mort de Terranova, Guiliano eut le pressentiment d'un destin tragique. Il savait que le règne de sa bande était terminé, qu'ils ne pouvaient plus contre-attaquer avec succès ni trouver refuge dans les montagnes. Mais il avait toujours pensé que ses lieutenants et lui parviendraient à s'enfuir et à échapper à la mort. Il comprit qu'il ne lui restait que très peu de temps. Il y avait une chose qu'il tenait à faire et il fit appeler le caporal Canio Silvestro.

– C'est fini pour nous, dit-il à Silvestro. Tu m'as confié un jour que tu avais des amis en Angleterre qui étaient prêts à te recevoir et te protéger. Le moment pour toi est venu de partir. Tu as ma permission.

– Je pourrai toujours partir quand je vous saurai en sécurité en Amérique, répondit Silvestro en secouant la tête. Vous avez encore besoin de moi. Vous savez que je ne vous trahirai jamais.

– Oui, je le sais, dit Guiliano. Et toi tu sais que j'ai toujours eu de l'affection pour toi. Mais tu n'as jamais été un vrai bandit. Tu es toujours resté un soldat et un policier. Ton cœur a toujours penché pour la légalité. Tu pourras refaire ta vie quand tout cela sera terminé, mais pour nous ce sera difficile. Nous resterons toujours des bandits.

– Je ne vous ai jamais considéré comme un bandit, répliqua Silvestro.

– Moi non plus, dit Guiliano. Et pourtant qu'ai-je fait depuis sept ans? Je croyais lutter pour la justice, j'essayais d'aider les pauvres, j'espérais libérer la Sicile. Je voulais être bon. Mais le moment et la manière étaient mal choisis. Et maintenant, il ne nous reste plus qu'à tenter de sauver notre peau. C'est pour cela qu'il faut que tu partes en Angleterre. Je serai heureux de savoir que tu y seras en sécurité.

Puis il étreignit Silvestro et ajouta :

– Tu as été un véritable ami. Maintenant, pars, c'est un ordre.

*

Au crépuscule, Turi Guiliano sortit de sa caverne et prit la route du couvent des Capucins dans les faubourgs de Palerme où il attendrait des nouvelles de Pisciotta. L'un des moines qui faisait secrètement partie de sa bande était responsable des catacombes du couvent. Dans ces catacombes se trouvaient des centaines de corps momifiés.

Pendant plusieurs siècles et jusqu'à la Première Guerre mondiale, les riches et les nobles avaient coutume de suspendre aux murs du monastère les costumes avec lesquels ils souhaitaient être vêtus. A leur mort, après les obsèques, leur corps était remis au couvent où les moines étaient passés maîtres dans l'art de conserver les cadavres. Ils les exposaient à une chaleur modérée pendant six mois, puis faisaient sécher les parties tendres du corps. Dans le courant de la dessication la peau se racornissait et les traits se tordaient dans les grimaces de la mort, certaines exprimant l'horreur, d'autres le rire, mais toutes terrifiantes pour le spectateur. Puis les cadavres étaient revêtus des costumes qui leur étaient réservés et placés dans des cercueils de verre. Ces cercueils étaient installés dans des niches ménagées dans les murs ou suspendus au plafond par des fils de verre. Certains cadavres étaient assis sur des chaises, d'autres debout contre le mur. Quelques-uns étaient adossés à des parois de verre comme des poupées en costume.

Allongé sur la pierre humide et froide des catacombes, Guiliano utilisait un cercueil comme oreiller. Il étudiait tous ces Siciliens morts depuis des siècles. Un chevalier de la cour royale en uniforme de soie bleue à jabot, un tricorne sur la tête, une canne-épée à la main; un courtisan à l'élégance française, portant perruque blanche et chaussures à talons hauts; un cardinal en robe pourpre et un archevêque coiffé d'une mitre; d'anciennes beautés de la cour dont les robes chamarrées d'or avaient pris l'aspect de toiles d'araignées enserrant les corps momifiés comme des mouches prisonnières. Et, enfermée dans une cloche de verre, une jeune fille en gants blancs et en chemise de nuit ornée de fanfreluches.

Guiliano dormit mal les deux nuits qu'il passa dans les catacombes. Comment aurait-il pu en être autrement? Il avait sous les yeux les grands hommes et les belles femmes de Sicile des siècles passés qui avaient cru échapper ainsi aux vers. Orgueil et vanité des riches et des favoris du destin. Mieux valait mourir sur le pavé, comme le mari de La Venera.

Mais ce qui empêchait en réalité Guiliano de dormir était une question qui le tourmentait. Comment Don Croce avait-il pu échapper à sa dernière attaque? Guiliano savait que l'opération avait été parfaitement planifiée. Il y avait réfléchi pendant plusieurs semaines. Le Don était si bien gardé qu'il fallait trouver le défaut de sa cuirasse. Guiliano avait décidé que sa meilleure chance était de le surprendre quand il se sentait en sécurité dans l'hôtel Umberto à Palerme. Les hors-la-loi avaient un espion dans la place, l'un des serveurs qui leur communiqua l'emploi du temps du Don et la position des gardes. Avec ces renseignements, Guiliano était persuadé de réussir.

Il avait rassemblé une trentaine d'hommes à qui il avait donné rendez-vous à Palerme. Il avait appris que Michael Corleone venait déjeuner avec Don Croce et avait donc attendu la fin de l'après-midi pour qu'on lui annonce le départ de Michael. Vingt de ses hommes avaient alors lancé une attaque de front contre l'hôtel pour éloigner les gardes du jardin. Quelques instants plus tard, Guiliano et les dix hommes restants avaient fait une brèche dans le mur du jardin avec une charge d'explosifs. Guiliano s'était engouffré dans la brèche à la tête de ses hommes. Il ne restait que cinq gardes dans le jardin ; Guiliano en abattit un et les autres prirent la fuite. Guiliano se précipita dans la suite du Don, mais elle était vide et il trouva fort étrange qu'elle ne fût pas gardée. Entre-temps, l'autre détachement, qui avait réussi à enfoncer la défense ennemie, opéra la jonction. Ils avaient fouillé toutes les pièces et les corridors mais n'avaient rien trouvé. Comme la masse du Don l'empêchait de se déplacer rapidement, il fallait en conclure que le mafioso avait quitté l'hôtel peu après le départ de Michael. Et c'est alors que l'idée vint à Guiliano que le Don avait été averti de l'attaque.

Quel dommage, songea Turi. Outre la disparition de son ennemi le plus dangereux, cela lui aurait permis de partir en beauté. Que de belles ballades auraient été composées s'il avait trouvé Don Croce dans le jardin ensoleillé. Mais d'autres occasions se présenteraient, il ne resterait pas éternellement aux États-Unis.

Le matin du troisième jour, le capucin, dont le corps et la figure étaient presque aussi ratatinés que les momies dont il avait la charge, apporta à Turi un message de Pisciotta qui disait simplement : « Dans la maison de Charlemagne. » Guiliano comprit tout de suite. Zu Peppino, le maître charretier de Castelvetrano qui avait aidé Guiliano le jour du détournement du convoi de Don Croce et avait secrètement fait partie de sa bande depuis lors, possédait trois charrettes et six ânes. Les trois carrioles arboraient des peintures représentant la légende du grand empereur et dans leur enfance Turi et Aspanu avaient donné le nom de « maison de Charlemagne » au domicile de Zu Peppino. L'heure de la rencontre avait déjà été fixée.

La nuit venue, la dernière nuit qu'il allait passer en Sicile, Guiliano prit la route de Castelvetrano. Avant de quitter Palerme, il alla voir quelques bergers qui faisaient partie de sa bande et qui lui servaient d'escorte. Ils arrivèrent à Castelvetrano avec une facilité qui mit la puce à l'oreille de Guiliano. L'accès de la ville était trop aisé. Il renvoya ses gardes du corps qui se fondirent dans la nuit. Puis il se dirigea vers une petite maison de pierre située à l'entrée de Castelvetrano. Dans la cour se trouvaient trois charrettes sur lesquelles était maintenant peinte la légende de sa propre vie ; c'était la maison de Zu Peppino.

Le vieux charretier ne parut pas étonné de le voir. Il posa le pinceau avec lequel il peignait la ridelle d'une de ses carrioles et alla fermer la porte.

– Nous avons des ennuis, dit-il. Tu attires les carabiniers comme le cadavre d'un mulet attire les mouches.

Guiliano eut une montée d'adrénaline.

– Ceux de la Force Spéciale? demanda-t-il.

– Oui, répondit Zu Peppino. Ils ne patrouillent pas à découvert, ils se sont planqués. En rentrant du travail, j'ai remarqué plusieurs voitures. Et des collègues m'ont dit qu'ils en avaient vu d'autres. Nous avons pensé qu'ils tendaient un piège à des membres de ta bande mais nous n'aurions jamais soupçonné que c'était pour toi. Tu ne viens jamais par ici, si loin de tes montagnes.

Guiliano se demanda comment les carabiniers avaient pu être au courant du rendez-vous. Avaient-ils filé Aspanu? Michael Corleone et les siens avaient-ils commis une indiscrétion? Ou bien avaient-ils un informateur? Quoi qu'il en soit, il ne pouvait retrouver Pisciotta à Castelvetrano. Mais ils avaient une solution de rechange au cas où l'un d'eux ne viendrait pas au rendez-vous.

– Merci de m'avoir averti, dit Guiliano. Essaie de trouver Pisciotta en ville et mets-le au courant. Et quand tu iras à Montelepre, passe voir ma mère et dis-lui que je suis en sécurité en Amérique.

– Permets à un vieil homme de t'embrasser, dit Zu Peppino.

Et il embrassa Guiliano sur la joue.

– Je n'ai jamais cru que tu pourrais aider la Sicile, reprit le vieux charretier. Personne ne peut, personne n'a jamais pu, pas même Garibaldi ni ce fanfaron de *Duce*. Si tu veux, je peux atteler mes mules à une carriole et t'emmener où tu le désires.

Le rendez-vous avec Pisciotta était fixé à minuit et il n'était que dix heures. Guiliano était volontairement arrivé en avance pour reconnaître le terrain. Il savait que le rendez-vous avec Michael Corleone était juste avant l'aube et que le lieu de remplacement convenu était à deux bonnes heures de marche de Castelvetrano. Mais il valait mieux y aller à pied que d'accepter la proposition de Zu Peppino. Il remercia le vieux charretier et disparut dans la nuit.

Le second lieu de rendez-vous était l'acropole de Selinonte, célèbres ruines grecques s'élevant près de Mazara del Vallo, au sud de Castelvetrano, sur une plaine désolée proche de la mer, avant les premières falaises. Selinus avait péri dans un tremblement de terre avant le début de l'ère chrétienne, mais une rangée de colonnes de marbre et d'architraves subsistaient encore. Elles avaient en fait été redressées par des archéologues. Le tracé de la voie principale était encore visible, mais elle était réduite aux décombres des édifices qui la bordaient. Il y avait un temple au toit envahi de plantes grimpantes et effondré en de nombreux endroits et des colonnes de pierre auxquelles les siècles avaient conféré une teinte grise. L'acropole proprement dite, le centre fortifié des anciennes cités grecques, était comme à l'accoutumée bâtie sur les hauteurs et de ses ruines on dominait le paysage désolé.

Le sirocco, le terrible vent du désert, avait soufflé toute la journée. A proximité de la mer, il poussait dans la nuit des nappes de brume au milieu des ruines. Guiliano, fatigué par sa longue marche, fit un détour par les falaises afin de reconnaître le terrain.

La vue était si belle qu'il en oublia le péril qui le menaçait. Le temple d'Apollon effondré présentait une masse enchevêtrée de colonnes. D'autres temples en ruine luisaient à la clarté de la lune. Ils n'avaient plus de murs, juste quelques colonnes et des bouts de toit. Un pan de muraille se dressait, en haut duquel un trou béant, à l'emplacement d'une ancienne fenêtre grillée, laissait maintenant voir le disque de la lune. Plus bas, au pied de l'acropole, là où se trouvait jadis la cité, s'élevait une unique colonne entourée de ruines basses. Cette colonne qui était toujours restée debout était le célèbre Fuseau de la Vieille, « Il Fuso di la Vecchia. » Les Siciliens avaient tellement l'habitude de ces monuments grecs disséminés sur toute l'île qu'ils les considéraient avec un mépris affectueux. Seuls les étrangers en faisaient tout un plat.

Et c'étaient les étrangers qui avaient relevé les douze grandes colonnes qui se dressaient maintenant devant Turi. Elles étaient d'une taille herculéenne mais ne laissaient voir derrière elles qu'un panorama de ruines. Au pied de ces douze colonnes, alignées comme des soldats faisant face à leur commandant, s'étendait une plate-forme aux degrés de pierre qui semblait sortie directement de terre. Guiliano s'assit sur la plus haute marche et s'adossa à l'une des colonnes. Il fouilla sous sa veste et prit sa mitraillette et sa *lupara* qu'il posa sur la deuxième marche de pierre. Des nappes de brume tournoyaient au milieu des ruines, mais il savait qu'il entendrait des pas avançant dans les décombres et qu'il distinguerait l'ennemi bien avant d'être vu.

Il porta tout le poids de son corps contre la colonne, heureux de se reposer, brisé par la marche. La lune de juillet, au-delà des colonnes d'un blanc grisâtre, semblait se nicher contre les falaises surplombant la mer. La mer qui le séparait de l'Amérique, de Justina et de l'enfant qu'elle portait. Bientôt, il serait en sécurité et les sept années de sa vie de bandit ne seraient plus qu'un rêve. Il se demanda fugitivement quel genre d'existence il mènerait aux États-Unis et s'il pourrait être heureux loin de la Sicile. Un sourire flotta sur ses lèvres. Un jour, il reviendrait et tout le monde serait surpris. Il poussa un soupir d'épuisement, délaça ses bottes et les enleva. Il se débarrassa de ses chaussettes et ses pieds accueillirent avec soulagement le contact de la pierre froide. Puis il plongea la main dans sa poche et en sortit deux figues de Barbarie dont le jus frais apaisa sa soif. Une main posée sur la mitraillette à ses pieds, il attendit Aspanu Pisciotta.

27.

Michael, Peter Clemenza et Don Domenic dînèrent de bonne heure. S'ils voulaient être au rendez-vous fixé à l'aube, l'opération devait être lancée au crépuscule. Ils passèrent de nouveau le plan en revue et Don Domenic l'approuva. Mais il ajouta un détail : Michael ne devait pas être armé. Si des difficultés surgissaient et qu'ils soient arrêtés par les carabiniers ou les forces de sécurité, il ne devait pas être inculpé et quoi qu'il advînt, il fallait qu'il puisse quitter la Sicile.

Ils burent dans le jardin une cruche de vin où macéraient des citrons et l'heure du départ arriva. Don Domenic embrassa son frère, puis, se tournant vers Michael, il le serra rapidement dans ses bras.

– Tous mes vœux à votre père, dit-il. Je prierai pour votre avenir et je vous souhaite de réussir. Et si un jour, vous avez besoin de mes services, faites-le-moi savoir.

Ils descendirent tous les trois jusqu'à la jetée. Michael et Peter Clemenza montèrent à bord du canot automobile déjà plein d'hommes armés. L'embarcation mit le cap sur l'Afrique tandis que Don Domenic agitait la main sur la jetée. Michael et Clemenza descendirent dans la cabine et Clemenza s'endormit sur l'une des couchettes. Il avait eu une journée chargée et ils resteraient en mer jusqu'aux heures précédant l'aube.

Ils avaient modifié leur plan. L'avion de Mazara del Vallo qu'ils avaient prévu d'utiliser pour gagner l'Afrique ne servirait qu'à leurrer l'ennemi; c'est par la mer qu'aurait lieu l'évasion. Clemenza avait invoqué des arguments à l'appui de cette solution, affirmant qu'il se faisait fort de contrôler la route et le canot avec ses hommes mais qu'il lui était impossible de contrôler le petit aérodrome. Les abords étaient difficiles à défendre et l'avion trop facile à détruire. Il pouvait constituer un piège mortel avant même d'avoir décollé. La vitesse était moins importante que l'effet de surprise et il était plus aisé de se cacher sur la mer que dans le ciel. On pouvait aussi prendre des dispositions pour substituer un bateau à un autre mais on ne pouvait changer d'avion en vol.

Clemenza s'était occupé pendant la journée d'envoyer des hommes et des véhicules à un point de rassemblement sur la route de Castelvetrano et d'autres pour prendre le contrôle de Mazara del Vallo. Les départs avaient eu lieu à une heure d'intervalle; il ne voulait pas que des espions remarquent une animation inhabituelle dans la villa et la sortie d'un convoi. Les véhicules avaient pris des directions différentes pour mieux embrouiller les observateurs. Le canot automobile allait contourner la pointe sud-ouest de la Sicile et rester au large jusqu'à l'approche de l'aube. Puis il foncerait vers le port de Mazara del Vallo où des hommes et des véhicules les attendraient. Il n'y avait pas plus d'une demi-heure de route jusqu'à Castelvetrano malgré le détour qu'ils seraient obligés de faire vers le nord pour reprendre la route de Trapani sur laquelle Pisciotta devait les attendre.

Michael s'allongea sur une couchette. Il entendait Clemenza ronfler et éprouva un étonnement admiratif devant cet homme qui parvenait à dormir dans les circonstances présentes. Michael songeait que vingt-quatre heures plus tard, il serait à Tunis et douze heures après il aurait retrouvé sa famille. Au bout de deux ans d'exil, il pourrait décider de son avenir en homme libre; il ne serait plus traqué par la police ni soumis à la loi de ses protecteurs. Il pourrait faire absolument tout ce dont il aurait envie... mais il restait ces trente-six heures. Il se mit à rêver de la manière dont il allait occuper ses premières journées aux États-Unis et, bercé par le léger roulis du canot, sombra dans un sommeil sans rêves.

*

Le sommeil de *Fra Diavolo* était beaucoup plus profond encore.

Le matin du jour où il devait passer prendre le professeur Adonis à Trapani, Stefan Andolini se rendit d'abord à Parlerme.

Il avait rendez-vous avec le chef des services de sécurité de Sicile, une de leurs fréquentes rencontres au cours desquelles l'inspecteur Velardi dévoilait à Andolini les plans des opérations du colonel Luca. Andolini transmettait ensuite ces renseignements à Pisciotta qui allait en faire part à Guiliano.

La matinée était belle et les champs qui bordaient la route étaient tapissés de fleurs. Comme il était en avance pour son rendez-vous, il s'arrêta fumer une cigarette à côté d'une mariette, puis il s'agenouilla devant la boîte cadenassée contenant la statue de sainte Rosalie. Sa prière fut simple et essentiellement pratique; il demanda à la sainte de le protéger de ses ennemis. Le dimanche suivant, il se confesserait au père Benjamino et communierait. Le soleil radieux tapait sur sa tête nue et le parfum des fleurs était si pénétrant qu'il débarrassa ses narines et son palais de la nicotine qui s'y était déposée. Il eut soudain une faim de loup et se promit un bon petit déjeuner dans le meilleur restaurant de Palerme après son entrevue avec l'inspecteur Velardi.

*

L'inspecteur Frederico Velardi, chef des services de sécurité de Sicile, éprouvait le sentiment de triomphe vertueux de celui qui a su attendre avec patience, sans jamais cesser de croire en un dieu qui apporterait l'ordre dans son univers, et qui reçoit enfin sa récompense. Pendant près d'un an, obéissant aux instructions confidentielles du ministre de la Justice, il avait aidé Guiliano à échapper aux carabiniers et à ses propres brigades volantes. Il avait eu de fréquentes entrevues avec le sanguinaire Stefan Andolini, *Fra Diavolo.* Durant cette année, l'inspecteur Velardi avait été en réalité le subordonné de Don Croce Malo. Velardi était originaire du nord de l'Italie où les gens s'efforçaient de réussir en recevant une bonne éducation, en respectant le contrat social et en faisant confiance aux lois et au gouvernement. Les années de service passées en Sicile avaient instillé en lui le mépris et la haine profonde du peuple sicilien, du haut en bas de l'échelle. Les riches n'avaient aucune conscience sociale et maintenaient les pauvres dans la misère par leur alliance criminelle avec la mafia. La mafia, qui prétendait protéger les pauvres, louait ses services aux riches pour continuer à pressurer le peuple. Les paysans, trop fiers, avaient l'amour-propre si chatouilleux qu'ils se glorifiaient d'un meurtre, quitte à passer le reste de leur existence en prison.

Mais tout cela allait changer. L'inspecteur Velardi avait enfin les mains libres et il allait pouvoir lâcher ses brigades volantes. Et l'on verrait la différence entre ses forces de sécurité et ces grotesques carabiniers.

Au grand étonnement de Velardi, c'est le ministre en personne qui avait donné l'ordre de cesser de protéger Guiliano. Il devait être pris mort ou vif, mais on avait laissé entendre qu'un cadavre serait préférable à un prisonnier à la langue bien pendue. L'ordre était également arrivé d'appréhender et de mettre au secret tous les détenteurs d'un laissez-passer bordé de rouge et signé de la main du ministre, ce précieux document permettant à son possesseur de franchir les barrages de police, de transporter des armes et d'échapper aux contrôles de routine. Il fallait récupérer tous les laissez-passer, en particulier ceux qui avaient été délivrés à Aspanu Pisciotta et Stefan Andolini.

Velardi se préparait à se mettre au travail. Andolini attendait dans le vestibule et il allait avoir une surprise. Velardi décrocha son téléphone et convoqua un capitaine et quatre sergents. Il leur signala qu'il pourrait y avoir du grabuge. Il portait lui-même un pistolet dans sa gaine à la ceinture contrairement à son habitude quand il était dans son bureau. Puis il fit entrer Stefan Andolini.

Andolini avait soigneusement peigné ses cheveux roux. Il était vêtu d'un costume noir rayé, d'une chemise blanche et d'une cravate sombre. Une visite au chef des services de sécurité était une occasion où il fallait faire montre de respect. Il n'était pas armé, car l'expérience lui avait appris que tout le monde était fouillé en entrant au quartier général de la sécurité. Il se tenait devant le bureau de Velardi en attendant qu'on lui donne comme d'habitude la permission de s'asseoir. Mais comme rien ne venait, il resta debout et le premier signal de danger se déclencha dans sa tête.

– Montrez-moi votre laissez-passer, dit l'inspecteur Velardi.

Andolini ne réagit pas; il essayait de comprendre la raison de cette étrange requête. Par principe, il mentit.

– Je ne l'ai pas sur moi, dit-il. Je venais simplement voir un ami.

Il insista sur le mot « ami », ce qui mit Velardi en rage. Il fit le tour de son bureau et vint se placer face à Stefan Andolini.

– Vous n'avez jamais été mon ami, dit-il. C'est sur l'ordre de mes supérieurs que je fréquentais un salopard de votre espèce! Et maintenant, écoutez-moi bien. Vous êtes en état d'arrestation. Vous resterez incarcéré jusqu'à nouvel ordre et je vous signale qu'il y a une *cassetta* dans les cachots. Mais d'abord nous discuterons tranquillement demain matin dans mon bureau et si vous êtes un homme intelligent, vous saurez vous épargner des souffrances.

Le lendemain matin, Velardi reçut un nouveau coup de téléphone du ministre de la Justice et un autre, beaucoup plus explicite, de Don Croce. Quelques minutes plus tard, Andolini fut amené sous bonne escorte dans le bureau de l'inspecteur.

La nuit passée au secret qui lui avait laissé le loisir de réfléchir à cette curieuse arrestation avait convaincu Andolini qu'il était en danger de mort. Quand il entra dans le bureau de Velardi, l'inspecteur marchait de long en large dans la pièce, le regard étincelant, manifestement hors de lui. Stefan Andolini resta de marbre. Rien ne lui échappa – le capitaine et les quatre sergents sur le qui-vive, le pistolet dans sa gaine sur la hanche de Velardi. Il savait que l'inspecteur l'avait toujours haï et il le lui rendait bien. S'il parvenait à convaincre Velardi de renvoyer les gardes, il aurait au moins une chance de le tuer avant d'être abattu.

– Je vais parler, mais pas en présence de ces *sbirri.*

Dans la langue populaire, *sbirri* était le terme insultant qui désignait les membres des forces de sécurité.

Velardi donna l'ordre aux quatre policiers de sortir mais fit signe à l'officier de rester. Il lui fit également signe d'être prêt à faire usage de son arme. Puis il tourna toute son attention vers Stefan Andolini.

– Je veux des renseignements me permettant de mettre la main sur Guiliano, dit-il. Quand les avez-vous vus, Pisciotta et lui, pour la dernière fois?

Stefan Andolini éclata de rire et sa face d'assassin se tordit en une grimace de méchanceté. Sa peau couverte de poils roux semblait flamboyer.

Pas étonnant qu'on le surnomme *Fra Diavolo,* se dit Velardi. Il était vraiment dangereux et il ne fallait pas lui laisser soupçonner ce qui allait se passer.

– Répondez à mes questions ou je vous fais tâter de la *cassetta,* dit calmement Velardi.

– Vous n'êtes qu'un salaud et un traître, fit Andolini avec mépris, et je suis sous la protection du ministre de la Justice et de Don Croce. Quand ils m'auront fait relâcher, j'arracherai votre cœur de *sbirri*.

Velardi s'avança et gifla Andolini à deux reprises, une fois du plat de la main, la seconde du revers. Il vit le sang gicler des lèvres d'Andolini et la fureur briller dans ses yeux. Puis il se retourna et se dirigea vers son bureau.

A ce moment-là, la rage étouffant son instinct de survie, Stefan Andolini saisit le pistolet dans l'étui de l'inspecteur et pressa la détente. Mais au même instant, l'officier de police dégaina et logea quatre balles dans le corps d'Andolini. Stefan Andolini fut projeté contre le mur et s'affaissa. Une grande tache rouge couvrait sa chemise blanche et l'inspecteur Velardi trouva qu'elle était bien assortie à ses cheveux roux. Il se baissa et prit l'arme dans la main de Stefan Andolini tandis que plusieurs policiers s'engouffraient dans le bureau. Il complimenta le capitaine pour sa vivacité, puis, sous les yeux de l'officier, il remit dans son arme les balles qu'il avait enlevées avant l'arrivée d'Andolini. Il ne voulait pas que le capitaine se fasse des illusions et s'imagine avoir sauvé la vie d'un supérieur hiérarchique imprudent.

Puis il donna l'ordre à ses hommes de fouiller le cadavre. Comme il le soupçonnait, le laissez-passer bordé de rouge se trouvait dans la liasse de pièces d'identité que tout Sicilien était tenu d'avoir sur lui. Velardi prit le document et le rangea dans son coffre. Il le remettrait en main propre à Franco Trezza et la chance aidant, il y ajouterait le laissez-passer de Pisciotta.

⋆

A bord du canot automobile, un homme apporta du café brûlant à Michael et Clemenza qui le burent accoudés à la rambarde. L'embarcation se dirigeait lentement vers la ferme, moteur coupé, et ils distinguaient les minuscules points bleus des lumières des quais.

Clemenza faisait le tour du pont, distribuant ses ordres aux hommes armés et au pilote. Michael observait les lumières bleues qui semblaient se précipiter à sa rencontre. Le canot prit de la vitesse et on eût dit que les bouillonnements de l'eau chassaient l'obscurité de la nuit. Les premières lueurs de l'aube commencèrent à apparaître dans le ciel et Michael distingua le quai et les plages de Mazara del Vallo; les parasols de couleur des tables de café avaient des tons vieux rose.

Quand ils arrivèrent à quai, six hommes et trois voitures les attendaient. Clemenza conduisit Michael au premier véhicule, une vieille voiture de tourisme occupée uniquement par un chauffeur. Clemenza monta à l'avant et Michael à l'arrière.

– Si nous nous faisons arrêter par une patrouille de carabiniers, dit Clemenza au jeune homme, allonge-toi par terre. On ne peut se permettre de rester bloqués sur la route pour des conneries. On leur règle leur compte et on continue.

Les trois grosses voitures de tourisme roulaient dans le matin blême dans un paysage presque inchangé depuis des millénaires. Aqueducs et conduites d'eau arrosaient les champs. Il faisait déjà chaud et humide et l'air était rempli de l'odeur des fleurs commençant à pourrir. Ils traversèrent Selinonte, les ruines de l'ancienne cité grecque, et Michael apercevait les colonnes effondrées de temples de marbre élevés en Sicile occidentale par les colons grecs plus de deux mille ans auparavant. Ces colonnes à l'aspect sinistre se dressaient dans la lumière pâle du soleil levant, leurs fragments de toit sombres se détachant sur le fond bleu du ciel. La terre riche et noire venait mourir contre les parois des falaises de granit. Il n'y avait pas une maison, pas un animal, pas un homme en vue. Ce paysage semblait être une entaille faite par un sabre géant.

Puis ils firent un crochet vers le nord pour rejoindre la route Trapani-Castelvetrano. Michael et Clemenza étaient sur le qui-vive; c'est sur cette route que Pisciotta devait les arrêter et les conduire à Guiliano. Michael sentait une vive excitation l'envahir. Les trois voitures avaient ralenti et Clemenza avait posé une mitraillette sur le siège, de manière à pouvoir la passer rapidement par-dessus la portière. Ses mains étaient placées sur l'arme. Le soleil avait commencé son ascension et il répandait à flots ses rayons d'or chaud. Les voitures roulant lentement arrivaient presque en vue de Castelvetrano.

Clemenza ordonna au chauffeur de ralentir encore. Michael et lui guettaient le moindre signe de Pisciotta. Ils arrivaient dans les faubourgs de Castelvetrano et après avoir monté une côte, ils s'arrêtèrent à un endroit où ils dominaient la rue principale de la ville qui s'étendait à leurs pieds. De leur position stratégique Michael vit la route de Palerme obstruée par des véhicules... des véhicules militaires. Les rues grouillaient de carabiniers dans leur uniforme noir passepoilé de blanc; les hurlements des sirènes ne parvenaient pas à disperser la foule rassemblée dans la rue principale; deux petits avions décrivaient des cercles au-dessus de la ville.

Le chauffeur poussa un juron et gara la voiture sur le bas-côté.

– Je continue? demanda-t-il en se tournant vers Clemenza.

Michael sentit une nausée monter en lui.

– Combien d'hommes as-tu en ville? demanda-t-il à Clemenza.

– Pas assez, répondit avec aigreur Clemenza sur le visage duquel se lisait une expression effrayée.

– Il faut partir d'ici, Mike, dit-il. Il faut retourner au canot.

– Attends, dit Michael qui voyait une carriole tirée par un âne grimper péniblement la côte au sommet de laquelle ils se trouvaient.

Le charretier était un vieil homme portant un chapeau de paille bien enfoncé sur la tête. La carriole était entièrement peinte sur les roues, les limons et les ridelles. Elle s'arrêta à leur hauteur. Le conducteur avait un visage parcheminé et sans expression. Sur un ample pantalon de toile il ne portait qu'un gilet qui découvrait jusqu'aux épaules des bras à la musculature puissante. Il se pencha vers la voiture.

– C'est vous, Don Clemenza? demanda-t-il.

– Zu Peppino, dit Clemenza d'une voix remplie de soulagement. Que se passe-t-il donc ici? Pourquoi mes hommes ne sont-ils pas venus m'avertir?

Le visage impassible et labouré de rides du vieux charretier ne changea pas d'expression.

– Vous pouvez repartir en Amérique, dit-il. Ils ont assassiné Turi Guiliano.

*

Michael se sentit pris de vertige. La lumière sembla brusquement se retirer du ciel. Il pensa aux vieux parents de Guiliano, à Justina qui l'attendait aux États-Unis, à Aspanu Pisciotta et à Stefan Andolini. A Hector Adonis. Car Guiliano avait été le phare de leur existence et il n'était pas possible qu'il se fût éteint.

– Vous êtes sûr que c'est bien lui? demanda Clemenza d'une voix rauque.

Le vieil homme haussa les épaules.

– C'était une des vieilles ruses de Guiliano de laisser un cadavre ou un mannequin pour attirer les carabiniers dans une embuscade. Mais il est déjà mort depuis deux heures et il ne s'est rien passé. Il est encore allongé dans la cour où ils l'ont tué. Il y a déjà des journalistes de Palerme qui photographient tout le monde, y compris mon âne. Mais croyez ce que vous voulez.

– Il faut aller voir, réussit à dire Michael malgré ses nausées. Je dois en être sûr.

– Qu'il soit mort ou vivant, on ne peut plus rien pour lui, fit sèchement Clemenza. Je te ramène à la maison, Mike.

– Non, dit doucement Michael. Il faut y aller. Pisciotta nous attend peut-être. Ou Stefan Andolini. Pour nous dire ce qu'il faut faire. Ce n'est peut-être pas lui, je ne peux pas croire que ce soit lui. Il n'a pas pu se faire tuer si près du but. Pas avec son Testament en lieu sûr aux États-Unis.

Clemenza soupira. Il voyait l'expression de souffrance sur le visage de Michael. Peut-être n'était-ce pas Guiliano; peut-être Pisciotta les attendait-il pour fixer un autre rendez-vous. Peut-être même tout cela faisait-il partie d'un plan destiné à détourner l'attention si la police était sur ses talons.

Le soleil était maintenant haut dans le ciel. Clemenza ordonna à ses hommes de garer les voitures et de le suivre. Puis, en compagnie de Michael, il descendit à pied la rue noire de monde. La foule s'était agglutinée autour de l'entrée d'une petite rue remplie de véhicules de l'armée et bloquée par un cordon de carabiniers. Cette rue comprenait une rangée de maisons particulières séparées par des cours. Clemenza et Michael restèrent au dernier rang de la foule, regardant comme tout le monde. L'officier des carabiniers filtrait les journalistes et les officiels et leur faisait franchir le cordon de police après avoir examiné leurs pièces d'identité.

– Peux-tu t'arranger pour que cet officier nous laisse passer? demanda Michael à Clemenza.

Clemenza prit le jeune homme par le bras et l'entraîna hors de la foule.

Une heure plus tard, ils étaient dans une petite maison d'une rue transversale. Cette maison avait aussi une petite cour et n'était distante que d'une vingtaine de maisons de l'endroit où la foule était rassemblée. Clemenza laissa Michael avec quatre hommes et repartit avec les deux autres. Quand il revint au bout d'une heure, il était manifestement très secoué.

– Cela se présente mal, Mike, dit-il. Ils font venir la mère de Guiliano de Montelepre pour identifier le corps. Le colonel Luca, le commandant de la Force Spéciale, est arrivé. Et des journalistes du monde entier, même des États-Unis, sont en route. Cela va être de la folie dans cette ville. Tirons-nous d'ici.

– Demain, dit Michael. Nous partirons demain. Voyons d'abord si nous pouvons franchir ce cordon de police. As-tu essayé de t'en occuper?

– Pas encore, dit Clemenza.

– Sortons et nous verrons bien ce que nous pouvons faire.

Malgré les protestations de Clemenza, ils se retrouvèrent dans la rue. Les carabiniers pullulaient dans toute la ville. Ils doivent être au moins mille, se dit Michael. Et il y avait littéralement des centaines de photographes. La rue était bloquée par des fourgonnettes et des automobiles et il était impossible de s'approcher de la cour. Ils virent un groupe d'officiers supérieurs entrer dans un restaurant et le bruit se répandit que c'était le colonel Luca et son état-major qui allaient déjeuner pour célébrer leur victoire. Michael aperçut le colonel, un petit homme noueux au visage triste. A cause de la chaleur, il avait ôté son képi galonné et il essuyait son front dégarni avec un mouchoir blanc. Une foule de photographes le mitraillait et une meute de journalistes lui posait des questions. Il les écarta d'un geste sans répondre et pénétra dans le restaurant.

La foule était si compacte dans les rues que Michael et Clemenza avaient de la peine à avancer. Clemenza décida qu'ils feraient mieux de regagner la maison et d'attendre des détails. En fin d'après-midi, un de ses hommes vint annoncer que Maria Lombardo avait identifié le corps. C'était bien celui de son fils.

Ils dînèrent dans un restaurant en plein air; la radio qui beuglait donnait des nouvelles de la mort de Guiliano. La version officielle était la suivante : la police avait investi une maison dans laquelle on pensait que Guiliano s'était caché. Quand il était sorti, on lui avait ordonné de se rendre, mais il avait immédiatement ouvert le feu. Le capitaine Perenze, le chef d'état-major du colonel Luca, donnait une conférence de presse à la radio. Il expliqua que Guiliano avait commencé à prendre la fuite et qu'il s'était lui-même lancé à sa poursuite et l'avait acculé dans la cour. Guiliano s'était retourné comme un fauve aux abois et le capitaine Perenze avait tiré et l'avait abattu. Dans le restaurant, tout le monde écoutait la radio; personne ne touchait à son assiette. Les serveurs ne faisaient même pas mine de travailler; eux aussi écoutaient de toutes leurs oreilles. Clemenza se tourna vers Michael.

– Tout cela m'a l'air bien louche, dit-il. Nous partirons ce soir.

Mais à ce moment-là, la rue du restaurant se remplit de policiers des services de sécurité. Une voiture officielle s'arrêta au bord du trottoir et l'inspecteur Velardi en descendit. Il s'avança jusqu'à leur table et posa la main sur l'épaule de Michael.

– Vous êtes en état d'arrestation, dit-il.

Puis il fixa le regard froid de ses yeux bleus sur Clemenza.

– Et pour nous porter chance, nous vous emmenons avec lui. Un conseil : j'ai une centaine d'hommes qui cernent cet établissement, alors ne faites pas d'histoires si vous ne voulez pas rejoindre Guiliano en enfer.

Une camionnette de la police s'arrêta devant l'entrée. Michael et Clemenza furent entourés de policiers, fouillés et poussés sans ménagements dans la camionnette. Quelques photographes qui dînaient dans le restaurant avaient bondi, l'appareil à la main, mais ils furent aussitôt repoussés à coups de matraque par les policiers. L'inspecteur Velardi observait la scène avec un sourire goguenard.

*

Le lendemain, le père de Turi Guiliano s'adressa du balcon de sa maison aux gens rassemblés dans la rue. Respectant la vieille tradition sicilienne, il déclara une vendetta contre ceux qui avaient trahi son fils. Cette vendetta serait particulièrement dirigée contre celui qui l'avait tué. Cet homme, révéla-t-il, n'était pas le capitaine Perenze ni un autre carabinier. Cet homme était Aspanu Pisciotta.

28.

Depuis un an, Aspanu Pisciotta était rongé par le ver de la trahison.

Pisciotta avait toujours été loyal et depuis l'enfance il acceptait le commandement de Guiliano sans éprouver aucune jalousie. Et Guiliano avait toujours déclaré que Pisciotta était son bras droit alors que Passamento, Terranova, Andolini et le Caporal n'étaient que ses lieutenants. Mais la personnalité de Guiliano était si forte que ce n'était qu'un mythe : Pisciotta acceptait sans réserve que Guiliano fût le chef.

Guiliano était le plus brave de tous. Son sens tactique de la guérilla et son aptitude à se faire aimer du peuple sicilien restaient sans égal depuis Garibaldi. Idéaliste et romantique, il avait un sens de la ruse animale fort appréciée des Siciliens. Mais il avait aussi des défauts que Pisciotta s'efforçait de corriger.

Quand Guiliano insista pour donner aux pauvres au moins cinquante pour cent du butin de la bande, Pisciotta lui dit : « Tu ne peux pas à la fois être riche et aimé. Tu t'imagines que le peuple sicilien se soulèvera et combattra sous ta bannière contre Rome. Eh bien, tu te trompes. Ils t'aimeront si tu leur donnes de l'argent, ils te cacheront si tu cherches un asile et jamais ils ne te trahiront. Mais ce ne sont pas des révolutionnaires. »

Pisciotta avait refusé d'écouter les flatteries de Don Croce et de la démocratie chrétienne. Il s'était opposé à l'écrasement des partis communiste et socialiste en Sicile. A l'époque où Guiliano espérait une amnistie de la démocratie chrétienne, Pisciotta lui dit : « Ils ne te pardonneront jamais et Don Croce ne te laissera jamais acquérir le moindre pouvoir. Notre destin est de payer pour mettre un terme à notre carrière de bandits ou de mourir un jour les armes à la main. Ce n'est pas une mauvaise mort, pas pour moi en tout cas. » Mais Guiliano ne l'avait pas écouté. Pisciotta avait commencé à lui en vouloir et c'est ainsi qu'étaient apparus les germes de la trahison.

Guiliano avait toujours été un être crédule et naïf alors que Pisciotta avait gardé sa lucidité. Il avait compris que l'arrivée du colonel Luca et de sa Force Spéciale marquait la fin de leur aventure. Ils pouvaient remporter de nombreuses victoires, mais une seule défaite signifierait la mort. Comme Roland et Olivier dans la légende de Charlemagne, Guiliano et Pisciotta s'étaient querellés et Guiliano s'était trop entêté dans son héroïsme. Pisciotta avait eu l'impression d'être Olivier implorant sans cesse Roland de sonner l'olifant.

Et lorsque Guiliano était tombé amoureux de Justina et l'avait épousée, Pisciotta avait compris que leurs destins allaient diverger. Guiliano se réfugierait en Amérique où il fonderait un foyer. Tandis que lui resterait à jamais un fugitif. Sa vie ne serait pas longue; une balle ou sa tuberculose aurait raison de lui. Tel était son destin. Il ne pourrait jamais vivre en Amérique.

Ce qui inquiétait surtout Pisciotta, c'était que Guiliano, tout en trouvant l'amour et la tendresse auprès d'une jeune fille, était devenu plus impitoyable. Il tuait les carabiniers qu'il aurait autrefois capturés; il avait exécuté Passatempo pendant sa lune de miel; il se montrait sans pitié pour ceux qu'il soupçonnait de fournir des renseignements sur lui. Pisciotta redoutait que l'homme qu'il avait aimé et protégé pendant des années s'en prenne à lui. Il craignait lui aussi d'être exécuté si Guiliano avait vent de ce qu'il avait fait ces derniers temps.

Depuis trois ans, Don Croce étudiait attentivement les relations entre Guiliano et Pisciotta. Ils étaient l'unique menace pour ses projets d'empire et les seuls obstacles à sa mainmise sur la Sicile. Il avait d'abord pensé faire de Guiliano et sa bande le fer de lance des Amis des Amis et avait envoyé Hector Adonis sonder le hors-la-loi. La proposition était claire : Turi Guiliano serait l'homme de guerre et Don Croce l'homme d'État. Mais Guiliano devrait se soumettre et il s'y refusait. Il lui fallait suivre son étoile, venir en aide aux pauvres, faire de la Sicile un pays libre, briser le joug de Rome. Et Don Croce ne pouvait le comprendre.

Mais de 1943 à 1947, l'étoile de Guiliano brilla de plus en plus fort. Le Don devait encore s'attacher à cimenter l'union des Amis des Amis. L'organisation secrète ne s'était pas encore remise des terribles pertes infligées par le gouvernement fasciste de Mussolini. Le Don amoindrit donc le pouvoir de Guiliano en lui faisant miroiter une alliance avec la démocratie chrétienne. Pendant ce temps, il rebâtissait l'empire de la mafia et attendait son heure. Son premier coup, la machination du massacre du Portella della Ginestra dont on avait accusé Guiliano, avait été un chef-d'œuvre, mais il ne pouvait s'en attribuer le mérite. Ce coup porté à son rival anéantissait toutes les chances de Guiliano de se voir accorder l'amnistie et le soutien du gouvernement dans sa quête du pouvoir en Sicile. C'était également une tache indélébile à sa réputation de champion des pauvres. Et après l'exécution des six chefs mafiosi, le Don n'avait plus le choix. C'était une lutte à mort qui devait opposer les Amis des Amis à la bande de Guiliano.

Don Croce avait donc concentré son attention sur Pisciotta. Celui-ci était intelligent, mais comme le sont les hommes jeunes, c'est-à-dire qu'il ne misait pas suffisamment sur la peur et le mal enfouis dans le cœur de l'homme. Pisciotta avait aussi du goût pour les tentations et les plaisirs du monde. Alors que Guiliano méprisait l'argent, Pisciotta aimait ce qu'il pouvait lui apporter. Guiliano n'avait pas un sou bien que ses crimes lui aient rapporté plus d'un milliard de lires. Il distribuait sa part de butin aux pauvres et se contentait de subvenir aux besoins de sa famille.

Mais Don Croce avait remarqué que Pisciotta portait des costumes coupés par les meilleurs tailleurs de Palerme et qu'il allait voir les prostituées de luxe. De plus sa famille vivait beaucoup mieux que celle de Guiliano. Don Croce avait aussi appris que Pisciotta avait placé de l'argent dans des banques de Palerme sous de fausses identités et qu'il avait pris d'autres précautions dont seul un homme tenant à la vie pouvait s'entourer. Il avait ainsi de faux papiers d'identité sous trois noms différents et une maison à Trapani où il pourrait se réfugier. Don Croce savait que tout cela avait été fait à l'insu de Guiliano. Il attendait donc avec intérêt et plaisir la visite de Pisciotta, visite que le jeune homme, sachant que la maison du Don lui était toujours ouverte, avait sollicitée. Mais le Don demeurait prudent et avait pris ses dispositions. Il était entouré de gardes armés et avait prévenu le colonel Luca et l'inspecteur Velardi de se tenir prêts pour une réunion si tout se passait bien. Dans le cas contraire, s'il avait mal jugé Pisciotta ou s'il jouait un double jeu à l'instigation de Guiliano pour éliminer le Don, Aspanu Pisciotta signerait son arrêt de mort.

*

Pisciotta se laissa désarmer avant d'être conduit auprès de Don Croce. Il n'avait pas peur car il avait rendu un immense service au Don quelques jours auparavant en le prévenant du projet de Guiliano d'attaquer l'hôtel.

Les deux hommes étaient seuls. Les domestiques avaient préparé à manger et à boire sur une table et Don Croce, pour respecter l'hospitalité traditionnelle, remplit l'assiette et le verre de Pisciotta.

– Le bon temps est révolu, dit Don Croce. Nous devons jouer serré maintenant, vous et moi. Le moment est venu de prendre la décision qui décidera de notre destin. J'espère que vous êtes prêt à m'écouter.

– Je ne connais pas votre problème, mais je sais qu'il me faudra déployer beaucoup d'ingéniosité pour sauver ma peau, dit Pisciotta au Don.

– Vous ne souhaitez pas émigrer? demanda le Don. Vous pourriez suivre Guiliano en Amérique. Le vin n'est pas aussi bon, leur huile d'olive ressemble à de la flotte et ils ont la chaise électrique, somme toute ils ne sont pas aussi civilisés que notre gouvernement. Il ne faudrait pas faire d'imprudence, mais la vie n'est pas si mauvaise là-bas.

– Qu'irais-je faire en Amérique? demanda Pisciotta en riant. Je vais tenter ma chance ici. Quand Guiliano sera parti, ils seront moins acharnés après moi et les montagnes sont vastes.

– Souffrez-vous encore de vos poumons? s'enquit le Don avec sollicitude. Prenez-vous toujours vos médicaments?

– Oui, répondit Pisciotta, ce n'est pas un problème. Il y a toutes les chances que mes poumons n'aient pas le temps de me tuer.

Il sourit à Don Croce.

– Parlons en Siciliens, dit le Don d'un ton grave. Quand on est enfant, quand on est jeune, il est naturel d'aimer ses amis, d'être généreux avec eux, de pardonner leurs défauts. Chaque jour est merveilleux, nous attendons l'avenir avec plaisir et sans crainte. Le monde n'est pas dangereux, c'est une période heureuse. Mais en prenant de l'âge, quand il faut gagner son pain, l'amitié n'est plus aussi simple. Nous devons être constamment sur nos gardes. Nos aînés ne veillent plus sur nous et nous ne nous contentons plus des plaisirs de l'enfance. L'orgueil grandit en nous – nous souhaitons devenir célèbres ou puissants ou riches ou tout simplement nous préserver du malheur. Je sais combien vous tenez à Turi Guiliano, mais il est grand temps de vous poser la question de savoir quel est le prix de cet amour. Et après toutes ces années existe-t-il encore ou n'est-il plus qu'un souvenir?

Il attendit la réponse de Pisciotta mais celui-ci leva vers lui un visage plus dur et aussi blanc que la pierre des monts Cammarata. Pisciotta était en effet devenu blême.

– Je ne peux le laisser ni vivre ni s'échapper, reprit Don Croce. Si vous lui restez fidèle, vous serez aussi mon ennemi, sachez-le. Guiliano parti, vous ne pourrez survivre en Sicile sans ma protection.

– Le Testament de Turi est en sécurité chez des amis d'Amérique, dit Pisciotta. Si vous tuez Guiliano, il sera rendu public et le gouvernement tombera. Un nouveau gouvernement pourrait vous obliger à vous retirer dans votre ferme de Villaba ou pire encore.

Le Don se mit à glousser puis il éclata de rire.

– Avez-vous lu ce fameux Testament? demanda-t-il.

– Oui, répondit Pisciotta, déconcerté par la réaction du Don.

– Pas moi, mais j'ai décidé de faire comme s'il n'existait pas.

– Vous me demandez de trahir Guiliano. Qu'est-ce qui vous fait croire que c'est possible?

– Vous m'avez prévenu qu'il allait attaquer l'hôtel, dit le Don avec un sourire. N'est-ce pas une marque d'amitié?

– Je l'ai fait pour Guiliano, pas pour vous, répliqua Pisciotta. Turi a perdu la raison. Il veut vous tuer. Quand vous serez mort, je sais qu'il n'y aura plus aucun espoir pour nous. Les Amis des Amis n'auront de cesse qu'ils ne nous tuent, Testament ou pas. Il aurait pu quitter l'île depuis plusieurs jours mais il reste dans l'espoir de se venger de vous. Je suis venu à ce rendez-vous pour trouver un arrangement avec vous. Guiliano quittera le pays dans les jours qui viennent et mettra fin à sa vendetta. Laissez-le partir.

Don Croce se redressa sur son siège et vida son verre de vin.

– Ne soyez pas puéril, dit-il. Cette histoire est terminée, Guiliano est trop dangereux pour rester en Sicile. Je ne peux pas assassiner son héros le plus illustre et réaliser mes projets. Trop de gens aiment Guiliano, ses partisans seront trop nombreux à vouloir venger sa mort. Laissons les carabiniers s'en charger. C'est ce qu'il faut mettre au point et vous êtes le seul à pouvoir l'attirer dans un piège.

Il marqua un temps avant d'ajouter posément :

– Votre aventure touche à sa fin. Vous pouvez la poursuivre jusqu'au bout ou en réchapper et commencer une nouvelle vie.

– Même sous la protection du Christ lui-même, je ne survivrais pas longtemps si l'on apprenait que j'ai trahi Guiliano, dit Pisciotta.

– Dites-moi seulement où aura lieu votre prochain rendez-vous avec lui, dit Don Croce. Personne d'autre ne le saura. Je prendrai les dispositions nécessaires avec le colonel Luca et l'inspecteur Velardi. Ils s'occuperont du reste.

Il s'interrompit un instant.

– Guiliano a changé. Ce n'est plus votre compagnon de jeux ni votre meilleur ami. C'est un homme qui a pris son destin en main. Comme vous devez le faire maintenant.

★

Quand Aspanu Pisciotta, le 5 juillet au soir, se mit en route pour Castelvetrano, il avait fait acte d'allégeance à Don Croce. Il lui avait dévoilé l'endroit où il devait rencontrer Guiliano et il savait que le Don allait en informer le colonel Luca et l'inspecteur Velardi. Il ne lui avait pas dit que le lieu de rendez-vous était fixé chez Zu Peppino mais simplement qu'il était à Castelvetrano. Et il lui avait recommandé d'être très prudent, car Guiliano avait un sixième sens pour éventer les pièges.

Mais quand Pisciotta arriva chez Zu Peppino, le vieux charretier l'accueillit avec une froideur inaccoutumée. Aspanu se demanda si le vieil homme le soupçonnait. Il avait dû remarquer l'activité inhabituelle des carabiniers en ville et, avec l'esprit soupçonneux et infaillible du Sicilien, faire le rapprochement.

Pisciotta sentit l'angoisse l'étreindre, puis une autre pensée déchirante lui vint. Et si la mère de Guiliano apprenait que c'était son cher Aspanu qui avait trahi son fils? Et si un jour, elle se dressait devant lui, lui crachait au visage et l'accusait d'être un traître et un assassin? Ils avaient pleuré dans les bras l'un de l'autre et il avait juré de protéger son fils. C'était un baiser de

Judas qu'il lui avait donné. Il envisagea fugitivement de tuer le vieil homme et de mettre fin à ses jours.

– Si vous cherchez Turi, il est déjà reparti, dit Zu Peppino.

Il prit pitié de Pisciotta qui était blanc comme un linge et semblait avoir de la peine à respirer.

– Voulez-vous une anisette? demanda le charretier.

Pisciotta secoua la tête et se prépara à partir.

– Faites attention, dit Zu Peppino, la ville est pleine de carabiniers.

Pisciotta fut glacé de terreur. Quel imbécile il avait été de s'imaginer que Guiliano n'éventerait pas le piège. Et s'il allait maintenant découvrir le traître?

Pisciotta sortit en courant, contourna la ville et prit les sentiers à travers champs qui le conduiraient au lieu de rendez-vous de rechange, l'acropole de Selinus dans la cité fantôme de Selinonte.

*

Les ruines de l'ancienne cité grecque luisaient à la clarté de la lune. Au milieu des décombres Guiliano était assis sur les marches de pierre du temple et il rêvait à l'Amérique.

Il était en proie à un accès de profonde mélancolie. Les vieux rêves s'étaient évanouis. Il avait eu tant d'espoirs dans son avenir et dans le futur de la Sicile; il avait tellement cru à son immortalité. Et tant de gens l'avaient aimé. Lui qui avait été leur providence avait maintenant l'impression de faire leur malheur. Sans raison, il se sentait abandonné. Mais il lui restait Aspanu Pisciotta; et un jour, tous les deux, ils ressusciteraient tous ces sentiments et tous ces rêves. N'avaient-ils pas été seuls au début?

La lune se cacha et la vieille cité fut plongée dans l'obscurité; les carcasses des ruines se découpaient sur le fond sombre du ciel. Guiliano perçut dans les ténèbres le bruit ténu de cailloux et de terre déplacés et, l'arme à la main, il roula en arrière pour se dissimuler entre les colonnes de marbre. La lune sortit sereinement des nuages qui la masquaient et il vit Aspanu Pisciotta debout au milieu de la large avenue bordée de ruines qui descendait de l'acropole.

Pisciotta avançait lentement, fouillant les décombres du regard et appelant Turi à voix basse. Guiliano, tapi derrière les colonnes du temple, attendit que Pisciotta le dépasse, puis bondit derrière lui.

– Aspanu, j'ai gagné! s'écria-t-il, comme au temps de leurs jeux d'enfants.

Il fut étonné de voir Pisciotta pivoter sur lui-même, l'air terrifié.

Guiliano s'assit sur une marche et posa son arme à côté de lui.

– Viens t'asseoir, dit-il. Tu dois être fatigué et c'est peut-être notre dernière occasion de discuter seul à seul.

– Nous pourrons discuter à Mazara del Vallo, dit Pisciotta. Ce sera plus sûr là-bas.

– Nous avons tout le temps, dit Guiliano, et tu vas encore cracher le sang si tu ne te reposes pas. Allez, viens t'asseoir à côté de moi.

Et Guiliano alla s'installer sur la plus haute marche.

Il vit Pisciotta prendre sa mitraillette à la main et crut que c'était pour la poser. Il se leva et tendit la main pour aider Aspanu à monter. Puis il se rendit compte que son ami braquait l'arme sur lui. Il demeura pétrifié, pris de court pour la première fois depuis sept ans.

Pisciotta était épouvanté à l'idée de ce que lui demanderait Guiliano s'il parlait. Il lui demanderait : « Aspanu, qui est le Judas de notre bande? Aspanu, qui a averti Don Croce? Aspanu, qui a amené les carabiniers à Castelvetrano? Aspanu, pourquoi as-tu rencontré Don Croce? » Et surtout il redoutait que Guiliano lui dise : « Aspanu, tu es mon frère. » C'est la terreur de s'entendre dire cela qui le fit appuyer sur la détente.

Une grêle de balles fracassa la main de Guiliano et lui transperça le corps. Pisciotta, frappé d'horreur par ce qu'il avait fait, attendait qu'il tombe. Mais Guiliano descendit lentement les marches, le sang coulant de ses blessures. Rempli d'une crainte superstitieuse. Pisciotta tourna les talons et s'enfuit. Il vit Guiliano courir après lui avant de s'effondrer.

Mais Guiliano, mourant, croyait qu'il était encore en train de courir. Les neurones pulvérisés de son cerveau s'embrouillaient et il se voyait courant dans la montagne avec Aspanu sept ans plus tôt. L'eau fraîche coulait des anciennes citernes romaines et, grisés par le parfum des fleurs rares, ils passaient en courant devant les mariettes cadenassées contenant l'effigie des saints. Et Guiliano criait : « Aspanu, je crois. » Il croyait en sa destinée et en l'amour sincère de son ami. Puis la mort le délivra avec douceur de la conscience de la trahison et de la défaite. Il rendit l'âme dans son rêve.

*

Aspanu Pisciotta courait à perdre haleine. Il traversa les champs et déboucha sur la route de Castelvetrano. Il se servit de son laissez-passer spécial pour demander à entrer en contact avec le colonel Luca et l'inspecteur Velardi. Ce sont eux qui eurent l'idée de la version selon laquelle Guiliano était tombé dans une embuscade et avait été abattu par le capitaine Perenze.

*

Maria Lombardo Guiliano se leva de bonne heure le matin du 6 juillet 1950. Elle avait été réveillée par des coups frappés à la porte. Son mari était allé ouvrir et en revenant, il lui avait dit qu'il était obligé de partir et qu'il risquait d'être absent toute la journée. Elle avait regardé par la fenêtre et l'avait vu monter dans la charrette couverte de peintures de Zu Peppino. Avaient-ils des nouvelles de Turi? Avait-il réussi à s'enfuir en Amérique ou était-il arrivé quelque chose? Elle éprouva l'anxiété familière se transformant lentement en terreur avec laquelle elle vivait depuis sept ans. Comme elle ne tenait pas en place, elle fit le ménage et prépara les légumes pour les repas, puis elle alla ouvrir la porte et regarda dans la rue.

Il n'y avait pas un seul voisin en vue dans la Via Bella, pas un seul enfant en train de jouer. Une bonne partie des hommes étaient en prison, accusés d'avoir conspiré avec la bande de Guiliano et les femmes avaient trop peur pour laisser leurs enfants sortir dans la rue. Un détachement de carabiniers était posté à chaque extrémité de la Via Bella. Des soldats, le fusil à l'épaule, la suivaient sur toute sa longueur et elle en vit d'autres sur les toits. Des jeeps de l'armée étaient garées devant les maisons et une voiture blindée interdisait l'accès à la rue du côté de la caserne Bellampo. Les deux mille hommes de l'armée du colonel Luca qui occupaient Montelepre s'étaient mis les habitants à dos en molestant les femmes, en effrayant les enfants et en maltraitant les hommes qui n'avaient pas été jetés en prison. Et tous ces soldats étaient là pour tuer son fils. Mais il s'était enfui en Amérique, il allait être libre, et, le moment venu, son mari et elle iraient le rejoindre. Ils vivraient libres et sans crainte.

Elle rentra chez elle et continua de s'affairer. Puis elle alla sur le balcon de derrière et regarda la montagne. Cette montagne d'où Turi observait la maison à la jumelle. Elle avait toujours senti sa présence, mais ce jour-là elle ne sentait rien. Il était certainement en Amérique.

Des coups violents frappés à la porte la paralysèrent de terreur. Elle alla lentement ouvrir. Elle vit Hector Adonis devant la porte dans un état où elle ne l'avait jamais vu. Il n'était pas rasé, ne portait pas de cravate et avait les cheveux en broussaille. Il avait sous son veston une chemise froissée au col maculé de poussière. Mais ce qui la frappa surtout, c'est que toute dignité semblait avoir disparu de son visage décomposé par le chagrin. Il avait les larmes aux yeux en la regardant. Elle étouffa un cri.

– Non, Maria, je vous en prie, dit-il en franchissant le seuil.

Un très jeune lieutenant de carabiniers entra à sa suite. Maria Lombardo regarda derrière eux dans la rue. Trois voitures noires avec des chauffeurs en uniforme de carabinier étaient garées devant la maison. Un groupe d'hommes armés se tenaient de chaque côté de la porte.

Le lieutenant avait des joues roses d'adolescent. Il ôta son képi et le glissa sous son bras.

– Vous êtes bien Maria Lombardo Guiliano? demanda-t-il d'un air compassé avec l'accent du nord, l'accent de Toscane.

– Oui, répondit Maria Lombardo d'une voix rauque, la bouche sèche.

– Je dois vous demander de m'accompagner à Castelvetrano, dit l'officier. Une voiture vous attend. Votre ami viendra avec nous, si vous acceptez, bien entendu.

Maria Lombardo écarquilla les yeux.

– Pour quelle raison? demanda-t-elle d'une voix plus ferme. Je ne connais personne à Castelvetrano.

– Il y a là-bas un homme que nous aimerions vous voir identifier, poursuivit le lieutenant d'une voix plus douce et hésitante. Nous croyons qu'il s'agit de votre fils.

– Ce n'est pas mon fils, dit Maria Lombardo, il ne va jamais à Castelvetrano. Il est mort?

– Oui, répondit l'officier.

Maria Lombardo poussa une longue plainte et tomba à genoux.

– Mon fils ne va jamais à Castelvetrano, répéta-t-elle.

Hector Adonis s'avança vers elle et posa la main sur son épaule.

– Il faut y aller, dit-il. C'est peut-être une de ses ruses. Il l'a déjà fait.

– Non, dit-elle, je ne veux pas. Je ne veux pas!

– Votre mari est-il à la maison? demanda le lieutenant. Nous pouvons l'emmener à votre place.

Maria Lombardo se souvint de la visite très matinale de Zu Peppino et du pressentiment qui l'avait envahie quand elle avait vu la carriole peinturlurée.

– Attendez-moi, dit-elle.

Elle entra dans la chambre, passa une robe noire et noua un foulard noir sur sa tête. Le lieutenant alla lui ouvrir la porte et elle sortit. Il y avait partout des soldats en armes. Elle regarda vers le bout de la Via Bella à l'endroit où elle débouchait sur la grand-place. Elle revit très clairement Turi et Aspanu menant leur âne à la mule miraculeuse, sept longues années plus tôt, le jour où son fils allait devenir un assassin et un hors-la-loi. Elle se mit à pleurer et le lieutenant la prit par le bras pour l'aider à monter dans une des voitures noires. Hector Adonis prit place à côté d'elle. La voiture démarra au milieu des groupes silencieux de carabiniers et elle posa la tête sur l'épaule d'Hector Adonis. Elle ne pleurait plus mais elle était épouvantée à l'idée de ce qui l'attendait à Castelvetrano.

★

Le corps de Turi Guiliano resta allongé dans la cour pendant trois heures. Il semblait dormir, la face contre terre légèrement tournée vers la gauche, le corps étendu de tout son long, un genou replié. Mais sa chemise blanche était maculée de sang. Près du bras mutilé était posée une mitraillette. Des photographes et des reporters de Palerme et de Rome étaient déjà sur les lieux. Un photographe de *Life* prenait des clichés du capitaine Perenze. Une des photos serait publiée, portant en légende que c'était lui qui avait tué le grand Guiliano. Sur ce portrait, le capitaine Perenze avait l'air à la fois bon enfant, triste et un peu hébété. Il portait une coiffure qui lui donnait plus l'air d'un épicier affable que d'un officier de police.

Mais ce sont les photographies de Turi Guiliano qui apparurent dans les journaux du monde entier. Il portait à sa main intacte l'émeraude prise à la duchesse et autour de la taille la ceinture à boucle dorée avec l'aigle et le lion gravés. Son corps gisait dans une mare de sang.

Avant l'arrivée de Maria Lombardo, le corps fut transporté à la morgue et étendu sur une grande plaque de marbre ovale. La morgue était attenante au cimetière entouré de hauts cyprès noirs. On y conduisit Maria Lombardo que l'on fit asseoir sur un banc de pierre. On attendait que le colonel et le capitaine aient fini de célébrer leur victoire au restaurant de l'hôtel Selinus tout proche. Maria Lombardo ne put retenir ses larmes à la vue de tous les journalistes, des innombrables curieux et des nombreux carabiniers s'efforçant de les contenir. Hector Adonis essaya de la réconforter.

On la conduisit enfin dans la morgue. Des officiels rassemblés autour de la plaque ovale posaient des questions. Elle posa les yeux sur le visage de son fils.

Jamais il n'avait paru plus jeune. Elle le retrouva tel qu'il était dans son enfance après une journée épuisante passée à jouer avec son Aspanu. Il n'avait aucune marque sur le visage, rien qu'une tache de poussière à l'endroit où son front reposait sur le sol de la cour. La réalité la fit brusquement revenir sur terre et la calma. Elle répondit aux questions.

– Oui, dit-elle, c'est bien mon fils Turi, né de ma chair il y a vingt-sept ans. Oui, je le reconnais.

Les officiels continuaient à lui parler et lui donnaient des papiers à signer mais elle ne les voyait ni ne les entendait. Pas plus qu'elle ne voyait ni n'entendait la foule qui s'agglutinait autour d'elle, les journalistes qui hurlaient et les photographes se battant avec les carabiniers pour faire leur métier.

Elle embrassa son front d'une blancheur de marbre, puis ses lèvres qui bleuissaient et la main réduite en bouillie par les balles. Le chagrin commença à la dévorer.

– Ô mon fils, mon sang, quelle mort affreuse tu as eue.

C'est alors qu'elle perdit connaissance. Un médecin lui fit une piqûre et dès qu'elle revint à elle, elle insista pour aller voir la cour où l'on avait trouvé le corps de son fils. Elle s'agenouilla et embrassa le sol à l'endroit où apparaissaient les taches de sang.

On la raccompagna à Montelepre où elle trouva son mari qui l'attendait. C'est alors qu'elle apprit que l'assassin de son fils était son Aspanu bien-aimé.

29.

Michael Corleone et Peter Clemenza furent incarcérés à la prison de Palerme aussitôt après leur arrestation. De là on les emmena dans le bureau de l'inspecteur Velardi pour y subir un interrogatoire.

Velardi était entouré de six carabiniers armés jusqu'aux dents. Il les accueillit avec une politesse glacée et s'adressa d'abord à Clemenza.

– Vous êtes citoyen américain, dit-il. Votre passeport indique que vous êtes venu ici pour voir votre frère, Don Domenic Clemenza, de Trapani. Un homme très respectable, à ce qu'on dit. Un homme à respecter.

Il avait prononcé l'expression traditionnelle d'une voix où le sarcasme était flagrant.

– On vous trouve en compagnie de Michael Corleone et en possession d'armes meurtrières dans la ville même où Salvatore Guiliano a trouvé la mort quelques heures plus tôt. Voulez-vous faire une déposition?

– Nous étions partis à la chasse, à la chasse au lapin et au renard. C'est en nous arrêtant dans une auberge pour prendre un café que nous avons remarqué toute cette agitation à Castelvetrano. Et nous sommes allés voir ce qui se passait.

– Avez-vous l'habitude de chasser le lapin à la mitraillette en Amérique? demanda l'inspecteur Velardi.

Puis il se tourna vers Michael Corleone.

– Nous nous sommes déjà rencontrés et nous savons ce que vous êtes venu faire ici. Et votre gros ami le sait aussi. Mais les choses ont changé depuis notre agréable déjeuner d'il y a quelques jours. Guiliano est mort. Vous êtes complice d'une conspiration criminelle visant à organiser sa fuite. Je ne suis plus obligé de traiter en êtres humains des salauds de votre espèce. On a préparé des aveux que je vous conseille de signer.

A ce moment-là, un officier des carabiniers entra dans le bureau et murmura quelque chose à l'oreille de Velardi.

– Faites-le entrer, dit l'inspecteur d'un ton brusque.

C'était Don Croce, aussi mal habillé que Michael en avait gardé le souvenir depuis leur fameux déjeuner. Sa face mafflue était tout aussi impassible. Il avança vers Michael en se dandinant et étreignit le jeune homme, puis il serra la main de Peter Clemenza. Il se retourna et, toujours debout, regarda droit dans les yeux l'inspecteur Velardi sans dire un mot. Une force brutale émanait de ce mastodonte. La puissance irradiait de son visage et de son regard.

– Ces hommes sont mes amis, dit-il. Pour quelle raison les traitez-vous avec si peu de respect?

Sa voix ne trahissait ni colère ni émotion. Il semblait simplement poser une question demandant une réponse factuelle. Et sa voix laissait clairement entendre que rien ne pouvait justifier leur arrestation.

– Ils comparaîtront devant le juge qui réglera l'affaire, dit l'inspecteur Velardi en haussant les épaules.

Don Croce se laissa tomber dans un des fauteuils proches du bureau de l'inspecteur et s'épongea le front. Il poursuivit d'une voix posée d'où toute menace semblait encore absente :

– Par égard pour notre amitié, appelez le ministre Trezza et demandez-lui son avis sur la question. Vous me rendrez service.

L'inspecteur Velardi secoua la tête. Les yeux bleus avaient perdu leur froideur et étincelaient de haine.

– Nous n'avons jamais été amis, dit-il. J'ai obéi à des ordres que la mort de Guiliano rend caducs. Ces deux hommes comparaîtront devant le juge et si c'était en mon pouvoir, vous subiriez le même sort.

Au même instant le téléphone du bureau sonna. Velardi le laissa sonner et attendit la réaction de Don Croce.

– Décrochez, dit le Don, c'est Trezza.

L'inspecteur souleva lentement le combiné sans quitter Don Croce des yeux et écouta quelques instants.

– Oui, votre Excellence, dit-il avant de raccrocher.

Il s'enfonça dans son fauteuil et regarda Michael et Peter Clemenza.

– Vous êtes libres, dit-il.

Don Croce se leva et fit sortir Michael et Clemenza du bureau en agitant la main, comme on chasse de la volaille devant soi dans une basse-cour. Puis il se retourna vers l'inspecteur Velardi.

– Depuis un an, je vous traite avec toute la courtoisie possible, bien que vous soyez étranger dans mon île et pourtant, en présence de mes amis et de vos officiers, vous m'avez manqué de respect. Mais je ne suis pas rancunier. J'espère que nous pourrons bientôt dîner ensemble et renouer notre amitié sur des bases nouvelles.

Cinq jours plus tard, l'inspecteur Frederico Velardi fut abattu en plein jour sur l'avenue principale de Palerme.

*

Deux jours plus tard, Michael était de retour chez lui. Il y eut une grande fête de famille à laquelle participèrent son frère Fredo, venu de Las Vegas en avion, Connie et son mari Carlo, les époux Clemenza, Tom Hagen et sa femme. Ils étreignirent Michael, portèrent un toast en son honneur et le complimentèrent sur sa bonne mine. Nul ne fit allusion à ses années d'exil, nul ne sembla remarquer qu'il avait la mâchoire enfoncée, nul n'évoqua la mort de Sonny. C'était une fête de famille, comme s'il revenait d'une université lointaine ou de longues vacances et il avait pris place à la droite de son père. Il était enfin en sécurité.

Il dormit tard le lendemain, d'un sommeil vraiment réparateur pour la première fois depuis longtemps. Sa mère avait préparé son petit déjeuner et elle l'embrassa quand il s'assit à table, geste d'affection inhabituel de sa part. Elle ne l'avait fait qu'une fois, à son retour de guerre. Il se rappela qu'elle l'avait embrassé pour la première fois à cette occasion en lui servant son petit déjeuner.

Quand il eut fini de manger, il alla dans la bibliothèque où son père l'attendait. Il fut étonné par l'absence de Tom Hagen puis comprit que le Don désirait lui parler sans témoins.

Don Corleone remplit cérémonieusement deux verres d'anisette et en tendit un à son fils.

– A notre association, dit-il.

– Merci, dit Michael en levant son verre. J'ai beaucoup à apprendre.

– Oui, dit Don Corleone. Mais nous avons tout notre temps et je suis là pour t'aider.

– Ne penses-tu pas qu'il faudrait d'abord éclaircir l'affaire Guiliano? demanda Michael.

Le Don s'assit pesamment et trempa ses lèvres dans la liqueur.

– En effet, répondit-il. C'est une triste histoire. J'espérais qu'il réussirait à s'échapper. J'étais très ami avec ses parents.

– Je n'ai jamais très bien compris de quoi il retournait, dit Michael. Tu m'avais dit de faire confiance à Don Croce, mais Guiliano le détestait. Je pensais que, le Testament étant en ta possession, ils renonceraient à le tuer mais je me suis trompé. Et comme nous allons communiquer le Testament à tous les journaux, ils auront préparé leur propre ruine.

Il se rendit compte que son père le regardait avec froideur.

– C'est typiquement sicilien, dit le Don. La traîtrise engendre toujours la traîtrise.

– Don Croce et le gouvernement ont dû conclure un marché avec Pisciotta.

– Sans doute, dit Don Corleone.

Michael demeurait perplexe.

– Pourquoi ont-ils agi ainsi? Nous avons le Testament prouvant que le gouvernement et Guiliano étaient de mèche. Le gouvernement italien tombera lorsque la presse publiera ce que nous lui remettrons. Tout cela ne rime à rien.

– Le Testament restera caché, dit le Don avec un léger sourire. Les journaux n'en auront pas connaissance.

Il fallut une bonne minute à Michael pour comprendre les paroles de son père et ce qu'elles impliquaient. Alors, pour la première fois de sa vie, il fut vraiment en colère contre lui.

– Cela signifie-t-il que nous étions du côté de Don Croce depuis le début? demanda-t-il, le visage livide. Que j'ai trahi Guiliano au lieu de l'aider? Que j'ai menti à ses parents? Que tu as trahi tes amis et provoqué la mort de leur fils? Que tu m'as fait jouer le rôle d'un Judas? Bon Dieu, papa! Guiliano était un homme bon, un vrai héros pour le peuple de Sicile. Il faut faire publier le Testament.

Son père le laissa parler puis il se leva et vint poser la main sur l'épaule de Michael.

– Écoute-moi, dit-il. Tout était prêt pour la fuite de Guiliano. Je n'ai conclu aucun marché avec Don Croce pour le trahir.

L'avion l'attendait, Clemenza et ses hommes avaient ordre de t'aider par tous les moyens. Don Croce souhaitait le départ de Guiliano, c'était la meilleure solution. Mais Guiliano avait juré de se venger du Don et il ne désespérait pas d'y parvenir. Il aurait pu te rejoindre quelques jours plus tôt mais il voulait tenter une dernière fois sa chance, et c'est ce qui l'a perdu.

Michael s'éloigna de son père et alla s'asseoir dans un des fauteuils de cuir.

– Je sais pourquoi tu ne veux pas rendre le Testament public, dit-il. Tu as conclu un marché.

– En effet, dit Don Corleone. Tu dois te rappeler qu'après l'explosion de la bombe qui t'a blessé, j'ai compris que mes amis et moi ne pouvions plus assurer efficacement ta protection en Sicile. Il y aurait eu d'autres tentatives contre ta vie. Il me fallait être absolument certain que tu rentrerais sain et sauf. J'ai donc conclu un accord avec Don Croce. Il te protégeait et en échange je lui promettais de persuader Guiliano de ne pas publier le Testament une fois en Amérique.

Michael se souvint avec horreur que c'était lui qui avait appris à Pisciotta, la nuit où il était venu le voir, que le Testament était en lieu sûr en Amérique. C'est cette nuit-là qu'il avait scellé le sort de Guiliano. Michael poussa un soupir.

– Nous devons cela à ses parents, dit-il. Et à Justina. Est-ce qu'elle va bien?

– Oui, répondit le Don. On veille sur elle. Il lui faudra quelques mois avant d'accepter ce qui s'est passé.

Il s'interrompit un instant.

– C'est une fille très intelligente, elle s'en sortira bien.

– Nous trahissons le père et la mère de Guiliano en ne publiant pas le Testament, dit Michael.

– Non, dit son père. J'ai appris quelque chose depuis que je vis en Amérique. Il faut être raisonnable et diplomate. A quoi servirait la publication du Testament? Il est probable que le gouvernement italien tomberait mais ce n'est pas certain. Trezza se retrouverait à la rue, mais crois-tu que des sanctions seraient prises contre lui?

– Il fait partie d'un gouvernement qui a conspiré pour assassiner le peuple, fit remarquer Michael avec colère.

– Et alors? fit le Don en haussant les épaules. Mais laisse-moi finir. La publication du Testament aiderait-elle les parents de Guiliano ou ses amis? Le gouvernement les poursuivrait, les jetterait en prison et les persécuterait de diverses façons. Pis encore, Don Croce les mettrait sur sa liste noire. Ils sont vieux, laissons-les vivre en paix. Je demanderai au gouvernement et à Don Croce de les protéger. Ainsi le Testament que je conserverai servira à quelque chose.

– Il nous servira peut-être aussi un jour ou l'autre en Sicile, dit Michael d'un air moqueur.

– Je ne peux pas l'empêcher, dit son père en esquissant un sourire.

– Je ne sais pas, je trouve cela déshonorant, reprit Michael d'une voix calme après un long silence. Guiliano était un vrai héros, il est déjà entré dans la légende. Il faut perpétuer sa mémoire, ne pas la laisser souiller par sa défaite.

Pour la première fois, le Don manifesta de l'agacement. Il se versa un autre verre d'anisette qu'il but d'un trait et il pointa le doigt vers son fils.

– Tu veux apprendre, dit-il. Alors écoute-moi bien. Le premier devoir d'un homme est de rester en vie. Ensuite vient ce qu'il est convenu d'appeler l'honneur. J'assume volontiers la responsabilité de ce déshonneur, comme tu dis. J'ai agi ainsi pour te sauver la vie comme tu as autrefois accepté le déshonneur pour sauver la mienne. Sans la protection de Don Croce, tu n'aurais jamais quitté la Sicile vivant. Veux-tu devenir un héros, une légende comme Guiliano? Et mourir comme lui? Je l'aimais parce qu'il était le fils d'amis très chers, mais je n'envie pas sa renommée. Tu es encore en vie et il est mort. N'oublie jamais cela et construis ton existence non pour devenir un héros mais pour rester en vie. Avec le temps, les héros paraissent un peu ridicules.

– Guiliano n'avait pas le choix, dit Michael en soupirant.

– Nous avons plus de chance, dit le Don.

*

Ce fut la première leçon que Michael reçut de son père et celle qu'il retint le mieux. Elle devait marquer tout son avenir et l'aider à prendre de très graves décisions qu'il n'aurait pu envisager de prendre auparavant. Elle changea sa vision de l'honneur et sa fascination pour l'héroïsme. Elle l'aida à survivre, mais le rendit malheureux. Car contrairement à son père, Michael enviait Guiliano.

30.

La mort de Guiliano démoralisa profondément le peuple de Sicile. Il était leur champion, leur rempart contre les riches et les nobles, les Amis des Amis et le gouvernement démocrate-chrétien. Après la disparition de Guiliano, Don Croce Malo mit toute l'île en coupe réglée et extorqua une fortune colossale aux riches comme aux pauvres. Quand le gouvernement essaya de construire des barrages pour fournir de l'eau à bas prix, Don Croce fit sauter tout le matériel lourd. Il contrôlait tous les puits de Sicile et n'avait pas intérêt à ce que des barrages abaissent le coût de l'eau. Profitant de l'essor de la construction de l'après-guerre, Don Croce qui disposait de renseignements à la source et de méthodes très persuasives parvint à acquérir à bas prix les meilleurs emplacements; et il revendait cher. Il prit sous sa protection personnelle tout le commerce de Sicile. On ne pouvait vendre un artichaut sur les marchés de Palerme sans verser quelques *centesimi* à Don Croce et les riches ne pouvaient acheter des bijoux pour leur femme ni des chevaux de course pour leur fils sans s'assurer auprès du Don. Il découragea avec fermeté les espoirs insensés des paysans qui désiraient revendiquer les terres incultes du domaine du prince Ollorto à cause de lois ineptes votées par le Parlement italien. Pressuré par Don Croce, les nobles et les gouvernements, le peuple de Sicile abandonna tout espoir.

Dans les deux ans qui suivirent la mort de Guiliano, cinq cent mille Siciliens, des hommes jeunes pour la plupart, se résolurent à émigrer. Ils partirent en Angleterre où ils devinrent jardinier, glacier ou garçon de restaurant. Ils partirent en Allemagne où ils faisaient des métiers manuels pénibles ou en Suisse où ils nettoyaient les villes et construisaient des coucous. Ils partirent en France pour faire la plonge et balayer les grands magasins. Ils partirent au Brésil où on leur faisait ouvrir des clairières dans la forêt. Certains allèrent affronter le rude hiver scandinave. Et, bien entendu, il y avait les quelques heureux élus recrutés par Clemenza pour servir la famille Corleone aux États-Unis. Ils étaient considérés comme les plus chanceux de tous. C'est ainsi que la Sicile devint une terre peuplée de vieillards, d'enfants en bas âge et de femmes devenues veuves à cause de la vendetta économique. Les villages de pierre ne fournissaient plus de main-d'œuvre aux gros propriétaires terriens et les riches souffraient aussi. Le seul à prospérer était Don Croce.

Gaspare « Aspanu » Pisciotta avait été traduit en justice pour ses crimes de banditisme et condamné à la réclusion à vie dans la prison Ucciardone. Mais il était entendu qu'il bénéficierait d'une amnistie. Sa seule inquiétude était d'être assassiné pendant sa détention. Étant le meurtrier de Guiliano, il était un homme marqué. Mais l'amnistie ne venait toujours pas. Il avertit Don Croce qu'il était prêt à révéler tous les contacts que la bande avait eus avec Trezza et le rôle que le nouveau Premier ministre avait joué dans la conspiration avec Don Croce pour massacrer les innocents du Portella della Ginestra.

Le lendemain matin de l'accession de Franco Trezza à la charge de Premier ministre, Aspanu Pisciotta se réveilla à huit heures. Il avait une vaste cellule remplie de plantes et de grands panneaux de broderie à laquelle il s'adonnait depuis son arrivée en prison. Les motifs de soie luisante semblaient l'apaiser et il lui arrivait maintenant fréquemment de songer à son enfance avec Turi Guiliano et à l'affection qui les unissait.

Pisciotta prépara son café et le but. Il vivait dans la crainte d'être empoisonné et tout ce qu'il y avait dans son bol de café lui avait été apporté par sa famille. Avant de manger la nourriture de la prison, il faisait goûter de petites bouchées au perroquet apprivoisé qu'il gardait dans une cage. Et en cas d'urgence, il avait posé sur une étagère, à côté des aiguilles à broder et des piles de tissu, une grande jarre d'huile d'olive. Il espérait qu'en avalant toute l'huile, il parviendrait à annuler les effets du poison ou à se faire vomir. Il ne craignait pas d'autre violence; il était trop bien gardé. Seuls les visiteurs qu'il acceptait étaient autorisés à venir à la porte de sa cellule et lui-même n'avait pas le droit d'en sortir. Il attendit patiemment que son perroquet mange et digère et prit son petit déjeuner avec beaucoup d'appétit.

*

Hector Adonis quitta son appartement de Palerme et prit le tramway jusqu'à la prison Ucciardone. Il était encore très tôt, mais le soleil de février était déjà chaud et il regretta d'avoir mis son costume noir et sa cravate. Mais il avait tenu à s'habiller correctement pour l'occasion. Il toucha du doigt le bout de papier qu'il avait glissé au fond de la poche de poitrine de son veston.

Il traversa la ville accompagné par le fantôme de Guiliano. Il se souvenait d'avoir assisté un jour à l'explosion d'un tramway rempli de carabiniers, un acte de représailles de Guiliano contre l'incarcération de ses parents dans cette même prison. Et il se demanda encore une fois comment ce garçon si doux qu'il avait initié aux classiques avait pu commettre des actes aussi affreux. Les murs des bâtiments qu'il longeait ne portaient plus d'inscriptions, mais il voyait encore en imagination les grandes lettres si souvent tracées à la peinture rouge et proclamant : VIVE GUILIANO. Et pourtant son filleul n'avait pas vécu longtemps. Mais ce qui avait toujours affligé Hector Adonis, c'est que Guiliano avait été assassiné par son ami de toujours. C'est pourquoi il avait été ravi de recevoir des instructions lui demandant de remettre le message qu'il avait dans la poche de son veston. Le message émanait de Don Croce et contenait des instructions précises.

Le tramway s'arrêta devant le long bâtiment de brique de la prison. Elle était séparée de la rue par un mur de pierre surmonté de fil de fer barbelé. Des gardiens étaient postés au portail et des policiers armés jusqu'aux dents patrouillaient le long du mur d'enceinte. On laissa entrer Hector Adonis qui avait tous les documents nécessaires et un gardien l'escorta jusqu'à la pharmacie de l'hôpital où il fut accueilli par le pharmacien, un certain Cuto. Cuto portait une blouse blanche immaculée sur un complet veston. Il avait lui aussi, par quelque subtil processus psychologique, décidé de s'habiller pour l'occasion. Il accueillit cordialement Hector Adonis et ils s'assirent.

– Aspanu prend-il régulièrement ses médicaments? demanda Adonis.

Pisciotta prenait de la streptomycine pour sa tuberculose.

– Oh, oui, répondit Cuto. Il prend soin de sa santé. Il a même arrêté de fumer. J'ai remarqué quelque chose de curieux chez nos prisonniers. Quand ils sont en liberté, ils se ruinent la santé : ils fument beaucoup trop, ils boivent comme des trous et ils forniquent jusqu'à l'épuisement. Ils ne dorment pas suffisamment et ne font pas assez d'exercice. Mais quand ils se savent condamnés à passer le reste de leurs jours en prison, ils font des tractions, ils rejettent le tabac, ils surveillent leur alimentation et font preuve de modération en toute chose.

– Peut-être parce qu'ils ont moins d'occasions, dit Hector Adonis.

– Oh, non, dit Cuto. On peut avoir tout ce qu'on veut à Ucciardone. Les gardiens sont pauvres et les prisonniers sont riches. Il est donc raisonnable que l'argent change de mains. On peut satisfaire tous ses vices ici.

Adonis parcourut la pièce du regard. Il y avait des étagères pleines de médicaments et de grands placards de chêne qui renfermaient des pansements et des instruments chirurgicaux, car la pharmacie servait d'infirmerie pour les prisonniers. Il y avait même deux lits dans une alcôve du vaste local.

– Avez-vous des difficultés pour obtenir son antibiotique? demanda Adonis.

– Non, nous sommes livrés en priorité, dit Cuto. Je lui ai fait remettre son nouveau flacon ce matin. Avec tous les cachets qu'utilisent les Américains pour les produits d'exportation. C'est un remède très coûteux. Je m'étonne que les autorités se donnent tant de mal pour le garder en vie.

Les deux hommes échangèrent un sourire.

★

Aspanu Pisciotta prit le flacon de streptomycine et brisa tous les cachets. Il mesura sa dose et l'avala. Pendant l'instant très bref où il fut encore capable de penser, il s'étonna du goût amer du produit, puis son corps s'arqua et il s'effondra. Il poussa un cri qui fit venir le gardien en hâte à la porte de la cellule. Pisciotta s'efforça de se remettre debout, luttant contre la douleur atroce qui le submergeait. Il avait la gorge affreusement sèche et il se dirigea en titubant vers la jarre d'huile d'olive. Son corps se contracta de nouveau.

– J'ai été empoisonné, cria-t-il au garde. Aidez-moi, aidez-moi!

Puis, avant de retomber sur le sol de sa cellule, il sentit la rage l'envahir en comprenant que Don Croce avait gagné.

*

Les gardiens transportant Pisciotta se précipitèrent dans la pharmacie en hurlant que le prisonnier avait été empoisonné. Cuto les fit allonger Pisciotta sur un des lits de l'alcôve et il l'examina. Puis il prépara rapidement un émétique qu'il versa dans la gorge de Pisciotta. Il semblait pour les gardiens faire tout son possible pour le sauver. Seul Hector Adonis savait que le vomitif était une solution faiblement dosée qui ne serait d'aucun secours au moribond. Adonis s'avança vers le lit et prit le papier dans sa poche de poitrine en prenant soin de le dissimuler dans sa paume. En faisant semblant d'aider le pharmacien, il glissa le papier à l'intérieur de la chemise de Pisciotta. Il baissa en même temps les yeux sur son beau visage. Il semblait tordu par le chagrin, mais Adonis savait que cette contraction était due à la douleur insupportable. Sa souffrance était telle qu'il avait rongé une partie de sa petite moustache. Hector Adonis dit une prière pour le salut de l'âme de Pisciotta et éprouva une profonde tristesse. Il se souvenait de l'époque où son filleul et lui marchaient bras dessus, bras dessous dans les collines en récitant le poème de Roland et de Charlemagne.

*

C'est près de six heures plus tard que le papier fut découvert sur le corps, mais il n'était pas trop tard pour que les journaux en parlent dans leurs articles sur la mort de Pisciotta et que le bruit fasse le tour de la Sicile. Sur le morceau de papier qu'Hector Adonis avait glissé dans la chemise de Pisciotta était écrit : AINSI MEURENT TOUS CEUX QUI TRAHISSENT GUILIANO.

31.

En Sicile, celui qui a de l'argent n'inhume pas ses morts à même la terre. C'est une défaite trop définitive et la terre de Sicile est déjà responsable de trop d'infamies. Les cimetières sont donc remplis de petits tombeaux de pierre ou de marbre, de petites constructions carrées appelées *congregazioni*. Des grilles métalliques en interdisent l'accès. A l'intérieur se trouvent sur plusieurs niveaux des espaces dans lesquels sont logés les cercueils. Chaque espace recevant un cercueil est ensuite bouché avec du ciment et les autres sont réservés à la famille.

Peu après la mort de Pisciotta, Hector Adonis se rendit un dimanche au cimetière de Montelepre. Don Croce devait l'y retrouver et aller prier sur la tombe de Turi Guiliano. Et comme ils avaient des affaires à régler, quel lieu était plus propice à l'union des esprits hors de toute vanité, au pardon des offenses passées et à la discrétion?

Et quel lieu était mieux choisi pour féliciter un collègue pour un travail bien fait? Il avait été du devoir de Don Croce d'éliminer Pisciotta qui parlait trop et avait trop bonne mémoire. Il avait choisi Hector Adonis pour organiser l'opération. Le papier laissé sur le corps de Pisciotta était l'un des gestes les plus ingénieux du Don qui satisfaisait Adonis et permettait de maquiller un assassinat politique en acte de justice romantique. Devant la grille du cimetière Hector Adonis regarda le chauffeur et les gardes du corps de Don Croce l'aider à sortir de voiture. Le Don avait pris énormément d'embonpoint depuis un an et son corps semblait se dilater à mesure que son pouvoir s'accroissait.

Les deux hommes franchirent ensemble la grille. Adonis leva les yeux vers l'arc de fer forgé qui surmontait la grille et dont le métal ouvragé proposait un message au visiteur satisfait : NOUS ÉTIONS COMME VOUS – ET VOUS SEREZ COMME NOUS.

Adonis ne put retenir un sourire devant cette provocation sardonique. Jamais Guiliano ne se serait rendu coupable d'une telle cruauté, mais c'était exactement ce qu'Aspanu Pisciotta devait crier de sa tombe.

Hector Adonis n'éprouvait plus pour Pisciotta la haine teintée d'amertume qui s'était emparée de lui après la mort de Guiliano. Il s'était vengé. L'image qu'il conservait maintenant des deux hommes était celle de leurs jeux d'enfants et du début de leur existence de hors-la-loi.

Don Croce et Hector Adonis s'enfoncèrent dans le village sépulcral des petites constructions de pierre et de marbre. Don Croce avançait au milieu de ses gardes du corps qui le soutenaient sur l'allée pierreuse et le chauffeur portait un énorme bouquet de fleurs qu'il déposa à l'entrée du *congregazione* qui renfermait le corps de Guiliano. Don Croce arrangea méticuleusement les fleurs puis regarda la petite photographie de Guiliano apposée sur la porte de pierre. Ses gardes du corps l'entouraient de leurs bras pour l'empêcher de tomber.

– C'était un brave garçon, dit Don Croce en se redressant. Tout le monde l'aimait, mais comment pouvions-nous continuer à le laisser vivre? Il voulait chambouler le monde, le mettre sens dessus dessous. Il aimait son prochain, mais qui a commis plus de meurtres que lui? Il croyait en Dieu et a kidnappé un cardinal.

Hector Adonis étudia la photographie. Elle avait été prise quand Guiliano n'avait que dix-sept ans, l'âge du summum de la beauté dans les pays méditerranéens. Son visage était empreint d'une douceur qui suscitait l'affection et l'on n'aurait jamais imaginé qu'il ordonnerait d'innombrables assassinats.

Ah, Sicile, Sicile, songea-t-il, tu détruis tes meilleurs enfants et tu les renvoies à la terre. Des enfants beaux comme des anges naissent sur ton sol et se transforment en démons. Le mal prospère sur cette île comme les bambous et les figuiers de Barbarie. Et pourtant Don Croce est venu déposer des fleurs sur la tombe de Guiliano.

– Ah, dit le Don, si seulement j'avais un fils comme Turi Guiliano. Quel empire je lui léguerais. Et qui sait de quelle gloire il pourrait se couvrir?

Hector Adonis esquissa un sourire. Don Croce était certes un grand homme mais il n'avait aucune intelligence de l'histoire. Le Don avait des fils innombrables qui perpétueraient sa domination, hériteraient de sa ruse, pilleraient la Sicile et corrompraient le gouvernement. Et lui, Hector Adonis, éminent professeur d'histoire et de littérature à l'université de Palerme, était l'un d'eux.

Les deux hommes firent demi-tour. Une longue file de charrettes attendaient devant le cimetière. Sur toute leur surface étaient peintes en couleurs vives des scènes contant la légende de Turi Guiliano et d'Aspanu Pisciotta. Le vol des bijoux de la duchesse, le massacre des chefs mafiosi, l'assassinat de Turi par Aspanu. Hector Adonis eut l'impression de tout savoir. Malgré ses qualités, Don Croce tomberait dans l'oubli et c'est la mémoire de Turi Guiliano qui se perpétuerait. Sa légende ne ferait que croître et embellir et d'aucuns seraient persuadés qu'il n'était pas mort mais continuait de parcourir les monts Cammarata et réapparaîtrait un beau jour pour secouer les chaînes de la Sicile et la délivrer de la misère. Dans tous les villages de pierre et de terre, des milliers d'enfants qui n'avaient pas encore vu le jour prieraient pour l'âme et la résurrection de Guiliano.

Quant à Aspanu Pisciotta, avec son esprit si pénétrant, qui oserait prétendre qu'il n'écoutait par Hector Adonis quand il lui racontait la légende de Charlemagne, de Roland et d'Olivier? C'est pourquoi il avait décidé de suivre une autre voie. En demeurant fidèle à son cousin, Pisciotta aurait été condamné à l'oubli et Guiliano aurait été le seul à alimenter la légende. Mais en commettant son crime irréparable, il resterait à jamais au côté de son cher Turi dans la mémoire collective.

Pisciotta serait inhumé dans le même cimetière que Guiliano et ils pourraient contempler éternellement tous les deux leurs montagnes bien-aimées, ces montagnes qui renfermaient le squelette de l'éléphant d'Hannibal et qui résonnaient jadis de l'écho de l'olifant de Roland, mort en combattant les Sarrasins. Turi Guiliano et Aspanu Pisciotta étaient morts jeunes mais ils vivraient sinon éternellement du moins beaucoup plus longtemps que Don Croce ou lui-même.

Les deux hommes, l'un si corpulent et l'autre si petit, sortirent ensemble du cimetière. Des jardins en terrasses ceignaient d'une guirlande de verdure les flancs de la montagne, de gros rochers blancs étincelaient et un petit faucon rouge de Sicile fondait sur eux dans un rayon de soleil

Cet ouvrage a été réalisé sur
Système Cameron
par la SOCIÉTÉ NOUVELLE FIRMIN-DIDOT
Mesnil-sur-l'Estrée
pour le compte des Éditions Laffont
le 15 juillet 1985

Imprimé en France
Dépôt légal : mai 1985
N° d'édition : L 561 – N° d'impression : 2846